MARCEL BRION

Und jeder Atemzug für dich

GOETHE UND DIE LIEBE

Mit 17 Abbildungen

PAUL ZSOLNAY VERLAG
WIEN · HAMBURG

Berechtigte Übersetzung aus dem Französischen von
Ulrike von Sobbe

Die Taschenbuchausgabe erscheint unter dem Titel
GOETHE – DICHTERFÜRST UND UNIVERSALGELEHRTER
im Wilhelm Heyne Verlag, München.

Umschlag und Einband: Werner Sramek
Druck und Bindung: Wiener Verlag
Printed in Austria
ISBN 3-552-03407-2

Inhalt

ANHANG

1
»Die Sterne werden mich doch nicht vergessen«

Als der geschäftige Lärm der Messe in Frankfurt am Main, die alljährlich eine pittoreske, neugierige, geschwätzige, bunte Menge anzog, verklungen war, als die aus vielen Ländern Europas, sogar aus Norwegen und Moskau herbeigeeilten Kaufleute ihre Stände abgebaut und die Waren in ihren Karren verstaut hatten, nahm die alte Stadt wieder die ihr eigene, ein wenig verschlafene Ruhe, ihre ein wenig steife Würde an. Es kehrte wieder Stille in den Straßen ein, in denen man das vielsprachige Geschrei und die aufgeregten Kaufverhandlungen hatte hören können.

Noch nie hatten die Stadtväter in Erwägung gezogen, diese alte Stadt zu modernisieren. Sogar als man neue komfortable Häuser baute und luftigere Straßen anlegte, in die die Sonne hineinschien und die den Erfordernissen des Verkehrs gerecht wurden, mußten diese Verschönerungen den alten Plan der Stadt mit ihren Freistätten, jahrhundertealten Privilegien und herrschaftlichen oder bürgerlichen Traditionen respektieren. Die Innenhöfe der Adelspaläste, die großen Klostergärten, die zuweilen in Scheunen, Lagerhäuser oder Speicher umgewandelten Burgen trotzten den Neuerungen der Städtebauer. In diesem Flechtwerk von Stadtwällen, Türmen, Brücken und Gäßchen, die durch alte Bräuche geschützt wurden, nistete friedlich die Vergangenheit in der Gewißheit, daß niemand sie vertreiben oder die schöne und edle, von großen Epochen geadelte Schale aufbrechen könnte, in die sie sich zum Schlaf zurückgezogen hatte. Bei den Einwohnern fand man den Wesenszug dieser Stadt wieder, die trotz ihres Gefallens am händlerischen Treiben und Geschäftemachen der Biederkeit und Einfachheit der Vorfahren treu blieb. Der reichgewordene Kaufmann, der Bankier, dessen Laufbahn mit dem Adelsprädikat gekrönt wurde, sie alle dachten nicht daran, die Mitbürger mit ihrem Prunk zu blenden. Aristokraten und Bürger lebten ohne Dünkel in einer Art ruhiger und ernster Gelassenheit, obwohl sie sich gern mit fremden Herren verglichen. Sie waren mit ihrem Besitz zufrieden und hatten wenig Verlangen, damit Staat zu machen. Die Stadträte waren sich nicht zu gut, am Abend ihre Gärten zu gießen oder ihre Hagebuttenhecken zu beschneiden. Nachdem sie die Insignien ihres Amtes niedergelegt hatten, begaben sie sich gerne zu ihren prächtig gedeihenden Obstspalieren. Die meisten Häuser hatten ihre Beete, grünen Zimmer, ihre Weinlauben, die schon innerhalb des Burgfriedens durch Vogelgezwitscher und den Duft der Blumen und Früchte die schöne, weite und fruchtbare Landschaft des Maintals ankündigten, die den Wanderer jenseits der Stadtmauern erwartete, deren Tore nach altem Brauch bei Einbruch der Dunkelheit verriegelt und mit Ketten verhängt wurden.

Die große, von dem Kreuz und dem goldenen Hahn gekrönte Brücke stellte die Verbindung zwischen Stadt und Land her. Über die Brücke zogen die bunten Karawanen der fremden Kaufleute herbei, wenn die Messe ihre Verkaufsstände öffnete, ebenso die Geleitzüge der Herrscher, flankiert von Bannern und Reichsfahnen, die bescheideneren Schwadrone der Reisenden, die sich aus Furcht vor Überfällen in Gruppen zusammengeschlossen hatten und sich von einigen Gewehrträgern begleiten ließen; desgleichen die Heere, die je nach dem zufälligen Geschick des Krieges und der Politik die alte Kaiserstadt mit in die Auseinandersetzungen der Fürsten und Könige einbezogen.

Für einen neugierigen und aufmerksamen Beobachter gab es tausend Dinge zu entdecken und zu bewundern: den großen Platz unter den Linden, der an den Roßmarkt grenzt, den Saalhof, der, wie man sagte, an der Stelle errichtet worden sei, wo einst die Burg Karls des Großen gestanden war, ein alter unregelmäßiger Bau mit schiefen Fenstern, der aber dennoch eine feierliche Erhabenheit ausstrahlte, das gotische Rathaus, Römer genannt, wo die Schöffen ihren Sitz hatten und der Bürgermeister unter den Portraits der Kaiser Audienz hielt, durch jenen Wahlspruch auf der nackten Wand zur Gerechtigkeit gemahnt:

Eines Mannes Rede
ist keines Mannes Rede,
man soll sie billig hören beede.

Aber das Vergnüglichste an diesem alten Frankfurt, wo Jahrhunderte ihren Niederschlag gefunden hatten, waren die engen, gewundenen Straßen, die vom Lärm der Handwerker widerhallten. Die meiste Unterhaltung jedoch boten die engen, krummen und überfüllten Gäßchen des jüdischen Viertels: Fromme alte Männer mit langen Bärten wurden den lieben langen Tag von kleinen Christen verspottet, Hausierer feilschten um die Wette und die fliegenden Händler boten laut rufend den Passanten, die sie am Ärmel oder am Rockschoß ihres Gewandes festhielten, die auf ihrem Bauchladen ausgebreiteten Eßwaren an.

So wie sie war – veraltet, übervölkert, noch ländlich auf gewisse Art, dennoch mit Ansprüchen an Kultur und Vornehmheit, den Handel und das Geld liebend, begeistert von kostenlosen Schauspielen wie etwa der Kaiserkrönung oder der jährlichen Messe mit ihren unzähligen Überraschungen –, hatte diese Stadt einem jungen, intelligenten und neugierigen Burschen, der seine Augen aufsperrte, viel zu geben.

Ein beobachtender Geist, der geneigt ist, sich an allem zu erfreuen und von allen Berührungen mit den Lebensrealitäten zu lernen, der überdies fähig ist, das Phantastische und Geheimnisvolle aufzuspüren, das sich unter dem Alltagsgesicht der Dinge verbirgt, konnte unentwegt die alten Viertel durchstreifen und dort in jedem Augenblick eine nützliche Erfahrung gewinnen. Die besondere Lebensart, die Frankfurts Aussehen geprägt hatte, verlieh ihr überdies einen liebenswerten, zeitweise beunruhigenden, ziemlich rührenden Charme, den eine neue, abgezirkelte Stadt nicht hätte ausstrahlen können. Die befestigten Stadtviertel, die inneren Mauern, die gewundenen Gäßchen, die mit Ketten verriegelt waren und dadurch leicht gegen jeden Eindringling zu verteidigen waren – all das verriet die tiefverwurzelte Angst vor dem allzeit möglichen Feind, ihre Vertrautheit mit Kriegen und Belagerungen, und die geschwärzten, zerklüfteten Giebel erzählten die Geschichte der Brände, die von Zeit zu Zeit in den auf alten Grundmauern schwankenden Holzgebäuden tobten. Welch erregende Dinge eröffneten sich auch dem Blick des Kindes, ohne daß es sich aus dem Kreis der Familie entfernen mußte. Das Haus der Großeltern in der Friedbergergasse, früher eine Burg mit einem zinnenbewehrten Tor und einem riesigen Obstgarten, in dem man nach Herzenslust pflücken und die Spalierpfirsiche und Johannisbeeren in den Mund stecken konnte. Wie es sich gehört, gab es auch einen Küchen- und Heilkräutergarten, und der Bürgermeister Textor kehrte, nach vollbrachter Amtshandlung wie Cincinnatus zu seinen Salatköpfen zurück. »In diesem friedlichen Revier«, so wird später das Kind erzählen, »fand man jeden Abend den Großvater mit behaglicher Geschäftigkeit eigenhändig die feinere Obst- und Blumenzucht besorgend, indes ein Gärtner die gröbere Arbeit verrichtete. Die vielfachen Bemühungen, welche nötig sind, um einen schönen Nelkenflor zu erhalten und zu vermehren, ließ er sich niemals verdrießen. Er selbst band sorgfältig die Zweige der Pfirsichbäume fächerartig an die Spaliere, um einen reichlichen und bequemen Wachstum der Früchte zu befördern. Das Sortieren der Zwiebeln von Tulpen, Hyazinthen und verwandter Gewächse, sowie die Sorge für Aufbewahrung derselben überließ er niemandem; und noch erinnere ich mich gern, wie emsig er sich mit dem Okulieren der verschiedenen Rosenarten beschäftigte.«[1]

Nicht weniger anziehend als der großväterliche Garten war die Drogeriewarenhandlung Onkel Melberts, in der sich exotische Düfte vermengten, wo Wogen von Parfum das Bild Afrikas und Asiens heraufbeschwörten: Nelken, Zimt, Muskat und Safran erzählten von Wäldern, Dschungeln und Phantasiestädten unter glühender Sonne. Das Haus der Tante Starck bot stillere Wunder: eine überaus gut bestückte Bibliothek mit lateinischen Klassikern und natürlich Homer, nach dem aktuellen Geschmack bearbeitet von Herrn von Loen. Es bedurfte schon einer tief empfundenen Verehrung für die Kultur Hellas', daß der Knabe sich nicht durch diese langatmige und bizarre Rhapsodie völlig entmutigen ließ, sich mit der Antike zu beschäftigen.

Sogar im väterlichen Haus gab es immer wieder Staunenswertes, neue familiäre Überraschungen. Es bestand aus zwei alten, einander gegenüberliegenden Gebäuden, war unbequem, voller Wendeltreppen, ungleicher Stockwerke und verborgener Gänge. Mit der Straße war es durch einen mit einem Holzgitter versehenen Hausflur verbunden, von den Kindern das »Vogelbauer« genannt, dessen verzauberte Vögel sie selbst waren. Im zweiten Stock gab es ein großes, mit Blumen geschmücktes Gartenzimmer, das für sie, in einer gewissen stolzen Übertreibung, der »Wintergarten« war. »Dort war, wie ich heranwuchs, mein liebster, zwar nicht trauriger, aber doch sehnsüchtiger Aufenthalt. Über jene Gärten hinaus, über Stadtmauern und Wälle sah man in eine schöne, fruchtbare Ebene; es ist die, welche sich nach Höchst hinzieht. Dort lernte ich Sommerszeit gewöhnlich meine Lektionen, wartete die Gewitter ab und konnte mich an der untergehenden Sonne, gegen welche die Fenster gerade gerichtet waren, nicht satt genug sehen.«[2]

Als das Kind acht Jahre alt war, fielen die Handwerker ins Haus ein und begannen, die Trennwände niederzureißen, die Treppenabsätze auf gleiche Höhe zu bringen, zu tünchen und zu tapezieren. Diese Arbeiten nahmen viel Zeit in Anspruch; das Haus war unbewohnbar geworden: Man stolperte über den Gipsschutt, wurde fast taub von den Hammerschlägen, wußte nicht, wohin man flüchten sollte, um dem Durcheinander und dem Lärm zu entgehen. Wenigstens erlaubte man eines Tages dem als Maurer verkleideten Kind, mit seiner Maurerkelle und dem Hammer einen Eckpfeiler des Kellers zu mauern. Das Haus war verwandelt, aber doch nicht so sehr, daß es seinen gewohnten Geruch, der dem Jungen so lieb war, verloren hätte, diesen Duft nach Konfitüre, getrocknetem Obst, Gewürzen, frisch gebügelter Wäsche, poliertem Holz und alter Leinwand. Er fand wieder mühelos den Weg zur Obstvorratskammer, wo er sich in aller Eile verstohlen mit angeschlagenen Birnen und Zwetschgen versah; oder zu dem niedrigen Raum, dessen Wände mit den vom Vater aus Italien mitgebrachten Stichen bedeckt waren, mit denen er seine sehnsüchtigen Erinnerungen an das sonnige Land nährte.

Johann Caspar Goethe war verbittert, die von ihm angestrebten Magistratsämter nicht erhalten zu haben und durch seinen Müßiggang auf jene vielfältigen und kleinkrämerischen Aufgaben beschränkt zu sein, durch die er seine offizielle Untätigkeit zu kompensieren suchte. Der gewissenhafte und tyrannische Pädagoge lebte in seinen Erinnerungen an Italien und fand Erfüllung in den unzähligen Aufgaben, mit denen er seine Kinder überhäufte. Er war besessen von der Leidenschaft zu lernen und zu lehren, aber im übrigen sympathisch, und verbarg unter seinen diktatorischen Forderungen eine verdrängte Zärtlichkeit. Er war kultiviert, liebte die Kunst, und zwar nicht mit der ihm sonst eigenen didaktischen Nüchternheit. Obwohl er durch sein Verhalten den Unwillen seiner Frau auf sich zog und Tochter und Sohn mit seiner übertriebenen pädagogischen Zucht quälte, war Vater Goethe unter der Maske des Schulmeisters ein rechtschaffener Mann. Von ehrlichem Wissensdurst geplagt, aber so streng, daß er seinen Kindern jedes Vergnügen versagte und ihnen niemals Lob oder Anerkennung schenkte, trug dieser Haustyrann seine traurige staatsbürgerliche Nutzlosigkeit und sein Bedauern darüber, nie mehr in das von ihm so sehr bewunderte Italien zurückgekehrt zu sein, im Haus spazieren. Von den Seinen mehr gefürchtet als geliebt, zeigte er den bei ihm einquartierten französischen Offizieren eine unversöhnliche Miene und riskierte für das den ihm aufgezwungenen Gästen lärmend zur Schau gestellte Vergnügen über deren Niederlage in Bergen eine Gefängnisstrafe – während seine anpassungsfähigere Ehefrau von dieser Zwangseinquartierung profitierte und Französisch lernte. Johann Caspar Goethe bot so nach außen hin eine seltsame Mischung aus einem verhinderten Gelehrten und einem pedantischen Gebildeten.

Im übrigen war er von gutbürgerlicher Herkunft. Er war der Enkel eines Hufschmieds aus Mansfeld; sein Vater hatte sich 1687 als Schneider in Frankfurt niedergelassen. Vater Goethe hatte ein breites, aufgedunsenes Gesicht, das ihm ein gutmütiges Aussehen verlieh. Zweifellos war seine Barschheit nur vorgetäuscht. Sie verschwand auch stets, wenn er von Italien sprach. Sparsam bis zum Geiz – eine Schwäche, die sein Sohn erben sollte – wählte er seine Dienstboten unter den Handwerkern aus, um unentgeltlich Schneider und Schuster im Haus zu haben. Seine Qualitäten waren beinahe so unangenehm wie seine Fehler; jedenfalls bemühte er sich nicht, sie in angenehmem Licht erscheinen zu lassen.

Am 20. August 1748 hatte er Katharina Elisabeth Textor geheiratet, die zu diesem Zeitpunkt siebzehnjährige Tochter des *Burgemeesters* Textor, der einer der verdienstvollsten und geachtetsten Beamten der Kaiserstadt war. Die Textors gehörten einer alten Familie von Richtern, Anwälten und hohen Beamten an, die von einem Handwerker namens Wolfgang Weber abstammte, der glaubte, durch die Latinisierung seines plebejischen Namens in Textor einen Klang von Adel und Besonderheit zu erzielen.

Völlig verschieden von ihrem Gatten, war Katharina Elisabeth Textor ebenso natürlich wie er steif war, ebenso fröhlich wie er mürrisch, ebenso friedfertig, wie er reizbar. Sie sagte gerne von sich selbst, Gott habe ihr die Gnade erwiesen, ihr eine Seele ohne »Schnürbrust« zu geben. Die Frau Rätin (so nannte man sie, seit ihr Gatte rein ehrenhalber den Titel eines Kaiserlichen Rates erhalten hatte) wurde von allen wegen ihrer Fröhlichkeit, ihrer Gottesfurcht und ihrer Lebensfreude geliebt und geachtet. Außerdem war sie eine geistreiche Briefschreiberin, versuchte sich sogar an Gedichten und korrespondierte später mit den berühmtesten und hochgestelltesten Freunden ihres Sohnes: Christoph Martin Wieland, Johann Heinrich Merck und Karl August, dem Herzog von Weimar. Die Herzogin Amalie und die Frankfurter Bürgerin tauschten sogar Geschenke aus: Die Frau Rätin schickte Biskuits und erhielt dafür Strumpfbänder, die die Herzogin höchstpersönlich bestickt hatte. Für ihre Liebenswürdigkeit, ihre Bescheidenheit, ihr Taktgefühl und ihre Herzensbildung, wie sie den von Natur aus guten Wesen eigen ist, wurde sie von allen, mit denen sie in Verbindung stand, verehrt. »Und als sie sich ihren Tod selbst ankündigte, ordnete sie ihr Leichenbegräbnis so pünktlich an, daß die Weinsorte und die Größe der Bretzeln, womit die Begleiter erquickt werden sollten, genau bestimmt waren.«[3] Die Freunde ihres Sohnes gaben dem Haus den Namen »casa santa«, was wohl am treffendsten die Atmosphäre beschreibt, die diese liebenswerte, religiöse Frau um sich verbreitete. Sie hatte mehrere Kinder zur Welt gebracht, die früh starben: Nur zwei überlebten, eine Tochter, die die Vornamen Cornelia Friederike Christiane erhielt, und einen um ein Jahr älteren Sohn, der am 29. August 1749, einen Tag nach seiner Geburt, von Dr. Fresenius auf den Namen Johann Wolfgang getauft wurde.

Die Tochter war häßlich mit ihren buschigen Augenbrauen und einer zu hohen Stirn, aber ihre Augen hatten einen leidenschaftlichen Ausdruck und waren von einer Tiefe, die die Kraft ihrer Seele verriet. »Hinter ihnen erwartete man am meisten, und wenn sie irgend eine Neigung, eine Liebe ausdrückten, hatten sie einen Glanz ohnegleichen ... Dieser Ausdruck kam aus der Seele, er war voll und reich, er schien nur geben zu wollen, nicht des Empfangens zu bedürfen.«[4] Trotz ihrer Qualitäten und des eigenartigen Charmes, der von ihrer Häßlichkeit ausging, fühlte sich Cornelia in sich selbst gefangen und vom Rest der Welt isoliert.

Gewisse Wesen sind dem Unglück geweiht, so wie andere dem Glück. Es war Cornelias Los, niemals glücklich zu sein. Sie liebte ihren Bruder mit leidenschaftlicher Zärtlichkeit, wobei es nicht ausblieb, daß ihre Gefühle das natürliche Maß schwesterlicher Zuneigung weit überschritten. Sie heiratete einen ungeliebten Mann, der ihr immer gleichgültig blieb, und schleppte freudlos ihr kurzes Leben dahin.

Solange sie zusammen im väterlichen Hause lebten, war Cornelia der Widerschein ihres Bruders, sein Schatten, sein Echo. Sie lauschte seinen ersten Gedichten, lernte sie auswendig und trug sie ihm vor; denn der Dichter entdeckt sein Werk erst dann wirklich, wenn er es von einer fremden Stimme hört. Ihr vertraute der junge Wolfgang die ersten Liebschaften an, die ihn quälten. Sie war seine Partnerin in den Tragödienszenen, an denen sich diese leidenschaftlichen Kinder berauschten. Die Geschwister verband eine so enge Herzens- und Geistesvertrautheit, daß Cornelia die Trennung nie ganz verschmerzte. An dem Tag, als der Knabe Frankfurt verließ und sie fühlte, daß die Welt von dem ihr verlorenen Schatz Besitz ergriff, heiratete sie aus Kummer und Verzweiflung, so wie man Selbstmord begeht.

Es wäre interessant, das Horoskop dieser traurigen jungen Frau zu kennen, aber es ist davon keine Spur erhalten. Geblieben ist nur das des ruhmreichen Mannes, des berühmten Bruders, dessen unsterblich großer Name auch die Erinnerung an dieses häßliche Mädchen verewigt hat. Unter welchem Stern wurde die bedauernswerte Cornelia geboren? Die Konstellation der Gestirne, die bei der Geburt des Johann Wolfgang herrschte, war außergewöhnlich günstig. Sein ganzes weiteres Schicksal sollte davon bestimmt werden. An einem Himmel, wo Jupiter und Venus lächelten, erleuchtete die Sonne die Geburtsstunde dieses Kindes, das Glockenschlag zwölf Uhr an einem der heißesten Sommertage, dem 28. August 1749 zur Welt kam.

»Die Konstellation war glücklich; die Sonne stand im Zeichen der Jungfrau und kulminierte für den Tag; Jupiter und Venus blickten sie freundlich an, Merkur nicht widerwärtig, Saturn und Mars verhielten sich gleichgültig; nur der Mond, der soeben voll ward, übte die Kraft seines Gegenscheines um so mehr, als zugleich seine Planetenstunde eingetreten war.«[5]

Der einzige böse Geist unter all denen, die die Wiege des

Kindes umstanden, war zweifellos der Mond, der sich der Geburt widersetzte. Die Mutter litt drei Tage lang hinter den blauweiß karierten Vorhängen, und als das Kind endlich auf die Welt kam, hatte es ein so blaues Gesicht, daß man glaubte, es sei erstickt. Es atmete nicht und gab keinerlei Lebenszeichen von sich. Die Hebamme, deren Ungeschicklichkeit, wie Goethe sagte, das ganze Übel verursacht hatte, griff, da es in der Stadt keinen Arzt als Geburtshelfer gab, zu einem Radikalmittel: Sie tauchte den Säugling in ein mit heißem Wein gefülltes Becken, worauf er zu atmen anfing. Von diesem gefährlichen Lebensanfang geschwächt, widerfuhren ihm später alle Kinderkrankheiten, einschließlich der Blattern, die ihn glücklicherweise nicht entstellten. Doch er blieb sein Leben lang von zarter Gesundheit.

Seine seelische und körperliche Disziplin erfuhr also bald von der Mühe, die es kostete, über diese Schwäche zu triumphieren. Es erforderte von ihm eine sorgfältige Hygiene und Askese, die diesen zwischen Leidenschaft und Vernunft hin- und hergerissenen Charakter nur zu bald ihre strengen Regeln spüren ließ.

Aber die Krankheit wird für Goethe nicht immer ein Nachteil und ein Hindernis sein; er wird sie sich zunutze machen wie andere ihre gute Gesundheit. Wenn sich die Umstände dramatisch zuspitzen, wird er bei ihr Schutz suchen und wird, bewußt oder unbewußt, mit einem bemerkenswert ökonomischen Sinn das praktizieren, was die Psychoanalytiker »Flucht in die Krankheit« nennen.

Wenn Unruhe, Schmerz oder Leid sein inneres Gleichgewicht zu zerstören drohten, wenn er einen Freund verloren haben oder von einer geliebten Frau getrennt werden wird, wird sich die Krankheit seiner bemächtigen, wird ihn einlullen, von seinem seelischen Schmerz ablenken und ihm auf diese Weise eine gewisse Erleichterung des Herzens verschaffen. So als ob die Verpflichtung, bei zugezogenen Vorhängen im Bett bleiben zu müssen, den unglücklichen Menschen eine ruhige und wohltuende Insel finden ließe, wo schließlich nur noch sein Körper leiden wird.

Goethe kannte also den richtigen Umgang mit Krankheiten, zwar nicht im pascalschen Sinne, denn nichts konnte ihn mehr abstoßen als der Gedanke, sein Leiden Gott anzubieten. Als Heide glaubte er, daß man der Gottheit das Schönste weihen sollte, das man besitzt: Seine Freude, sein Glück. Jedoch in einem ganz pragmatischen Sinn, in dem jenes Harmoniebedürfnis, das sein ganzes Leben leitet, offenkundig wird. Er will, daß sich die Krankheit selbst in das harmonische Bild des Menschen einfügt, daß Leiden, Zufriedenheit und Freude miteinander in Einklang stehen. Und zwar nicht so sehr mit dem Ziel, sich seinen Gleichmut zu erhalten und sich eine tragische Zeremonie zu ersparen, wie damals, als er sich ins Bett legt, um nicht am Begräbnis seines besten Freundes Schiller teilzunehmen. Er tat dies vielmehr mit der Absicht, in dieser Zeit seinen Schmerz zu lindern, sich äußerliche Beileidsbekundungen zu ersparen und im Geheimen und in der Einsamkeit seiner Seele eine Trauer aufzubauen, gleich einem unvergänglichen, dem Andenken an den Toten geweihten Denkmal.

Vielleicht half ihm die Krankheit auch, den unschätzbaren Preis der Gesundheit zu entdecken, sich jener Augenblicke des vollkommenen körperlichen Wohlbefindens zu erfreuen, die dem gesunden Menschen so alltäglich sind, daß er sie schließlich nicht mehr wahrnimmt und vergißt, sie zu genießen. Sie half ihm auch, seinen Körper kennenzulernen und die Befriedigungen zu erfahren, die dem erwachsen, der richtig mit ihm umzugehen, ihn auf heidnische Art zu lieben und zu schätzen weiß. Denn für den Heiden ist der Körper selbst ein Element des Göttlichen. Er respektiert auch diese Quelle der Erfüllung und der Freude mit jener tiefen Verehrung, ja sogar Frömmigkeit, die Gundolf so gut beobachtet hat, als er schrieb, daß dieser Nicht-Christ »einer der frömmsten Menschen war, und zwar im heidnischen Sinne fromm: Der Ausgangspunkt und die Mitte seiner Frömmigkeit, welche all seine anderen Verehrungen bestimmte, war die Ehrfurcht vor sich selbst, die er in den *Wanderjahren* als die oberste und umfassendste Art der Ehrfurcht pries. Das heißt: Er nahm sein

Eigendasein und Wesen hin als eine Form und Wirkung der göttlichen alldurchdringenden Kraft.«[6]

Unter diesem Aspekt der Achtung vor etwas in ihm, das größer und heiliger ist als er selbst, muß man gewisse sonderbar anmutende Wesenszüge interpretieren, durch die er es seit zartester Kindheit versteht, allen zu demonstrieren, daß er kein Mensch wie jeder andere ist. Von daher rührt jene Überheblichkeit, die er gegenüber seinen Schulkameraden hervorkehrt. So erklärt sich jene »gravitätische« Haltung, die dem Gang des Kindes eine fast lächerliche Feierlichkeit verleiht. Als ihn seine Mutter, die ihn vom Fenster aus so auf der Straße gehen sah, erstaunt fragt, antwortete er mit einer gleichermaßen rührenden, wie beunruhigend gespreizten Bemerkung: »Späther werd ich mich mit noch allerlei auszeignen.«[7]

Er kannte sein Horoskop genau. Oft ließ er sich von der Frau Rätin die Konstellation der Sterne am Tag seiner Geburt wiederholen und immer wieder stellte er dieses Planetenbild mit verschiedenfarbigen Spielsteinen nach. Die Hilfe, die er sich von den Sternen verspricht, bestärkt und ermutigt ihn. Obwohl er weiß, was sie von ihm im Austausch fordern, und ahnt, welchen Anteil man selbst an seinem Schicksal hat, betrachtet er mit Vergnügen diese günstigen Konjunktionen. Er glaubt an den Einfluß der Sterne – fast alle glauben noch daran, obwohl dieses Jahrhundert das Jahrhundert der »Vernunft« und der »Aufklärung« ist –, und er zieht nie in Zweifel, daß ein Pakt abgeschlossen wurde zwischen den Sternen und dem Kind, bei dessen Geburt sie regierten. Er wird dadurch nicht hochmütig, sondern gewinnt Sicherheit und Selbstvertrauen. Als er mit sechs Jahren ernst erklärt: »Die Sterne werden mich doch nicht vergessen«[8], drückt er mit verblüffender Einfachheit die heidnische Überzeugung des Individuums aus, das sich in Einklang mit der Natur und den Göttern weiß.

Diese Harmonie zu schützen und zu bewahren ist die höchste Aufgabe des Menschen. Die Religion ist, etymologisch gesehen, das, was die Erde mit dem Himmel verbindet, den Körper des Menschen mit jenen aufsteigenden Planeten, das Individuum mit der Weltordnung, deren Bestandteil es ist. Man darf sich jedoch aufgrund dieser früh entwickelten Theorien des jungen Goethe kein falsches Bild machen. Wenn man versucht ist, ihn für einen entsetzlichen kleinen Angeber zu halten, so soll man nicht die wahrhaft liebenswerten Kindereien vergessen, die in seinen Erinnerungen reichlich vorhanden sind. Zum Beispiel das Ungestüm, mit dem er, um seine jungen Nachbarn zu belustigen, sein ganzes Kindergeschirr auf die Straße warf und, als ihm die Munition ausging, auch nicht vor den Tellern und Schüsseln aus dem Geschirrschrank der Familie haltmachte. Bald stellt sich heraus, daß er geschickt mit seinen Händen umzugehen weiß und kreativ begabt ist. Er modelliert Figuren aus Wachs, bastelt Städte aus Pappkarton und baut physikalische Instrumente. Man muß sich direkt wundern, daß trotz des massiven Leistungsdrucks von seiten seines Vaters aus ihm kein freudloser, altkluger und unerträglicher Pedant wurde. Er schreibt mit sechs Jahren Lateinisch und wenig später Griechisch. Bald darauf wird er Hebräisch lernen. Er verfaßt seine Arbeiten in französischer, englischer und italienischer Sprache. Er übt sich darin, in allen toten oder lebendigen Sprachen zu schreiben, die ihn sein Vater lehren ließ oder die er ihm selbst einpaukte. Sein Wissensdurst war so groß, daß die hohen Ansprüche des Vaters ihn nicht etwa entmutigten, sondern in ihm nur noch stärker das Verlangen nach Bildung entfachten.

Zum Glück wußte Vater Goethe, daß auch der Körper trainiert werden muß. Fecht- und Reitunterricht ergänzten die Unterweisung aus Büchern, die ihm von zahlreichen Lehrern erteilt wurde. Der Schulmeister legte Wert darauf, seinen Kindern selbst das Tanzen beizubringen, und um sie für diese Kunst zu interessieren, bekommen sie kleine gelehrige Affen, die grazil umherspringen. Er betraut seinen Sohn aber auch mit Aufträgen bei Handwerkern und Kaufleuten, damit er die Arbeit in Geschäft und Werkstatt kennenlernt. Er begleitet ihn zu den Audienzen des Großvaters Textor und läßt ihn bei Gerichtsprozessen zuhören. Um sein Gedächtnis zu schulen, verlangt er von dem Sohn gleich nach der Heimkehr aus der Kirche die Niederschrift der soeben gehörten Predigt.

Für Johann Wolfgang sind das keine unliebsamen Pflichten. Sie kommen seinen eigenen inneren Bedürfnissen entgegen. Er stimmt um so bereitwilliger dem zu, was sein Vater von ihm fordert, als er es selbst wünscht oder als notwendig erachtet.

Seine Neugierde geht sogar weiter, als sein Vater es wahrscheinlich bezweckt. Nachdem er die ganze Oberfläche des Stadtlebens erkundet hat, steigt er hinunter in den Minenschacht, voller Ungeduld, auch dem auf die Spur zu kommen, was man ihm nicht zeigt. Da ihm seine Eltern große Freiheiten lassen, schlendert er in der Stadt umher, angezogen von Kellerfenstern und -eingängen und getrieben von der Ahnung einer weiten und unbekannten Welt, die ein Labyrinth unterirdischer Gänge durchzieht, das sich den oberflächlichen Blicken entzieht. Er wendet sich bald den niederen Volksschichten zu. Da sein Großvater ihn mit einigen kleinen Aufträgen für das Verwaltungsgericht betraut hat, entdeckt er die geduldeten Bestechungen, die mit Trinkgeldern geöffneten Türen und die unter der Hand ausgeschenkten Schoppen Wein, die kleinen Unterschlagungen und dunklen Geschäfte, von denen es unter der Maske von Biederkeit und Ehrbarkeit nur so wimmelt. Seine Liebe zu Gretchen oder, was wahrscheinlicher ist, seine Neugier, sein Hunger alles zu kennen, alles auszuprobieren, treiben ihn in eine Gesellschaft von jungen Fälschern, von kleinen Heruntergekommenen, deren wohlwollender und vielleicht nicht ganz unschuldiger Komplize er wird. »Da es mir angeboren war, mich in die Zustände anderer zu finden, eine jede besondere Art des menschlichen Daseins zu fühlen und mit Gefallen daran teilzunehmen, so brachte ich manche vergnügliche Stunde durch Anlaß solcher Aufträge zu ...«[9] Man kann also annehmen, daß er keine Erfahrungen auslassen wollte, die Listen und Schleichhändel dieser ausgehungerten Schreiberlinge, dieser vom Weg abgekommenen Laufburschen kennenzulernen, die überdies die Gegenwart eines hübschen Mädchens dazu benutzten, um den reichen jungen Mann zu ihrem Verbündeten zu machen. Außerdem diente ihnen die Freundschaft mit dem Enkel des Bürgermeisters als Rückversicherung, da er, falls die Missetaten eines Tages aufgedeckt werden würden, den Freispruch der ganzen Bande erleichtern würde.

Dieser Sohn Frankfurter Großbürger war in keiner Weise snobistisch. Er hatte einen Sinn für Gleichheit, »wo nicht aller Menschen, doch aller menschlichen Zustände als gleichwertig (zu) betrachten, indem ... (ihm) das nackte Dasein als die Hauptbedingung, das übrige alles aber als gleichgültig und zufällig erschien.«[10]

Dieser Gefallen, den er am Umgang mit den niederen Klassen fand, hatte nichts zu tun mit einem Hang zu schlechter Gesellschaft, wie man ihm später zu Unrecht unterstellte. Es war nichts anderes als sein unstillbarer Drang, Erfahrungen zu sammeln und seine absolute Weigerung, seine Neugierde durch Rassen-, Nationalitäten-, Klassen- oder Kastenschranken aufhalten zu lassen. Es zieht ihn oft ins Getto, obwohl die Stellung der Juden im Deutschland jener Tage sich nicht wesentlich von der des beginnenden 20. Jahrhunderts unterschied.

Als Student macht es ihm nichts aus, bei einem Schuster zu wohnen. Seine ersten Freundinnen, mit Ausnahme vielleicht des kleinen unbekannten Mädchens, in das er sich mit vierzehn Jahren verliebte, dem er nur in der Kirche begegnete und dessen Abreise bei ihm – damals schon! – eine schwere Krankheit hervorrief, waren Mädchen aus dem Volke. Das Gretchen aus Frankfurt und Annette aus Leipzig gehörten dem Proletariat an. Ob Gretchen nun eine wirkliche Person war oder eine Verbindung aus verschiedenen jungen Mädchen, oder aber eine Symbolfigur, wie es manche verstehen wollen, bezeichnend bleibt doch, daß die Serviererin in einem Nachtlokal danach strebt, Näherin zu werden, um angesehener zu sein. Auch Annette trägt Flaschen und spült Gläser. Und so wie der junge Goethe keine Vorbehalte hat gegenüber Dienstmädchenliebschaften, wird der Dichter auf dem Gipfel seines Ruhmes nicht zögern, mit der Tochter eines kleinen Beamten, einer Arbeiterin in einer Kunstblumenfabrik, zusammenzuleben.

Kein Mann hat vielleicht so ehrlich und so peinlich genau Titel, Grade und Würden respektiert, war so sehr an die Hierarchien und an die Etikette, die sie erfordern, gebunden, aber es war auch keiner so frei von bürgerlichen Vorurteilen, so ledig aller kleinlichen vorgefaßten Meinungen. In seinen Beziehungen mit den Herrschern zeigte er sich immer voller Ehrerbietung, ohne deshalb im mindesten ein »Floh im Hermelin« zu sein. Er wußte, daß er intellektuell durch sein Genie den Größten unter ihnen überlegen war. Dennoch schätzt er die ihnen eigene Größe und den besonderen Charakter ihrer Bedeutung. Für ihn ist theoretische Gleichheit dumm und unsinnig, denn sie findet in der Realität keine Anwendung. Aber er ist zu begierig auf alle Aspekte des Lebens, auf alle Formen des »nackten Daseins«, um sich nicht für alle Ausdrucksarten menschlichen Handelns und Denkens zu interessieren.

Zur selben Zeit also, da er regelmäßig mit einigen älteren Männern verkehrte, Frankfurter Großbürgern oder Mitgliedern jener Aristokratie, die unbeirrt an ihrem Standesbewußtsein festhielten, dem stellvertretenden Bürgermeister Olenschläger, dem gequälten Reineck, Malapart, dem Nelkenliebhaber, dem Hofrat Huisgen, trieb er sich mit Margarethens Vettern in den Hinterzimmern von Wirtshäusern herum, benützte seine kalligraphischen Talente, um ihnen bei ihren betrügerischen Fälschungen zu helfen. Es gefiel ihm in diesem mehr als zweifelhaften Milieu ebenso gut wie bei Albrecht, dem gelehrten Kenner des Hebräischen, oder dem Mathematiker Moritz.

Dieser Umgang beweist, welcher Freiheiten er sich im Hause des strengen Herrn Rats erfreute. Es konnte passieren, daß der Fünfzehnjährige seine Abende in einer Schenke in Gesellschaft eines hübschen Mädchens und einiger Strolche verbrachte und, wenn er die Sperrstunde verpaßte, dort die ganze Nacht blieb, wo er keusch neben seiner schlummernden Freundin schlief. Vater Goethe hatte nichts dazu getan, um bei dem Knaben ein Klassenbewußtsein zu wecken, das vielleicht er, der Enkel des Hufschmieds von Mansfeld, selbst nicht besaß.

Nach Belieben umherstreifend, setzte der junge Goethe schon frühzeitig alles daran, diesen Schatz unmittelbarer Erfahrungen zu vermehren. Es war also nicht Eitelkeit, die ihn veranlaßte, mit einer kleinen Sekte junger Adliger zu verkehren, die den Knaben dazu bringt, sich um Aufnahme in der »arkadischen Loge der Philandria« zu bemühen. Erst nach langen fruchtlosen Bemühungen, dort Eintritt zu erlangen, läßt er sich von den wiederholten Abweisungen entmutigen, um sich später in Weimar der Loge »Amalia« zuzuwenden. Man ist ehrlich betroffen, wenn man bedenkt, wie weit sich dieses so stolze und von seiner Überlegenheit überzeugte Kind in seinen Briefen an den jungen Logenmeister Ysenburg von Buri herabwürdigt. Er bettelt geradezu um die Aufnahme, er nimmt die zahlreichen Zurückweisungen auf sich, er gesteht schonungslos seine Fehler ein, er läßt zu, daß Freunde, die nichts taugen, die schmählichsten Beurteilungen über ihn abgeben, seine »schlechten Sitten« und sein »oberflächliches Geschwätz« beanstanden; und er erträgt es, daß ein Krautjunker am Ende sein Gesuch in der schamlosesten und brüskierendsten Form ablehnt.

Welcher Beweggrund treibt den jungen Mann dazu, die Mitgliedschaft in einer provinziellen Loge anzustreben, die einen mondänen und frivolen, aber keinen esoterischen Hintergrund hat? Sicher nicht der Wunsch, sich in einem eleganten, ein wenig versnobten Milieu Zutritt zu verschaffen, dessen größtes Verdienst darin bestand, daß es nur einigen wenigen, durch Zuwahl ergänzten Auserwählten zugänglich war. Ihn drängte vielmehr die Neugierde auf das Mysterium, das sich hinter den hochtrabenden Titeln, den sonderbaren Zeremonien, der Geheimniskrämerei verbarg. Goethe muß hinter den leeren Ritualen das Wissen um tiefere Wahrheiten vermutet haben. Vielleicht liebte er auch das Geheimnis um des Geheimnisses willen, wie so viele romantische junge Leute zu dieser Zeit. Möglich wäre ebenfalls, daß er in der Freimaurerei eine Gesellschaft von gutem Ton gesucht hat, einen hocharistokratischen Club, in dem die Herrscher und die Mitglieder des höchsten Adels verkehrten. Vielleicht glaubte er, dort den Schlüssel der Geheimnisse Hirams zu erhalten. Jedenfalls wiederholt er seine devoten Anträge mit einer Beharrlichkeit, die allein schon eine günstige Antwort verdient hätte.

Doch lassen wir uns nicht täuschen. Er ist zu hellsichtig,

dieser fünfzehnjährige Knabe, als daß er sich durch die Arroganz der jungen Philandrier blenden ließe. Er bittet sie nicht, ihm die Ehre zu erweisen, dem Enkel des Bürgermeisters, der im Grunde nur ein bürgerlicher Magistrat ist, einen Platz einzuräumen, sondern ihn in das Geheimnis einzuweihen. Denn das Geheimnis hat für ihn ebensoviel Anziehungskraft wie die objektive Wirklichkeit. Dieser leidenschaftliche Beobachter alles Sichtbaren bewahrt zur gleichen Zeit eine unstillbare Neugierde am Unsichtbaren, einen außerordentlichen wachen und scharfsichtigen Sinn für die verborgene Welt. Woher er es hat? Aus seiner tiefen Natur, aus seiner Erziehung, aus der Bedeutung, die seine Mutter den Horoskopen und Voraussagen der Astrologie beimißt. Sie selbst greift in schwierigen Situationen auf das zurück, was die Alten das »vergilische Los« nannten, und sticht eine Nadel in ihre Bibel, um mit Hilfe des Zufalls den Bibelspruch zu bezeichnen, der ihr eine Entscheidung erleichtern wird. Nicht vergessen darf man den Einfluß des Großvaters Textor, dieses so vernünftigen, ausgeglichenen Bürgers, der auf seine Art so etwas wie ein Hellseher, ein Prophet ist. Das Kind selbst wird oft von Alpträumen geplagt, aus denen man es nur erlösen kann, indem man an seinem Ohr ein silbernes Glöckchen ertönen läßt, das seine nächtlichen Ängste vertreibt. Die Abenteuerromane, die der junge Goethe verschlingt, die Märchen, die ihm seine Eltern und Großeltern erzählen und die Geschichten, die er selbst erfindet, um wiederum seine Kameraden damit zu unterhalten, begünstigen sicher ebenfalls diese Vertrautheit mit dem Übernatürlichen. Es ist wohl kaum etwas dagegen einzuwenden, daß der alte Goethe das Thema des Kindermärchens, das er »Der neue Paris« nennt, etwas ausgearbeitet hat; der esoterische Tenor dieser Erzählung erscheint dadurch nicht weniger greifend, wenn wir uns in Erinnerung rufen, daß dieses Kind hier ein Äquivalent zu den schönsten romantischen Märchen, zu den bahnbrechendsten Seiten Novalis', Contessas oder Hoffmanns geschaffen hat.

Der junge Mann, der seine Freunde mit solchen Geschichten unterhielt, war unleugbar ein »Erleuchteter«, ein »Zauberer«.

Für ihn war alles von Zauber umgeben: Das Marionettentheater, das ihm, als er vier Jahre alt war, das Geheimnis der tanzenden und sprechenden Puppen offenbarte; die Poesie, die er zuerst nur unter dem trockenen, kühlen Einfluß seines Vaters, unter dem Aspekt der Stilübung kennenlernte, aber deren übersinnlichen Charakter er dennoch ahnte; die Religion selbst, denn der Junge war frühzeitig enttäuscht vom lutherischen Formalismus und der beunruhigenden Güte des Christengottes, der so schreckliche Katastrophen wie das Erdbeben in Lissabon zuließ – das in jener Zeit vielleicht mehr zur Ausbreitung der Gottlosigkeit beitrug als die Vorhersagen der Enzyklopädisten. Also hatte er sich einen eigenen Gott geformt, eine Art großen Pan, der allen Dingen innewohnte, dem er Opfer brachte, indem er Weihrauchpastillen auf einer Pyramide aus gesammelten Gesteinsproben verbrannte. Glaubte er wirklich an diese im Innersten der Steine und Metalle verborgene Gottheit, oder war das nur Theater? Wollte dieser frühreife Schauspieler, halb und halb aufrichtig, den Hohenpriester spielen oder gaben sich seine spontane Frömmigkeit, sein Gefühl für Verehrung, seine im Grunde tiefreligiöse Seele völlig mit dieser geologischen Messe zufrieden, die für ihn eine lyrische Vereinigung von Seele und Materie darstellte? Wir werden es nicht ergründen. Um die Wahrheit zu sagen, die Opfer hören an dem Tag auf, an dem der junge Hierophant (= Oberpriester bei den Eleusinien) die Weihrauchpastillen direkt auf ein Pult aus rotem und goldenem Lack gelegt und somit das kostbare Möbel beschädigt hat; die Realität bringt ihn prosaisch auf die Erde zurück. Aber das entkräftet nicht die Behauptung, daß zwischen diesem Menschen und der Weltseele eine geheimnisvolle Bindung bestanden hat. Zweifellos mußte er nur auf seine eigenen Erfahrungen zurückgreifen, um für seinen *Wilhelm Meister* den rätselhaften Makarie zu ersinnen, der in seinem tiefgründigen Wesen die Revolutionen des Himmels und die Bewegung der Gestirne erfährt.

Dazu gibt es eine seltsam anmutende Geschichte, die trotz des Wohlwollens, mit der er sie in seinem Briefwechsel und in seinen Gesprächen erwähnte, nicht von Goethe selbst erzählt worden ist. Eckermann, der treue Geschichtsschreiber, hatte sie aus dem Munde des Kammerdieners Stadelmann gehört, und sie verdient es, wiederholt zu werden. Eines Nachts, als Stadelmann auf das gebieterische Läuten hin, in das Zimmer seines Herrn eilt, findet er ihn aufrecht im Bett sitzend. Mit zum Fenster gewandtem Gesicht fragt Goethe: »Hast du nichts am Himmel gesehen?« Stadelmann verneinte. »So laufe einmal nach der Wache und frage den Posten, ob der nichts gesehen.« Die Antwort ist ebenfalls negativ. Goethe läßt seinen Diener auf der Bettkante Platz nehmen und erzählt ihm, daß sich auf der Welt in diesem Augenblick ein furchtbares Erdbeben ereignet. Durch welche Zeichen hat er von diesem Beben in Messina erfahren, das zur gleichen Stunde so weit von Weimar entfernt so viele Opfer forderte? Die Angaben Stadelmanns sind vage. Das kann aber auch daran liegen, daß der Diener die Worte seines Herrn falsch verstanden oder nicht richtig behalten hat – »es war sehr wolkig und dabei regte sich kein Lüftchen, es war sehr still und schwül« –[11] das erklärt gar nichts. Zweifellos war Goethe selbst nicht in der Lage, die geheimnisvolle Eingebung zu definieren. Und als er tags darauf am Hof dieses Ereignis berichtete, hatte er die kostbare Maxime seiner orphischen Verse vergessen: »Sagt es niemand, nur den Weisen, weil die Menge gleich verhöhnet ...«[12]

Seine verwunderten Zuhörer, die ihn eine Katastrophe beschreiben hörten, die in der Nacht vorher über Sizilien hereingebrochen war, von der aber niemand Kenntnis haben konnte, es sei denn mittels eines »Dämons«, flüsterten: »Höre! Goethe schwärmt.«[13]

Nirgendwo anders als in diesem Harmoniezustand zwischen Körper und Seele des Universums darf man die Quelle für die magischen Fähigkeiten suchen, die Goethe besitzt. Diese übersinnliche Kraft läßt ihn den physischen Widerhall der tellurischen Erscheinungen spüren und entdeckt ihm die erhabensten Wahrheiten, bevor irgend jemand sie ihn gelehrt hat. Alle scheinbar unharmonischen Elemente dieser Kindheit und Jugend fügen sich nun sinnvoll zu einer Persönlichkeit, die immer noch rätselhaft genug ist. Sein übersteigertes Schönheitsempfinden, das ihm den Anblick von Häßlichkeit unerträglich machte und ihm fast körperliches Unwohlsein verursachte, wenn er sich in der Nähe eines mißgebildeten Kindes befand; sein Bedürfnis nach akkurater äußerer Eleganz, das jeden Tag drei komplette Anzüge erforderte, die nicht aus einer Laune heraus bereitlagen, sondern um es ihm zu ermöglichen, zu jeder Tageszeit angemessen gekleidet zu sein; die bizarre Idee, die ihn aus geschmeichelter Eitelkeit und Neugier unter den regierenden Fürsten und großen Persönlichkeiten seinen vermeintlichen Großvater suchen ließ, als boshafte Kameraden bei ihm Zweifel an der Legitimität seiner Abstammung geweckt hatten; seine Liebe zur Musik und seine Unfähigkeit, an dem Cello- und Cembalounterricht Gefallen zu finden, den man ihm auferlegte; seine Sympathie für die jungen Taugenichtse und kleinen Arbeiterinnen; seine leidenschaftliche Liebe für das »nackte Dasein«; sein Bedauern darüber, daß der skeptische Doktor Albrecht den Hebräischunterricht nicht dazu genutzt hatte, ihn die Kabbala zu lehren; seine Neugier auf die Anatomie der Lebewesen, die ihn dazu brachte, lebendige Vögel zu rupfen, um herauszufinden, wie die Federn angeordnet sind. All diese Eigenheiten machen Goethe schon von frühester Kindheit an zu einer äußerst komplexen und faszinierenden Gestalt.

Erst als er die Mission ahnte, die er zu erfüllen hatte, und der Leiden und des Verzichts bewußt wurde, die sie ihm abverlangen würde, vernahm er jene Worte der Muse, die ihm seinen Weg vorschreiben.

»Ich habe dich auserlesen
Vor vielen in dem Weltwirrwesen,
Daß du sollst haben klare Sinnen,
Nichts Ungeschicklichs magst beginnen.
Wenn andre durcheinander rennen,
Sollst du's mit treuem Blick erkennen;
Wenn andre bärmlich sich beklagen,
Sollst schwankweis deine Sach' fürtragen;

Sollst halten über Ehr' und Recht,
In allem Ding sein schlicht und schlecht;
Frummkeit und Tugend bieder preisen,
Das Böse mit seinem Namen heißen.
Nichts verlindert und nichts verwitzelt,
Nichts verzierlicht und nichts verkritzelt!
Sondern die Welt soll vor dir stehn,
Wie Albrecht Dürer sie hat gesehn,
Ihr festes Leben und Männlichkeit,
Ihre innre Kraft und Ständigkeit.
Der Natur-Genius an der Hand
Soll dich führen durch alle Land,
Soll dir zeigen alles Leben,
Der Menschen wunderliches Weben,
Ihr Wirren, Suchen, Stoßen und Treiben,
Schieben, Reißen, Drängen und Reiben.
Wie kunterbunt die Wirtschaft tollert,
Der Ameishauf durcheinander kollert;
Mag dir aber bei allem geschehn,
Als tätst in einen Zauberkasten sehn.«[14]

Es ist uns überliefert, daß er oft die Sterne am Himmel betrachtete, voller Wißbegierde für die Konstellationen und prophetischen Konjunktionen. Vielleicht hörte er schon den Lobgesang der Engel, die sich anbetend vor dem Schöpfer niederwarfen:

»Die Sonne tönt nach alter Weise
In Brudersphären Wettgesang,
Und ihre vorgeschriebne Reise
Vollendet sie mit Donnergang ...«[15]

Vielleicht suchte er in diesem Gewimmel prophetischer Lichter diejenigen, die von Ewigkeit an dort hingesetzt waren, um ihm seinen Weg als treue Führer, als genaue Botschafter zu erhellen? »Die Sterne werden mich doch nicht vergessen.«

Diese kindliche Intuition war gerechtfertigt. Die Eingebung, die ihm jenes Erdbeben in irgendeinem blitzenden Geschwader des Planetenmeeres offenbarte, gab ihm kein falsches Versprechen. Ein halbes Jahrhundert später, an der Schwelle des Alters angekommen, reich an allen Erfahrungen des Lebens, das nichts abgewiesen hatte, was es gebrauchen, in sich aufnehmen konnte, erinnerte sich Goethe an das Zeichen, das einst dem Knaben gegeben wurde, als er in dem Mansardenzimmer des zweiten Stockwerks seines elterlichen Hauses den nächtlichen Himmel befragte.

»Wie an dem Tag, der dich der Welt verliehen,
Die Sonne stand zum Gruße der Planeten,
Bist alsobald und fort und fort gediehen
Nach dem Gesetz, wonach du angetreten.
So mußt du sein, dir kannst du nicht entfliehen,
So sagten schon Sibyllen, so Propheten;
Und keine Zeit und Macht zerstückelt
Geprägte Form, die lebend sich entwickelt.«[16]

2
Rocaillen und Schäfergedichte

Zweifellos steht es in den Sternen geschrieben, daß alle Etappen dieses Lebens vom Zeichen des Geheimnisvollen und des Feuers geprägt sein werden. Während der Kutschenfahrt, die den jungen Studenten nach Leipzig führen sollte, überraschte ein außergewöhnliches Schauspiel plötzlich, kurz nachdem man Hanau verlassen hatte, die Reisenden:

»Auf einmal sah ich an der rechten Seite des Wegs in einer Tiefe eine Art von wundersam erleuchtetem Amphitheater. Es blinkten nämlich in einem trichterförmigen Raume unzählige Lichtchen stufenweise übereinander und leuchteten so lebhaft, daß das Auge davon geblendet wurde. Was aber den Blick noch mehr verwirrte, war, daß sie nicht etwa still saßen, sondern hin und wider hüpften, sowohl von oben nach unten, als umgekehrt und nach allen Seiten.«[1] Diese Versammlung von Elfen oder Irrlichtern war ein gutes Omen, und später, am Ziel der Reise, als man im Hof des Gasthofes ausspannte, wo Menschen eng gedrängt an den Tischen saßen, bemerkte der junge Goethe das Wirtshausschild, das über der Tür hing: ›Zur Feuerkugel‹. Wenn man ein völlig neues Leben in einer unbekannten Umgebung beginnt, unter Leuten, die vielleicht deine Qualitäten verkennen oder sich über deine Eigenheiten lustig machen werden, ist es gut zu wissen, daß die Götter mit dir sind. Goethe kannte den Spruch Heraklits:

»Das delphische Orakel sagt weder ja noch nein: Es gibt ein Zeichen.« Welches günstigere Orakel könnte sich diese sonnige und brennende Natur wünschen als das doppelte Zeichen der tanzenden Phantasmagorie in der Nacht und diese »Feuerkugel«, die wie ein Schutzstern über seinem Logis hing?

Das durch den Fälscherprozeß erregte Aufsehen hatte glücklicherweise ein ziemlich gutes Ende gefunden; wenigstens für den Enkel des Bürgermeisters. Auch die anderen hatten im gewissen Maße von dem Wunsch der Familie profitiert, diese Angelegenheit so schnell wie möglich zu bereinigen. Goethe war noch einmal mit dem Schrecken davongekommen. Außerdem hatte er sich durch eine ziemlich gutartige Krankheit aus der Affäre gezogen, mit der er sein durch den Prozeß in seiner Eigenliebe tief gekränktes Herz geheilt hatte. Nicht etwa der Umstand, daß er sich in betrügerische Geschäfte verwickelt fand, hatte ihm so zugesetzt. Sein verwundetes Selbstbewußtsein rührte vielmehr von der verächtlichen Herablassung, mit der Gretchen in ihren Aussagen ihren Anbeter als unschuldig hingestellt hatte. Um ihn vor dem Zugriff der Justiz zu retten, hatte sie ihn als ein Kind, ja fast als einen Dummkopf geschildert, der sich von den schlaueren Halunken in die Sache hatte hineinziehen lassen, ohne sich über die Folgen im klaren zu sein. Was gibt es für einen Fünfzehnjährigen, der zum ersten Mal verliebt ist, Schlimmeres, als zu hören, wie seine Angebetete den Richtern erklärt: »Ich kann es nicht leugnen, daß ich ihn oft und gern gesehen habe; aber ich habe ihn immer als ein Kind betrachtet, und meine Neigung zu ihm war wahrhaft schwesterlich. In manchen Fällen habe ich ihn gut beraten, und anstatt ihn zu einer zweideutigen Handlung aufzuregen, habe ich ihn verhindert, an mutwilligen Streichen teilzunehmen, die ihm hätten Verdruß bringen können.«[2]

Die Familie Goethe atmete erleichtert auf, als sie sah, daß den leichtsinnigen Jüngling keine Schuld traf; sicherheitshalber verurteilte das Gericht das liebenswerte Gretchen dazu, unverzüglich Frankfurt zu verlassen und nie mehr dorthin zurückzukehren. Als Wolfgang wieder gesund war, fand er die Liebste ausgeflogen und an ihrer Stelle einen Erzieher, dessen Aufgabe der eines Gefängniswärters gleichkam. Um die schöne Jahreszeit zu nützen, nahm dieser seinen Zögling auf lange Spaziergänge durch Felder und Wälder mit, da die freie Natur in jeder Hinsicht gesünder war als der Aufenthalt in schlecht beleumundeten Schenken.

Der Jüngling war froh über die Aussicht auf die Abreise nach Leipzig. Er hatte inzwischen eine tiefe Abscheu vor Frankfurt und litt immer noch unter der zweifachen Demütigung: von der geliebten Frau als Kleinkind behandelt und von den »Ehrwürdigen« der Philandria abgewiesen worden zu sein, die sich ein für alle Mal auf ziemlich rüde Weise gegen seine Kandidatur gestellt hatten. Auf alle Fälle kam ihm ein Wechsel der Umgebung sehr gelegen. In einer neuen Atmosphäre konnte er ein neues Leben beginnen.

Johann Wolfgang wollte eigentlich nach Göttingen, wo es berühmte Lehrer wie Michaelis und Heyne gab, aber sein Vater zog Leipzig vor, und es war aussichtslos, den Herrn Rat von einem einmal gefaßten Entschluß abzubringen. Am Sankt Michaelstag des Jahres 1765 stieg der junge Mann in die Postkutsche, zusammen mit dem Buchhändler Fleischer, der wie üblich seinen Büchervorrat auf der Herbstmesse, zu der die letzten Neuheiten erschienen, wieder auffüllte. Die Reise wäre angenehmer verlaufen, wenn es nicht während der ganzen Fahrt geregnet hätte. Glücklicherweise gab es Rastpausen im Gasthaus, überraschende Begegnungen und Unterhaltungen, und so verging die Zeit recht schnell. Das Gesicht Leipzigs überraschte den Jüngling, der bis jetzt Frankfurt noch nie verlassen hatte. Es war eine ziemlich moderne Stadt mit großen Häusern und breiten Straßen. Sie hatte ihr altertümliches, mittelalterliches Gepräge abgelegt, um sich dem neuen Geschmack anzupassen. Hier herrschte das Rokoko, und die Bewohner ahmten gerne die französischen Sitten nach und hatten ihre Augen auf Paris gerichtet, um dessen Moden und Vergnügungen aufzugreifen. Obwohl Goethe dem gehobenen Frankfurter Bürgertum angehörte, kam er sich in den Leipziger Salons, wo die Studenten gefeiert und verhätschelt wurden, wie ein Provinzler, ja beinahe wie ein Bauer vor. In der Tat unterschied sich die Leipziger Universität dadurch, daß es zum guten Ton gehörte, sich dort mondän und galant, als Tänzer und Frauenkenner zu zeigen, wohingegen anderenorts die Studenten das Gehabe von Großmäulern oder Flegeln annahmen, sich mit Bier betranken und sich das Gesicht mit Degenhieben zerschnitten.

Der junge Goethe wechselte nicht nur seine Umgebung, er wechselte auch die Epoche. Während sich Frankfurt nur zögernd von seinem mittelalterlichen Geist und Gepränge trennte, empfing den Jüngling in Leipzig das blühende Rokoko. Es war die Zeit der Rocaillen und Schäfergedichte. Vergoldete, rosafarbene oder hellgrüne Arabesken zierten die Decken und kletterten in eigenwilligem Blattwerk die Mauern entlang, umkränzten Spiegel und Türen, wucherten in Helmbüschen, Federn und Ästen, auf denen Phantasievögel tanzten. Man liebte die Annehmlichkeiten des Lebens und hatte sich dem Luxus verschrieben. Nach dem Beispiel der Franzosen legte man sich zierliche, eigenwillige Möbel zu und trug Kleider aus raschelnder Seide, die sich eng an den Körper anschmiegten. An den Wänden hingen Bilder, die Idyllen und Schäferszenen darstellten. Alles war bemüht, sich den Anschein von Grazie, Charme und Esprit zu geben. Vergnügen hieß das Gesetz der Stunde, und man war sich einig, daß es die Aufgabe eines jeden sei, durch Sorglosigkeit und Leichtlebigkeit die Welt für sich und seine Umgebung so angenehm wie möglich zu machen.

Der junge Goethe brauchte nicht lange, um festzustellen, daß die Garderobe, die zu Hause von den Dienern, die zugleich Schneider waren, angefertigt worden war und die er für sehr elegant hielt, hier nur Lächeln hervorrief. Seine Art zu sprechen, sein Akzent, seine Redewendungen brachten die Leute in Verwunderung. Er mußte sich so schnell wie möglich dieser Eigenheiten entledigen, wenn er gefallen wollte. Und die Maxime, hier wie auch anderswo, hieß, zu gefallen um jeden Preis.

Wolfgang war zu dieser Zeit ein ziemlich hübscher junger Mann mit einem ovalen, ein wenig pausbäckigen Gesicht und einem sinnlichen Mund. Seine Augen besaßen schon jenen wunderbaren Glanz, und die Frauen wurden nicht müde, sein schönes braunes Haar zu bewundern, das er nach der Beschreibung Marie Körners »ungepudert im Nacken gebunden trug, aber nicht wie der alte Fritz als steifen Zopf, sondern so, daß es in dichtem Gelock frei herabwallte.«[3]

Er hatte bei einem Trödler seine ganze Frankfurter Garderobe versetzt und sich mit Anzügen nach der neuesten Mode ausstaffiert. So aufs Eleganteste angetan, flatterte er in den Salons umher, plauderte charmant zu Füßen der jungen Damen, schrieb kleine galante Verse in ihre Alben, tanzte gewandt – die Lektionen der dressierten Affen hatten ihre Dienste getan – und trat ansonsten, der mondänen Gesellschaft gemäß, wie ein Stutzer auf, ein junger hohlköpfiger Geck mit hübschem Geschwätz, der vor allem mit seinem Jabot und seinem Degen beschäftigt, ferner verliebt und natürlich Dichter war, wie es der gute Ton vorschrieb. Kurz, einer der alle Lebensprobleme durch ein Lächeln, eine Pirouette, ein Achselzucken, eine anmutige Geste seiner parfümierten Hand löst.

Die Verwandlung war vollkommen. In einigen Tagen war aus dem bedächtigen und ein wenig steifen jungen Mann, der einen so großen Hang zur Ernsthaftigkeit und sogar Feierlichkeit hatte, daß er sich nicht einmal scheute, bei seinen Kameraden und seiner Schwester den Schulmeister zu spielen, eine Art schillernder, schwirrender, manierierter Nachtfalter geworden. So wie es sich gehörte im Rokoko, um völlig mit der Architektur der Gebäude, der Dekoration der Wohnungen und dem Geschmack der Damen zu harmonisieren.

Es fiel ihm um so leichter, seine Zeit dem mondänen Leben zu widmen, als ihn seine Professoren gelangweilt und enttäuscht hatten. Sogar so berühmte Männer wie Gellert, Gottsched oder Böhme erfüllten nicht seine Erwartungen. Gellert, der ihn zwar wegen seiner »zierlichen, doch nicht hageren Gestalt, seiner sanften, eher traurigen Augen, seiner sehr schönen Stirn, seines feinen Mundes«, seines gefälligen ovalen Gesichts einnahm, lehrte eine Philosophie, die der junge Pragmatiker von vornherein ablehnte: »In der Logik kam es mir wunderlich vor, daß ich diejenigen Geistesoperationen, die ich von Jugend auf mit der größten Bequemlichkeit verrichtete, so auseinander zu zerren, vereinzeln und gleichsam zerstören sollte, um den rechten Gebrauch derselben einzusehen.«[4]

Böhme, der Professor für Geschichte und Staatsrecht, war ein untersetzter lebhafter Mann. Von der ersten Begegnung an mißfiel er dem Jüngling wegen seiner Feindseligkeit gegenüber der Literatur. Das Jurastudium langweilte ihn. Gottsched dagegen hätte ihn möglicherweise angezogen, wenn er ihn nicht bei seinem Besuch in einer ziemlich lächerlichen Situation, ohne Frack und ohne Perücke, einen gewaltigen Bauch und fürchterlichen Glatzkopf offenbarend, überrascht hätte. Das genügte bereits, um in den Augen eines von Natur aus ironischen Menschen, dem die Mode des Rokoko das Spotten vorschrieb, diesen in ganz Deutschland geschätzten und berühmten Lehrer in Mißkredit zu bringen.

Was lag näher, als die Lehrsäle gegen die Salons und das neue Theater einzutauschen? Dieses Theater hatte gerade unter der Leitung von Gottfried Koch eröffnet und zählte bekannte Schauspieler und vor allem Schauspielerinnen zu seinem Ensemble wie Elisabeth Schmeling, Karoline Schulze und eine junge sechzehnjährige Künstlerin, namens Corona Schröter, die Goethe faszinierte und die er später in Weimar wiedertraf. Man spielte französische Stücke, Operetten und komische Opern. Wolfgang, der schon von Kindheit an diese Zauberwelt liebte, die unter der großen Bühnenbeleuchtung ihre Wunder zwischen bemalten Leinwänden, Stoffwäldern und Pappfelsen entfaltet, besuchte oft das neue Theater. Es verkörperte für ihn gleichzeitig die Gärten Armidas, den Palast Alcinas und den Ort aller Magie.

So verstrichen Herbst und Winter mit den verschiedensten Vergnügungen und Studentenstreichen. Um eine vermeintliche Begabung zu fördern, ließ er sich von den besten Leipziger Künstlern, Oeser und Stock, in der Zeichen- und Stecherkunst unterweisen. Zudem traf es sich, daß sowohl Maler als auch Stecher hübsche Töchter hatten, und der Schüler legte gerne den Zeichenstift und den Stichel nieder, um mit den jungen Mädchen zu scherzen. Sie sangen, spielten unschuldige Spielchen oder zogen der Katze und dem Hund Kleider an. Marie

Oeser erzählt in ihren Erinnerungen, daß Goethe dem Bologneserhündchen mehr Aufmerksamkeit schenkte als ihnen. Das ging so weit, daß er am Weihnachtstag des Jahres 1765 eigens für den kleinen Hund Joli einen Christbaum aufbaute, der mit Schleckereien behängt war, die nur für das Tier bestimmt waren. Er behauptete, daß die Süßigkeiten die Zähne der Mädchen ruinieren und die Mandeln und Nüsse ihrer Stimme schaden würden. Man ließ Joli an diesem Abend alles durchgehen. Er durfte sogar das Jesuskind aus der Krippe unter den Tränen der Mädchen und dem Gelächter Goethes auffressen. Der heilige Joseph, Mutter Maria, Ochs und Esel verdankten ihre Rettung nur dem Umstand, daß sie aus Holz und nicht aus Zuckerwerk waren.

Goethe wurde zu diesen Spielen und Scherzen von seinem neuen Freund Behrisch angestiftet. Dieser eigenartige, amüsante, das Paradoxe liebende, unbändig spottsüchtige Jüngling hatte bald den Provinzler sowohl durch seine Ratschläge als auch durch seine Spötteleien zum modischen jungen Mann umgeformt. Der an jeder Tafel gern gesehene Behrisch wurde bald sein ständiger Begleiter, sein Lehrmeister für feine Manieren und nicht zuletzt ein bißchen sein böser Geist. Behrisch war Hofmeister bei dem jungen Grafen Lindeman, den ihm dessen Vater unvorsichtigerweise anvertraut hatte. Behrisch, der immer in Grau gekleidet war, und zwar so raffiniert, daß er in seinem Anzug alle nur erdenklichen Nuancen dieser Farbe kombinierte, hatte sich den Ruf eines Originals geschaffen. Er sah nicht gut aus, denn er hatte eine zu große Nase und harte Züge, besaß aber einen teuflischen Charme mit seiner langen, an Hoffmann erinnernden legeren Silhouette, seiner ausgefallenen Perücke, seinem Degen, der ihm bis zu den Absätzen hing. Es gab keinen Streich, den er nicht erdachte. »Seine größte Lust war, sich ernsthaft mit possenhaften Dingen zu beschäftigen und irgend einen albernen Einfall bis ins Unendliche zu verfolgen.«[5] Für Goethe, dem es – wie er im Alter Eckermann gestand – immer an Humor gefehlt hatte, war der Umgang mit diesem scharfzüngigen Kritiker von Vorteil. Behrisch gelang es, die glänzenden Flügel dieses Schmetterlings aus der Verpuppung zu befreien. Dieser Hofmeister, der sich nicht scheute, seinen kleinen zwölfjährigen Zögling zu den Mädchen, in Spelunken und Gasthäuser mitzunehmen, kannte keine Moral. Einfallsreichtum und Phantasie traten an ihre Stelle. Nur ihm vertraute Goethe seine Liebesgeschichten an, nur ihm las er seine Gedichte vor. Meistens konnten weder die Verse noch das Mädchen vor den kritischen Augen Behrischs bestehen, und Goethe zerriß folgsam seine schwachen Reime und wandte sich, kaum daß das Verdikt dieses unbarmherzigen Richters ausgesprochen war, neuen Liebschaften zu.

Goethe fand in Behrisch einen typischen Vertreter der Rokoko-Zeit: Ein Draufgänger, der trotz seiner Jugend nichts mehr vom Leben lernen kann, einen Don Juan – *Don Giovanni* –, der die Frauen so wenig ernst nimmt wie seine Studien und der die moralischen Tugenden leugnet. Behrisch war kein schöpferischer Mensch. Da er eine geschickte Hand bei der Kalligraphie hatte, gab er sich damit zufrieden, die Gedichte seiner Freunde aufs schönste abzuschreiben. Behrisch, der sein ganzes Leben, halb als Hofmeister, halb als Schmarotzer, im Kielwasser irgendeines vornehmen Herrn zugebracht hatte, bis zu dem Tag, als er sich, alt geworden, in sein mit Geranien aller Arten und Farben gefülltes Zimmer einschloß, um nie mehr auszugehen, trat in einem Augenblick in Goethes Leben, in dem sein Einfluß von Vorteil sein sollte.

Natürlich nur was die mondäne Seite anging, versteht sich, denn für die Moral war er nicht zuständig. Es ging darum, diese Rokokogestalt nach dem Vorbild der Meißner Figuren zu verfeinern und zur höchsten Perfektion zu bringen. All das abzustreifen, was ihm noch von der alten Frankfurter Behäbigkeit anhaftete. Völlig unvorhergesehen half Behrisch dem jungen Goethe, sich von der Vergangenheit zu lösen und neue Gewohnheiten anzunehmen, die er lange beibehalten sollte. Ein Meister in der Strategie der Liebe, lehrt ihn Behrisch, wie man mit den leichten und den nicht so leichten Mädchen umzugehen hat. Jeden Sieg, den er auf diesem angenehmen Schlachtfeld davonträgt, rechnet Goethe Behrisch als Verdienst an. Als Hofmeister des Dichters ist der graugekleidete hochgewachsene Mensch noch weit erfolgreicher als bei dem kleinen Lindeman. Entscheidend beeinflußt er Goethes berufliche Neigung und auch dessen Liebschaften. Behrisch zu gefallen, schien ihm das Gebot der Stunde, und so übertraf der Schüler bald seinen Lehrer an mutwilligen Streichen und gewagten Amüsements. Es dauerte nicht lange, bis Graf Lindeman von dem *schlechten Umgang* des Erziehers seines Sohnes erfuhr und drohte, ihn zu entlassen, falls er sich weiterhin mit diesem Goethe, der einen so erbärmlichen Ruf hatte, abgeben würde.

Erbärmlich war er sicher und obendrein wohlverdient. Goethe stößt sich so die Hörner ab, daß nichts von seinem guten Ruf übrigbleibt. Eine Erfahrung bis zum Ende auszuschöpfen, welche auch immer es sei, ist das große Motto seines Lebens. Goethe war also bis zum Exzeß ein Rokoko-Mensch, ein Schelm, ein Spieler, ein Ungläubiger und Freigeist bis zu dem Tag, an dem ihn dieses Spiel langweilte. Bis zu dem Tag, an dem er alle Sperren, alle Hindernisse, die seine Entwicklung hemmten, überwunden und hinter sich gelassen hatte. Die Entfaltung seiner Gefühle und seines Genies verlangte diese Art Tabula rasa, diese Rückkehr zur vollkommenen Verfügbarkeit, die er unter Behrischs Anleitung verwirklicht. Auch hier wieder wendet sich das Böse zum Guten und zum Vorteil des von den Sternen geliebten Jünglings. Jeder andere wäre durch solche Leitbilder unwiederbringlich verdorben worden: Goethe hatte eine zu starke Natur, als daß ein Behrisch sie hätte verformen oder zähmen können. Nach einigen Monaten der Ausschweifung und des Herumtreibens bemerkten Goethes Freunde, daß er viel ruhiger, viel friedlicher, ja fast melancholisch geworden war. Die Gedichte, die er ihnen vorliest, haben einen neuen Klang. Es sind keine gewandten Nachahmungen Anakreons oder der französischen Manieristen mehr. Aus seinen Versen spricht nun eine neue Aufrichtigkeit, eine neue umfassende und tiefe Kunst findet darin ihre Entfaltung. Am Schluß dieser *Katharsis*, deren von den Sternen geleiteter Initiator Behrisch war, steht ein neuer Goethe, der zwar nicht sofort seine Rokoko-Lebensart von sich wirft – wenn er sie behält, dann vielleicht als Maske –, der aber sowohl in seinem ganzen Erscheinungsbild, wie auch in seinem dichterischen Werk, von einer neuen und ernsten Form angezogen wird, die nichts mehr mit der massiven Pedanterie des jungen Frankfurter Bürgers zu tun hat.

Vielleicht war es ihm nicht möglich, direkt von einer Form des Ernsthaften in die andere überzuwechseln, und er mußte zwischen die beiden Phasen diese Periode des Leerlaufs einschieben, die auch zur Gesamtheit und zur Vollständigkeit seines Seins gehört. Verschwendung und Ausschweifung sind in gewissen Fällen nützliche und wirksame Arzneien. Unter dem Messer des wohlmeinenden Chirurgen Behrisch verliert Goethe seine mittelmäßigen Fehler und auch einige störende Eigenheiten. Sein ganzes Leben lang wird er seinem mephistophelische Mentor für das Aufbrechen der Schale, in der der junge Hahn wartete, dankbar sein.

Zur gleichen Zeit, als er sichtlich seinen Charakter veränderte, entstanden Gedichte, die sich völlig von den vorherigen unterschieden und die in ihrer Anmut und Flüssigkeit sowohl bei den deutschen als auch bei den französischen Dichtern ohne Beispiel waren. Man glaubt, eine Melodie Mozarts zu hören, die gleichzeitig umfassend und zart ist und die ihr Innenleben verrät, ohne deshalb an Charme zu verlieren. Und bald kommt zu dieser neuen Poesie ein neues Lebensgefühl. Zweifellos hat Don Giovannino, der leichten Mädchen und der schnell eroberten Küsse müde, eine wirkliche Geliebte gefunden.

Man kann von Goethe nun nicht mehr behaupten, wie es einer seiner Freunde tat, »daß er sich mehr lächerlich als angenehm macht«. Er behält seinen äußerlichen »Typus« bei, den er sich so gründlich zugelegt hat, denn man muß in den Augen der Welt eine gewisse Persönlichkeit darstellen, die nicht zu viel preisgibt. Er ändert also seine Manieren nicht abrupt, und Behrisch folgt ihm immer noch wie ein Schatten. Aber die Ratschläge, die er sich von diesem erbittet, sollen ihm zur Liebe eines braven Mädchens verhelfen, das er entdeckt hat und dessen Herz er zu gewinnen sucht. Auch den »Rest«, natürlich, wenn es geht. Und die Hand? Wir werden noch davon sprechen.

Die Theorie Gundolfs ist ziemlich überzeugend, nach der in Goethe, »die Liebe immer früher da ist als die Geliebten, wie das Singen früher ist, als die Gesänge«. Vielleicht scheint es paradox zu behaupten, daß Goethe später in Straßburg »nicht die Friederiken-Lieder gedichtet hat, weil ihm Friederike begegnet ist, sondern weil Friederiken-Lieder in ihm schwangen, hat er die Friederike gesehn«.[6]

Aber es scheint wahr zu sein, daß für ihn, wie für so viele Menschen, die vor allem »empfindsam« sind, der Zustand des Verliebtseins der Begegnung mit der geliebten Person vorausgeht. Mit anderen Worten, es würde sich hier um eine Art Kraft zur Liebe gehandelt haben, die ein unbewußtes Ziel verfolgt, bis zu dem Tag, an dem sie das Wesen entdeckt, bei dem sie innehalten und ihre »Kristallisation« beginnen wird. Zudem will der wechselseitige Einfluß der Poesie auf die Liebe und der Liebe auf die Poesie, daß man durch das Besingen der Liebe sie schließlich erfährt. Andererseits hat es den Anschein, als sei Goethe immer verliebt gewesen, schon von früher Jugend an; das Objekt seiner Leidenschaft hat oft gewechselt, aber der Zustand selbst ist gleich geblieben bis ins hohe Alter. Er besaß darüber hinaus die Gabe, jedesmal so zu lieben, als ob es das erste und einzige Mal sei, und es ist rührend, in seinen Alterslieben dieses Ungestüm, dieses Feuer, ja sogar diese Blindheit wiederzufinden, die der Verliebtheit des Jünglings eigen war.

Der Winter neigt sich dem Ende zu, dieser Winter 1765 auf 1766, der den Studentenspäßen und den galanten Tändeleien gewidmet war. Nach sechs Monaten fruchtloser Zerstreuungen und oberflächlicher Liebschaften gebietet das Bedürfnis nach Ernsthaftigkeit, das in der Natur Goethes liegt und immer ein Gegengewicht zu seiner ungestümen Leichtlebigkeit bildet, einen neuen Lebensrhythmus. Die dem Rokoko eigene Leichtfertigkeit der sächsischen Salons kann ihn davon nicht abhalten. Er kehrt zur Natur zurück, flieht die Gesellschaft, wo er jetzt mit dem Ausdruck eines verschreckten Uhus verkehrt, »starring owl like countenance«, wie er am 11. Mai 1766 auf Englisch an seine Schwester schreibt.[7] An diesen Anzeichen erkennt man schnell, daß er wieder einmal verliebt ist, wie

Cherubin, dem er in so vielen Zügen ähnelt, verliebt in die Liebe mehr noch als in ein bestimmtes Wesen und auf der Suche nach einem Geschöpf, bei dem er, wie ein verzauberter Vogel, seine Liebesfähigkeit ausleben kann, die seit seiner Abreise von Frankfurt ohne Nahrung geblieben ist.

Denn für die Tochter des Pastors von Eilenburg empfindet er keine Liebe. Jedenfalls nicht die Art von Liebe, um derentwillen er »das Fieber kriegt«.[8] Bei seinen Besuchen in Eilenburg findet er offenbar mehr Vergnügen daran, den Vater zu mystifizieren, bei dem er sich als Student der Theologie ausgibt, als der »guten Kleinen« den Hof zu machen, die er sich in Ermangelung eines Besseren wohlgesonnen hält. An Liebeleien fehlt es ihm nicht in den Salons, in denen er das »Leben eines Vogels« führt; aber es scheint, daß er sich durch eine Strategie der Vorsicht von jeder »gefährlichen« Verbindung fernhält. Und »gefährlich« ist für ihn alles, wobei er Gefahr läuft, sich anzuketten, unfrei zu werden, sich zu *verwirklichen.* Er verliebt sich deshalb auch vorzugsweise in verheiratete Frauen oder solche, die kurz vor der Heirat stehen (mit einem Mann, den sie lieben, damit die neue Leidenschaft keinerlei Gefahr mit sich bringt), oder auch in Frauen, die er nicht heiraten kann, weil sie nicht standesgemäß sind. Sobald er die drohende Möglichkeit einer Heirat nahen fühlt, flieht er. Aber für einen Mann von liebendem und verliebtem Naturell, einem Genießer der Liebe an sich, dem die Furcht vor Geschlechtskrankheiten permanenten Schrecken bereitet – eine Angst, die ihm die schönsten römischen Kurtisanen vergällt –, den Käuflichkeit abstößt, und den andererseits der ernsthafte und dauerhafte Charakter einer Bindung abschreckt, bleibt als einzige harmlose Möglichkeit die, die er in Leipzig – wie schon in Frankfurt – ergreifen wird: Sich in ein hübsches, nicht gewinnsüchtiges Mädchen aus dem Volke zu verlieben, bei der wahrscheinlich niemals die Rede vom Heiraten sein würde.

Die galanten Dialoge mit Augusta, die unschuldigen Vergnügungen, die er bei der kleinen Fritze kostet, einer unbefangenen und umsichtigen Näherin, die während seines Besuches das Korsett anlegt und die Korsage zuknöpft – Vorsichtsmaßnahme oder Versuchung? –, ja sogar das Verlangen, das ihn veranlaßt, alle Mädchen zu lieben, wie der *farfallone amoroso*, den Mozart von der Gräfin zu Susanna, von Susanna zu Barbarina flattern läßt, all das kann sein Herz nicht ausfüllen. Er weicht zurück vor den Zärtlichkeiten, die ihm die leichten Mädchen oder die jungen Damen der Gesellschaft entgegenbringen, die nur zu gerne ihre Netze nach ihm auswerfen würden; er hat genauso viel Angst vor ihnen, wenn auch aus anderen Gründen, wie vor den Prostituierten. Er hätte bei ihnen nicht dieses, nennen wir es beim richtigen Namen, etwas hausbackene Wohlbehagen gefunden. Dieser Wanderer möchte, daß seine Geliebten ihm ein vorübergehendes Heim schaffen, das ihn über die Einsamkeit seines Wirtshauszimmers hinwegtrösten sollte; ein Heim und eine Familie, wo man angenehm die Abende am Kamin verbringt, wo die Katze hinterm Ofen schnurrt und der Wasserkessel auf der Kohlenglut summt. Die flüchtige Liebschaft hat für ihn einen geringeren Wert als die bürgerliche Idylle, die Beschaulichkeit des häuslichen Herdes zu der Stunde, wo der Vater seine Pfeife raucht und die Mutter flickt, während er dem Mädchen, das ihm die Manschette bestickt, das letzte ihr gewidmete Gedicht vorliest. Ein mondänes Liebesverhältnis hätte ihm nicht diesen erholsamen Frieden gewährt. Er verläßt auch gerne die Salons, um seine Abende bei der Familie Schönkopf zu verbringen, guten und ehrbaren Weinhändlern, bei denen er in Kost ist, denn sie führen eine gute Küche. Die Tochter des Hauses hat ihn auf den ersten Blick durch ihre sanften und zurückhaltenden Manieren, ihre Güte – eine der Eigenschaften, die er am meisten schätzt –, ihre Diskretion, ja sogar ihre Farblosigkeit bezaubert.

Es scheint, als gäbe es bei ihr nichts, was diese zerstörerische Leidenschaft in ihm erwecken könnte, die er so fürchtet, weil sie das körperliche und seelische Gleichgewicht seines Lebens gefährden könnte. Sie ist keine überraschende Schönheit. Nach dem, was sein Freund Horn erzählt, ist sie »wohlgewachsen, obgleich nicht sehr groß, hat ein rundes, freundliches Gesicht, eine sanfte einnehmende Miene, viel Freimütigkeit ohne Koketterie, einen sehr artigen Verstand ohne die größte Erziehung«. Horn fügt naiv hinzu: »Er liebt sie sehr zärtlich mit den vollkommen redlichen Absichten, ob er gleich weiß, daß sie nie seine Frau werden kann.«[9] Wir, die wir besser unterrichtet sind als der unschuldige Freund, würden sagen, daß er sie um so mehr liebt, da er sie nicht heiraten kann.

Wie liebt er sie? Mit heißer Leidenschaft, wie es seine Art ist, denn er gibt sich allem, was er tut, mit einem wunderbaren Enthusiasmus hin. Genug auf alle Fälle, um eifersüchtig zu sein, als sie mit einem anderen ins Theater geht, und um ihr bei ihrer Rückkehr die fürchterlichsten Szenen zu machen. Woher kommt diese ungerechtfertigte Eifersucht, die übrigens zum Bruch führen wird? Denn Annette Schönkopf wird der ungezügelten Vorwürfe überdrüssig und trennt sich von dem Ungläubigen. Rührt sie daher, daß sich das Mädchen so verhält, daß er an ihrer Liebe oder Treue zweifeln müßte? Oder ist der Grund nicht vielmehr darin zu suchen, daß Goethe gerade eine Komödie mit dem Titel *Die Laune des Verliebten* schreibt und daß er sich ganz seiner Natur entsprechend *in die Haut* seines Helden versetzt und somit auch in der Wirklichkeit die Rolle spielt, die er ihm auf der Bühne gibt?

Wir werden noch öfter Gelegenheit haben, auf diese seltsame Mimikry zu verweisen, der man bei Goethe begegnet: Vom lebendigen Menschen zur Theater- oder Romanfigur und umgekehrt. Die poetische Schöpfung dominiert bei ihm. Er ist vor allem Dichter, Schöpfer. Wenn es vorkommt, daß er gewisse Ereignisse aus seinem Leben seinen Werken einverleibt, so geschieht es noch häufiger, daß er auf sein Leben die Atmosphäre und die Gefühlsregungen des Werkes, an dem er schreibt, überträgt. Er hat den *Werther* nicht geschrieben, weil er Charlotte Buff geliebt hat: Er hat Charlotte Buff geliebt, wir werden es später sehen, weil er von *Werther* besessen war. Diesmal eignet er sich, bewußt oder unbewußt, die Rolle des eifersüchtigen Liebhabers an, weil er von seiner Figur erfüllt ist und diese, wie gewöhnlich, von seinem Leben Besitz ergreift.

Er ist deshalb nicht weniger aufrichtig, aber seine Aufrichtigkeit ist, ebenso wie wenn er später seine Erinnerungen schreibt, die diesen Titel tragen werden, Dichtung und

Wahrheit. Das Theater fasziniert sie im übrigen beide. Er spielt mit ihr Salonkomödien und der Zufall – oder die Vorsehung – hält für ihn immer die Rollen der beunruhigten, argwöhnischen und heftigen Liebhaber bereit. Braucht es für ihn mehr, um seinerseits die Leidenschaften zu fühlen, die er nachahmt, und so in das ehrbare Haus der guten Familie Schönkopf die Gewitterstürme hineinzutragen, die für ihn untrennbar mit wahrhafter Liebe verbunden zu sein scheinen?

Ist er deshalb ein Schauspieler? Durchaus nicht: Keiner ist aufrichtiger oder überzeugter als er. Aber dieser Abschnitt seines Lebens ist auch der, wo er Lessings *Hamburger Dramaturgie* liest, wo er Shakespeare entdeckt, wo die Schablonen des Rokoko in den Hintergrund seines dichterischen Schaffens zurücktreten. Es ist die Zeit, in der man sich für Jean-Jacques Rousseau und den *Gesellschaftsvertrag* begeistert. In seinem Brief vom 1. Oktober 1766, der zwar Moors gewidmet, in Wirklichkeit aber an die ganze Freundesgruppe gerichtet ist, die er in seiner Geburtsstadt zurückgelassen hat, erscheint er nicht als ein freier, moderner Mann, frei von den Vorurteilen, welche die Frankfurter Bourgeoisie tyrannisieren: »Ich liebe ein Mädchen ohne Stand und ohne Vermögen, und jetzo fühle ich zum allerersten Male das Glück, das eine wahre Liebe macht.«[10] Der Briefwechsel mit seiner »verdammten Seele«, Behrisch, schildert die ganze Entwicklung dieser stürmischen Leidenschaft, angefangen von den ersten schüchternen Versuchen, den furchtsamen Kühnheiten, den ratlosen Fragen, bis zu dem Aufschrei des Glücks, den schmerzlichen Klagen, dem verzweifelten Gestammel. All das kann keine Fiktion sein, aber in der *Laune des Verliebten* sind die gleichen Geständnisse zu hören. Wir müssen also zugeben, daß Theater und Leben sich hier so sehr durchdringen, daß man nicht mehr genau unterscheiden kann, was dichterische Erfindung und was wirkliches Erleben enthüllt.

Aber Annette ist weder Schauspielerin noch Dramatikerin. Ihr Schmerz über seine Verdächtigungen und Quälereien findet keinen Ausgleich in einem schöpferischen Werk. Sie hat nicht das Vergnügen, die *Laune des Verliebten* zu schreiben.

Sie begnügt sich damit, sie zu ertragen, und sie findet sich immer unwilliger damit ab. Goethe hat ihr am 27. April 1766 seine Liebe gestanden – am 26. August 1768 trennen sie sich. Nach vielen Szenen, Abschieden und Versöhnungen hat die ständige Atmosphäre von dramatischer Spannung Annette mutlos gemacht. Die Eigenheiten dieses seltsamen Liebhabers, der nur dann glücklich zu sein scheint, wenn er jemanden leiden sieht, haben sie schließlich erschreckt. Nach so vielen Monaten der überströmenden Gefühle und Streitigkeiten ist sie es müde, ins tägliche Leben die Sprache, die Gesten und das Tempo des Dramas zu übertragen. Betäubt von dieser andauernden Vermengung von Theater und Realität, überfordert es sie im Grunde, die Rolle auszufüllen, die er ihr in diesem Stück, bei dem er sich sowohl als Zuschauer wie als Autor und Schauspieler gefällt, zugedacht hat.

Ihr von Natur aus einfacher und beschränkter Geist zieht eine ganz klare Linie zwischen Theater und Wirklichkeit; sie weiß nichts von Überlagerungen und fließenden Grenzen. Sie muß diesen Griesgram wirklich geliebt haben, um seine Launenhaftigkeit so lange zu ertragen. Doch der Kummer, den sie mit und durch ihn erlitten hat, bewahrt sie vor einem zu großen Trennungsschmerz. Wenn die Beziehung nicht so geendet hätte, wie wäre die Sache dann ausgegangen? Es konnte kaum die Rede sein von einer Heirat zwischen der Tochter eines Pensionsinhabers und dem Enkel des Frankfurter Bürgermeisters. Eine heimliche Liebschaft bei seinem zweifelhaften, flüchtigen und unzuverlässigen Charakter? Annette strebt nach einem klaren, geregelten und ehrbaren Leben ohne Schatten. Goethe im Grunde seiner Seele auch. Er hat bis dahin ungefähr sechs Semester an der Universität studiert; seine Abreise von Leipzig steht bevor. Was wird er zurücklassen? Eine verlassene Geliebte, eine enttäuschte Freundin oder ganz einfach ein armes Mädchen, das froh ist, seinen Dr. Kanne zu heiraten und aus dem stürmischen Meer der dramatischen Leidenschaft in die ruhigen, seichten Gewässer ehelichen Glücks zu entkommen?

Die Trennung ist die vernünftigste Lösung, dennoch befriedigt sie Goethe nicht. Dieser sonderbare junge Mann mag seine Beute nicht aufgeben, obwohl ihm die Stimme seines Gewissens nie erlaubt hätte, sie zu verschlingen. Er möchte gerne, daß seine Annette, seine Netty, seine Jetty, für die er so viele verniedlichende Kosenamen gefunden hatte, sich nicht so schnell trösten würde. Kann man denn noch glücklich werden, wenn man einmal einen Goethe geliebt und ihn verloren hat? Hat man ein Recht dazu? Ist das Leiden nicht die unabdingbare Krönung der Liebe, und muß man dieses Leiden nicht bis zum letzten Wermutstropfen auskosten?

So zeichnet sich nun die wahre Gestalt Goethes ab. Das traurige Dämmerlicht der Trennung läßt ihre Umrisse sichtbar werden. Wenn die Sonne untergeht, werden die Dinge größer durch die langen Schatten, die sie werfen, und der des enttäuschten Liebhabers nimmt sich größer aus als der kleine und bescheidene Schatten der armen Annette. Hat sie mehr darunter gelitten, Goethe zu verlieren, als sie gelitten hätte, wenn er bei ihr geblieben wäre? Das ist die Frage, ebenso ob der letzte Seufzer dieser Liebschaft ihrerseits nicht Erleichterung bedeutete.

Und er? Zu groß, um sich dem Leiden zu entziehen, gibt er sich ihm ganz hin. Er berauscht sich daran. Seine Fähigkeit zu leiden ist ungeheuer groß; zum Glück, denn der Schmerz inspiriert ihn zu schöneren Gedichten als die Freude. Dieser sonnige Charakter kennt seine finsteren Zufluchtsstätten. Für ihn ist wahre Liebe, zumindest zu diesem Zeitpunkt, nur die, welche im Schmerz ihre Erfüllung findet. Am Anfang einer Liebe bedarf er des Gefühls, das ihm die Gewißheit gibt, daß alles gut enden wird; aber er braucht auch diese Mischung aus Freude und Schmerz, deren Anteil an Schmerz unendlich überwiegt. Die Freuden dieser Liebschaft, ihre intellektuellen und emotionalen Seiten haben sich verwandelt und sind in sein Werk eingegangen. Man findet sie in dem Gedichtband für Annette wieder, den Behrisch mit seiner hervorragenden Kunstfertigkeit kalligraphiert hat. Behrisch, der Teuflische, lenkte ohne Wissen der Liebenden ihre Verbindung so, daß es der Dichtung letztlich zugute kam, und wachte wohl auch über das

Schicksal Goethe-Faust mit dem zynischen Scharfsinn des Mephistopheles. Man begegnet aber auch den eifersüchtigen Streitereien in den Lustspielen *Die Mitschuldigen* und *Die Laune des Verliebten* wieder, deren Niederschrift die Entwicklung der Liebe miteinbezog.

Goethe wird viel und lange leiden. Wenn er auch schreibt: »Wir haben uns getrennt, wir sind glücklich ...«[11] Er fügt sich nicht leicht darein, sich seine Liebste in den Armen des Dr. Kanne vorzustellen, und mehrmals wirft er den Angelhaken aus: »Ist es nicht genausoviel wert Frau Dr. G... zu sein wie Frau Dr. K...?«[12] schreibt er in seinem Brief vom 1. Juni 1769 an Annette Schönkopf. Sträfliche Doppelzüngigkeit oder aufrichtiges Bedauern darüber, ihr keinen Heiratsantrag gemacht zu haben? Treibt ihn die bevorstehende Hochzeit zu diesem verschleierten Bekenntnis? Zum Glück hat die arme Kleine kein Interesse daran, ihrem gemeinsam gespielten Drama einen weiteren Akt hinzuzufügen. Sie wird Dr. Kanne heiraten, und Goethe, der verlassene Liebhaber, wird das *Hochzeitsgedicht* schreiben. *E finita la comedia?*

Durchaus nicht. Das Drama geht weiter, doch es steht nur noch ein einziger Schauspieler auf der Bühne, der das Leiden aller übrigen Figuren auf sich nimmt. Es ist kein Mitleid heischender, schöngeistiger Schmerz, der sich in seinen Briefen ausbreitet, sondern einer der in leise vorgebrachten Bekenntnissen mitschwingt, so wie man sich seine eigenen Fehler eingesteht: »Sie ist ein Engel ...« oder: »Ich liebe sie noch, so sehr, Gott, so sehr.«[13] Im körperlichen und seelischen Zustand des Neunzehnjährigen enthüllt sich die Tragweite seines Leidens diskreter und gleichzeitig vollkommener. Die Krankheit, der unvermeidbare Begleiter großer Emotionen, tritt im Juni 1768 in Erscheinung. »Eines Nachts wachte ich mit einem heftigen Blutsturz auf und hatte noch so viel Kraft und Besinnung, meinen Stubennachbar zu wecken. Dr. Reichel wurde gerufen, der mir auf freundlichste Weise hülfreich ward ...«[14]

Was war der Grund für diese Krankheit? Nach Goethes Meinung war es der Kaffee mit Milch, den er nach dem Essen zu sich nahm, der Mißbrauch der kalten Bäder, einer Art »Nacktkultur«, zu der ihn Rousseaus Theorien angeregt hatten, und vor allem das Merseburger Bier. Man weiß, daß Goethe sein Leben lang ein erklärter Gegner dieses deutschen Nationalgetränks bleiben wird, dessen Missetaten er laut kundtut. Er verabscheut die Stumpfsinnigkeit und die schwerfällige Trunkenheit, die es in seinen Augen verursacht. »... So schwankte ich mehrere Tage zwischen Leben und Tod, und selbst die Freude an einer erfolgenden Besserung wurde dadurch vergällt, daß sich bei jener Eruption zugleich ein Geschwulst an der linken Seite des Halses gebildet hatte, den man erst jetzt, nach vorübergegangener Gefahr, zu bemerken Zeit fand ...«[15]

Diese lange und beschwerliche Krankheit, die die letzten Monate seines Leipziger Aufenthaltes überschatten sollte, erlaubt ihm dafür, sich ganz in seinem Zimmer einzuschließen, sich ganz seinen Herzensqualen hinzugeben, das Gesellschaftsleben zu meiden bis auf die Besuche bei seinen wahren Freunden, dem Maler Oeser, dem Stecher Stock, der ihn die Technik des Kupferstichs und des Holzschnitts gelehrt hat, Dr. Hermann, der Cembalo spielt, dem Drucker Breitkopf, in dessen Haus gut musiziert wurde, und bei Langer, der die Gelegenheit zu dem Versuch nutzt, den jungen Goethe zu bekehren, da er hoffte, daß die Krankheit ihn für das Christentum empfänglicher mache.

Sie machte ihn hellsichtiger. Er ist jetzt dazu fähig, den Zustand seines Herzens genauer zu beurteilen, wenn er sagt, »wir sind wie Kinder auf dem Schaukelpferde«, oder das Wesen seiner Liebe zu Annette durch dieses hübsche Bild beschreibt: »O da sind wir so schwach daß uns Blumenketten fesseln, nicht weil sie durch irgend eine Zauberkrafft starck sind, sondern weil wir zittern sie zu zerreißen ...«[16] Doch diese Resignation, dieser Anschein von Heiterkeit widerspricht nicht dem, was diese tiefe organische Zerrüttung aufdeckt, die die Folge des seelischen Leids ist, noch der Atmosphäre, die die großen Zerrüttungen begleitet, sei es, um sie zu mildern, oder sei es, um sie im Gegenteil zu vertiefen und ihnen freie Bahn zu geben.

In diesen Lehrjahren spielt das Abenteuer mit Annette eine ebenso große Rolle wie das Aufblühen eines neuen dichterischen Genies, wie die ersten Lustspiele, wie das Erscheinen Wielands, wie die Entdeckung neuer Gefühle und neuer Ausdrucksweisen. Es bedeutet zugleich eine »Auflösung«, die Trennung Goethes von der Rokokozeit, die ihn so stark beeinflußt hatte, daß sein ganzes inneres und äußeres Wesen davon mehr noch modelliert als markiert wurde. Die Liebschaft mit der kleinen Schönkopf spiegelt in ihrer Entwicklung vom anfänglichen Auftreten als Don Juan bis zum qualvollen Schluß den Übergang vom Klassizismus des 18. Jahrhunderts zur beginnenden Romantik. Goethe hat sich auf diese Liebe mit der Ungezwungenheit einer Figur von Beaumarchais oder Marivaux eingelassen, und er geht daraus blutend und geschlagen wie Musset nach dem Bruch mit George Sand hervor.

Das Genie, das im Leben und Werk dieses Mannes vorherrscht – und ich verstehe hier das Wort *Genie* in seinem weitesten und vollkommensten Sinne, d. h. als schöpferische Kraft und als Dämon, wie man von dem Dämon Sokrates oder vom Dämon Plotins spricht –, dieses Genie befehligt alle Schritte seines Herzens und seines Geistes, es bestimmt nach dem gleichen Schema die Kurve einer Leidenschaft und die Linie eines Gedichts gemäß dem ursprünglichen Bild des Seins, dieser implizierten Statue, die die Gedanken, die Gefühle, die Ereignisse vom rohen Fels befreien wird.

Goethe hatte sich dieser Liebe mit der Sorglosigkeit eines Gymnasiasten genähert, der voller Ungeduld den vornehmen Draufgänger spielen will. Als er sich von ihr löst, bleibt eine lang schmerzende Narbe zurück. Er verbrennt den Stoß »Schäfergedichte« und »Hirtengedichte«, die er dem Zeitgeist entsprechend gereimt hatte, da sich sogar das Genie vorübergehend der Autorität von Zeit und Ort unterwerfen, zumindest äußerlich, ihren despotischen Konventionen beugen muß. Aber die tiefe Reife, die sich das Genie des Dichters durch sein Leiden erworben hatte, vollendete ganz still, im heimlichen Halbdunkel eines von seinen intimsten Gemütsbewegungen erst unvollständig unterrichteten Bewußtseins sein Werk.

Der Schlange gleich, die sich häutet und sich verändert, ohne aufzuhören, sie selbst zu sein, hat Goethe während seines zweijährigen Aufenthalts in Leipzig mehrmals seine Haut abgestreift. Zuerst die ein wenig bäuerliche und provinzielle Hülle - wie seine hausgeschneiderte Kleidung - des ernsten fleißigen Jünglings, der von der väterlichen Beflissenheit mehr als er wollte beeinflußt war, der das Herauskehren seiner eigenen Ernsthaftigkeit und Wichtigkeit übertrieb, um sich von seinen einfacheren, lauten und plumpen Freunden abzuheben. Zum Wandel seines äußeren Erscheinungsbildes kam ein Wandel seiner übrigen Verhaltensweisen und Ausdrucksformen, mit einem Wort, seines äußeren und inneren Betragens, das den Stil eines Menschen ausmacht.

Goethe hat diesen Stil niemals künstlich gesucht. Er wollte ihn in sich reifen lassen, ohne sich jedoch den Zufällen, Ereignissen, Einflüssen oder Begegnungen, die von außen an ihn herangetragen wurden, zu verschließen. Es scheint, daß er vielleicht in seiner Kindheit eher geneigt war, seine Persönlichkeit selbst zu bilden, als sich von den Umständen, der Erziehung und der Umgebung formen zu lassen. Die Frankfurter Jugendjahre, die wir beschrieben haben, hatten trotz der mystischen Vorahnungen etwa Starres, Gezwungenes, ja fast Geschraubtes an sich. Der französische Einfluß, der Sachsen intellektuell und gesellschaftlich verfeinerte, hatte diese Schale aufgebrochen. Eine andere Gangart, ein anderer Rhythmus entstand auf ganz natürliche Weise und verwandelte seine Wesensart, indem sie aus ihm einerseits einen oberflächlichen, skeptischen Stutzer machte, der vom Geiste her bis in die Fingerspitzen von Voltaire geprägt war und der in seinen Manieren die Faublas nachzuahmen suchte. Die Salons hätten für Goethe, so wie es damals um sein Herz und um seinen Verstand bestellt war, ein reizvolles Gefängnis werden können, doch, von seinem »Dämon« gewarnt, hat er das nicht zugelassen. Er hat gerne die Fallen vermieden, die ihm die elegante Gesellschaft in liebenswürdiger Weise gestellt hatte, um auf dem Brühl, in Auerbachs Keller, den der *Faust* unsterblich machen sollte, eine weniger an Konventionen gebundene Umgebung, eine weniger stilisierte sophistische Frau zu suchen.

Von einem Ausbruch zum anderen, angetrieben von seinem Freund Behrisch, der aus ihm ein Ebenbild seiner selbst machen wollte, obgleich er, Gott bewahre, niemals diesem trockenen, ironischen, sterilen, stacheligen und kantigen Menschen ähnlich werden konnte, der im Grunde unter seiner gezierten Nonchalance ein durch und durch gekünsteltes Wesen verbarg, durchquerte Goethe, dieser leidenschaftliche Wanderer, mehrere Regionen der Empfindsamkeit. In dem Augenblick, da die Krankheit seine Reise unterbricht und ihn zum Stillstand zwingt, kann man sagen, daß er »von weit herkommt«. Die Genesung wird ihn später diesen Eindruck gewinnen lassen. Aber in Wahrheit war es wohl das Eintreten der Krankheit im Juni, d. h. zwei Monate vor dem Bruch mit Annette Schönkopf, was die wirkliche Rückkehr zur Gesundheit bewirkte. Erdrückt vom Wirbel eines Strudels, dem er vielleicht nicht mehr aus eigener Kraft entkommen konnte, denn wir dürfen nicht an der Aufrichtigkeit seiner Verzweiflung, seiner bitteren und zerfleischenden Eifersucht zweifeln, auch wenn sie nicht dem reinen Gefühl entspringt, auch wenn sich irgendein literarisches Element mit hineinmischt – sein Theaterkostüm wird in dieser Zeit zu einem Nessusgewand –, wäre Goethe Gefahr gelaufen, seine Grenzen zu überschreiten.

Wir wissen, welche Bedeutung er sein ganzes Leben lang den Grenzen beimaß. Er erkannte freiwillig ihre Berechtigung an. Er erachtete sie als notwendig, ja sogar wohltätig. »Derjenige, der sich mit Einsicht für beschränkt erklärt, ist der Vollkommenheit am nächsten.«[17] Dazu bekannte er sich in seinen *Maximen und Reflexionen*, und zehn Jahre nach seinem Aufenthalt in Leipzig schreibt er in sein Tagebuch: »Bestimmteres Gefühl von Einschränckung, und dadurch der wahren Ausbreitung.«[18] Mehrmals hat er diese Anerkennung der Grenzen bestätigt und erkannt, daß sie für den, der ein Werk vollenden will oder sogar aus seinem Leben ein Kunstwerk machen will, unerläßlich sind. In einer Art von Widersinn assoziiert sich die Idee von Größe immer mit der Idee der Beschränkung. Und in einer Zeit, in der die Romantiker des *Sturm und Drang* anfingen, das Recht auf Grenzenlosigkeit zu proklamieren, wiederholt er, daß derjenige, der etwas Großes leisten will, in seinem Schaffen oder in seinem Leben, in der Lage sein muß, sich beschränken zu können.

Weder der poetische Erguß noch der Überschwang der Leidenschaft dürfen diese Grundgesetze ins Wanken bringen. Um so weniger als die »Begrenzungen«, denen er wohltätige Kräfte beimißt, ein organisches, lebendiges, dem Menschen innewohnendes Element sind; sich über sie hinwegzusetzen oder sie zu ignorieren, hieße einen wichtigen Teil seiner selbst zu leugnen. Der Aufbau seines Lebens zu einer Pyramide, d. h. sich von der Basis zur Spitze immer mehr läuternd, beweist die Vielzahl der Verzichte, Opfer und Entsagungen, die man auf sich nehmen muß, um die »Grenzen« einzuhalten und dieses Hauptgebot nicht zu verletzen. In Leipzig genoß der junge Student die Freiheit eines Vogels »im hübschesten aller Wälder«, aber auch der unabhängigste Vogel, auch der, der nie in einem Käfig eingeschlossen war, weiß, daß die Kraft seiner Flügel »Beschränkungen« unterliegt. Geben wir also der heilsamen Krankheit eine neue Bedeutung; ihre Aufgabe ist es, den Menschen, der in dem Augenblick das Verlangen hat, sich selbst zu entfliehen, in die Schranken seines Körpers zurückzuholen, der nun mehr wahrgenommen wird, da er schmerzt und der Mensch sich seiner Organe nur in dem Maße bewußt ist, wie sie ihm Leiden verursachen. Sie baut mehrere Umzäunungen auf und schafft so eine Welt der Klausur, die um so enger ist, je schwerer die Krankheit ist, und die das Individuum zum Mittelpunkt seiner selbst zurückführen wird, indem sie nach und nach seine Kontakte mit der Außenwelt abbaut.

Die offensichtlichen Gefahren, die das Leben eines Vogels mit sich brachte, dieses ständige Umherflattern, werden durch den ersten Blutsturz gebannt. Die Krankheit versetzt ihn ganz plötzlich in die Gegenwart seines leidenden Ichs. Sie zwingt ihm eine neue Sorgfalt seinem Körper gegenüber auf, den er bis dahin nur als ein Instrument des Vergnügens, der Lust und Freude gekannt hat. Wenn sich der wieder in das elterliche Haus am Hirschgraben zurückgekehrte Goethe in sein kleines

Zimmer einschließt, von Angesicht zu Angesicht mit sich selbst, führt diese strikte Einschränkung seiner körperlichen Bewegungsfreiheit zu einer Vertiefung seines geistigen Ichs.

Die Barrieren, die die Krankheit um ihn aufbaute, und die Opfer, die sie ihm abverlangte, begünstigen es, daß sich Goethe auf sich selbst besinnt und sich mehr als jemals zuvor für seine Seele interessiert. Er geht ein Problem an, das zu lösen oder gar gründlich zu studieren er niemals ernsthaft in Erwägung gezogen hatte: die Religion.

Dieses Problem, mit all den Fragen und Konsequenzen, die es enthält, stellt sich ihm jetzt mit einer so tyrannischen Heftigkeit entgegen, daß es nicht viel gebraucht hätte, damit diese von Geburt an heidnische, von Natur aus heidnische Seele der Versuchung erlegen wäre, mit der er sich zu diesem Zeitpunkt konfrontiert sah. Sie wurde ihm durch die von außen kommenden Suggestionen wohlmeinender Freunde und innerlich durch den Zustand seelischer Zerrüttung angeboten: *Die Versuchung der Bekehrung.*

3
Auf der Suche nach Gott

»Es ist viel mit mir vorgegangen; ich habe gelitten, und binn wieder frey, meiner Seele war diese Calcination sehr nütze ... und wenn mein Cörper (wie sie behaupten) auch jetzo eine wahre Hoffnung, zur Beßerung, haben kann, weil sich die nächste Ursache meiner Krankheiten entdeckt hat; so weiß ich keinen glücklicheren Vorfall, in meinem Leben, als diesen schröcklichen ... Meine Seele ist stiller als Ihre und ich binn 10 Jahre jünger. Aber Gott weiß, wie lang es bey mir dauert. Ich binn jung und auf einem Weege der gewiß hinaus aus dem Labyrynte führt, wer ist's der mir versprechen könnte, das Licht wird dir immer leuchten wie jetzt, und du wirst dich nicht wieder verirren. Doch Sorgen! Sorgen! Immer Schwäche im Glauben. Petrus war auch in unserm Gusto, ein rechtschaffener Mann, biß auf die Furchtsamkeit. Hätte er fest geglaubt, der Jesus habe Macht über Himmel Erde und Meer, er wäre über's Meer trockenen Fußes gewandelt, sein Zweifel machte ihn sinken. Sehen Sie lieber Langer es, steht kurios mit uns; mich hat der Heiland endlich erhascht, ich lief ihm zu lang und zu geschwind, da kriegt er mich bey den Haaren. Ihnen jagt er gewiss auch nach, und ich wills erleben daß er sie einhohlt, für die Art nur möchte ich nicht gut sagen. Ich binn manchmal hübsch ruhig darüber, manchmal wenn ich stille ganz stille binn, und alles Gute fühle, was aus der ewigen Quelle auf mich geflossen ist. Wenn wir auch noch so lange irre gehn, wir beyde, am Ende wirds doch werden.«[1]

Welch ruhige und zuverlässige Klarheit herrscht in diesem Text, welch vollkommene Selbsterkenntnis spricht aus diesen Worten, welch einsichtige Ausgeglichenheit kennzeichnet diese Gewissenserforschung, die er am 17. August 1769 dem etwas älteren Freund Langer sandte, dessen Bekanntschaft er in Leipzig gemacht hatte und der sich großmütig zum Führer und »Leiter« dieser rastlosen Seele bereitgefunden hatte.

Langer hatte die Nachfolge Behrischs als Mentor Goethes und gleichzeitig als Hofmeister des kleinen Grafen Lindeman angetreten, nachdem der Vater endlich die Gefahren erkannt hatte, denen sein zwölfjähriger Sohn durch die Lektionen und Beispiele des graugekleideten Erziehers ausgesetzt war. So sehr der Kontakt mit Behrisch für jedes junge Geschöpf unheilvoll war, das ihm zu nahe kam, ohne durch eine starke, unangreifbare Persönlichkeit geschützt zu sein, wie es im Grunde die Goethes war – der nur so viel von Behrisch annahm, wie er selbst wünschte oder für erforderlich hielt –, so sehr war die Gesellschaft Langers von Vorteil. Dieser überaus kultivierte, großherzige Mann, ein guter Hellenist und überdies noch ein beschlagener und gottesfürchtiger Kenner der Bibel, war kein gewöhnlicher »Frömmler«. Schon als Kind hatte Goethe die Bibel geliebt, wahrscheinlich mehr wegen ihres *Abenteuerroman*-Charakters als wegen ihres hochgeistigen Inhalts. Wir dürfen nicht vergessen, daß das erste Stück, das in seinem Marionetten-Theater gespielt wurde, die Geschichte von David war. Die Bibel gehörte also mit ihren Aufzeichnungen, ihren Geschichten und ihrer Mythologie zum Alltag des jungen Goethe – so etwa wie der Almanach. Dr. Albrecht hatte dem Kind alles an Hebräisch gelehrt, was er wußte. Aber dieser alte Mann, der sich an Lukian erfreute, war nicht fähig, ihm die vielfältigen und geheimnisvollen Schönheiten der Heiligen Schrift zu entdecken. Diese Enthüllung blieb Langer vorbehalten, der ihm den notwendigen Schlüssel zum Verständnis des »Buches der Bücher« lieferte. Er führte Goethe jedoch nicht auf dem Wege der Belehrung an dieses Thema heran. Der Glaube war bisher das Instrument, das dem Jüngling gefehlt hatte, um die Bibel völlig zu begreifen. Wenn es ihm schließlich gelang, diesen Glauben zu erwerben, dann geschah dies zum geeigneten Zeitpunkt und mit dem richtigen Beistand. Die Krankheit lähmte seinen Widerstand und vertiefte seine geistige Empfänglichkeit. »Einem Duldenden, zart, ja schwächlich Fühlenden war daher das Evangelium willkommen ...« Gleichzeitig führte Langer mit viel Takt, Zartgefühl und Klugheit seinen jungen Freund: »Sein Vortrag, angenehm und konsequent, fand bei einem jungen Menschen leicht Gehör, der durch eine verdrießliche Krankheit von irdischen Dingen abgesondert, die Lebhaftigkeit seines Geistes gegen die Himmlischen zu wenden höchst erwünscht fand.«[2] Wenn jemand fähig war, Goethe zu bekehren, und dieser bestätigt das gern in seinen Briefen, dann war es Langer.

Handelte es sich um eine echte Bekehrung? Zweifellos. Dieser Zwanzigjährige hatte schon die bitteren Wechselfälle des Zweifelns erfahren, und schon zahlreiche Etappen vom kindlichen Glauben bis zum völligen Atheismus durchlaufen. In Leipzig hatte Goethe einen radikalen Agnostizismus praktiziert und zwar nicht nur, weil der Atheismus zu seiner damaligen Persönlichkeit des Freigeistes, des »Enzyklopädisten« gehörte; die Ursachen des Glaubensverlustes sind niemals so vordergründig und oberflächlich. Man muß allerdings hinzufügen, daß der christliche Glaube des jungen Goethe nie sehr glühend gewesen war und er deshalb nicht viel aufgegeben hatte.

Goethe war, wie ich schon sagte, eine von Natur aus zutiefst religiöse, zur Frömmigkeit und Verehrung neigende Seele, die ein außerordentlich entwickeltes, starkes Gefühl für das Heilige besaß, das durch keinen Skeptizismus zu erschüttern war. Er ist vor allem, und wird es immer sein, ein im höchsten Sinne des Wortes von Grund auf religiöser Mensch. Das hat nichts mit der Zugehörigkeit zu irgendeiner Kirche oder einem Glaubensbekenntnis zu tun. Wenn man Goethes Religiosität genau betrachtet, wird man feststellen, daß sie viel mehr dem Geist der alten Griechen, als dem der Christen des Mittelalters ähnelt. Sie ist von einer ungeheuren Frömmigkeit, von einer unerschütterlichen Überzeugung durchdrungen, daß Gott in allem ist. Sie fürchtet alles, was das Göttlich-Unendliche, sei es in der Glaubenslehre, sei es im Ritus, beschränken könnte. Er war religiös, aber er war kein Christ.

Man kennt die grausamen und ein wenig gotteslästerlichen Spötteleien, die er sich im Laufe seines Lebens in bezug auf das Christentum erlaubt hat: »Vieles kann ich ertragen ... Wenige sind mir jedoch wie Gift und Schlange zuwider; Viere: Rauch des Tabaks, Wanzen und Knoblauch und † (Kreuz).«[3] Und noch: »Ein leichtes Ehrenkreuzlein ist immer etwas Lustiges im Leben; das leidige Marterholz, das Widerwärtigste unter der Sonne, sollte kein vernünftiger Mensch auszugraben und aufzupflanzen bemüht sein.«[4]

Man darf diese Zornesanwandlungen, die scharfzüngigen Witz und Ironie enthalten, nicht überbewerten, aber wir sollten auch nicht die Aussage, die sie über Goethes Einstellung zum Christentum machen, außer acht lassen. Zu seiner Entlastung muß man anfügen, daß seine Kindheit nicht dazu angetan war, ihn für das Christentum zu begeistern. Sein Vater brachte in die Religion denselben engen, kleinlichen Geist ein, von dem seine Erziehungsmethoden geprägt waren. Er befaßte sich nie damit, die Seele seiner Kinder zu unterrichten oder aufzuklären. Die Frömmigkeit der Mutter war auch nicht viel anregender als die Gottlosigkeit des Vaters: Sie hing einem ziemlich erdverbundenen, wenn man will, sympathischen Quietismus an, der aber einen wißbegierigen und absoluten Charakter wie den kleinen Wolfgang nicht zu entflammen vermochte. Welchen Begriff des Göttlichen vermittelte ihm diese fabelhafte Frau, die ruhig erklärte, daß »ihr Glaube an Gott ihr Herz fröhlich und ihr Gesicht liebenswert mache«? Es war sicher nicht der, nach dem ein Goethe strebte.

Diese junge Seele verlangte nach Religion und litt darunter, daß sie ihr noch nicht in einer sie erfüllenden, ihren Durst stillenden Form begegnet war. Was kannte er von ihr? Praktiken, die mehr einer gewissenhaften Ausübung gesellschaftlicher Formalismen glichen, oder aber eine »Freundschaftlichkeit«, deren vertraulicher Ton in seinen Augen der Erhabenheit des Heiligen nicht angemessen war. Weder der gleichgültige Vater noch die mit allzu wenigem zufriedengestellte Mutter konnten ihm wirkliche Lehrer sein. Ebenso wenig vermochten der Pfarrer Fresenius, ein Freund des Hauses, der ihn getauft hatte, und der hebräische Sprachgelehrte Albrecht ihn auf den richtigen Weg zu bringen. Auf religiösem Gebiet hatte er sich ganz allein gebildet, was vielleicht einesteils sehr gut war, denn so wurde seine natürliche Religiosität weder in ein vorgefaßtes Muster gezwängt noch in eine bestimmte Richtung gelenkt, sondern konnte sich frei entfalten. Albrecht war zu skeptisch, um ihn die Großartigkeit der jüdischen Religion erfahren zu lassen, und niemand erzählte ihm vom Katholizismus, gegen den er sein ganzes Leben lang eine deutliche und blinde Abneigung hegte. Die Reise nach Italien verstärkte noch seine Abscheu vor den *Pfaffen* und *Mönchlein*, wie er sie nennt; er macht sich über die Pilger, denen er begegnet, entweder lustig oder entrüstet sich über sie, wohnt den schönsten Zeremonien entweder mit Langeweile oder mit Verachtung bei, und wenn ihm die Kunst des Mittelalters lange suspekt war, dann auf Grund ihrer engen Verbindung mit dem Katholizismus. Er hatte also auf religiösem Gebiet nur Erfahrung mit einem ziemlich lauwarmen Protestantismus, für den er jedoch Achtung und Anhänglichkeit bewahrte. Aber, um genau zu sein, er empfindet für den Protestantismus nur eine Bewunderung gleich der, die ihm der Islam einflößt; er hat ihn nicht bis in den Grund seiner Seele berührt.

Ein Christentum, das auf so schwachen Grundpfeilern stand, das so zarte Wurzeln hatte, konnte kaum den Stürmen der Jugendzeit standhalten. Das Erdbeben in Lissabon, von dem er als kleines Kind erzählen hörte, erschütterte seinen Glauben an einen guten Gott. Die Ausübung der Religion vermochte ihm nichts zu geben, und als reifer Mann erkennt er, als er *Dichtung und Wahrheit* schreibt, in der bitteren Verletzung seines Innersten die Enttäuschung wieder, die ihm einst seine Konfirmation bereitet hatte. Er scheint zu jener Zeit eine gewisse Bereitschaft besessen zu haben, sich bewegen, mitreißen und überzeugen zu lassen. Doch die banale, gleichgültige, mechanische Beichte erstickte diese allzu schwache

Flamme und die Lehren Voltaires löschten sie völlig mit ihrem eisigen Hauch.

Goethe war also ziemlich unerfahren in Religionsfragen, als Langer sich seiner annahm. Es gab für ihn hier Neuland zu betreten, und der junge Goethe war für alle Erfahrungen der Sinne, des Gefühls, des Geistes und der Seele jederzeit bereit. Langer besaß die Eigenschaften, die seinen früheren Religionslehrern gefehlt hatten; er ließ ihn die Bibel in einem unerwarteten Licht lesen und erleichterte ihm den Zugang zum Mystizismus, indem er ihn durch die Lektüre von Gottfried Arnolds Werken auf einem ganz anderen Weg an die Religion heranführte.

Als Schüler Böhmes und als Autor der *Kirchen- und Ketzergeschichte*, die so gewaltig auf das deutsche Gewissen während des ganzen 18. Jahrhunderts einwirken sollte, fand Arnold die verschollenen Pfade des alten Johannismus und Joachismus wieder. In ihm steckte etwas von einem Schüler Arnaldo da Brescias und Joachim de Flores, ebenso von Tauler, Eckart, Paracelsus und Ruysbroeck. Arnold glaubte an das »dritte Reich«, das im tausendjährigen Reich dasjenige Paraklets sein wird. Man wird bei ihm Elemente des Albizismus und Waldismus mit einer gewissen gnostischen Färbung bemerken, die den Ursprung seiner Doktrin bis auf die Anfänge der Kirche zurückführen lassen. Arnold ist weder Protestant noch Katholik, oder noch besser, er ist sowohl das eine wie das andere, und seine Frömmigkeit strebt nach einer Art Synkretismus (Vermischung verschiedener Religionen, Anm. d. Übers.), den er durch die Liebe zu verwirklichen sucht.

Bei Arnold erkennt Goethe die Gläubigkeit seiner Mutter wieder, die hier jedoch erweitert und erleuchteter, vom puren quietistischen Pragmatismus auf eine höhere, mystische Ebene gehoben ist. Der Teil, den Arnold dem ewig Weiblichen unter dem Aspekt der göttlichen Sophia, dem Spiegelbild Christi und Paraklets widmet, der dichterische Wert seiner Schriften, die zarte und geheimnisvolle Erregung, die ihnen anhaftet, können einen kranken Rationalisten schon in Versuchung führen. Bei voller Gesundheit hätte Goethe vehement widerstanden, und später, als ein Text von Novalis, des größten und fähigsten Schülers Arnolds, veröffentlicht werden soll, legt er dagegen wegen des unnachgiebigen Fanatismus sein Veto ein. Wie bei der Bruderschaft des freien Geistes und bei Angelus Silesius beunruhigt ihn die orgiastische Seite einer solchen Hingebung; fast sieht er in denen, die sie praktizieren, Korybanten der göttlichen Liebe, Bacchanten des Gefühls. Das reicht aus, um seine Skepsis, sein Mißtrauen und seine Ablehnung zu wecken.

Zu diesem Zeitpunkt aber ist seine Abwehr nicht so massiv, und er empfängt den Schock durch die Schriften Arnolds mit einer Gefügigkeit – oder müssen wir es Schwäche nennen –, die ziemlich überraschend ist. Man spürt, daß die Angriffe Langers die Festungswälle durchbrochen haben, daß der Ort zur Kapitulation bereit ist, sobald der Belagerer eine größere Kampfeslust zeigt. Langer jedoch ist vielleicht zu diskret, und Bücher bleiben doch nur Bücher. Da greift ein unvorhergesehener Verbündeter in der Gestalt einer Freundin seiner Mutter, Fräulein von Klettenberg, ein. Sie vermag es, den letzten Widerstand zu brechen, und sicher hätte sie Erfolg gehabt, wenn die Umstände, wobei der wirkungsvollste seine Genesung ist, den jungen Mann nicht in demselben Moment unerreichbar machen würden, in dem sie siegt.

Um zu verstehen, welchen Stellenwert Susanne von Klettenberg für Goethe hatte, genügt es, die Seiten über die »schöne Seele« in seinem *Wilhelm Meister* zu lesen. Man könnte kein schöneres und kein wahreres Portrait von ihr zeichnen, als das, welches er von dieser »schönen Seele« geschaffen hat. Es bedurfte einer kraftvollen, aktiven und ziemlich beherrschenden Persönlichkeit, um die Bekehrung Goethes zu versuchen. Susanne von Klettenberg besaß diese Persönlichkeit. Überdies kam sie im rechten Augenblick, als Langer die Vorarbeit mit den Schriften Arnolds geleistet hatte und als die Unruhe Goethes, die von den verschiedensten Seiten Nahrung erhielt, ihn zu einem möglichen, wenn nicht sogar leichten Opfer machte.

Da war zuerst die Schwierigkeit, sich nach so langer

Abwesenheit vom Vaterhaus wieder in Frankfurt einzugewöhnen; außerdem hatte die Tatsache, daß er an Leib und Seele wundgeschlagen heimkehrte, zur Folge, daß er bereit war, alles, was man ihm anbot, schlecht zu finden. Er fühlte sich jetzt als »Halbfremder«, was sehr bezeichnend ist. Er ist willens, unter der *Antithese* mit Leipzig, wie er es ausdrückt, zu leiden. Das Haus erscheint ihm verwandelt; er billigt diese Veränderung jedoch nicht, und sagt dies seinem Vater ganz offen. Von diesem Tag an stehen sich diese beiden unbeugsamen, aufbrausenden Charaktere in einem erbitterten Kampf gegenüber. Die Verachtung, die der junge Mann für einige im übertriebenen Rokokostil gemalten Bilder und für einige chinesische Tapeten, die ihm mißfielen, empfand, seine Trauer darüber, auf so wenig Fürsorge und Sympathie bei seinem Vater zu stoßen, von dem er sich einen herzlicheren Empfang erwartet hatte, die Unmöglichkeit, zwischen Vater und Sohn eine freundlichere Stimmung herzustellen, all das trug dazu bei, daß er sich sowohl in der Stadt, in der er geboren wurde, als auch im elterlichen Haus als Fremder fühlte. Er konnte zwar die Ungeduld, die der Rat während seiner Krankheit an den Tag gelegt hatte, nicht verzeihen, mußte aber ehrlicherweise eingestehen, daß auch er ihn auf mancherlei Weise »beleidigt und verletzt« hatte. Der Kummer darüber, daß er seinen geliebten Großvater durch einen Schlaganfall gelähmt und stumm wiedersah, machte die seelische Einsamkeit, unter der er litt, noch bitterer. Und schließlich wurde seine Trauer durch die Nachricht vom Mord an Winckelmann, für den Goethe große Bewunderung hegte, und am meisten wahrscheinlich durch die immer noch schwärende Wunde seiner Liebe für Annette Schönkopf, vertieft. Die Briefe, die er dem Mädchen während dieser Zeit schrieb, sind einzig in ihrer Art; wahrscheinlich sind es die zärtlichsten, die sie jemals von ihm erhalten hat. Sie sind oft in einem scherzhaften Ton abgefaßt. Er macht sich zum Beispiel gerne einen Spaß daraus, ihr unter dem Namen seines Dieners zu schreiben und ihr bei dieser Gelegenheit tausend Schnurren zu erzählen. Er schreibt ihr andererseits von seiner Krankheit, wobei er Wendungen gebraucht, die dazu angetan sind, sie zu rühren: »Meine Lunge ist so gesund als möglich, aber am Magen sitzt was.«[5] Vorwürfe sind mit Liebeserklärungen verflochten. Jedesmal, wenn er an die schreibt, die er als seine »liebe Last«[6] bezeichnet, bemüht er sich um einen leichten, galanten, sorglosen Ton, doch macht er Anspielungen auf seine Leiden, in der deutlichen Absicht, ihr Herz zu erweichen. »Mein Körper ist wieder hergestellt, aber meine Seele ist noch nicht geheilt ... Geduld, Zeit und Entfernung, werden das thun, was sonst nichts zu thun vermag ...«[7] oder: »Unglück ist auch gut.«[8] Er verhält sich so, als ob er die Geliebte, die ihm entwischt ist, zurückholen wollte. »Finden Sie mir eine ihrer Freundinnen, und zwar die, die Ihnen am meisten ähnelt ...« »Ich habe ein Haus, ich habe Geld, Herz, was willst Du mehr? Eine Frau? ...« und schließlich dieser Brief, der bedrückend, ja sogar bedrohlich für den Seelenfrieden des Mädchens gewesen sein muß: »Denn wenn ich Ostern käme, so wären Sie vielleicht noch nicht verheiratet ...«[9]

Als Goethe durch seinen Freund Horn von der Verlobung Annettes mit Dr. Kanne im Mai 1769 erfährt, läßt er sich zu Eifersuchtsausbrüchen hinreißen: »Das liebenswürdigste Herz ist das, welches am leichtsten liebt, aber das am leichtsten liebt, vergißt auch am leichtsten ...« Er fügt diesen Klagen noch eine dunkle Drohung hinzu. »Mein Schicksal hängt von dem Ihren ab ...«[10]

Anspielungen auf eine mögliche tragische Geste? Man fragt sich, ob er versucht, sie durch Selbstmorddrohungen wiederzugewinnen oder zumindest ihre Heirat zu verhindern, denn er zeigt einen offensichtlichen Widerwillen, sie in den Armen dieses Advokaten zu sehen, obwohl er sie selbst hineingetrieben hat. So ist der junge Goethe; zum Verzicht entschlossen, aber dennoch unfähig, deshalb nicht furchtbar zu leiden.

Die Stürme legen sich schließlich. Anna Katharina Schönkopf kann in Ruhe, zu ihrem Glück oder Unglück, Frau Dr. Kanne werden. Goethe legt ihr kein Hindernis mehr in den Weg. Er verabschiedet diese Frau, die er weder behalten noch hergeben will, mit jenem erstaunlichen Satz: »Sie sind ewig das liebenswürdige Mädchen und werden auch die liebenswürdige

Frau sein. Und ich, ich werde Goethe bleiben. Sie wissen, was das heißt.«[11]

Am Tag, als die Hochzeit endgültig unwiderruflich scheint, trotz seiner absichtlichen oder unabsichtlichen Anstrengungen, sie zu verhindern oder hinauszuzögern – sie wird im März 1770 gefeiert –, erlaubt sich Goethe die schöne Geste, für die Vermählung der geliebten Freundin ein Hochzeitsgedicht zu verfassen. Er kann das tun, ohne allzuviel zu leiden, denn er ist jetzt körperlich und seelisch genesen und von neuen Leidenschaften in Anspruch genommen, die nichts mit Frauen zu tun haben: der Leidenschaft für die Wissenschaft, der religiösen Wißbegierde. Er ist zu sehr mit seinem Alchimistenlaboratorium und seinen Büchern von Böhme, Paracelsus, Swedenborg, Agrippa, van Helmont beschäftigt, um oft an das Töchterchen des Pensionsinhabers Schönkopf zu denken. Er hat ihr ein ewiges Denkmal in diesem entzückenden Gedichtband gesetzt, dessen Seiten Behrisch kalligraphiert hat, wie um sich noch einmal als Dritter in diese Liebschaft, deren Vermittler er war, hineinzuschlängeln. Goethe hat Annette Schönkopf unsterblich gemacht, und dank seiner Liebe, seines Schmerzes ist dieses gute Mädchen, das nicht einmal eine große Schönheit war, für uns und für unsere Kindeskinder gegenwärtiger als viele heute lebenden Frauen.

Goethe hatte zu jener Zeit keine neue Liebe im Sinn. Die Krankheit schien vorübergehend seine Gefühle ausgelöscht zu haben. Die Bedürfnisse seines Herzens befriedigt Cornelia mit einer leidenschaftlichen Heftigkeit, die ihren Bruder in Erstaunen versetzt und bisweilen beunruhigt. Niemals zuvor kannten sie eine derartige Vertrautheit. Die Häßliche hat dieses Herz wiedererobert, das andere Frauen ihr streitig gemacht hatten, und auf das sie eine dauerhafte, ausschließliche, despotische Herrschaft ausüben wollte. Goethe, der dieses seltsame Mädchen immer voller Überraschung betrachtet hat, ist jetzt verwirrter denn je. Er findet sie im offenen Kampf mit ihrem Vater. Mit krankhafter Wut, mit unversöhnlicher Rachsucht hat sie sich gegen ihn gestellt. »Meine Schwester war und blieb ein indefinibles Wesen, das sonderbarste Gemisch von Strenge und Weichheit, Eigensinn und Nachgiebigkeit, welche Eigenschaften bald vereint, bald durch Willen und Neigung vereinzelt wirkten. So hatte sie auf eine Weise, die mir fürchterlich erschien, ihre Härte gegen den Vater gewendet, dem sie nicht verzieh, daß er ihr diese drei Jahre lang so manche unschuldige Freude verhindert oder vergällt.«[12]

Dieses ungestüme, unbezähmbare Mädchen empfand um so mehr Freude über die Rückkehr ihres so innig geliebten Bruders, als sie während seiner Abwesenheit sehr viel zu leiden gehabt hatte und sehr von der Eifersucht geplagt worden war. Sie klammerte sich an ihn mit der ganzen Kraft ihrer Liebe, ihrer Einsamkeit und ihrer Verzweiflung. Sie nützte seine Krankheit aus, um unaufhörlich bei ihm zu sein. Dabei ließ sie nichts unversucht, um ihm zu gefallen und ihn zu amüsieren. Sie ging sogar soweit, Schnurren zu erfinden, die sich bei ihr ziemlich seltsam ausmachten. Sie erfand mit ihm eine Geheimsprache, die nur sie beide verstanden. Sie machte sich ihm körperlich und seelisch unersetzlich, indem sie ihm gleichzeitig die Krankenschwester und die fehlende Geliebte zu sein suchte. Dabei belagerte sie seinen Geist und sein Herz mit einer solchen Liebesenergie, wie es – es gibt dafür keinen anderen Vergleich – die eifersüchtigste Ehefrau, die forderndste Geliebte nicht anders gemacht hätte.

Mit welchen Gefühlen betrachtete sie das Fräulein von Klettenberg, die ihr den Besitz dieser Seele streitig machte? Zweifellos tröstete sie sich, indem sie sich einredete, daß diese Freundschaft rein geistig war und daß nichts von dieser etwas unklaren Neigung, die jene für ihn empfand und die er auch etwas zu erwidern schien, in diese »Seelenfreundschaft« eingriff. Zweifellos freute sie sich auch, daß Wolfgang aus diesem Grunde auf die geplante Frankreichreise verzichtete, von der er schon in seinem Brief an Annette vom 30. Dezember 1768 gesprochen hatte, möglicherweise um sie zu beunruhigen, und noch einmal in dem vom 23. Januar 1770, wo er ein bißchen den untröstlichen Liebhaber spielt. Was bedeutete schließlich diese enge Vertrautheit mit einer um viele Jahre älteren Frau, die nur seine Seele zu besitzen trachtete und die im ganzen gesehen für diese allzu leidenschaftliche Schwester in jeder Hinsicht weniger bedrohlich war als so ein junges Ding.

Was bedeutete Fräulein von Klettenberg für Goethe: eine »schöne Seele«. Nicht mehr – und in diesem Moment ist es für ihn unendlich viel. Unter diesem Beiwort »Schöne Seele« gibt er später im *Wilhelm Meister* ein sicherlich treues Portrait von ihr wieder. Krankheit hatte sie von frühester Kindheit an empfindsam gemacht, und von einem natürlichen Instinkt ebenso sehr wie von den schmerzhaften Erfahrungen eines an Leiden und Enttäuschungen reichen Daseins zu Gott getrieben, hatte sich die »Schöne Seele« in ein ganz und gar geistiges Leben zurückgezogen. »Ich litt und ich liebte; das war die eigentliche Gestalt meines Herzens.«[13]

Schließlich tritt eines Tages die Erleuchtung ein, die ihr das wunderbare Geschenk des Glaubens gewährte, nach dem sie strebte. »Nun, Allmächtiger! nun schenke mir Glauben, flehte ich einst in dem größten Druck des Herzens. Ich lehnte mich auf einen kleinen Tisch, an dem ich saß, und verbarg mein beträntes Gesicht in meinen Händen. Hier war ich in der Lage, in der man sein muß, wenn Gott auf unser Gebet achten soll, und in der man selten ist. Ja, wer nur schildern könnte, was ich da fühlte! Ein Zug brachte meine Seele nach dem Kreuze hin, an dem Jesus einst erblaßte; ein Zug war es, ich kann es nicht anders nennen, demjenigen völlig gleich, wodurch unsre Seele zu einem abwesenden Geliebten geführt wird, ein Zunahen, das vermutlich viel wesentlicher und wahrhafter ist, als wir vermuten. So nahte meine Seele dem Menschgewordenen und am Kreuz Gestorbenen, und in dem Augenblicke wußte ich, was Glauben war.«[14]

Dieser Bericht, der den freimütigen und unmittelbaren Tonfall eines Bekenntnisses hat, ist sicherlich geprägt von den Gesprächen, die der junge Mann und diese um vieles ältere Frau in der Stille seines kleinen Krankenzimmers geführt hatten. Indem sie ihm die Stationen ihrer Bekehrung erzählte, hat die »schöne Seele« ihm die Schönheit und Einzigartigkeit der Wege enthüllt, auf die sie die mystische Erfahrung geführt hatte. Sie verstand es, bei ihm die Neugierde und das Verlangen danach zu wecken. Was er in den Schriften Arnolds schon geahnt hatte, sah Goethe in der Seele Susanne von Klettenbergs in Erfüllung gehen, die sich ihm in solchen Bekenntnissen öffnete. Alles, was ihm bis dahin gefehlt hatte, diese Sicherheit, die der Glaube verleiht, diese ungeheure und kostbare Freude, mit der die göttliche Liebe die erwählten Herzen erfüllt, all das besaß diese Frau. Und man kann sich unschwer vorstellen, welche mit Unruhe, Interesse und Neugier gemischten Gefühle sich seiner bemächtigten, als die »schöne Seele«, nachdem sie den Bericht ihres geistigen Abenteuers beendet hatte, folgendermaßen schloß: »Daß ich immer vorwärts, nie rückwärts gehe, daß meine Handlungen immer mehr der Idee ähnlich werden, die ich mir von der Vollkommenheit gemacht habe, daß ich täglich mehr Leichtigkeit fühle, das zu tun, was ich für recht halte, selbst bei der Schwäche meines Körpers, der mir so manchen Dienst versagt; läßt sich das alles aus der menschlichen Natur, deren Verderben ich so tief eingesehen habe, erklären? Für mich nun einmal nicht. Ich erinnere mich kaum eines Gebotes, nichts erscheint mir in Gestalt eines Gesetzes, es ist ein Trieb, der mich leitet und mich immer recht führet; ich folge mit Freiheit meinen Gesinnungen und weiß von Einschränkung als von Reue. Gott sei Dank, daß ich erkenne, wem ich dieses Glück schuldig bin und daß ich an diese Vorzüge nur mit Demut denken darf. Denn niemals werde ich in Gefahr kommen, auf mein eigenes Können und Vermögen stolz zu werden, da ich so deutlich erkannt habe, welch Ungeheuer in jedem menschlichen Busen, wenn eine höhere Kraft uns nicht bewahrt, sich erzeugen und nähren könne.«[15]

Von diesem *Ungeheuer* hatte Goethe selbst schon eine Vorahnung. Dieser »Schattenbereich« seines Charakters und seiner Gefühle war ihm nicht fremd. Das Bild des Dichters, das die Kritiker und Historiker zuweilen bis zum Exzeß vereinfachen, berücksichtigt nicht das Unklare, das Beunruhigende, das er in sich trägt. Ich habe erwähnt, daß er zu scharfäugig war, um nicht zumindest geahnt zu haben, wohin ihn der Umgang mit den Gaunern, die um Gretchen kreisten, bringen würde. Er besaß ein äußerst heftiges Temperament, das er während seines ganzen Lebens nur unter größten Anstrengungen zügelte. Obwohl er von Natur aus nicht sehr kämpferisch und kräftig war, schaffte er es als Kind, wenn man ihn in die Enge trieb, daß drei viel stärkere Spielkameraden ihn um Gnade anflehten und um Hilfe riefen. Das Bild, das man sich von dem »Weisen«, dem abgeklärten Menschen, macht, verstellt uns manchmal den Blick auf das Rohe und Grausame seiner Instinkte. Es bereitet ihm Vergnügen, Annette Schönkopf leiden zu lassen, und wahrscheinlich hat er als Kind nicht einzig und allein, um die Anatomie der Flügel zu studieren, den Vögeln bei lebendigem Leib die Federn ausgerupft. Die Physiognomie Goethes wäre im übrigen weniger vollständig, es würde ihr diese vollkommene Schönheit und dieser vollkommene Adel fehlen, wenn sie nicht den Sieg über jeden Tag, jede unaufhörlich in Frage gestellte Errungenschaft in sich tragen würde. Es ist um sein Herz wie um diese friesischen Landstriche bestellt, die von den zerstörerischen Fluten nur dann verschont bleiben, wenn die Deiche ständig gepflegt und überwacht werden. Man könnte sagen, daß Goethe in diesem Sinne sein eigener *Deichgraf*, der Aufseher und der Wärter dieser Deiche war, denn er kannte die Folgen des geringsten Risses in dem Schutzwall, das kleinste Eindringen von Wasser durch dieses Bollwerk hindurch, nur zu gut.

Es wäre falsch zu glauben, daß es Goethe allein schon von seiner Veranlagung her leicht gefallen wäre, zu dieser Weisheit zu gelangen. In Wirklichkeit war sein ganzes Leben ein Kampf; ein Kampf gegen seine innere Finsternis, ein Kampf gegen die entfesselten Elemente in den Abgründen des Bewußten und Unbewußten. Wenn er sagt: »Denn ich bin ein Mensch gewesen, und das heißt ein Kämpfer sein«[16], dann wissen wir, was wir darunter zu verstehen haben. Während verschiedener Phasen seines Lebens treten seltsame, zum Bösen tendierende Kräfte zutage, die nur durch einen sehr sicheren und sehr klugen Sinn für die Harmonie des Seins am Aufblühen und Wuchern gehindert werden. Schließlich ist noch anzufügen, daß Goethe, dem Moralanschauungen kaum Einhalt gebieten konnten, eine viel stärkere und wirkungsvollere Bremse in diesem Harmoniebedürfnis fand, das sehr bald das Gebot seines Lebens wird. Er weiß wohl, daß diese »vertrauten Ungeheuer«, von deren Gegenwart und Schädlichkeit er wußte, und die nach den Worten Fräulein von Klettenbergs immer auf der Lauer liegen, mit Hilfe der Religion gebannt werden konnten. Die ganz und gar freundschaftliche Aufrichtigkeit, mit der die »schöne Seele« ihn über die Hindernisse unterrichtet, denen sie selbst begegnet war im Verlauf des *Pilgrim's Progress*, der sie zum Frieden und zur Freude geführt hatte, zeigt ihm, welche Gefahr man läuft, aber auch mit welchen Mitteln man über sie triumphiert. Durch Fräulein von Klettenberg erfährt er, wie sehr Gott »zugänglich« ist, und zwar über Wege, die schöner sind als der väterliche Formalismus oder der naive Quietismus der Frau Rätin. Auch sie war von Susanne von Klettenberg unterwiesen worden und wahrscheinlich war es die Mutter, die in das Zimmer des jungen Kranken seine »Seelenführerin« geführt hatte, wie ein Katholik dorthin einen Priester gebracht hätte.

Sie ist fünfundvierzig Jahre alt, während er erst zwanzig ist; es kann also zwischen ihnen von nichts anderem als von Seelenbanden die Rede sein. Liebe kommt von keiner Seite ins Spiel. Von den Stürmen der Leidenschaft ermattet, erfrischt Goethe sein Herz bei der Betrachtung der Ruhe und Heiterkeit, die dieses Gesicht verschönern. Im Angesicht dieses Glückes konnte er sich nur wünschen, daß auch er in den Besitz des Schatzes gelangen würde, der einen Menschen so vollkommen zufrieden machen kann. Der Schlüssel zu diesem Glück, der Schlüssel zum Glauben, der Schlüssel zur Erkenntnis ist die Liebe, hieß die Liebe des Fräulein von Klettenberg nach dem großen pietistischen Evangelisten, dem Grafen Zinzendorf. Goethe fand in diesem Thema der Erkenntnis durch die Liebe den Widerhall der in ihm bereits vorhandenen Gewißheiten. Es handelte sich um die Liebe Gottes, die er jedoch bis jetzt nur auf eine ziemlich unbestimmte und unbefriedigende Weise erahnt hatte. Die Bekundungen des Pietismus hatte er zwar bei seiner Mutter gesehen, aber wahrscheinlich waren sie zu oberflächlich, als daß er glaubte, sie könnten Erleuchtung schenken. Selbst Langer hatte, trotz all seiner Verdienste und seiner ganzen Frömmigkeit, das letzte Ziel noch nicht erreicht. Und Goethe ahnte, daß dieses Ziel nichts mit der strengen lutheranischen Frömmigkeit zu tun hatte, von der ihm sein Vater ein Beispiel gegeben hatte. Es hatte den Anschein, als sei Fräulein von Klettenberg zu der mystischen Ekstase gelangt, deren Studium er bei den katholischen Heiligen niemals der Mühe wert befunden hatte, zurückhaltend wie er immer noch auf diesem Gebiet war, »behindert« durch seine Vorurteile, sein Mißtrauen, seinen Widerwillen. Doch ihre Erfahrungen genügen, um sein Interesse zu wecken.

Aber da ist noch etwas anderes. Wenn diese fromme Frau nur eine exaltierte »Schwärmerin« gewesen wäre, ein wenig verblendet, dann hätte sie über ihn nicht diese große Macht ausüben können, zu der sie sehr schnell gelangte und die sie bis zu ihrem Tod behalten sollte. Aber sie war anders als etwa Jung-Stilling, den er in Straßburg kennenlernen wird, als Hamann, der ihm durch seine Gottestrunkenheit suspekt ist, die er ersehnt und zugleich fürchtet, oder als Novalis, der auch durch Zinzendorfs Herrnhuter geprägt war, und dessen Neigung zum Katholizismus er so strikt ablehnt, daß er sich sogar der Veröffentlichung seiner Abhandlung über die *Christenheit* und *Europa* in einer Zeitschrift, die von ihm »kontrolliert« wird, widersetzt. Als Susanne von Klettenberg im Dezember 1774 stirbt, schreibt Goethe seiner Freundin Sophie von La Roche einen Brief, dessen Traurigkeit aussagt, wieviel er verloren hat: »Meine Klettenberg ist todt. Todt eh ich eine Ahndung einer gefährlichen Krankheit bei ihr hatte. Gestorben, begraben in meiner Abwesenheit, die mir so lieb! so viel war.«[17]

Als er in *Wilhelm Meisters Lehrjahre* die »Bekenntnisse einer schönen Seele« schreibt, ein Dokument ersten Ranges, das vielleicht aus den Aufzeichnungen der »schönen Seele« selbst hervorgegangen ist, da errichtet er ihrem Andenken dieses wunderbare Denkmal, das den Einfluß *seiner Klettenberg* auf seine Seele verewigt. Fräulein von Klettenberg hingegen wird ihn, als er Frankfurt verläßt, aus einem ganz anderen Grund als wegen seines Pietismus nicht vergessen. Wenn sie ihm die Welt der Mystik entdeckt, bietet sie ihm überdies den Zugang zu jener Welt der Magie, die er vorausahnte und die er auf eine gewisse Weise schon in sich trug. Seine Kindheit war vom Übernatürlichen beherrscht: in der Form des Glaubens an den Einfluß der Sterne, durch den Naturglauben, der ihm das Steinopfer an den Gott der Elemente eingab, durch den Gefallen am Geheimnisvollen. Äußerlich teilt sich das mit durch seine Vorliebe für die Poesie, das Theater, die Märchen, die Abenteuerromane, die Marionetten, diese seltsamen und verwirrenden Geschöpfe; innerlich durch den ihm eigenen Sinn für die Verehrung, die Achtung vor dem Unbekannten, schließlich durch seine Fähigkeit, sich dem Hereinbrechen der Welt des Übernatürlichen jedesmal zu öffnen, wenn diese über die Grenzen der materiellen, genau festgelegten Existenz hinausging und ihre seltsamen Lichter schillern ließ. Voller Aberglauben – dieser Freigeist! Er achtete auf seine Träume und war beeindruckt von allem, was als Voraussage oder Vorausahnung gedeutet werden konnte. Sogar im hohen Alter brachte er es noch fertig, auf eine Reise zu verzichten, weil das Gefährt bei der Abfahrt umgefallen war. Immer wieder ließ er sich verblüffen von der prophetischen Begabung seines nun stummen und gelähmten Großvaters Textor, der für ihn deshalb nur um so eindrucksvoller war. Mitten im vom Skeptizismus, Rationalismus und Mißtrauen gegenüber dem Übernatürlichen geprägten Zeitalter des Rokoko lebte der junge Goethe das Leben eines Gläubigen. Doch er war ein Gläubiger, dem der tiefste Glauben vorenthalten blieb, der nur an seinen geringeren und oberflächlichen Bekundungen, die zum Aberglauben gehören, teilhatte, und der andererseits begierig war auf eine Welt, in die man nur im Schutze des im wachen oder schlafenden Zustand erlebten Traumes, der dichterischen Erleuchtung, der mystischen Ekstase einzudringen vermag.

Aber neben der Mystik gibt es noch die Magie und diese ist nicht an den guten Willen des Göttlichen gebunden. Sie ist im Gegenteil für den Menschen ein Mittel, den Elementen, ja selbst Gott, seinen Willen aufzuzwingen. Magie ist eine durch Energie bestimmte Handlung und bedarf nicht der Veranlagung der Seele. Nun erfährt Goethe eines Tages zu seiner Verwunderung, daß seine Klettenberg ebenso der Kunst der Magie wie der pietistischen Mystik verfallen ist, ja sie besitzt sogar ein Laboratorium, wo sie sich gewissen Verfahren der spagyrischen Kunst widmet.

Goethes Verhältnis zur Magie wird während seines ganzen Lebens gewissen Wechselfällen unterworfen sein. Einmal wird er von ihr einfach angezogen, ein anderes Mal wird er sich vor ihren Wundern in acht nehmen und ihren gefährlichen Verführungen aus dem Weg gehen. Einige Teile seines Werkes, wie der *Faust*, die *Geheimnisse*, bestimmte Passagen des *Wilhelm Meister*, *Der Groß-Kophta* bezeugen, daß er sich mit dem Okkultismus vertraut gemacht hat. In dem Zeitabschnitt, den wir jetzt betrachten, tritt die Magie in der Person des ihn pflegenden Arztes in sein Leben und es scheint, daß er ihr seine Heilung verdankt. Dieser Arzt, »ein unerklärlicher, schlau blickender, freundlich sprechender, übrigens abstruser Mann«[18], rühmte sich, ein echtes Allheilmittel zu besitzen, ein Salz, das alle Krankheiten heilen könnte. Er forderte sogar seine Patienten auf, die Magie und Alchimie zu studieren, damit sie sich in einer besseren Ausgangslage befänden, um die Wirkung dieses wunderbaren Salzes zu vermehren.

Goethes Eltern schienen es zuerst von sich gewiesen zu haben, von diesem Allheilmittel Gebrauch zu machen; sie stimmten erst nach einem Krankheitsrückfall zu, der viel schwerer und beunruhigender als die zahlreichen davor war. Als sie eines Nachts den Sohn an der Schwelle des Todes sahen, lief die Frau Rätin zu dem Arzt und flehte ihn an, sein Allheilmittel anzuwenden. »... nach langem Widerstande eilte er tief in der Nacht nach Hause und kam mit einem Gläschen kristallisierten trockenen Salzes zurück, welches, in Wasser aufgelöst, von dem Patienten verschluckt wurde und einen entschieden alkalischen Geschmack hatte. Das Salz war kaum genommen, so zeigte sich eine Erleichterung des Zustandes, und von dem Augenblick an nahm die Krankheit eine Wendung, die stufenweise zur Besserung führte.«[19]

Wie kann man der Versuchung widerstehen, die Schwarze Kunst zu studieren, wenn man gerade an sich selbst ihre Macht erfahren hat? Goethe war dem nur allzu aufgeschlossen; die Bücher, die ihm Fräulein von Klettenberg zu lesen gab, wie Paracelsus, Welling, Van Helmont, sogar die Gnostiker, trieben ihn dazu, sich diesen Erfahrungen zu stellen. Er richtete sich in einer Dachkammer ein alchimistisches Labor ein nach dem Muster dessen, das seine Anstifterin bei sich zu Hause besaß, und beschloß, nachdem seine Gesundheit wiederhergestellt war, als Akt der Dankbarkeit gegenüber der Magie, die ihn geheilt hatte, selbst Magier und Alchimist zu werden.

So trugen also einerseits der Mystizismus und andererseits die Magie dazu bei, den jungen Mann vom Rationalismus des Rokoko zu befreien. Sie wecken in ihm Neigungen, die ihm zwar nicht völlig neu sind, da sie ihn schon seit seiner Kindheit beschäftigen. Jedoch verliert der Verstand niemals seine Berechtigung. Die Freuden, die man aus der Welt des Übernatürlichen schöpft, entzückten ihn, konnten ihn aber nicht fesseln. Sein angeborener Sinn für das Maß der Dinge, sein Harmoniebedürfnis, ließen ihm manchmal diese »Hexenküche«, der er sich auslieferte, in einem zweifelhaften Licht erscheinen. Die geistige Trunkenheit à la Zinzendorf enttäuschte ihn wohl, nachdem sie ihn zuerst geblendet hatte. Es war ihm nicht möglich, diese Lehre als ganzes anzunehmen, ebensowenig wie vorher das väterliche Luthertum. Gerade durch den Überschwang, den er anpries, und die Vertrautheit mit dem Göttlichen, die als Ziel galt, konnte ihn der Pietismus auch nicht völlig befriedigen. Vielleicht war er auch entmutigt von der Mittelmäßigkeit gewisser pietistischer Zirkel, oder von der zögernden Haltung, die jene an den Tag legten, wenn es darum ging, ihn als einen der ihren anzuerkennen.

Die kraftvolle, selbstsichere, klare und stark bejahende Persönlichkeit Goethes schreckte die Menschen, mit denen er eine Verbindung einging, manchmal ab. Es scheint, als hätten die Pietisten diesen Neubekehrten, oder Neophyten, mit dem gleichen Mißtrauen betrachtet wie vorher die kleinen Freimaurer der Loge Philandria. Jedesmal, wenn der junge Goethe den lobenswerten Versuch unternimmt, sich in eine Gemeinschaft einzufügen, verweigert sich ihm diese. Die Tatsache nun, daß ihn die Pietisten als zu wenig orthodox einschätzten und daß er sich im Gegenzug dafür nicht mit ihrem ein wenig zu engen Dogmatismus abfinden wollte, trieb ihn dazu, seine religiöse Erkundigung und Erfahrung auf noch nicht begangenen Wegen weiterzuverfolgen. Er wollte sich seine eigene Religion erarbeiten. Zur gleichen Zeit, als die Magie anfing, ihn durch ihre hermetische Sprache zu stören und ihn durch die mittelmäßigen Ergebnisse zu enttäuschen, schickte er sich an, gleich der menschlichen Intelligenz im Laufe der Jahrhunderte, von der Alchimie zur Chemie, von den Trugbildern zu den objektiven Tatsachen überzugehen. Das Handbuch von Boerhaave reizte ihn mehr als das *Opus mago-cabbalisticum.* Er gab die spagyrischen Träumereien um des weniger spektakulären Gebietes wissenschaftlicher Versuche willen auf.

Dieser Übergang von der Schwarzen Kunst zur reinen Wissenschaft ist sehr aufschlußreich für Goethes Charakter, für seine Geisteshaltung und die Art seiner Bestrebungen. Von diesem Augenblick an verwandte er sein alchimistisches Gerät nur noch für die von Boerhaave vorgeschlagenen Experimente.

Natürlich geht so etwas nicht ohne Überwindungen vor sich, nicht ohne schmerzlichen Verzicht. Über diese Entsagungen, die, wie er weiß, das höchste Gebot im Leben darstellen, mag Goethe kaum sprechen. Sie werden im Innersten seines Wesens erbracht, ob es sich nun darum handelt, sich von einer geliebten Frau zu trennen, eine fesselnde Wissenschaft aufzugeben oder auf die Ausführung einer außergewöhnlichen Kunst zu verzichten. Er schweigt über seine *Häutungen*, und niemals bekennt er ausdrücklich, wie sehr sie ihn zerrissen haben. Die seelischen Amputationen, die er sich während seines ganzen Lebens auferlegt, sein Tribut an die Notwendigkeit, entlocken ihm kaum einen Aufschrei, auch wenn er davon bis ins Innerste seines Wesens getroffen ist. Man könnte annehmen, daß sich die Übergänge leicht vollziehen, gewaltlos, während sie in Wirklichkeit oft wie Tod und Auferstehung sind. Das Gebot des »Stirb und Werde« beherrscht auch die Verzichte, die ihm sein Dämon befiehlt, dieses innere Genie, das die Schritte seines Denkens und seiner Gefühle lenkt, das ihn vor einem falschen Weg warnt und das ihn sogar ohne Vorankündigung plötzlich und nicht wahrnehmbar die Richtung ändern heißt.

Ob es ihm nun bewußt war oder nicht, was er riskierte, als er im Pietismus versank, als er seinen klaren Verstand in der Magie verlor, Goethe hält inne, hinterfragt sich und denkt nach. Ebenso wie die Griechen zieht er aus diesen Überlegungen den Schluß, daß die reine Wissenschaft den Hirngespinsten der Alchimie vorzuziehen ist, die ihm im übrigen immer noch als ein zu gegenständliches und zu grobes Mittel zur Annäherung an das Göttliche erscheint. Die Chemie ist schließlich ebenso »wunderbar« wie die *königliche Kunst*, so wie die Natur nicht weniger »erstaunlich« ist als das Übernatürliche.

Auf religiösem Gebiet wendet er sich gleichfalls ab von der pietistischen Orthodoxie, trotz des Druckes, der auf ihn von Langer, von »seiner« Klettenberg und auch von seiner Mutter ausgeübt wird; er schafft sich seine eigene Religion. Beim Ausgang dieser »mißglückten Bekehrung«, wie Charles du Bos es nennt, findet er sich im Besitz der geistigen Elemente, die ihm beim Bau seines Hauses helfen werden. Er nimmt das Material an, das man ihm bringt, doch er weist die Pläne der Architekten zurück. Das Gebäude, das er sich errichtet, ähnelt in seiner Eigenartigkeit ein wenig dem des Rates Krespel, das Hoffmann beschrieben hat; wie jenes kann es nur von ihm bewohnt werden. Im übrigen stellen wir fest, daß Goethe, der jeder Form von Bekehrungseifer feindlich gegenübersteht, keinerlei Anstrengung unternimmt, dieses Gebäude jemand anderem aufzuzwingen oder zu empfehlen.*

Er formuliert sein Dogma mit einer vollkommenen Einfachheit, ohne auch nur im geringsten das Ausgezeichnete daran zu unterstreichen; es steht jedem frei, darüber zu denken, wie er will. Das Buch Arnolds über die Häresie hatte zweifellos Goethes Sympathie für gewisse andersgläubige Anschauungen geweckt, mit dem Ergebnis, daß seine persönliche Religion eini-

---

* Seine Idealvorstellung von Toleranz drückt sich in der Sympathie gegenüber der antiken Sekte der Hypsitarier aus, von der in seinem Brief an Sulpiz Boisserée vom 22. März 1831 die Rede ist.

gen stark vom Pelagianismus gefärbt schien. Goethe übernimmt ziemlich achtlos vom Christentum das, was ihm zusagt, und verwirft den Rest. Man findet am Ende des 8. Buches des II. Teils von *Dichtung und Wahrheit* den Entwurf einer neuen, von ihm erdachten Religion. Sie ist von einer ziemlich klaren gnostischen Prägung gekennzeichnet, die erkennen läßt, daß er Umgang gehabt haben mußte mit den Schriften von Basilides, Marcion, Valentinus. Er selbst gibt zu, daß »der neue Platonismus zum Grunde lag; das Hermetische, Mystische, Kabbalistische gab auch seinen Beitrag her ...«

»Schließlich«, sagte er, »kam mir nichts natürlicher vor, als daß ich mir auch meine eigene (Religion, Anm. d. Übers.) bilden könne, und dieses tat ich mit vieler Behaglichkeit.«[20]

Behalten wir diesen letzten kleinen Satz im Gedächtnis. Goethe, der unfähig war, eine fertige Religion anzunehmen, handelte auch auf diesem Gebiet als Schöpfer, als Former und Keimträger. Er will keine theoretische Religion, die nicht »lebendig«, nicht mit dem Leben verbunden, von ihm geformt wäre. Mehr als jeder Frömmler fühlte Goethe einen »lebendigen Gott«; diesem lebendigen Gott bringt er seine Verehrung entgegen. Ob er nun im Unsichtbaren oder im Sichtbaren, in der Materie oder in den Gedanken, in den Metallen oder in der höchsten Sophia gegenwärtig ist, dieser Gott sprengt alle Rahmen, in die man ihn willkürlich einpassen will. Keine der religiösen Formen, die Goethe kennt, erscheinen ihm völlig gerechtfertigt und befriedigend. Einzig der Parse vielleicht, der Anbeter des Atems, der Luft und des Feuers, scheint sich dem Göttlichen am ehesten anzunähern. Es gibt Texte, die seine innere Überzeugung deutlich machen. Im gleichen Maß wie er den mohammedanischen Fatalismus bewundert, ist er von der hohen Moral der Parsen berührt.

Zu dieser Zeit macht er sich auch wieder ans Zeichnen und Stechen. So vertreibt er die Schwaden religiöser Exaltation. Nachdem erst einmal die Struktur seiner Religion festgelegt ist und die Überzeugungen bekräftigt sind, die er für notwendig hält und die er sein ganzes Leben lang beibehalten wird, fühlt er sich frei anzubeten, wen er will und wie er will: »Die

Menschen sind nur so lange produktiv in Poesie und Kunst, als sie noch religiös sind ...«[21]

»Die Kunst ruht auf einer Art religiösem Sinn ...«[22]

»Das Wahre ist mit dem Göttlichen identisch.«[23]

»Wer an nichts glaubt verzweifelt an sich selber.«[24]

»Es gibt nur zwei wahre Religionen: Die eine, die das Heilige, das in und um uns wohnt, ganz formlos, die andere, die es in der schönsten Form anerkennt und anbetet. Alles, was dazwischen liegt, ist Götzendienst.«[25]

Sein Freund Kestner weiß sicher nichts von den geheimsten Falten dieser Seele, aber er wird später, 1772, in einem Briefentwurf ein im ganzen getreues und hellsichtiges Bild von der religiösen Person in Goethe zeichnen. »Er ist nicht, was man orthodox nennt. Jedoch nicht aus Stolz oder Caprice oder um was vorstellen zu wollen. Er äusert sich auch über gewisse Hauptmaterien gegen wenige; stöhrt andere nicht gern in ihren ruhigen Vorstellungen. Er haßt zwar den Scepticismum, strebt nach Wahrheit u. nach Determinirung über gewissen Haupt-Materien, glaubt auch schon über die wichtigsten determinirt zu seyn, so viel ich aber gemerckt, ist er es noch nicht. Er geht nicht in die Kirche, auch nicht zum Abendmahl, betet auch selten. Denn sagt er, ich bin dazu nicht genug Lügner ... Vor der Christlichen Religion hat er Hochachtung nicht aber in der Gestalt, wie sie unsere Theologen vorstellten. Er glaubt ein künftiges Leben, einen besseren Zustand; Er strebt nach Wahrheit; hält jedoch mehr vom Gefühl derselben, als von ihrer Demonstration.«[26]

Was bleibt also noch von der großen Glut, mit der er schrieb, daß »seiner Seele diese Calcination sehr nütze war«?[27]

Ist es wahr, daß »ihn der Heiland endlich erhascht hat«, wie er vorher an Langer schrieb? Verbrannt ist nur die Schlacke. In seiner Seele bleibt das bestehen, was er nicht gefunden hat in seinem alchimistischen Windofen (Anm. d. Übers.: Eigentlich athanor = der faule Heinz, chemischer Ofen), dieser Stein der Weisen für den Glauben, den er sein ganzes Leben aufbewahren wird und der in Facetten geschliffen, je nach den Zeitabschnitten, unterschiedliche Reflexe werfen wird. Ich glaube, was ihm in dieser für seine geistige Formung so wichtigen Periode gefehlt hat, um ein wahrer Christ zu werden, war die Begegnung mit Spinoza, die erst viel später stattfinden wird. Wenn er als Zwanzigjähriger diesen »von Gott trunkenen Philosophen«, von dem Novalis spricht, entdeckt hätte, wäre vielleicht die Bekehrung gelungen. Das Predigen Fräulein von Klettenbergs war faszinierend, aber es mangelte ihm an Verläßlichkeit; bei Spinoza hätte er die Mystik und die Vernunft als Verbündete gefunden und vereint hätten sie ihn überzeugt und gefesselt.

Zweifellos war es von Bedeutung, daß er auch auf diesem Gebiet zugänglich und für die künftigen Etappen seiner Entwicklung bereit blieb. Wie könnte man außerdem die erstaunliche Originalität verkennen, die dieser Zwanzigjährige in der Aufstellung seiner Metaphysik und seiner Kosmogonie beweist. Sicher sind dort die Spuren seiner frühen Lehrmeister, vor allem der großen Spagyriker, nicht zu leugnen, deren Verbindungen mit der Illuminatenlehre des 18. Jahrhunderts so eng sind. Bei ihnen findet Goethe einige Elemente wieder, die ihm schon während seiner ersten Kontakte mit dem Freimaurertum (Über die Beziehungen Goethes zum Freimaurertum siehe vor allem Peitsch, *Goethe als Freimaurer*, 1880, und Deil, *Goethe als Freimaurer*, 1908) aufgefallen sind. Die überraschende Doktrin, die er ausarbeitet, fügt den drei göttlichen Personen der Dreifaltigkeit ein viertes Wesen hinzu, »das aber schon in sich einen Widerspruch hegte, indem es wie sie unbedingt und doch zugleich in ihnen enthalten und durch sie begrenzt sein sollte«.[28]

Dieser »Vierte« ist Luzifer, dem Goethe die Rolle des Weltschöpfers überträgt. Nachdem er alle Engel erschaffen hatte, vergaß Luzifer, vom Stolz fortgerissen, was er seinen eigenen Schöpfern schuldig war, und »je mehr er sich nun in sich selbst konzentrierte, je unwohler mußte es ihm werden, sowie allen den Geistern, denen er die süße Erhebung zu ihrem Ursprunge verkümmerte«.[29]

Was sich um ihn versammelte, ist das, was wir Materie nennen. »Da nun das ganze Unheil, wenn wir es so nennen dürfen, bloß durch die einseitige Richtung Luzifers entstand, so fehlte freilich dieser Schöpfung die bessere Hälfte; denn alles, was durch Konzentration gewonnen wird, besaß sie, aber es fehlte ihr alles, was durch Expansion allein bewirkt werden kann.«[30]

All dies ist nicht ohne Entsprechung in gewissen gnostischen Dogmen, doch die Fortsetzung der Geschichte, um es einmal so auszudrücken, ist noch nicht veröffentlicht. Aber sie ist reich an einem magischen Gefühl, das vom Goetheschen Geist geprägt ist. Der Mensch wurde erschaffen, um die ursprüngliche Verbindung mit der Gottheit wiederherzustellen, um das Heil Luzifers selbst zu vollenden, indem er ihn in die göttliche Ordnung wiedereingliedert. Aber er beging, da er demselben Irrtum wie Luzifer ausgeliefert war, denselben Fehler wie jener, obgleich – so schließt Goethe dieses wichtige Kapitel seines *Lebensberichtes* – »die ganze Schöpfung nichts ist und nichts war als ein Abfallen und Zurückkehren zum Ursprünglichen«.[31]

4
»Die Welt ist so schön! So schön!«[1]

Solche Spekulationen waren nicht ungefährlich. In der stickigen Atmosphäre des Krankenzimmers und seines Laboratoriums, in der überhitzten Spannung dieses mystischen Rausches, ja schließlich in den niemals völlig harmlosen Annäherungen an die Magie, so ›weiß‹ sie auch sein mag, lief der junge Mann Gefahr, sich zu verlieren, und sich in den unbekannten Gefilden dieser metaphysischen, immer etwas beunruhigenden Welt zu verirren. Die Faszination, die ausging von den dunklen Abhandlungen der Alchimisten, den düsteren Einsichten eines Böhme, eines Agrippa von Nettesheim, eines Paracelsus, von der beinahe verliebten Trunkenheit, die die Gesänge des Grafen Zinzendorf so leicht auslösten, hätten diese Abgeschirmtheit viel schädlicher machen können, die zuerst durch die Krankheit diktiert und vielleicht später selbst gewählt war, um der Anziehungskraft der Verführungen willen, die die subtilen Spiele der Einbildungskraft anboten.

Das Gesetz der Abwechslung, dessen Notwendigkeit Goethe schon sehr früh eingesehen hatte, mit seiner Aufeinanderfolge von *Systolen* und *Diastolen*, diesen Perioden, in denen sich »Öffnen« und »Schließen« gegenseitig ablösen, mit seinen Aufschwüngen und seinen Rückzügen, die den Menschen vor Gewohnheit und Unbeweglichkeit retten, würde nicht lange auf sich warten lassen. Es stürzte den jungen Kabbalisten in eine völlig andere Ordnung der Gedanken und Gefühle. Die Schönheiten der Welt dürfen uns nicht soweit gefangennehmen, daß sie das Pendel anhalten, das den Rhythmus des menschlichen Lebens bestimmt und es mit seinen veränderlichen Schwingungen abwechselnd vom Verzicht zur Sättigung, von dem Bedürfnis nach Einsamkeit zum Verlangen nach Geselligkeit, von sinnlichen Vergnügen zu philosophischen Betrachtungen, vom In-sich-selbst-Versinken zu den äußersten Grenzen der Extrovertiertheit treibt.

Nach den flatterhaften Tändeleien der Leipziger Zeit und den Stürmen der verhinderten Liebe, stellte die Rückkehr zum *Ernsthaften*, die während des Aufenthaltes in Frankfurt ihren Höhepunkt fand, eine wohltuende Abwechslung dar. Es ist auch verständlich, daß der in seiner Eigenliebe ebenso wie in seiner Liebe zu Annette gekränkte Goethe zumindest unbewußt das Bedürfnis verspürt hatte, diese Niederlage durch einen Erfolg auszugleichen. Da sein Gesundheitszustand und die äußeren und inneren Umstände seiner Rückkehr ins väterliche Haus es ihm kaum erlaubten, diesem Erfolg auf erotischem Gebiet nachzujagen, mußte er sich umstellen. Und so wie bestimmte religiöse Berufungen, gewisse politische Siege manchmal das Ergebnis dieses Bemühens um den Ausgleich eines Mißerfolgs auf dem Gebiet gesellschaftlicher oder gefühlsmäßiger Anstrengungen sind, so ist der verlassene Liebhaber, der sich überdies mit gutem Recht den Vorwurf machen könnte, selbst dieses Verlassen provoziert zu haben, geneigt, auf die göttliche Liebe ein Verlangen nach Erfüllung zu übertragen, das die menschliche Liebe ihm versagt hatte.

Während Goethes ganzem Leben werden wir auf diese Weise die *Systolen* und *Diastolen* einander abwechseln sehen, gemäß den Begriffen, die er selbst der Physiologie entnommen hat, und man kann leicht den künftigen Zustand seines Bewußtseins voraussagen, wenn man den gegenwärtigen untersucht. Das energische »Verschließen« in der Frankfurter Zeit – Verschließen nur in den Augen der Welt und nach außen hin, denn auf geistiger Ebene ist Goethe selten so offen gewesen –, wird unausweichlich von einer neuen Periode des Öffnens auf einer anderen Stufe, mit einer anderen Färbung und einem unterschiedlichen Rhythmus abgelöst werden, denn in diesem Zeitenwechsel der Gefühle sind die »Kombinationen« niemals gleich. Das Pendel kehrt nie zu seinem Ausgangspunkt zurück, da der innere Antrieb, der es in Bewegung setzt, ihm stets eine andere Ausschlagsweite vorschreibt. Aber wenn das Ziel, das es verfolgt, auch nicht am selben Ort liegt, so bleibt es doch in derselben Zone. Plötzliche Erschütterungen können seinen Lauf beschleunigen, sein Schwingen auf wunderbare Weise erweitern. Die Bewegungen der Seele und die äußeren Ereignisse haben ihre Rückstöße und ihre Auswirkungen in diesem Schaukelspiel.

Trotz der Energie, die er verwendet, um - wie er es nennt - »seine Lebenspyramide« zu errichten, trotz der starken Bewußtseins- und Willensanstrengung, die bei dieser Architektur den Vorsitz führt, möchte Goethe verfügbar, auf alles gefaßt, und den Unterweisungen der äußerlichen Welt ein gelehriger Schüler sein. In ihm ist eine Art Fatalismus - und das ist der Grund, weshalb er die Moslems so sehr bewundert und sich schließlich geneigt erklärt, den Islam dem Christentum vorzuziehen -, der ihm seine Biegsamkeit bewahrt, die ihn davon abhält, sich gegen die Ereignisse zu verhärten. Das soll nicht heißen, daß er einen tiefen Glauben an die Vorsehung besäße; diese nennt er Schicksal, Bestimmung. Doch von seinen astrologischen Erfahrungen aus der Jugend haftet ihm noch im Gedächtnis, daß die Sterne auf den, der sich ihnen verweigert, einen Zwang ausüben und denjenigen, der sich ihnen fügt, sanft führen. Ihn verleitet nichts zu dem romantischen Geschmack am Aufbegehren gegen das »Schicksal«, wie man es bei einem Kleist oder Hölderlin findet; nichts könnte ihm fremder sein, als der Zustand einer ständigen Auflehnung, in dem die größten deutschen Dichter jener Zeit in den Kampf gegen die *Anánke* (griechisch: die Notwendigkeit) treten; nichts würde er mehr ablehnen als diese Veranlagung der Seele Luzifers, die ihnen ein zorniges und unversöhnliches *non serviam* vorschreibt. Er weiß, daß alles, was sich ereignet, zu unserem Besten ist und sein kann. Die Harmonie, die jeder Mensch anstreben sollte, liegt eben in diesem Einklang des Willens mit dem Geschick; es geziemt jedem Menschen, sein Schicksal zu formen, trotz der dem Anschein nach feindlichen und schädlichen Zusammensetzungen des »Fatums«, und es zum Glück und zur Vollendung zu führen, unter der Bedingung, daß er sich nicht in den Zustand der Disharmonie mit seiner Vorsehung begibt. Sogar in der Politik proklamiert Goethe die Fruchtlosigkeit des Widerstandes um seiner selbst willen. Fruchtlos ist im übrigen alles, was nichts bewirkt, und sollte vermieden werden. Der Kampf gegen das Schicksal wird unvermeidlich zum Waffengang des Stärkeren gegen den Schwächeren. Es ist der Kampf eines eisernen Schwertes gegen einen tönernen Stab. Wer ein eisernes Schwert besitzen will, muß sein Metall in einem vom Himmel gefallenen Meteoriten schmieden.

Goethe ist jetzt also geheilt von dieser krankhaften Abkapselung. Seine Kenntnisse der Chemie grenzen das Feld seiner Experimente ein; außerdem ahnt er, daß man, um die Magie nutzbringend zu machen, d. h. um zu höherer Weisheit zu gelangen, einen *Pakt* schließen muß. Aber er weigert sich, diesem »Dämon« seine Seele oder seinen Körper zu verschreiben. Er ist nicht bereit, seine Initiative in Gottes Hand zu legen. Im Bewußtsein seiner Bestimmung, die ihn frei und verfügbar will, hält er sich fern von der etwas tyrannischen Fürsorge Langers und Fräulein von Klettenbergs, von der fanatischen Süße der Pietisten, die die Herzen durch seelische Ergüsse gewinnen. Er weiß sehr wohl, daß die Liebe und das Überströmen der Gefühle nur andere, viel tückischere und auch viel stärkere Formen des Zwanges sind, daß ein Übermaß an Liebe ebenso wie ein Übermaß an Strenge den verlorenen Sohn aus dem väterlichen Hause treiben könnte.

Der verlorene Sohn, der Goethe im Augenblick ist, sieht seine Unabhängigkeit auf zweifache Weise bedroht. Die Feindseligkeit seines Vaters, der die Ratschläge des jungen Mannes, die Veränderung des Hauses betreffend, sehr schlecht aufgenommen hat, die Enttäuschung, die dieser Haustyrann darüber empfindet, daß der Sohn, den er unter seiner Kuratel behalten wollte, von der vorgesehenen Rolle abweicht, das schafft zwischen ihnen diesen Zustand des Unbehagens, des drohenden

Bruchs, den der geringste Eklat konkret und irreparabel machen würde. Die zärtliche Liebe Cornelias, die in diesem Bruder alle die Männer liebt, die sie nie lieben werden, beunruhigt und bedrückt ihn unablässig. Die zartfühlendsten und unmittelbarsten Evangelisten können sich durch ihren guten Willen und durch den Eifer, den sie daransetzen, für jemandes Wohl zu sorgen, als lästig erweisen. Bei seinen Freunden wie bei seinen Geliebten ist Goethes Liebe immer größer *aus der Ferne*; wenn er sich außer Gefahr fühlt, wenn er die beruhigende Sicherheit einer hinter ihm offenstehenden Tür, eines jederzeit gesicherten Fluchtweges empfindet.

Schließlich erkennt er zweifellos, daß er noch nicht reif ist für diese endgültige, unwiderrufliche Entscheidung, die eine Bekehrung bedeuten würde. Er flieht also eiligen Schrittes vor den göttlichen Fängen dieses danteschen *Veltros*, vor diesem »Windhund des Himmels«, der Francis Thompson nachjagt, vor dem unnachgiebigen Drängen dieser Meute, die er hinter seiner Seele herbellen hört. Er verläßt Frankfurt mit einem unbeschreiblichen Gefühl der Erleichterung, das in dem Geständnis an Katharina Fabricius anklingt: »Welch Glück ist's ein leichtes, ein freyes Herz zu haben!«[2]

Nach dieser langen Gefangenschaft in dem Kokon aus Schmerz und Frömmigkeit, läßt nun der Schmetterling seine neue Verwandlung bewundern. Leicht und frei: Was kann man mehr wünschen? Es ist nicht die so sehr gewünschte Liebe von Francesca Crespel, die ihn dazu bringen könnte, sehnsüchtige Blicke zurückzuwerfen. Auch wenn man einräumt, daß er es bedauert, eine geliebte Freundin zurückzulassen, so macht ihn doch die Neugier auf das Morgen, dieser Stachel, für den Goethe bis ins Alter außerordentlich anfällig sein wird, fast gleichgültig gegenüber der Vergangenheit. Das bedeutet nicht, daß er mit den Pietisten bricht; im Gegenteil, er bleibt mit ihren Zirkeln in Verbindung, er sucht im Elsaß die Kirchen der Brüder Moraves auf, er schreibt wunderbare Briefe an Fräulein von Klettenberg, der er jetzt um so mehr zugetan ist, je größer die Entfernung zwischen ihnen ist. Aber sein Geist und sein Herz sind mit neuen Gelüsten erfüllt, neben denen die geistigen Hungergefühle verblassen, die seine Gewissensführer so gut anzufachen verstanden, vielleicht ohne sie zu befriedigen.

Auch praktische Gründe gebieten seine Rückkehr an die Universität; die freien Studien in Leipzig, die durch die Krankheit unterbrochen worden waren, haben ihn nicht auf die Verpflichtung vorbereitet, *seinen Unterhalt zu verdienen.* Er hat keinerlei Verlangen, nach Leipzig zurückzukehren, wohlwissend, daß man nicht wieder in die alten Fußstapfen treten kann, daß alles verändert sein würde, oder, was vielleicht noch schlimmer wäre, daß alles gleichgeblieben wäre. Während seines Aufenthalts in Frankfurt hat er mehrmals auf eine Reise nach Frankreich angespielt. Es handelte sich natürlich nicht um die Laune eines Touristen oder um eine Vergnügungsreise. Dieser enthusiastische Bewunderer Voltaires und Diderots, dieser genaue Übersetzer Molières, dieser junge Galan, der sich die Stutzer aus Versailles und dem Palais Royal zum Vorbild genommen hatte, dachte daran, sich in Frankreich niederzulassen; möglicherweise für immer. Er schreibt und spricht perfekt Französisch – zumindest glaubt er es. Er ist in französischer Literatur sehr bewandert. Die Pariser Moden und Manieren hatten sein Betragen verfeinert, waren jedoch durch den leicht exotischen Anflug, den die Leipziger Salons unbewußt hinzufügten, etwas abgewandelt. Er möchte in Frankreich Karriere machen; und warum nicht als Diplomat? Der Rat Goethe sieht dieses Vorhaben, das ihn mit dem verlorenen Sohn beinahe wieder versöhnt, dessen chimärenhafte Beschäftigungen ihm mißfallen hatten, mit wohlwollendem Blick. Man kann sich leicht vorstellen, mit welchen Gefühlen dieser strenge Lutheraner, dieser überzeugte Rationalist die Überflutung des Zimmers seines Sohnes mit magischen Beschwörungsbüchern und pietistischen Predigten betrachtete. Straßburg würde sein Denken von diesen Hirngespinsten reinigen, meint er; man muß an die Straßburger Fakultät gehen, wenn man in Frankreich eine gute Figur machen will.

Straßburg war zu dieser Zeit der Ort, an dem alle Strömungen der lateinischen und germanischen Welt zusammentrafen.

Sowohl durch seine Wesensart als auch durch seinen tiefen Geist schien das Elsaß ganz natürlich dazu bestimmt, die Begegnung und die Vereinigung dieser beiden gegensätzlichen Welten zu begünstigen. Es war die Drehscheibe, die die Strömungen der verschiedenen Einflüsse von dem einen zum anderen Land lenkte. Es gehörte in der Tat zu keinem von beiden, hatte aber an beiden Anteil, da es durch das Schicksal seiner Geschichte und seiner geographischen Lage dazu verurteilt war zuzusehen, wie auf seinem Boden französische und deutsche Kultur einander ablösten. Das Elsaß ist auch diesem Gesetz der Abwechslung unterworfen, das dieses Land eine von außen herangetragene extrem unterschiedliche Bereicherung erfahren läßt, ohne jedoch die Individualität seines Wesens dabei zu beeinträchtigen. Im gleichen Jahr, als Goethe eintrifft, werden die Gesandten des französischen Königs die Tochter Maria Theresias dort in Empfang nehmen, um sie ihrem tragischen Los zuzuführen, das der Thronbesteigung so bald die Besteigung des Schafotts folgen läßt.

So waren die Vorteile geartet, die der Besuch der Straßburger Universität einem deutschen Studenten bot; man konnte sich in einer französisch sprechenden Umgebung an französische Gebräuche gewöhnen und überdies profunden juristischen Studien nachgehen, denn die Lehrstühle der juristischen Fakultät waren von hervorragenden Männern besetzt. Man sagte dieser Fakultät auch nach, daß es dort weniger leichtlebig zuginge als in Leipzig, obwohl die Elsässer liebenswürdige, entgegenkommende und gastfreundliche Leute waren.

Das war übrigens auch der erste Eindruck, den Goethe gewann, als er im Hof des Wirtshauses »Zum Geist« abgestiegen war, um dort Wohnung zu nehmen. Das Schicksal, dem es gefällt, die Details der Inszenierung zusammenzufügen, hatte ihn dorthin geführt. Die Luft glänzte von der heiteren Atmosphäre dieses elsäßischen Frühlings, der ihn befreite, indem er die letzten Ausdünstungen des Krankenzimmers und die säurehaltigen Gerüche des Alchimistenlabors verscheuchte. Straßburg ist eine fröhliche Stadt; vor allem zu diesem Zeitpunkt, als sich groß und klein fieberhaft darauf vorbereitet, die österreichische Erzherzogin Marie Antoinette und die Botschafter, die ihre Heirat mit dem Erben der französischen Krone vermitteln, zu empfangen. All das schafft ein lebhaftes und freundliches Klima. Als einziger bemerkt vielleicht der junge Goethe, der in allen Dingen Vorzeichen und Vorausdeutungen wahrnimmt, daß die Wandteppiche nach Raphael, mit denen man das »Lusthaus« ausgeschlagen hat, alle auf eine unglückliche Heirat, auf ein tragisches Los, auf einen gewaltsamen Tod hindeuten. Die Straßburger kümmern sich nicht darum, und Goethe selbst, von dem Vergnügungswirbel mitgerissen, beeilt sich, Tanzunterricht zu nehmen, um diese Kunst zu vervollkommnen.

Denn in diesem Frühling tanzt man überall in Straßburg; in den Salons und in den Schenken, auf den Rasenflächen der »Robertsau«, auf den luftigen Terrassen des »Grünen Baumes«, der zwischen seinen Zweigen so viele glückliche und heimliche Liebespaare beschirmt und hinter seinem großzügigen Blätterwerk versteckt. (Man findet reizende und pittoreske Beschreibungen von Straßburg dieser Zeit in dem Buch von Jean de Prange, *Goethe en Alsace*, 1926.) Vielleicht war der junge Goethe von dem unvergeßlichen Anblick eines dieser Passanten, die sich in den Straßen drängten, berührt; inspiriert von diesem Gesicht mit der kühnen Stirn und den kugeligen Augen, die den Himmel mit soviel Verwegenheit und Sicherheit betrachteten, von diesem unverfrorenen und genialen »Illuminaten«, den der Kardinal de Rohan protegierte, sei es aus Schwäche oder aus Interesse – man sagte, daß er das Geheimnis des Steins der Weisen kannte – und der Cagliostro hieß.

Wir werden niemals erfahren, was Goethe über Cagliostro dachte. Was wir im *Groß-Kophta* erfahren – ein ironisches und mit Unterhaltungsbrocken oder Brieffragmenten beladenes Bild –, erweckt den Eindruck, daß er von diesem Magier wenig Aufhebens machte, aber es ist auch möglich, daß der Freimaurer Goethe dem Gebot der Geheimhaltung gehorcht hat. Bezeichnend ist auch, daß einer der vielleicht wichtigsten, am ausführlichsten erzählten Augenblicke seiner ganzen Italienreise der Besuch war, den er in Palermo dem Haus der

Familie dieses großartigen und zugleich scharlatanhaften »Eingeweihten« abstattete. Welche Bedeutung hätte die Begegnung mit Cagliostro für ihn gehabt, wenn er ihn zu der Zeit, als er gerne die alchimistischen Schriften las und mit Notizen versah – wie seine Tagebücher zeigen – gekannt hätte? Man weiß es nicht. Wenn er auch immer noch mit Vergnügen in den Beschwörungsbüchern der Spagyriker blättert, so scheint Goethe dennoch gegen eine allzu gefährliche Beeinflussung durch die Magie und Alchimie gefeit zu sein. Die Jahre in Straßburg sind vor allem der Begeisterung über eine noch vollkommenere, glücklichere Vereinigung mit der Natur, dem noch intensiveren Aufsaugen der äußerlichen Welt, dem Überfluten der Sinne mit allen Gefühlen, allen Eindrücken gewidmet. In Straßburg öffnet sich Goethe; er empfängt, er schwingt im Gleichklang mit den Dingen in einer von Pan beseelten Vereinigung des Individuums mit dem Kosmos.

Die Tage sind zu kurz, um all das in sie hineinzupacken, was er voller Ungeduld erleben möchte. Er hat keine Zeit, zwischen den beiden Töchtern seines Tanzmeisters zu wählen, und so macht er, um sich aus der Verlegenheit zu befreien, allen beiden den Hof. Das hindert ihn jedoch nicht, fleißig die Vorlesungen an der Fakultät zu hören, und zwar vom Tag seiner Einschreibung an der elsäßischen Alma Mater, dem 18. April 1770, an. Ein Jurist? Viel lieber pflegt er Umgang mit den Studenten der Medizin, die seine Tischgenossen an der Gästetafel von Fräulein Lauth sind. Er verpaßt keine Vorlesung der Professoren über Anatomie, Physiologie, Niederkunft; in den Praktika übt er sich in der Handhabung des Chirurgenmessers. Also ein zukünftiger Arzt? Wenn das der Fall wäre, warum würde er dann so viele Tage damit zubringen, die formale Struktur des Münsters mit dem Eifer eines Architekten und mit soviel Erfolg zu studieren, daß er durch Überlegung oder Intuition die Konstruktionsgeheimnisse entdeckt, die nur die Fachleute kennen? Dieser Einundzwanzigjährige, der verrückt nach Poesie war, der Tag und Nacht dichtete, der in seinem Kopf zehn Dramenentwürfe trug, war ein munterer Geselle, der sich niemals einen Schabernack oder eine liebenswürdige Fopperei entgehen ließ. Dieser überaus bezaubernde junge Mann also, der den Burschen ebenso wie den Mädchen gefällt, den nur einige trübselige und griesgrämige Geister nicht mögen, ist durch sein charmantes Ungestüm bald die Seele der Tafelrunde, unter der er schon bei einem ersten Betreten des Speisesaals »mit großen hellen Augen, prachtvoller Stirn und schönem Wuchs«[3] Aufsehen erregte. Einer der Studenten, Troost, sagte zu seinem Tischnachbarn beim Anblick des Neuankömmlings: »Das muß ein vortrefflicher Mann sein«, und Jung-Stilling stimmte ihm zu, wenn auch mit einer gewissen Zurückhaltung, »weil er ihn für einen wilden Kameraden ansah«. Goethe wurde von allen, die sich ihm näherten, ob groß oder klein, Frauen oder Kindern geliebt; er war stets freundlich und hilfsbereit, pflegte aufopfernd einen kranken Freund, tröstete und unterstützte mit seinen wenigen Pfennigen den armen Jung-Stilling, der unter einem schlechten Stern geboren war, und den Kameraden Lerse, von dem er vom ersten Augenblick an gewußt hatte, daß er sich im Rhein ertränken würde.

Es fehlte nicht mehr viel, um in den Augen seiner besonneneren Freunde eine Art Märchenheld darzustellen: Dieser Jüngling, der um seine Schwindelanfälle zu bezwingen, die verrücktesten Akrobatenstücke auf dem Glockenturm des Münsters vollbringt, in den sich alle Frauen verlieben, der Herder in seinen Bann schlägt und der hinter sich eine faszinierte Schar von Dichterlingen und Äskulapjüngern herzieht.

So sehen ihn die anderen; was ist dieses verwirrende Individuum im stillen Innersten seiner Persönlichkeit? Dieses Individuum, das so geheimnisvoll und gleichzeitig so klar erscheint, so erreichbar und so weit weg, ein nach studentischer Tradition so forscher Bursche und gleichzeitig so ängstlich gegenüber allem, was ihn aufzuhalten, festzulegen droht. Er ist ein Kind in seinen Gesten, verkleidet sich als Bettelstudent, um einem Professor einen Streich zu spielen, und diktiert zur gleichen Zeit seinem Freund Hetzler dem Jüngeren das »Programm der Weisheit«, in dem plötzlich ein unerwarteter Satz auftaucht, der ein Echo der heiligen Theresa von Avila ist: »Die Sachen anzusehen so gut wir können, sie in unser Gedächtniß schreiben, aufmerksam zu seyn und keinen Tag ohne etwas zu sammeln, vorbeygehen lassen. Dann ienen Wissenschafften obliegen, die dem Gott eine gewisse Richte geben, Dinge zu vergleichen, iedes an seinen Platz zu stellen, iedes Wehrt zu bestimmen (eine ächte Philosophie meyn ich, und eine gründliche Mathesin) das ists, was wir ietzo zu thun haben. Dabei müssen wir nichts seyn, sondern alles werden wollen, und besonders nicht öffter Stille stehen und ruhen, als die Nothdurfft eines müden Geistes und Körpers erfordert.«[4]

Sein erster Freund ist das kolossale Bauwerk, das die ganze Stadt beherrscht, bald freigelegt, bald hinter den Vorhängen aus Bäumen und den Windungen der Straßen verborgen. Schon von Ferne versucht er es sehnsüchtig zu erspähen, sobald die Kutsche auf Straßburg zurollt. Kaum daß er sein Gepäck im Wirtshaus »Zum Geist« abgeladen hat, rennt er unversehens durch die engen Straßen und kann es kaum erwarten, das rosafarbene Münster zu betrachten, dessen Erhabenheit die Dächer überstrahlt. Nachdem er diesen harmonischen und klangvollen Organismus mit den Augen umarmt hat, klettert er die Wendeltreppe hinauf, die zu der Plattform führt, »um nicht den schönen Augenblick einer hohen und heitern Sonne zu versäumen, welche mir das weite, reiche Land auf einmal offenbaren sollte«.[5]

An dem Tag, als Goethe beginnt, seinen Lebensbericht niederzuschreiben, sind fast dreißig Jahre seit diesem denkwürdigen Ereignis vergangen. Doch das visuelle Gedächtnis und das Erinnerungsvermögen seines Herzens finden in diesem Labyrinth der verflossenen Jahre immer noch eine neue, frische Gemütsregung: »Und so sah ich denn von der Plattform die schöne Gegend vor mir, in welcher ich eine Zeitlang wohnen und hausen durfte: Die ansehnliche Stadt, die weitumherliegenden, mit herrlichen dichten Bäumen besetzten und durchflochtenen Auen, diesen auffallenden Reichtum der Vegetation, der, dem Lauf des Rheins folgend, die Ufer, Inseln und Werder bezeichnet. Nicht weniger mit mannigfältigem Grün geschmückt ist der von Süden herab sich ziehende flache Grund, welchen die Ill bewässert; selbst westwärts, nach dem

Gebirge zu, finden sich manche Niederungen, die einen ebenso reizenden Anblick von Wald und Wiesenwuchs gewähren, sowie der nördliche mehr hügelige Teil von unendlichen kleinen Bächen durchschnitten ist, die überall ein schnelles Wachstum begünstigen. Denkt man sich nun zwischen diesen üppig ausgestreckten Matten, zwischen diesen fröhlich ausgesäeten Hainen alles zum Fruchtbau schickliche Land trefflich bearbeitet, grünend und reifend, und die besten und reichsten Stellen desselben durch Dörfer und Meierhöfe bezeichnet und eine solche große und unübersehliche, wie ein neues Paradies für den Menschen vorbereitete Fläche näher und ferner von teils angebauten, teils waldbewachsenen Bergen begrenzt, so wird man das Entzücken begreifen, mit dem ich mein Schicksal segnete, das mir für einige Zeit einen so schönen Wohnplatz bestimmt hatte.«[6]

Erst nachdem er mit den Augen von dem ganzen Land Besitz ergriffen hat, beginnt Goethe das Münster zu studieren. Und kaum daß er sich diesem Studium hingegeben hat, vollzieht sich eine tiefe Wandlung in seiner Persönlichkeit. Man kann sagen, daß er bis zu diesem Zeitpunkt nichts über die Gotik gewußt hatte. Die Künstler, mit denen er in Leipzig Umgang pflegte, Oeser und Stock, waren in Winckelmann vernarrt und schworen nur auf die Antike. Diese winckelmannsche »Antike«, die im übrigen dem Charakter des jungen Mannes entsprach, hatte ihn unauslöschlich geprägt. Die Entdeckung der Gotik wird das große Verdienst der Romantiker sein; noch leidet der glorreiche Stil der Kathedralen unter der herabwürdigenden Aufnahme, die sich allein schon mit dem Begriff »gotisch« verbindet. Aber mit seinem Sinn für alles Organische erkennt Goethe sogleich die grundlegenden Bauelemente des Münsters: Er betrachtet es als ein biologisch gegliedertes und lebendiges Ganzes. Der Entschluß, den er sogleich faßt, einen Aufsatz über die Architektur des Mittelalters zu schreiben und so dem Gedenken an Meister Erwin von Steinbach, dem Baumeister dieser Kathedrale, ein poetisches Denkmal zu setzen, zeigt, wie tief beeindruckt er war. Seine ganze Ästhetik erfährt dadurch eine Wende. Er entdeckt neben der Antike einen ebenso bewegenden Stil, ebenso schön in sich, der ebenso die Seele einer Epoche und eines Volkes offenbart.

Jedesmal, wenn er mit seinen Freunden die Treppe zu der Plattform erklimmt, wo sich die jungen Leute gern treffen, um sich zu unterhalten, zu trinken und den Sonnenuntergang zu betrachten, analysiert er die Gliederungen dieses steinernen Organismus, entdeckt seine innere Struktur, seine mächtigen und harmonischen Proportionen. Er nimmt auf diese Weise, neben der romanischen Majestät und Ordnung, deren alleinige Verehrung sein Vater ihn gelehrt hatte, und neben dem von Rom revidierten und überarbeiteten Griechenland, das Winckelmann und seine Schüler verherrlichten, eine ganze Welt unbekannter und verkannter Schönheiten wahr, die er zu neuem Leben erwecken will. Und indem er über das Münster zum Mittelalter findet, zur Größe kollektiven Schaffens, zur Einsicht in eine Volksseele, die fähig ist, Meisterwerke zu erdenken und zu verwirklichen, erfüllt sich die wesentliche Begegnung, die seiner Intelligenz und seiner Vorstellungskraft neue Nahrung geben wird.

Was ihn an diesem Münster fasziniert, ist der *Anteil an Pflanzlichem*: Es ist dieses natürliche, pflanzliche Wachstum, das die Teile einander zuordnet gemäß den Gesetzen der Harmonie, die denen entsprechen, die das Wachstum der Lebewesen regieren. Das ist, zusammenfassend gesagt, *seine natürliche Seite.* Goethe hat sehr schnell erkannt, daß in der griechischen Baukunst die Abstraktion vorherrscht. Die Gotik dagegen ist ein wuchernder und anpassungsfähiger Organismus. So bietet sich die Kathedrale als eine wunderbare Unternehmung des Geistes, wie auch als ein lebendiges Wesen dar, wobei das Hauptschiff den Lungen, die Säulen den Gliedmaßen, die Strebebögen den Flügeln entsprechen. Wenigstens fühlt er es so, wenn er es auch nicht so ausführlich formuliert in dem Aufsatz, an dem er arbeitet. Im übrigen genügt es für ihn schon, festzustellen, daß ein Gebäude die Ausstrahlung der Kollektivseele einer Rasse, eines Jahrhunderts sein könnte, um sogleich nachforschen zu wollen, ob es auf dem Gebiet der Dichtung nicht eine ähnliche Erscheinung gäbe. In dem Moment, da sich ihm diese Frage stellt, bringt ihm die Begegnung mit Herder die überzeugendste, ausschlaggebendste Antwort.

Herder besaß ein schönes, kraftvolles und klares Gesicht, einen feingezeichneten Mund und einen sanften, tiefen Blick. Vom ersten Tag an war Goethe beeindruckt von diesem außergewöhnlich feinen, gedankenvollen, durchdringenden, verständigen Kopf, dem vor allem keine Schwäche, keine Lächerlichkeit und kein Fehler der Menschheit entging, der im übrigen liebenswert, fröhlich und erfinderisch bei Vergnügungen war, wie Lavater, der Begründer der *Physiognomik*, ihn beschrieb. Herder war nach Straßburg gekommen, um sich einer äußerst schwierigen und schmerzhaften Augenoperation zu unterziehen. Er war damals auf dem Gipfel seines Ruhmes und Einflusses, obwohl er noch nicht einmal dreißig war. Alles an ihm strahlte Leben, Intelligenz und Genialität aus. Was er diesem, durch die Verehrung der Anmut des Rokoko verwirrten Deutschland vermittelte, kam einer wahrhaften Revolution gleich; er hatte ihm die tiefen Gesetze seines Wesens und seiner Zukunft aufgezeigt, einen neuen Geschichtssinn, eine neue Auffassung des Göttlichen gelehrt, er hatte es gezwungen, zu seinen Ursprüngen zurückzufinden, den Geist seiner Sprache zu erkennen und die ersten und wichtigsten Zeugnisse seiner Literatur, die Denkmale der alten Volksdichtung, wieder zum Leben zu erwecken.

Der Einfluß Herders war wie ein heftiger Windstoß, der die ältlichen, künstlichen Düfte der Schäferidyllen des 18. Jahrhunderts wegfegt und sie durch die kräftigen Gerüche des Waldes ersetzt. Er brachte wirklich die Enthüllung einer neuen Welt: Er befreit sie von ihrer Hochgeistigkeit. Wie Gundolf sagte: »Herder ist damals derjenige Deutsche, welcher das Ganze der menschlichen Welt, die Geschichte und die Gesellschaft mit all ihren Äußerungen – insbesondere den Sprachdenkmalen der Menschheit – als die lebendige Auswirkung, Auswicklung, Entwicklung göttlicher Kraft erleben und deuten konnte.«[7]

Hier ist mehr vorhanden, als nur ein besonderer Geschichtsbegriff; das große Verdienst Herders und die geniale Schöpfung seines Denkens lagen vor allem darin, in diesem »Werden des Alls mit all seinen menschlich faßbaren Denkmalen und Niederschlägen« eine grandiose Darbietung des Göttlichen zu sehen und, wie Gundolf sagt, »das Sinnbild Gottes, den sichtbaren Ausdruck der göttlichen Urkraft«.[8]

Herder war in jeder Beziehung der Lehrmeister, dessen Goethe in diesem Lebensabschnitt bedurfte. Denn in der Tat beherrschte er zu leicht und zu vollständig seine Straßburger Freunde. Jung-Stilling, der das Leben als Schlafwandler durchquerte, der loyale und treue Lerse, der liebenswürdige Weyland und die ganze Schar von Äskulapjüngern, die sich um den Tisch von Fräulein Lauth versammelten, feierten im Gasthaus zum »Goldenen Brunnen«, wo man unter Zitronen- und Orangenbäumen speiste, und erklommen mit ihren kurzen Liebschaften die leichten Stufen des »Grünen Baumes«. In Herder trifft Goethe auf eine ebenso starke, ebenso originelle Persönlichkeit wie er selbst es ist. Diese Begegnung zwingt ihn, das, was er weiß und glaubt, in Frage zu stellen.

Die beiden Männer waren einander nicht auf Anhieb sympathisch. Als Herder seiner Braut Caroline Flachsland von dieser ersten Begegnung berichtet, beschreibt er Goethe als einen »würklich guten Menschen, nur äußerst leicht und viel zu leicht«.[9]

Die Bewunderung, die ihm der junge Frankfurter entgegenbrachte, die Hilfe, die er ihm bei seiner Operation leistete – Goethe besaß schon ausreichend medizinische Kenntnisse, um dem Chirurgen hilfreich zu assistieren –, begründete bald zwischen ihnen eine Freundschaft, die, fast ohne nachzulassen, bis zum Tode Herders im Jahre 1803 dauern sollte. Der äußere Eindruck Goethes bewirkte, daß ihn seine Professoren, die ihn alle falsch einschätzten, sehr streng beurteilten. So sah Pfeffel in ihm »einen Mann mit Geist, nach dem, was man von ihm sagt, aber von einer unerträglichen Selbstgefälligkeit«; Elias Stöber hielt ihn für einen Halbverrückten, während ein anderes Mitglied der Jury, Metzger, erklärte, er war so »aufgeblasen von seiner Gelehrsamkeit, daß wir uns über ihn lustig machten und damit war's abgetan«.[10]

Herder dagegen hat sich nicht in dem wahren Wert dieses kapriziösen und grillenhaften Jünglings getäuscht. Während der Monate ihres gemeinsamen Aufenthaltes in Straßburg hat er miterlebt, wie sich die Verwandlung, deren Urheber er teilweise war, vollzog. Tatsächlich vollendete Herder das Werk, das von der Kathedrale und der Betrachtung der Landschaft begonnen worden war. Er führte Goethe auf den tiefen und einfachen Naturbegriff zurück; und zwar nicht mehr diese verfeinerte, theatralische Natur der »Schäferidyllen« des Rokoko nach französischer Manier, sondern die wesentliche, ursprüngliche, ungekünstelte Natur, die frei von jedweder literarischer Einmischung, aufrichtig, loyal und unmittelbar war.

Obschon Goethe nach Straßburg gekommen war, um sich zu *französisieren*, streift er nach und nach alle seine französischen Elemente ab. In der Tat hat Herder ihn über den Wert der französischen Literatur dieses Jahrhunderts aufgeklärt. Die große Ernte sei eingebracht, hatte er gesagt, als er im Jahr zuvor aus Paris zurückgekommen war, seine literarische Epoche sei zu Ende. Herder setzt im Geist des jungen Goethe an die Stelle der Bewunderung für diese tote oder sterbende Literatur die Verehrung für die ewig junge, ewig fruchtbare Volksdichtung. Sie ist der unmittelbare Ausdruck der Seele und der Natur, sie bewahrt mit ihrer naiven oder erhabenen Schönheit die unerschöpfliche Frische kosmischer Kräfte. Herder spürt in allen Ländern die Strömungen der Volksdichtung auf, die hauptsächlich in Liedern ihren Ausdruck findet. Wenn man wissen will, was echte Poesie ist, dann muß man den alten Frauen, die spinnen und weben, den Bauern, die beim Pflügen eine Weise vor sich hinträllern, zuhören. Seinem Rat folgend, wandert Goethe auf den Landstraßen, macht Rast in den Bauernhöfen und Wirtshäusern, hält die Ohren offen, bereit, die Melodie und die Worte der Lieder aufzuzeichnen, in denen Herder die ursprüngliche unverdorbene Schönheit der wahren Dichtung, der natürlichen, ewigen, allumfassenden Dichtung erkennt. Denn für Herder reiht sich schon allein der Dichtungsbegriff ein in das System des geschichtlichen Werdens, dessen Begründer er ist, und das Goethe voller Begeisterung annimmt. Hinter der Volksdichtung vermutet Goethe, der durch die Bewunderung für seinen neuen Lehrmeister einsichtig geworden ist, das Aufblühen einer unermeßlichen, kraftvoll natürlichen Dichtung. Es ist eine Dichtung, die in sich eine Naturgewalt ist, die er bisher verkannt hat und deren wahre Bedeutung er erst jetzt begreift, weil sie sich der allgemeinen Theorie des Herderschen Volksliedes anschließt: Es ist die Dichtung Shakespeares.

An Shakespeares Namenstag, dem 14. Oktober, versammeln sich Goethe und seine Freunde, um in einer Feier das Andenken des großen Dichters zu begehen. Es ist keine alltägliche Gedenkfeier; was sie rühmen, ist die *Anwesenheit* Shakespeares mitten unter ihnen, seine unsterbliche Lebendigkeit, seine unerschöpfliche Fruchtbarkeit. Mit religiöser Achtung feiert Goethe den Mann, der für ihn ein wundervoller »Befreier« war; er preist in ihm die »Natur«: »Nichts so Natur als Shakespeares Menschen«, sagt er.

Hier ist nicht die Rede von »Regeln«, von Unterordnung unter das Gesetz der drei Einheiten: Shakespeare ist ein freier Dichter und diese Freiheit wird ihrerseits ein Mittel zur Befreiung für die jungen Enthusiasten, die sich durch den etwas langweiligen Idyllismus der deutschen Rokokodichtung und die Konturlosigkeit der Franzosen des 18. Jahrhunderts eingeengt fühlen. Shakespeare stellt für sie auf diese Weise ein *Programm* dar – ein Banner und ein Vorbild. Sie verdanken ihm mehr als ein literarisches Beispiel, eine Lektion über das Leben. Er erweitert ihre Weltsicht, ihr Wissen über das Menschliche. Sie begrüßen ihn gern, wie Dante es bei Vergil in der *Göttlichen Komödie* tut, als »Führer, Herrn und Meister«.

Goethe formuliert diese Achtung in seiner Namenstagsrede mit einer besonders bewegenden Eloquenz: »Die erste Seite, die ich in ihm las, machte mich auf zeitlebens ihm eigen, und wie ich mit dem ersten Stücke fertig war, stund ich wie ein Blindgeborener, dem eine Wunderhand das Gesicht in einem Augenblicke schenkt. Ich erkannte, ich fühlte aufs lebhafteste meine Existenz um eine Unendlichkeit erweitert; alles war mir neu, unbekannt, und das ungewohnte Licht machte mir

Augenschmerzen ... Shakespeare, mein Freund, wenn du noch unter uns wärest, ich könnte nirgend leben als mit dir, wie gern wollt ich die Nebenrolle eines Pylades spielen, wenn du Orest wärest ...«[11]

Die französischen Tragödien leiden unter dieser Nachbarschaft, und Goethe sagt es ohne Umschweife. »Französisch, was willst du mit der griechischen Rüstung? Sie ist dir zu groß und zu schwer.«[12] Von diesem Schauspiel freier Art erleuchtet, das Shakespeare ihm bietet, betrachtet Goethe schließlich alle französischen Tragödien, die er vorher bewunderte, sogar Corneille, für den er immer eine besondere Verehrung hegte, als »Parodien von sich selbst«.[13] Die Entdeckung Shakespeares ist nach seinen eigenen Worten »ein Sprung in die freie Luft«. Von jenem Tag rührt seine Zuneigung, die zeitlebens unverändert geblieben ist. Der unmeßbare, der dichte Shakespeare, der Schöpfer eines Universums unzähliger Formen und Leidenschaften, wird im Geist des Jünglings von nun an seinen Platz neben Homer haben: zwei großartige Standbilder, riesenhafte Wegweiser, die vom Schicksal an diese Wegkreuzung gestellt sind, wo sie auf unterschiedliche Weise dem Menschen und Dichter die Richtung weisen.

Auch seine Auffassung des Griechentums hat sich unter dem Einfluß Herders verändert. Dieser große Geschichtsphilosoph kritisierte die Vorliebe Goethes für Ovid, den großen Vermummer der Helden und Götter, ziemlich hart. Man kannte zu dieser Zeit die wahre Bedeutung der griechischen Mythen noch nicht; erst hundert Jahre später werden die Arbeiten der Philologen und Religionshistoriker all die falschen Vorstellungen, die man über den Sinn des Mysteriums bei den Griechen hatte, hinwegfegen. Es gelang nicht, die hellenischen Gottheiten von ihren römischen »Pendants« zu trennen; man glaubte allen Ernstes, daß Zeus und Jupiter ein- und dasselbe wären. Ebenso bewunderte man vertrauensvoll die römischen Kopien der hellenischen Statuen und nahm an, daß es sich hierbei um »griechische Kunst« handle.

Die Unterweisungen Herders haben den griechischen Dichtern und Tragödienschriftstellern ihr wirkliches Gesicht wiedergegeben; ihm ist es zu verdanken, daß Goethe sie als Naturgewalten, als geniale »Primitive« erkennt. Wenn Goethe im Juni 1794 zu seinem Freund Böttiger sagt: »Wäre Homer unsere Bibel geblieben, welch eine ganz andere Gestalt würde die Menschheit dadurch gewonnen haben«, dann drückt er genau das aus, was Homer für ihn, ja für das ganze Abendland war: eine wahrhafte Bibel, ein Schatz. Bei den Griechen ebenso wie bei Shakespeare ist es das *Natürliche*, das ihn am meisten berührt; dieses so in Vergessenheit geratene Natürliche, das so mißachtet worden ist, trotz oder vielleicht wegen der Begeisterung, die man im 18. Jahrhundert vorgab, dafür zu haben. Im Gegensatz zu dem, was ihn sein Vater und seine Professoren gelehrt hatten, die die griechische Literatur als eine erhabene Schöpfung der »Kultur« priesen, entdeckt er, durch die erhellenden Unterweisungen Herders, ihre glanzvolle und solide *Primitivität.*

Wir sind also Zeugen einer wirklichen Wandlung. Unter dem gemeinschaftlichen Einfluß Herders und der elsässischen Landschaft entsteht und entfaltet sich ein neuer Goethe. Ein jüngerer, einfacherer, natürlicherer Goethe als der, den wir bis dahin kennen. Alles was gezwungen und verkrampft an ihm war, löst und entfaltet sich nun. Er betrachtet die Welt mit neuen Augen, sein Herz öffnet sich einer unmittelbareren Übereinstimmung mit der Natur, einer direkten Wahrnehmung, einer reinen Empfindung. »Die Welt ist schön! so schön!« Dieser Aufschrei, den wir in einem Brief Goethes an seinen Freund Salzmann vernehmen, ist ein großartiges Eingeständnis. Die Kraft, die Energie, die Gesundheit und die Freude haben von diesem Einundzwanzigjährigen wieder Besitz ergriffen. »Des Himmels Arzt hat das Feuer des Lebens in meinem Körper wieder gestärckt.«[14]

Damit diese Freude wieder vollkommen sei, fehlt Goethe nur noch die neue Liebe, in der sich diese sinnliche Kraft, die er geschöpft hat, entfalten kann. Die Entdeckung einer unbekannten Welt wäre in der Tat nicht vollständig ohne die Fülle der Leidenschaft. Sie ist notwendig, um das Genie Goethes auf die höchste Stufe zu heben, und in den Angelpunkten seines

Lebens wirkt die Liebe wie ein Katalysator, durch den sich die verwirrte Gefühlsaufwallung niederschlägt und fixiert.

Dieser Goethe, der bereit war, sich zu verlieben, begegnet also zufällig bei einem Ausflug aufs Land der Frau, um die sich seine Liebeskraft ranken wird; bei einem Dorfpfarrer, in dem malerischen und ärmlichen Haus dieses guten Mannes, zu dem ihn seine Freunde geführt haben, um ihn in natura die lebendige Wirklichkeit des »Vicar of Wakefield« erleben zu lassen. Dort wird Goethe sich in dieses schöne, zarte und sanfte junge Mädchen verlieben, deren Leidenschaft und Hingabe sie verewigt haben: Friederike Brion.

Seine Naturverehrung hat Goethe nach Sesenheim geführt. Nachdem sein Freund Weyland ihm erzählt hatte, daß in der Umgebung Straßburgs ein Pfarrer lebte, der das lebendige Abbild des berühmten »Vikars von Wakefield« sei, von dem alle *gefühlvollen Seelen* jener Zeit hingerissen waren, sattelt Goethe ein Pferd und reitet zu diesem Wunder; ein natürliches Wesen, rein und unverfälscht, in einer Umgebung echter Natur. Wahrscheinlich rechnet er damit, unter lauter Bauerntölpel zu geraten, denn er hat sich als einfacher Bursche verkleidet, um bei den armen Leuten nicht aufzufallen. Die Lust am Verkleiden ist Goethe angeboren. Sie hat sich entwickelt durch seine Leidenschaft für das Theater und das instinktive Verlangen, sich zu vervielfältigen, die vielgestaltigen Seiten seiner Persönlichkeit auszuleben. Doch sein Gefallen an der Maske entspringt auch noch einem unbewußten Wunsch nach Unabhängigkeit, Selbständigkeit und Freiheit von Verantwortung. Der maskierte Mensch verpfändet sich nicht völlig; er verpfändet nur diesen Anschein seiner selbst, der durch die Maske dargestellt wird; wenn die Maske weggeworfen wird, ist er wieder frei. Als Minister des Herzogs von Weimar verkleidet sich Goethe als Bauer, um dem Herzog Vorhaltungen machen zu können, die er sonst nicht zu äußern gewagt hätte. Auf Reisen nimmt er einen anderen Namen und ein anderes Gesicht an, weniger um die Leute zu narren, als um ihrer Neugierde zu entgehen. Er besitzt diese instinktive Vorsicht, die man bei den sich der Mimikry bedienenden Insekten findet, die sich als Zweige, als tote

Blätter tarnen, um nicht die Aufmerksamkeit auf sich zu lenken.

Aber die Maske enthüllt ebensoviel wie sie verbirgt; das ist ihr zweiter Vorteil. Sie ermöglicht es, das auszudrücken, was man im tiefsten Innern seiner selbst versteckt. Die Maske ist also ein anderes *Ich*, ein Über-Ich oder ein Unter-Ich, den Umständen entsprechend, für das man nicht einstehen muß. Auf Karnevalsfesten maskiert man die Figur, die zerstört werden müßte, um sich der Verpflichtung, sie zu töten, zu entledigen. Ebenso verkleidet das bewußte Individuum diesen Teil seiner selbst, den zu töten es moralisch gezwungen wäre. Maskiert, *vergessen*, wird dieser unbekannte Gast ein verborgenes Leben in der Dunkelheit des Unbewußten führen, aus dem er manchmal in einigen flüchtigen und gefährlichen Ausbrüchen entkommen wird. Für Hoffeste, Theater und Ballett, die das offizielle Leben ausmachen, ist die Kunst der Verkleidung zuständig. Aber in einem ganz anderen Sinn erscheint die Maske als ein notwendiges Element im Leben Goethes, der wie Descartes sagen könnte: »Ich gehe maskiert.« Die Verkleidung, die er am Tag seines ersten Besuches in Sesenheim zusammenstellt, entspricht also einem zweifachen Bedürfnis. Einmal will er eine Rolle in einer Dorfkomödie spielen, zum anderen hat er das Verlangen, sich hinter den Schutz der Maske *zurückzuziehen*, um dieser unbekannten Umwelt nur einen äußerst oberflächlichen Teil seiner selbst auszuliefern, den er sogar bereit ist, ihnen zurückzulassen, wenn er zur Flucht gezwungen werden sollte.

Es ist überraschend zu sehen, daß Goethes Unterbewußtsein die Möglichkeit der Flucht, was sich einige Monate später als richtig erweisen wird, schon zu dem Zeitpunkt in Erwägung zieht, als er, um sich zu vergnügen, Weyland zu dem Pfarrer Brion begleitet. Ahnt er, daß dieser Besuch aus einfacher Neugier ihn bald in eine Leidenschaft hineinziehen wird, aus der er sich nur durch einen energischen Akt der Flucht und des Verzichts befreien kann? Benutzt er diese lächerliche Maske, um sein Herz, das fürchtet, sich festzulegen, vor der Versuchung eines gefährlichen Glückes zu schützen?

Man weiß, wie sich diese *Sesenheimer Idylle* knüpfte und wieder löste; ich habe derlei Wechselfälle schon an anderer Stelle erwähnt.[15]

Friederike nimmt im Leben Goethes einen äußerst wichtigen, oft verkannten und falsch interpretierten Platz ein. Das Epigramm, das er dem dritten Teil seiner Erinnerungen voranstellt, gibt jedoch eine klare Auskunft: »Es ist dafür gesorgt, daß die Bäume nicht in den Himmel wachsen.«[16] Diese sibyllinische Sentenz, die den Auftakt zu jenen Seiten bildet, die uns von Goethes Abenteuern, seinen Freuden und seinen Schmerzen erzählen werden, ist deren subtile Auslegung. Es ist die Vorsehung, die gewollt hat, daß diese Leidenschaft nicht weiterführte, daß der Baum, der ihr Symbol ist, eine gewisse Höhe nicht überschritt. Wie bei seinen anderen Lieben war es auch bei dieser wichtig, nicht mehr von sich zu verpfänden, als vernünftig war. Ich verstehe hier unter Vernunft die höchste Weisheit des Wesens, dem seine wichtigste Aufgabe bewußt ist.

Die Aufgabe, so wie Goethe sie begreift, besteht weder darin, eine Frau glücklich zu machen, noch sich selber, sondern ein bestimmtes menschliches Monument zu verwirklichen, dessen Errichtung eine vollständige Selbstaufopferung, eine beinahe erschreckende Kraft zum Verzicht erfordert. Es handelt sich für ihn nicht darum, sich aufzuopfern in dem Sinn, den man gewöhnlich diesem Wort gibt, oder die anderen für seine »Mission« zu opfern, sondern vielmehr sich und die Menschen, die ihm nahekommen, in dieses ungeheure Abenteuer der kollektiven Persönlichkeit einzubeziehen. Diese konstruktive Aufgabe läßt schon allein der Vorstellung von Glück wenig Platz; sie fordert ein Asketentum und eine beträchtliche Zahl von Verweigerungen, Trennungen und Entbehrungen.

Die »Flucht« Goethes als ein gewöhnliches Kneifen eines jungen Verführers zu betrachten, der sich der »Verantwortung« entzieht, würde diese wunderschöne Geschichte auf die niedrigste und platteste Ebene ziehen, eine Ebene, auf der wir Goethe niemals begegnen werden. Jede seiner Handlungen trägt das geheime, mysteriöse Zeichen der Ergebung in die Gestirne. Die geringste Geste dieses Mannes, der im vertrauten Einklang mit den Sternen lebt, gehorcht dem Schicksal. Er nimmt die Zahl der Freuden und Leiden, die jede seiner vom Schicksal bestimmten Erfahrungen in sich birgt, bereitwillig an, denn er weiß um ihre Notwendigkeit, ihre Untrennbarkeit von diesem Schicksal; es sind die Episoden der langen Einweihungszeremonie, die mit der Geburt des Menschen beginnt und mit seinem Tod endet und deren Ziel *Leben zu lernen* ist. Jede Person hat eine vorherbestimmte Rolle in dieser Zeremonie zu spielen; jeder, wie auch sein Charakter und seine Natur angelegt sein mögen, gebietet über eine Episode dieser heiligen Mysterien. Goethe hat dies in *Wilhelm Meisters Lehrjahren* und noch mehr in den *Wanderjahren* ausgedrückt. Doch wer seine Lebensgeschichte so versteht, wie sie verstanden werden soll, wird entdecken, daß sich dieses Phänomen wie ein roter Faden durch alle Ereignisse zieht. Jedes dieser Ereignisse ist ein unausweichliches, schicksalhaftes Element in dem riesigen Mosaik, das eine menschliche Existenz ausmacht. Und vielleicht ist der Grund für Goethes Kostümierung als Bauer beim Besuch des Pfarrers Brion darin zu suchen, daß die in die griechischen Mysterien Eingeweihten den Initiationsriten maskiert beiwohnten.

Außer einigen sehr seltenen und kurzen »Bigliettos« existieren die Briefe Goethes an Friederike nicht mehr; die Korrespondenz der Verliebten ist von der vorsichtigen Familie vernichtet worden, die die Spuren dieser Liebe tilgen wollte, einer Liebe, der Friederike ihr Leben lang auf großartige und ergebene Weise treu blieb. Die Spuren sind so sehr verwischt, daß die Historiker nun uneingeschränkt über die Art dieser Liebe und die Grenzen, die die Liebenden ihr gesetzt haben, abhandeln können. Es ist eine ziemlich billige Neugier, die sich vor allem damit beschäftigt, herauszufinden, *wie weit das gegangen ist.* Was meiner Meinung nach mehr zählt, ist der dramatische Inhalt dieser Verbindung, sind die Folgen, die sie für das Leben und Werk Goethes gehabt hat, aber auch die schmerzliche Erfahrung, die sie seinem Herzen zugemutet und der Antrieb, den sie seinem Genie gegeben hat. Die Geständnisse, die er uns selbst in *Dichtung und Wahrheit* gemacht hat, die Spiegelungen Friederikes, denen wir in *Erwin und Elmira*, in *Claudine von Villa-Bella* begegnen, das Bedauern und die Gewissensbisse, die er eingesteht, da er »das reinste und edelste Herz« verwundet hatte, während er gleichzeitig wußte, daß eine Trennung notwendig war, geben uns Aufschluß genug. Und noch mehr der Gedichtzyklus von Straßburg, der Friederike geweiht oder gewidmet ist, oder der ganz einfach aus dieser Atmosphäre des Glückes, des Friedens, der Entfaltung, die sie um ihn schuf, hervorging.

Goethe hat sich dieser Liebe mit der ganzen Heftigkeit eines jungen feurigen Herzens ausgeliefert, das nur auf eine Gelegenheit zu lieben gewartet hatte, um die *Schönheit der Welt*, von der er in seinem Brief an Salzmann schwärmt, in ihrer Fülle zu erleben. Seine Briefe beweisen das: »Der Kopf steht mir wie eine Wetterfahne, wenn ein Gewitter heraufzieht und die Windstöße veränderlich sind«[17], vertraut er diesem Freund an.

Denn seinem ersten Besuch in Sesenheim folgten viele weitere. Er ist in das Landpfarrhaus gekommen, um dort die Zeit seiner Genesung von einer Krankheit zu verbringen, unter der er im Frühling 1771 gelitten hatte. Doch auch danach bleibt er, da die Ferien gekommen waren, gern noch länger in dieser seligen Ruhe. »Der Zustand meines Herzens ist sonderbar ... Sind nicht die Träume deiner Kindheit alle erfüllt? frag ich mich manchmal, wenn sich mein Aug in diesem Horizont von Glückseligkeiten herumweidet. Sind das nicht die Feengärten nach denen du dich sehntest?«

Ist nicht der Augenblick für Faust, diesen ewig Herumirrenden, diesen ewig Unbefriedigten gekommen, dieses Glück festzuhalten, dieser Seligkeit zuzurufen: »Verweile doch, du bist so schön!«

Dieses Wort, das ankettet, das für die Ewigkeit verpflichtet, wird Goethe nicht aussprechen. Trotz seiner Liebe zu Friederike, trotz der Liebe, die sie ihm entgegenbringt, wird er dieses Glück abweisen. Warum? Weil das Schicksal Goethes sich noch nicht erfüllt hat, und weil Erfüllung Beendigung, *Ende* bedeutet. Die Rolle Friederikes ist zu Ende. Sie hat ihm einige wundervolle Gedichte eingegeben, die vielleicht ihre Anwesenheit erforderten, um geschrieben zu werden. Sie hat dieses junge Herz von dem Rokokozierat befreit, sie hat ihn auf die reine und leuchtende Ebene der klarsten *Natur* geführt. Sie hat in seine Seele einen Schmerz und eine Sehnsucht gepflanzt, deren Bedeutung darin liegt, daß sie nicht allzu schnell gestillt werden, damit sich die Reifung seiner Persönlichkeit vollziehen kann. Was den Dichter betrifft, hat sie das Werk Herders vervollständigt; was den Menschen angeht, so hat sie geholfen, dieses neue Wesen zu gebären; sie ist die *Mutter* eines neuen Goethe gewesen.

»Die Mütter! Mütter – s'klingt so wunderlich.« Alle wichtigen Taten im Leben Goethes sind Episoden dieses *Hinuntersteigens* zu den *Müttern*, auf das er im *Faust II* anspielt. Was die Welt der Mütter nun ist, hat Goethe niemals ausdrücklich gesagt; diese geheimnisvollen Gottheiten bleiben von Nebelschwaden und Dunkelheit umhüllt. Er hat diese Nebel nur einmal gelichtet. Eckermann berichtet, mit welchem erschreckten und feierlichen Ton er von diesen Dingen wie von einem heiligen Geheimnis sprach, das nicht preisgegeben werden sollte. Mit dem Ernst des Priesters und Zauberers beschreibt er seinem verblüfften Zuhörer das sich außerhalb von Ort und Zeit befindliche Königreich, in dem die Mütter thronen. »Könnte man sich den ungeheuren Weltkörper unserer Erde im Innern als leeren Raum denken, so daß man Hunderte von Meilen in einer Richtung darinfortzustreben vermöchte, ohne auf etwas Körperliches zu stoßen, so wäre dieses der Aufenthalt jener unbekannten Göttinnen, zu denen Faust hinabgeht. Sie leben gleichsam außer allem Ort, denn es ist nichts Festes, das sie in einiger Nähe umgibt; auch leben sie außer aller Zeit, denn es leuchtet ihnen kein Gestirn, welches auf- oder unterginge und den Wechsel von Tag und Nacht andeutete. So in ewiger Dämmerung und Einsamkeit beharrend, sind die Mütter schaffende Wesen, sie sind das schaffende und erhaltende Prinzip, von dem alles ausgeht, was auf der Oberfläche der Erde Gestalt und Leben hat. Was zu atmen aufhört, geht als geistige Natur zu ihnen zurück und sie bewahren es, bis es wieder Gelegenheit findet, in ein neues Dasein zu treten. Alle Seelen und Formen von dem, was einst war und künftig sein wird, schweift in dem endlosen Raum ihres Aufenthaltes wolkenartig hin und her.«[18]

Alle Frauen, die er geliebt hat, sind für Goethe »Mütter« in dem erhabenen und geheimnisvollen Sinn, den sie im *Faust II* haben. Sie sind einer der wichtigsten Aspekte dieses Ewig-Weiblichen, *das uns hinaufzieht.* Da für Goethe jede neue Liebe einer neuen Geburt gleichkommt, spielen die Geliebten die Rolle der Mütter. Es wäre auch absurd, im Gefühlsleben Goethes nur eine Reihe von *Abenteuern* zu sehen, und dabei aus den Augen zu verlieren, in welch erhabener Verknüpfung mit der Notwendigkeit jede dieser Begegnungen sich einreiht und integriert. Ich glaube, daß von Gretchen, die seine erste Geliebte war, bis zu seiner letzten Geliebten, Ulrike von Levetzow, dieser lange Zug von Frauen geholfen hat, der »Pyramide«, die das Leben Goethes ist, ihre endgültige Form zu geben und das grobe, unpassende Material abzuwerfen. Sie waren die großen Baumeisterinnen dieses Schicksals, durch die Freuden und Leiden, die sie eingebracht haben, durch das Pathos, das sie entfesselt haben. Durch sie hat Goethe sein Selbstbewußtsein und sein Los vervollkommnet. Die Mütter haben ihre Gesichter und ihre Körper gegeben; sie sind die Konstellationen gewesen, die bei seiner Geburt herrschten und ihn zeitlebens begleiteten, die bestimmenden Planeten, die Gestirne, die »den leiten, der sich leiten läßt, und den zwingen, der sich widersetzt«. Jede von ihnen, so frivol das scheinen mag, ist ein Augenblick eines der größten Schicksale, die die Menschheit gekannt hat.

Schon in den Gedichten, die er Friederike Brion geschenkt hat, erscheint sie als eine Art von Pan beseeltes Naturelement. Sie vermischt sich mit der Landschaft. Sie ist ein Teil dieser Kraft, die Lebewesen erschafft und ernährt.

»Wie herrlich leuchtet mir die Natur!
Wie glänzt die Sonne! Wie lacht die Flur!
Es dringen Blüten aus jedem Zweig,
Und tausend Stimmen aus dem Gesträuch,

Und Freud' und Wonne aus jeder Brust.
O Erd', o Sonne! O Glück, o Lust!
O Lieb', o Liebe! So golden schön!
Wie Morgenwolken auf jenen Höhn!
Du segnest herrlich das frische Feld,
Im Blütendampfe die volle Welt.
O Mädchen, Mädchen, wie lieb' ich dich!
Wie blickt dein Auge! Wie liebst du mich!
So liebt die Lerche Gesang und Luft,
Und Morgenblumen den Himmelsduft,
Wie ich dich liebe mit warmem Blut,
Die du mir Jugend und Freud' und Mut
Zu neuen Liedern und Tänzen gibst.
Sei ewig glücklich, wie du mich liebst.«[20]
(Mailied 1771)

Die Vorahnung des Abschieds überschattet noch nicht diese Gedichte froher Trunkenheit. Das Problem der Zukunft stellt sich nicht, und wenn, dann nur außerhalb jeder Vernunft als die Vision eines irdischen Paradieses auf Erden, wo die Liebenden Zuflucht erträumen. Als sie das Gedicht mit dem Titel »An die Auserwählte« erhielt, glaubte da Friederike an die Möglichkeit, diese idyllischen Hoffnungen Wirklichkeit werden zu lassen?

»Schon ist mir das Tal gefunden,
Wo wir einst zusammen gehn
Und den Strom in Abendstunden
Sanft hinunter gleiten sehn.
Diese Pappeln auf den Wiesen,
Diese Buchen in dem Hain!
Ach, und hinter allen diesen
Wird doch auch ein Hüttchen sein!«[21]
(An die Erwählte 1771)

Ist Goethe aufrichtig, wenn er dem jungen Mädchen dieses friedvolle und strahlende Glück ausmalt?

Gewiß, er hat sich dieses Glück gewünscht. Während seiner

Aufenthalte in Sesenheim ersehnt er sich nichts anderes als ein ruhiges und zurückgezogenes Leben an der Seite der geliebten Frau. Oder vielmehr, der Teil seines Ichs, der einzig und vollständig dem Augenblick gehorcht, erträumt sich diese idyllische Glückseligkeit. Der andere Goethe, der weiß, daß er dazu berufen ist, eine Entwicklung zu durchlaufen, die vorgeschriebenen Metamorphosen zu vollenden, seine Lehr- und Wanderjahre abzuschließen, bevor er sich, in welchem Zustand auch immer, festlegt, dieser Goethe läßt ihn nur von einem vorübergehenden Glück träumen; bis zu dem Tag, an dem der aus dem Zauberschlaf erwachende Vagabund, ein neuer Odysseus, die Insel Kalypsos verläßt.

Die Rolle Friederikes ist in dem Augenblick zu Ende, als Goethe von Sesenheim abreist: Sie hat ihre Mission erfüllt. Das neue Wesen, das sie hervorgebracht hat, braucht sie nicht mehr. Ihre Gegenwart würde sogar, wenn sie andauerte, in dem Maße schädlich werden, wie sie wohltuend gewesen ist. Sie wird nichts tun, um ihn zurückzuhalten; sie wird kein Wort sagen, das ihn an sie ketten könnte. Sie übergibt ihn seinem Schicksal, dem sie selbst als Werkzeug gedient hatte. Sie wird keinen Schmerzensschrei ausstoßen, der ihn verletzen könnte. Sie wird sich bemühen, ihm Bedauern und Gewissensbisse zu ersparen, damit er nach ihrer Trennung so frei und fröhlich bleibt, wie er es während ihrer Verbindung gewesen ist. Auch sie weiß von der Traurigkeit, die ihn niederdrückt. Sie ist im Schmerz mit ihm verbunden. Gemeinsam vollbringen sie mit Größe und Gleichmut dieses Opfer des Verzichts. Friederike wird ihr ganzes Leben von dieser Liebe zehren, und er wird sein ganzes Leben von dieser Trennung einen bitteren und schuldbewußten Geschmack zurückbehalten. Aber er wird nicht zurückkehren. Zumindest wird er erst dann zurückkommen, wenn es ihm nichts mehr anhaben kann, wenn er gegen ein erneutes Aufflammen dieser Liebe immun sein wird durch die Wende, die sein Leben in Weimar genommen hat. Doch als ob er auch diesmal noch Angst hätte, sich einfangen zu lassen und ganz gegen seine Gewohnheit Vergangenes in der Gegenwart neu zu beginnen, kommt er nicht allein in das Sesenheimer

Pfarrhaus. Er bringt bei seinem Besuch Herzog Karl August mit, dessen Anwesenheit die ernsthafte Dringlichkeit seiner neuen Aufgaben unterstreichen wird. Vier Jahre nach der Trennung, und vier Jahre bevor er sie wiedersieht, hält er auf der Durchreise durch das Elsaß im Jahr 1775 nicht in Sesenheim; vielleicht fürchtet er, daß die noch nicht ganz vernarbte Wunde von neuem aufbricht. Er trifft seine Freunde wieder, er besteigt mit Lenz den Turm des Münsters und saugt seinen Blick voll mit dieser großartigen Landschaft, die ihn am Tag seiner Ankunft in Straßburg so beeindruckt hat; er macht jedoch keinen Schritt in Richtung auf Friederike.

Im Jahre 1779 kann er an diese ehemalige Liebe mit einer Mischung aus Anhänglichkeit und Loslösung denken. Sein Brief an Frau von Stein bezeugt das, der für uns so kostbar ist durch das ruhige und schöne Licht, das in diesen Zeilen liegt; ein mildes Licht, ohne Dramatik, ja fast ohne Leiden.

> »D. 25. Abends ritt ich etwas seitwärts nach Sessenheim, indem die andern ihre Reise grad fortsetzten, und fand daselbst eine Famielie wie ich sie vor acht Jahren verlassen hatte beysammen, und wurde gar freundlich und gut aufgenommen. Da ich iezt so rein und still bin wie die Luft so ist mir der Athem guter und stiller Menschen sehr willkommen. Die zweite Tochter vom Hause hatte mich ehmals geliebt schöner als ichs verdiente, und mehr als andre an die ich viel Leidenschaft und Treue verschwendet habe, ich musste sie in einem Augenblick verlassen, wo es ihr fast das Leben kostete, sie ging leise darüber weg mir zu sagen was ihr von einer Kranckheit iener Zeit noch überbliebe, betrug sich allerliebst mit soviel herzlicher Freundschafft vom ersten Augenblick da ich ihr unerwartet auf der Schwelle ins Gesicht tratt, und wir mit den Nasen aneinander stiessen dass mir's ganz wohl wurde. Nachsagen muß ich ihr dass sie auch nicht durch die leiseste Berührung irgend ein altes Gefühl in meiner Seele zu wecken unternahm. Sie führte mich in jede Laube, und da musst ich sizzen

und so wars gut. Wir hatten den schönsten Vollmond. Ich erkundigte mich nach allem. Ein Nachbaar der uns sonst hatte künsteln helfen wurde herbeygerufen und bezeugt dass er noch vor acht Tagen nach mir gefragt hatte, der Barbir musste auch kommen, ich fand alte Lieder die ich gestifftet hatte, eine Kutsche die ich gemahlt hatte, wir erinnerten uns an manche Streiche iener guten Zeit, und ich fand mein Andencken so lebhaft unter ihnen als ob ich kaum ein halb Jahr weg wäre. Die Alten waren treuherzig man fand ich sey iünger geworden. Ich blieb die Nacht und schied den andern Morgen bey Sonnenaufgang, von freundlichen Gesichtern verabschiedet dass ich nun auch wieder mit Zufriedenheit an das Eckgen der Welt hindencken, und in Friede mit den Geistern dieser ausgesöhnten in mir leben kann.«[22]

An diesem Tag trug Goethe ein Gewand von einem bläulichen Grau, das mit Goldborten besetzt war. Es war das gleiche Gewand, das sein Doppelgänger am Morgen des Spätsommers 1771 getragen hatte. Goethe hatte sich gerade von der Pastorenfamilie verabschiedet, die ihm auf der Schwelle ihres Hauses auf der Straße nach Drusenheim nachwinkte, als er eine Vision von einem Reiter hatte, der ihm entgegenkam. In dem Augenblick, als der Unbekannte ihn im Vorbeireiten streifte, erkannte Goethe sich selbst und sah sich so, wie er acht Jahre später aussehen sollte, in diesem goldbetreßten Mantel. Seltsamerweise beruhigte ihn die Erscheinung, milderte seinen Schmerz, so daß er unbeschwerten Herzens und ohne Angst in Mannheim das Museum der antiken Skulpturen aufsuchen konnte, wo er sich zum ersten Mal von Angesicht zu Angesicht mit den Abbildern der Titanen fand, deren heilige Unruhe in seiner Seele wohnte.

5
»Das alte Titanengewand ...«[1]

Das gequälte Herz mußte nun seine Wunden pflegen; unglücklicherweise fiel ihm die Wiederanpassung an das häusliche Milieu noch schwerer als nach seiner Rückkehr aus Leipzig, denn diesmal gab es keine Krankheit, die die Mißtöne gemildert, die feindseligen Kräfte des jungen Mannes beschwichtigt hätte. Seine Eltern behandelten ihn nicht so rücksichtsvoll wie einst den Genesenden, und wenn ihn der Schmerz über die verlorene Liebe immer noch verletzlich machte, dann so, wie ein verwundetes Tier seiner Umwelt mit Zorn und Auflehnung begegnet.

Auflehnung ist das Losungswort der Stunde. In Frankreich brütet die Revolution im geheimen. In Deutschland wendet sich der Geist des Aufruhrs weniger gegen die kleinen, kaum tyrannischen und im ganzen väterlichen und wohlwollenden Landesherren, als gegen die starren gesellschaftlichen Konventionen, den übersteigerten Formalismus und die überlieferten Moralvorstellungen. Es existiert auch eine Art von wiedererwachtem deutschen Nationalgefühl, zu dem Herder den Anstoß lieferte, indem er den alten germanischen Epen ihre Bedeutung wiedergab. Das Nibelungenlied, aus dem eine begeisterte Generation ihr Evangelium schöpfen wird, ebenso wie aus dem Pseudo-Ossian Macphersons, wird auf die gleiche Stufe wie die Ilias und die Odyssee gestellt. Klopstock befreit die deutsche Dichtung und Lessing das Theater. Man lehnt wütend alle »Gallizismen« ab, über die man gestern noch entzückt war, man kehrt Frankreich den Rücken, um nun auf England zu schauen. Goldsmith bewegt die empfindsamen Seelen, Young wiegt die düstere Melancholie der Jugend, die sich unglücklich wähnt; Shakespeare schließlich und die Elisabethaner entfesseln den freien Sturm ungebändigter Leidenschaften.

Während um ihn herum diese Gefühlsaufwallungen brodeln, findet Goethe die ruhige Monotonie seines Elternhauses vor mit einem Vater, der von Mal zu Mal hypochondrischer wird, und einer Mutter, deren leichte und heitere Religiosität ihm oberflächlich, ja fast kindisch erscheint. Die Beziehungen zwischen dem jungen Mann und den pietistischen Zirkeln haben sich abgekühlt: Seine Andersgläubigkeit schockiert die weisen Sektierer des Grafen Zinzendorf. Der pietistische Kongreß in Marienburg, an dem er teilgenommen hat, macht ihm deutlich, was für ein Abgrund ihn von dieser Sekte, von allen Sekten, trennt. Der *Pelagianismus*, den man ihm vorwirft, ist nichts anderes als sein entschlossener Wunsch, sich eine eigene Religion aufzubauen; er lehnt es ab, weiterhin blind das *Credo* der Brüder Moraves anzunehmen, genauso wie jene ihrerseits nicht mehr bereit sind, diesen von einer gefährlichen Unabhängigkeit entbrannten Geist als einen der ihren zu betrachten. Sogar Susanne von Klettenberg spürt, daß er ihr entschlüpft; sie begreift, wie schwankend und unvollständig seine Bekehrung war. Man forderte von ihm die völlige Aufgabe seiner Gedankenfreiheit; das war eine Verpflichtung, der sich zu unterwerfen er jetzt noch weniger als in den vorhergehenden Jahren gewillt war.

Der Bruch vollzog sich ohne Aufsehen, aber er war tief, und Goethe stürzt sich um so heftiger in Handlungen und Gefühle, die der Lehrauffassung der Sekte konträr waren, je mehr er fürchtete, in deren Netzen gefangen zu werden. Er ist ein freies Individuum, und um diese Freiheit zu unterstreichen – sowohl im Hinblick auf seine Familie als auch auf die Religion – stellt er übertriebene Verhaltensweisen zur Schau. So bringt er einen vagabundierenden Musiker, den er auf der Landstraße aufgelesen hat, ins elterliche Haus und stellt ihm Dach und Tisch des Vaters zur Verfügung. Er legt es bewußt darauf an, bei den Seinen Anstoß zu erregen. Er erträgt keinerlei Joch. In seiner Brust schlägt das Herz eines Aufrührers, der, seit er sich geweigert hat, sich den Gesetzen der Liebe zu beugen, von jedem Zwang befreit sein will.

Dieser junge Wanderer, der, den Kragen offen, mit wehenden Haaren in den stürmischen Nächten herumirrt und seine Verachtung den Elementen und Göttern singt, das ist dieser Goethe, den die behutsamen Hände der Susanne von Klettenberg nicht zu halten verstanden, der den Armen Friederike Brions entflohen ist, der eine vollständige Freiheit des Körpers, des Herzens und des Geistes anstrebt und der mit jugendlicher Emphase die Strophen des »Wanderers Sturmlied« hinausschreit. In ihnen schwingt ein Ton, den wir weder in dem Band der Lieder für Annette, noch in dem für Friederike geschriebenen Gedichtzyklus gefunden hatten.

Wen du nicht verlässest, Genius,
Nicht der Regen, nicht der Sturm
Haucht ihm Schauer übers Herz.
Wen du nicht verlässest, Genius,
Wird dem Regengewölk,
Wird dem Schloßensturm
Entgegen singen,
Wie die Lerche,
Du da droben.
Den du nicht verlässest, Genius,
Wirst ihn heben übern Schlammpfad
Mit den Feuerflügeln;
Wandeln wird er
Wie mit Blumenfüßen
Über Deukalions Flutschlamm,
Python tötend, leicht, groß,
Pythius Apollo ...
(Wanderers Sturmlied, 1772)[2]

Frankfurts friedliche Bürger sind über diese Wandlung bei »Goethes Sohn« besorgt, und nennen ihn den *Wanderer*, teils mit Beunruhigung, teils mit Ironie. Man erzählt, daß er unter seinem Gewand seinen Dolch trägt. Wenn der Vollmond auf die zugefrorenen Teiche scheint, sieht man ihn unermüdlich, leicht wie eine Elfe, schön wie ein Irrlicht, während der ganzen Nacht über das Eis gleiten. Ist es der ein wenig knabenhafte Wunsch, seine zaghaften Mitbürger in Erstaunen und Schrekken zu versetzen, der ihn zu solchen Exzentrizitäten treibt? Vielleicht auch das, aber vor allem ist es die körperliche Freude, die er bis dahin nicht gekannt hatte. Die wiederhergestellte Gesundheit hat ihn seinen Körper neu entdecken lassen. In Straßburg hatte er sich körperliche Zucht auferlegt. Um sein Schwindelgefühl zu überwinden, hatte er auf dem Glockenturm des Münsters gefährliche akrobatische Kunststücke vollbracht; nachts war er auf Friedhöfe gegangen, um seine nächtlichen Angstgefühle zu verjagen, und hatte Hospitale aufgesucht, um sich an den Anblick von offenen Wunden, Verletzungen und vergossenem Blut zu gewöhnen. Er befleißigt sich sogar, den militärischen Rückzügen zu folgen, um sich darin zu üben, ohne Aufregung den langen und dumpfen Trommelwirbeln, den lauten Klagen der Trompeten zuhören zu können. Das alles hat ihn von seinen Phobien befreit. Es hat gleichzeitig sein körperliches Sein von der Tyrannei der Hemmnisse und sein seelisches Sein von dem pietistischen Einfluß erlöst. Im Verlauf dieses wundervollen Sommers in Sesenheim wurde er gewahr, daß sein Körper nicht nur ein ungelegener Gast sein konnte, sondern auch ein liebenswürdiger Begleiter. Ihm bringt er nun eine Verehrung entgegen, wie es einst die Griechen taten. Er ist sich seiner jetzt so sicher, daß er, als eines Nachts im jüdischen Viertel Feuer ausbricht, sich völlig verausgabt, um die lodernden Bretterbuden zu löschen. Er versengt Haare und Augenbrauen in den Flammen des Gettos und ist glücklich, dem edelsten und mächtigsten Element zu trotzen. Endlich kann er seine Kraft, seine Geschicklichkeit, seine Furchtlosigkeit beweisen, mit einem Wort, all jene heroischen männlichen Eigenschaften, denen er so große Bedeutung beimißt. Es ist die Zeit, in der Wieland ihn für einen »Besessenen« hält, Heinse in ihm »einen Geist voll Feuer und Adlerflügeln«[3]

entdeckt. Für Stolberg ist er ein »Ungeheuer an Lebhaftigkeit«. Sehr bald wird Lavater, der Erfinder der Wissenschaft der Gesichter, an ihm die Züge eines Königs wahrnehmen. Komplex, wechselhaft, voller Nuancen, widersinnig, wankelmütig wie er ist, verwirrt er seine Beobachter. »Es ist ein magerer junger Man ohngefehr von meiner Grösse«, schreibt der Baron Ernst von Schönborn. »Er sieht blass aus, hat eine grosse, etwas gebogene Nase, ein länglichtes Gesichte u. mittelmässige schwarze Augen und schwarzes Haar ... Seine Miene ist ernsthafft und traurig, wo doch komische lachende u. satirische laune mit durchschimmert. Er ist sehr beredt und strömt von Einfällen die sehr witzig sind.«[4]

Der Herr Rat jedoch würde das Aufsehen, das dieses seltsame Betragen seines Sohnes heraufbeschwört, nicht tolerieren, wenn der im übrigen nicht pünktlich, gewissenhaft und mit Begabung seinen gewählten Beruf ausüben würde. Kaum hatte er die Doktorurkunde in der Tasche, als er schon bei Gericht seine Zulassung erhielt. Er tritt vor Gericht auf und er plädiert gut, mit jener Redegewandtheit, die schon Schönborn notierte. Seine Vorliebe für Bilder kann den Poeten nicht davon abhalten, sie auch als Jurist anzuwenden. Er bedient sich der Rhetorik Ciceros, in der er sich schon seit seiner Kindheit geübt hatte. Man hat einige seiner Plädoyers aufbewahrt, vor allem das erste, in dem er einen jungen Mann gegen die ungerechten Angriffe seines Vaters verteidigt, und man kann sich vorstellen, mit welchem Feuer er diesen Fall vertrat zu einer Zeit, als er selbst so heftig gegen seinen Vater aufbegehrte. Kenner versprechen ihm Erfolg und eine brillante Karriere, wenn er nur ein wenig vernünftiger würde. Auch Johann Goethe verzeiht ihm gerne seine Auswüchse, da er zugesteht, daß die Jugend sich austoben muß. Und überdies ist die Familie froh, daß er nicht diese kleine mittellose Elsässerin geheiratet hat.

Zur Zeit ist sein Herz frei. Man weiß von keinen Liebeleien. Die romantische Leidenschaft hat ihn für immer von dem gekünstelten Rokoko, von den idyllischen Tändeleien geheilt. Sein Herz war zu verwundet, als daß er zu den einstigen, belanglosen Freuden hätte zurückkehren können. Er geht sogar so weit, die Frauen zu meiden. Die einzigen Freundinnen dieser Zeit findet er im Kreise der »Heiligen« von Darmstadt, in den ihn sein Freund Merck eingeführt hat. Dort hat man sich der ätherischen Liebe, den Geistesverwandtschaften verschrieben, in einer ein wenig zu vergeistigten, ein wenig zu keuschen Minne, in der die »Nichtigkeit« niemals zur Sprache kommt. Während des langen *Interregnums* zwischen Friederike Brion und Charlotte Buff taucht nur die Gestalt *einer* liebenden Frau auf; doch sie ist verschleiert, schemenhaft, bleibt undurchsichtig in der sie umhüllenden Anonymität. Sogar in der Zeit als Goethe anfängt, seine Erinnerungen niederzuschreiben, das heißt, beinahe vierzig Jahre später, erscheint sie in *Dichtung und Wahrheit* als eine geheimnisumwobene Figur. Sie ist vielleicht die einzige in dieser langen Girlande von Geliebten, die sich um sein Leben rankt, die für uns weder Gesicht noch Namen hat. »Mein Herz war ungerührt und unbeschäftigt: ich vermied gewissenhaft alles nähere Verhältnis zu Frauenzimmern, und so blieb mir verborgen, daß mich Unaufmerksamen und Unwissenden ein liebevoller Genius heimlich umschwebe. Eine zarte, liebenswürdige Frau hegte im stillen eine Neigung zu mir, die ich nicht gewahrte, und mich eben deswegen in ihrer wohltätigen Gesellschaft desto heiterer und anmutiger zeigte. Erst mehrere Jahre nachher, ja erst nach ihrem Tode, erfuhr ich das geheime himmlische Lieben, auf eine Weise, die mich erschüttern mußte; aber ich war schuldlos und konnte ein schuldloses Wesen rein und redlich betrauern, und um so schöner, als die Entdeckung gerade in eine Epoche fiel, wo ich, ganz ohne Leidenschaft, mir und meinen geistigen Neigungen zu leben das Glück hatte.«[5]

War es der Wunsch, dem Andenken an Friederike treu zu bleiben, der Goethe von der Liebe fernhält und ihn gegenüber dieser stummen Leidenschaft, die neben ihm erblüht, blind sein läßt? Man muß ihn für ziemlich unsensibel halten, wenn man ihm glauben will, daß er völlig ahnungslos gewesen sei. Die Treue seines Herzens wird überdies im folgenden Jahr in Wetzlar schweren Sturmangriffen standhalten müssen.

Goethe ist, wie die anderen Sterblichen, dem Gesetz der Abwechslung, das den Pendelschwung unseres Lebens reguliert, unterworfen. Er ist sich dessen jedoch viel bewußter als jene. So ist es viel wahrscheinlicher, daß er annimmt, die *Energie* würde das gewinnen, was die Liebe verlor.

Damit die Verwandlung sich vollenden konnte, die Goethe zu der Welt der Titanen Zutritt verschaffte, war es zweifellos auch notwendig, daß ein Opfer dargebracht wurde: Das Sühneopfer wurde Friederike. Er opferte sie und er opferte sich selbst, denn die Opfer Goethes sind immer zweifach – das gerade verleiht ihnen diesen Adel –, dargebracht im Namen dieses neuen Wesens, das geboren werden sollte. Ein Aufblühen kann es nur durch den Schmerz des Verzichts geben. Und dieses neue Wesen, das auf den Weg zu den Titanen geworfen ist, das sich anschickt, einer der ihren zu werden, ein Übermensch, so wie Nietzsche ihn verstand, ist der Liebe nicht mehr zugänglich.

Eltern und Freunde sind sich dieser Verwandlung nicht bewußt, oder sie bemerken zumindest nur die äußeren Erscheinungen, die wegen ihrer Extravaganz sogar harmlos scheinen. Der Zeitgeist und die aufkommende Romantik verlangen solche Verhaltensweisen. Es ist ganz natürlich, daß ein den großen Zeitströmungen aufgeschlossener Goethe des *Sturm und Drang* aus der Rokokoschale heraustritt, die er zerschlagen und hinter sich geworfen hat. Sein Freund Merck, der Zahlmeister in Darmstadt ist, ein zumindest im Erscheinungsbild ernster und ausgeglichener Mann, übt einen wohltuenden Einfluß auf ihn aus. Ihm ist es zu verdanken, daß der junge Rechtsanwalt mit »empfindsamen«, vornehmen und intelligenten Frauen Umgang hat, unter denen er Caroline Flachsland, die Braut Herders, und seine bevorzugten Freundinnen, Henriette von Roussillon, die er Urania nennt, und Luise von Ziegler, die er in seinen Briefen und Versen unter dem Namen Lila feiert, wiederfindet. Seine Pünktlichkeit bei Gericht, sogar wenn er die vorhergehende Nacht damit verbracht hat, seine Leiden in den Sturm hinauszuschreien, prophezeit ihm eine Zukunft als angepaßter Bürger. Und diejenigen, die seine »titanischen«

Werke nicht kennen, beglückwünschen ihn zu seiner Mitarbeit bei den *Frankfurter Gelehrten-Anzeigen*, einer ausgezeichneten Zeitschrift, die soeben von Merck und Herder gegründet worden war. Der junge Goethe beginnt hier, wie alle Anfänger, mit Buchbesprechungen, die von einem strengen und besonnenen, kritischen Urteilsvermögen beseelt sind.

Man liest voller Überraschung im Tagebuch des armen Teufels, der sich Jerusalem nennt und der einige Monate später den Freitod wählt – und damit den Anlaß zu *Werther* gibt –, diesen seltsamen Satz über den Mann, der seiner unglücklichen Liebschaft und seinem traurigen Hinscheiden ein so außergewöhnliches Aufsehen verleiht. »In Leipzig war es ein Geck, und nun ist es ein Frankfurter Journalist.«[6]

Zur selben Zeit spricht ein anderer Mann, der ebenfalls eng mit dem Abenteuer Werthers verbunden ist, der Legationssekretär Kestner, von einem gewissen Goethe in Frankfurt, einem Mitarbeiter der *Frankfurter Gelehrten-Anzeigen*. Hier erfährt man, was er in den Augen der Welt ist: ein Rechtsanwalt, dessen Stil und Eifer man lobt, ein ernster und gewissenhafter Journalist. Die Maske sitzt so gut, daß die wenigen scharfsichtigen Beobachter das Gesicht, das sie verbirgt, nicht erkennen werden. Denn Goethe, vor kurzem noch so eifrig bemüht, bei jedem Anlaß Gelegenheitsgedichte zu kritzeln und in Gegenwart seiner Freunde und seiner Geliebten diese kleinen Meisterwerke vorzulesen, reserviert nun für die stürmische Hörerschaft der entfesselten Elemente die Enthüllung der Werke, in denen er sein wahres *Ich* ausdrückt. Gewiß, die Maske wird ihm durch die Vorsicht geboten, aber auch durch dieses bittere und heimliche Vergnügen, das er immer genießt, wenn er sich verkleidet. »Der Sohn Goethes ist ein ordentlicher Mensch geworden«, wird man sagen. Und man wird lange nicht wissen, welche Helden seine Revolutionsgesänge feiern werden: Prometheus, Mahomet, Caesar, Sokrates. Wir sind weit entfernt von den Schäferidyllen und den Werken im Stile Berquins, von den Damis und den Lycidas. Dieser junge Mann, der so sehr mit der Natur verbunden ist, das ist Ganymed, der seine Arme dem räuberischen Adler öffnet.

Hinauf! Hinauf strebt's.
Es schweben die Wolken
Abwärts, die Wolken
Neigen sich der sehnenden Liebe.
Mir! Mir!
In eurem Schoße
Aufwärts!
Umfangend umfangen!
Aufwärts an deinem Busen
Alliebender Vater!
(Ganymed 1772)[7]

Das von Johann Daniel Bager im Jahre 1773 gemalte Portrait und noch besser die aus dem drauffolgenden Jahr stammende Zeichnung Georg Friedrich Schmolls verraten die Entstehung des *Titanen* hinter den liebenswürdigen Zügen des jungen Anwalts. Traurig bei Bager, beschwört der Blick den Schmerz des Prometheus herauf; lebhaft bei Schmoll, brennt er von der eroberungslustigen Leidenschaft des Mahomet. Die hohe Stirn ist wie geschaffen, um große Träume, unersättliches Streben zu beherbergen. Das nachlässig zusammengebundene Haar ist immer nahe daran, sich im Wind aufzulösen. In diesem klaren Gesicht liegt das *Erfassen* der Welt in der Doppelbedeutung, die dieses Wort besitzt. Und genau das ist der wahre Goethe, der seine dionysischen Geistesorgien mit einem Netz von Gelehrigkeiten tarnt, die der bürgerliche Konformismus der neuen poetischen, dramatischen Schule verlangt, die unter dem Zeichen des »Sturm und Drang« entstanden ist. Mit einem Wort, zwei gegensätzliche Masken, die von Zeit zu Zeit blitzartig das nackte Gesicht des *Titanen* durchscheinen lassen.

Gewiß, er liest Pindar, Aischylos und Sokrates in jener Zeit ebenso wie Macpherson und die irischen Epen, in die er vernarrt ist. Ein Widerhall seiner Vorbilder wird durch die Originalität seiner Lyrik hindurchdringen, doch in Wirklichkeit hatte die deutsche Dichtung niemals eine ihr vergleichbare Stimme vernommen. Diese Strophen des *Prometheus* sind nicht die abgeschmackten Erfolge eines jungen Anwalts, der aus Liebhaberei Verse schmiedet.

Bedecke deinen Himmel, Zeus,
Mit Wolkendunst
Und übe, dem Knaben gleich,
Der Disteln köpft,
An Eichen dich und Bergeshöhn;
Mußt mir meine Erde
Doch lassen stehn
Und meine Hütte, die du nicht gebaut,
Und meinen Herd,
Um dessen Glut
Du mich beneidest.
Ich kenne nichts Ärmeres
Unter der Sonn' als euch, Götter!
Ihr nähret kümmerlich
Von Opfersteuern
Und Gebetshauch
Eure Majestät
Und darbtet, wären
Nicht Kinder und Bettler
Hoffnungsvolle Toren.
(Prometheus)[8]

Man kann sich vorstellen, was die frommen Freunde der frommen Klettenberg von diesen gotteslästerlichen Apostrophen hielten. Sie begriffen, daß hinter dem direkt angesprochenen Zeus und den griechischen Göttern alle Götter in Frage gestellt werden, und daß dabei der Gott der Christen nicht ausgenommen ist. Ebenso wie das Schicksal des Prometheus inszeniert hier der Dichter sein eigenes Werden. Es ist der Mensch, allein in einem leeren oder von gleichgültigen Mächten bewohnten Himmel, der Trotz bietet, der herausfordert.

Ich dich ehren? Wofür?
Hast du die Schmerzen gelindert

Je des Beladenen?
Hast du die Tränen gestillet
Je des Geängsteten?
Hat nicht mich zum Manne geschmiedet
Die allmächtige Zeit
Und das ewige Schicksal
Meine Herrn und deine?
(Prometheus)[9]

Man ahnt, welcher Entsetzensschauer die von den Zinzendorfschen Gesängen eingelullten pietistischen Herzen erbeben lassen wird, wenn sie diesen jungen Draufgänger, der durch den Mund des Artifex, dem Bildner der ersten Menschheit, dem Dieb des Feuers, der die Menschen erfreut, spricht – wenn sie hören werden, wie er sich mit dem größten, dem stolzesten und wildesten Titanen vergleicht.

Hier sitz' ich, forme Menschen
Nach meinem Bilde,
Ein Geschlecht, das mir gleich sei,
Zu leiden, zu weinen
Zu genießen und zu freuen sich;
Und dein nicht zu achten,
Wie ich!
(Prometheus)[10]

Wieland, der sanfte Wieland, dem er mit einem mehr bösartigen als komischen Schwank ins Gesicht schlägt *(Götter, Helden und Wieland)*, hatte ihn vielleicht richtig beurteilt, als er ihn einen »Besessenen« nannte. Von welchem Dämon ist er nun besessen? Vom Dämon des Hochmuts? Dem Dämon der Ehrgeizes? Dem Dämon der Tat? Vom Dämon des Aufruhrs? Wahrscheinlich von allen. Die Teufel, die in ihm wohnen, sind Legion. Sie lassen diesen Mann, der sich nicht mehr vor den Göttern beugen will, eine aufrechte Haltung einnehmen, mit hocherhobener Stirn, mit Schmähungen und Herausforderungen auf den Lippen.

Wir wissen, wie er dahin gelangt ist, dieser gelehrige Schüler der Herrnhuter Brüder, der dem »Schicksal« folgt, das ihn zum »Feind der Welt«, zum Verneiner, zum Zerstörer macht; auch zum Schöpfer, wie Prometheus, der seine *menschliche* Schöpfung der *göttlichen* gegenüberstellt. Goethe-Prometheus wird in diesem Augenblick der Verfechter eines neuen Universums, das Gott nicht mehr braucht. Diese Überzeugung nimmt bereits Nietzsche vorweg, geht weit über die Geisteshaltung des »Sturm und Drang« hinaus. Wie tönern und leer erscheinen daneben die Apostrophen Klingers, Lenz', Wagners, des Malers Müller, Millers und Höltys! Der tiefgreifende Zerfall dieser Gesellschaft des 18. Jahrhunderts, die Zerrüttung der Überzeugungen, die Zersetzung der politischen Formen begünstigen das Aufkommen dieser *ungeheuren* Individualitäten – im etymologischen Sinn des Wortes –, die die französische Romantik ihrerseits vierzig Jahre später wieder aufgreifen wird. Das unsoziale, antisoziale Individuum wird das Idol einer ganzen Jugend, die die Traditionen ablehnt, weil sie sie verkümmert und entstellt sieht, die sich gegen die Gesetze empört, weil diese, ihrer lebendigen Wirksamkeit beraubt, nur noch Ketten und Zwänge vorstellen, die eine »neue Ordnung« anstrebt, die auf unversehrte, echte und lebendige Werte gegründet ist.

Susanne von Klettenberg, die im Dezember 1774 sterben wird, und deren Tod Goethe zutiefst berühren wird, verzweifelt nicht an ihm. Sie wußte, daß er ein »Auserkorener« war, und in einer Art Hellsichtigkeit besaß sie die Gewißheit seines Heiles, des religiösen Gefühls, das in dieser Feuerseele wohnte. Denn gerade im Namen dieses religiösen Gefühls lehnt er sich gegen die Menschen, gegen die Gesetze, gegen die Götter auf.

Die Helden, die ein Mensch im Verlauf seines Lebens trifft, sind im hohen Maße aufschlußreich für die Anforderungen, die er an sein Ideal stellt. Er projiziert sich Bilder, aus dem Inhalt seines Strebens und Glaubens, er nimmt sie sich als Beispiele und Vorbilder; wenn er sich also bemüht, ihnen zu gleichen, dann deshalb, weil sie schon in ihm angedeutet sind, weil er die Fähigkeiten in sich birgt, deren Vollendung sie sind. Die *Form*, die er seinen Helden gibt, da er ja ein Dichter ist, spiegelt auf äußerst genaue und enthüllende Weise seine eigene *Form* wider, die er mit seinem inneren Auge erkennt, und deren Substanz und Umrisse er in die Außenwelt verlegt.

Obwohl er ganz von seinem Beruf als Anwalt und von seinen Lektoraten und Artikeln für die *Frankfurter Gelehrten-Anzeigen* in Anspruch genommen war, blieben Goethe doch zahlreiche Mußestunden, die er mit Aktivität ausfüllte. Diese Jahre, die sich zwischen seiner Rückkehr aus Straßburg und der Abreise nach Weimar – mit den Zwischenspielen Wetzlar und Lili – erstrecken, d. h. zwischen August 1771 und November 1775, zählen zu den fruchtbarsten seines Lebens. Nicht zuletzt deshalb, weil er – ausgenommen die Monate, die er im Salon der Schönemanns vertändelte – ein weniger zerstreutes, weniger abgelenktes Dasein führt. Ein freies Herz verschafft ihm lange Mußestunden. Wir wissen, daß er während seines Frankfurter Aufenthaltes fast keine Liebschaften hatte. Sein Gesellschaftsleben nahm ihn auch nicht sehr in Anspruch. Er floh aus den Salons, um auf Landstraßen und über Felder zu streifen, und die Einsamkeit, eine äußerst bevölkerte Einsamkeit, da die Figuren seiner Dramen und Gedichte ihn bis dorthin verfolgten, wurde zur bevorzugten Begleiterin seiner Spaziergänge.

Übersprudelnd vor Schöpfungen und Entwürfen, läßt Goethe nun dieses überströmende Leben, das in ihm ist, dieses Übermaß an Leidenschaften und Ideen sich ergießen. Er lebt in einem Rauschzustand, der, wie er selber sagt, »ihn taumeln läßt«.[11] Sinnliche Trunkenheit, die durch eine von Pan beseelte Verbindung mit der Natur gewährt wird, und zwar nicht mehr der idyllischen Natur des Elsaß und des lieblichen Sommers, sondern mit der wilden und feindlich scheinenden Natur des Sturmes und des Winters. Seine Gedichte aus dieser Zeit bewahren den Rhythmus, das Tempo und die Atmosphäre, in welcher sie geschaffen worden sind: Sie sind atemlos, erregt; bald übertönt die Stimme des Dichters das Pfeifen des Sturmes, bald erstickt sie im Krachen des Donners und im Getöse des Windes.

Spude dich, Kronos!
Fort den rasselnden Trott!
Bergab gleitet der Weg;
Ekles Schwindeln zögert
Mir vor die Stirne dein Haudern.
Frisch den holpernden
Stock Wurzeln Steine den Trott
Rasch in's Leben hinein!
(An Schwager Kronos 1774)[12]

Der Kutscher, der auf den Kutschbock dieser teuflischen Kalesche geklettert ist, die die Straße zum Abgrund verschlingt, ist Kronos, die Zeit. Und als ob er nicht schnell genug galoppieren würde, als ob das Dahinrollen der Tage zu langsam vor sich ginge, treibt der Dichter den faulen Lenker an. Als ob das Ziel dieser blinden Fahrt nicht der Abgrund, das Nichts, und die Hölle wäre.

Ab dann, frischer hinab!
Sieh, die Sonne sinkt.
Eh' sie sinkt, eh' mich faßt
Greisen im Moore Nebelduft,
Entzahnte Kiefer schnattern
Und das schlockernde Gebein –
Trunknen vom letzten Strahl
Reiß mich, ein Feuermeer
Mir im schäumenden Aug',
Mich Geblendeten, Taumelnden
In der Hölle nächtliches Tor![13]

Die Gestalten, die dem jungen Schwärmer bei diesem rasenden Galopp das Geleit geben, sind keine Geschöpfe seiner Einbildungskraft. Er hat in der Geschichte und in der Mythologie die Titanen gefunden, die das Thema seines *hero workship* werden, wie es Carlyle, der Freund seiner späten Lebensjahre, ausdrükken wird. Als ob er, mit fieberhafter Hand die Seiten der Bücher umblätternd, ausrufen würde: ja, dieser bin ich auch! Indem er sich nach und nach in den verschiedensten Spiegeln anschaut, betrachtet er die Züge des jungen Goethe auf den großartigen Gesichtern. Er stellt seine Seele ihren Seelen gegenüber, er erkennt seine geistige Familie in dieser Gesellschaft großer Männer, unter denen er instinktiv seine eigenen Helden wählt.

Wer sind sie? Mahomet, Caesar, Faust, Sokrates, Prometheus, Ganymed, Götz von Berlichingen, der Ritter mit der eisernen Hand. Eine erstaunliche Zusammenstellung, deren Verschiedenartigkeit überrascht. Doch bei näherer Betrachtung erkennt man Gemeinsamkeiten, die sie zu einer Seelenfamilie vereinigen. Man versteht, warum sie einige Jahre lang die Pole in Goethes Leben waren. Diese Auswahl an sich ist ungeheuer aufschlußreich, diese Vereinigung von Namen und Gesichtern sagt uns mehr, als die vertraulichsten und ausführlichsten Geständnisse verraten könnten. Ich habe von Masken und Spiegeln gesprochen: Es wäre richtiger zu sagen, daß dies die wahren Gesichter Goethes sind, denn eine Maske kann man abstreifen, ein Spiegelbild entfernen, wohingegen im Gesicht das Wesen eines Menschen liegt – bei denen, die er sich gewählt, wie bei jenem, das ihm die Natur gegeben hat.

Auf diese Weise bewohnt die Leidenschaft Goethes abwechselnd oder gleichzeitig den Körper von Sokrates, dieses freien Mannes, der auch ein Held des Verzichts ist, da er sich dem obersten Gesetz unterwirft und die ungerechte Bestrafung auf sich nimmt; den Körper des Götz, der das alte Rittertum versinnbildlicht, mit seiner unbezähmbaren Liebe zur Unabhängigkeit, seiner Treue gegenüber den Idealen, seinem unbeugsamen Individualismus, seiner Verweigerung von Kompromissen und Halbheiten; da ist aber auch Mahomet, der Schöpfer einer Religion, der die sinnlosen und barbarischen Götzen von ihren Sockeln herunterstößt und einen transzendenten Gott an ihre Stelle setzt. Aber dieser transzendente Gott bewohnt die Natur, die brennende und trockene Wüste oder das wuchernde Dickicht des Waldes; wenn der Titan sich auflehnt, dann immer gegen einen abstrakten Gott. Caesar schließlich ist mehr als ein Führer der Menschen oder ein großer Staatsmann; Goethe sieht in ihm die Summe menschlicher

Größe, ein mächtiges und freies Individuum, das sich seines Schicksals voll bewußt ist und das, geführt von der Gunst der Gestirne – dieser Gestirne, von denen schon der kleine Goethe weiß, daß *sie ihn nicht vergessen werden* –, mit der Schnelligkeit und der Geradlinigkeit des Pfeiles der Flugbahn seines tragischen Lebens folgt. Selbst Christus erscheint in dieser Gesellschaft der Titanen, als einer von ihnen, dieser Christus, der der Held des Gedichtes vom *Ewigen Juden* ist, und der Goethe eine der »beseeltesten« Seiten eingegeben hat, diesen Monolog des Erretters, der dreitausend Jahre nach seinem Tod auf die Erde zurückkommt, um noch einmal die leidende Menschheit zu erlösen, die, ungerecht, undankbar und blind mit Ausnahme des Ewigen Juden, ihn nicht erkennen wird.

O Welt voll wunderbarer Wirrung,
Voll Geist der Ordnung, träger Irrung,
Du Kettenring von Wonn und Wehe,
Du Mutter, die mich selbst zum Grab gebar!
Die ich, obgleich ich bei der Schöpfung war,
Im Ganzen doch nicht sonderlich verstehe.
Du Dumpfheit deines Sinns, in der du schwebtest,
Daraus du dich nach meinem Tage drangst,
Die schlangenknotige Begier, in der du bebtest,
Von ihr dich zu befreien strebtest
Und dann, befreit, dich wieder neu umschlangst –
Das rief mich her aus meinem Sternen-Saale,
Das läßt mich nicht an Gottes Busen ruhn.
Ich komme nun zu dir zum zweiten Male,
Ich säete dann, und ernten will ich nun.

(Der ewige Jude, Fragment, 1773)

Und so wie die griechischen Tragödien einst von einem satyrischen Stück begleitet waren, haben wir hier einen gleichzeitig ungeheuren und grotesken, einen monumentalen und liederlichen Titanen, diesen Ubu, der Satyros ist, der riesenhafte und lächerliche Titan, gegen den Goethe wettert und über den er spottet, der aber dennoch einen guten Teil seiner heimlichen Sympathie besitzt.

Das ist der Olymp, den sich Goethe mit seinen aufrührerischen Händen in diesen Jahren baute, als die Auflehnung seinen Geist und sein Herz in Flammen setzte. Wie alle großen Schöpfer schafft er nach seinem eigenen Bild. Sogar der Ton seines Stils jener Zeit enthüllt eine energische und penetrante Subjektivität. Diese Personen sind Teile seiner selbst: Er *ist* Caesar und Mahomet und Sokrates und Götz und Faust und Prometheus und Ganymed und – warum nicht? – Christus, und – wer weiß? – Satyros ... Aber er ist sie nicht alle mit der gleichen Intensität. Um unter diesen Helden diejenigen zu erkennen, die ihm am ähnlichsten sind, genügt es zu untersuchen, ob die Werke, die sie angeregt haben, vollendet worden sind oder nicht. Ich glaube tatsächlich, daß die unvollendeten Werke, wie *Caesar, Sokrates, Mahomet*, diejenigen sind, die er nicht völlig mit seiner eigenen Substanz beleben *konnte*: Sie blieben zu weit von ihm nach außen gerückt, als daß sich eine vollkommene Verbindung hätte herstellen können. Dagegen führt er die Helden, die Teil seines Körpers und seiner Seele sind, bis zum Gipfel ihres Schicksals.

Götz von Berlichingen schrieb er in zwei Versionen und in wenigen Jahren, weil sich das Schicksal des Ritters mit der eisernen Hand auf eine ziemlich einfache und kurze Weise vollendete. Für den *Faust* hat er dagegen ein ganzes Leben benötigt; er mußte in sich selbst alle Etappen dieser übermenschlichen Pilgerfahrt verwirklichen. Faust ist der Titan, der sich niemals von seinem Schöpfer losgelöst hat, der selbst nur in den Stufen zur Vollendung gelangt ist, wie das Sein seines Schöpfers sich entfaltete und dem Gipfel zustieg, wo Faust ihn treffen wird. Denn die Erfahrungen im Leben des Menschen sind nichts anderes als die Gräben, die er überqueren muß, bis er, wie er an Auguste von Stolberg schreibt, »so endlich lauter werden wird wie gesponnen Gold«.[14]

Das sind nun die Götter Goethes: die einzigen, die er annimmt und anerkennt; die einzigen, bei denen der junge Aufrührer, der sie alle der Prüfbank unterzogen hat, einwilligt, sie bei sich, in seinem Innern zu bewahren. Menschliche Götter, oder besser, übermenschliche, stark vermenschlichte, denn wir dürfen nicht vergessen, ihr Schöpfer ist ein Künstler, ein Bildner von Formen, ein Zeichner von Umrissen. Für ihn gibt es nichts Göttliches außerhalb des Wahrnehmbaren; deshalb sind die griechischen Götter, die Erzeuger schöner Bilder, seinem Herzen zu teuer, während das erschreckende Bild des Kreuzes ihm immer *abstoßend* erschien, welche Bewunderung er auch der heroischen Seite in der Physiognomie Christi zollte.

Diese Vergöttlichung des Titanen endete schließlich in der Vergöttlichung des Dichters als Schöpfer der Titanen. Wenn er aus dem Dichter einen unglücklichen und komischen Titanen gemacht hat, als er die kleinlichen, lächerlichen und erdrückenden Schwierigkeiten beschrieb, mit denen sich der Held aus *Künstlers Erdenwallen* herumschlägt, das vom Juli 1774 stammt, so wird er diesem unerbittlichen Gemälde von der Verzweiflung des armen Poeten die Verwandlung desselben Dichters auf intellektueller und geistiger Ebene gegenüberstellen; er wird ihn neben die Titanen und Götter stellen im Bewußtsein, daß auch er ein *Schöpfer* ist.

Man könnte allerdings den Titanen nicht zwingen, die Grenzen zu überschreiten, die die gewöhnlichen Menschen akzeptieren müssen. Wie der Übermensch Nietzsches, läßt der Goethesche Titan nur die Gesetze zu, die er sich selbst setzt. Wenn er stürzt, getroffen von den menschlichen Gesetzen oder dem göttlichen Blitz, dann wird jedoch keinen Moment sein unabhängiger aufrührerischer Geist gebeugt. Sogar hinter dem *Einverständnis*, das wir in der Resignation entdecken, mit der sich Götz und Sokrates dem Tode nähern, ist immer noch die eiserne Unbeugsamkeit einer Antigone; wenn der Titan sich neigt, dann tut er es nur, um den heiligen Gesetzen zu gehorchen, die über den Gesetzen der Menschen oder sogar der Götter stehen. Es sind Gesetze der höchsten Natur, des Schicksals, und er neigt sich vor ihnen nur, um all seine Größe mit der letzten Größe des Verzichts zu krönen. Darin widersetzt sich Goethe den allgemeinen Strömungen des »Sturm und Drang« und der Romantik. Er weist diese Verlockung des Abgrunds und der Vernichtung zurück, die soviele Reize für einen Kleist, einen Hölderlin haben wird. Er führt das Drama auf die äußerste Spitze, wo es beinahe die Heiterkeit, die Weisheit, die Sublimierung des Lebens erreicht. Darin bleiben die Titanen Goethes im wesentlichen Figuren Goethes und deuten die zukünftigen Personen an: *Iphigenie*, die Rosenkreutzer der *Geheimnisse*, die Entsagenden des *Wilhelm Meister.*

Auf diese Weise wird Goethe der Krise der Titanen, in der sich Kleist und Hölderlin zerstören werden, unbeschadet entkommen. Die Gestirne führen und schützen ihn. Susanne von Klettenberg kann in Frieden sterben, und der Tod macht sie zur Heitersten, zur Strahlendsten, die man sich denken kann: Ihr Wolfgang, der Auserkorene, ist gerettet. Gerettet vor dem Ruf des Abgrunds, der die größte Versuchung des Titanen darstellt, gerettet durch die Überzeugung, daß es über der Unabhängigkeit des Individuums ein Gesetz gibt. Als er schrieb, »denn es ist Drang und so ist's Pflicht« *(Der Ewige Jude)* formulierte Goethe eines dieser Axiome von höchster Weisheit, die er sich als Lebensregeln gegeben hat.

Wie subjektiv er diese Pflicht verstand, weiß man zur Genüge. Während der verschiedenen Abschnitte seines Lebens hat sie im übrigen sehr unterschiedliche Aspekte und Bedeutungen angenommen. Und wenn wir sogar eingestehen, daß der Titan die gesellschaftlichen Verpflichtungen abwirft und nur die Gesetze als gültig anerkennt, die er sich selbst vorschreibt; daß er sich weder dem bloßen instinktiven und blinden Wollen, noch dem tyrannischen Schicksal beugt; daß er die fruchtbare Verbindung von Intelligenz und Willen fordert; und daß er sogar in seiner Auflehnung gegen die Götter seine Fügsamkeit den Sternen gegenüber wahrt und eine höhere und reinere Vorstellung des Göttlichen hat – einer Übergottheit –, rechtfertigt all das den Aufschrei der himmlischen Geister in dem Augenblick, als der Teufel, der sein *Pfund Fleisch* will, versucht, Faust in den Abgrund zu ziehen: »Gerettet ist das edle Glied.« *(Faust II)*

Gerettet durch das Ewig-Weibliche. Wir müssen dazu bemerken, daß die Titanen, von denen sich Goethe losgelöst hat, die er sozusagen auf dem Weg zurückgelassen hat, diejenigen waren, für die das Schicksal kein Vorhandensein des Weiblichen, keine Rettung durch das Ewig-Weibliche vorsah, worunter die Mütter zu verstehen sind, die in ihrem geheimnisvollen Königreich, außerhalb von Zeit und Raum, die künftigen Wiedergeburten vorbereiten. Darin besteht das Heil: Wiedergeboren zu werden. Und wiedergeboren werden, um zu handeln. Goethe hätte weder den Seelenfrieden des Buddhismus noch die Freuden des hinduistischen Nirwana und wahrscheinlich auch nicht das christliche Paradies als eine beneidenswerte Glückseligkeit angesehen. Er strebt nach einer aktiven Unsterblichkeit, einer regen Ewigkeit, ähnlich den alten Germanen, deren Walhalla ein Ort ständiger Schlachten war. Immer noch beseelt von diesem leidenschaftlichen Bedürfnis nach Handeln, wird der alte Goethe, der sich dem Ende seines Lebens nähert, schreiben: »Wirken wir fort bis wir, vor oder nacheinander, vom Weltgeist berufen in den Äther zurückkehren! Möge dann der ewig Lebendige uns neue Tätigkeiten, denen analog in welchen wir uns schon erprobt, nicht versagen!«[15]

Glücklich ist der Mensch, für den die Mütter ohne Unterlaß neue Metamorphosen, und zwar tätige Metamorphosen, vorbereiten.

So werden wir nicht erstaunt sein, wenn wir zwei *Erscheinungsformen* von Müttern im Laufe dieser titanischen Periode begegnen. Es ist einmal, auf dem Höhepunkt, Charlotte Buff, die Heldin des *Werthers*, die gewissermaßen Goethe gerettet hat – die Frauen waren für ihn immer ein Werkzeug des Heiles und nicht des Untergangs –, die andere an seinem Lebensabend, die die *Katharsis* vollendet, die Reinigung von den prometheischen Leidenschaften. Sie bereitet ihm den Weg für den Übergang von der Verehrung des sich auflehnenden Übermenschen zur humanistischen Annahme der Gesetze und der Glückseligkeit, die in ihrer Erfüllung liegt, welche die Errungenschaft der Weimarer Zeit sein wird.

Von seinen titanischen Helden hat Goethe unterwegs einige *fallen lassen.* Dem Götz hat er die Fülle des Seins und die Vollkommenheit der Form gegeben. Faust wird der Begleiter seines Lebens werden. Denn diesem ist er am nächsten; Faust wird er erst wirklich kennen, wenn er Goethe vollendet haben wird. Aber es gibt noch eine andere Gestalt, die ihn zu dieser Zeit, man könnte fast sagen, quält. Es ist ein titanischer Held auf seine Art, titanisch in seinen Zielen, aber menschlich zu schwach, um sie zu verwirklichen. Er lebt in ihm und fordert Form und Wesen: Werther. Werther ist nicht aus dem Wetzlarer Abenteuer entstanden, noch aus der Liebe Goethes zu Charlotte Buff. Das gelebte Ereignis hat nur in verstärktem Maße das verwirklicht, was er bis dahin als Mögliches in sich trug. Damit der Werther seine Vollendung erlangte, sowohl als Romanheld wie als Goethesche Persönlichkeit, um ihm sein Wesen zu geben und ihn am Ende zu verwerfen, ihn auszutreiben, nachdem die Leidenschaft und das Leiden ihre Rolle gespielt und aufgehört hatten, wohltuend zu sein, betritt Charlotte Buff als Vertreterin der Mütter, geschickt von diesen Müttern, um einer neuen Geburt Goethes beizustehen, die Szene in dem idyllischen und ergreifenden Dekor des »Teutschen Hauses« in Wetzlar.

6
Werthers Tod und Verklärung

Dieser junge Titan, der sich in seiner Welt beengt fühlte und der das qualvolle Gefühl verspürte, in seiner Geburtsstadt, die erstickend wie eine Gruft war - eine *spelunca* nennt er sie -, keine Luft zum Atmen zu haben, fand auch in seinem Beruf als Anwalt keine große Befriedigung. Er hatte ziemlich schnell jede Illusion in bezug auf die Justiz und die Richter verloren; außerdem zog er voller Interesse das Angebot einer Stelle am Reichsgerichtshof, der seinen Sitz in Wetzlar hatte, in Erwägung. Damit tauschte er eine kleine Stadt gegen eine noch kleinere ein. Aber für den Dichter, der gerade in seinem *Götz* so viele Probleme behandelt hatte, die die Beziehungen des alten Adels zum Kaiserreich betrafen, war die Aussicht reizvoll, diese Kammer, die als Oberster Gerichtshof für die Auseinandersetzungen zwischen den kleinen deutschen Staaten fungierte, in Ausübung zu sehen.

Der kaiserliche Hof hatte in dieses winzige, verschlafene und provinzielle Städtchen ein internationales Flair gebracht, Diplomaten und Juristen lebten dort, doch wenn man dem Autor von *Dichtung und Wahrheit* Glauben schenken darf, herrschte keine Harmonie zwischen den Neuankömmlingen und der einheimischen Gesellschaft, die sich übellaunig gegenüberstanden. Viel Vergnügliches war von dieser Stellung also nicht zu erwarten. Doch Goethe bekennt ganz klar, daß er sie nur deshalb annahm, weil es ihn danach verlangte, »seinen Zustand zu verändern«.[1]

Glücklicherweise gab es viele geistvolle, muntere und ausgelassene junge Leute unter den Gerichtsassessoren und Gesandtschaftssekretären; diese Jugend hatte sich eine romantische Fiktion ausgedacht, die ihnen helfen sollte, die Langeweile der kleinen Stadt fröhlich zu ertragen. Sie hatten das Wirtshaus, in dem sie logierten, in ein verwunschenes Schloß verwandelt, das dem glich, von dem der gute Don Quijote träumte, ein wahrhaftes Rittergut, wo voller Ernst und Feierlichkeit die Rituale eines Ritterbunds gespielt wurden.

War es nur ein Spiel? Ich glaube nicht. Die Lust sich zu vergnügen stand vielleicht am Anfang dieses Schauspiels, das die sogenannten Ritter sich selbst gaben, aber dieser »Bund« ähnelt zu sehr denen, die sich gerade zu jener Zeit in Deutschland stark vermehrten, nämlich den Freimaurern, den Illuminasten, den Rosenkreutzern, Anhängern von Weishaupt oder Rosenkreutz, um darin nur ein Spiel der Phantasie zu sehen. Der alte Goethe betrachtet es beim Niederschreiben seiner Erinnerungen als einen liebenswerten Scherz, doch ist es möglich, daß etwas davon in den *Geheimnissen* haften geblieben ist oder sogar in der »Turmloge« im *Wilhelm Meister*; vielleicht hatte es auch etwas zu tun mit dem, was der kleine Goethe durch die Ritzen der so hartnäckig verschlossenen Tür der Loge Philandria erspäht hatte, bei der er so gerne »Mitglied« geworden wäre.

Die klügeren Köpfe jener Zeit ahnten, daß sich die Welt am Vorabend schwerwiegender Umwälzungen befand. Die Macht der Kirche und die Autorität der Monarchen würden heftigen Angriffen ausgesetzt sein; es war sogar nicht auszuschließen, daß all diese Kräfte hinweggespült würden durch die Sturmflut der Revolution, die man nahen fühlte. Es war also wichtig, schon vorher die Stützen und Einfassungen einer neuen Gesellschaft festzulegen, die fähig war, sich nach der Sintflut wieder neu aufzurichten und die Mächte zu ersetzen, die zu zerstören sich die Revolution anschickte. Dies ist das wahre Ziel der Illuminaten, der Freimaurerei, des Rosenkreutzertums und all jener ähnlich gearteten Bewegungen, die man im finsteren und unruhigen Untergrund dieses Jahrhunderts antrifft. Es war nur dem äußeren Augenschein nach eine euphorische, unbekümmerte, dem Vergnügen geweihte Epoche. In Wirklichkeit jedoch bekennt sie sich zu den tiefen Sprüngen, den tödlichen Rissen in einem Gesellschaftsgebäude, das jederzeit einstürzen kann. Die jungen Juristen und Diplomaten, die ihr Amt in diesem »Loch« Wetzlar festhielt, konnten also aus einer Laune heraus diesen Scheinorden gegründet haben; es ist aber genauso möglich, daß sie, bewußt oder unbewußt, die Pflicht zur Erneuerung gespürt haben, die in den Freimaurerlogen die freiesten Geister Europas mit den »aufgeklärten« Herrschern und einer von ihren neuen Aufgaben überzeugten Aristokratie verbanden, die dazu entschlossen war, eine gerechte, starke und freie Gesellschaft zu begründen. Diese Sekten, welchen Namen sie auch immer trugen, arbeiteten für die Revolution, indem sie in ihrem Trachten nach Verbesserung das bedrohten, was in der klerikalen oder monarchischen Organisation der Staaten wurmstichig war. Gleichzeitig arbeiteten sie aber auch gegen sie, da ihr Hauptziel darin bestand, die Zerrüttung zu verhindern, der Anarchie den Weg zu verbauen, die Verbreitung der Epidemie zu unterbinden – ebenso sehr zu *erhalten* wie zu *reformieren.*

Wie dem auch sei, wesentlich für Goethe war, daß er weit weg vom ziemlich griesgrämigen Elternhaus und den Plattheiten der Frankfurter Anwälte gute, originelle und zumeist edle Gefährten vereint findet. Mit beinahe kindlichem Ernst legen sie die heiligen Ordensschriften der Ritterromane aus, erklären die Geschichte der Vier Haimonskinder zu ihrem Evangelium und feiern pathetische und komplizierte Einführungszeremonien. Ich kann nicht ganz der Meinung des alten Goethe beipflichten, wenn er im nachhinein schreibt, »daß auch nicht eine Spur von Zweck hinter diesen Hüllen zu finden war«.[2]

Gewiß, wir müssen uns davor hüten, diese jungen Narren zu ernst zu nehmen, aber wir dürfen uns auch nicht zu der Annahme hinreißen lassen, daß sie nur damit beschäftigt waren, sich zu amüsieren. In jedem »Spiel« steckt schließlich ein Stück Wahrheit, das man niemals unterschätzen sollte.

Für Goethe besaß dieses Ritterspiel den Vorteil, daß es ihn

daran hinderte, zu sehr unter der Mittelmäßigkeit seiner Aufgaben, unter der Trägheit zu leiden, mit der dieser Gerichtshof beladen war, unter der lähmenden Langeweile, die aus den auf den Regalen vergessenen Akten sickerte, unter diesen endlosen Prozessen, die sich so lange dahinschleppten, daß am Ende keiner mehr zu sagen vermochte, worum der Streit sich eigentlich drehte. Neben den »Brüdern« der Vier Haimonskinder, und vielleicht sogar unter ihnen, gab es auch Jünglinge, die von der neuen Dichtung gefangen waren, Bewunderer Klopstocks, junge Leute, die es auch liebten, in den Wind des Waldes flammende Strophen zu schleudern; Freunde schließlich, mit denen man sympathisieren konnte. Das Bedürfnis nach Freundschaft ist bei Goethe immer neben dem Bedürfnis nach Liebe vorhanden; sowohl das eine wie das andere sucht Erfüllung. Doch nicht in der ausschließlichen Freundschaft eines Orest und eines Pylades zum Beispiel; Goethe verlangt nach einem Kreis, einer Gruppe, wie sie sich um den Tisch von Fräulein Lauth in Straßburg versammelt hatte, oder im Zirkel der »empfindsamen Schönen« von Darmstadt, oder sogar am *Stammtisch* der jungen Schwindler, die sich in Frankfurt um Gretchen scharten.

Dieser »Kreis«, dessen Seele und Anführer er natürlich wird, sowohl durch sein Genie als auch seine spontane Veranlagung, den Vorsitz zu führen, findet Goethe schon als einen »Orden« vor. Er gliedert sich dort sogleich mit der ihm eigenen bemerkenswerten Anpassungsfähigkeit ein, die wir ihn in allen gesellschaftlichen Beziehungen aufbieten sehen. Goethe ist und bleibt ein überaus geselliger Mensch; Gesellschaft ist für ihn sogar notwendig. Das berühmte Wort Leonardo da Vincis: »Wenn du allein bist, gehörst du nur dir selbst«, hat für ihn keine Gültigkeit. Im Gegenteil, er braucht Menschen um sich. Vielleicht weil er weiß, daß der Mensch für die Gemeinschaft geschaffen ist und daß sein Denken, sein Handeln, sein Schaffen, auf welcher Ebene auch immer, nur dann Wert hat, wenn es einem gemeinschaftlichen Ziel dient. Parallel also zu dem Wunsch nach Einsamkeit, der ihn dazu treibt, verlassene Straßen entlangzugehen, den ganzen Tag auf dem Land herumzustreifen, den Aufgang des Mondes in einem von Pan beseelten

Wald zu beobachten, leitet ihn stets ein Instinkt des *Miteinanderlebens*, der ihn die fröhlichen Gesellschaften, die Salons schätzen läßt, nicht wegen des leeren Geschwätzes, das man dort hört oder von sich gibt, sondern dieser nützlichen Verfeinerung wegen, die die menschliche Persönlichkeit aus dem Kontakt mit anderen gewinnt. Schließlich war er verliebt und deshalb suchte er die Gesellschaft Gleichgesinnter, um die Melancholie von sich abzuschütteln, die vor allem daher rührte, daß er nicht wußte, in wen er verliebt war oder sein würde.

Bei Goethe, ich erwähnte es schon, geht der Zustand des Liebens der Begegnung mit der geliebten Frau voraus. Weil er bereit ist zu lieben, wird er sich in sie verlieben, als ob sein Herz eine »Liebeskraft« bergen würde, die sich entwickelt und ausbreitet, bevor sie überhaupt weiß, wohin sie sich wenden soll. Seit er Straßburg verlassen hatte, war sein Herz frei; er hat zu spät von der Leidenschaft der »schönen Unbekannten« erfahren, zu spät, um sie zu erwidern. Die Heiraterei, mit der man sich in der Frankfurter Gesellschaft amüsiert, ist für ihn eher ein Gegengift als ein Anreiz für Liebeleien, da sie jeden Flirt kodifiziert und *lenkt*. Die kleine Gerocke, deren Heirat mit ihm seine Eltern gern gesehen hätten, war ihm ziemlich gleichgültig. Die »Heiligen« von Darmstadt schienen in ihm mehr eine ernste Freundschaft geweckt zu haben, trotz der Glut der an »Lila« gerichteten Gedichte, die man lange Zeit als von Friederike oder Lili angeregt geglaubt hatte; Liebe, Poesie und Religion vermengten sich bei den »empfindsamen Schönen« auf eine zu gezierte Art, als daß Goethe, der schon immer von *einfachen* Lieben entzückt war, dort sein Herz gelassen hätte. Die Welt der Titanen schließlich, in der er lebte und sich sein Geist bewegte, ist eine Welt ohne Frauen.

Goethe war im Mai 1772 in Wetzlar angekommen. Im folgenden Monat, genau am 9. Juni, wurde er auf einen Ball nach Volpertshausen, unweit von Wetzlar, eingeladen. Dort erwartete ihn sein Schicksal, unter diesen jungen Mädchen in weißen Musselinkleidern, in einer idyllischen Umgebung, die immer sein Herz berührt. Dieses verliebte Herz, das noch nicht weiß, welche Frau es liebt, erkennt sie sofort. Er begleitete dieses junge Mädchen, das Charlotte Buff hieß, im Morgengrauen jenes schönen Frühsommertages nach Hause. Lassen wir nun Werther sprechen, denn er wird der Interpret von Goethes Gefühlen werden. »Es war der herrlichste Sonnenaufgang. Der tröpfelnde Wald und das erfrischte Feld umher! Unsere Gesellschafterinnen nickten ein. Sie fragte mich, ob ich nicht auch von der Partie sein wollte? ihrentwegen sollt' ich unbekümmert sein. – So lange ich diese Augen offen sehe, sagte ich und sah sie fest an, so lange hat's keine Gefahr. – Und wir haben beide ausgehalten, bis an ihr Tor, da ihr die Magd leise aufmachte und auf ihr Fragen versicherte, daß Vater und Kleine wohl seien und alle noch schliefen. Da verließ ich sie mit der Bitte, sie selbigen Tag noch sehen zu dürfen; sie gestand mir's zu und ich bin gekommen: und seit der Zeit können Sonne, Mond und Sterne geruhig ihre Wirtschaft treiben, ich weiß weder daß Tag noch daß Nacht ist, und die ganze Welt verliert sich um mich her.«[3]

Welcher Teil ist Goethe und welcher Teil ist Werther in dieser Leidenschaft und dem Bericht, den der Dichter davon gibt? In welchem Maße gibt das »Tagebuch« Werthers den Inhalt des »Tagebuchs« Goethes und der Geständnisse, die er seinem Freund Merck in den verloren gewesenen Briefen macht, wieder? Es wäre vergeblich, auseinanderhalten zu wollen, was in diesem berühmten Werk Erfindung, literarische Schöpfung und was direkte Erfahrung ist. Zu wiederholten Malen erklärte Goethe im Lauf seines Lebens, er hätte nichts geschrieben, was er nicht erlebt hätte, und das Gesicht seiner jeweiligen Heldin trägt fast immer die Züge der Frau, die er in dieser Schaffensperiode geliebt hat. Gretchen und die Margarethe im *Faust*, Friederike Brion und die Marie im *Clavigo* und im *Götz*, Lili Schönemann und Stella, Charlotte Buff und Lotte, Charlotte von Stein und *Iphigenie*, Minna Herzlieb und die Ottilie in den *Wahlverwandtschaften*, Marianne Willemer und die Suleika des *Divan*, bis zu der letzten, der Pandora der *Marienbader Elegie*, der vielleicht am meisten geliebten, der abweisenden und abgewiesenen Ulrike von Levetzow; so viele voneinander untrennbare, unteilbare, fest verbundene, durch das Schicksal und das Genie ineinanderverschmolzene Geschöpfe.

Der Ton, den wir zur gleichen Zeit sowohl im *Werther* als auch im Briefwechsel Goethes mit den Kestners vernehmen, nachdem er Wetzlar verlassen hat, ist zu identisch, als daß wir daran zweifeln könnten, daß die fiktiven Briefe und die realen Briefe (wenn man eine Unterscheidung zwischen beiden überhaupt treffen kann) nicht von der gleichen Hand und von dem gleichen Herz geschrieben worden sind. Bücher haben ihr Schicksal: das von *Werther* ist bekannt – die unerhörte Gefühlsaufwallung, die eine ganze Generation ergriff, die Verzweiflung, die es auslöste, die Selbstmorde, die es begleiteten. Die ganze Epoche wäre nicht so tief bewegt gewesen, wenn sie sich nicht in diesem Helden wiedererkannt hätte, von dem Schuster angefangen, der das Buch in der Hand hielt, als er sich aus dem Fenster stürzte, bis hin zu der jungen Schwedin, die es in der Tasche ihres durchnäßten Kleides hatte, als sie sich in der Ilm ertränkte, in Sichtweite von Goethes Fenstern.

Die Neugierde des Lesers für die *Anekdote* zielt vor allem auf die Frage, *was wahr daran ist.* Als ob nicht alles »wahr« wäre! Gerade darin liegt das größte Verdienst des Genies: das Erlebte und das Erfundene in diesem Roman so zu verschmelzen, daß jeder Leser im empfindlichsten Punkt seines Herzens getroffen wird; unzählige mehr oder weniger gelungene Nachahmungen, auch Parodien, anzuregen und Gott weiß wieviele Leute dazu gebracht zu haben, untereinander darüber zu diskutieren, was geschehen wäre, wenn Werther, anstatt Lotte ihrem Verlobten Albert zu überlassen, sie geheiratet hätte – Charlotte wäre unglücklich mit ihm geworden, erklärte der russische Zar Nikolaus ruhig, denn Werther war in Wirklichkeit ein Schwächling, der sich für stark hielt und den Charlotte ebenso schätzen wie lieben mußte. Und der Zar fügte hinzu: »Meine Antwort stellte Goethe voll und ganz zufrieden.«[4]

Wenn man all das sammeln wollte, was Goethe über den *Werther* im Lauf seines Lebens geschrieben und gesagt hat, und dazu noch die verschiedenen Gesichtspunkte je nach den Epochen berücksichtigte, dann erhielte man ein seltsames Bild vom *Überleben* dieses Werkes im Herzen und im Geist seines Autors. Einmal erklärte er: »Ich getraute mir, einen neuen

Werther zu schreiben, über den dem Volke die Haar noch mehr zu Berge stehen sollten als über den ersten.«[5]

Dann wieder gesteht er Benjamin Constant: »Was dieses Werk gefährlich macht, ist, weil darin Schwäche wie Stärke gemalt ist.«[6]

Und dann wieder meint er bei der Korrektur einer neuen Edition des Buches, »daß der Verfasser übel getan hat, sich nicht nach geendigter Schrift zu erschießen«.[7]

Daß er es »gleich dem Pelikan mit dem Blute des eigenen Herzens«[8] geschrieben hat, wer würde daran zweifeln, nachdem er es gelesen hat. Auch Napoleon, der es immer wieder gelesen hat, der es in seiner Feldbibliothek mitführte, täuschte sich in ihm nicht, er, der eine ebenso titanische und leidenschaftliche Natur war. Talma, ein großartiger Schauspieler, hatte davon geträumt, ein Bühnenstück daraus zu machen. Er kommt – Karoline Sartorius berichtet davon in ihrem Tagebuch vom 15. Oktober 1808 –, um vom Meister die Erlaubnis dafür zu erbitten; eine Begegnung, die beinahe ebenso berühmt geblieben ist, wie die von Erfurt. Gegenüber Hasenkamp, der das Buch gerade gelesen und Kritik an seiner Moral geübt hatte, verteidigte sich Goethe mit sehr viel Adel und Würde durch die einfachen Worte: »Ich sehe es ganz ein, daß Sie aus Ihrem Gesichtspunkte mich so beurteilen müssen, und ich ehre Ihre Redlichkeit, mit der sie mich bestrafen. Beten Sie für mich!«[9]

Begeisterte Lobpreisungen, heftige Haßtiraden: Das Buch konnte niemanden gleichgültig lassen. Es war um so brennender, um so packender, als es noch heiß von dem Fieber war, in dem es der Autor in vier Wochen geschrieben hatte. Wie aktuell es war, zeigte Goethe selbst auf: »Der Werther hat Epoche gemacht, weil er erschien, nicht weil er in einer gewissen Zeit erschien«, und er fügte hinzu, »es müßte schlimm sein, wenn nicht jeder einmal in seinem Leben eine Epoche haben sollte, wo ihm der ›Werther‹ käme, als wäre er bloß für ihn geschrieben.« Wie ist dieses Werk entstanden? Fünfzig Jahre danach sagte der alte Goethe nur ganz schlicht: »Ich hatte gelebt, geliebt und sehr viel gelitten! – Das war es.«[10]

Was die Liebe Werthers zu Charlotte war, eine Liebe, unter

der er so litt, daß er daran zugrunde ging, wußten alle Leser des Romans. Und wir sind ebenso gut über die Leidenschaft, die Goethe für Lotte empfand, unterrichtet, da er, noch während einiger Jahre nach ihrer Trennung, davon so sehr gequält war, daß er dem Ehepaar Kestner herzzerreißende Briefe schrieb. Es war für den einen wie den anderen die Liebe eines schönen Sommers. Aber während sich Werther in der Christnacht umbrachte, schrieb Goethe dem Ehepaar Kestner einen ergreifenden, aber gedämpften Brief und beendet ihn folgendermaßen: »Lebt wohl und denkt an mich, das seltsame Mittelding zwischen dem reichen Mann und dem armen Lazarus ...«[11]

Es ist der gleiche Abend, an dem Werther seinen letzten Brief an Charlotte schrieb: »Alles ist so still um mich her, und so ruhig meine Seele. Ich danke dir, Gott, der du diesen letzten Augenblicken diese Wärme, diese Kraft schenktest. Ich trete an das Fenster, meine Beste! und sehe, und sehe noch durch die stürmenden, vorüberfliehenden Wolken einzelne Sterne des ewigen Himmels! Nein, ihr werdet nicht fallen! Der Ewige trägt euch an seinem Herzen, und mich ... Ich habe deinen Vater in einem Zettelchen gebeten, meine Leiche zu schützen. Auf dem Kirchhofe sind zwei Lindenbäume, hinten in der Ecke nach dem Felde zu; dort wünsche ich zu ruhen. Er kann, er wird das für einen Freund tun. Bitte ihn auch. Ich will frommen Christen nicht zumuten, ihren Körper neben einen armen Unglücklichen zu legen. Ach ich wollte, ihr begrübt mich am Wege, oder im einsamen Tale, daß Priester und Levit vor dem bezeichneten Steine sich segnend vorübergingen und der Samariter eine Träne weinte. Hier, Lotte! Ich schaudere nicht, den kalten, schrecklichen Kelch zu fassen, aus dem ich den Taumel des Todes trinken soll! Du reichtest mir ihn, und ich zage nicht. All! All! So sind alle die Wünsche und Hoffnungen meines Lebens erfüllt! So kalt, so starr an der ehernen Pforte des Todes anzuklopfen.«[12]

Es wäre nicht nur eine einfache Arbeit der literarischen Exegese oder eine Forschung aus psychologischer Neugier, die darin bestünde, gleichzeitig, und wenn man so sagen will, gegenüberstellend, den Text des *Werther* und die Briefe Goethes, die

die wertherische Leidenschaft für Lotte beinhalten, zu veröffentlichen. Wertherisch ist sie, mit Ausnahme des Todes; aber ist der Pistolenschuß hier eine echte Lösung? Man darf den Einfluß, den der Selbstmord des armen Jerusalem auf die Ausarbeitung des *Werther* und vor allem auf seinen Schluß gehabt hat, nicht übertreiben. Das Abenteuer konnte nicht anders enden. Selbstverständlich ist der vorgetäuschte Selbstmord, wie in der Parodie Nicolais mit der hühnerblutgeladenen Pistole, ebenso auszuschließen wie die Heirat der Liebenden, die der Zar Nikolaus sich gewünscht hätte und die sich seiner Meinung nach in Langeweile, Überdruß und Ernüchterung aufgelöst hätte. Vergessen wir nicht, daß es trotzdem Goethe ist, der die Hauptrolle in diesem Abenteuer spielt, daß er davon so zerrüttet war, daß er diesen ganzen Band mit seinem »Blut des Pelikan« badet. Wenn er weder Werther noch Jerusalem nachgeahmt hat, dann weil er zu dieser Zeit den Selbstmord ablehnt, obwohl er einen Hang dazu gehabt hätte, wie er vierzig Jahre später zugeben wird.[13]

Wir müssen, um die Frage nach dem Freitod zu untersuchen, uns die Auffassung ins Gedächtnis rufen, die er über das Verhältnis von Tod und Titanentum hatte. Es ist undenkbar, daß der Titan, welcher auch immer, sich aus Liebeskummer umbringt. Und wenn Goethe auch den romantischen Wahnvorstellungen des Ossian nachgibt, so erklärt er doch gleichzeitig: »Die Griechen sind mein einzig Studium ...«[14]

Dieser Brief aus Wetzlar ist Mitte Juli, das heißt auf dem Höhepunkt seiner Leidenschaft für Lotte geschrieben. Am 16. Juli schreibt Werther in sein Tagebuch und Goethe wahrscheinlich in das seine: »Ach, wie mir das durch alle Adern läuft, wenn mein Finger unversehens den ihrigen berührt, wenn unsere Füße sich unter dem Tische begegnen! ... Wenn sie gar im Gespräch ihre Hand auf die meinige legt, und im Interesse der Unterredung näher zu mir rückt, daß der himmlische Atem ihres Mundes meine Lippen erreichen kann – ich glaube zu versinken, wie vom Wetter gerührt.«

Glücklicherweise sind die Griechen da, und Homer wird Goethe, zum Nachteil des Ossian, retten.

Die Leidenschaft Werthers für Ossian, die ihn seine Briefe mit »ossianischen« Fragmenten vermischen läßt und seinen Stil entscheidend prägt, ist ein Charakterzug von großer Bedeutung, auf den Goethe später, am Ende seines Lebens, zurückkommen wird, wenn er zu einem englischen Besucher sagt: »Niemand bemerkte, daß Werther, solange er seinen Verstand noch besitzt, immer von Homer redet und erst, wie er ihn verliert, sich in Ossian verliebt.«[15]

Was Goethe betrifft, so war ihm, trotz des Interesses, das Herder in ihm für die nordischen Epen, die germanischen und skandinavischen Mythologien wachgerufen hatte, diese neblige und gewaltige Welt immer ziemlich fremd. Wo hätte er die großartigen Titanengestalten in der *Edda*, der *Voluspa*, der *Cuchulain-* oder *Gudrunsage* finden können? Weder Siegfried noch Conchobor, weder Balder noch Grettir gehören zu seiner geistigen Familie. Wenn er auch die heroische und »natürliche« Seite dieser Figuren geliebt hat, so waren sie doch nicht in seinem Herzen und in seinem Geist verwurzelt. Zuerst, weil sie visuell ziemlich unbestimmt bleiben und Goethe vor allem ein *Augenmensch* ist. Aber auch weil sie geistig formlos, maßlos, ohne Umrisse sind; die Grenzen, die sie einschränken würden, wären auch die, die sie faßbar, wahrnehmbar machen würden. Sie sind von Dunst und Nebelschwaden eingehüllt. Goethe, dem sich die Antike schon im plastischen Element offenbart hatte, als er auf dem Heimweg von Straßburg nach Frankfurt das Museum in Mannheim besucht hatte, begriff, daß seine Welt nicht zwischen den eisigen Felsen der Nordmeere oder auf den norwegischen *Fjells* liegt. Die Kenntnis der nordischen Literatur bleibt für ihn hinzugefügt und äußerlich, weil sie nicht von Kindheit an aufgenommen und verarbeitet worden war. Im »Antikensaal« in Mannheim dagegen erkennt er die *Seinen* wieder, und diese Stunde ist für ihn entscheidend, wo er in »einen Wald von Statuen« gerät, »durch den man sich durchdrängen muß«.[16]

Der Einfluß dieser wunderbaren Einführung dauert fort, als er von Wetzlar aus diesen berühmten Brief an Herder schreibt, in dem er das Entzücken schildert, in das ihn die griechischen

Dichter versetzen. In dieser Aufstellung stehen Anakreon, Pindar, Homer, Xenophon, Plato und Theokrit nebeneinander. Und zur gleichen Zeit strebt er danach, »dreinzugreifen, zu packen«, in der Überzeugung, daß »jeder Künstler, so lange seine Hände nicht plastisch arbeiten, nichts ist«.[17]

So ist er nun, wie es scheint, gegen das Formlose und Maßlose, was das Wesen der nordischen Epen ausmacht, gefeit. Und schließlich ist Goethe ein Rheinländer, das heißt, daß sein Germanentum rassisch und kulturell sehr gemäßigt ist. Mit dieser Seele des nordischen Waldes verbindet ihn nichts Instinktives, so wie den Balten Herder, dessen Zugehörigkeit zur nordischen Welt viel organischer ist.

Wie also auch immer der Schmerz beschaffen ist, den er empfindet, als er Lotte verläßt und sie ihrem Verlobten zurückgibt, es ist nicht die Rede davon, zu dem äußersten Mittel des jungen Jerusalem zu greifen. Durch Kestner, den Verlobten und baldigen Ehemann Lotte Buffs, erfährt Goethe von dem Abenteuer dieses Botschaftsattachés und seinem tragischen Ende. Kestner erzählt ausführlich von der Melancholie dieses Unangepaßten, der sich an Romanen berauschte und der sich, verliebt in die Frau eines anderen Diplomaten, an dem Tag, an dem ihm dieser die Tür wies, mit einem Pistolenschuß tötete. Jerusalem war jedoch nicht nur ein neurotischer und schwacher Mensch. Nach dem Zeugnis des Baron Kielmannsegg, der einer seiner wenigen Freunde war, hatte das Verlangen nach der Wahrheit und nach dem Guten sein Herz verzehrt. Da aber seine Anstrengungen, sein Leben und seine Leidenschaft zu verwirklichen, nicht zum Ziel führten, hatte er sich zum Sterben entschlossen.[18]

Dieser Tod bewegte Goethe sehr, der in diesem unglücklichen Legationsrat einen Leidensgenossen sah. Die Briefe aus dieser Zeit, vor allem der, den er Mitte November 1772 an Kestner schreibt, spiegeln diese Erschütterung wider. Die Erinnerung an das unselige Bild Jerusalems mischt sich jetzt mit dem des armen Titanen, das er in sich trägt – der Werther ist –, und mit seinem eigenen, vom Schmerz gezeichneten Bild. Werther gehört noch zu der Welt der Titanen, zu denen Götz,

Sokrates, Mahomet und Prometheus zählen; er ist ein Aufrührer, der sich in einer einengenden Welt, die ihn an der Entfaltung hindert, nicht wohlfühlt. Er ist ein Opfer der Gesetze, der Moral, der Götter und des Schicksals. Dadurch wird das eigentlich ziemlich banale Abenteuer Jerusalems - obgleich es großes Aufsehen auslöste, da es in der Rokokozeit unbegreiflich erschien, sich aus Liebeskummer zu töten - zu einer Art exemplarischen Schicksals erhöht, von dem eine ganze Generation bis ins Mark getroffen sein wird. Werther jedoch ist nicht mehr Jerusalem als er Goethe ist: Er ist einzig und wesentlich Werther; er hätte seine Zeitgenossen nicht so sehr gerührt, wenn er nicht so lebendig, so wahr und jedem einzelnen unter ihnen so ähnlich gewesen wäre. Goethe hat nicht sein eigenes Portrait gemalt, ebensowenig wie dasjenige Jerusalems, auch wenn er seinem Helden den Lieblingsanzug des armen Legationsrats leiht. Werther ist ein »Titan« im modernen Gewand, ein Titan, der wie Ganymed nach der kosmischen Vereinigung strebt, wie Prometheus zerschmettert vom Schicksal, das Lotte und Albert vor seinem Erscheinen verlobt hat, der andererseits ein verhinderter Caesar ist, da er in seiner diplomatischen Laufbahn nur Fehlschläge, Rügen und Enttäuschungen erfährt. Der Roman des Werther hat also seinen herausragenden Platz neben den Titanengedichten, und wenn er nicht in die Form eines Epos oder einer Tragödie gekleidet ist, dann geschah das aus sehr sinnvollen Stilgründen. Das moderne, aktuelle Thema vertrug sich tatsächlich besser mit der Form des Romans, vor allem der des Briefromans. Erst später wird es Goethe möglich sein, aus einem zeitgenössischen Ereignis ein antikes Epos zu gestalten: *Hermann und Dorothea.* Das Abenteuer Werther würde eine ähnliche Transponierung gar nicht zulassen. Und erst dadurch, daß er diese Geschichte in die Gegenwart, in die Aktualität verlegt, verwirklicht Goethe die *Katharsis*, heilt und tröstet er sich selbst.

Nur weil Werther tot ist, kann Goethe der Freund von Kestner und dessen Frau bleiben, die er in seinen Briefen weiterhin seine »ewige Lotte« (auf immer?), seine »Goldlotte« nennt. Deshalb kann er sich gegenüber seinem Bett in Naturgröße den Schattenriß der verlorenen und immer noch geliebten Frau an die Wand hängen. Deshalb bespricht er mit ihr noch bis ins kleinste die Farbe der Kleider, die er für sie aussucht, kauft ihre Eheringe, schenkt ihr elegante Hauskleider – eine mit Schwanenfedern besetzte Jacke, als sie schwanger ist – und freut sich, daß die Kestners ihren neugeborenen Sohn Wolfgang nennen. Er kann deshalb Süße und Freude an ihrem Briefwechsel finden, weil diese Liebe keine zerstörende Leidenschaft mehr ist. Deshalb trägt er auch an seinem Hut den Brautstrauß, den ihm Charlotte durch die kleine Anna Brand überbringen läßt. Und deshalb erzählt er gelassen dem Ehemann seine Träume, in denen ihm dessen Frau erscheint, und verspinnt schließlich unbefangen die Fäden der Wirklichkeit und der Fiktion ineinander. Dies alles geschieht vielleicht unbewußt; er ist weit davon entfernt, einen *Schlüssel*roman zu schreiben. Die beleidigte Reaktion Kestners, der sich ärgert, als er sich beim Lesen des *Werther* in den Zügen Alberts wiedererkennen muß, läßt ihn kalt.

Der gute Kestner und sogar Lotte begreifen in der Tat nicht, welchen läuternden Wert dieses Buch für Goethe besaß. Zweifellos ist sie geschmeichelt, für ihr ganzes Leben eine berühmte Persönlichkeit zu sein: *Goethes Lotte*, und einen Namen zu tragen, der zum Symbol wird, was so weit geht, daß eine Frau sich weigert, diesen Namen zu behalten, bis sie, wie sie sagt, seiner würdig wäre.[19] Für die Kestners ist es gleichzeitig angenehm und störend, so sehr ins öffentliche Blickfeld zu geraten und durch die Figuren des Romans Unsterblichkeit zu erlangen. Und Goethe? Noch zwei Jahre, nachdem er Wetzlar verlassen hat, liebt und leidet er. Dieser Roman, den er als »unschuldiges Gemisch aus Wahrheit und Lüge«[20] bezeichnet, entfacht zweifellos seinen Schmerz von neuem und lindert ihn gleichzeitig, so wie eine drastische Arznei Schmerzen verursacht, um zur Heilung zu verhelfen. »Am Endlichen Ende war doch Lotte u. Lotte u. Lotte u. Lotte, u. Lotte ohne Lotte nichts und Mangel und Trauer u. der Todt.«[21] So schrieb Werther; aber noch zwei Jahre nach der Trennung bedient sich Goethe dieser Sprache der herzzerreißendsten, verzweifeltesten Leidenschaft. Derlei Aufschreie sind jedoch selten und, sei es, daß er sich zu einer manchmal fast gleichgültigen unnatürlichen Liebenswürdigkeit zwingt, sei es, daß die Wunde wirklich verheilt, der Ton der Briefe wird von Mal zu Mal vernünftiger. Im übrigen wird Goethe bald aufhören an Lotte zu schreiben; aber er weiß, daß die an den Gatten gerichteten Briefe auch von ihr gelesen werden. Und als viele Jahre später eine alte Dame kommt, um dem berühmten Dichter, dem Minister von Weimar, ihre Tochter vorzustellen, als sich die beiden Liebenden gegenüberstehen, sehen sie sich mit gemilderter Wehmut in die Augen, sind vielleicht traurig, in ihren Herzen nur noch die Asche jenes Feuers zu finden, das einst Goethe und Charlotte entflammte, dieses Feuer, das nur noch, aber dafür ewig, in den Schattengestalten Lottes und Werthers brennt.

Das halbedle Metall, aus dem der arme Jerusalem gemacht war, wird im Feuer zerstört. Das reine Gold, aus dem Goethe geschmiedet ist, bleibt unversehrt. Ein neuer Mensch steigt aus dem Schmelztiegel, unbeschadet, gestärkt, geläutert, bereichert mit allem, was eine Erfahrung wie diese lehren kann. In der Feuerprobe der Leidenschaft, des Leidens, der Todesversuchung hat sich sein Titanentum gleichzeitig konzentriert und gestärkt. Er hat einen Sieg über das Schicksal davongetragen. Er ist der Falle entronnen, die ihm das Geschick in den Weg gestellt hatte. Er ist durch das Feuer gegangen, aber er ist nicht verbrannt. Nur die Schlacken seiner Persönlichkeit, von denen Werther ein großer Teil war, sind dem Scheiterhaufen anheim gefallen. Er überlebt nicht nur, er ersteht wieder, größer, selbstbewußter, freudiger, ausgerüstet mit einer Lebensphilosophie, die ihm andere Aufgaben, andere Ziele aufzeigt. Er ist gereift durch den Verzicht, der hier ein doppelter ist, Verzicht auf die geliebte Frau, und Verzicht auf die einfache, insgesamt leichte Lösung, die der Selbstmord darstellt. Er ist aber auch überzeugt von dem, was sein *Dämon* fordert, und hat wahrscheinlich eingesehen, daß das Glück, von dem er träumte, nicht das wahre Glück gewesen wäre, daß Lotte nicht genügt hätte, um sein Leben auszufüllen. So lebt Goethe wieder auf dank dieser inneren Anpassungsfähigkeit und Beweglichkeit, die er in den schwersten Stunden, den verzweifeltsten Augenblicken bewahrt. Gerettet durch seine *Leichtigkeit* vielleicht ebenso wie durch seine Tiefe – Nietzsche sagte, daß die Griechen durch ihre Leichtigkeit so tief waren –, kehrt er der Vergangenheit den Rücken. Er kann dies mit jener wunderbaren, ihm eigenen Fähigkeit, vergangene Zeit aufzuheben, um so zu vermeiden, durch sie belastet zu werden. »Leben wird am besten durchs Lebendige belehrt«[22], wird er sagen.

Sein Leben lang wird er die Verklärung der Vergangenheit fürchten wie einen Sumpf, in dem man allmählich versinkt. Eine der schönsten Passagen, die er je geschrieben hat, ist die, in der er erklärt, wie sehr er der Gegenwart verhaftet ist. »Was uns irgend Großes, Schönes, Bedeutendes begegnet, muß nicht erst von außenher wieder erinnert, gleichsam erjagt werden, es muß sich vielmehr gleich vom Anfang her in unser Inneres verweben, mit ihm eins werden, ein neueres, besseres Ich in uns erzeugen und so ewig bildend in uns fortleben und schaffen. Es gibt kein Vergangenes, das man zurücksehnen dürfte, es gibt nur ein ewig Neues, das sich aus den erweiterten Elementen des Vergangenen gestaltet und die echte Sehnsucht muß stets produktiv sein, ein neues Besseres erschaffen.«[23]

Jede Liebe und jedes Leiden ist für ihn eine Häutung. Der Schlange gleich, die sich verjüngt, indem sie die Haut abstreift, erneuert sich Goethe, indem er neue Freundschaften, neue Erfahrungen, neue Lieben herbeiruft. Noch wundgeschlagen von seiner unglücklichen Beziehung zu Charlotte, ist er schon wieder bereit, sich in Maximiliane von La Roche, die hübsche Tochter von Sophie von La Roche, zu verlieben, die sich einer gewissen Berühmtheit als »Literatin« erfreut und bei der er einige Tage in einer idyllischen Atmosphäre verbringt. Er hat sich mit Basedow und Lavater zusammengetan und macht mit ihnen eine Rheinfahrt, und wenn er nach Frankfurt zurückkommt, wird mit einer »hübschen Blondine« flirten, die ihm in einem Salon, anmutig auf ein Spinett gestützt, am Neujahrstag 1775 auffallen wird, mit der er sich wenig später verloben wird, die er sogar heiraten würde, wenn ...

Kann man sich Ganymed in einer bürgerlichen Wohnstube, Prometheus verheiratet, Caesar vernünftig geworden in friedlicher Ehe vorstellen? Die titanische Periode ist wohl zu Ende. Goethe ist wieder der geworden, der er in Leipzig war: ein Mann der Gesellschaft. Die Ausschläge des Pendels, die ihn auf den Gipfel des Kaukasus getragen hatten, wo ein Geier ewig die Leber des Großen Aufrührers frißt, werfen ihn nun wieder zurück in die liebenswürdige Behaglichkeit eines gepolsterten, parfümierten, mit Blumen geschmückten Interieurs. Es ist die erlesenste und gleichzeitig mittelmäßigste Falle, in der sich ein »Titan« fangen lassen könnte, in der obendrein noch ein hübsches Mädchen als Köder dient. Allein die Tatsache, daß er mit offenen Augen in diese Falle ging, daß er einige Monate lang – sogar mit Perfektion – die Rolle des Verlobten Lili Schönemanns gespielt hat, mit allen dazugehörigen winzigen, unbedeutenden und ein wenig lächerlichen Details, zeigt, daß Goethe von seinen Helden Abschied genommen hatte. Er wird jetzt nur mehr leichte Komödien für Laientruppen schreiben, Stücke in der Manier Berquins, die man bei seinen zukünftigen Schwiegereltern spielen wird. Mahomet wird unvollendet bleiben, ebenso *Caesar* und *Sokrates, Der ewige Jude* wird ein Fragment bleiben. Als er *Werther* schrieb, hat Goethe vielleicht alles, was noch an Titanischem in ihm war, getötet. Und es ist wahrscheinlich das letzte Kapitel seiner Jugend, die er gerade beendet hat, dieser Jugend, von der er sich ohne ein Wort des Bedauerns, ohne einen sehnsüchtigen Blick entfernt, die Augen unerbittlich auf die Zukunft gerichtet.

7
Die Versuchung durch das Glück

»Wenn Sie sich, meine liebe, einen Goethe vorstellen können, der im galonirten Rock, sonst von Kopf zu Fuse auch in leidlich konsistenter Galanterie, umleuchtet vom unbedeutenden Prachtglanze der Wandleuchter und Kronenleuchter, mitten unter allerley Leuten, von ein Paar schönen Augen am Spieltische gehalten wird, der in abwechselnder Zerstreuung aus der Gesellschaft, ins Conzert, und von da auf den Ball getrieben wird, und mit allem Interesse des Leichtsinns, einer niedlichen Blondine den Hof macht; so haben sie den gegenwärtigen Fassnachts Goethe, der Ihnen neulich einige dumpfe tiefe Gefühle vorstolperte, der nicht an Sie schreiben mag, der Sie auch manchmal vergißt, weil er sich in Ihrer Gegenwart ganz unausstehlich fühlt.«[1]

Ein albernes, aber wahrheitsgetreues Portrait, das im übrigen durch das bestätigt wird, was seine über die Verwandlung erstaunten Freunde darüber sagen und schreiben. Die Zeit – wir haben Februar – legt die Vermutung nahe, daß dieser »Faßnachts-Goethe« eine den Umständen angepaßte Verkleidung gewählt hat. Wie tief jemand eine Maske verinnerlicht, die er zu lange und zu intensiv trägt – wer kann das sagen? Es ist wahrscheinlich, daß Goethe diese Verkleidung am Ende der Faßnacht nicht ablegen wird. Es scheint sogar, daß er dazu entschlossen ist, sie sein Leben lang zu behalten. Denn er wird schließlich der Bräutigam der »niedlichen Blondine« werden, wird vorhaben, sich mit ihr, nachdem er sie geheiratet hat, in einer Etage des väterlichen Hauses am Hirschgraben einzurichten. Er wird davon träumen, daß sein Anwaltsberuf von Erfolg gekrönt sein wird und ein idyllisches Glück den Vater und Ehemann belohnen wird ... und damit wäre dann alles gesagt.

Daß der »Faßnacht-Goethe« nicht der ganze Goethe ist, wollen wir gerne glauben; man wirft das »alte Titanengewand« nicht so leicht ab, selbst wenn man vorsichtig genug gewesen ist, es rechtzeitig zu lösen, damit es nicht zum Nessusgewand wird. Damit sich die Briefempfängerin, die unbekannte Freundin, die Vertraute, die er niemals von Angesicht zu Angesicht sehen wird, nicht beunruhigte, fügte er hinzu: »Aber nun giebts noch einen, den im grauen Biber-Frack mit dem braunseidnen Halstuch und Stiefeln, der in der streichenden Februarlufft schon den Frühling ahndet, dem nun bald seine liebe weite Welt wieder geöffnet wird, der immer in sich lebend, strebend und arbeitend, bald die unschuldigen Gefühle der Jugend in kleinen Gedichten, das kräfftige Gewürze des Lebens in mancherley Dramas, die Gestalten seiner Freunde und seiner Gegenden und seines geliebten Hausraths mit Kreide auf grauem Papier, nach seiner Maase auszudrücken sucht, weder rechts noch links fragt: was von dem gehalten werde was er machte? weil er arbeitend immer gleich eine Stufe höher steigt, weil er nach keinem Ideale springen, sondern seine Gefühle sich zu Fähigkeiten, kämpfend und spielend, entwickeln lassen will.«

Welche Milde, welche Heiterkeit liegen in diesen Briefen? Die Freundschaft der Gräfin Stolberg ist für ihn unendlich beruhigend; sie ist nicht begleitet von dem verzehrenden Brennen der Leidenschaft, obwohl wir nicht sicher sein können, ob nicht irgendeine Liebe dieser Freundschaft zugrunde liegt. Ist Goethe also fähig, zwei Frauen zur gleichen Zeit zu lieben? Der Autor von *Stella* erdichtet gerade die Qual eines Mannes, der zwischen zwei Leidenschaften hin- und hergerissen wird. Er schwankt zwischen zwei Ehefrauen, die beide seiner Liebe wert wären, und zögert zwischen zwei Lösungen – erste Version: ein Dreiecksverhältnis und unschuldige Teilung; zweite Version:

Selbstmord, Heldentod, Blutbad à la Shakespeare ... Dieser Dichter, der gewiß seine *niedliche Blondine* ebenso mit seinen Sinnen wie mit seinem Herzen liebt, und der dennoch der unbekannten Vertrauten einen Teil dieses nämlichen Herzens einräumt, den Teil, der das Geheimnis, die Weite, die Reinheit, das Erhabene liebt, dieser Mann, der zwei Seiten hat, denkt an die Möglichkeit, das Unvereinbare zu vereinen. Einige seiner Briefe an die Gräfin Stolberg sind wahre Liebesbriefe, und die in der Ferne wohnende Freundin hat Lili Schönemann gegenüber den Nimbus des Unbekannten, die Faszination der verschleierten Iris, was erlaubt, sich ihr freier hinzugeben, da man ganz nach Belieben sich etwas vorstellen, *konstruieren* kann.

Goethe erzählt seiner fernen Freundin dauernd von seiner Verlobten und ebenso unterrichtet er Lili von der »Freundschaft«, die ihn mit der Schwester seines Freundes Stolberg verbindet. Das Abenteuer des Grafen von Gleichen war zu dieser Zeit in aller Munde, der, nachdem ihn im Orient eine Maurin aus der Gefangenschaft gerettet hatte, diese in das Schloß seiner Väter mitnahm und als seine *zweite Frau* einführte, neben seiner Ehefrau, die ganz glücklich darüber war, auf diese Weise die zu belohnen, der sie das Glück verdankte, ihren Gatten lebend wiederzusehen. Das Dreiecksverhältnis ohne Lüge, ohne Verschleierung, ganz öffentlich und ehrlich und – wie zweifelhaft das Wort hier auch erscheinen mag – in aller Reinheit, ist ein beliebtes Rokokothema. Es ist das Thema von *Stella*; es ist auch das Thema bestimmter Briefe an Auguste von Stolberg. Und schließlich ist es vielleicht eines der außergewöhnlichen Verdienste dieser in der Lebenskunst so bewanderten Epoche, einen Konflikt in die glückliche Idylle zu verlagern, der sich gewöhnlich nur im Drama oder im Vaudeville löst.

Während noch an irgendeiner Stelle seiner Seele, zweifellos an der besten, der gebrochene Stachel des »Titanentums« steckte, führte Goethe im übrigen das Leben eines vollkommenen Bräutigams. Die Werke aus dieser Zeit und sein ganzes Betragen legen Zeugnis ab von dem Wunsch, sich vom Titanen- und Werthertum loszusagen, sich langsam in den

Alltag des bürgerlichen Lebens einzufügen; so wie ein anständiger junger Mann, der, nachdem er alle Jugendstreiche hinter sich gebracht und unbeschadet die »Stürme der Zügellosigkeit« durchlebt hat, unbehindert auf den Hafen des ehelichen Glücks zusteuert.

Man braucht sich Lili Schönemann gegenüber nicht so streng zu zeigen; sie ist der Liebe Goethes würdig durch ihre Schönheit, ihre Anmut und edle Würde. Sie vermochte ihn glücklich zu machen oder wenigstens ihm dabei zu helfen, glücklich zu sein. Es gab an ihr nichts Mittelmäßiges – außer vielleicht ihrem Milieu, ihrer Umgebung –, und sie liebte ihren Bräutigam genug, um bereit zu sein, alles für ihn zu opfern, Familie und Stellung. Wir wissen, daß die beiden jungen Leute Pläne geschmiedet hatten, nach Amerika zu gehen, was für ein hübsches, elegantes, zartes, kluges Mädchen wie sie, wie uns auch ihr Bild (Zeichnung von Christoph Gueron, 1790 Sammlung Baron von Türckheim) zeigt, ein bemerkenswertes Opfer darstellte. Daß er sie leidenschaftlich geliebt hat, beweisen die für sie geschriebenen Gedichte zur Genüge. An seinem Lebensabend vertraut Goethe Eckermann an: »Sie war in der Tat die erste, die ich tief und wahrhaft liebte. Auch kann ich sagen, daß sie die letzte gewesen; denn alle kleinen Neigungen, die mich in der Folge meines Lebens berührten, waren, mit jener verglichen, nur leicht und oberflächlich.«[2]

Die Erste? Das mag noch für Gretchen stimmen, die die Laune eines Schülers war, der mit der Liebe spielte; auch für Annette, wo er bei der Trennung so sehr litt ... aber gilt dies auch für Friederike, für Lotte? Der Achtzigjährige behauptet, daß Lili die letzte gewesen wäre, die er geliebt hat; welchen Platz soll man also dann Charlotte von Stein, Christiane, Minna Herzlieb, Marianne von Willemer zuweisen? Hat er nicht auch Bettina Brentano ein wenig geliebt, als er die Brüste des schlafenden Kindes liebkoste? Und die rätselhafte Lotte Nagel?

Der Schlüssel findet sich in einem kleinen Satz, den er an demselben Tag zu Eckermann sagte: »Ich bin meinem eigentlichen Glücke nie so nahe gewesen als in der Zeit jener Liebe zu

Lili.« Bei den anderen Liebesgeschichten handelte es sich um Leidenschaft und nicht um Glück. Das Glück ist noch einmal etwas anderes als die Liebe und nicht notwendigerweise dasselbe. Wäre er indessen mit Ulrike von Levetzow, die fünfundfünfzig Jahre jünger war als er und die er heiraten wollte, glücklich gewesen? Damals stellte sich die Frage nach dem Glück erst gar nicht.

Wie rührend ist dieses Geständnis des alten Goethe, und wie rührend erscheinen bei dieser Heraufbeschwörung der Vergangenheit die Gesichtszüge des jungen Mannes, der sich ganz naiv danach sehnt, glücklich zu sein. Für einen *Titanen* ist der Wunsch nach Glück der Köder in der Falle, er ist die Versuchung der Mittelmäßigkeit. Wie schön ist es, wie menschlich, daß Goethe ihr in jenem Augenblick seines Lebens beinahe erlegen wäre. Er wäre weniger vollständig, weniger groß und weniger ergreifend, wenn es nicht diese brüchige Stelle im Panzer seiner Seele gegeben hätte, dieses Nachlassen der Geschwindigkeit seines Laufes, diese Sehnsucht nach der Schönheit des Augenblicks, den man festhalten will, dieser Verzicht auf sich selbst zugunsten des Glücks, während er im Gegensatz dazu vorher und nachher auf das Glück verzichtet, um seine Integrität und seine Persönlichkeit zu wahren. Und wie sehr müssen wir schließlich Lili danken, daß sie Goethe fest genug in ihren Armen gehalten hat, daß er versucht war, dort zu bleiben, und sie dann ihre Arme geöffnet hat, damit er fliehen konnte.

Viel später, wenn sie verheiratet und von Kindern umringt sein wird, wird er sie ohne Emotion wiedersehen. Am Sonntag, den 26. September 1779 besucht er seine verlorene Verlobte. Am Vortag hatte er eine Pilgerfahrt nach Sesenheim unternommen und in dem alten Pfarrhaus des Pastors Brion, das noch baufälliger war als neun Jahre zuvor, die erfrischende und süße Wehmut verspürt, die eine schöne Vergangenheit umweht. »Ich kan nun auch wieder mit Zufriedenheit an das Eckgen der Welt hindencken«, schreibt er an Frau von Stein, »und in Friede mit den Geistern dieser ausgesöhnten in mir leben«.[3]

Es ist das gleiche Gefühl der *Aussöhnung*, das er verspürt, als er Lili von Türckheim wieder sieht, »mit einer Puppe von sieben Wochen spielend«. Eine Spur von Bitterkeit steigt in dem Urteil auf, das er über dieses Glück fällt. »Ihr Mann aus allem was ich höre scheint brav, vernünftig und beschäfftigt zu seyn, er ist wohl habend, ein schönes Haus, ansehnliche Famielie, einen stattlichen bürgerlichen Rang p.p. alles was sie brauchte p.p.« Diese Worte sind grausam und überdies ungerecht. Hat er denn vergessen, daß sie bereit war, auf all das zu verzichten, und das Abenteuer in einem wilden Land einzugehen, wahrscheinlich auch alle anderen Abenteuer, denn sie war dazu entschlossen, sich ihm hinzugeben, selbst wenn er sie nicht geheiratet hätte, dieses schöne Kind von sechzehn Jahren, das er Charlotte von Stein so darstellt, als ob es einzig um ein spießbürgerliches Wohlbefinden besorgt gewesen wäre? Der Mann des Jahres 1830 ist gerechter als der aus dem Jahre 1779, der vielleicht darum bemüht war, die mögliche Eifersucht einer gestrengen Geliebten zu dämpfen. Die einzigen Briefe, die noch erhalten sind von all denen, die sich die Verlobten schrieben, sind die beiden Briefchen, die sich auf den jungen Türckheim beziehen. Es ist der Brief, in dem ihn seine Mutter Goethe empfiehlt, indem sie sich auf »die Erinnerung an unsere tief in seinem Herzen verwurzelte Freundschaft« beruft, und die Antwort Goethes, in welcher er ihr tausendmal die Hand küßt, »in Erinnerung jener Tage, die ich unter die glücklichsten meines Lebens zähle«.[4]

Die Neugierde auf Anekdoten, die so natürlich ist, wenn es sich um Goethe handelt – denn die geringsten Ereignisse in seinem Leben haben eine beträchtliche Tragweite und Bedeutung –, stellt nun die Frage: Warum haben sie nicht geheiratet? Ich würde gerne antworten: weil es der »Dämon« nicht gewollt hat. In seinem Gespräch mit Eckermann, das ich erwähnt habe, spricht Goethe von der dämonischen Seite seiner Beziehung mit Lili und rückblickend hält er diese Zeit für den wahren Angelpunkt seines Lebens. Was ist dieser »Dämon« Goethes eigentlich?

Das gleiche wie der Dämon von Sokrates und wie der Dämon, den wahrscheinlich jeder Mensch in sich birgt, oder

der ihn sein Leben lang begleitet. Es ist nicht der Schutzengel, aber er hat dennoch einige Züge von ihm; er würde eher dem *Doppelgänger* aus der persischen Überlieferung ähneln, diesem Geist, der gleichzeitig mit dem Menschen geboren wird, der mit ihm stirbt, der auf einer anderen Ebene, an allen Ereignissen seines Lebens teilnimmt, der mit ihm lacht und weint, und der, weil er besser sieht oder mächtiger ist, ihn führt, ihm hilft, das zu erfüllen, was die Gestirne befohlen haben. Goethe hat das Wesen dieses Dämons auf einer berühmten Seite von *Dichtung und Wahrheit* definiert, und er ist zu oft auf diese Frage zurückgekommen, als daß wir darin nicht eines der Hauptprobleme seiner Persönlichkeit sehen müßten. Das Dämonische ist im wesentlichen das, was im Menschen *Energie* ist. Nicht die bewußte, gewollte Energie, sondern Antrieb und Gebot dieses geheimnisvollen Wesens, das gleichzeitig das Individuum selbst und etwas außerhalb des Individuums ist.

Der Glaube Goethes an diesen Dämon hängt mit dem Vertrauen zusammen, das er in das Wohlwollen und den Beistand der Gestirne hatte. In die Mitte eines Universums von unbekannten Kräften gestellt, von unsichtbaren Mächten manövriert, ist das Individuum nur ein Farbtupfer in einem ungeheuren Fresko, ein winziger Bestandteil des »Stoffes«, aus dem die Welt gemacht ist. Der Mensch ist nicht das, was die Rationalisten der Aufklärung glaubten. Sondern Gegenstand von *actio* und *reactio*, Strömungen unterworfen, die aus der Natur kommen oder aus übernatürlichen Kräften, er ist gebunden an die »Weltseele« mit allen Zellen seines Körpers. Goethe praktizierte eine Art animistischen Glaubens, der mit seinem Aberglauben verknüpft ist, aber auch mit seiner Auslegung von Weissagungen und der Bedeutung, die er seinen Träumen – die wichtige Epochen seines Lebens geprägt haben – und den Träumen anderer beimaß, denn er hörte sich mit Aufmerksamkeit die des guten Eckermann an, die ihm der Vertraute haargenau erzählte. Sein Gefühl für das Heilige dehnte sich bis an die Ränder der Religion aus, sogar bis zu denen, die mehr den sogenannten »primitiven« Religionen anzugehören schienen. Das Kind, das mit sechs Jahren schon wußte, daß die Sterne es sein

Leben lang begleiten würden, konnte in dieser Gewißheit durch die Lektüre von Paracelsus, von van Helmont, von Saint Martin, von all diesen Okkultisten, die der junge Goethe leidenschaftlich studierte, nur bestätigt werden. Diese Lektüre verstärkte seine natürliche Fähigkeit für das *magische Bewußtsein*, die er mit den Romantikern teilen wird. Doch in höherem Maß als bei jenen, wird sie bei ihm eher eine Wesens- als eine Denkart sein.

Die Gegenwart des Dämons wird von ihm als etwas tatsächlich Vorhandenes, als etwas Wirksames, Bestimmendes empfunden. Er erkennt diese Wesensart bei Menschen wie Napoleon oder Mozart, bei all jenen, deren Genie eigentlich »göttlich« ist, in dem Sinn, daß nicht nur Talent, Begabungen oder schöpferischer Wille dazugehören, sondern auch ein geheimnisvoller Bestandteil, den man Inspiration nennen kann und der insgesamt nur der ständige Kontakt des Individuums mit den »Mächten« ist – natürlichen oder übernatürlichen Mächten –, die außerhalb des Menschen liegen oder ihren Sitz im tiefsten Innern seines Wesens haben. Zwei Schriften sind in dieser Hinsicht äußerst aufschlußreich: Die Geständnisse, die er Eckermann am 11. März 1828 am Ende eines langen Gesprächs, in dem es vor allem um Napoleon und Mozart ging, gemacht hatte. Von ersterem hatte Goethe gerade gesagt, daß er ein »Erleuchteter« war, »daß er sich in dem Zustand einer fortwährenden Erleuchtung befunden; weshalb auch sein Geschick ein so glänzendes war, wie es die Welt vor ihm nicht sah und vielleicht auch nach ihm nicht sehen wird.« Napoleon andererseits hatte ungefähr die gleichen Ansichten wie Goethe, was das Dämonische betraf. Man erinnert sich an seinen Aberglauben, sein Mißtrauen gegenüber den von Unglück Verfolgten, sein Vertrauen in seinen Stern. Alle großen Schöpfer, in welche Richtung sich auch ihre Schöpfung entwickelte, fühlen das wohltuende oder unheilvolle Wirken der »Mächte«. Sie wissen, daß das Geheimnis des Erfolges in der Harmonie menschlichen Wollens mit dem Einfluß der »Mächte« liegt. »Jede Produktivität höchster Art, jedes bedeutende Aperçu, jede Erfindung, jeder große Gedanke, der Früchte bringt und Folge hat, steht in niemandes Gewalt und ist über aller irdischen Macht erhaben. Dergleichen hat der Mensch als unverhoffte Geschenke von oben, als reine Kinder Gottes zu betrachten, die er mit freudigem Dank zu empfangen und zu verehren hat. Es ist dem Dämonischen verwandt, das übermächtig mit ihm tut, wie es beliebt, und dem er sich bewußtlos hingibt, während er glaubt, er handle aus eigenem Antriebe. In solchen Fällen ist der Mensch oftmals als ein Werkzeug einer höheren Weltregierung zu betrachten, als ein würdig befundenes Gefäß zur Aufnahme eines göttlichen Einflusses.«[5]

Von welcher Art ist dieser »Dämon«? Goethe sagt es nicht ausdrücklicher als es Sokrates, die Okkultisten oder die Kabbalisten gesagt hatten. Seine Anwesenheit ist fühlbar und läßt sich dennoch nicht beschreiben. Die ausführlichste Definition, die er jemals gegeben hat, findet sich in der zweiten Schrift, die aus dem Gedicht von 1817 mit dem Titel *Urworte* und dem begleitenden Kommentar besteht. Hier ist die Strophe dieses Gedichts, die sich auf den Dämon bezieht:

»Wie an dem Tag, der dich der Welt verliehen,
Die Sonne stand zum Gruße der Planeten,
Bist alsobald und fort und fort gediehen,
Nach dem Gesetz wonach du angetreten.
So mußt du sein, dir kannst du nicht entfliehen,
So sagten schon Sibyllen, so Propheten;
Und keine Zeit und keine Macht zerstückelt
Geprägte Form die lebend sich entwickelt.«

Dieser bedeutende Text ist aufschlußreich; so wie er ist, genügt er sich selbst, aber der Kommentar, den Goethe hinzugefügt hat, unterstreicht die wichtigen Stellen, das heißt, diejenigen, die den Dämon betreffen: »Der Dämon bedeutet hier die notwendige, bei der Geburt unmittelbar ausgesprochene, begrenzte Individualität der Person, das Charakteristische, wodurch sich der Einzelne von jedem Andern bei noch so großer Ähnlichkeit unterscheidet. Diese Bestimmung schrieb man dem einwirkenden Gestirn zu, und es ließen sich die unendlich mannigfaltigen Bewegungen und Beziehungen der Himmelskörper unter sich selbst und zu der Erde gar schicklich mit den mannigfaltigen Abwechselungen der Geburten in bezug stellen. Hiervon sollte nun auch das künftige Schicksal des Menschen ausgehen, und man möchte, jenes erste zugebend, gar wohl gestehen, daß angeborne Kraft und Eigenheit mehr als alles übrige des Menschen Schicksal bestimme. Deshalb spricht diese Strophe die Unveränderlichkeit des Individuums mit wiederholter Beteuerung aus. Das noch so entschieden Einzelne kann als ein Endliches gar wohl zerstört, aber, solange sein Kern zusammenhält, nicht zersplittert noch zerstückelt werden, sogar durch Generationen hindurch.«

Das Problem des Dämonischen ist also sogar in den Augen Goethes und somit für den, der sein Leben studiert, von überaus großer Bedeutung. Da Goethe nun selbst das Wirken des Dämonischen in seiner Beziehung zu Lili hervorkehrt, muß man von jetzt ab wohl versuchen, einzugrenzen und zu erhellen – soweit man das von *außen* tun kann –, wie der Dämon in diesem Fall in Erscheinung getreten ist. Überdies datiert Goethe die Entdeckung des Dämonischen in diesen Abschnitt seines Lebens, so erzählt er es jedenfalls rückblickend in *Dichtung und Wahrheit.* Seit langem verspürte er sein Wirken in sich, er erkannte ihn an und bemühte sich, sein Handeln danach auszurichten. Aber am Ende seiner *titanischen* Periode, die ihn darauf vorbereitet hatte, die übermenschliche Natur, die bestimmten Menschen – »den Titanen« – innewohnt, zu begreifen, fühlt er sich veranlaßt, das Wesen dieser *Übermenschlichkeit* in Worte zu fassen. Er tut dies mit äußerst eigenartigen Begriffen, die zwar nicht so gewichtig klingen wie die Urworte von 1817, die aber in sich sehr bedeutungsvoll sind. Wie lang das Zitat auch erscheinen mag, dieser Text verlangt, ganz angegeben zu werden. Von sich selbst in der dritten Person sprechend, was ein Hinweis für die außerordentliche Gewichtung des folgenden Geständnisses ist, schreibt Goethe: »Er glaubte in der Natur, der belebten und unbelebten, der beseelten und unbeseelten, etwas zu entdecken, das sich nur in Widersprüchen manifestierte und deshalb unter keinen Begriff, noch viel weniger unter ein Wort gefaßt werden könnte. Es war nicht göttlich, denn es schien unvernünftig; nicht menschlich, denn es hatte keinen Verstand; nicht teuflisch, denn er war wohltätig; nicht englisch, denn es ließ oft Schadenfreude merken. Es glich dem Zufall, denn es bewies keine Folge; es ähnelte der Vorsehung, denn es deutete auf Zusammenhang. Alles, was uns begrenzt, schien für dasselbe durchdringbar; es schien mit den notwendigen Elementen unsres Daseins willkürlich zu schalten; es zog die Zeit zusammen und dehnte den Raum aus. Nur im Unmöglichen schien es sich zu gefallen und das Mögliche mit Verachtung von sich zu stoßen.

Dieses Wesen, das zwischen alle übrigen hineinzutreten, sie zu sondern, sie zu verbinden schien, nannte ich *dämonisch*, nach dem Beispiel der Alten und derer, die etwas Ähnliches gewahrt hatten. Ich suchte mich vor diesem furchtbaren Wesen zu retten, indem ich mich nach meiner Gewohnheit hinter ein Bild flüchtete. (Das von Egmont, den er als eine grundlegend dämonische Figur sieht.) ... Obgleich jenes Dämonische sich in allem Körperlichen und Unkörperlichen manifestieren kann, ja bei den Tieren sich aufs merkwürdigste ausspricht, so steht es vorzüglich mit dem Menschen im wunderbarsten Zusammenhang und bildet eine der moralischen Weltordnung wo nicht entgegengesetzte, doch sie durchkreuzende Macht, so daß man die eine für den Zettel, die andere für den Einschlag könnte gelten lassen. Für die Phänomene, welche hiedurch hervorgebracht werden, gibt es unzählige Namen; denn alle Philosophien und Religionen haben prosaisch und poetisch dieses Rätsel zu lösen und die Sache schließlich abzutun gesucht, welches ihnen noch fernerhin unbenommen bleibe. Am furchtbarsten aber erscheint dieses *Dämonische*, wenn es in irgend einem Menschen überwiegend hervortritt. Während meines Lebensganges habe ich mehrere teils in der Nähe, teils in der Ferne beobachten können. Es sind nicht immer die vorzüglichsten Menschen, weder an Geist noch an Talenten, selten durch Herzensgüte sich empfehlend; aber eine ungeheure Kraft geht von ihnen aus, und sie üben eine unglaubliche Gewalt über alle

Geschöpfe, ja sogar über die Elemente, und wer kann sagen, wie weit sich eine solche Wirkung erstrecken wird? Alle vereinten sittlichen Kräfte vermögen nichts gegen sie; vergebens, daß der hellere Teil der Menschen sie als Betrogene oder als Betrüger verdächtig machen will, die Masse wird von ihnen angezogen. Selten oder nie finden sich Gleichzeitige ihresgleichen, und sie sind durch nichts zu überwinden als durch das Universum selbst, mit dem sie den Kampf begonnen; und aus solchen Bemerkungen mag wohl jener sonderbare, aber ungeheure Spruch entstanden sein: Nemo contra Deum nisi Deus ipse.«[6]

Man möchte glauben, hier würden die einzigartigen Charaktere beschrieben, die Dostojewski in seinem Roman *Die Dämonen* geschaffen hat. Goethe hat niemals ausdrücklich die »dämonischen Menschen« aufgezählt, denen er begegnet ist. Aber wir wissen aus seinen Werken, seinen Briefen und Gesprächen, daß sich unter ihnen die Künstler Mozart, Raffael, Paganini, dessen »teuflische« Seite ihn besonders faszinierte, Byron und natürlich Shakespeare befanden. Unter den Staatsmännern an erster Stelle Napoleon, Friedrich II., der Begründer des modernen Rußland, Peter der Große, und der Herzog von Weimar, Karl August - was keine berechnende Schmeichelei gegenüber dem Herrscher war, dessen Minister und Freund er später sein wird. Obwohl er in seinem Stück *Der Groß-Kophta*, einer insgesamt mittelmäßigen Interpretation der Halsband-Affäre, besonders streng mit Cagliostro gewesen war und ihn eindeutig als Scharlatan hinstellt, als er von dem Besuch berichtet, den er seiner Familie in Sizilien abgestattet hatte, zögert er nicht, diese skandalumwitterte Figur den dämonischen Persönlichkeiten zuzuordnen. Meiner Meinung nach würde es keiner mehr verdienen als gerade er. Es gibt ein Portrait Houdons von dieser außerordentlichen Persönlichkeit, auf dem man sehr gut das von Beugnot in seinen Erinnerungen beschriebene Gesicht erkennt: »Er war von mittlerer Gestalt, ziemlich dick, mit olivfarbener Haut, sehr kurzem Hals, rundem Gesicht, das von großen, vorstehenden Augen und einer Stülpnase geschmückt wird ...«[7]

Wenn man dieses Bild genau betrachtet, hat man Mühe zu

glauben, daß er nur ein Betrüger gewesen sei. Goethe selbst scheint sich von einem Hang befreit zu haben, den er vielleicht für gefährlich hielt, indem er in seinen eigenen Augen und in den Augen der anderen die außergewöhnlichen Züge dieses Mannes verharmlost. Unbestritten bleibt, daß er neben Saint-Germain, Choderlos de Laclos, Cazotte und Saint-Martin eine der repräsentativsten Figuren ist, die der Rokokoepoche so sehr ihren Stempel aufgedrückt haben.

Kommen wir nun zu den Verlobten zurück. Nach Goethes eigenen Aussagen hat sich das Dämonische für ihn zu jener Zeit manifestiert, und, ähnlich dem verliebten Teufel Cazottes, die Züge eines hübschen jungen Mädchens angenommen. Was war nun »dämonisch« im Wesen Lili Schönemanns? Ihre Schönheit? Ihre Anmut? Ihr Verstand? Ich glaube, daß die wesentlichste Eigenschaft dieses liebenswerten Kindes vor allem die war, daß sie in einem entscheidenden Moment gekommen ist, um dem Leben Goethes auf die glücklichste und fruchtbarste Weise die Richtung zu weisen. Sie ist auch, wie die anderen Frauen, weitergezogen, nachdem sie ihre Rolle gespielt hatte; es war nicht notwendig, daß Goethe sie heiratete; im Gegenteil, es genügte, daß er sie liebte und mit ihr verlobt war. Ihre Aufgabe war es, an die Stelle der Stürme von Wetzlar und der Enttäuschung über die Heirat Maximilianes mit dem Frankfurter Kaufmann Brentano, eine Atmosphäre der Beschaulichkeit, der Euphorie und des Glückes zu setzen. Es war notwendig, daß Goethe in dieser entscheidenden Lebensphase zumindest die Illusion des Glückes kennenlernte. Es ist nicht so wichtig, im Leben glücklich zu sein, als zu glauben, daß man es ist.

Lili hat noch mehr getan: Sie hat ihren Verlobten in die Gesellschaft eingeführt und schon deshalb bedurfte es des Verlöbnisses; eine einfache Liebschaft hätte nicht dieselbe Wirkung gehabt. Es wäre ungerecht, würde man behaupten, daß Lili nur die Interimszeit ausgefüllt hätte; wenn auch die Überbrückungszeiten, die Interimszeiten – wenn man so will – im Leben Goethes vielleicht genauso bedeutend waren wie die entscheidenden Stunden. In der graphischen Darstellung dieses

Daseins zählen die Geraden ebensoviel wie die ansteigenden Kurven. Es gibt keinen Moment, der ohne Bedeutung wäre. Zweifellos ist das im Leben eines jeden Menschen so. Zwischenphasen der Ruhe oder sogar der Glückseligkeit sind notwendig, damit Goethe nicht glaubt, daß die Gestirne ihm ihre Gunst entziehen und ihm ein drohendes Gesicht zeigen. Es ist ihm ein Bedürfnis, von neuem an das Glück glauben zu können und Frauen zu begegnen, die ihm helfen, daran zu glauben. Wenn dieser Glaube wieder in ihm gefestigt ist, ist er bereit, seinen Weg fortzusetzen, wobei es überflüssig wäre, wenn die Frau ihn begleitete. Der Genesene bedarf nicht der ständigen Anwesenheit des Arztes, der ihn geheilt hat.

Um die Wahrheit zu sagen, der wahre Anstifter dieser ganzen Geschichte war das gute Fräulein Delf gewesen, die die beiden einander in die Arme getrieben hatte. Weder die Eltern Goethes noch die Familie Schönemann befürworteten diese Heirat. Der Kaiserliche Rat, weil er eine Schwiegertochter aus reichem Hause fürchtete. Der Bankier Schönemann seinerseits wünschte sich für seine Tochter einen sehr reichen oder adligen Gatten, und Goethe war weder das eine noch das andere. Die materiellen Bedingungen dieser Verbindung zeigten sich also in nicht sehr günstigem Licht, und man weiß aus seinen Briefen an Auguste von Stolberg, welche Unentschlossenheit bis zuletzt im Herzen des Verlobten wohnte.

Die Gelegenheit, dieser Unentschlossenheit ein Ende zu bereiten, bot sich in Form einer Reise in die Schweiz an, zu der ihn die beiden Brüder der »unbekannten Brieffreundin«, die jungen Barone Stolberg und ihr Freund, der Graf Haugwitz einluden. Man darf auch das Drängen Cornelias nicht vergessen, die alles daransetzte, ihrem Bruder die geplante Heirat auszureden; und man weiß, daß sie einen großen Einfluß auf ihn hatte. Ob aus uneigennütziger Zärtlichkeit oder im Gegenteil aus egoistischer Eifersucht, Cornelia ließ nichts unversucht, um die Verlobung auseinanderzubringen.

Es war eine lustige und aufregende Reise. Goethe begegnete dabei Bodmer und Lavater, den er sehr bewunderte. Er badete in allen Wildbächen und Seen, zum großen Entsetzen der sittsamen Schweizer, die von weitem die vier allzu nackten und allzu schönen Jünglinge mit Steinen bewarfen. Italien bereits in greifbarer Nähe, zögerten die Reisenden, zu dem gesegneten Land hinabzusteigen. Die Stolbergs drängten darauf, daß man die Reise da unten fortsetzte: Goethe dachte an Lili. Und er schrieb zarte, sehnsüchtige ungeduldige Gedichte für sie. Berauscht von den wundervollen Landschaften, die sich vor seinen Augen auftun, verbindet er jedesmal seine entfernte Verlobte mit ihnen. Die Liebe in seinem Herzen verschönt alles, was er sieht, und das edelste Naturschauspiel diktiert ihm dieses reizende, eines Meleagros oder Paul de Silentiaire würdige Epigramm:

Wenn ich, liebe Lili, dich nicht liebte,
Welche Wonne gäb' mir dieser Blick!
Und doch, wenn ich, Lili, dich nicht liebte,
Fänd' ich hier und fänd' ich dort mein Glück?
(Vom Berge)[8]

Goethe hat also ganz entschieden Italien den Rücken gekehrt, um schneller nach Frankfurt zurückzukehren. Ein weiteres Mal sei Lili gelobt. Denn dreizehn Jahre später wird Goethe den Weg einschlagen, der zu den italienischen Tälern hinunterführt, er wird sich beglückwünschen, den richtigen Augenblick, den fruchtbaren Augenblick abgewartet zu haben. Die Stunde war noch nicht reif und er selbst war noch nicht darauf vorbereitet, diese bedeutungsvolle Erfahrung der Begegnung mit Italien in sich aufzunehmen. In der Stunde der Entscheidung hat das Dämonische ihn in der Form seiner Liebe zu Lili beeinflußt; es hat ihn an der Grenze aufgehalten, die er nicht überschreiten sollte. Ein anderes Los erwartete ihn, das notwendig für die Entwicklung seiner Persönlichkeit war. Der Dämon hatte, um seinen Zwang zu rechtfertigen, das Gesicht der verliebten Ungeduld angenommen. So fügt sich alles zum Guten.

Die Nachwelt kann Lili Schönemann dankbar sein. Das liebenswürdige Mädchen hat seine Rolle gut gespielt. Auch sie ist eine der »Mütter«, denn sie hat einen neuen Goethe zum Erblühen *getragen.* Sie hat ihn von seinem Titanentum befreit, sie hat die von Werther geschlagenen Wunden verbunden, sie hat ihn daran gehindert, den Irrtum zu begehen, den eine verfrühte Reise nach Italien dargestellt hätte. Sie hat diesem Einzelgänger aber auch den Geschmack am Gesellschaftsleben wiedergegeben und in ihm den Wunsch nach einer Familie geweckt: Vielleicht wird er sich an Lili erinnern, wenn er mit Christiane einen Hausstand gründen wird. Um so besser, daß sich dieser Wunsch nicht erfüllt hat. Der Mensch denkt und der Dämon lenkt: Der Dämon, der besser weiß als wir, was für uns gut ist.

Während dieser Reise in die Schweiz hat Goethe festgestellt, daß Lili ihm im großen und ganzen nicht fehlte. Seit seiner Rückkehr nach Frankfurt entdeckt er, trotz der Freude, die er empfindet, sie wiederzusehen, daß sie ihm nicht *unentbehrlich* ist. Vielleicht ahnt er sogar den Augenblick voraus, wo sie ihm lästig sein könnte. Und zu der Stunde, wo er, aus Schwäche, aus Gefälligkeit und wahrscheinlich um diesen Teil seines *Ichs* zufriedenzustellen, der das bürgerliche Glück sucht, bis zur Heirat gehen würde, trotz des Flehens und Bittens Cornelias, trotz des Einspruchs der beiden Familien, trotz seiner unverändert geringen Neigung, sich zu binden, und obgleich er immer noch Zweifel hat, ob dieser reizvolle Augenblick wirklich der sei, zu dem man sagen muß: »Verweile doch, du bist so schön« – in eben diesem Augenblick greift der Zufall ein, der einer der beherrschendsten Bestandteile seines Schicksals ist. Auf geistigem Gebiet lenkt die für seine Bildung entscheidende Begegnung mit Spinoza seine Seele und sein Herz auf neue Ziele. Auf praktischer Ebene lädt ihn die Begegnung mit dem Herzog von Weimar, Karl August, zu neuen Aufgaben ein. Bei ihrem ersten Gespräch unterhielten sie sich über Politik, und Goethe, der damals von den Theorien Mösers über die Regierung der Völker durchdrungen war, verstand es, seine Gedanken glänzend darzulegen. Überrascht, bei einem Dichter diese bemerkenswerten Fähigkeiten für die Verwaltung eines Staates zu finden, erwägt der junge Regent diesen genialen, an universellen Begabungen reichen Mann an sich zu binden. Er würde einen ausgezeichneten Minister abgeben, und er wäre überdies, was unabdingbar ist, um einem jungen Fürsten, der sich noch nicht die Hörner abgestoßen hat, Gesellschaft zu leisten, ein amüsanter Gefährte bei seinen Vergnügungen. Goethe besitzt alle Qualitäten: den nötigen Ernst und die geschätzte Leichtigkeit. Kaum ist die Einladung ausgesprochen, so wird sie auch schon angenommen; es ist noch nicht darüber gesprochen worden, in welchem Rang Goethe nach Weimar kommen wird, noch für wie lange; das wird von der Freude abhängen, die der eine oder der andere an ihrem Zusammensein haben wird.

Lili ist kein Hindernis. Als Werkzeug des Dämonischen wird diese Frau, die einige Monate zuvor die verderbliche Reise nach Italien verhindert hatte, den jungen Mann nicht von seinem vorgezeichneten und notwendigen Weg nach Weimar abhalten. Er stößt auf mehr Widerstand bei seinem Vater, einem unruhigen und erbitterten Demokraten, der den leichtsinnigen Sohn vor dem Wankelmut der Großen warnt. Und noch eine Prüfung: die verpaßte Abreise, die Verabredung, zu der sich der Gesandte des Großherzogs nicht zum angekündigten Tag einfindet infolge eines Unfalls mit der Kutsche; es folgen fieberhafte Tage, während derer sich Goethe quält und es nur mehr wagt, in der Nacht und maskiert das Haus zu verlassen, weil er schon allen Leuten seine Abreise verkündet und sich von seinen Freunden verabschiedet hat. Ein Goethe, aufgewühlt von seinem »Dämon«, der bangt, daß ihm die Gelegenheit entgeht – als ob nicht jedes Ereignis zu seiner Zeit, zu der von den Sternen bestimmten Stunde eintreten würde.

Diese Tage qualvoller Ungewißheit, wütender Ungeduld, ohne Nachricht, in einem Haus, das ihn gerne zurückhalten würde, und unter Umständen, wo ihn ein Rückzug der Lächerlichkeit preisgeben würde, diese Zerreißprobe läßt die Frucht dieser neuen Geburt außerordentlich reifen. In dem Augenblick, wo die Häutung vollendet ist und der wahre, der endgültige Goethe aus der Schale heraustreten wird, ähneln die widrigen Bedingungen der qualvollen, beunruhigenden, zerfleischenden Metamorphose eines Insekts. Vielleicht auch, damit seine Erlösung vollkommen sei, an dem Tag, wo ihn die Pferde des neuen, endlich fertiggestellten Wagens seinem Schicksal zuführen.

»Kind! Kind! nicht weiter! Wie von unsichtbaren Geistern gepeitscht, gehen die Sonnenpferde der Zeit mit unsers Schicksals leichtem Wagen durch; und uns bleibt nichts, als mutig gefaßt die Zügel festzuhalten und bald rechts bald links, vom Steine hier vom Sturze da, die Räder wegzulenken. Wohin es geht, wer weiß es? Erinnert er sich doch kaum, woher er kam.«[9]

8
»Die Schlittenfahrt«

Die Zeit, die alles gleichmacht und dabei unwiderruflich zerstört, hat von diesen kleinen deutschen Residenzstädten nicht mehr viel übriggelassen, die zu Beginn des Industriezeitalters und bei Anbruch des wütenden Autoritarismus Bismarcks noch alle ihre reizvollen Eigenheiten bewahrten. Die kleinen Herrscher, die munter die Sorge auf sich nahmen, einen winzigen Staat und die Kosten, die die Unterhaltung einiger Hundertschaften Soldaten mit sich brachte, zu verwalten, hatten Muße genug, ihre Zeit und ihr Geld edlen Werten der Kultur zu widmen. Sie rivalisierten miteinander, wer die schönsten Theater, die besten Orchester besäße. Zuweilen war ihre Hauptstadt nur ein ganz kleines am Rande des großen fürstlichen Parks gelegenes Städtchen. An diesen Höfen war die Etikette weniger formell, Künstler und Dichter fühlten sich dort heimisch, und man pflegte gern das Talent, die Originalität, während man auf den Tag wartete, wo die Faust des Eisernen Kanzlers die köstlichen und bizarren Eigenheiten dieser unbedeutenden Fürstentümer in eine Form gießen würde, um daraus langweilige und völlig einheitliche Abgüsse zu erhalten.

Sie waren so zahlreich, daß man in Deutschland in der Zeit, die uns beschäftigt, mehr als siebzehnhundert unabhängige Staaten fand. Stellen Sie sich ein Frankreich vor mit zweimal so vielen Departements wie es jetzt hat, und jedes dieser Departements hat seinen König, seinen Großherzog, seinen regierenden Fürsten ... Und dennoch hat gerade diese Zerstückelung die intellektuelle Größe Deutschlands ausgemacht. Was davon bestehen blieb, läßt ahnen, wie reizvoll und fruchtbar das Leben war, das man in diesen Barock- und Rokokopalästen führte, die sich auf halbem Weg zwischen einer kleinen mittelalterlichen Stadt und dem alten Wald, wo noch die schwermütigen Jagdhörner erklangen, befanden.

Weimar war in einem Tal Thüringens gelegen, an den Ufern der Ilm, eines Flusses ohne Ehrgeiz oder Anspruch. Es war von schönen Gärten umgeben, die diesseits und jenseits der Einfassungsmauer die Anmut und Frische der Natur atmeten. Das Schloß lehnte sich an einen weiten Park an und besaß, wie jede Residenz, die etwas auf sich hielt, seinen französischen Garten nach der Art von Versailles. Darüber hinaus war Weimar kaum etwas anderes als ein großes Dorf mit provinziellem Gehabe; aber es gab den Hof, und dieser versammelte um die Herzogin-Mutter so viele große Männer, wie eine Monarchin, die über sechs- oder siebentausend Untertanen regiert, vernünftig und wirtschaftlich unterbringen konnte. Im Salon dieser guten, liebenswürdigen und kultivierten Fürstin sprach man über Wissenschaften und Archäologie, man las Gedichte, man malte, blätterte in Kupferstichmappen und bewunderte die Abgüsse antiker Statuen, während man gleichzeitig dem Hofhellenisten lauschte, wie er Aischylos und Sophokles aus dem Stegreif vom Original übersetzte. Die größten Geister Deutschlands, ein Wieland, ein Herder, genossen hier eine für ihren Geist angenehme und ihr Talent begünstigende Atmosphäre. Man erfreute sich an den Vergnügungen der Macht, ohne sich unter ihrer erdrückenden Last zu beugen; man verband die Wonnen der Stadt mit denen des Landes; man brauchte nur ein paar Schritte zu tun, um das Gebirge oder den Wald zu erreichen. Das Theater besaß Qualität, die Musik war ausgezeichnet; die benachbarte Universität schließlich – Jena war ganz in der Nähe – brachte jederzeit die Professoren und Gelehrten hervor, die der Hof benötigte, um den wissenschaftlichen Gesprächen der Herrscher und ihrer Gäste Nahrung zu geben.

Durch den Tod des alten Herzogs war nun an die Spitze des kleinen Staates ein junger Regent gekommen. Wie die meisten dieser kleinen Souveräne, war er dem in der Luft liegenden Reformgedanken, den nicht zu kennen ein »aufgeklärter« Fürst sich geschämt hätte, aufgeschlossen. Als sich Goethe mehr als ein halbes Jahrhundert nach seiner Ankunft in Weimar zurückerinnerte, lobte er Herzog Karl August als einen »vollkommenen Mann«, in dem er sogar Züge einer dämonischen Natur erkannte. »Er hatte für alles Sinn und für alles Interesse«, vertraute er Eckermann an. »Er war achtzehn Jahre alt, als ich nach Weimar kam, aber schon damals zeigten seine Keime und Knospen, was einst der Baum sein würde. Er schloß sich bald auf das innigste an mich an und nahm an allem, was ich trieb, gründlichen Anteil. Daß ich fast zehn Jahre älter war als er, kam unserem Verhältnis zugute. Er saß ganze Abende bei mir in tiefen Gesprächen über Gegenstände der Kunst und Natur und was sonst allerlei Gutes vorkam. Wir saßen oft tief in die Nacht hinein, und es war nicht selten, daß wir nebeneinander auf meinem Sofa einschliefen. Fünfzig Jahre lang haben wir es miteinander fortgetrieben, und es wäre kein Wunder, wenn wir es endlich zu etwas gebracht hätten ... Er war ein Mensch aus dem Ganzen, und es kam bei ihm alles aus einer einzigen großen Quelle. Und wie das Ganze gut war, so war das Einzelne gut, er mochte tun und treiben, was er wollte. Übrigens kamen ihm zur Führung des Regiments besonders drei Dinge zustatten. Er hatte die Gabe, Geister und Charaktere zu unterscheiden und jeden an seinen Platz zu stellen. Das war sehr viel. Dann hatte er noch etwas, was ebensoviel war, wo nicht noch mehr: er war beseelt von dem edelsten Wohlwollen, von der reinsten Menschenliebe, und wollte mit ganzer Seele nur das Beste. Er dachte immer zuerst an das Glück des Landes und ganz zuletzt erst ein wenig an sich selber. Edlen Menschen entgegenzukommen, gute Zwecke befördern zu helfen, war seine Hand immer bereit und offen. Es war in ihm viel Göttliches. Er hätte die ganze Menschheit beglücken mögen. Liebe aber erzeugt Liebe. Wer aber geliebt ist, hat leicht regieren. Und drittens: er war größer als seine Umgebung. Neben zehn Stimmen, die ihm über einen gewissen Fall zu Ohren kamen, vernahm er die elfte, bessere, in sich selber. Fremde Zuflüsterungen glitten an ihm ab, und er kam nicht leicht in den Fall, etwas Unfürstliches zu begehen, indem er das zweideutig gemachte Verdienst zurücksetzte und empfohlene Lumpe in Schutz nahm. Er sah überall selber, urtheilte selber und hatte in allen Fällen in sich selber die sicherste Basis. Dabei war er schweigsamer Natur, und seinen Worten folgte die Handlung.«[1]

Das Vorbild des idealen Fürsten war in dieser Zeit der »aufgeklärte Despot«, das heißt, ein Mann von energischer Herrschaft, entschlossen, von seinen ihm zustehenden Rechten und Privilegien nichts aufzugeben, sie aber zum Wohle seines Volkes einzusetzen und nicht um seiner Laune und seinem Vorteil Genüge zu tun. Kurz, es handelte sich um eine gemäßigte Monarchie, deren Tendenzen demokratisch im edlen Sinn des Wortes waren. Reformen stellten sich als notwendig heraus. Doch bevor er sie sich von der revolutionären Woge, die man heranrollen fühlte, aufzwingen ließ, zeigte sich der *aufgeklärte Despot* den neuen Ideen gegenüber zugänglich. Bereitwillig ließ er sich überzeugen von den Enzyklopädisten und Historikern, sowie den Soziologen der Schule von Justus Möser, dessen *Patriotische Phantasien*, in denen Goethe ein Vorbild für die Regierung kleiner Staaten sah, sie seit ihrer ersten Unterredung diskutiert hatten. Die gute, freundliche und intelligente Herzogin Luise unterstützte ihren Gatten in seinem Werk des »Musterfürsten«. Es wäre sogar für ihn vorteilhaft gewesen, öfter auf sie zu hören. Statt dessen betrübte er die arme Fürstin durch seine Seitensprünge, die zu verheimlichen er sich nicht immer die Mühe machte und unter denen sie würdevoll und schweigend litt.

Goethe hatte Karl August durch jene außergewöhnliche Mischung aus ernsthaften und strahlenden Eigenschaften für sich gewonnen, die ihn so faszinierend machte. Es ist leicht verständlich, daß der Weimarer Hof, wo man mit Vorliebe die Medicis spielte, gerne den berühmten Autor des *Werther* einige Zeit bei sich behalten wollte; er setzte in der Tat dieser Gesellschaft großer Geister, deren Zentrum und Fackel damals Wieland verkörperte, ein Glanzlicht auf. Karl August bewunderte die geistreichen Ideen, die ihm der Dichter bei ihrem ersten

Zusammentreffen dargelegt hatte. Hier ist endlich, so sagte er sich, ein vollkommener Mann. Und er war auch noch in manch anderer Hinsicht vollkommen: Wenn sie lange gelehrt über Politik und Soziologie gesprochen hatten, gingen sie nachts noch aus, um zu feiern, die Hirsche im Wald aufzujagen, über die Straßen zu galoppieren, mit Schauspielerinnen zu tafeln. Welch eine Freude für den Achtzehnjährigen, der so lange unter der gütigen, aber strengen Fuchtel seiner Mutter, der Herzogin Amalia, geschmachtet hatte, endlich Herr seines Handelns, Herrscher über sein Herzogtum zu sein und den angenehmsten Gefährten in Studien und Vergnügungen gefunden zu haben, den man sich nur wünschen konnte. Kein anderer hätte so viele verschiedene und auch kostbare Qualitäten, sowohl die ernsthaftesten wie die vorzüglichsten, in sich vereint; sogar seine Fehler waren charmant.

Was Goethe betrifft, so amüsiert er sich frei und ausgelassen mit diesem aufgeweckten jungen Mann, dessen reiche Natur, ungestümes Temperament und großmütiges Herz er liebt. Es besteht gar keine Gefahr, daß er dieses ausgezeichnete Naturell verlieren könnte; daß er sich die Hörner abstößt, ist ganz richtig. Wahrscheinlich wird er sogar um so unvernünftiger sein, als er das Joch mütterlicher Vernunft allzulange ertragen hat. Er macht Dummheiten – welcher Bursche in seinem Alter tut das nicht? Wesentlich für ihn ist, daß er diesen edlen Charakter, diese Selbstachtung, dieses tiefe Gefühl für das Gute und Richtige, dieses Gewissen für die Ehre bewahrt. Es bleibt ihm noch so viel Zeit, ernst zu werden, und er wird es werden, weil er sein »leeres Stroh« schon verbrannt haben wird, bevor er sich voll und ganz seiner Aufgabe als König widmet. Wenn Goethe an diesen Streichen, den Eskapaden und dem Schabernack teilgenommen hat, dann nicht, weil er sie für harmlos hielt, sondern weil er selbst jung und von einem ebenso stürmischen Temperament wie sein adeliger Freund war. Er liebt dieses Leben, das sie beide führen, ein tolles Leben, das Leben von entwischten Kollegiaten, die sich mit Jungenstreichen vergnügen.

»Er war damals sehr jung, doch ging es mit uns freilich etwas toll her. Er war wie ein edler Wein, aber noch in gewaltiger

Gärung. Er wußte mit seinen Kräften nicht wohinaus, und wir waren oft sehr nahe am Halsbrechen. Auf Parforcepferden über Hecken, Gräben und durch Flüsse, und bergauf bergein sich tagelang abarbeiten, und dann nachts unter freiem Himmel kampieren, etwa bei einem Feuer im Walde: das war nach seinem Sinn.«[2]

Man erwartet nicht viel Mäßigung von einem blutjungen Souverän, der sich bis zu seiner Volljährigkeit seinen Ärger über die mütterliche Strenge verbissen hat. Es ist richtig, daß dieses losgelassene Füllen jetzt schnaubt, es wäre sogar ungeschickt, es zu eng an die Zügel zu nehmen: Er würde seine Kandare zerbrechen. Da sind sie nun alle beide zu diesem wilden Ritt aufgebrochen; auch Goethe ist einem *wilden Rennpferd* ähnlich, wie Wieland ihn nennt, in steilem Galopp begriffen auf ein ungewisses Ziel zu, was die Alten am Hof die Köpfe schütteln läßt. »Wie eine Schlittenfahrt geht mein Leben, rasch weg und klingelnd und promenierend auf und ab«[3], meint Goethe.

Er staunt und ist entzückt. Am 21. Dezember 1775 schreibt er voller Freude an Lavater: »Ich bin hier wie unter den meinigen.« Und als dieser fromme und bedächtige Freund sich über den Vergnügungstaumel, in den er ihn getaucht sieht, besorgt zeigt, beschwichtigt ihn Goethe mit einem Briefchen von ein paar Zeilen, die aber viel aussagen: »Lieber Bruder sey nur ruhig um mich ... Ich bin nun ganz eingeschifft auf der Woge der Welt, voll entschlossen: zu entdecken, gewinnen, streiten, scheitern, oder mich mit aller Ladung in die Luft zu sprengen.«[4]

Einige Tage zuvor hat er Johanna Fahlmer, der lieben und gescheiten Freundin, die er im Kreis der Jacobis getroffen hatte, die Rolle, die er am Hofe spielt, erklärt. Es war eine komplexe Rolle, die gewisse Leute mißbilligten und die die Übelgesinnten in Weimar mit barschem Grimm kommentierten. Doch was gehen ihn die Neider, die Eifersüchtigen an – die Höfe sind voll davon –, was kümmern ihn jene, die aus Angst um ihre eigene Stellung die Macht beargwöhnen, die der Neuankömmling über den jungen Herrscher gewinnt. Man wird ihn sogar beschuldigen, sein »böser Geist« zu sein, ihn zur Ausschweifung anzustiften, ihn unaufhörlich zu neuen Lastern zu verleiten. Auch Knebel, der die Einladung Goethes nach Weimar vorbereitet hatte, bedauert nun diesen Schritt und meint, daß der Dichter den ganzen Hof kompromittiere. Das Gerücht über die Zügellosigkeit des Herzogs war tatsächlich schon bis ins Ausland gedrungen, und die Diplomaten hatten alle Hände voll zu tun, den Klatsch zu dementieren. So ist es nicht erstaunlich, daß die Intriganten, die es gerne sehen würden, wenn dieser lästige Dichter in seine Heimatstadt Frankfurt zurückkehren würde, die Angriffe gegen den Urheber des Skandals vermehren und die Abreise Goethes fordern. Klopstock selbst versucht, indem er seine Feder in Tränen badet, Goethe zu erweichen und appelliert an dessen Freundschaft zu der Herzogin Luise in einem dermaßen weinerlichen und heuchlerischen Ton, daß Goethe sehr direkt kontert: »Verschonen Sie uns ins Künftige mit solchen Briefen, lieber Klopstock! Sie helfen nichts, und machen uns immer ein paar böse Stunden ... Also kein Wort mehr zwischen uns über diese Sache!«[5]

Es hat im übrigen niemals eine wirkliche Freundschaft bestanden zwischen dem jungen Autor des *Werther* und dem »Papst« der deutschen Dichtung, der so viele romantische Tränen vergießen ließ. Sie waren sich zwei Jahre zuvor das erste Mal begegnet und anstatt, wie man annehmen würde, über Literatur zu reden, hatten sie sich stundenlang nur über das Schlittschuhlaufen unterhalten, da Klopstock diesen Sport sehr liebte und Goethe wohl so tat, als würde er sich dafür interessieren, um ein Thema zu vermeiden, bei dem sie sehr konträre Meinungen vertraten.

Der Neuankömmling tat andererseits auch nichts dazu, daß dieser kleine Hof nicht brüskiert würde, der, obwohl er nicht sehr formell war, dennoch die Tradition wahrte und ziemlich strenge Konventionen pflegte. Sein überströmendes Genie verblüffte die Provinzler. Gleim, der Goethe zum erstenmal bei der Herzogin Amalia begegnete, verbirgt seine Verwunderung nicht. Er sah einen jungen Mann in Stiefeln und Sporen und einem kurzen, grünen Jagdrock den Salon betreten. »Außer einem Paar schwarzglänzenden italienischen Augen, die er im Kopfe hatte, wußte ich sonst nichts, das mir besonders an ihm aufgefallen wäre. »Man las aus einem *Musenalmanach* vor, als die Reihe an Goethe kam, las er die Gedichte, die man ihm bezeichnet hatte, dann fing er an, nachdem er das Buch beiseite gelegt hatte, mit außerordentlichem Feuer zu improvisieren, die kompliziertesten Metren zu erfinden, und war so gut, daß Gleim Wieland zurief, der ihm gegenübersaß: »Das ist entweder Goethe oder der Teufel!«[6]

Einigen Leuten kam er in der Tat wie eine teuflische Gestalt vor, obgleich er auf den jungen Herzog den heilsamsten, für die Staatsinteressen günstigsten Einfluß hatte. Ohne ihn vor den Kopf zu stoßen, ohne ihn zu schulmeistern, richtete er seinen Verstand, der fähig war, den anspruchsvollsten Unterricht aufzunehmen, und den engherzige oder weniger geschickte Mentoren sofort entmutigt hätten, auf das Studium ernsthafter Dinge. Unmerklich lassen sie von den leichten Vergnügungen ab und gehen fast spielerisch zu der ernsten Beschäftigung mit der Regierung und der Bildung über. Am Ende stellt sich heraus, daß sich Goethe, während er an den tollen Streichen seines Herrn teilnahm, als exzellenter Pädagoge erwiesen und eine äußerst fesselnde Persönlichkeit geformt hat. Die Goethe wohlgesinnten Höflinge wußten gut, daß diese jugendlichen Stürme keine ernste Gefahr für das Herzogtum bedeuteten. Hellsichtiger als Klopstock, besänftigte Wieland die Gemüter, indem er ihnen vorhielt, »daß mit diesem ausgezeichneten Geschöpf Gottes nichts verloren war«. Und in der Tat, nach einigen stürmischen Monaten beruhigten sich die beiden »wilden Füllen«. Der Skandal klang ab. Goethes Feinde, die sich an der Freundschaft des Souveräns stießen, der hinter ihm stand, versuchten vergeblich, ihn in Ungnade zu bringen. Karl August bot dem Zorn des Barons von Fritsch die Stirn, der ihm an dem Tag, als Goethe in den Rat aufgenommen wurde, seinen Abschied einreichte. Er erwiderte den Adligen, die sich eifersüchtig bei ihm darüber beschwerten, daß er einen Bürgerlichen in Funktionen eingesetzt hatte, die die Tradition der Aristokratie vorbehielt, mit einer Lobpreisung seines Beraters, die wahrscheinlich eine der schönsten und genauesten Beurteilungen ist, die jemals über Goethe gemacht worden sind: »Nicht allein ich, sondern einsichtsvolle Männer wünschen mir Glück, diesen Mann zu besitzen. Sein Kopf und Genie ist bekannt. Sie werden selbst einsehen, daß ein Mann wie Dieser nicht würde die Langeweile und mechanische Arbeit, in einem Landeskollegio von untenauf zu dienen, aushalten. Einen Mann von Genie nicht an dem Ort gebrauchen, wo er seine außerordentlichen Talente gebrauchen kann, heißt Denselben mißbrauchen. Ich hoffe, Sie sind von dieser Wahrheit so wie ich überzeugt. Was aber den Einwand betrifft, daß durch den Eintritt viele verdienstvolle Leute sich für zurückgesetzt erachten würden, so kenne ich erstens niemand in meiner Dienerschaft, der, meines Wissens, auf dasselbe hoffte, und zweitens werde ich nie einen Platz, welcher in so genauer Verbindung mit mir, mit dem Wohl und Wehe meiner gesammten Unterthanen steht, nach Anciennetät, ich werde ihn immer nur nach Vertrauen vergeben.

Was das Urteil der Welt betrifft, welche mißbilligen würde, daß ich den D. Goethe in mein wichtigstes Kollegium setzte, ohne daß er zuvor Amtmann, Professor, Kammer- oder Regierungsrat war, dieses verändert gar nichts. Die Welt urteilt nach Vorurteilen, ich aber arbeite nicht, um Ruhm zu erlangen, sondern um mich vor Gott und meinem eigenen Gewissen rechtfertigen zu können.«[7]

Um ihm sein Vertrauen noch stärker zu beweisen, häufte er auf seine Schultern Aufgaben, die nichts von Ehrenämtern an sich hatten. Er beauftragte ihn, die Minen von Ilmenau, die lange verlassen gewesen waren, wieder instandzusetzen. Er gab ihm die Aufsicht über Brücken und Straßen. Er ließ ihn seine immer schwachen Finanzen neu ordnen, da die Mittel dieses winzigen Staates nicht ausreichten, um die Ausgaben des Hofes zu decken. Goethe, der sich durch dieses »kalte Bad« wie neu geboren fühlte, glücklich über diese Tätigkeit, die den tiefsten Bestrebungen seines Wesens entgegenkam, gab sich fröhlich der Vermehrung seiner Talente hin. Dieser Mann, der vor allen Dingen die *Fruchtbarkeit* geachtet und bewundert hat, akzeptiert nun guten Mutes diese Verwandlung, die aus dem Frankfurter Dichter und Anwalt eine Art »Verwaltungsfaktotum« macht. Er liebt die Verantwortlichkeiten, die ihm diese neuen Aufgaben auferlegen. Er findet in ihnen die Konturen einer Disziplin, von der er im voraus weiß, daß sogar die Zwänge, die sie ausüben wird, Gelegenheit für einen Fortschritt, eine Bereicherung, einen Aufstieg bieten werden.

So schwer auch diese Aufgaben für ihn sein mögen und so wenig er darauf vorbereitet sein mag, er lehnt nichts ab; er erprobt sein Universalkönnen von den Minen bis zu den Finanzen, von den Straßen bis zu den Theatern, von der Organisation der Besteuerung bis zur Reform des Heeres. Er ist glücklich, denn er spürt, daß er auf diese Weise alle schlummernden Kräfte wecken, alle unvollendeten Fähigkeiten entwickeln kann. Er trägt neue Steine für die *Pyramide* seines Lebens heran; und indem er die Basis vergrößert und Stockwerke hinzufügt, treibt er die Spitze, die sie krönen wird, immer höher. Später wird er unter der Bürde seines Amtes stöhnen; er wird vor allem der Monotonie dieser Arbeiten müde werden; wenn er ihre verjüngende Lebendigkeit ausgeschöpft haben wird, wird er an Charlotte von Stein schreiben, daß er geschaffen und auf die Welt gekommen sei, um ein Privatmann zu sein, daß er nicht begreift, warum das Schicksal ihn zum Beamten gemacht hat. Aber zu Beginn seines Weimarer Aufenthaltes ist er entzückt von all diesen neuen Gelegenheiten, die sich ihm bieten, um sich in neue Arbeitsmethoden zu finden, denen er sich bis dahin noch nicht genähert hatte, um Wissenschaften zu studieren, die er nur gestreift hatte. Er hat das Gefühl, *ausgefüllt* zu sein, und er schickt Auguste von Stolberg diese Verse, die er während eines Spaziergangs im Mondschein über die Wiesen, die zur Ilm hinunterführen, gedichtet hat:

»Alles geben Götter die unendlichen
Ihren Lieblingen ganz
Alle Freuden die unendlichen
Alle Schmerzen die unendlichen ganz.«[8]

Er hatte also den Eindruck, als sei er, der kleine bürgerliche Intellektuelle, der nur zwei Karrieren, die des Anwalts und die des Literaten im Sinn hatte, durch eine besondere Fügung des göttlichen Willens dazu berufen worden, einen Staat zu verwalten. Denn so klein dieser Staat auch war, so verlangte er doch, wenn auch in geringerem Umfang, eine ebenso komplizierte Maschinerie wie der Organismus eines großen Reiches. Vor allem durften ihm keine Irrtümer unterlaufen; seine zahlreichen Gegner verfolgten aufmerksam alle seine Unternehmungen, jederzeit bereit, sich den kleinsten Fehler zunutze zu machen, um ihn zu Fall zu bringen. Die zwei Hauptziele, die er sich im Leben vorgenommen hat, sind erreicht. »Jetzt bin ich dran das Land nur kennenzulernen, das macht mir schon viel spaas«, schreibt er am 14. Februar 1776 an Johanna Fahlmer und er fügt hinzu: »Ich bin immerfort in der wünschenswertesten Lage der Welt. Sie sollten nicht glauben, wie viele gute Jungens und Köpfe beysammen sind, wir halten zusammen, sind herrlich untereins und dramatisieren einander, und halten den Hof uns vom Leibe.«

Die »Schlittenfahrt«, die einige Monate vorher ein rasender Galopp war, ist jetzt in einen ruhigeren, gleichmäßigen Trab übergegangen. Goethe ist andauernd unterwegs, aber nun nicht mehr nur, um seinen Launen nachzugehen. Er bereist die Landesteile in allen Himmelsrichtungen um ihre Mittel, ihre Forderungen und ihre Bedürfnisse kennenzulernen. Er führt, auf Anweisung des Herzogs, verschiedene diplomatische Missionen an den benachbarten Höfen aus und gewinnt so Einblick in die delikaten Spiele der Politik und das Leben der Herrscher. In seiner freien Zeit, und Gott weiß, daß ihm davon nur wenig bleibt, widmet er sich wissenschaftlichen Arbeiten, die fast alle in engerem oder weiterem Bezug zu seiner praktischen Tätigkeit stehen. Die Wiederinstandsetzung der Ilmenauer Minen weckt bei ihm die Leidenschaft für die Geologie, die eines der seltsamsten und charakteristischsten Elemente der deutschen Romantik ist. Er kommt auf seine alchimistischen und später chemischen Studien zurück, die ihn dazu geführt haben, die Zusammensetzung der Mineralien wissenschaftlich zu untersuchen, deren geheime Seele, die manchmal so erstaunlich der menschlichen Seele gleicht, sich hinter den Gesichtern aus Stein und Metall verbirgt.

Herder macht sich über diese Leidenschaft und die *Bergbauperiode* lustig, während der, so spöttelt er, »der Mensch gar nichts war, der Stein alles«. Goethe entdeckt im Granit und seiner Beschaffenheit »die göttliche Dreieinigkeit, die nur durch ein Mysterium erklärt werden könne«.[9]

Und in der Tat wird man den Widerhall einer religiösen Andacht, ja beinahe einer mystischen Frömmigkeit in der so beachtenswerten Studie, die Goethe dem Granit widmet, heraushören. Den Neidern und Eifersüchtigen zu beweisen, wie nützlich seine Tätigkeit war und wie sehr sie den Interessen des Herzogtums diente, war die beste Methode, den Intrigen Einhalt zu gebieten. Das Ziel, die Agrikultur zu verbessern, trieb ihn dazu, die Getreidekörner zu untersuchen, mit denen er ein Zimmer seines Hauses füllte, und deren Wachstum er auf langen mit Erde bedeckten Tischen studierte. Um sich in der Technik der Bergbauingenieure zu vervollkommnen, dehnt er seine fesselnden geologischen Forschungen weiter aus, durch die er im übrigen als Ausgleich für seine Anstrengungen eine tiefe Befriedigung erfährt. Er schickt an Merck lange Briefe, in denen er alle Eigenschaften des Geländes, alle Steinarten, denen man im Herzogtum begegnet, beschreibt. Er geht nicht mehr ohne seinen Geologenhammer spazieren und ist gleich bei der Hand, um vom Pferd zu springen und aus dem Fels irgendeine kostbare Gesteinsprobe herauszulösen, mit der er seine Sammlung bereichert. Er profitiert davon, daß man auch die Jenaer Universität reorganisiert, die Karl August unterstellt ist, und hört die Vorlesungen berühmter Professoren, vor allem Loders, den er sehr bewunderte. Seine Forschungen in Osteologie führen ihn nach einigen Jahren zu der Entdeckung des Zwischenkieferknochens, der die Verwandtschaft des Menschen mit dem Tier beweist, jedoch nicht in dem Sinn, den ihm die Entwicklungslehre, die noch im Anfangsstadium steckt, geben wird. Für Goethe liefert diese Erkenntnis den Beweis für die ungeheure Einheit, die allen Bereichen der Natur zugrunde liegt, für die Harmonie, die dem Aufbau und Funktionieren des Universums innewohnt. Der Brief, den er am 27. März 1784 an Herder schreibt, um ihm diese Entdeckung zu verkünden, verrät eine »unsägliche Freude«, die ihm vielleicht nicht einmal seine schönsten Gedichte je zu geben vermochten.

Das bedeutet nicht, daß er die Dichtung um der Wissenschaft willen völlig aufgegeben hätte. Im Gegenteil, in dieser Weimarer Zeit wird die erste Fassung des *Wilhelm Meister* entstehen, die *Theatralische Sendung des Wilhelm Meister*, welche die ersten Schritte eines jungen Mannes beschreibt auf dem Weg zur Erkenntnis und zur Erfahrung, aber auch die Anfänge der verschiedenen Lehren, die er durchmachen muß, um ein *ganzer Mensch* zu werden. Seine Briefe enthalten auch Anspielungen auf mehr oder minder vorangetriebene Werke, die man heute nicht kennt. Was ist aus dem *Falken*, aus *Genoveva* oder jenem Roman geworden, wo er sich in dem Helden Gustel selbst portraitieren wollte? Wo sollte er die Zeit hernehmen, alle seine Vorhaben durchzuführen, wo er doch schon so viele Stunden damit verbringt, die Infusorien (Aufgußtierchen) zu studieren, sich in das Studium der Werke Linnés zu vertiefen, die er nach Ilmenau mitgenommen hat und die er immer wieder liest, vielleicht einfach nur deshalb, weil er »kein ander Buch«[10] hat, aber auch weil ihn das geheime Leben der Pflanzen ebenso interessiert, wie das der Steine und der Tiere. Trotz seines Widerwillens gegen die Mathematik und der geringen Begabung, die er für diese Wissenschaft besitzt, befaßt er sich mit der Algebra, deren ernstes und grimmiges Gesicht er fürchtet. Aber er sagt sich, »es soll mir auch ein Geist aus diesen Chiffren sprechen«.[11]

Überzeugt wie er ist, daß es kein echtes Wissen als durch Ganzheit gibt, studiert er alles, von der Luftschiffahrt bis zur Prähistorik. Diese zahlreichen Disziplinen, denen er sich freiwillig unterzieht, erlauben ihm schließlich, den Grund, *das Geheimnis*, zu finden. Es war sicher ein großer Tag für ihn, an dem er schreiben konnte: »Wie lesbar mir das Buch der Natur wird, kann ich dir nicht ausdrücken, mein langes Buchstabiren hat mir geholfen, ietzt rückts auf einmal, und meine stille Freude ist unaussprechlich ... Ich habe kein System und will nichts als die Wahrheit um ihrer selbst willen.«[12]

Trotz seiner unzähligen und aufreibenden Arbeiten bleibt er genauso freundlich, seinen Freunden genauso zugetan, genauso wohltätig sogar gegenüber ihm Gleichgültigen oder Unbekannten, als ob er der unbeschäftigste Mensch der Welt wäre. Man wirft Goethe manchmal einen gewissen Egoismus vor, eine Gefühlskälte, sogar eine Art von Härte in seinen menschlichen Beziehungen. Nichts von alledem ist wahr. Von allen Legenden, die es aus der Welt zu schaffen gilt, ist diejenige, die ihn unerreichbar für Mitleid und Erbarmen darstellt, wohl eine der absurdesten. Gewiß, Goethe lernte ziemlich bald, sich gegen die Störenfriede zu wehren, seine so knapp bemessene und kostbare Zeit gegen Eindringlinge aller Art zu verteidigen. Er panzerte sich sogar gegen Ideen und Gefühle, die sein harmonisches Gleichgewicht beeinträchtigten. Nie jedoch zeigte er sich gleichgültig gegen einen Menschen, der seiner materiellen oder moralischen Unterstützung bedurfte. Er verachtete leeres Geklage, fruchtlose Jeremiaden über alles, aber man fand ihn immer willens, einem Unglücklichen mit Rat und finanzieller Unterstützung zu helfen.

So sieht man ihn sich der Benachteiligten annehmen, für die er sich tatkräftig verwendete. Er unterzieht sich einer aufwendigen Korrespondenz, um ein Waisenkind unterzubringen, um einem verhungernden Dichter eine Stellung zu verschaffen. In Rom, wo eigentlich jede Minute ausgekostet werden sollte, opfert er ganze Tage am Bett seines Freundes Moritz, der sich den Arm gebrochen hat, dem er sogar, wie er scherzhaft an Charlotte von Stein schreibt (6. Januar 1787), »als Beichtvater und Vertrauter, als Finanzminister und geh. Sekretair« dient. Er hat einmal gesagt, daß ihn das menschliche Leid peinigt. Um diese Not, soweit er es vermag, zu lindern, zögert er nicht, er, der von seinen Verpflichtungen erdrückte Mann, lange Sendschreiben zu diktieren, um das Schicksal eines Menschen, der nicht einmal sein Freund ist, in die rechte Bahn zu lenken. Ich kenne wenige Texte, die so bewegend sind, wie seine Briefe an Krafft. Er gibt sich nicht damit zufrieden, ihm Kleider und

Geld zu schicken, er bemüht sich auch noch, für ihn eine angemessene Unterkunft und einen Beruf zu finden, den dieser unbelehrbare Faulpelz bereit ist, auszuüben. Er geht sogar soweit, testamentarische Verfügungen zu treffen, die, im Falle seines Ablebens, seine Erben dazu verpflichten, diese Hilfeleistungen fortzusetzen; und als Krafft eines Tages vor seinem Wohltäter stirbt, kümmert er sich persönlich um all die lästigen und zeitraubenden Formalitäten für das Begräbnis. Er mutet sich mitten im Winter eine Reise in die Berge zu, um einem jungen Doktor der Philosophie, Plessing, zu Hilfe zu eilen, von dem man ihm erzählt hat, daß ihn seine Verzweiflung in den Selbstmord treiben könnte. Er steigt durch das Unwetter bis zu der Hütte hinauf, wo der Unglückliche haust, und hat, um ihn nicht einzuschüchtern, Kleidung und Namen eines Mannes von bescheidenem Stand angenommen. Diesen Menschen, denen er Beistand leistet, macht er Geständnisse, die er nicht immer seinen engsten Freunden anvertrauen würde; sei es, um sie zu trösten, sei es, um ihnen das Beispiel eines Daseins zu geben, das aus mühseligen Pflichten und grausamen Verzichten besteht. So lesen wir in einem seiner Briefe an diesen Plessing (26. Juli 1782), der, da er sich noch nicht dareingefunden hat, wütend gegen das erdrückende Schicksal ankämpft, diese wunderbaren Sätze: »So viel kann ich Sie versichern, daß ich mitten im Glück in einem anhaltenden Entsagen lebe, und täglich bei aller Mühe und Arbeit sehe, daß nicht mein Wille, sondern der Wille einer höheren Macht geschieht, deren Gedancken nicht meine Gedancken sind.« Des kleinen Baumgarten hat er sich angenommen, wie es der aufmerksamste und beflissenste Beschützer kaum besser hätte machen können. Trotz der vielen Arbeiten, die all seine Kräfte erforderten, fand er also immer noch Zeit, armen Menschen zu Hilfe zu kommen und ihnen die materielle und moralische Unterstützung, derer sie so dringend bedurften, freigebig zu gewähren. So erfuhr er noch viel intensiver dieses überwältigende Glück, das ihm das Gefühl, *ein Ton einer großen Harmonie*[13] zu sein, schenkte. All dies trägt schließlich bei zu dieser Bereicherung und Fülle, nach der er strebt, die der Gipfel der

Pyramide sein soll; eine Pyramide, die unvollständig wäre, wenn ihr diese Basis aus Großherzigkeit, Menschenliebe, Erbarmen mit allen Leiden der Welt fehlen würde. Aus all diesem ist das Glück zusammengesetzt, so legt er es ausführlich seiner Mutter in einem zärtlichen Brief dar, der dazu bestimmt war, Frau Aja zu beruhigen, die sich sorgte durch Erzählungen von Reisenden, die berichtet hatten, daß ihr Sohn von seiner Aufgabe überfordert und schon ganz abgemagert sei.[14]

Diese Empfindung der Fülle mehrt sich mit dem ständigen »Eins Sein« mit der Natur, das für ihn lebensnotwendig bleibt. Wie Antäus berührt er jedesmal die Erde, wenn er neue Kraft schöpfen muß. Auch seine Geschäftsreisen, seine Ausflüge mit dem Herzog, seine Inspektionen in den Bergwerken und Fabriken fördern dieses für ihn so unabdingbare Naturerlebnis. Er freut sich schließlich darüber, daß er ein entzückendes kleines Haus in einem Garten am Rande des großen *Sternparks* beziehen kann. Es ist eine reizende Wohnung, wo er den Formalitäten des Hofes und der Tyrannei der Amtsgeschäfte entfliehen und sich zu seinen Freunden, den Bäumen zurückziehen kann. Dort hat er sich, ein Jahr nach seiner Ankunft, am 19. Mai 1776 eingerichtet und die erste Frühlingsnacht, die er in diesem Landhaus inmitten der Blumen- und Kräuterdüfte verbringt, vom Zwitschern der Vögel in den Schlaf gesungen, wiegt alle Sorgen der Regierung, alle Bitterkeiten der Intrige und Kabale auf. »Zum erstenmal im Garten geschlafen, und nun Erdkulin für ewig ...«[15]

Es kommt oft vor, daß er unter freiem Himmel, eingewickelt in seinen weiten blauen Mantel, schläft und in der Frische der Morgendämmerung den Nebel vom Fluß und den Feldern aufsteigen sieht.

Sobald er einen Augenblick Muße hat, gräbt er um, jätet und ästet aus. Er ist ebenso stolz auf seine Veredlungen wie auf seine Verwaltungsreformen, er brüstet sich mit seinen Pfirsichen, seinen Erdbeeren, seinen Spargeln und seinen Rosen; er schickt sie seinen Freunden, zuweilen mit einem Gedicht, und dabei sind meist die Verse in seinen Augen nicht das kostbarere Geschenk. In der Morgenröte oder auch bei Mondenschein wälzt er sich nackt im Tau der Wiesen. Um die Schönheit mancher Nächte besonders zu genießen, läßt er manchmal Musiker in seinen Garten kommen, ein Streichquartett, einen Flötisten, einige Klarinettisten ... Es sind köstliche Konzerte, die denen gleichen, die Eichendorff in seinem *Taugenichts* oder Jean Paul in den *Flegeljahren* heraufbeschwört, auf den abschüssigen Wiesen vor seinem kleinen Haus, die sanft zu einem murmelnden Gewässer hinunterführen, das sich hinter einem Vorhang aus Weiden, Erlen und Pappeln verbirgt.

9
Lebensschule

An einem Tag im Frühling des Jahres 1775, zu einer Zeit, als Goethe den jungen Herzog von Weimar noch nicht kannte und noch keinerlei Rede davon war, daß er sich in dieser kleinen Hauptstadt niederlassen würde, erhielt er von seinem Freund Lavater zwei Scherenschnitte. Da Goethe ebenfalls von der Physiognomik angetan war, obwohl er diese Wissenschaft nie so streng dogmatisch betrieb wie der Schweizer Psychologe, tauschten die beiden Freunde oft Portraits bekannter oder unbekannter Personen aus und berieten sich gegenseitig über die Analyse der durch die Physiognomie ans Licht gebrachten Charakterzüge. Natürlich ließ sich der Dichter bei diesen Untersuchungen eher durch seinen Instinkt und seine Intuition als durch feste Regeln leiten, und Lavater, der sich der Vorteile bewußt war, die dieses unmethodische Vorgehen mit sich brachte, überprüfte gerne seine eigenen Erfahrungen anhand der Ergebnisse, zu denen sein junger Freund gelangte.

An diesem Tag waren es zwei Frauenprofile, die er ihm vorlegte. Das eine stellte die Marquise Branconi dar, eine berühmte »Schönheit« jener Zeit, der man in höchsten Kreisen Bewunderung und Verehrung zollte und deren Gunst Goethe, wie es wohl scheint, in der Nachfolge mehrerer berühmter Männer der Epoche einige Jahre später gewann. »In Ihrer Gegenwart wünscht man sich reicher an Augen, Ohren und Geist, um nur zu sehen, und glaubwürdig und begreiflich finden zu können, daß es dem Himmel, nach so viel verunglückten Versuchen, auch einmal gefallen und geglückt hat etwas Ihresgleichen zu machen«[1], schreibt er ihr.

Die Marquise war in der Tat eine Frau, die keinen Mann gleichgültig ließ. Aber als er nur ihren Scherenschnitt kannte, da zeichnete er ihr Portait ehrlicher, weil sein Blick noch nicht von Liebe und Schmeichelei verblendet war. »Scharf- nicht Tiefsinn. Reine Eitelkeit. Feine verlangende Gefälligkeit. Witz, ausgebildete Sprache, Wahl im Ausdruck. Widerstand. Gefühl ihrer selbst. Fassend und haltend ...«[2]

Die andere physiognomische Analyse fiel günstiger aus. Goethe erkannte dahinter einen reizenden Frauencharakter, in dem »Treue, Wohlwollen, Naivität, Güte und nachgiebige Festigkeit« triumphierten. Und, wie es Goethe ausdrückt, trug von diesen beiden Eroberinnen die eine, die Marquise von Branconi, den Sieg mit Pfeilen davon, die andere »siegte mit Nezzen«. Diese Frau, deren physische und seelische Züge Freundschaft und Liebe verdienten, war Charlotte von Stein. Jedes Bild dieses liebenswerten Geschöpfes verstärkte nur die Sympathie, die man auf den ersten Blick bereits empfunden hatte. Einige Zeit später rief Goethe vor einer Zeichnung, die sie darstellte und die ihm sein Freund Zimmermann zeigte, aus: »Es wäre ein köstliches Schauspiel zu sehen, wie die Welt sich in dieser Seele spiegelt. Sie sieht die Welt wie sie ist, aber doch durch das Medium der Liebe.« Während dieser Verbindung, die, mit Wechselfolgen von Stürmen, völliger Windstille und leidenschaftlicher Hingabe bis zum Tag seiner Abreise nach Italien andauerte, wird Goethe Zeit finden, dieses Urteil, das er über sie gefällt hatte, als er noch nicht wußte, was ihm diese Frau sein würde, zu bestätigen und zu erweitern.

Diese Mischung aus Sanftmut und Bestimmtheit, die ihn mit Macht angezogen hat, war in der Tat der Hauptwesenszug dieses bezaubernden, edlen, feinsinnigen, gleichzeitig energischen und mitfühlenden Charakters. Ihre Geradlinigkeit, ihr Gefühl für Pflicht und Anstand, ihr ausgeprägtes Moralempfinden, ihre Tugendliebe, vielleicht auch ein gewisser Hochmut, von dem sie nicht ganz frei war, waren wohl der Grund, warum Frau von Stein Goethe während der ersten Monate nach seiner

Ankunft am Hofe wenig Wohlwollen entgegenbrachte. Der Neuankömmling, der eine so große Macht über den Herzog gewann, dieser Bürgerliche aus Frankfurt, den man mit Gunstbezeigungen überhäufte, dieser Stutzer, dem ein ziemlich skandalöser Roman zum Erfolg verholfen hatte und der den ehrbaren Karl August in allerlei tolle Streiche hineinzog, erregte eher ihr Mißfallen. Dieser Geist der Unordnung, sowohl in materieller wie in moralischer Hinsicht, den er personifizierte, flößte dieser besonnenen Ehefrau und klugen Mutter eine besondere Abneigung ein. Charlotte von Stein war von ihrer schottischen Mutter und ihrem Vater, einem Hofmarschall, in der Achtung vor den adligen Tugenden und mit puritanischem Anstand erzogen worden. Dem Arzt Zimmermann, der sie zwei Jahre vorher bei ihrer Badekur in Pyrmont betreut hatte und ihr vorgeschlagen hatte, ihr diesen jungen Dichter vorzustellen, antwortete sie zuerst ziemlich abweisend. Schließlich willigte sie aber doch ein, ihn zu empfangen, wahrscheinlich aus Neugierde und mit der festen Absicht, dieses »Genie«, dessen grobe Manieren sie abstießen und dem sie vorwarf, den Herzog zu verderben, niemals zu ihrem Vertrauten zu machen. »Ich fühls, Goethe und ich werden niemahls Freunde; auch seine Art mit unßern Geschlecht umzugehn gefält mir nicht, er ist eigendlich was man coquet nent, es ist nicht Achtung genug in seinem Umgang.«[3]

Dennoch vergingen kaum zwei Monate, bis das Eis so weit geschmolzen war, daß die adlige und stolze Dame ihr Einverständnis gab, die »Gevatterin« dieses Bürgerlichen zu werden und an seiner Seite ihr gemeinsames Patenkind, die Tochter Wielands, über das Taufbecken zu halten. Nach der Taufe traf man sich im Gartenhaus, wo Charlotte mit gutem Appetit den Spargel verzehrte, den Goethe gerade eigenhändig für sie gestochen und in dem hübschen Brunnen gewaschen hatte.

Von Liebe war da zwischen ihnen noch keine Rede: zumindest von seiten Frau von Steins nicht. Was ihn betrifft, so schrieb er wirre Briefe an Wieland, und vor allem auch ein Billett, das aus abgehackten kurzen Sätzen bestand, die Ausdruck der überschwenglichsten Leidenschaft zu sein scheinen:

»Ich kann mir die Bedeutsamkeit – die Macht, die diese Frau über mich hat, nicht anders erklären als durch die Seelenwanderung. – Ja, wir waren einst Mann und Weib! – Nun wissen wir von uns – verhüllt, in Geisterduft. – Ich habe keine Namen für uns – die Vergangenheit – die Zukunft – das All.«[4] Zweifellos hatten die zugeknöpften Sachsen die Unvorsichtigkeit begangen, ihn ihr als zu gefährlich hinzustellen, als daß sie nicht in Versuchung geraten wäre, ihn kennenzulernen. Niemand konnte der Flamme, die aus seinen schwarzen Augen sprühte, der wunderbaren Unbekümmertheit, die aus seinen Worten und Gesten sprach, seinem Genie schließlich, das in die beiläufigsten Gespräche wie ein Sturzbach einfloß, widerstehen. Welch ein Kontrast zu dem geizigen und kalten Krautjunker, der ihr Mann war, der sich in seinem Verwaltungsformalismus wichtig machte, der stolz auf seine Privilegien war, die ihm sein Adel und sein Titel als Oberstallmeister einbrachten, der völlig von der Sorge um die Stallungen und der Erschließung seiner reichen Güter beansprucht war, so daß er für seine Frau und seine Kinder keine Minute mehr erübrigen konnte. Sie beklagte sich nicht, da sie fromm und fügsam war, aber daß sie darunter litt, wer würde das bezweifeln. Und nun tritt ein junger Dichter in ihr Leben, schön wie ein Gott, durch den *Werther* zu Ruhm gekommen, der sein Glück bei den Frauen und seine Eroberungen längst nicht mehr zählt. Sie begegnet ihm in allen Salons, und sein Anblick beunruhigt sie, verwirrt sie, bringt sie auf und verlockt sie am Ende. Sie könnte ihn gar nicht zu offen meiden, ohne Aufmerksamkeit zu erregen, ohne Anlaß zu Redereien zu geben – und man ist weiß Gott klatschhaft in Weimar. Durch ihre gesellschaftliche Stellung ist sie verpflichtet, mit ihm zu sprechen, ihm zuzulächeln, der übersteigerten Leidenschaftlichkeit Gehör zu schenken, mit der er ihr seine Bewunderung darbringt, und manchmal läßt er sich bereits dazu hinreißen, sie zu duzen. Daß er sich mit solch einer Beharrlichkeit an ihre Fersen heftet, verfehlt nicht seine Wirkung. Sie ist zu sehr Frau von Welt, um die Spröde zu spielen, zu sehr Frau, mit einem Wort, um sich nicht geschmeichelt zu fühlen und glücklich darüber zu sein, unter all den adligen Damen in der Residenz diejenige zu sein, der der größte Dichter des damaligen Deutschland sein Herz zu Füßen legt.

Es gab indes noch andere hübsche Frauen am Hof und in der Stadt, die vielleicht sogar schöner waren als sie. Da waren die Schauspielerinnen des herzoglichen Theaters und Corona Schröter, die sich des Nachts damit vergnügte, spärlich bekleidet, im Park zu posieren. Warum also hat der junge Goethe seinen Blick ausgerechnet auf eine »ernste« Frau geworfen, wo wir bisher doch noch nie erlebt haben, daß er etwas gegen leichte Vergnügungen oder schnelle Eroberungen einzuwenden gehabt hätte. Vielleicht hatte die Erinnerung an diesen Scherenschnitt, den ihm Lavater ein Jahr zuvor gezeigt hatte, als er noch nicht einmal den Namen Charlotte von Steins kannte, seine Phantasie beschäftigt und in ihm die Vorahnung geweckt, daß er diese Frau lieben wird, weil er sie in seinem Innern bereits liebt.

Auf ihren Portraits besitzt Charlotte von Stein eine kalte Schönheit, die nicht einer gewissen Härte entbehrt. Sogar in die Zeichnung, die sie selbst von sich angefertigt hat, hat sie, die sich selbst am besten kennt, in ihren Blick etwas Autoritäres, etwas Dominantes gelegt, das sicher in ihrem Charakter vorhanden ist. Es steht außer Frage, daß es jedoch in keinem Bild gelungen ist, ihren Charme wiederzugeben, der drei Jahre vorher Zimmermann so gefesselt hatte. »Sie hat sehr große schwarze, überaus schöne Augen«, schreibt der Arzt. Ihre Stimme ist weich und dunkel. Sanftmütiger Ernst, Freundlichkeit, leidende Tugend, zarte und tiefe Empfindsamkeit: Das sind die Züge, die jeder auf den ersten Blick in ihrem Gesicht zu erkennen vermag. Die vollendeten Hofmanieren, die sie besitzt, überdecken ein hohes Maß an Schlichtheit, das ihnen einen seltenen Adel verleiht. Sie ist sehr fromm, mit einer Hingabe von ergreifender Inbrunst. Aus ihrem leichten zephirgleichen Schritt und ihrer vollendeten Fertigkeit in künstlerischen Tänzen würde man nicht schließen, daß stilles Mondlicht und Mitternacht ihr Herz mit Gottesruhe füllt. Sie ist ungefähr dreißig Jahre alt, hat viele Kinder und schwache Nerven. Ihre Wangen sind sehr rot, »ihr Teint ist italienisch braun, der Körper mager; ihr ganzes Wesen elegant mit Simplizität«.

Die Gottesruhe, deren sie sich bis zu diesem Tage erfreute, wird nun schweren Anstürmen ausgesetzt sein. Von Goethe geliebt zu werden, ist eine Ehre, aber auch eine Gefahr. Er liebt sie mit der Heftigkeit, die er in all seine Leidenschaften einbringt, und die ihm selbst in den Liebschaften seines sechzigsten und siebzigsten Lebensjahres nicht abgehen wird; bis zum letzten Tag wird dieses ewig junge Wesen wie ein Gymnasiast lieben. Er gesteht ihr seine Liebe mit einer Hitze, die sie erschreckt und entzückt, die ihr gleichzeitig den Schauer des nicht begangenen Fehltritts einjagt und die berechtigte Befriedigung gibt, daß sie sich so standhaft in ihrem Pflichtbewußtsein gezeigt hat. Wie sollte sie ihm nicht sogar eines Tages dankbar sein für die Gelegenheit, die er ihr geboten hat, ihre unerschütterlichen Tugenden unter Beweis zu stellen. Wie sollte sie ihn schließlich nicht lieben für den Sieg über ihn selbst, den er zugelassen hat. Sicher empfindet sie für ihn schon diese Art von großherzigem, ein wenig gefährlichem Mitgefühl des Siegers über den Besiegten. Sicher kann sie sich nicht einer Art von Dankbarkeit erwehren für das Wesen, das das Mißgeschick oder das Geschick gehabt hat, sich als der Schwächere zu zeigen. Sie fühlt sich stark, energisch und selbstsicher genug, um einen ungeduldigen und unternehmungslustigen Bewerber auf Distanz zu halten. Dieses Selbstvertrauen wird ihr ein trügerisches Gefühl der Sicherheit verleihen, das gefährlichste, was man sich in einem Duell wie diesem vorstellen kann, das gerade zwischen diesen beiden begonnen hat.

Würde er sie so sehr lieben, wenn sie seinen Forderungen nicht solchen Widerstand leisten würde, zwar ohne Härte und ohne Aufbrausen, aber mit dieser festen und ruhigen Sanftmut, die einen starken Willen und auch nicht wenig Eigensinn verrät? Ein anderer würde sich entmutigen lassen und anderswo eine leichtere Beute suchen. Er jedoch entdeckt in dem Widerstand, den sie ihm entgegensetzt, das dämonische Element, das sein Dasein, die Fügung seiner Natur und seines Schicksals beherrscht. Er weiß sehr wohl, daß Kampf das Prinzip des Lebens ist und daß keiner sich Mensch nennen darf, wenn er nicht auch ein Kämpfer ist. Außerdem wendet er, um diese Frau umzustimmen, keine der üblichen Verführungskünste an, auf die sich die Don Juans so gut verstehen. Es läge nur an ihm, sich ihrer zu bedienen, sie würden ihm sicher zum Sieg verhelfen. Aber er verzichtet auf solche Durchtriebenheiten, denn sie würden das *Spiel verfälschen*. Die Liebe ist für ihn etwas unendlich Ernstes: eine menschliche Erfahrung von beträchtlicher Bedeutung, aus der man nur Nutzen zieht, wenn man sie sich entwickeln, sich entfalten läßt und nach ihrem eigenen schicksalgegebenen und schöpferischen Rhythmus. Der Mensch erschafft sich in der Liebe und durch die Liebe. Alles, was dieser einzigartigen Schöpfung willkürlich vorgreift oder sie verlangsamt, ist ein Verstoß gegen die Natur und das Schicksal. Zweifellos würde er sie weniger lieben, wenn sie sich weniger keusch, weniger zurückhaltend zeigen würde. Denn dann wäre sie nicht die, die sie sein soll, um ganz die Rolle der »Mutter« zu spielen, die ihr an dieser Kreuzung ihrer Wege, in Zeit und Raum, vom Schicksal zugedacht worden war. Zweifellos hat er auch in ihr, vom Beginn ihrer Beziehung an, einen *Gegner* erkannt, der zunächst seine Verrücktheiten tadelt, dann seine Liebe zurückweist. Sie ist ein Gegner, dessen moralische Größe die Mühe wert ist, gegen sie zu kämpfen und sie am Ende zu besiegen.

Zu allererst war es Goethe, der besiegt wurde, und wenn wir auch glauben, daß er sich später gerächt hat, so ist doch die anfängliche Niederlage frappierend. Charlotte von Stein geht ihm nicht aus dem Weg, sie untersagt ihm nicht, sie zu sehen (das wäre unmöglich an diesem kleinen Hof, wo man sich auf Schritt und Tritt begegnet), aber sie erlegt ihm als Preis ihrer Gegenwart eine Disziplin des Herzens, der Sinne, der Manieren auf, die so bestimmt gefordert und so ergeben angenommen wird, daß dies bei Goethe eine wahrhafte Wandlung bedeutet.

Was würde er nicht alles tun, um sich diese Gegenwart zu erhalten, er, der ohne Unterlaß beteuert, daß er unfähig ist, in der Abwesenheit zu lieben? Das ist so wahr, daß er 1795 seiner

Freundin Friederike Brun, die diese Worte in ihr Tagebuch einträgt, erklären wird: »Die Gegenwart ist die einzige Göttin, die ich anbete ...«, und er läßt dieser Erklärung eine andere folgen, die nicht weniger bezeichnend ist für seinen Skeptizismus gegenüber »geistigen« Freundschaften. Die Freundschaft, sagt er noch, nährt sich von Beziehungen, und wenn diese aufhören oder sich verändern, dann verhungert sie. »Ich bin darüber wie zur Salzsäule erstarrt«[5], kommentiert Friederike Brun.

Charlotte würde sich gern mit einer ätherischen, »geistigen« Verbindung zufriedengeben, die weder ihr Familienleben noch ihre gesellschaftliche Stellung als Hofdame belasten würde, aber Goethe fordert mehr: »Wenn ich mit Ihnen nicht leben soll, so hilft mir ihre Liebe so wenig als die Liebe meiner Abwesenden ... Die Gegenwart im Augenblicke des Bedürfnisses entscheidet alles.«[6]

Seine Liebe für die Gegenwart wurde auf eine harte Probe gestellt durch die langen Aufenthalte des Baron von Stein und seiner Frau auf ihrem Besitz in Kochberg, wo Charlotte als vorbildliche Gutsfrau über Ställe und Hühnerhof wachte. Diese endlosen Trennungen, die ihm die schönste Jahreszeit verdüsterten, gaben ihm Anlaß zu zahllosen Briefen (man hat fast zweitausend Briefe Goethes an Frau von Stein aufbewahrt, und wieviele mögen verlorengegangen sein ...), in denen unaufhörlich das gleiche melancholische erzürnte, verzweifelte Thema wiederkehrt. »Die Gegenwart ists allein.«[7]

»Es ist und bleibt Gegenwart alles – Was hilft mich's dass sie in der Welt sind, dass sie an mich dencken. Sie fehlen mir an allen Ecken ...«[8]

Er wird sogar so weit gehen, die zeitliche Entfernung der endgültigen Trennung gleichzusetzen, indem er sagt, »die Abwesenden sind wie die Toten fern und ohne Gewalt ...«[9]

Er bemüht sich auch, mit Hilfe seiner Briefe, die abwechselnd zärtlich, ironisch, leidenschaftlich, frech sind, diese Illusion der Gegenwart aufrechtzuhalten. Er gibt sich seiner Sehnsucht mit einer einzigartigen Überschwenglichkeit hin, faßt sich wieder, sobald er fürchtet, sie verschreckt zu haben, wechselt vom »Du« zum »Sie« über, wenn er eine allzu gewagte Erklärung abmildern will. Dabei stimmt er charmante Ursprünglichkeit und bedachtsames Fingerspitzengefühl ganz darauf ab, die subtile Liebe, die sie für ihn empfinden kann, empfinden soll, anzufachen, ohne ihr Gelegenheit zu einer dieser in strengem Ton vorgebrachten, manchmal ein wenig pedantischen Mahnungen zu geben, mit denen sie seinen Enthusiasmus zügeln will.

Leider besitzen wir nicht die Briefe Charlotte von Steins an Goethe, die sie aus Vorsicht vernichtet hat, um jede Veröffentlichung zu verhindern. Aber wir können ihren Inhalt und ihre Entwicklung aus den Antworten des Dichters rekonstruieren. Es ist offensichtlich, daß Charlotte, auch wenn sie von dieser Liebe geschmeichelt und selbst verliebt war, ihre Liebe zu Goethe wie die Liebe Goethes zu ihr energisch bekämpft hat; das war die unabdingbare Voraussetzung für die Vertrautheit, die, um weiterzubestehen, auf der Ebene der Freundschaft bleiben mußte. Gewiß, sie verbietet Goethe nicht, von Liebe zu sprechen. Dieses Wort taucht ständig in den Briefen auf, in denen er sie »geliebte Frau«, »überaus geliebte Frau«, »lieber Engel« nennt, was eigentlich nicht auf eine reine Seelenfreundschaft hindeutet; was er in Prosa nicht auszudrücken wagt, sagt er in seinen Gedichten, in denen er sich jede dichterische Freiheit erlaubt.

»Den einzigen, Lida, welchen du lieben kannst,
Forderst du ganz für dich und mit Recht.
Auch ist er einzig dein.
Denn seit ich von dir bin,
Scheint mir des schnellsten Lebens
Lärmende Bewegung
Nur ein leichter Flor, durch den ich deine Gestalt
Immerfort wie in Wolken erblicke:
Sie leuchtet mir freundlich und treu,
Wie durch des Nordlichts bewegliche Strahlen
Ewig Sterne schimmern.«
(An Lida)[10]

Wenn er sich manchmal darüber ärgert, daß sie seine Liebe nicht mit der gleichen Glut erwidert, wenn er über ihre Ausflüchte ungeduldig wird, wo er sie doch in den Sturzbach einer ungebremsten Leidenschaft mit hineinreißen will, so scheint es doch, daß er in anderen Momenten völlig glücklich darüber ist, an ihrer Seite die ruhigen, reinen und ungetrübten Freuden zu genießen, die sie ihm zugestand. Daß sie ein engelhaftes Geschöpf ist von himmlischer Tugend, so daß er in einem Anflug von Glück ausruft: »Ich seh dich eben künftig, wie man Sterne sieht!«, ist so eingerichtet, um das zufriedenzustellen, was in ihm immer nach einer ruhigen Glückseligkeit gestrebt hat, sogar in der Zeit seiner *titanischsten* Leidenschaften. Selbst die romantische Liebe nährt sich nicht immer durch Stürme, und den Preis für die Seligkeit, die der Dichter bei diesem schönen, edlen, keuschen, zurückhaltenden, doch nicht widerspenstigen Geschöpf fand, kannte er wohl, er wußte auch ihren wahren Wert zu schätzen.

»Kanntest jeden Zug in meinem Wesen,
Spähtest, wie die reinste Nerve klingt,
Konntest mich mit einem Blicke lesen,
Den so schwer ein sterblich Aug durchdringt;
Tropftest Mäßigung dem heißen Blute,
Richtetest den wilden irren Lauf,
Und in deinen Engelsarmen ruhte
Die zerstörte Brust sich wieder auf;
Hieltest zaubergleich ihn angebunden
Und vergaukeltest ihm manchen Tag.
Welche Seligkeit glich jenen Wonnestunden,
Da er dankbar dir zu Füßen lag,
Fühlt sein Herz an deinem Herzen schwellen,
Fühlte sich in deinem Auge gut,
Alle seine Sinne sich erhellen
Und beruhigen sein brausend Blut!«
(Jägers Abendlied)[11]

Wir haben mehr als ein Zeugnis des Einflusses, den diese kluge und besonnene Frau auf einen Dichter von achtundzwanzig

Jahren ausgeübt hat, der vor Lebenskraft, vor Ungestüm, vor Liebesbedürfnis, vor Verlangen nach Genuß überströmt. Die Tragödie *Iphigenie*, das Drama der Läuterung, *Torquato Tasso*, das Drama von der Unfähigkeit des romantischen Künstlers, sich an die Welt stiller und glücklicher Heiterkeit anzupassen, die die Prinzessin verkörpert, aber auch manche Gedichte tragen Spuren der Verwandlung, die sich bei Goethe unter der ruhigen und energischen Führung Charlotte von Steins vollzog. Es war in der Tat unerläßlich, daß er sich veränderte, um von ihr geliebt zu werden; es war aber auch unerläßlich, daß er sich veränderte, damit sein Aufenthalt in Weimar zur vollen Wirkung gelangen konnte. Diese am Hof verlebten Jahre konnten nur dann fruchtbar sein, wenn er, ohne seine Persönlichkeit zu verleugnen, sich dem anpaßte, was seine neue Umgebung von ihm erforderte.

Diese Anpassung, die Tasso törichterweise hochmütig ablehnt, ist für Goethe ein notwendiges und nützliches Gebot. Er betrachtet sie weder als Zugeständnis noch als eine Selbstaufgabe; sich zu beschränken heißt sich zu bereichern. Er reißt nicht alle Schranken nieder, wie ein Kleist, ein Hölderlin, ein Büchner, selbst auf die Gefahr hin, jenseits der Schranken nicht die ersehnte Freiheit, sondern den Abgrund zu finden; er akzeptiert sie, weil er weiß, daß sie ihn der Vertiefung, der Vervollkommung näherbringen. So schätzt er Charlotte um so mehr, als er einsieht, daß sie genau diejenige ist, die sie sein muß, um ihn zur weiteren Entfaltung zu führen. Und wenn sie in ihrer gewollten Kälte ein wenig den antiken Statuen gleicht, die für ihn das Ideal bildhauerischer Kunst darstellen, so paßt diese Kälte sehr gut zu dem neuen klassischen Gefühl, das sich in ihm entwickelt, zu seiner Verehrung für das Altertum, einer Verehrung, die durch das Erlebnis Italiens bis zum Fanatismus gesteigert wird.

Die Natur Goethes konnte jedoch nicht dauernd in diesen eisigen Höhen verweilen. Einige Schauspielerinnen des herzoglichen Theaters, insbesondere Corona Schröter, die der Dichter in seiner Studienzeit am Leipziger Theater bewundert hatte, und die er unerwartet im Weimarer Ensemble wiedertraf, gaben Charlotte von Stein nicht ganz unbegründeten Anlaß zur Eifersucht, der sie ziemlich scharf Ausdruck verlieh. Goethe hat bei weniger himmlisch reinen Geschöpfen weniger ätherische Freuden gesucht. Ist denn Charlotte von Stein für ihn niemals etwas anderes als eine platonische, den sinnlichen Genüssen unzugängliche Geliebte gewesen?

Die Goethe-Biographen diskutieren schon lange und ausführlich diese Frage, ohne zu einer wirklich überzeugenden Lösung zu kommen. Gewiß, da war jene Nacht vom 22. März 1781, in der sie ihn in seinem kleinen Gartenhaus besuchte; es ist möglich, daß in dieser Nacht ein anderes Feuer als das der keuschen Freundschaft in ihren großen Mandelaugen leuchtete. Wenn sie sich ihm, wie manche annehmen, in dieser Nacht nach einem fünf Jahre dauernden »Noviziat« *hingegeben* hat, so glaube ich nicht, daß diese *Hingabe* ihrer Liebe, die sie seit so langer Zeit vereinte, wirklich noch etwas hinzufügen konnte. Ich frage mich im übrigen, ob Charlotte von Stein wirklich, im fleischlichen Sinne des Wortes eine Geliebte war. Wenn ich die *Römischen Elegien* richtig gelesen habe, kommt es mir so vor, als hätte Goethe erst in Italien die fleischliche Lust in ihrer ganzen Fülle bei der rätselhaften Faustina entdeckt, die vielleicht einfach nur eine dieser römischen Kurtisanen war, deren gefährliche Reize er fürchtete und doch zugleich heftig begehrte.

Indes ist es wohl nicht von ungefähr, daß sich von dieser Nacht des 22. März an der Tonfall in Goethes Briefen verändert. Noch einige Tage zuvor sprach er viel von ihren Seelen, da allein die Seelen in ihre Liebe einbezogen waren. »Meine Seele ist fest an die deine angewachsen ... Ich wollte daß es irgend ein Gelübde oder ein Sakrament gäbe, das mich dir auch sichtlich und gesetzlich zu eigen machte ...«[12]

»Ich sehne mich nach Ihren lieben Augen, die mir gegenwärtiger sind als irgend etwas sicht oder unsichtbares. Noch nie hab ich Sie so lieb gehabt und noch nie bin ich so nah gewesen Ihrer Liebe werth zu seyn.«[13]

Am 17. März schickt er ihr die ersten Veilchen aus seinem Garten, aus dem er immer die ersten Früchte für sie reserviert, die ersten Spargel, die ersten Erdbeeren und schreibt ihr: »Ihr Geist ist bei mir und hilft mir zu schöpfen, hilft mir ihrer Liebe werth zu seyn ...«

Bedeutet der neue Tonfall, den wir in den Briefen ab diesem 22. März 1781 hören werden, und vor allem der glückliche Ausruf an diesem Tag: »Wir haben noch so keinen schönen Frühling zusammen erlebt, möge er keinen Herbst haben«, die Befriedigung der Sinne oder nur, wie er am 12. März schrieb, das Ende eines »Noviziats«, das ihm ziemlich lang vorkam? Alles was noch an Beunruhigung, Scham, vielleicht sogar Mißtrauen bei Frau von Stein vorhanden war, scheint ab dem Moment verschwunden zu sein. Ob diese Vertrautheit nun auf die Harmonie der Körper oder auf ein noch vollkommeneres Einvernehmen der Seelen gegründet ist, sie hat jedenfalls einen fast ehelichen Charakter angenommen. Er würde ihr heute nicht mehr wie vor vier Jahren schreiben: «Ja lieb Gold, ich Glaub wohl dass Ihre Lieb zu mir mit dem Abseyn wächst, denn wo ich weg bin können sie auch die Idee lieben die Sie von mir haben, wenn ich da bin wird sie offt gestört, durch meine Thor und Tollheit ...«[14]

Jetzt geben sie sich das rührende Gelübde, daß sie, wenn sie voneinander getrennt sind, zur selben Stunde denselben Stern anschauen wollen. Goethe kann es sich nun erlauben, die unglücklichen Unternehmungen des Baron von Stein in der Landwirtschaft offen zu kritisieren, indem er darauf hinweist, »daß ein Mensch der seine Lebzeit am Spieltisch zugebracht hat, nicht ein Bauer werden kann«.[15]

Ausgeglichenheit kehrt nun in ihre Beziehung ein; man findet in ihr nicht mehr diese fieberhafte Glut, dieses wütende Unbefriedigtsein, das in Bitten, in Klagen, in Vorwürfen herausbrach. Zuvor ärgerte er sich über das stille Glück, das sie ihm aufzwang; jetzt genießt er es, vielleicht deshalb, weil diese Vestalin nun in gewissen Momenten auftaut und menschlich wird, vielleicht weil sie erkannt haben, daß ihre gegenseitige Liebe nur fortdauern und wachsen konnte im Verzicht auf die körperliche Vereinigung. In der Tat stammen aus dieser Zeit die schönsten, die edelsten Briefe, diejenigen, in denen sich das körperliche Verlangen im Feuer der überhöhten Leidenschaft verzehrt. »Sie (deine Gestalt) leuchtet mir freundlich und treu, wie durch des Nordlichts bewegliche Strahlen ewige Sterne schimmern«, schreibt er ihr am 9. Oktober 1781 aus Gotha, wohin er in diplomatischer Mission gefahren ist; und am 29. Oktober 1781 von Jena: »Meine Seele ist an dich fest gebunden, deine Liebe ist das schöne Licht aller meiner Tage, dein Beyfall ist mein bester Ruhm ...«

Das Glück verleiht Goethe neue Kräfte, um sich seinen Verwaltungsaufgaben zu widmen, die er oft als sehr belastend empfindet und von denen er manchmal gerne befreit wäre. Als Herzog Karl August, der ihm für seine Dienste danken will, vom Kaiser für ihn die Urkunde über seine Erhebung in den Adelsstand erhält, die den von seinem Großvater, dem Hufschmied, ererbten bürgerlichen Namen in *von Goethe* verwandelt, schickt der Dichter den kostbaren in rote Seide gebundenen und mit dem Doppeladler gesiegelten Adelsbrief sofort der geliebten Frau, da er alles, was ihm an Glück und Schönem widerfährt, auf sie zurückführt, da sie es ist, die ihn zu dem gemacht hat, was er ist. Er ist viel zu stolz, um sich auf dieses Dokument etwas einzubilden und betrachtet es mit einer gewissen Ironie – glaubt man denn, ihn auf diese Weise zu einem Ebenbürtigen all dieser vielen »Kröten und Basilisken« zu machen, die den Hof bevölkern? – und auch mit einer gewissen Ernüchterung, denn er hätte gerne aus diesem Titel mehr Vergnügen gezogen. In dem Brief, den er beigelegt hat, klingt an, wie schwer dieses artifizielle Leben, in dem er, wie er sagt, die Rolle des »Großmeisters der Affen« spielt, auf ihm lastet, wie wenig er sich für die Verwaltung und die formellen Banalitäten geschaffen fühlt, wie sehr er sich im Grunde danach sehnt, die zwei wichtigsten Dinge des Lebens vollständig und alleinig zu besitzen: die Liebe und das dichterische Schaffen. »Wieviel wohler wäre mir's wenn ich von dem Streit der politischen Elemente abgesondert, in deiner Nähe meine Liebste, den Wissenschafften und Künsten wozu ich gebohren bin, meinen Geist zuwenden könnte.«[16]

Dieser lange Aufenthalt in Weimar, der sich vom Herbst

1775 bis zu seiner Abreise nach Italien im Jahre 1786 ausdehnt, erschien ihm mehr als einmal langweilig, trotz der wissenschaftlichen Studien, denen er sich leidenschaftlich hingab, trotz der Abfassung des ersten Teils von *Wilhelm Meister*, der ihn sehr in Anspruch nimmt – und trotz der Liebe. Es scheint, daß in gewissen Augenblicken, wo Überdruß und Entmutigung ihn aus dem Herzogtum vertrieben hätten, ihn nur die Gegenwart Charlotte von Steins zurückgehalten hat. Obwohl er an der Jenaer Universität die Museen, die Bibliotheken, die Sammlungen und Laboratorien vorfindet, die er für seine Arbeiten über den Kieferzwischenknochen, für seine botanischen Forschungen benötigt, schwindet der Reiz des kleinen Hofes dahin. Goethe bemerkt eines Tages, daß er die herzoglichen Jagden leid ist und daß »viel Lärms um einen Hasen todt zu jagen«[17] gemacht wird.

Seine Untersuchungen über das Barometer, das Thermometer, die Infusorien trösten ihn über die sture Eintönigkeit der täglichen Arbeit hinweg.

Er empfindet zuweilen ein großes Bedürfnis nach Einsamkeit, dem er nachkommt, indem er im September 1783 eine Harzreise unternimmt. Da sein Leben außerhalb der Stadt mit der Vielzahl seiner Aufgaben nicht mehr zu vereinbaren ist, läßt er sich in dem schönen Haus am Frauenplan nieder, in dem er bis zu seinem Tod bleiben wird. Der Herzog hatte es ihm zur Verfügung gestellt, später übereignet. Von Zeit zu Zeit wird er den Tag allein in jenem kleinen Gartenhaus verbringen, wo sie beide so glücklich gewesen sind. »Was es auch sey, so fühl ich ein unendliches Bedürfniß einsam zu seyn.«[18]

Und auch: »Wie sehr fühle ich, daß du der Ancker bist an dem mein Shifflein an dieser Rhede festhält.«[19]

Dieser Frieden läuft in der Tat Gefahr, sich in Betäubung und Erstarrung zu verwandeln. In der Atmosphäre einer lauen Genügsamkeit kann es einem leicht passieren, wenn man nicht wachsam ist, daß man die wichtigsten Anforderungen des Lebens vergißt, die höchsten und anspruchsvollsten Pflichten, die unabdingbar sind für die vollkommene Verwirklichung seiner selbst und die ganz andere Tätigkeiten beinhalten, als die Rekrutierung der kleinen Armee, die Auswahl der Schauspieler, die »Ausbeute« des Ilmenauer Bergwerks, ein Unternehmen, dem kein Erfolg beschieden war. Auch die Liebe kann ihm nicht immer das Maß an Glück bescheren, das er ersehnt. Immer wieder stößt man bei den Geständnissen in diesen Briefen auf die Wechselfälle einer Verbindung, die zu dem Zustand zurückzukehren scheint, in dem sie sich am Anfang befunden hat. Ist die geistige Harmonie durch Krisen körperlichen Verlangens gestört? Die Vermutung liegt nahe, wenn man die Briefe liest, die Goethe aus Braunschweig auf Französisch an Frau von Stein schrieb, wohin der Dichter den Herzog begleitet hatte. Im Juni 1784 schien er jedoch noch der glücklichste und zufriedenste aller »Ehemänner« zu sein. »Ja liebe Lotte ietzt wird es mir erst deutlich wie du meine eigene Hälfte bist und bleibst. Alle meine Schwächen habe ich an dich angelehnt, meine weichen Seiten durch dich beschützt, meine Lücken durch dich ausgefüllt ...«[20]

Während dieses langen Monats, den er fern von ihr verbringt und sich über seine Abwesenheit ärgert, leidet er unter einem Schmerz, der nicht nur seelisch ist, und ist sehr aufgebracht über die endlosen Verhandlungen, die den Herzog von Braunschweig davon überzeugen sollen, daß es in seinem Interesse liegt, in die Fürstenliga einzutreten und den Kampf Friedrichs II. von Preußen gegen Österreich zu unterstützen. »Il faut que tu sentes combien je suis a toi, combien je desire de te revoir. Non, mon amour pour toi n'est plus une passion c'est une maladie, une maladie qui m'est plus chere que la santé la plus purfaite, et dont je ne veux pas guerir.« (»Du mußt fühlen, wie sehr ich dir gehöre, wie sehr es mich verlangt, dich wiederzusehen. Nein, meine Liebe für dich ist nicht mehr eine Leidenschaft, sie ist eine Krankheit, eine Krankheit die mir lieber ist als die vollkommenste Gesundheit und von der ich nicht genesen will.«)[21]

Die Jahre vergehen. Die Schule der Lebensweisheit hat ihre Früchte getragen. Goethe hat zu einem vollkommen harmonischen Dasein gefunden. Es ist ihm gelungen, die praktische Tätigkeit, die wissenschaftliche Forschung, die Freude an der

Natur, das dichterische Schaffen und die Liebe in ein Gleichgewicht zu einander zu bringen. Das dichterische Schaffen mußte zweifellos zurückstehen; während der Weimarer Zeit, die von 1775 bis 1786 dauerte, hat er kein großes Werk vollendet. Das große Epos *Die Geheimnisse*, das das ganze Denken Goethes über die Hauptprobleme des Individuums und der Gesellschaft fassen sollte, blieb nach kurzer Zeit liegen, vielleicht weil der Dichter ahnte, daß er die Schwelle des Unbeschreiblichen erreichte, daß er in den Bereich der Wahrheit vordrang, der nicht aufgedeckt werden soll und vielleicht auch nicht aufgedeckt werden kann. So sind die *Geheimnisse* ein wunderschöner Torso geblieben, ein kurzer Blick auf eine eigenartige Gesellschaft von Rosenkreutzern, die wir später in der *Turmloge* des *Wilhelm Meister* wiederfinden werden. *Iphigenie* wartet auf die italienische Sonne, um zu voller Reife zu gelangen. *Tasso* ist noch im Zustand des Entwurfes. Die aus dieser Epoche stammenden lyrischen Gedichte sind fast alle von seiner Liebe zu Charlotte von Stein durchdrungen und legen von ihr Zeugnis ab. Und wenn er den *Urmeister* schreibt, den der die Kindheit und die theatralische Berufung des Helden dieses ausführlichen Entwicklungsromans zum Thema hat, so tut er das, um von seiner Jugend Abschied zu nehmen, um eine dieser »Abrechnungen« vorzunehmen, die periodisch wiederkehren und die er für notwendig und fruchtbar hält.

Dafür hat der Gelehrte mehr Ergebnisse zu verzeichnen als der Dichter. Die Entdeckung des Kieferzwischenknochens im März 1784 hat ihm ungeheure Glücksgefühle geschenkt, die allein die Wissenschaft ihm gönnt, da die dichterische Schöpfung für ihn stets mit Leiden verbunden ist. Goethe hielt sich für einen großen Gelehrten, und er war es in gewissem Sinne auch, denn seine Entdeckungen hatten etwas Prophetisches; wenn sie auch zum Teil nicht wissenschaftlich fundiert waren, so vermindert das nicht ihren bahnbrechenden Wert und die Bedeutung, die sie für ihn als Schlüssel für den Aufbau des Kosmos besaßen. Vielleicht trachtete er insgeheim mehr danach, ein großer Gelehrter als ein großer Dichter zu sein; denn niemand leugnete sein dichterisches Genie, während ihm die

Welt der Wissenschaft ihre Anerkennung versagte. Sie sah in ihm den Amateur, den »Dichter«, und tat seine Methoden und Ergebnisse als unseriös ab. Der Kieferzwischenknochen war für ihn der Beweis seiner Theorie, daß das ganze Tierreich eine Einheit darstellte. Die Tatsache, daß der Mensch wie das Tier diesen Zwischenknochen besitzt, den er bis jetzt vergeblich in unzähligen menschlichen Schädeln gesucht hatte, bestätigte nicht die Entwicklungslehre nach Darwin, sondern die Existenz eines animalischen Typus entsprechend dem vegetabilen Typus, den er in der Urpflanze zu finden glaubt. Er schrieb auch am Tag dieser Entdeckung voller Begeisterung an die Vertraute all seiner Freuden: »Ich habe eine solche Freude, daß sich mir alle Eingeweide bewegen.«[22]

Diese Idee von der Einheit des Typus, dessen Bestätigung er gerade in den anthropologischen Sammlungen des Osteologen Loder erhalten hat, zeigt sich ihm andererseits in der Pflanzenwelt. Die Vorahnung davon überkam ihn an dem Tag, als er nach Ilmenau abreiste und nur ein Buch, die *Philosophie der Botanik* von Linné, mitnahm. Da er fünf Tage allein war, fünf Wintertage, an denen der blendende Schnee sein Licht auf dem Papier reflektierte, bis ihn die Augen schmerzten, vertiefte er sich in Linné. Kein anderes Buch war ihm zugänglich, keine Unterhaltung möglich: Die absolute Einsamkeit. »Es ist die beste Art ein Buch gewiss zu lesen, die ich öffters prackticiren muß, besonders da ich nicht leicht ein Buch auslese ...«[23]

Linné hat ihm also auf einem einfachen Umweg das Gegenstück zu dem beigebracht, was er lehrte, die Einheit der Pflanzenwelt.

Durch seine natürliche Denkart und durch das frühere Studium der Alchimisten und der großen Naturphilosophen wie Paracelsus war Goethe zu der Überzeugung gelangt, daß das Universum von dem Prinzip der Einheit regiert ist. Ein Prinzip, das gleichzeitig ein Schönheitselement ist, denn in diesem »Typus« muß die höchste Schönheit wohnen, die der platonischen »Idee« vergleichbar ist. Der Fortbestand des Kieferzwischenknochens im menschlichen Schädel ist daher, seiner Auffassung nach, das beweiskräftigste Zeugnis dieser Einheit;

es stellt den Menschen wieder in die Reihe der Tiere zurück, wie sehr das den Stolz der »Krone der Schöpfung« auch verletzen mag.

Goethe, der immer darum bemüht ist, die geliebte Frau an allem teilhaben zu lassen, informiert sie über seine Fortschritte in der Algebra, obwohl er für die Mathematik nicht sehr begabt ist, die so abstrakt und vom Leben losgelöst ist, und dadurch bar jenes organischen Elements, dessen Goethe bedarf, damit sein Interesse geweckt wird. Er hat Charlotte schon Spinoza auf Lateinisch lesen lassen; er erzählt ihr von dem Leben der Infusorien und lädt sie ein, durch das Mikroskop zu schauen, um die »unendlich Kleinen« zu beobachten, die ihr das Geheimnis der Samenkörner enthüllen werden, deren Keimungsprozeß er auf langen, mit Erde bedeckten Tischen studiert.

Die wissenschaftliche Leidenschaft lenkt ihn von der Liebesleidenschaft ab; er vergißt darüber den Trennungsschmerz. Der allgemeine Ton seiner Briefe ist ruhiger geworden. Die Liebe hat eine stille Bucht erreicht, wo kein Sturm mehr zu fürchten ist. Ist es Gleichgültigkeit, Gewohnheit, Sicherheit? Er, der sie früher mit solchem Ungestüm bedrängte, bittet nun um Ruhe, um Frieden.

Knebel hat ihm ein angenehmes Quartier in seinem Jenaer Haus gegeben, ein helles und freundliches Zimmer, wo er sich in seine Jugend zurückversetzt fühlen kann. Mit seinen sechsunddreißig Jahren führt er noch einmal ein Studentenleben, hört die Vorlesungen Loders und Büttners und verbringt lange Stunden in der Bibliothek und im naturgeschichtlichen Seminar.

Die Trennung hat ihren Stachel verloren. Aus seinen Briefen ist die Sehnsucht verschwunden, die ihn so quälte, sobald er sich von Charlotte entfernte. Wahrscheinlich beschäftigen ihn ganz andere Dinge als die Liebe. Er ist deshalb sicherlich nicht weniger verliebt, aber er hat andere Dinge im Kopf, zum Beispiel herauszufinden, wie die Keimung der Kokospalme vor sich geht. Er schlägt seiner Freundin als Zeitvertreib und als höchstes Vergnügen vor, in sein Laboratorium zu kommen, um seine Präparate in Augenschein zu nehmen. Früher, wenn sie nach Kochberg fuhr, oder wenn er selbst an einem benachbarten kleinen Hof eine Mission zu erledigen hatte, war jedes kleine Billett ein Schmerzensschrei. Heute macht er nur noch hin und wieder eine Anspielung auf ihre Leidenschaft; sie sind wie zwei alte Eheleute, die es nicht mehr für nötig halten, sich zu sagen, daß sie sich lieben.

Liebt er sie noch? Gewiß, doch sie wollte ihn zur Vernunft bringen, und nun ist er vernünftig geworden. Zehn Jahre sind schon seit jenem Tag vergangen, als die schöne neue Kutsche des Rates Knebel ihn nach Weimar gebracht hatte. Zehn außerordentlich fruchtbare Jahre, vielleicht nicht so sehr für sein Werk als vielmehr für seine menschliche Entfaltung. Wieviele Erfahrungen hatte er während dieser Jahre gewonnen, von denen er nicht ahnte, daß sie sein Leben in dem Maße bereichern würden. Auf allen Gebieten, wie Verwaltung, Justiz, Politik, Gesellschaft, Diplomatie, ja sogar Militär, hat er die Kenntnisse eines Spezialisten erlangt. Jena hat ihm alle Lehrer und Arbeitsinstrumentarien einer Universität, die vielleicht die beste Deutschlands war, zur Verfügung gestellt. Das Hoftheater hat es ihm ermöglicht, hinter die Kulissen zu schauen, andere Schauspieler als die der französischen Truppe des Besatzungsheeres oder der über die Lande tingelnden Schaubühnen kennenzulernen, deren Abenteuer er mit sehnsüchtiger Zärtlichkeit im *Urmeister* beschreibt.

Eine noch wichtigere Errungenschaft ist vielleicht, daß sich die menschliche Seite seiner Persönlichkeit erweitert, vertieft und eine gewisse Geschmeidigkeit angenommen hat. Die Verlobungszeit mit Lili Schönemann hatte in ihm den *Gesellschaftsmenschen* vervollkommnet, doch handelte es sich dort noch um eine Gesellschaft provinzieller Großbürger. Heute ist er ein *Hofmensch* geworden, und obwohl die Etikette in dieser kleinen sächsischen Residenz nicht so starr und gekünstelt war, gab es doch gewisse Riten, von denen der junge Bürgerliche keine Ahnung hatte. Damit ihm kein »Fauxpas« unterlief, was in einer Umgebung wie dieser gern als grober Verstoß angesehen wurde, mußte er sich umstellen, in sich eine »zweite Natur« schaffen, ohne daß dabei jedoch seine Handlungen, Gesten und Worte ihre Natürlichkeit verlieren durften. Auf natürliche Art künstlich zu sein, ist das oberste Gesetz des Hofes. Es galt, Goethes Ungestüm zu zügeln, von seinen Originalitäten nur die zu bewahren, die schicklich waren und äußerstenfalls als eine pikante Eigenart zugelassen werden konnten; im übrigen hatte er sich in das tägliche Ballett einzufinden, das das Leben an der Residenz darstellte, und seinen Part zu tanzen, ohne dabei seinen Mitspielern unterlegen zu erscheinen, ohne die Harmonie der Aufführung durch einen Fehltritt zu stören. Das war die erste Aufgabe, die sich ihm stellte, und sie zu bewältigen war um so entscheidender, als er von einer Kamarilla eifersüchtiger und mißtrauischer Adliger überwacht wurde, die argwöhnisch den leisesten Fehler erspähten.

Die Biegsamkeit seiner Natur, seine Fähigkeit zu Verwandlungen, die Formbarkeit seines Charakters erleichterten ihm diese Anfangszeit, die für einen anderen sicher beschwerlicher gewesen wäre. Sein Harmoniebedürfnis erweckte in ihm den Wunsch, sich in diese Gemeinschaft des Hofes einzufügen, sich äußerlich und in gewissem Maße auch innerlich denen anzugleichen, die ihr durch Geburt angehörten. Seine Vertrautheit mit Charlotte von Stein hat viel dazu beigetragen, ihm die Zeit der Eingewöhnung zu verkürzen; ganz natürlich wollte er ihr gefallen und setzte alles daran, sich dem Ideal zu nähern, das sie sich gebildet hatte. Er verstand es, sich mit feiner Gelehrigkeit formen zu lassen. Schnell hatte er begriffen, daß diese Lehrzeit, die jedem anderen unsinnig, absurd oder belanglos erschienen wäre, zum Ziel hatte, seiner Persönlichkeit den entscheidenden Schliff zu geben. Der widerspenstige Titan läßt sich zähmen und wird zum Höfling. Ohne daß er überhaupt daran dachte, deren Berechtigung in Frage zu stellen, beugte er sich den gesellschaftlichen und moralischen Regeln, die für Frau von Stein den Kodex der Lebensart und der Tugend darstellten. Gewiß fand er sich mit Charlotte mehr als einmal in der Situation wieder, die Torquato Tasso mit der Prinzessin erlebt, aber in seinem Drama gibt er dem Dichter die Schuld, der es nicht verstanden hat, sich anzupassen. Als Naturforscher wußte

Goethe, daß die Art, die sich nicht anpassen kann, zum Verschwinden verurteilt ist. Es ist also eine Maxime der Vernunft und nicht utilitaristischer Pragmatismus, was die Anpassung zu einer Grundbedingung der Dauer, des Fortbestandes, des Fortschritts, mit einem Wort, des Lebens macht.

Jeder Tag in diesen zehn Jahren war also der Bemühung gewidmet, sich *organisch* dem anzupassen, was diese Umgebung von ihm forderte. In jeder Hinsicht, auf allen Ebenen, unter allen Umständen machte er sich zu dem, was er sein mußte. Einmal mehr *zog ihn* das Ewig-Weibliche *hinan*, zwang ihn zu den Metamorphosen, die der Entfaltung seiner Persönlichkeit dienten. Diese Lektion der Vernunft, die ihm täglich von Charlotte von Stein erteilt wurde, erschien ihm zweifellos mehr als einmal zermürbend, und der Schüler lehnte sich heftig dagegen auf. Sie bestrafte diese Rebellion mit strengem Ernst, oder schmollte, bis er um Verzeihung bat; sie willigte nur dann ein, ihn wieder zu empfangen, wenn er versprach, seine *Liebesglut* in den Grenzen des Anstandes zu halten.

Wieder einmal bestätigte sich für Goethe, daß viel mehr Größe darin liegt, sich zu beschränken als einem unerreichbaren Unendlichen nachzujagen. Sein neues Ideal hat er in einem Gedicht ausgedrückt, dem er den Titel *Das Göttliche* gab, da die Verwirklichung dieses Ideals den Menschen den Göttern selbst gleichstellen würde.

> Edel sei der Mensch,
> Hilfreich und gut!
> Denn das allein
> Unterscheidet ihn
> Von allen Wesen,
> Die wir kennen.
>
> Heil den Unbekannten
> Höhern Wesen,
> Die wir ahnen!
> Sein Beispiel lehr' uns
> Jene glauben.

Denn unfühlend
Ist die Natur;
Es leuchtet die Sonne
Über Bös und Gute
Und dem Verbrecher
Glänzen wie dem Besten
Der Mond und die Sterne.

Wind und Ströme,
Donner und Hagel
Rauschen ihren Weg
Und ergreifen,
Vorüber eilend,
Einen um den andern.

Auch so das Glück
Tappt unter die Menge,
Faßt bald des Knaben
Lockige Unschuld,
Bald auch den kahlen,
Schuldigen Scheitel.

Nach ewigen, ehrnen
Großen Gesetzen
Müssen wir alle
Unseres Daseins
Kreise vollenden.

Nur allein der Mensch
Vermag das Unmögliche;
Er unterscheidet,
Wählet und richtet;
Er kann dem Augenblick
Dauer verleihen.

Er allein darf
Den Guten lohnen,

Den Bösen strafen,
Heilen und retten.
Alles Irrende, Schweifende
Nützlich verbinden.

Und wir verehren
Die Unsterblichen,
Als wären sie Menschen,
Täten im großen,
Was der Beste im kleinen
Tut oder möchte.

Der edle Mensch
Sei hilfreich und gut!
Unermüdet schaff' er
Das Nützliche, Rechte,
Sei uns ein Vorbild
Jener geahneten Wesen![24]

Wenn Prometheus und der junge Goethe, als Sohn des Titanen, es früher als »edler« erachtet hatten, sich nicht den »ewigen, ehrnen Gesetzen« zu beugen und den Göttern zu trotzen, so weiß der erfahrene Mann heute um den Adel, der in der Annahme, in der Einwilligung, der Ergebung in den Willen der Götter liegt. Zu diesem Ideal des für die Gesellschaft nützlichen Wesens, das er auch zu seinem gemacht hat, gesellt sich das Ideal des religiösen Menschen in der Art der Griechen, deren Frömmigkeit, die sich so sehr von der christlichen unterscheidet, er in seiner *Iphigenie* lebendig werden läßt.

In der Tat erlaubt uns eine genaue Kenntnis der Götter, die »Grenzen der Menschheit« zu entdecken und zu bemessen. So heißt deshalb auch der Titel des zweiten Gedichtes, das Goethes religiöses Denken zu dieser Zeit und sein Ideal menschlicher Verwirklichung zusammenfaßt. Das Lied der Parzen in der *Iphigenie* befiehlt den Menschen, »die Götter zu fürchten«. Aber es sind die Parzen, die sprechen, die furchtbaren Mütter, die das irdische Los der Menschen spinnen. Der

Geist des Menschen darf nicht von der Furcht beherrscht sein; es ist edler und fruchtbarer, die Götter zu lieben, ihre Größe anzuerkennen, unsere Kleinheit an ihrer Unendlichkeit zu messen. Und da erklingt wie eine erhabene Antwort auf die leeren Gotteslästerungen des Prometheus das großartige Gedicht, das der Gesang der Reife ist, der geistige Erguß des Weisen, der die Harmonie zwischen dem eigenen Ich, dem Universum und dem Göttlichen zu verwirklichen sucht. Wenn das vorhergehende Gedicht das menschliche Streben nach Vollendung als einen göttlichen Akt pries, so betitelt Goethe jetzt das Bekenntnis seines Glaubens und sein Wissen um die Götter mit »Grenzen der Menschlichkeit«. Es scheint, als stünden diese beiden Flügel des Diptychons im Gegensatz zueinander, aber dem ist nicht so; in Wirklichkeit gibt allein die Einsicht in die Grenzen einen exakten Begriff von der Unbegrenztheit. Die einzig angemessene Haltung für den Menschen, der begreift, wie seine Beziehungen mit dem Göttlichen sein sollen, ist Achtung, Verehrung, Gelehrigkeit, Liebe.

Wenn der uralte,
Heilige Vater
Mit gelassener Hand
Aus rollenden Wolken
Segnende Blitze
Über die Erde sät,
Küss ich den letzten
Saum seines Kleides,
Kindliche Schauer
Treu in der Brust.

Denn mit Göttern
Soll sich nicht messen
Irgend ein Mensch.
Hebt er sich aufwärts
Und berührt
Mit dem Scheitel die Sterne,
Nirgends haften dann

Die unsichern Sohlen,
Und mit ihm spielen
Wolken und Winde.

Steht er mit festen,
Markigen Knochen
Auf der wohlgegründeten,
Dauernden Erde,
Reicht er nicht auf,
Nur mit der Eiche
Oder der Rebe
Sich zu vergleichen.

Was unterscheidet
Götter von Menschen?
Daß viele Wellen
Vor jenen wandeln,
Ein ewiger Strom:
Uns hebt die Welle,
Verschlingt die Welle,
Und wir versinken.

Ein kleiner Ring
Begrenzt unser Leben,
Und viele Geschlechter
Reihen sie dauernd
An ihres Daseins
Unendliche Kette.[25]

Diese Einsicht leugnet die *Sturm und Drang*-Romantik des Prometheus. Diese Frömmigkeit definiert den *klassischen* Begriff des Verhältnisses der Menschen zu den Göttern. In Weimar empfindet Goethe, gelenkt von der sanften Strenge Charlottes, die Freude, eine fruchtbare, nützliche Tätigkeit auszuüben. Der starken und kraftvollen Freude, die den alten Faust am Ende seines Lebens überkommen wird, wenn er seine letzte Aktivität auf die Erbauung eines Kanals verwendet, der die unfruchtbaren Gebiete bewässern wird, ist der junge Goethe im Bergwerk von Ilmenau begegnet; sie hat ihn oft mit der eintönigen Arbeit des Brücken- und Straßenverwalters, des Inspektors der Webereien ausgesöhnt. Unter all den Entdeckungen, die er während dieser Jahre gemacht hat, ist die, die den ganzen *Wilhelm Meister* beseelt, nicht die unwichtigste für seine Entwicklung: daß der Mensch sich verliert, wenn er nur ein egoistisches Interesse verfolgt, daß er sich nur im materiellen, praktischen Dienen vervollkommnet. In der Idealstadt, die die Nichtbekennenden bauen werden, ist keiner zugelassen, der nicht in einem nützlichen Handwerk Diener der Gemeinschaft ist. Der Dichter selbst fühlt sein Dasein nur dann gerechtfertigt, wenn er neben dem wunderbaren Geschenk, das er den Menschen mit seinem Genie macht, auch ganz bescheiden sein praktisches Wissen beisteuern kann, das dem Gedeihen der Gemeinschaft förderlich ist.

Das sind die Schlußfolgerungen aus dieser Lebensschule, der sich Goethe als gelehriger Schüler unterzogen hat. Doch sogar diese Vernunft, so tief sie auch sein mag, konnte ihrerseits eine Gefahr darstellen; sie konnte für das Wesen, das sich bezähmt und zügelt, eine Einengung seiner Persönlichkeit zur Folge haben. Goethe war noch zu jung für die Lehren des alten Faust. Für ihn bestand noch die Gefahr des allmählichen Versinkens in diesem verliebten Quietismus, des Nachlassens der Leidenschaft in den keuschen Wonnen. Indem er ein *nützlicher Mensch* werden wollte, riskierte Goethe zu übersehen, daß er vor allem ein Dichter war, ein »Sänger«, und daß »die erste Pflicht des Sänger die zu singen ist«, wie Swinburne sagt. Die friedliche Atmosphäre der kleinen Stadt, des kleinen Hofes, konnte ungesund werden, wenn man zulange dort verharrte. Alles, worauf er aus Liebe, aus Ergebenheit verzichtet hatte, forderte seine Entfaltung, seine Befriedigung. Vielleicht war er auch von dieser ausgeglichenen Verbindung ermüdet. Es gab für ihn nichts Neues: weder in dieser Liebe noch in den Anforderungen, die an ihn gestellt wurden; folglich verlor sie ihren Reiz. Die Langeweile zeigt manchmal ihr graues Gesicht, das sich hinter den liebenswerten Gemälden der idyllischen Kulisse versteckte. Nach den »Seefahrten« im Binnengewässer verlangte es ihn nun nach dem offenen Meer.

Damals hat das Vorhaben der Flucht in seinem Geist und in seinem Herzen Gestalt angenommen. Goethe hatte genug davon, das Dasein eines »armen Sklaven der Pflicht« (Brief an Jacobi, 3. März 1784) zu fristen; er fühlt sich manchmal so ermattet, daß »wenn ihn seine Hände nicht mehr halten, er sich mit den Zähnen festhält«. Die Freundschaft mit Lavater hatte sich immer weiter auseinanderentwickelt und ihre Begegnung in Weimar hatte diese Divergenzen nur noch verschärft. Dies weckt in ihm die Wanderlust. Julius Bab behauptet sogar, daß »der vollkommene Bruch mit Lavater der wahre Grund für die Reise nach Italien ist«.[26]

Es gibt auch noch andere Gründe, die ihn buchstäblich aus Weimar vertreiben. Da ist die immer schwerer lastende Bürde seines Amtes. Schon in seinem Brief an Knebel vom 30. Oktober 1784 hatte er sich darüber bitterlich beklagt. »Mich haben die Geister hinein wie in eine Falle geführt ...« Um seine Abreise gegenüber den beiden Menschen zu rechtfertigen, die am meisten davon getroffen sein werden – der eine in seiner Freundschaft, der andere in seiner Eigenliebe –, schützt er eine Erschöpfung vor, die seine Gesundheit ernstlich gefährde. »Ich halte mich für tot«, schreibt er an Karl August und an Frau von Stein. »Ich bin zu nichts mehr nütze.« Da ist aber noch etwas, das er weder der einen noch dem anderen eingestehen kann: Er will sich nicht in die politischen Intrigen verwickeln lassen. Er sieht, wie der Herzog sich in die »große Politik« einmischt, für die er nicht gemacht ist, mit einer Unbesonnenheit, die die Sicherheit des kleinen Staates bedrohen wird. Er muß die Verschwendung der Staatskasse mitansehen, die er so mühsam aufgefüllt hat. Der *Dämonismus* Karl Augusts, der Goethe so verführt hat, treibt ihn in waghalsige diplomatische Unternehmungen zu einer Zeit, in der die Beziehungen zwischen dem Kaiserreich und dem Fürstenbund immer gespannter werden, dem der Herzog von Sachsen-Weimar beigetreten war und für den er tatkräftig warb. Der Streit der Parteien und Cliquen an diesem kleinen Hof, wie überall sonst auch, ließ ihm nicht mehr die Freiheit, sich aus den Intrigen herauszuhalten. Jeder wollte, daß er seine Partei unterstützte. Um dieses Netz von Schwierigkeiten, das ihn einschnürte, zu zerreißen, blieb ihm nur die Flucht. Und in dem Maße wie er die Weimarer Enge nur mehr mit Ungeduld und Überdruß ertrug, wuchs in ihm das Verlangen nach Italien.

Es war notwendig geworden, daß er entfloh, und es war notwendig, daß er nach Italien floh. Nur Italien konnte die Ketten lösen, die ihn fesselten. Nur dieses Land konnte ihm die dichterische Kraft, die ihn verlassen zu haben schien, wiedergeben. Es würde ihm die sinnliche Freiheit schenken, um die er gebracht worden war, und die *Unschuld*, die unentbehrlich für die Fülle des sinnlichen Lebens war und frei von dem erschreckenden Begriff der Sünde, den das Christentum und die Gesellschaft darüber verhängt hatten.

> Kennst du das Land, wo die Zitronen blühn,
> Im dunkeln Laub die Goldorangen glühn,
> Ein sanfter Wind vom blauen Himmel weht,
> Die Myrte still und hoch der Lorbeer steht,
> Kennst du es wohl?
> Dahin! Dahin
> Möcht' ich mit dir, o mein Geliebter, ziehn …
> (Mignon)[27]

Die sehnsüchtige Süße und das zauberhafte Brennen in dem Lied Mignons ließen ihn nicht mehr los. Er hörte in seinem Innern wieder diesen Ruf ertönen, dem er bis jetzt widerstanden hatte, wohl wissend, daß *der Moment noch nicht gekommen war.* Doch jetzt war die Stunde da, ihn aus diesem trübseligen »Loch«, wie er es selbst nannte, zu verjagen – hinaus zu der völligen Freiheit des Körpers, des Herzens und des Geistes: Die Stunde der Erneuerung war angebrochen.

Auf strengste Vorsicht bedacht, wird er den Plan seiner Abreise verbergen. Nicht so sehr, weil er die dringenden Bitten und den Tadel seiner Freunde fürchtete, sondern aus einem tieferen und ernsteren Grund. Goethe ist abergläubisch und beinahe stolz darauf, es zu sein. Er hat einmal gesagt, daß Künstler und Intellektuelle immer abergläubisch seien. »Der

Aberglaube ist ein Erbteil energischer, großtätiger, fortschreitender Naturen; der Unglaube das Eigentum schwacher, kleingesinnter, zurückschreitender, auf sich selbst beschränkter Menschen.«[28]

Charles du Bos geht noch weiter, indem er behauptet, daß »wenige Wesen so abergläubisch wie er waren«.[29]

Der Aberglaube ist in der Tat nur die Anerkennung des Unbekannten, das uns umgibt und das auf tausend Arten in unser Leben eingreift. Daher rührt auch die Bedeutung, die Goethe den Voraussagen beimißt, die Sorgfalt, mit der er seine Träume analysiert, die Aufmerksamkeit, die er dem weitschweifigen Bericht Eckermanns über die seinen schenkt. Er wird das Gefühl nicht los, daß dieses Vorhaben seiner Abreise scheitern würde, wenn irgend jemand davon Kenntnis erhalten würde. Er hütet seinen Plan wie ein Geheimnis, an dem er fast selbst nicht rühren möchte, so zerbrechlich erscheint ihm die Verwirklichung dieser wunderbaren Hoffnung. Bevor er das Datum seiner Flucht festsetzt, wartet er als guter Beamter und Höfling die Niederkunft der Herzogin ab, die jeden Tag erfolgen kann. Während das Kind auf sich warten läßt, blättert er traurig, da er gerade für Göschen die Herausgabe seines Gesamtwerkes vorbereitet, durch die unvollendeten Manuskripte von *Torquato Tasso, Iphigenie, Egmont, Wilhelm Meister, Faust* – Fragmente, die von der geringen Freizeit, die die Verwaltungsaufgaben dem Genie des Dichters ließen, Zeugnis ablegen. Er ordnet seine Angelegenheiten, stellt seine Dossiers so übersichtlich zusammen, daß Voigt, sein Vertreter während der Interimszeit, sich ohne Mühe darin zurechtfinden kann. Seinen Diener Seidel, der gleichzeitig sein Privatsekretär, sein Laborgehilfe und ein wenig sein Freund ist, weiht er in die Führung seiner Privatangelegenheiten ein. Er wagt, nur ihn in sein Vorhaben einzuweihen, da er weiß, daß jener »stumm wie ein Grab ist«. Bei Jacobi beschränkt er sich darauf, ihm sehr vage zu schreiben, »wenn du wiederkommst werde ich nach einer anderen Weltseite geruckt seyn, schreibe mir nicht eher bis du wieder einen Brief von mir hast ...«[30]

Nur Seidel erhält genaue Instruktionen: In seiner Abwesenheit alle Briefe, die für ihn ankommen, zu öffnen; sich an den Kammermeister Löschner zu wenden, wenn er Geld benötigt; alles an Voigt weiterzuleiten, was die Staatskasse oder die Bergwerke betrifft; an den Kammerherrn von Hendrich die Angelegenheiten der Brücken und Straßen; an den Geheimrat Schmidt die Briefe, die sich auf militärische Fragen beziehen; und schließlich vom Handelsrat Paulsen die Briefe auf den Namen des Kaufmanns Johann Philipp Möller zu verlangen. Niemand kennt diesen Möller und das aus gutem Grunde; er existiert nicht. Er wird erst an dem Tag anfangen zu existieren, an dem sich Goethe auf den Weg machen wird, denn unter dieser Reiseverkleidung wird sich der Liebhaber von Masken während seines Aufenthaltes in Italien verstecken.

Eine Vorsichtsmaßnahme? Liebe zum Inkognito und der Freiheit, die es ihm gewährt? Gefallen an der Mystifikation? Ja, alles das, aber auch das Bedürfnis, in eine neue Haut zu schlüpfen, nicht mehr der Rat von Goethe zu sein. Nachdem er unter größter Geheimhaltung alles bis ins kleinste vorbereitet hatte, reist er Anfang August nach Karlsbad ab. Dort widmet er sich dem eleganten Müßiggang der »Badegäste« und löst sich in diesem wohltuenden Nichtstun, das ihn körperlich und seelisch auf eine andere Abreise vorbereitet, von Weimar und dem »Druck der Geschäfte«. Am 2. September schließlich riskiert er es, Seidel seine zukünftige Adresse, in Französisch abgefaßt, mitzuteilen: »Monsieur Josef Cioja pour remettre à Monsieur Jean Philipp Moeller à Rome.« Er fügt hinzu, Seidel solle diesen Brief gut verstecken und niemandem gegenüber ein Wort verlauten lassen. Sollte Frau von Stein also, wie die anderen, durch Gerüchte von seiner Abreise erfahren? Wäre es klug, sie zu unterrichten? Schickt es sich, ihr gegenüber zu schweigen? Am gleichen Tag, als er Seidel seine Anschrift gibt, entschließt sich Goethe endlich, »der sehr geliebten Frau« dieses widersprüchliche und sehr unbeholfene Billett von vier Zeilen zu schreiben: »Endlich, endlich bin ich fertig und doch nicht fertig denn eigentlich hätte ich noch acht Tage hier zu thun, aber ich will fort und sage auch dir noch einmal Adieu! Lebe wohl du süses Herz! ich bin dein.«

10
Der Salto mortale

»Früh drei Uhr stahl ich mich aus Karlsbad, weil man mich sonst nicht fortgelassen hätte. Die Gesellschaft, die den achtundzwanzigsten August, meinen Geburtstag, auf eine sehr freundliche Weise feiern mochte, erwarb sich wohl dadurch ein Recht mich festzuhalten; allein hier war nicht länger zu säumen. Ich warf mich, ganz allein, nur einen Mantelsack und einen Dachsranzen aufpackend, in eine Postchaise und gelangte halb acht Uhr nach Zwota, an einem schönen stillen Nebelmorgen. Die obern Wolken streifig und wollig, die untern schwer. Mir schienen das gute Anzeichen. Ich hoffte nach einem so schlimmen Sommer einen guten Herbst zu genießen. Um zwölf in Eger, bei heißem Sonnenschein; und nun erinnerte ich mich, daß dieser Ort dieselbe Polhöhe habe wie meine Vaterstadt, und ich freute mich, wieder einmal bei klarem Himmel unter dem fünfzigsten Grade zu Mittag zu essen.«[1]

Für uns mag es vielleicht verwunderlich erscheinen, daß eine einfache Reise nach Italien soviele Vorbereitungen und Vorsichtsmaßnahmen erfordert. Für Goethe aber stellt diese Reise, obwohl er in Weimar ein ziemlich unstetes Leben, sei es aus Vergnügen, sei es aus Notwendigkeit, geführt hat, einen »Todessprung« dar, wie er es merkwürdigerweise genannt hat. Als er in der Nacht die Kutsche besteigt, vergleicht er sich mit dem Akrobaten, der sein Trapez losläßt und ins Leere springt. Ein *Salto mortale.* Da es sonst nicht Goethes Art ist, den Ernst seiner Handlungen zu übertreiben, muß diese wirklich von enormer Tragweite gewesen sein, daß er zu einem solchen Ausdruck greift. Warum also *tödlich*? Was riskiert er schließlich? Das Mißfallen des Herzogs, den Zorn Charlottes, eine Enttäuschung, wenn Italien nicht seinen Erwartungen entspricht. Was sonst?

Alles. Dieser Augenblick, da er in der beißenden Kälte, die dem Morgengrauen vorangeht, frierend seinen Mantel zuknöpft, ist vielleicht einer der bedeutendsten Momente, denn er ist der Beginn der für Goethe wesentlichsten Metamorphose. Wenn diese Metamorphose mißlingt, welches Unheil erwartet ihn dann? Goethe gibt beherzt seine Stellung auf, aber er hofft, sie bei seiner Rückkehr wieder einnehmen zu können, falls ihm bis dahin Karl August nicht die Freundschaft aufgekündigt hat. Er denkt auch nicht, daß diese Flucht von seiner Freundin als Bruch ausgelegt werden könnte. Er weiß wohl, daß er auf irgendeine Weise für den einen und die andere *unersetzlich* ist, daß man ihm seine Eskapade verzeihen wird, und daß man ihm, wenn er als verlorener Sohn zurückkehren wird, kein saures Gesicht ziehen wird. In materieller Hinsicht ist da also nichts »Tödliches«; wenn Weimar ihn nach dieser Flucht schneidet, wird es ihm um so leichter fallen, »einen Strich zu ziehen«, um wieder nichts als ein Schriftsteller zu werden und seinen Unterhalt mit seinen Büchern zu verdienen; um so mehr als ihm seine Verwaltungsposten nicht so besonders viel Geld einbringen und er schon mehr als einmal die väterliche Schatulle in Anspruch nehmen mußte, um dringende Schulden zu bezahlen und große Defizite in seinen privaten Finanzen auszugleichen, die ebenso schwer mit Schulden belastet waren, wie die Kasse des Herzogtums.

Die Gefahr liegt meiner Ansicht nach in diesem kurzen Augenblick des »Todessprunges«, in diesem Satz von einem Trapez zum anderen, das man bei Todesstrafe nicht verpassen darf. Dieser Trapezwechsel, dieser Landeswechsel, dieser Milieuwechsel ist für Goethe in Wirklichkeit ein Ich-Wechsel. Eine Art alchimistischer Umwandlung, die keine andere Alternative als die Vollendung der neuen Form oder die Zerstörung des alten kennt: das Übergehen eines Körpers in einen anderen, was – wenn der neue Körper *verschlossen* oder nicht richtig angepaßt ist – die Möglichkeit der Rückkehr in den alten Körper ausschließt. Die Gefahr besteht darin, sich in dem Augenblick, wo man der Sicherheit des Trapezes beraubt ist, plötzlich frei in den Raum geworfen zu finden und den drohenden Sturz zu fühlen.

Goethe kannte die Bedeutung der Übergänge, der *Häutungen.* Sein Leben setzt sich so aus einer Folge von Mutationen zusammen, die alle gelungen sind, weil er darauf achtete, nichts zu überstürzen, die Umwandlung zur günstigen Stunde vor sich gehen zu lassen, ob es sich nun um das Abstreifen der Schlangenhaut oder um die Verwandlung des Metalls im Schmelztiegel des Alchimisten handelt. Seine Achtung vor der organischen Entwicklung untersagt ihm die *Sprünge*; und er ist noch nicht ganz sicher, ob die Abreise nach Italien nicht vielleicht doch so einen verspäteten oder verfrühten Sprung darstellt.

Wird diese Italienreise schließlich, die er schon so lange ersehnt hat, und die er sich immer versagt hat, weil er sich nicht »reif« fühlte, heute die totale, vollkommene, entscheidende Erfahrung, die er sich davon erhofft? Es scheint wohl schon, daß ihm sein Schicksal ein Zeichen gibt und ihn ruft, daß die Stunde nach dem Gesetz der Gestirne günstig ist, daß das Feuer die gewünschte Temperatur hat, damit sich die Verwandlung vollziehen könnte ... aber wenn er sich nun täuschte?

All diese Ungewißheiten sind indes wie weggeblasen, in dem Moment als er die Kutsche besteigt. Die Vorzeichen sind beruhigend. In München ist er einer Verkäuferin mit Feigen, »welche als die ersten vortrefflich schmeckten«, begegnet. In Mittenwald wundert er sich über den schönen Tag, und der Postillon sagt ihm, es sei der erste im ganzen Sommer. Die Sonne lächelt ihm gerade in dem Augenblick zu, da er ihrer bedarf, um Körper und Geist zu erwärmen. In Walchensee schließlich trifft er wie durch ein Wunder die Personen aus dem *Wilhelm Meister*, den Harfner und Mignon, die er in seinen Wagen steigen läßt. Als Abgesandte der Mittelmeerwelt und mehr noch als Boten der geheimnisvollen Welt der dichterischen Schöpfung, deren Realität das Genie ahnt, bevor es ihr begegnet ist, erschienen ihm der alte Musiker und das verträumte Kind und trösten ihn. Wie sollte das Abenteuer nicht auf wunderbare Weise fruchtbar sein, da doch die Götter ihm durch diese Begegnung ein sichtbares Zeichen ihrer Gunst geben. Er kann von nun ab beruhigt sein; die Konjunktion der Planeten ist günstig. Alles hat sich im vorgeschriebenen Moment erfüllt. Seine Hände haben das Trapez fest im Griff, und er kann sich frei, fröhlich, zuversichtlich in den Raum schwingen. Das neue Metall, das den Schmelztiegel verlassen wird, ist glänzend, wohlklingend, ohne Flecken und ohne Fehler. Das italienische Gold hat die Stelle des deutschen Bleis eingenommen. Als neuer Mensch begrüßt er andächtig eine andersartige Sonne.

Nachdem er am 3. September 1786 aus Karlsbad abgereist ist, überquert er den Brennerpaß am 8. Am 12. fährt er mit dem Boot über den Gardasee, wo er sich von neuem darüber wundert, Feigen zu entdecken. Die kleinen weißen Feigen, die er in Weimar als eine Rarität angesehen hat und die er auch als eine solche schätzte, als ihm seine Freundin, die Gräfin Lanthieri, welche zum Geschenk machte, sind hier so gewöhnlich wie Unkraut. Alles erstaunt und entzückt ihn. »Ich befinde mich nun wirklich in einem neuen Lande, in einer ganz fremden Umgebung. Die Menschen leben ein nachlässiges Schlaraffenleben ...«[2]

Sogar die Friedhofsgemäuer besitzen einen eigenen Zauber. »Der Wind der von den Gräbern der Alten herweht, kommt mit Wohlgerüchen wie über Rosenhügel«, notiert er in sein Reisetagebuch, nachdem er die antiken Sarkophage betrachtet hat, die in den Galerien des Veroneser Theaters aufgestellt sind.

Man kann nicht wirklich von einem Tagebuch sprechen. Später wird er, um ihm diese Form zu geben, die verschiedenen Briefe sammeln, die er seinen Weimarer Freunden, vor allem Frau von Stein geschrieben hat, an die die längsten, ausführlichsten gerichtet sind. Aber er vergißt niemanden, weder die Kinder noch die Dienerschaft. Charlotte ist bis Mitte

September ohne Nachricht von ihm geblieben. Erst in Verona fühlt er sich in Sicherheit, fühlt sich wirklich in Italien. Als ob er nun gegen einen Zauber gefeit wäre, der ihn zurückziehen, ihn an seinen Ausgangspunkt zurückbringen könnte, kann er ihr jetzt zum erstenmal schreiben, um ein Lebenszeichen zu geben. Er drückt sich immer noch sehr geheimnisvoll aus, verrät ihr weder seinen Aufenthaltsort noch seine Pläne und bittet sie, zu niemanden ein Wort verlauten zu lassen. »Sag aber niemanden etwas von dem was du erhälst. Es ist vorerst ganz für dich allein ...«[3]

Einen Monat später kündigt er ihr aus Venedig seine Notizen und Zeichnungen an, wieder mit der Bitte um absolutes Stillschweigen. »Auch sagst du nicht, daß du es hast, denn es soll noch niemand wissen, wo ich sei und wie es mit mir sei.«[4]

Die seltsame Unruhe, die in diesen Zeilen immer wieder herausbricht, zeigt, daß ihn die abergläubische Angst noch nicht verlassen hat. Sein Ziel ist genau genommen nicht Italien, sondern Rom. Solange er Rom nicht erreicht hat, kann er nicht aufatmen. Noch kann sich ihm ein Hindernis in den Weg stellen, noch kann ihm das wankelmütige Schicksal die Fortsetzung seiner Reise verwehren. Aus diesem Grund ist er so sorgfältig darauf bedacht, niemandem sein wirkliches Ziel preiszugeben, und durchquert Italien, ohne sich unterwegs aufzuhalten. Er gönnt sich kaum die Zeit einer kurzen Besichtigung von Verona, Padua, Vicenza, Ferrara und Bologna. Kaum ein Blick auf Florenz, ein Moment in Assisi, keine Zeit, außer einem kleinen antiken Tempel etwas anderes anzuschauen. Venedig, als einzige Stadt, kann ihn fast drei Wochen halten, doch in der Freude, die er beim Herumflanieren empfindet, schwingt immer noch die Unruhe mit, schnell weiterzufahren. »Denn aus Ungeduld, weiterzukommen, schlafe ich angekleidet und weiß nichts Hübscheres, als vor Tag aufgeweckt zu werden, mich schnell in den Wagen zu setzen und zwischen Schlaf und Wachen dem Tag entgegenzufahren und dabei die ersten Phantasiebilder nach Belieben walten zu lassen.«[5]

Am 28. Oktober endlich, nachdem er die Brücke von Narni

und die Höhen von Citta-Castellana überquert hat, liegt die Ewige Stadt vor ihm. Zitternd vor Verlangen und Bangen – er ist noch nicht ganz da! – schreibt Jean Philipp Moeller: »Morgen abend also in Rom!« In dem Moment, wo er vielleicht die höchste Freude seines Lebens erfährt, schlägt sein Herz gleichzeitig vor Ungeduld und Wehmut: Er *weiß*, daß danach alles erfüllt sein wird. »Wenn dieser Wunsch erfüllt ist, was soll ich mir nachher wünschen; ich wüßte nichts, als daß ich mit meinem Fasanenkahn glücklich zu Hause landen und meine Freunde gesund, froh und wohlwollend antreffen möge.«[6]

Was erwartete er denn von Rom, das ihm keine andere Stadt Italiens, keine andere Stadt der Welt geben konnte? Um sich darüber klar zu werden, genügt es nicht, seine Briefe, sein »Reisetagebuch«, seine Notizen zu lesen, ihm beim Herauskramen seiner Erinnerungen mit Eckermann oder Soret über die Schulter zu schauen. Um seine Erwartungen an Rom zu ergründen, reicht es nicht aus, in seinem ganzen zukünftigen Werk das italienische Licht durchschimmern zu sehen oder die vertraulichen Mitteilungen seiner Freunde über den römischen Aufenthalt in Erfahrung zu bringen. Man muß noch tiefer in ihn hineinschauen, erkennen, wie sich diese außergewöhnliche Blume öffnet und entfaltet, die ihre Farbe und ihren Duft nur hier, in der Fülle der Sinneslust, des Wohlbehagens, der Muße und der Freiheit erreichen konnte.

Es ist schön zu sehen, wie die ewige Jugend Goethes von Verjüngung zu Verjüngung weiterschreitet und in verschiedenen Abschnitten seines Lebens »Pubertätskrisen« durchmacht. Der Schlange gleich, die sich häutet, zieht er sich äußerlich einen neuen Körper und innerlich eine neue Seele über. Die Liebe hat im Lauf seines Lebens mehrere Wunder ähnlicher Art vollbracht, doch das erstaunlichste ist jenes, das sich in Rom ereignet; vielleicht weil er Rom geliebt hat, wie er eine Frau liebte, ja sicherlich sogar noch mehr als er jemals eine Frau geliebt hatte. In gewissem Sinne könnte ich sagen, Rom habe das Werk Charlotte von Steins zerstört, würde ich nicht eher zu der Überzeugung neigen, daß diese Stadt es vollendet hat. Unter dem Einfluß der Frau, die er in seinen Gedichten Lida nannte, ist Goethe zu einem gewissen Grad des Klassizismus gelangt, doch das Klima Weimars und Frau von Steins konnten diese klassische Metamorphose nicht zu ihrer völligen Entfaltung bringen. Die kleine Stadt und die ernste Freundin verkörperten eher die negative Seite des Klassizismus, seine Zwänge, seine Verbote, seine Verzichte, seine Hemmnisse, die man zweifellos überwinden mußte, bevor man die positive Seite erreichte, wo sich aller Zwang in Freiheit umkehrt.

Es ist sogar möglich, daß Goethe sich in der wahren Wirksamkeit seines Aufenthaltes getäuscht hat. Er bildete sich ein, daß er einzig und allein deshalb nach Rom gekommen wäre, um zu lernen, und die kostbarste Erwerbung, die er dort gemacht zu haben glaubte, wäre die *Solidität.* »Kehr' ich nun in mich selbst zurück, wie man doch so gern tut bei jeder Gelegenheit, so entdecke ich ein Gefühl, das mich unendlich freut, ja das ich sogar auszusprechen wage. Wer sich mit Ernst hier umsieht und Augen hat, zu sehen, muß solid werden, er muß einen Begriff von Solidität fassen, der ihm nie so lebendig ward. Der Geist wird zur Tüchtigkeit gestempelt, gelangt zu einem Ernst ohne Trockenheit, zu einem gesetzten Wesen mit Freude. Mir wenigstens ist es, als wenn ich die Dinge dieser Welt nie so richtig geschätzt hätte als hier. Ich freue mich der gesegneten Folgen auf mein ganzes Leben. Und so laßt mich aufraffen, wie es kommen will, die Ordnung wird sich geben. Ich bin nicht hier, um nach meiner Art zu genießen; befleißigen will ich mich der großen Gegenstände, lernen und mich ausbilden, ehe ich vierzig Jahr alt werde.«[7]

In der Tat scheint Goethe in Rom ein außergewöhnlich *solides* Leben geführt zu haben, trotz all der Verlockungen, die sich ihm in einem Land darboten, wo das Vergnügen unschuldig und liebenswert ist, wo die sinnlichen Befriedigungen als natürlich und frei von Sünde angesehen werden. Der Maler Tischbein, der in Rom täglich an seiner Seite war, der Goethe auf seinen Reisen begleitete und von ihm dieses schöne Portrait malte, auf dem – nach einem Ausspruch Barrés – Goethe einem weißen Elefanten gleicht, hat in einem Brief an Lavater die Lebensweise des Dichters beschrieben.[8]

Man kann sich keine vernünftigere vorstellen. Und es ist unwahrscheinlich, daß er seine Streiche vor einem Menschen hätte verheimlichen können, mit dem er das Logis teilte, noch dazu auf dem Korso, in einer Umgebung, in der alle Freiheiten erlaubt waren, alle Ausschweifungen entschuldigt wurden.

Goethe liebte das einfache Leben. Schon in Jena hat er sich gern mit einer Studentenbude begnügt, und sogar in seinem schönen Haus am Frauenplan waren die prachtvollen Räumlichkeiten für Gesellschaften reserviert. Man kann sich kaum einen asketischer eingerichteten Raum vorstellen, als seine Schlafkammer und sein Arbeitszimmer. Das war keineswegs gekünstelt bei ihm; Goethe führte ein fast spartanisches Leben, stand lieber als daß er sich hinsetzte, und außer wenn er krank war, machte er niemals Gebrauch von einem Lehnstuhl. Er war auch sonst ziemlich genügsam, obwohl er den Wein liebte, sich auch damit auskannte und gern einmal eine Flasche leerte; ein kleines Laster, das bei seinem Sohn August in Trunksucht ausarten sollte. »Was mir noch so sehr an Ihm freudt ist sein einfaches Leben. Er begerthe von mir ein Klein Stüpgen wo er in Schlaffen und ungehindert in arbeiten könte, und ein ganzes einfaches Essen, das ich ihm leicht verschaffen konte, weil er mit so wenigen begnügt ist«[9], schreibt Tischbein.

Indes sind da auch die *Römischen Elegien* mit ihrer glutvollen Erotik und den Anspielungen auf Faustina, die vielleicht doch nur eine fiktive Gestalt war, aber vielleicht auch eine schöne Römerin, eine dieser Kurtisanen, vor denen er so auf der Hut war, da man sagte, daß sie die *französische Krankheit* hätten; oder eines dieser Malermodelle, die allzu oft verheiratet waren, schon einen Liebhaber hatten – oder seriös waren. Dennoch, wie könnte man soviel Schönheit widerstehen? »Die Römerinnen«, wird er eines Tages zu Falk sagen, »sind die reizendsten Gestalten, die ich je erblickte.« Und auch: »In Italien wohnen schöne Körper und schöne Seelen unter einem Dach und Fach in brüderlicher Eintracht zusammen; bey Uns wohnen sie durch verschiedene Stockwerke abgesondert und ungesellig; jedes treibt seine Wirtschaft für sich.«[10]

Was er mehr als alles andere in Rom genießen mußte, war gerade diese Harmonie der Landschaften, der Gebäude und der Menschen, diese *Einheit der Schönheit*, die die Anmut einer Bäuerin und die Eleganz einer Fürstin ausmacht; man begreift, daß ein Mensch, auf den die Schauspiele des Universums eine solche Faszination ausüben, sich an diesem berauscht hat.

Viele behaupten, daß die *Römischen Elegien* in Weimar geschrieben worden sind, nach seiner Rückkehr aus Italien, und daß sie nicht durch eine hypothetische Faustina, sondern durch die sehr schöne und sehr wirkliche Christiane Vulpius angeregt worden sind. Das ist schon möglich. Deshalb ist es doch offensichtlich, daß diese Gedichte der glühenden Wollust alle in italienisches Licht getaucht sind. Wie auch immer die Anekdote lauten mag, die ihnen beigegeben wird, das römische Klima umgibt sie mit seiner zauberhaften Sinnlichkeit. Wir treffen hier auf Klänge, die wir zuvor noch nie in Goethes Werk vernommen haben, und die wir auch später nicht mehr hören werden.

»Froh empfind' ich mich nun auf klassischem Boden begeistert;
Vor- und Mitwelt spricht lauter und reizender mir.
Hier befolg' ich den Rat, durchblättre die Werke der Alten
Mit geschäftiger Hand, täglich mit neuem Genuß.
Aber die Nächte hindurch hält Amor mich anders beschäftigt;
Werd ich auch halb nur gelehrt, bin ich doch doppelt beglückt.
Und so belehr' ich mich nicht, indem ich des lieblichen Busens
Formen spähe, die Hand leite die Hüften hinab?
Dann versteh' ich den Marmor erst recht; ich denk und
vergleiche,
Sehe mit fühlendem Aug', fühle mit sehender Hand.
Raubt die Liebste denn gleich mir einige Stunden des Tages,
gibt sie Stunden der Nacht mir zur Entschädigung hin.
Wird doch nicht immer geküßt, es wird vernünftig gesprochen;
Überfällt sie der Schlaf, lieg' ich und denke mir viel.
Oftmals hab' ich auch schon in ihren Armen gedichtet,
Und des Hexameters Maß leise mit fingernder Hand
Ihr auf den Rücken gezählt. Sie atmet in lieblichem
Schlummer,

Und es durchglühet ihr Hauch mir bis ins tiefste die Brust.
Amor schüret die Lampe indes und denket der Zeiten,
da er den nämlichen Dienst seinen Triumvirn getan.«[11]

Tischbein, der charmante und wahrheitsgetreue Maler des alltäglichen Lebens, hat uns entzückende Darstellungen hinterlassen. Sie dokumentieren das Leben, das man in diesem, von Serafino Collina geführten Haus am Palazzo Rondanini führte, wo die deutschen Künstler wie Gott in Frankreich lebten und ihr Dasein zwischen Arbeit und Vergnügen teilten. Sie waren ausstaffiert mit exotischen Gewändern, ähnlich den kalabrischen Räubern, wie wir sie aus zeitgenössischen Stichen kennen. Den Kopf mit breitkrempigen Hüten bedeckt, lange wilde Bärte zur Schau tragend, endlos lange Pfeifen rauchend – so fühlten sich diese Teutonen in Italien, das Fremden gegenüber so aufgeschlossen war, wie zu Hause. Jeder von ihnen, Hirt wie Kayser, Meyer wie Schultz, Angelika Kauffmann wie Reiffenstein, der Archäologe wie der Musiker, der Maler wie der Bildhauer, konnten zweifellos mit Goethe darin übereinstimmen, daß sie hier ihre wahre Heimat gefunden hatten. Man besichtigte die Ruinen, die zu jener Zeit noch den köstlichen Schmuck wilden Grüns trugen, den uns Piranesi so oft gezeigt hat; man aß in irgendeiner Trattoria, deren Tische unter den Gewölben eines Palastes, dem Säulengang eines Tempels, den Galerien eines Theaters aufgestellt waren. Die Antike blieb lebendig, da sie in das Alltagsleben einbezogen war. Man behandelte die Ruinen noch nicht mit dieser kleinlichen und gotteslästerlichen Ehrfurcht, die die Archäologen eingeführt haben, sondern setzte sich ungehemmt auf die geborstenen Säulen und streichelte zärtlich über die von Blattwerk umrankte Statue. Die Gegenwart und die Vergangenheit wußten noch nichts von den Schranken, die heute die Museumsobjekte von den Besuchern trennen. Keine Mauer verwehrte den Zutritt, und wenn auch die grasenden Herden manchmal respektlos waren gegenüber den Überresten der heiligen Stätten, so hatte doch der Künstler, der sich frei zwischen die Marmortürme lagerte, eine innigere Verbindung zur Vergangenheit als der moderne Tourist, der zwischen den restaurierten, Ausstellungspalästen ähnlichen Bauten herumgeht.

Seiner Gewohnheit getreu stand Goethe früh auf. Er arbeitete bis neun Uhr an seiner *Iphigenie*, dann ging er aus, um Museen und private Ausstellungen zu besuchen und streifte dabei in den lärmenden Straßen umher, wich den fürstlichen oder erzbischöflichen Equipagen aus, die den Corso hinunterjagten, verweilte bei den Brunnen in den kühlen Gassen oder aber suchte sich ein schattiges Plätzchen, öffnete seine Zeichenmappe und hielt die *Antike* auf dem Papier fest oder aquarellierte eine Uferlandschaft des Tiber. Er »skizzierte« berühmte Ruinen, das Theater des Marcellus, den Vestatempel, die Pyramide des Cestius, ohne zu ahnen, daß sein Sohn eines Tages am Fuß dieser ägyptischen Nachbildung, in dem kleinen Ausländerfriedhof ruhen würde, wo auch Keats und Shelley begraben sind. Er maskiert sich für den Karneval, der burlesk und wild für einige Wochen durch die Straßen tobt, er bläst die *Moccoli* der anderen Spaziergänger, er lacht über die Umzüge der Stotterer, Buckligen und Juden, er streut mit vollen Händen *Confetti*, er läßt sich von aufreizenden Maskierten necken. Das erlebnisreichste Dasein hat seine Momente der Ruhe und Entspannung, und selbst wenn die Tage bis oben hin mit den verschiedensten Arbeiten ausgefüllt sind, so bleiben doch die Nächte …

»Find ich die Fülle der Locken an meinem Busen! das Köpfchen
Ruhet und drücket den Arm, der sich dem Halse bequemt.
Welch ein freudig Erwachen, erhieltet ihr, ruhige Stunden,
Mir das Denkmal der Lust, die in den Schlaf uns gewiegt! –
Sie bewegt sich im Schlummer und sinkt auf die Breite des Lagers,
Weggewendet, und doch läßt sie mir Hand noch in Hand.
Herzliche Liebe verbindet uns stets und treues Verlangen,
Und den Wechsel behielt nur die Begierde sich vor.
Ein Druck der Hand, ich sehe die himmlischen Augen
Wieder offen. – O nein! laßt auf der Bildung mich ruhn!

Bleibt geschlossen! Ihr macht mich verwirrt und trunken,
ihr raubet
Mir den stillen Genuß reiner Betrachtung zu früh.
Diese Formen! Wie groß! wie edel gewendet die Glieder!
Schlief Ariadne so schön: Theseus, du konntest entfliehn?«[12]

Doch auch dieser Reiz ist vergänglich. Nach einigen Monaten erscheint ihm Rom nur noch wie ein Friedhof. Es gibt zu viele Kirchen, zu viele Klöster, zu viele Mönche auf den Straßen. Das Heidentum ist hier unter siebzehn Jahrhunderten christlichen Lebens erstickt. Vielleicht kann Goethe, dessen Inkognito gelüftet worden ist, auch nicht mehr so ungeniert die Freuden der Anonymität und darin inbegriffenen Freiheiten genießen. Nichts als Ruinen in Rom; die Campagna ist weit weg, und man hat dort nicht den Eindruck einer entfesselten Natur. Man müßte weiter in den Süden? Wenn er könnte, würde er nach Griechenland gehen, obwohl für die Menschen jener Zeit Athen sich in Rom befindet; in den Orient ... warum nicht nach Indien? Jetzt, wo er schon einmal unterwegs ist, packt ihn das Fieber der Veränderung und die Sehnsucht nach der Ferne. Für's erste ist er in Neapel, in diesem »Paradies«! »Jedermann lebt in einer Art von trunkener Selbstvergessenheit. Mir geht es ebenso, ich erkenne mich kaum, ich scheine mir ein ganz anderer Mensch. Gestern dacht ich: Entweder du warst sonst toll, oder du bist es jetzt.«[13]

Am 25. Februar ist er nach Neapel gefahren. Er wohnt in einem Gasthaus mit dem pompösen Namen *Locanda del Sgr. Moriconi al Largo del Castello*, wo er in einem riesigen Saal mit gemalter Decke und ohne Teppich unter der Kälte leidet – gerade daß es ein Rohrgeflecht gibt. Durch ein dürftiges Kohlebecken, das ununterbrochen angefacht werden muß, wird der Raum nur ungenügend erwärmt. Doch alle Unbequemlichkeiten sind von dem Augenblick an vergessen, wo man sich in diesem göttlichen Licht badet, in diesem Feuersprühen, wo die Sonne, der Himmel und das Meer zusammen einen übernatürlichen Glanz erzeugen.

»Wir sind auch noch abends in die Grotte des Posilippo gegangen, da eben die untergehende Sonne zur anderen Seite hereinschien. Ich verzieh es allen, die in Neapel von Sinnen kommen, und erinnerte mich mit Rührung meines Vaters, der einen unauslöschlichen Eindruck besonders von denen Gegenständen, die ich heut zum erstenmal sah, erhalten hatte. Und wie man sagt, daß einer dem ein Gespenst erschienen nicht wieder froh wird, so konnte man umgekehrt von ihm sagen, daß er nie ganz unglücklich werden konnte, weil er sich immer wieder nach Neapel dachte.«[14]

Dennoch sind schon sechs Monate vergangen, seit er Weimar verlassen hat, und der Urlaub, den er vom Herzog erbeten hatte, neigt sich dem Ende zu. Nicht ohne Verlegenheit bittet er um eine Verlängerung dieser Beurlaubung, dann um eine weitere. Um den Herzog, der schon ungeduldig wird, milde zu stimmen, erzählt Goethe ihm ausführlichst alles, was er macht und sieht. Er erklärt ihm, daß er sehr glücklich darüber ist, nach Rom gekommen zu sein, auch glücklich darüber, nicht früher hierher gefahren zu sein, da er noch nicht genügend vorbereitet gewesen wäre. Geschickt unterhält er ihn mit dem, was ihn am meisten interessieren könnte, die hübschen Mädchen, die bei den Malern Modell sitzen – und er wird ihm das Portrait der Schönsten mitbringen. »Man kann nichts zierlicheres sehn«, schreibt er am 3. Februar 1787 an Karl August. Er berichtet Details über die Verwaltung des Landes und kündigt schließlich seine Rückkehr an, als ob er ungeduldig den Moment erwarten würde, die Grenzen des kleinen Herzogtums Sachsen-Weimar zu passieren. »Ich mag nur mit Ihnen und den Ihrigen leben ...«[15]

In Wahrheit eilt es ihn überhaupt nicht heimzukehren, aber er fürchtet ein wenig die Verstimmung seines herzöglichen Herrn, und im Grunde seines Herzens fühlt er wohl, daß nach dieser Ausschweifung das Gesetz des Wechsels seine Rückkehr in ein geregeltes Leben fruchtbar und sogar notwendig machen wird. Er will Italien jedoch nicht verlassen, bevor er nicht die Ernte aller Bilder und Erfahrungen, die er anhäuft, eingebracht hat. Wie er dem Herzog sagt, eine verfrühte Abreise würde das Ergebnis dieser langen Studienmonate zunichte machen, die nur dann ihre saftigen Früchte tragen werden, wenn sie in der italienischen Sonne ihre vollkommene Reife abwarten können. An dem Tag, an dem seine Zeichen-, Mal- und Modellierlehrer mit ihm zufrieden sein werden, an dem Tag, an dem Meyer und Bury ihm sein *exeat* geben werden, wird er aufbrechen, um seine Ämter wieder aufzunehmen, denen sich ganz zu widmen er verspricht.

In der Zwischenzeit macht er einen Abstecher über die Meerenge von Messina und landet in Sizilien, so geplagt von der Seekrankheit, daß er sich jeder anderen Nahrung »als Weißbrot und Rotwein« enthält. Er ist entzückt zu sehen, daß das Schiff von einem Schwarm grüngoldener Delphine begleitet wird, die ihn an Amphion, Arion und den alten Proteus erinnern. Trotz seiner Übelkeit kann er alle Einzelheiten der herrlichen Landschaft in sich aufnehmen. In Palermo führt ihn ein glücklicher Zufall zu dem französischen Edelmann Montaigne, der ihm ein ungewöhnlich prächtiges Zimmer mit imposantem antiken Mobiliar und einem riesigen, mit einem seidenen Baldachin geschmückten Bett anbietet, das so schön ist, daß Goethe, der schon um seine Geldmittel fürchtet, »Bedingungen abschließen« will, bevor er sich einmietet; worauf der gute Montaigne antwortet, daß es keiner Bedingungen bedürfe und daß sein einziger Wunsch sei, daß es seinen Gästen bei ihm gefalle.

Eineinhalb Monate brachte er damit zu, Sizilien zu erkunden, ohne auch nur eine Sehenswürdigkeit auszulassen, die Messe in der Grotte der heiligen Rosalia am Monte Pellegrino, den Besuch der botanischen Gärten von Palermo, den Spaziergang im »Wundergarten« des Prinzen Pallagonia, einem auserlesenen Park voller Wasserspiele, Zwergenstatuetten, falscher Ruinen, die ziemlich gut zu dem bizarren und überspannten Geist der Familie paßten. Diese führte im Wappen einen Satyr, der einer pferdeköpfigen Frau einen Spiegel vorhält. Goethe machte sogar einen Besuch bei der Mutter des berühmten Cagliostro, der sich zu dieser Zeit nach Verlassen der Bastille in London aufhielt. Doch er trat keinesfalls von Sizilien aus unverzüglich die Heimreise an. Zuerst mußte er wieder nach Neapel, dann nach Rom und konnte erst dann nach Weimar zurückfahren. Schon allein der Gedanke an die Abreise brachte ihn in inneren Zwist. Warum konnte er sich nicht in diesem wunderbaren Land ansiedeln, wo sich sein ganzes Wesen voll entfaltete? Warum konnte er hier nicht den Rest seines Lebens verbringen?

Dieses Vorhaben hatte zweifellos niemals ernsthaften Bestand in seinem Geist. Zuerst weil, wie Goethe wohl wußte, Italien seine Entwicklung, nachdem er erst einmal die Anfangsperiode der Faszination und der Bildung hinter sich hatte, nicht weiter begünstigt hätte. Der Augenblick würde kommen, wo Italien ihm nichts Neues mehr geben könnte. Wenn er bliebe, dann würde er so werden wie einige der ausländischen Künstler, die von der Leichtigkeit des Lebens, von der Milde des Klimas, vom »Wohlleben«, das dieses Land im Übermaß bietet, gefangen waren, sich einem faulen Schlendrian ergaben und im Künstler- und Gesellschaftsleben untergingen. Das war die Gefahr dieses Landes, daß es einen zuerst aufputschte und dann verweichlichte. Man begegnete hier zuviel Großzügigkeit und Nachsicht; auf die Dauer waren die rigiden Zwänge des kleinen Weimarer Hofes, wo man unaufhörlich kämpfen mußte, besser.

Goethe war in Italien vollkommen glücklich und zwar so sehr, daß er im Alter gern eingestehen wird, später nie mehr dieses Glück empfunden zu haben. Er wird eines Tages dem Kanzler Müller anvertrauen: »Euch darf ich's wohl gestehen, seit ich über den Ponte molle heimwärts fuhr, habe ich keinen rein glücklichen Tag mehr gehabt.«[16]

Es gab da eine Seite seiner Persönlichkeit, die sich nur dort wirklich entfalten konnte. Aber er spürte auch, daß diese Entfaltung einem Augenblick entsprang, den man nicht ausdehnen konnte, ohne ihn zu zerstören oder ihn zumindest zu verfälschen, seine Schönheit oder Intensität zu mindern. Trotz der tiefen Liebe, die er für dieses Land hat, kehrt er dorthin auch nur einmal, im Jahre 1790, zurück, um in Venedig die Herzoginmutter Anna Amalia abzuholen und nach Weimar zu begleiten; es war ein sehr kurzer und wie es seinen Briefen und

Äußerungen nach scheint, ein eher enttäuschender Aufenthalt. Noch vier Jahre später wird er, von der Sehnsucht überwältigt, eine neue »Italienische Reise« vorbereiten, die er jedoch ebensowenig verwirklichen wird wie eine weitere im Jahre 1797. Sein ganzes Leben lang wird er nach Italien greifen wie nach einem verlorenen Paradies; aber er wird keine wirkliche Anstrengung unternehmen, um dorthin zurückzukehren. Vielleicht weiß er in seinem Innersten sehr wohl, daß man den Weg zum verlorenen Paradies niemals wiederfindet, und wenn es gelänge, die schmerzliche und enttäuschende Feststellung machen müßte, daß es kein Paradies mehr ist. Am Ende hatte ihn auch keine Frau dort zurückhalten können. In den zwei Jahren, die er im Süden verbracht hat, wissen wir nur von einer Liebschaft, und die war so kurz, so platonisch, daß sie ihn nicht besonders tief geprägt zu haben scheint. Doch bei Goethe weiß man nie, welche Ereignisse bei ihm einen bleibenden Eindruck hinterlassen. Dieses Mal kam im übrigen noch dazu, daß die Frau, in die er sich verliebte - wie schon so oft - bereits mit einem anderen Mann verlobt war. Goethe zeigte wenig Neigung zum Ehebruch; nicht jedoch aus Moralgefühl, sondern weil er Abscheu vor der *Unordnung* hatte, die eine heimliche Liaison in das Leben bringt, und vor den Verwicklungen, die sich daraus ergeben. Außerdem lehnte er es ab, ein junges Mädchen einem Mann zu entreißen, dem es versprochen war. Er entflammt sich nur noch für vollkommen »freie«, verfügbare Damen. An dem Tag, als er erfährt, daß Maddalena Riggi ihr Herz und ihre Hand schon vergeben hat, zieht er sich zurück, traurig, gewiß, und enttäuscht, aber nicht zu tief getroffen.

Er war dieser jungen, schönen Mailänderin in Castel Gandolfo begegnet und hatte sich auf den ersten Blick in sie verliebt. Doch er hatte sogleich den Ton achtungsvoller, ja beinahe väterlicher Freundschaft angenommen, als er sie von Aussteuer und Verlobungsring sprechen hörte. Hat es ihn sehr betrübt? Es hat nicht den Anschein, so ungezwungen wie er von dieser Episode spricht, aber sie hat ihn doch stark beeindruckt. Die milden Abende in den Gärten Mr. Jenkins, eines englischen

Kunstliebhabers und Gemäldehändlers, der ein altes Jesuitenkloster mit sehr viel Feingefühl umgebaut hatte, trugen noch das ihre dazu bei. »Indessen ich mich so auszureden suchte, empfand ich auf die wundersamste Weise, daß meine Neigung für die Mailänderin sich schon entschieden hatte, blitzschnell und eindringlich genug, wie es einem müßigen Herzen zu gehen pflegt, das in selbstgefälligem ruhigen Zutrauen nichts befürchtet, nichts wünscht, und das nun auf einmal dem Wünschenswertesten unmittelbar nahe kommt.« Man kann kaum daran zweifeln, daß es ihn erwischt hat, wenn man weiterliest: »Übersieht man doch in solchem Augenblicke die Gefahr nicht, die uns unter diesen schmeichelhaften Zügen bedroht.«[17]

Er gab sich also damit zufrieden, das junge Mädchen auf seinen Spaziergängen durch die Wälder der Albaner Berge zu begleiten, er leitete sie bei ihren Aquarellierversuchen an, begann, sie Englisch zu lehren mit Hilfe der Zeitschriften, die Mr. Jenkins aus dem Königreich erhielt. Viel weiter ging es nicht. »Ich hatte Jahre und Erfahrungen hinreichend, um mich, obwohl schmerzhaft, doch auf der Stelle zusammenzunehmen. Es wäre wunderbar genug, rief ich aus, wenn ein Wertherähnliches Schicksal dich in Rom aufgesucht hätte, um dir so bedeutende, bisher wohlbewahrte Zustände zu verderben.«[18]

Die Verlobung der hübschen, blauäugigen Mailänderin wurde im übrigen aufgelöst und zwar kurz nach jenem wunderbaren, herzzerreißenden Oktoberabend, an dem Goethe erfuhr, daß sie schon versprochen war. Später wird Maddalena Riggi einen Porzellanfabrikanten heiraten, dann in zweiter Ehe einen Angestellten ihres ersten Mannes, und nachdem sie die sechzig erreicht und acht Kinder zur Welt gebracht hat, wird sie sterben, ohne zu wissen, welche Gefühle sie einst in dem größten Dichter Deutschlands erweckt hatte. Bei Einbruch des Winters trennte man sich und verließ Castel Gandolfo. Dennoch sahen sie sich in Rom im folgenden Jahr wieder; der Zufall hatte Goethe und das junge Mädchen bei einem verrückten Karnevalstag im Wagen Angelika Kauffmanns zusammengeführt. Blaß wie sie war, von einer nicht lange zurückliegenden

Krankheit, erschien sie ihm noch viel verführerischer. Während er sich dagegen wehrte, verfiel er diesem Zauber, der Stendhal verwirrt hätte, aber er mußte sich doch und diesmal endgültig verabschieden.

Goethe hatte für Maddalena Riggi seinen letzten Abschiedsbesuch reserviert. Er ließ seine Kutsche vor dem Haus des Mädchens anhalten. »Sie sah heraus zum Fenster des Entresols, den sie in einem stattlichen Gebäude bewohnten; es war nicht gar so hoch, man hätte geglaubt, sich die Hand reichen zu können.«[19]

Als man lief, um den Kutscher herbeizuholen, der sich in irgendeinem Wirtshaus verspätete, ließen sich die Freunde während des Wartens zu Geständnissen hinreißen, die jetzt ungefährlich waren, da die Stunde des Abschieds geschlagen hatte. Von jetzt an konnte Goethe nichts mehr in Italien halten, selbst die Liebe einer Frau nicht. Er hatte sich von Rom auf die ernsteste und symbolträchtigste Weise verabschiedet, indem er ein letztes Mal während einer Vollmondnacht seine Lieblingsplätze aufsuchte. Aber es ist schon bezeichnend, daß er mit diesem liebenswerten Mädchen seine letzten Minuten verbringt, so als ob er von der Stadt, die ihm so viel gegeben hat, ein letztes Bild, das einer schönen Frau, mitnehmen wollte. »Was sie darauf erwiderte, was ich versetzte, den Gang des anmutigsten Gespräches, das, von allen Fesseln frei, das Innere zweier sich nur halbbewußter Liebenden offenbarte, will ich nicht entweihen durch Wiederholung und Erzählung; es war ein wunderbares, zufällig eingeleitetes, durch inneren Drang abgenötigtes lakonisches Schlußbekenntnis der unschuldigsten und zartesten wechselseitigen Gewogenheit, das mir auch deshalb nie aus Sinn und Seele gekommen ist.«[20]

Sie reichten sich zum letzten Mal durch das niedrige Fenster die Hand, dann sprang Goethe in die Kutsche und der Postillon fuhr im Galopp davon.

Goethe hat Italien in dem Moment verlassen, als er erkannte, daß er dieses Land nicht mehr brauchte. Er hat wiederholt gesagt, daß er nicht mit der Absicht der Erbauung, der Bildung hierhergekommen war, auch nicht aus der oberflächlichen

Neugierde des Touristen, noch mit dem Verlangen »sich zu amüsieren« wie die meisten der jungen Ausländer, die die »Grand Tour« machten. Er hatte den Wunsch, zu lernen und noch mehr, eine Prägung zu erhalten, sich formen zu lassen. Aus gutem Grund betrachtet die deutsche Sprache »Kultur« vor allem als »Bildung«, als eine »Formgebung«, und bezeichnet sie mit dem gleichen Wort. Goethe erhoffte sich eine Bereicherung, eine Erhellung, eine Vertiefung, im Bereich der Sinne ebenso wie auf dem Gebiet der Wissenschaften, der Künste, der Archäologie. »Die großen Szenen der Natur hatten mein Gemüt ausgeweitet und alle Falten herausgeglättet«, schreibt er am 25. Januar 1788 an Karl August. So definiert er genau die Rolle, die die italienische Natur und ihre Kunst bei dieser sensiblen, vibrierenden, allen Emotionen zugänglichen Persönlichkeit wie der seinen spielte. Im gleichen Brief vertraut er dem Herzog an, daß er nach Italien gefahren sei, um »sich von den physisch-moralischen Übeln zu heilen ...«, um »den heißen Durst nach wahrer Kunst zu stillen«. Und am Ende dieser beiden Jahre gesteht er ein, gesättigt zu sein.

Die Ergebnisse dieses Italienaufenthalts sind so überaus reich und fruchtbar, daß sie seinem ganzen Leben Nahrung geben werden. Ich habe schon erwähnt, wie sehr diese *Entfaltung*, diese *Loslösung* nutzbringend war. Auf dem Gebiet der Kunst hat Goethe Kenntnisse und eine Geschmacksicherheit erlangt, die er anderswo in jahrelangem Studium nicht erreicht hätte. Er hat dort sein technisches Wissen in verschiedenen »Handwerken« wie Malen, Bildhauerei, Architektur und Kupferstechen verfeinert, er hat sein Wahrnehmungsvermögen geschärft, seine Urteilskraft gesteigert. Menschlich ist er größer geworden durch ein Glück besonderer Art, das ihm in dieser Zeit zuteil wurde. Er hat seine Ästhetik auf den Grundpfeilern der Alten errichtet durch die Lektüre Homers, die Betrachtung griechischer Statuen und römischer Bauwerke. Dieser leidenschaftliche Liebhaber der Schönheit hatte im Vorbeifahren die edelsten Römerinnen, die feurigsten Sizilianerinnen gegrüßt, er hatte sogar die entzückenden Engländerinnen aus der Gesandtschaft, wo ihn Tischbein vorgestellt hatte, bewundert, und zu wiederholten Malen erlebte er, wie die außergewöhnliche Lady Hamilton einem verdutzten und gebannten Publikum lebende Bilder und »Charakter«-Tänze vorführte, die ihr zu einer ein wenig spektakulären Berühmtheit verhalfen. Indem er entdeckte, daß die lebendige Schönheit, die Schönheit der Bewegung, und die von der Schere oder dem Pinsel des Künstlers festgehaltene Schönheit einander verwandt waren, hat er den klassischen Kanon erweitert, der seit seinem ersten Besuch bei den »Antiken« in Mannheim in ihm gewachsen war. Er hat in Italien gelernt, daß die Kunst nicht etwas vom Leben Getrenntes ist, denn in diesem Land ist sie bei jedem Schritt gegenwärtig, sie bietet sich dem Blick, der Hand dar, wo auch immer man sich hinwenden mag. Er war einsichtig genug, um zu erkennen, daß er für die bildnerischen Künste weniger begabt war, daß sein wahres Genie in der Dichtkunst lag und daß er riskierte, sich fruchtlos zu verzetteln, ein Dilettant zu werden, wenn er auch noch malen und bildhauern wollte. Der Tag, an dem er sich klarmachte, daß es besser war, eine Kunstform nicht auszuüben, in der er sich nicht auszeichnete, war sicher schmerzlich, aber wie jeder Verzicht nutzbringend.

In wissenschaftlicher Hinsicht schließlich hat Goethe aus Italien zwei bedeutende Entdeckungen mitgebracht: die der vertebralen Schädelfunktion, zu der ihm im Verlauf seiner zweiten Reise die Untersuchung eines Schädels verhalf, den er im alten jüdischen Friedhof am Lido von Venedig gefunden hatte; zum zweiten die Theorie der *Urpflanze*, die er in den Gärten von Palermo bestätigt finden wird. Es war eine Eingebung, die er schon einige Zeit in sich trug, die sich dort aber mit einer blendenden, unwiderlegbaren Evidenz aufdrängte. Im Verlauf seiner botanischen Forschungen, die ihn sein ganzes Leben beschäftigen werden, wird er nicht mehr davon ablassen, diese Theorie zu verifizieren, zu kontrollieren und zu verbreiten.

Die Fahrt nach dem Süden ist ein immer wiederkehrendes Ereignis im Schicksal der Teutonen, für das Individuum wie für das Volk. Alle Deutschen, die nach Italien gefahren sind, haben sich ein wenig wie die barbarischen Eroberer betragen, und alle haben eine wunderbare Beute nach Hause gebracht. Die Beute Goethes ist unbestritten die kostbarste und die üppigste, denn sie umfaßt alle menschlichen Bereiche. Ein Buch würde nicht ausreichen, um sie alle zu benennen. Zuerst hat er dort eine Durchlässigkeit, eine Fähigkeit der Durchdringung und der Osmose erworben, die die Aufnahme alles Neuen begünstigte. Er hat seine Persönlichkeit durch »Solidität« gestärkt, von der er sagt, daß sie die edelste Erwerbung ist, die man in Rom machen könne. Er ist gleichzeitig stärker und geschmeidiger geworden. Er ist formbar geworden, ohne aufzuhören, er selbst zu sein. Seine Gelehrigkeit gegenüber den unterschiedlichsten Einflüssen hat es ihm ermöglicht, die Spitze dieser »Pyramide«, die das Symbol einer immer im Aufstieg, im Wachstum, in der Verfeinerung begriffenen Persönlichkeit ist, sehr hoch hinaufzutreiben.

Ohne sich abzusondern, ohne aufzuhören, umgänglich zu sein, hat er es vermieden, sich durch Ablenkungen und Zerstreuungen zu verzetteln. Seiner Gewohnheit entsprechend hat er sich gegen das verschlossen, was die meiste Verführungskraft auf ihn hatte, und gleichzeitig nichts abgelehnt, was seine Individualität als Dichter, Künstler, Gelehrter und ganz einfach als Mensch entwickeln konnte. Eines Nachts in Bologna, am 19. Oktober 1786, als er sich gerade auf dem Weg nach Rom befand, hatte er den folgenden Traum, den er sogleich in sein Reisetagebuch schrieb. Er wußte, daß Träume die Gegenwart erklären, die Zukunft ankündigen und dem Menschen über die Geheimnisse seines innersten Seins Auskunft geben. Ebenso wie die Romantiker hat Goethe die Wichtigkeit der Träume für die poetische Schöpfung verstanden. Was er darüber an Esenbeck schrieb, ist äußerst bezeichnend. Esenbeck war ein Naturforscher, der sich viel mit dem Magnetismus beschäftigte, der sich aber auch für die Traumdeutung interessierte: »Muß doch der Dichter«, schreibt er, »wenn er bescheiden sein will, bekennen, daß sein Zustand durchaus einen Wachschlaf darstelle, und im Grunde leugne ich nicht, daß mir gar manches traumartig vorkömmt.«[21] Man weiß, wie sehr er von einigen

Träumen beeindruckt war, die entscheidende Abschnitte seines Lebens markierten.

Der Traum, den Goethe in Bologna hatte, berührte ihn jedenfalls so tief, daß er ihn noch ein Jahr später für bedeutungsvoll genug hielt, ihn seinen Freunden zu erzählen. »Es träumte mir nämlich: ich landete mit einem ziemlich großen Kahn an einer fruchtbaren, reich bewachsenen Insel, von der mir bewußt war, daß daselbst die schönsten Fasanen zu haben seien. Auch handelte ich sogleich mit den Einwohnern um solches Gefieder, welches sie auch sogleich häufig, getötet, herbeibrachten. Es waren wohl Fasanen, wie aber der Traum alles umzubilden pflegt, so erblickte man lange, farbig beaugte Schweife, wie von Pfauen oder seltenen Paradiesvögeln. Diese brachte man mir schockweise ins Schiff, legte sie mit den Köpfen nach innen, so zierlich gehäuft, daß die langen bunten Federschweife, nach außen hängend, im Sonnenglanz den herrlichsten Schober bildeten, den man sich denken kann, und zwar so reich, daß für den Steuernden und die Rudernden kaum hinten und vorn geringe Räume verblieben. So durchschnitten wir die ruhige Flut und ich nannte mir indessen schon die Freunde, denen ich von diesen bunten Schätzen mitteilen wollte. Zuletzt in einem großen Hafen landend, verlor ich mich zwischen ungeheuer bemasteten Schiffen, wo ich von Verdeck auf Verdeck stieg, um meinem kleinen Kahn einen Landweg zu suchen.«[22]

Man kann diesen Traum auf die verschiedensten Weisen deuten; die einfachste wäre, ihn mit den Bildern in Verbindung zu bringen, die der Reisende tagsüber im Palazzo Tanari bewundert hatte. Goethe selbst sah in dieser Seefahrt das Symbol seiner Reise nach Italien, und er spielte des öfteren auf diese Fasanenbeute als die Gesamtheit der Kenntnisse an, die er zurückbringen wird. In der Tat, die Schätze, die er nur noch einbringen muß, wenn er erst wieder in Weimar ist, sind von einer solchen Fülle und Vielfalt, daß sein Leben kaum ausreichen wird, sie zu ordnen. Italien hat ihn sicherlich mit all dem überhäuft, was er sich erhofft hatte, und weit darüber hinaus beschenkt. Vielleicht war die liebevollste Art, ihm seine Dankbarkeit zu bezeugen, daß er nicht dorthin zurückkehrte. Denn dieses Land hatte ihm alles gegeben, er forderte nichts mehr. Er war ein Verehrer der Gegenwart und des Augenblicks und wußte wohl, »daß man sich nicht zweimal im gleichen Fluß badet«.

11
Erotikon

Die Nachwelt ist mit Christiane Vulpius nicht immer nachsichtig gewesen. Sie teilt die Vorurteile der aristokratischen und bürgerlichen Weimarer Gesellschaft gegenüber dem hübschen Mädchen aus dem Volke, das von der Arbeiterin, die künstliche Blumen herstellt, zur Geliebten, dann zur legitimen Ehefrau des größten deutschen Dichters aufstieg. Es scheint, daß man ihr ihre Jugend, ihre einzigartige Schönheit vorwirft, die sie einem Jüngling der Panathenäen gleichen läßt, ihren sinnlichen Reiz bis hin zu dieser Atmosphäre gesunder, glücklicher Wollust ohne Schatten und »Probleme«, mit der sie Goethe, so lange sie lebte, umgeben hat. Diejenigen, die sie sich »olympischer« wünschten, im Niveau ihm ebenbürtig, wundern sich, ja nehmen sogar Anstoß daran, daß sie so offen und so einfach menschlich ist. Als ob das nicht gerade die Art von Gefährtin gewesen wäre, die sich Goethe bei seiner Rückkehr aus Italien wünschte und die er brauchte. In Wahrheit verdanken wir Christiane Vulpius das schönste Geschenk, das eine liebende Frau einem Mann machen kann; sie hat ihm geholfen, sich wieder in Weimar einzugewöhnen, zu einem Zeitpunkt, als dies fast unmöglich schien.

Den Schmerz, den er beim Verlassen Italiens empfand und dessen brennenden Stachel er noch dreißig Jahre später fühlte, als er Eckermann anvertraute: »Ja ich kann sagen, daß ich nur in Rom empfunden habe, was eigentlich ein Mensch sei ... Ich bin, mit meinem Zustande in Rom verglichen, eigentlich nachher nie wieder froh geworden.«[1]

Dieser Schmerz, von dem er nicht glaubt geheilt werden zu können, rührte nicht nur von seiner Verzweiflung darüber her, dieses Paradies auf Erden zu verlassen. Er war sich bewußt, daß er dort nicht sein ganzes Leben verbringen konnte. Aber eine Trennung wird deshalb nicht weniger schmerzhaft, weil man weiß, daß man mit dem geliebten Wesen nicht leben könnte. Nicht nur der Abschied von Italien schlug also auf seine Stimmung, auch der Gedanke an die Rückkehr ins Herzogtum bedrückte ihn.

Man verläßt nicht ungestraft für zwei Jahre seine Freunde, eine geliebte Frau, eine wohlgesinnte Gesellschaft, einen gunstvollen Herrscher, eine kleine Stadt, in der man sich heimisch gefühlt hat. Wenn er auch zu jener Zeit nicht das berauschende Glück empfunden hatte, das ihn in Italien erfüllte, so war Goethe dennoch in Weimar zufrieden gewesen. Er hatte sich eine harmonische Atmosphäre der Arbeit, der Vergnügungen, des Gesellschaftslebens, der Einsamkeit in der Natur, wenn es ihm danach war, der praktischen Tätigkeit, der Meditation und der dichterischen Schöpfung geschaffen. All das war ihm nicht in den Schoß gefallen. Er hatte zehn Jahre gebraucht, bevor er seine eigenen Widerstände, die Feindseligkeit des Hofes, die Kälte der geliebten Frau überwunden und sich in die Umgebung, an der alles neu war, eingewöhnt hatte.

Das Glück ist eine zarte Pflanze, die die Pflege einer Treibhausblume erfordert und die man keinen Witterungsunbilden aussetzen darf. Goethe war zu sehr davon überzeugt, daß, wie er es selbst sagte, »in der Abwesenheit die Freundschaft verhungert«, um nicht die Veränderungen zu fürchten, die sich in den Gefühlen seiner Freunde ihm gegenüber vollzogen haben könnten. Lange und häufige Briefe, die ein wahres Reisetagebuch darstellten und die er später nur noch zu ordnen brauchte, um daraus ein dickes Erinnerungsbuch zu machen, hielten den Kontakt aufrecht, verhinderten die Entfremdung, die Gleichgültigkeit, das Vergessenwerden. Diese Brücke wurde niemals abgebrochen, aber war dieser papierne Steg noch fest genug, als daß man sich ohne Herzklopfen darauf wagen konnte? Wie würden von jetzt an die Verfügungen des

Hofes sein? Wie würde Frau von Stein ihn empfangen, nachdem sie sich so bitterlich über seine heimliche Abreise beklagt hatte? Würde der Herzog ihm noch das gleiche Wohlwollen entgegenbringen? Würden nicht alle, die er so fröhlich zurückgelassen hatte, ihm seine Flucht nachtragen? Seine Befürchtungen waren nicht unbegründet. Wenn er sich während dieser zwei Jahre vollständig verwandelt hatte, so war auch an Weimar die Zeit nicht spurlos vorübergegangen. Der Stempel, den er ihm aufgedrückt hatte, verwischte sich. Der Lebensrhythmus, den er ihm gegeben hatte, machte dem alten Trott Platz. Nachdem der Hof und die Stadt von dem Temperament dieses genialen Mannes aufgerüttelt worden waren zu einer Zeit, wo der Glanz seiner Augen und seiner Stimme die Menschen in seinen Bann zog, kehrten sie in die alten Bahnen zurück. Goethe und Weimar hatten sich voneinander in völlig entgegengesetzte Richtungen entfernt. Welcher Anstrengung bedurfte es jetzt, um sie einander wieder anzunähern? Goethe begriff, als er die kleine bürgerliche Stadt wiedersah, daß es ihm jetzt viel schwerer fallen würde, sich dort wieder einzufinden als vor dreizehn Jahren, da er von der Freundschaft, die ihm, dem jungen Bürgerlichen aus Frankfurt, der Herzog und die Herzogin entgegenbrachten, so geblendet war, daß alles andere in den Hintergrund trat. Nun aber hatte er das Paradies auf Erden kennengelernt. Zu jener Zeit hatten sich noch alle, die Kamarilla um von Fritsch ausgenommen, eilfertig bemüht, dem Günstling Karl Augusts den Aufenthalt angenehm zu machen; heute würde er sicherlich verbitterte, neidische und eifersüchtige Beamte vorfinden, die froh waren, während seiner Abwesenheit seinen Platz eingenommen und das Ohr des Herzogs wiedergewonnen zu haben; sie waren sicher nicht begeistert, daß er sich erneut zwischen sie drängte.

Goethe und Deutschland – das war nie vorher und nie nachher eine Einheit. Die Gründe dafür waren unterschiedlicher Natur. Er kam klassischer als je zuvor zurück in dieses Deutschland des *Sturm und Drang*, das seine Verehrung der Antike nur als lächerlich »alten Zopf« ansehen konnte. Wenn er ungeheure Popularität durch den *Werther* und den *Götz von*

Berlichingen erlangt hatte, in denen sich die Romantik mit begeisterter Bereitwilligkeit wie in einem Spiegel betrachtete, so waren die *Römischen Elegien, Iphigenie, Tasso* – trotz seiner Romantik – wie geschaffen, um die »Jungen« zu verärgern. Auch die junge Literatur konnte von Abtrünnigkeit sprechen und ihrerseits den Dichter schmähen, der die teuersten Ideale seiner Generation verleugnet hatte. Die literarische Welt betrachtet also diesen »Heimkehrer« als einen Greis, entzieht ihm ihr Interesse und ihre Sympathie. Sie wendet sich völlig dem aufgehenden Stern Schiller zu; sie weiß nichts von dem ungeheuren Wert der Botschaft, die er aus Italien zurückbringt, sie ignoriert seine schönsten Gedichte und räumt ihn mit einem verächtlichen Achselzucken aus dem Weg wie einen Schriftsteller, »der am Ende ist«.

Charlotte ihrerseits ist ihm gram und das nicht ohne Grund. Ihr hat seine »Flucht im Morgengrauen« eine tiefe Wunde ihres Selbstgefühls und ihrer Liebe zugefügt. Vergeblich hatte er ihr während seiner zweijährigen Abwesenheit eine Unzahl erklärender Briefe, zarter Versprechungen geschrieben: »Heute früh erhielt ich deinen bitter süßen Brief vom 18. Dezember ... Ich kann zu den Schmerzen, die ich dir verursacht nichts sagen als: vergib ... Vor allen Dingen soll ein ganz neues Vertrauen, eine immer gleiche Offenheit mich aufs neue mit dir verbinden ... Täglich werf ich eine neue Schale ab und hoffe als ein Mensch wiederzukehren. Hilf mir aber nun auch, und komme mir mit deiner Liebe entgegen ...«[2]

»Seit dem Todte meiner Schwester hat mich nichts so betrübt, als die Schmerzen die ich dir durch mein Scheiden und Schweigen verursacht ...«[3]

Was würde er nicht alles sagen, um sie zu besänftigen, aber sie hört sehr gut heraus, daß er immer nur von dem Schmerz spricht, den er ihr verursacht, niemals von dem, den er selbst empfindet. Leidet er also nicht? Was bedeutet es schon, wenn er seine Treue versichert, wenn er ihr zuruft: »An dir häng ich mit allen Fasern meines Wesens!«[4] und »so brennt und leuchtet die schöne Flamme der Liebe, der Treue, des Andenkens wieder fröhlich in meinem Herzen«.[5]

Sie verzeiht ihm nicht, daß er glücklich ist, daß er obendrein naiverweise zugibt, es zu sein. Sie will die Bedeutung dieser Reise nicht begreifen, trotz der Ehrlichkeit, mit der er sich ihr darüber anvertraut. Sie versteht den Ernst dieser Geständnisse nicht: »Ich habe nur Eine Existenz, diese habe ich diesmal ganz gespielt und spiele sie noch ...«[6]

Sie weiß nicht, wie entscheidend dieser *Salto mortale* war. Sie sieht hinter der mysteriösen Abreise nur die Flucht, für die er ihr wie den anderen die Erklärung schuldig geblieben war. Wenn er ihr wenigstens soviel Vertrauen geschenkt hätte wie seinem Diener, der in das Geheimnis eingeweiht war.

Wie lauten ihre Vorwürfe? Wir wissen es nicht, da auf ihren Wunsch alle Briefe an Goethe vernichtet wurden. Aber seinen Antworten kann man entnehmen, wie sehr sie ihn bekümmert haben. Am meisten enttäuscht hat ihn sicher, sehen zu müssen, daß zwischen ihnen nicht mehr diese Harmonie, diese Verständigung bestand, an die er geglaubt hatte. Wenn er sich rechtfertigte, so machte jedes Wort der Entschuldigung alles nur noch schlimmer, wie zum Beispiel, wenn er sie tadelt, sie würde zuviel Kaffee trinken und habe deshalb so überreizte Nerven. Er verteidigt sich schlecht, ungeschickt und noch viel ungeschickter, als sie anfängt, sich nicht nur über seine Flucht zu beklagen, sondern auch darüber, daß er sie wegen einer anderen Frau verlassen hat. Um einer Arbeiterin willen, die Stoffblumen herstellt, Christiane Vulpius. »Und welch ein Verhältnis ist es? Wer wird dadurch verkürzt? Wer macht Anspruch an die Empfindungen, die ich dem armen Geschöpf gönne? Wer an die Stunden, die ich mit ihr zubringe?«[7]

Der Bruch ist unvermeidlich; er ist auch im innersten Herzen schon vollzogen. Es fehlt nur noch, daß er vor aller Augen publik gemacht wird. Das Schweigen, das sich zwischen diesen Freunden – diesen Liebenden? – einstellen wird, besiegelt das Ende ihrer Beziehung. Es gibt auch danach keinen einzigen Brief mehr der beiden Nachbarn, die jeden Tag, ja manchmal sogar mehrmals täglich korrespondierten; das Schreiben sieben Jahre nach dem Bruch beinhaltet nur eine Benachrichtigung von konventioneller Freundlichkeit über die Einberufung von

Goethes Vater

Goethes Mutter

Cornelia Goethe,
Schwester von
J. W. von Goethe.

Rechts:
Goethehaus in
Frankfurt am
Main, am ›Großen
Hirschgraben‹.

Reisewagen,
den Goethe auf
seiner Italienreise
benutzte.

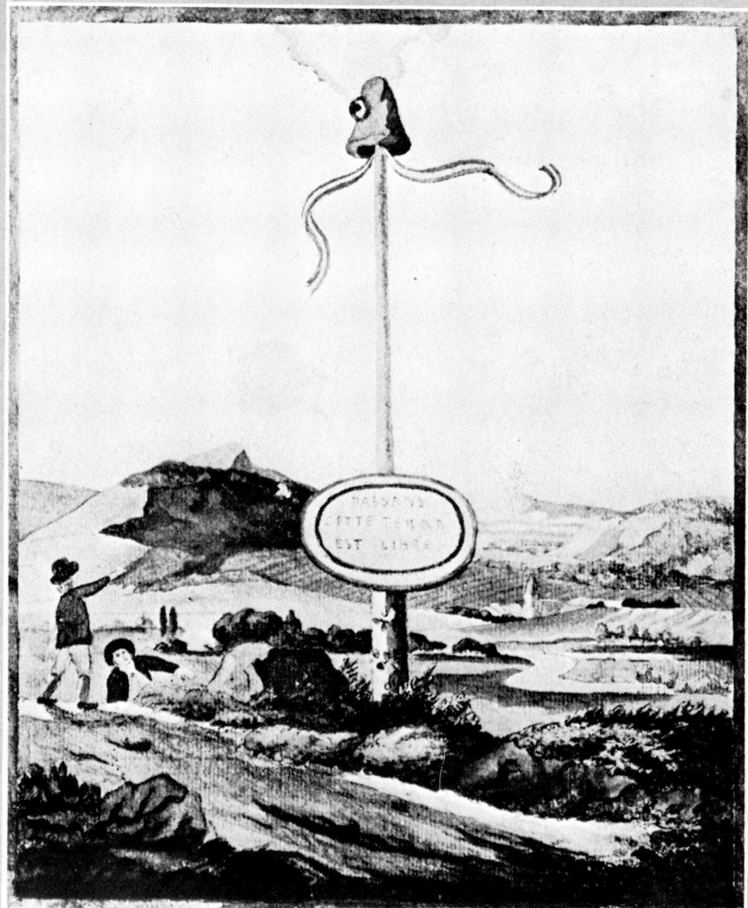

Eigenhändige
Zeichnung Goethes:
›Landschaft mit
dem Freiheitsbaum‹.

Goethe in seiner Wohnung am Corso
in Rom während der ersten Italienreise.
(Zeichnung von J. H. W. Tischbein)

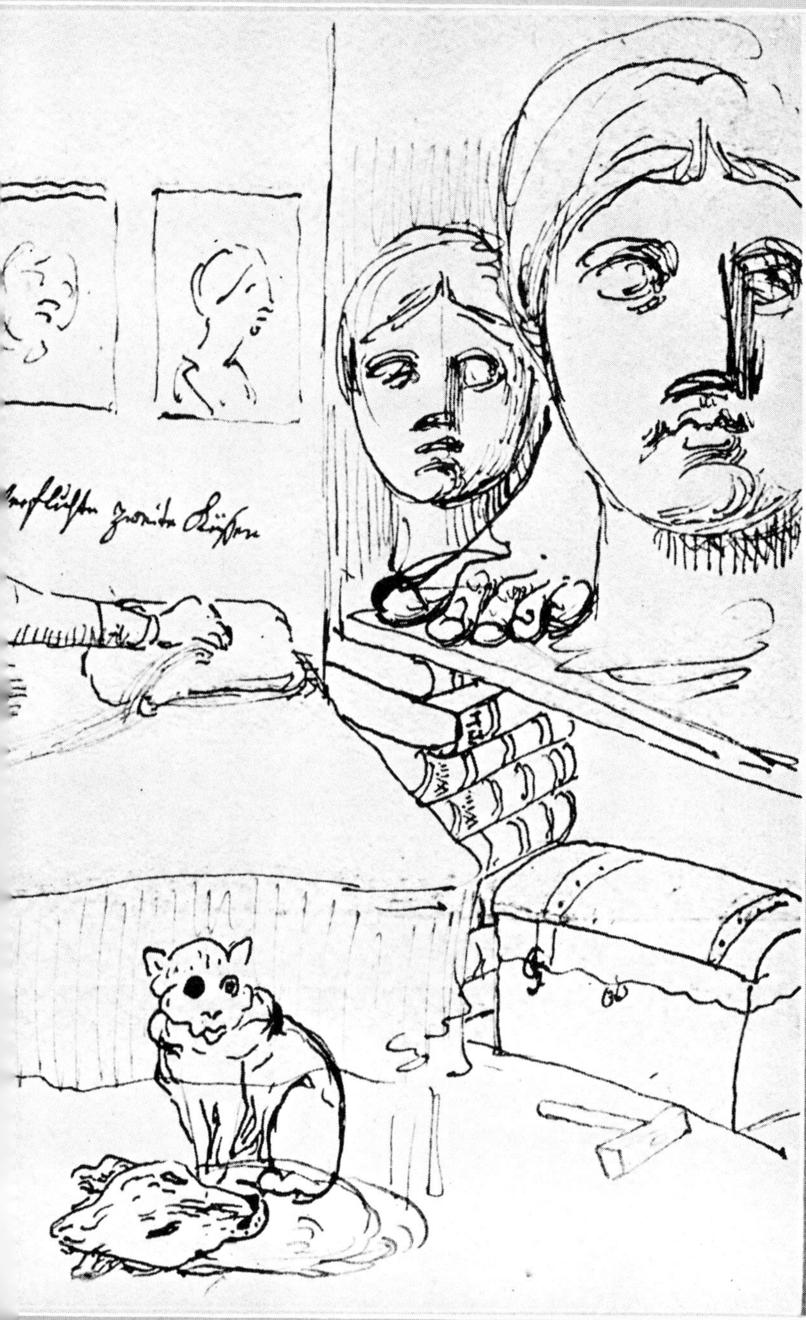
zweiten Küssen

Goethe in der Campagna. Gemälde von Johann Heinrich Wilhelm Tischbein.

Rechts: Karl August, Großherzog von Sachsen-Weimar, 1757–1828.

August von
Goethe,
Goethes Sohn
(1789–1830)

Ottilie von
Goethe,
Schwiegertochter
Goethes.

Rechts:
Schillers Garten
in Jena. Schiller
im Gespräch
mit Goethe,
Alexander und
Wilhelm von
Humboldt,
Wieland u. a.

Charlotte von Stein

Christiane Vulpius
mit dem
ältesten Sohn
August.

Johann Peter Eckermann

Rechts:
Illustrationskupferstich
von Daniel Chodowiecki:
›Die Freuden
des jungen Werther‹.

Folgende Seite:
Todesanzeige Goethes,
von Ottilie aufgegeben.

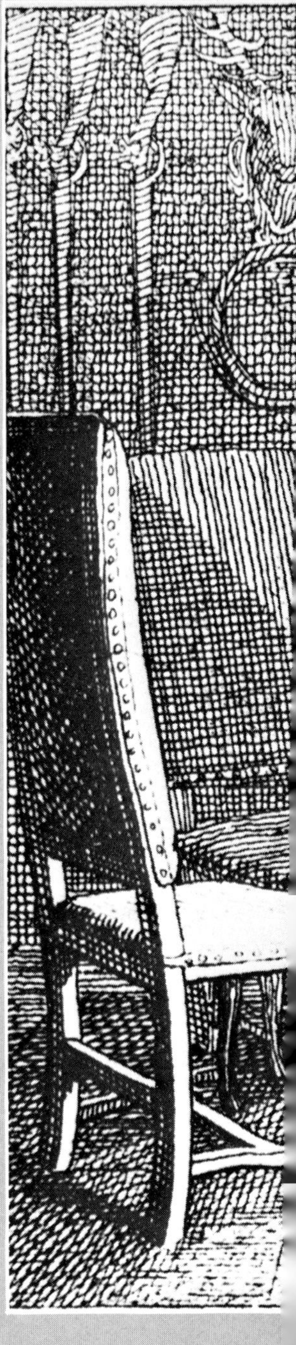

Gestern Vormittags halb Zwölf Uhr starb mein geliebter Schwiegervater, der Großherzogl. Sächsische wirkliche Geheime-Rath und Staatsminister

JOHANN WOLFGANG VON GOETHE,

nach kurzem Krankseyn, am Stickfluß in Folge eines nervös gewordenen Katharrhalfiebers.

Geisteskräftig und liebevoll bis zum letzten Hauche, schied er von uns im drei und achtzigsten Lebensjahre.

Weimar, 23. März 1832.

OTTILIE, von GOETHE, geb. von POGWISCH, zugleich im Namen meiner drei Kinder, *WALTHER*, *WOLF* und *ALMA* von GOETHE.

Charlottes Sohn Fritz, den Goethe so ins Herz geschlossen hatte, in die preußische Armee.

Die Weimarer Gesellschaft ergreift natürlich für Frau von Stein Partei, und das um so mehr, als die skandalöse Verbindung Goethes schon viele empörte Gerüchte bei Hof und in den Salons in Umlauf gebracht hat. Der Herzog seinerseits ist zweifellos nicht besonders erfreut darüber, daß Goethe es ablehnt, seine Verwaltungsaufgaben wieder aufzunehmen und nur mehr eine Art Unterkanzlei der Schönen Künste führen will: Auf diese Weise wird er weniger verpflichtet sein, bei Hofe zu erscheinen als zu jener Zeit, als er der erste Minister des Herzogtums war; das wird ihm erlauben, mehr Zeit seinem Heim, das er gerade gegründet hat, der Frau, die er sich ins Haus genommen hat, und dem Sohn, den sie ihm geschenkt hat, zu widmen.

Wieder einmal in seinem Leben hat er genau die Frau getroffen, die er zu jener Zeit brauchte, wo er schmerzlicher denn je der Liebe bedurfte. Der Zufall hat ihm, mit Hilfe eines offiziellen Schriftstückes, das zu unterschreiben war, ein schönes zwanzigjähriges Mädchen geschickt. Sie besaß einen wundervollen Körper und ein ebensolches Gesicht, einen gesunden und fröhlichen Verstand und ein zartfühlendes und auch sinnliches Herz. Mit ihr konnte er ungehemmt seine Wollust teilen. Dieses Mädchen umgab die Luft, die Sonne Italiens. Sie hatte die Fülle einer vollkommenen Frau und die Anmut eines Hermaphroditen. Sie ähnelte einer antiken Statue, die ein Wunder zum Leben erweckt hatte, die plötzlich gelernt hatte zu lachen, zu sprechen, Liebkosungen zu empfangen und zu geben, zu tanzen und überdies war sie – Goethe schätzt das auch – eine gute Hausfrau, eine fabelhafte Köchin, die sich mit den Weinen auskannte und sie auch selbst nicht verachtete.

Vier Wochen nach seiner Rückkehr aus Italien, am 13. Juli 1788, als er sich mit dem Unglück abfinden wollte, ist er dem Glück begegnet, das sich ihm in ganz unerwarteter Form darbot. Er wußte, daß man bei Geschenken des Schicksals nicht zaudern darf und hat schnell zugegriffen. Wenn man dem Glauben schenkt, was David Veitan Rahel Levin nach einem

Besuch in Weimar im März 1793 schreibt, so lebten Goethe und Christiane da noch nicht zusammen, und er verbringt kaum mehr als zwei oder drei Stunden mit ihr, wenn er sie besucht – und das nicht einmal jeden Tag. Der Familie des jungen Mädchens, der Vater ein kleiner Beamter, der Bruder Autor von Lustspielen, kann diese Affäre nur recht sein. Goethe, wohlwollend wie immer, läßt es nicht an Unterstützung fehlen. Eines Tages schließlich ist der Dichter der Heimlichkeiten, der Rücksichtnahmen auf eine Gesellschaft, die es so wenig verdient, geschont zu werden, müde. Weshalb noch diese Verstellung? Seine Freunde wußten, woran sie waren. Von der zweiten Reise nach Italien im Jahr 1790, als er in Venedig die Herzoginmutter Anna Amalia abholte, hat er an Herder geschrieben: »Ich gestehe daß ich das Mädchen leidenschaftlich liebe«[8], und sehr viel später, am 20. Oktober 1806, stellt er sie einem Besucher, J. A. Ludecus, mit den überraschenden Worten vor: »Sie ist immer meine Frau gewesen.«

Weimar spart nicht mit sarkastischen Bemerkungen über das arme »kleine Geschöpf«, wie Frau von Stein sie nennt. Schiller, vom Sockel seiner bürgerlichen Achtbarkeit herab, die man von seiten des Autors der »Räuber« nun eben nicht so unkonziliant erwartet hätte, tadelt und verspottet »Mamsell« Vulpius. Er prophezeit, daß Goethe sie aus Liebe zu dem Kind – August ist am 25. Dezember 1789 geboren – heiraten wird und das würde die Lächerlichkeit mildern. Goethe schert sich nicht um Lächerlichkeiten; ob das nun den Adligen und Bürgern gefällt oder nicht, er nimmt Christiane in sein Haus auf.

Welcher Art ist seine Liebe zu seinem *kleinen Erotikon*? Der Name, den er ihr gegeben hat, sagt schon genug. Sie ist für ihn eine wunderbare Gefährtin der Lust, sein »Bettschatz«, aber man könnte seine Anhänglichkeit auch mit den Sätzen erklären, die er der Herzogin Luise schrieb und die für seine Einstellung zu Christiane sehr aufschlußreich sind: »Das geringste Produkt der Natur hat den Kreis seiner Vollkommenheit in sich und ich darf nur Augen haben um zu sehen, so kann ich die Verhältnisse entdecken, ich bin sicher daß innerhalb eines kleinen Zirkels eine ganze wahre Existenz beschlossen ist.«[9] Weit davon entfernt also, auf dieses hübsche, frische und anmutige Mädchen unter dem Vorwand, daß sie weder Bildung noch gesellschaftliche Stellung habe, herabzublicken, bewundert Goethe sie als »eine ganze wahre Existenz«.

Am Anfang ihrer Beziehung hat er sich an sie gehängt, weil seine Sinne von ihr erfüllt waren; das ist eine Sache. Später, als er in ihr andere Qualitäten entdeckt, nimmt seine Zuneigung einen ernsteren, weniger »körperlichen« Charakter an; als er erlebt, wie sie während der französischen Besatzung im Jahre 1806 ihr Haus und ihren Mann mit soviel Mut, Einsatz, Besonnenheit und Selbstaufopferung verteidigt, findet er sie sogar würdig, seine legitime Frau zu sein und heiratet sie auf der Stelle. Nicht, wie man sagte, um eine alte Liaison zu *legitimieren*, sondern ganz im Gegenteil um einer Liaison eine neue Form zu verleihen, die Gefühle der Liebe, der Achtung und der Bewunderung einschließt. Solange Christiane nur der »Bettschatz«, die gute Köchin, die mutige und geschickte Partnerin der Sinnenlust ist, bleibt sie »Mamsell« Vulpius. An dem Tag, wo sie einen Charakter beweist, der sie auf gleiche Höhe mit ihrem Mann stellt, zögert er nicht, ihr den Titel zu geben, der ihr jetzt zusteht. Mit zärtlichem und dankbarem Ernst, der im allgemeinen solchen »Legitimierungen« abgeht, macht er aus ihr *Frau von Goethe.*

Trotz all dieser Qualitäten blieb sie doch ein Kind, und als Kind behandelt er sie auch. Man kann sich nichts Amüsanteres und auch nichts Rührenderes vorstellen, als die Briefe, die er ihr schreibt; sie erinnern, die Anspielungen auf ihre sinnlichen Freuden ausgenommen, an die Briefe, die er von Italien aus den Kindern seiner Freunde schrieb. Mit unendlicher Freundlichkeit stellt er sich auf sie ein. In einem einfachen und vertrauten Ton, in dem sie sich auch zu Hause unterhalten haben dürften, erzählt er ihr von dem, was sie interessieren könnte, von dem, was sie versteht, was sie mag. »Küsse den Kleinen. Sag ihm der Vater komme bald wieder. Gedenke mein. Bringe das Haus hübsch in Ordnung und schreibe mir von Zeit zu Zeit.«[10]

Nach einem Mahl im elterlichen Haus am Hirschgraben in Frankfurt stöhnt er über die im Übermaß genossene Verköstigung: »Ich habe zuviel essen und trinken müssen. Er wird mir aber noch besser schmecken, wenn mein lieber Küchenschatz die Speisen zubereiten wird.«[11]

»Mein einziger Wunsch ist, dich und den Kleinen wiederzusehen; man weiß gar nicht was man hat, wenn man zusammen ist. Ich vermisse dich sehr und liebe dich von Herzen.«[12]

Er schreibt ihr vom Wetter, von den Kohlrüben im Garten, die sie gemeinsam gepflanzt haben; eines Tages gesteht er ihr, daß er sich mit Mirabellen überessen hat, er klagt darüber, daß er keine Schokolade mehr am Morgen essen kann, denn die Schokolade, die man in Jena verkauft, »bekommt ihm nicht«. Nach einer Mahlzeit mit Würsten erklärt er, daß Christianes alle anderen bei weitem übertreffen würden. Er schreibt lange von der Frau Trabitius, die für sie den Kattun in Jena bleicht. Als er im August 1797 in die Schweiz fährt, beeilt er sich, sie zu beruhigen: »Ich kann dir wohl gewiß versichern, daß ich diesmal nicht nach Italien gehe. Behalte das für dich und laß die Menschen reden ...«[13]

Wahrscheinlich tratschte man, er sei weggefahren und habe sie sitzen lassen; und er fügt, als er ihr seine Rückkehr ankündigt, hinzu: »Ich kann aber auch wohl sagen, daß ich nur um deinet- und des Kleinen willen zurück gehe. Ihr allein bedürft meiner, die übrige Welt kann mich entbehren.«[14]

Von jeder Reise schickt er ihr Geschenke, von Ilmenau einen weißen Pfefferkuchen, von Eisenach einen Muff und für August eine Pelzmütze, von Karlsbad wunderbare Ochsenzungen, von Frankfurt ein Kleid und eine Schoßbluse, ein Geschenk der Frau Rätin an ihre Schwiegertochter (ihre illegitime, wir schreiben das Jahr 1792). Die Frau Rätin hat mit sehr viel Großzügigkeit und Herzensgüte die Liaison ihres Sohnes akzeptiert. Für diese ausgezeichnete Mutter kommt es darauf an, daß ihr »Hänschen« glücklich ist, und für das Glück, welches auch immer sie ihm schenkt, sagt sie der jungen Frau ihre Dankbarkeit. »Daß Ihnen die überschickten Sachen Freude gemacht haben, war mir sehr angenehm – tragen Sie dieselben als ein kleines Andencken von der Mutter deßjenigen den Sie Lieben und hochachten und der wircklich auch Liebe und hochachtung verdient ... Nun Leben Sie wohl und vergnügt! Dieses wünscht von gantzem Herzen Ihre Freundin ...«[15]

Die überraschendsten Briefe Goethes sind zweifellos die, die er Christiane während der Frankreich-»kampagne« schreibt; sie unterscheiden sich in nichts von einem Brief, den ein junger Infanterist auf einer Trommel oder einer Lafette, zwischen einem Marsch und einem Angriff kritzelt. Sie sind ein Beispiel seiner Fähigkeit, mit jedem ganz natürlich und ohne Anstrengung die Sprache zu sprechen, die ihm vertraut ist. Er paßt sich ganz der Kind-Frau an, er beschreibt ihr zum Beispiel die Belagerung, als spreche er mit einem fünfjährigen Jungen. Er ist ganz gerührt, wenn er von ihr einen Brief mit einem großen Tintenklecks erhält, er dankt ihr für den Brief und den Klecks. Von Longway schreibt er: »Ich schreibe dir in seinem Zelte mitten unter dem Geräusch der Menschen ... Es ist fast anhaltender Regen ... Ich kann sehr zufrieden sein, daß ich in des Herzogs Schlafwagen eine Stelle gefunden habe wo ich die Nacht zubringe. Alle Lebensmittel sind rar und teuer ...«[16]

Im September liegt er vor Verdun. Die Stadt leistet trotz der Kanonenschüsse Widerstand und macht keine Anstalten sich zu ergeben; so bereitet man sich auf eine lange Belagerung vor. »Wärst du nur jetzt bei mir! Es sind überall große breite Betten und du solltest dich nicht beklagen wie es manchmal zu Hause geschieht. Ach! mein Liebchen! Es ist nichts besser als beisammen zu sein ... Denke nur! Wir sind so nah an Champagne und finden kein gut Glas Wein. Auf dem Frauenplan solls besser werden, wenn nur erst mein Liebchen Küche und Keller besorgt.«[17]

Schließlich kommt Valmy und die Truppen weichen zurück, der Rückzug wird zur Niederlage. »Du wirst nun wohl schon wissen, daß es nicht nach Paris geht, daß wir auf dem Rückzuge sind ... Der Krieg geht nicht nach Wunsch, aber dein Wunsch wird erfüllt mich bald wieder nahe zu wissen.«

Und fünf Tage später aus Luxemburg: »Wir mußten eilig aus Verdun ... Die Armee ist noch zurück, die Wege sind so ruiniert, das Wetter ist so entsetzlich, daß ich nicht weiß wie Menschen und Wagen aus Frankreich kommen wollen.«[18]

Die Freuden des Fleisches, der Tafel, das Glück ein schönes, junges und fröhliches Geschöpf sein Haus beleben zu sehen, die Dankbarkeit über den Sohn, den sie ihm geschenkt hat, denn August ist der einzige ihrer fünf Kinder, der überlebt, das Aufgehen in dieser bescheidenen, aber vollen Harmonie, genügt Goethe das? Gewiß, er findet in Christiane eine »Befriedigung in der Endlichkeit«, wie Gundolf sagt, aber der große deutsche Kritiker sieht in diesem Glück andererseits ein tragisches Element. Vielleicht sogar nicht erst, als Christiane in die Jahre gekommen, häßlich und gewöhnlich geworden war. Nach den Erzählungen Wilhelm Grimms war sie so dick, daß Bettina Brentano – aber man kennt ja Bettinas scharfe Zunge – sie »die Wurst« nannte. Sie sprach dem Wein übermäßig zu und hatte zweifelhafte Bekanntschaften. Gewiß war es eine bittere Wahrheit für Goethe, als er eines Tages feststellte, »daß jede freie Wahl dem Menschen, wenn getroffen, zum unentrinnbar bindenden Gesetz wird, daß wir beim ersten Schritt Herren, beim zweiten Schritt Knechte des ersten sind«.[19]

Meiner Meinung nach dramatisiert Gundolf zu sehr, wenn er schreibt, »daß er nicht mehr imstande war, das eingegangene Verhältnis zu lösen, nachdem es seinen Sinn verloren hatte, als die freiwillige Selbsteinschränkung, die in seinem Genügen an Christiane lag, die idyllische Seite des Verzichts, zur unfreiwilligen Bürde und Fessel, die tragische Seite offenbar wurde«. Sicherlich verzichtete Goethe auf vieles; er speiste nicht mehr an der Tafel des Herzogs, wenn die Hoheiten geladen waren, aber zog er dem großen Bankett nicht das Mahl in der Familie vor? Natürlich kann man die Elegie *Amyntas* wie Gundolf als »das Bekenntnis eines selbstgewählten, aber nicht mehr selbstzulösenden Leidens interpretieren, das ihn verarmt und das er nur dadurch zugleich rechtfertigen und ertragen kann, daß er weiß *es ist Gesetz* ...«[20]

Ich glaube nicht, daß Goethe dieses Verhältnis wie eine schwere Last mit sich geschleppt hat. Er liebte Christiane aufrichtig und leidenschaftlich und nicht nur mit seinen Sinnen. Robert d'Harcourt berichtet in seinem schönen Buch über *Goethe et l'art de vivre*, daß er, als sie das vierte Mal eine Totgeburt hatte, sich weinend am Boden wälzte, und als sie am 6. Juni 1816 starb, schreibt Goethe in tiefem Schmerz: »Leere und Totenstille in und außer mir.« So trauert man nicht um einen Menschen, der einem mißleidig geworden ist. Es konnte ihm nie etwas anhaben, wenn sie ihn ein wenig lächerlich gemacht hat, indem sie den Nachstellungen der Studenten und Offiziere, mit denen ein Schoppen geleert wurde, nicht Einhalt gebot. Und schließlich war sie, als er sie geheiratet hat, nicht mehr jung – fast vierzig Jahre alt – und fünf Jahre später hatte sich das einst so schöne Mädchen mit den Reizen eines Epheben, wenn man der üblen Nachrede Bettina Brentanos glauben will, in eine »Wurst« verwandelt. Es mußte also andere Motive außer der sinnlichen Verbundenheit gegeben haben, um diese Treue, diese Loyalität und diese Ungeduld zu rechtfertigen, mit der er die Heiratsformalitäten vorantrieb.

In den ersten Oktobertagen nach der Schlacht von Jena wird Weimar von den französischen Truppen besetzt. Das bedeutet Raub und Plünderung. Während dieser dramatischen Stunden hat Goethe um seine Papiere gezittert, »seine größte Sorge, und mit Recht«, schreibt er am 24. Oktober 1806 an Cotta. Vielleicht fürchtete er auch um sein Leben, denn die betrunkenen Soldaten waren unberechenbar in ihrer Zerstörungswut. Damals hat Christiane durch ihre energische, tapfere und entschlossene Haltung ihren Mann und das Haus gerettet, indem sie die Tür vor den rüden Haudegen, die Goethe bis in sein Schlafzimmer verfolgten, verbarrikadierte. Darauf beeilt sich Goethe, am 17. Oktober den Oberkonsistorialrat W. C. Günther zu fragen, welche Formalitäten für eine Heirat erfüllt werden müßten. Der Brief ist sehr charakteristisch: »Dieser Tage und Nächte ist ein alter Vorsatz bei mir zur Reife gekommen; ich will meine kleine Freundin, die so viel an mir getan und auch diese Stunden der Prüfung mit mir durchlebte völlig und bürgerlich anerkennen, als die Meine. Sagen Sie mir würdiger geistlicher Herr und Vater wie es anzufangen ist, daß wir, sobald möglich, Sonntag, oder vorher getraut werden. Was sind deshalb für Schritte zu tun? Könnten Sie die Handlung nicht selbst verrichten, ich wünschte daß sie in der Sakristei der Stadtkirche geschähe. Geben Sie dem Boten, wenn er Sie trifft gleich Antwort. Bitte!« Die Dinge wurden nicht auf die lange Bank geschoben; die Eheschließung wurde nach dem Wunsch Goethes am 19. Oktober, dem zwanzigsten Sonntag nach Trinitatis, vollzogen, während ihre Eheringe das Datum des 14. Oktober tragen. Am nächsten Tag schrieb Goethe voller Freude an Knebel, an Nikolaus Meyer, daß seine »gute Kleine« seine Frau geworden sei.

Diese Geste hat mehr Gewicht, als man zunächst glaubt, wenn man die Umstände bedenkt, unter welchen sie zustande kam. Während dieser dramatischen Stunden, als der Krieg auch vor den Toren der kleinen Stadt Weimar nicht Halt machte, als »ihr Haus wie durch ein Wunder vor dem Brand und der Plünderung verschont blieb«, hatte Goethe die hohen menschlichen Qualitäten Christianes erkannt. Was bedeutete es also, daß sie nicht mehr so schön war an dem Tag, als er sie in sein Haus genommen hatte, daß sie keine so vollkommene Frau von Stand war wie Charlotte von Stein, daß es ihr an Bildung und sogar an Schulung mangelte; er war zu weise, um von ihr etwas zu erwarten, das sie nicht erfüllen konnte. Außerdem zählte das wenig, gemessen an den hohen »Tugenden«, die sie besaß; ihr Herzensreichtum glich die Lücken ihres Verstandes aus.

Fügen wir dem Verdienst der »guten Kleinen« auch noch hinzu, daß es nicht leicht war, diese Rolle der *Frau Goethes* zu spielen. Sie ging dabei vor und nach ihrer Heirat mit soviel Takt und Diskretion vor, daß man bei ihr viel natürliches Feingefühl vermuten muß. Bettina Brentano mußte sie in der Bildergalerie, wo ihr Streit ausbrach, schon auf sehr bösartige und ungezogene Weise außer sich gebracht haben, daß die sonst so friedfertige Christiane die freche kleine Person ohrfeigte und ihre Brille zertrat. Goethe stellte sich bei dieser Gelegenheit völlig auf die Seite seiner Frau und verbannte die kokette Bettina, die ihn abwechselnd entzückte und verärgerte, aus seinem Umfeld.

Meiner Ansicht nach war Christiane für den Dichter nicht der »Efeu«, der ihn in seiner Umschlingung erstickt«, um den es sich in *Amyntas* handelt. Im Gegenteil, die Anwesenheit dieser Frau, die sich so gut den Umständen anzupassen verstand, war immer wohltuend. Goethe fand in ihr etwas von den Frauen wieder, die er in seiner Jugend geliebt hatte, von Gretchen, von Annette, sogar von Friederike, und es ist nicht sicher, ob er nicht mehr von der Einfachheit Charlotte Buffs als von ihrer Schönheit angezogen worden war.

Im übrigen war Christiane nicht dumm. In Ermangelung von Schulbildung besaß sie genug Einfühlungsgabe und Herzensbildung, um sich in der Gesellschaft, die ihr Mann empfängt, nicht fehl am Platze vorzukommen. Außer Riemer, der sie, als er sie das erste Mal sieht, »vulgär« findet, aber das war schon am Ende ihres Lebens, als sie sehr zugenommen hatte, begegnet man in den Briefwechseln und in den Tagebüchern der Zeit keinerlei Anwürfen gegen sie. Die Frau Rätin hatte sie sogleich wie eine Tochter aufgenommen, die Freunde Goethes schätzten sie. Sie hatte einen lieben natürlichen Geist, den man in ihren Briefen wiederfindet, die sie sehr niedlich mit »dein kleines Naturgeschöpf« unterzeichnet. Auf diese Weise charakterisierte sie sich selbst sehr treffend, denn genau das vollkommen Natürliche an ihr gefiel Goethe so sehr. Sie verkehrt mit ihm in einem Ton erfrischender Ungezwungenheit, schreibt ihm, was ihr gerade in den Sinn kommt, wie Kinder es tun, ohne sich auch nur im geringsten um den Satzbau zu kümmern. An einem Tag, an dem er nach Jena fuhr, haben ihn Christiane und August ein Stück Weges begleitet, aber als Goethe sich schließlich endgültig von ihnen verabschieden mußte und die Kutsche davonjagte, da, so gesteht sie, »fingen wir by eile am zu Heulen und sachten beyde es wär uns so wunderlich«. Sie spricht über sich selbst mit einer rührenden Aufrichtigkeit, sie beurteilt sich als eine Frau, die Lebenserfahrung besitzt, die ihre Fehler und ihre Vorzüge gegeneinander abwägt. »Gefällig bin ich nur gegen alle Menschen zu viel, ich glaube nur, ich bin zu gut, und die Menschen mißbrauchen meine Güte ... Ich werde immer mißtrauischer gen alle Menschen, weil sie nur immer aus Interesse mit mir umgehen ... Ich freu mich diesen Winter auf die Komödie, wenn wir auf der Bank zusammen sitzen werden, und überhaupt auch auf die Winterabende, wenn wir zu Hause miteinander schwätzen.«[21]

Ihr verdankt es Goethe, daß er wieder Wurzeln gefaßt hat in der Einfachheit und Natürlichkeit, daß er sich wieder dem Organischen, dem Elementaren genähert hat, daß er, mit einem Wort, nicht wieder in dieses künstliche, oberflächliche Dasein, das das Weimarer Gesellschaftsleben vor seiner Abreise nach Italien gewesen war, abgetrieben ist. Wenn er bei seiner Rückkehr wieder in den gleichen Rhythmus verfallen wäre, hätten die Früchte dieser Reise wahrscheinlich weniger Ertrag gebracht. Indem er sein Verhältnis und später seine Ehe von der Gesellschaft abgetrennt hielt, hat er sich einen großen Dienst erwiesen. Er hat sich im Familienleben verankert, hat dessen einfache und tiefgründige Freuden erfahren, hat die schillernde Verkleidung eines »Höflings« abgelegt. Das Gesetz des Wechsels hat dem Einfluß Charlotte von Steins, die in ihren Gefühlen und Gedanken ziemlich anspruchsvoll war, den eines »Naturgeschöpfs« folgen lassen, mit einer Klarheit des Wesens, einfach wie die Natur, wie das Fleisch, wie die Sinne.

Dank Christiane ist die italienische Blüte nicht im trüben Klima Deutschlands verdorrt; Christiane allein war dem Dichter das ganze Italien, das er verloren hatte. Deshalb kann man auch in den *Römischen Elegien* nicht unterscheiden, was von Rom und was von Christiane angeregt wurde. Sie hat Goethe befreit von der Qual sinnlichen Unbefriedigtseins, unter der er bis dahin so oft gelitten hatte; sie hat ihn mit jener aufmerksamen und ruhigen Sorge umgeben, die er brauchte, die die *bürgerliche Seite* seiner Natur war. Wenn sie ihm auch niemals eine inspirierende Gefährtin sein konnte, wenn sie auch keinen einzigen Zug der großen Heldinnen seiner Romane, Nathalie, Oktavia, Makarie, Ottilie an sich hatte, so stellt sie zum Ausgleich die »gute Hausfrau« dar, die Dorothea und in vieler Hinsicht auch die Lotte aus dem *Werther*. Durch sie befreit von allen existenziellen Sorgen, darunter auch von der beklemmenden Angst vor Wollust, hat sich Goethe zahlreicher Bürden entledigt. Sie war nicht eifersüchtig, oder besser gesagt, ihr Zorn richtete sich nur gegen Frauen, die ihrem Mann schaden konnten. So gegen die exaltierte Bettina mit ihrem Charme, der abwechselnd der eines Kindes und der einer Zigeunerin war, mit ihrer verrückten Einbildungskraft, die fast in Mythomanie ausartete, mit ihren Launen und dieser sirrenden Unruhe, die manchmal der eines Insekts ähnelte. Bettina also gehörte zu jenen Frauen, denen Christiane stets feindselig begegnete, weil sie – trotz der Annäherungsversuche und der Geschenke der raffinierten Person – die Gefahr spürte, die für den Dichter hinter dem Bedürfnis lauerte, diese unberechenbare, aufrichtige und verlogene, naive und verschlagene Frau zu verführen, die gerne so tat, als schliefe sie, wenn Goethe, sie auf seinen Knien haltend, ihre Brüste liebkoste.

Goethe seinerseits verteidigte seine Frau hartnäckig gegen alles und gegen jeden. Gegen die Feindseligkeit des Hofes, gegen die Klatschbasen der Stadt und die scharfe Verachtung Frau von Steins. Er hielt stets zu ihr, und wenn auch die Versuchungen, mit denen das Theater lockte, nicht immer harmlos waren, so zeigte er zumindest soviel Anstand, sein »kleines Erotikon« niemals darunter leiden zu lassen. Der Platz, den Christiane im Leben Goethes einnimmt, ist meiner Meinung nach viel bedeutender als man gemeinhin glaubt. Jene, die dem Dichter zu seinen Lebzeiten oder im nachhinein vorgeworfen haben, daß er sich mit einer Frau »eingelassen« hat, die nicht »seinesgleichen« war, vergessen, daß er mit ihr seinen Geist frei genug bewahrte, um sich ganz der dichterischen Schöpfung hinzugeben, daß sie ihm die köstlichen Seiten der Leidenschaft geschenkt, aber auch deren Qualen ferngehalten hat, daß sie für sein leibliches Wohlergehen gesorgt und ihn schließlich glücklich gemacht hat. Das ist das schönste Lob, das man diesem reizenden Geschöpf aussprechen kann. Sie verkörperte für ihn die Erde mit ihren Grenzen, gewiß, aber auch mit ihrer Fülle, ihren wunderbaren Gaben und ihren Vollendungen.

Die irdische Seite Christianes hat ihn so stark an sie gebunden; sie ist die Erde, aus der Antäus seine Kräfte schöpfte. Sie hat ihm den Boden bereitet zu einer Zeit, wo er große Schwierigkeiten hatte, in Deutschland wieder Fuß zu fassen; zu einer Zeit, wo es sogar schien, daß er mangels einer neuen Verwurzelung wieder den Irrungen des Herzens und des Leibes verfallen würde, da hat sie ihm diese kostbaren Güter dargebracht: materiellen Frieden, Ruhe, Geborgenheit – all die Vorzüge, die die Romantiker so geringschätzten, die aber eine wesentliche Rolle für die Lebenseinsicht Goethes und sein »klassisches« Gleichgewicht spielten.

12
Weltbürger

Goethe war in seine wissenschaftlichen Arbeiten vertieft, als die französische Revolution ausbrach. Das Ereignis als solches überraschte ihn nicht. Seit langem beobachtete er aufmerksam und mit Sorge die Symptome der Auflösung, die den politischen Umsturz unvermeidlich machten. Die Halsbandaffäre, in der er eines der charakteristischsten Vorzeichen der Zersetzung sah, hatte ihn so intensiv beschäftigt, daß er sie zum Thema eines Stückes machte, in dem er die Rolle Cagliostros aus seiner Sicht ans Licht brachte. In diesem wunderlichen Illuminaten und Illusionisten erkennt er den geheimnisvollen Konzertmeister der Umstürze, die sich ereignen würden. Im *Groß-Kophta* verleiht er ihm die Züge eines Scharlatans. Vielleicht war Cagliostro einer, aber gleichzeitig war er noch etwas ganz anderes: Diese seltsame Figur, dieser Barmherzige Bruder, der an Wunder grenzende Heilungen vollbrachte, der Tote erscheinen ließ, für den Zeit und Raum nicht zählten, der das zweite Gesicht hatte über das, was sich im selben Moment in den entferntesten Städten der Welt, in der Vergangenheit oder der Zukunft ereignete, war für den ehemaligen Schüler Paracelsus', Böhmes und der Alchimisten ziemlich interessant. Graf Beugnot, der sehr nahe an ihn herankam, wurde immer wieder in seinen Bann gezogen. Er spricht von ihm in seinen Memoiren mit einer Mischung aus Neugier, Verachtung und Mißtrauen, die sicher der Haltung Goethes gegenüber diesem rätselhaften Italiener sehr ähnlich ist, von dem er sagte, »es ist erbärmlich anzusehen, wie die Menschen nach Wundern schnappen, um nur in ihrem Unsinn und Albernheit beharren zu dürfen, und um sich gegen die Obermacht des Menschenverstandes und der Vernunft wehren zu können«.[1]

Die Halsbandaffäre war nur einer der Aspekte dieser »unterirdischen Gänge«, die voll von Höhen und Kloaken waren, in denen es von verdächtigen Individuen, die die Revolution vorbereiteten, wimmelte. Goethe war zu interessiert an allem, was sich ereignete, als daß ihm die Bewegung der Ideen auf der anderen Seite des Rheins gleichgültig gewesen wäre und als daß er nicht, wie ein empfindliches Meßinstrument, das das Herannahen eines Sturmes oder eines Erdbebens registriert, die ersten Anzeichen der unmittelbar bevorstehenden Gefahr gespürt hätte. Die Ereignisse des Juli 1789 überraschten ihn nicht. Anfangs betrachtete er sie sogar ohne Abneigung. Erst als die Revolution Ströme von Blut vergoß und die viehische Roheit des Pöbels entfesselt wurde, wandte sich Goethe von ihr mit Grausen ab und sprach über sie die strengsten Urteile aus. »Ich hasse jeden gewaltsamen Umsturz, weil dabei ebensoviel Gutes vernichtet als gewonnen wird. Ich hasse die, welche ihn ausführen, wie die, welche dazu Ursache geben ... Jedes Gewaltsame, Sprunghafte ist mir in der Seele zuwider, denn es ist nicht naturgemäß.«[2]

Die Hinrichtung Ludwigs XVI., das tausendfache Gemetzel löste in ihm eine tiefe Empörung aus, erstens weil es wider die Ordnung war, aber auch weil es das Werk der Masse war, und er wußte, daß nichts Gutes von den tobenden Massen ausgehen kann.

Er leugnete die Berechtigung der Revolution an sich nicht; er hat dazu sehr klar Stellung bezogen. Zuerst in seiner Komödie *Die Aufgeregten*, die zu dem Zyklus der von »dem Ereignis« inspirierten Stücke gehört – den schwächsten im ganzen Werk Goethes –, und dann in dem Kommentar, den er Eckermann darüber gab. Es ist wohl sinnvoll, hier diese Art von Glaubensbekenntnis in Erinnerung zu bringen, auch wenn es nur dazu diente, mit den eigenen Worten Goethes die Zweifel, die sich um ihn aufgetürmt haben, zu zerstreuen. »Ich konnte kein

Freund der Französischen Revolution sein, denn ihre Greuel standen mir zu nahe und empörten mich täglich und stündlich, während ihre wohltätigen Folgen damals noch nicht zu ersehen waren. Auch konnte ich nicht gleichgültig dabei sein, daß man in Deutschland künstlicher Weise ähnliche Szenen herbeizuführen trachtete, die in Frankreich Folge einer großen Notwendigkeit waren. Ebensowenig war ich ein Freund herrischer Willkür. Auch war ich vollkommen überzeugt, daß irgendeine große Revolution nie Schuld des Volkes ist, sondern der Regierung. Revolutionen sind ganz unmöglich, sobald die Regierungen fortwährend gerecht und fortwährend wach sind, so daß sie ihnen durch zeitgemäße Verbesserungen entgegenkommen und sich nicht so lange sträuben, bis das Notwendige von unten her erzwungen wird.«[3]

In all seinen Worten, in all seinen Handlungen erscheint Goethe, als ob er sich gleichermaßen von der Demokratie wie von der Willkürherrschaft distanzierte. Wenn er sich mit soviel Feuer und Entsagung der Verwaltung des kleinen Herzogtums Sachsen-Weimar gewidmet hat, dann deshalb, weil der Herrscher dieses Staates ein Freund der Reformen war. Seit ihrer ersten Unterhaltung hatten sie die Theorien Mösers diskutiert und viele gemeinsame Standpunkte entdeckt. Ihre enge Zusammenarbeit entstand aus ihren übereinstimmenden Ansichten und der Tatsache, daß Karl August ein »Freund der Aufklärung«, ein »Liberaler« war, soweit ein deutscher Fürst des 18. Jahrhunderts und ein Neffe von Friedrich dem Großen das sein konnte. In seinem Verhalten zum niedrigen Volk, in seiner Freundlichkeit gegenüber den Bediensteten, den Künstlern und den Bauern nimmt Goethe die Haltung eines Demokraten ein. Die Briefe, die er einem seiner ehemaligen Kammerdiener schreibt, der Weinhändler geworden ist, die Ratschläge, die er seinem Diener Seidel gibt, die Fürsorge, mit der er ihn bei seinem Studium der Naturwissenschaften anleitet, sind ein Beweis seiner liberalen Anschauungen. Er verfolgte mit viel Aufmerksamkeit die ersten Versuche eines angewandten Sozialismus, z.B. die Doktrinen von Owen, von Bentham und den Saint-Simonismus. Niemals hat er neuen Ideologien gegenüber die verbohrte und uneinsichtige Haltung eines Reaktionärs eingenommen. Alles Lebendige fand ihn neugierig, aufmerksam und wißbegierig.

Man hat oft das berühmte Wort wiederholt: »Ich will lieber eine Ungerechtigkeit begehen, als Unordnung ertragen.« (Belagerung von Mainz, 25. 7. 1793) Meistens aber wird sein Gehalt und Sinn verdreht. Goethe wußte, daß nichts Gutes aus der Unordnung hervorgehen kann; wenn man aber eine Ungerechtigkeit durch Unordnung aus der Welt räumen will, so bedeutete das nur, daß man neue Ungerechtigkeiten schafft und sie der ersten hinzufügt. Weil nämlich die Unordnung wider die Natur ist und die *Ordnung*, so wie Goethe sie versteht, das bedeutet, was der Natur gemäß ist. Gegen diese natürliche Ordnung vorzugehen, heißt bei Goethe, gegen die Einsicht und Vernunft zu kämpfen. Mit schneidenden Worten hat Goethe die »Unbeweglichen«, die »Zufriedenen« verdammt, die mit vorgefaßter Meinung jeden Reform-, jeden Änderungsgedanken zurückweisen. Dennoch dürfen die Reformen und Veränderungen nicht auf brutale, willkürliche und unzeitige Weise durchgesetzt werden. Man könnte die *Philosophie* Goethes, des Naturgelehrten, in einem einfachen Satz zusammenfassen, vorausgesetzt, daß man dieses Wort bei einem Menschen anwenden kann, der jeden Dogmatismus abgelehnt hat; alles Biologische, alles Organische ist gut; schlecht ist das Willkürliche, die aus den Fugen geratene Intelligenz, das Fehlen der Vernunft, oder die außerhalb des Lebens räsonierende Vernunft.

Goethe hat niemals ausdrücklich seine politische Meinung formuliert; man entdeckt sie in seinen Werken, in seinen Briefen, in seinen Äußerungen. Er hat sie niemals kodifiziert, denn es graute ihm vor allem, was das Denken in starre Bahnen preßt. Er hat sich auch niemals mit der eigentlichen Politik beschäftigt; wohl mit der Verwaltung des Herzogtums, aber das ist etwas ganz anderes. Als man ihn in die Intrigen, in die Parteiklüngel hat hineinziehen wollen, ist er nach Italien gefahren. Seine Distanzierung von der Politik wurde zu einem Teil durch seinen Skeptizismus gerechtfertigt. Weder die Politik noch die

Geschichte sind für ihn exakte Wissenschaften. Über die Geschichte hat er in seinen Aphorismen diesen wunderbaren Satz geschrieben: »Das Beste, was wir von der Geschichte haben, ist der Enthusiasmus, den sie erregt.«[4]

Als eine Lektion in Heldentum, als Schöpferin schöner Mythen und begeisternder Fabeln ist Historie wertvoll und wohltuend, aber man täuscht sich, wenn man ihr einen wissenschaftlichen Wert, einen praktischen Nutzen beimißt.

Die Politik, so meinte er, sei, wie jede andere Sache, ein Spezialgebiet, in das keiner sich hineinwagen darf, wenn er nicht die notwendigen Kenntnisse besitzt, um es nutzbringend auszuüben, und die erforderlichen Fähigkeiten, um darin Erfolg zu haben. Goethe verabscheut bei allem den »Amateur«, den Dilettanten und vor allem den Unfähigen. Die Einmischung der Masse in die Politik, deren Räderwerke kompliziert und empfindlich sind, erscheint ihm also besonders verderblich. Deshalb hat er, der gewöhnlich so gemäßigt ist, sich mit Heftigkeit gegen die Herrschaft der Mehrheiten ausgesprochen. Er selbst hielt sich für unfähig, und von dieser Warte aus interessierte ihn Politik nicht. Er weigerte sich, seinen Geist zur Untersuchung von Ereignissen zu benützen, an denen er nichts ändern konnte. Das politische Geschwätz, die Klagen und die Beschwerden, die fruchtlosen Kritiken ärgerten ihn in hohem Maß. Es verdrießt ihn, wenn er die Leute gegen die »schlechten Zeiten« wettern hört, ohne daß sie auch nur den kleinen Finger rühren, um etwas dagegen zu unternehmen. In dem Moment, wo er, sei es aus fehlender Neigung, aus ungenügender Fähigkeit oder aus mangelnder Information, sich nicht nutzbringend der Politik widmen kann, zieht er sich lieber ganz aus ihr zurück, um sie denen zu überlassen, deren Handwerk sie ist.

Denn die Politik ist ein Beruf, wenn nicht sogar eine Wissenschaft, und wenn man nichts davon versteht, hat man genausowenig Recht sich hineinzumischen, wie in eine Schreinerei oder Schlosserei. Mit einem Wort, das Volk darf nicht in die Regierung eingreifen. Goethe hat das in einem charakteristischen Wort zusammengefaßt: »Die Resultate ... sollen billig dem

Volke zugute kommen.« Daher rührt seine Abneigung gegen die Volksregierungen, die er in seinen *Venezianischen Epigrammen* folgendermaßen zu Papier gebracht hat: »Alle Freiheitsapostel, sie waren mir immer zuwider; Willkür suchte doch nur jeder am Ende für sich. Willst du viele befrein, so wag' es vielen zu dienen. Wie gefährlich das sei, willst du es wissen? Versuch's!« (Nr. 50) Und auch: »Frankreichs traurig Geschick, die Großen mögen's bedenken; aber bedenken fürwahr sollen es Kleine noch mehr. Große gingen zugrunde; doch wer beschützte die Menge gegen die Menge? Da war Menge der Menge Tyrann.« (Nr. 53)

Man hat manchmal seinen »Konformismus« gerügt, seine Treue gegenüber dem monarchischen Gedanken, seine aristokratische Haltung. Sie resultierten zweifellos aus seiner Erfahrung, wie seine anderen Ideen auch. Für ihn gab es nichts Willkürliches. Er erkannte nur das an, was sich durch Erprobung unter Beweis gestellt hatte. Und er hatte in der Praxis genug Erfahrung für die Verwaltung eines Staates gesammelt, um berechtigt zu sein, zu den verschiedenen Problemen seine Meinung abzugeben. Er beurteilte also aus dem, was die Erfahrung ihn gelehrt hatte, die Herrschaft der Massen so streng und schrieb in sein Heft: »Nichts ist widerwärtiger als die Majorität«;[5] denn sie besteht aus wenigen kräftigen Vorgängern, aus Schelmen, die sich akkommodieren, aus Schwachen, die sich assimilieren, und der Masse, die nachtrollt, ohne nur im mindesten zu wissen, was sie will.

Eckermann gegenüber formulierte er diesen Gedanken so: »Alles Große und Gescheite existiert in der Minorität. Es hat Minister gegeben, die Volk und König gegen sich hatten und die ihre großen Pläne einsam durchführten. Es ist nie daran zu denken, daß die Vernunft popular werde. Leidenschaften und Gefühle mögen popular werden, aber die Vernunft wird immer nur im Besitz einzelner Vorzüglicher sein.«[6]

Goethe war also in politischen Dingen nicht gleichgültig; seine Sympathien und seine Abneigungen waren eher Überzeugungen; seine Anschauungen sind das Ergebnis seines Charakters, seiner physischen Natur, seines Gemüts. Seine politischen oder sozialen Ideen folgen keinem System. Sie bleiben lebendig, flexibel. Sie lassen sich nicht zur Doktrin formen. Als Aristokrat mißtraut er den Massen. Als Liberaler lehnt er despotische Willkür ab. Er weiß um den Machtmißbrauch der Könige und der Großen, er verurteilt sie scharf, aber den Mißbräuchen kann man nur durch Reformen abhelfen und nicht durch Revolutionen, die selbst wieder Mißbräuche erzeugen. Er fragt nicht nach dem Regime und den Institutionen, da er weiß, daß die Regime und die Institutionen nur so viel wert sind wie die Menschen, die sie leiten. Und wenn er auf seine Weise im *Wilhelm Meister* ein eher soziales als politisches System erstellt, so ist das außerhalb jeder doktrinären Idee, außerhalb jedes Parteigeistes und jeder Regierungstheorie, in einer utopischen Welt, die alles in allem nicht sehr weit von den Thesen Fouriers oder Saint-Simons entfernt ist.

Die politische Weisheit Goethes ist hauptsächlich belegt in der Aufzeichnung eines Gesprächs mit Luden vom Dezember 1813. Luden, ein junger Professor der Geschichte an der Jenaer Universität, hatte Goethe aufgesucht in der Absicht, ihn für eine politische Zeitung zu gewinnen, die er gründen wollte und die *Nemesis* heißen sollte. Goethe ist zu dieser Zeit vierundsechzig; man kann also seine Darlegungen auf die Fragen, die sich im Laufe dieser Unterhaltung stellten, die von Luden wortgetreu festgehalten wurde, als das Fazit seiner politischen Überlegungen werten. Goethe beginnt zunächst damit, von dem Unternehmen, in das sich Luden stürzen will, abzuraten. Goethe spricht lange, mit sanfter Stimme, einem leisen Lächeln, die Hand erhoben. Und da sein Gesprächspartner an seinem Patriotismus und an seinem freiheitlichen Denken zu zweifeln scheint, lehrt ihn Goethe die Einsicht, die er im Lauf eines langen Daseins voller Prüfungen erworben hat. »Glauben Sie ja nicht, daß ich gleichgültig wäre gegen die großen Ideen Freiheit, Volk, Vaterland. Nein; diese Ideen sind in uns; sie sind ein Teil unseres Wesens, und niemand vermag sie von sich zu werfen. Auch liegt mir Deutschland warm am Herzen.«[7]

Goethe verteidigt sich also gegen den Vorwurf, den man ihm

so oft und besonders während des Befreiungskrieges gemacht hat, kein Patriot zu sein.

Es ist wahr, daß er mit nicht wenig Härte und Ironie gegen den Chauvinismus, den blinden und einfältigen Patriotismus vorgegangen ist. Er hat oft seine achtenswertesten Repräsentanten verkannt; er hat den Vater des deutschen Nationalismus, Arndt, verunglimpft. Der Anführer des Widerstands gegen Napoleon, so sagt er in einem Spottgedicht, spricht sogar dem Gottvater jede Autorität ab, weil dieser nicht in der Widerstandsbewegung war, weil er weder bei den Lützowschen Jägern gedient noch den Waffenrock der Freiwilligen getragen hat. Der Patriotismus, so schreibt Goethe in seinen Aphorismen, ist ein blindes Gefühl; es gibt keine patriotische Kunst, keine patriotische Wissenschaft. Er kritisiert scharf die verbrecherische Dummheit der Vergeltungskriege, und es macht ihn traurig, daß »unsere jungen Herren nichts bequemer finden als hinauszumarschieren, und anderen ehrlichen Leuten ebenso beschwerlich zu sein als man uns gewesen ...«[8]

Er leidet so sehr unter der Demütigung und der Niederlage Deutschlands, daß er nach Jena darüber in Tränen ausbricht. Doch nach der Schlacht bei Leipzig meint er, daß die Pflicht gebietet, »zu erhalten, zu ordnen und zu begründen«, und er fügt hinzu: »Sich voneinander abzusondern ist die Eigenschaft der Deutschen; ich habe sie noch nie verbunden gesehen als im Haß gegen Napoleon. Ich will nur sehen, was sie anfangen, wenn dieser über den Rhein gebannt ist.«[9]

Der Patriotismus, den er verachtet, ist derjenige, der Lärm macht, einen »wilden Lärm«, der nur eine »Grimasse« ist. Wir sollten so sarkastische Einfälle wie »je schlechter Land, desto bessere Patrioten«[10] nicht zu ernst nehmen; die Sorgfalt, mit der die geringsten Äußerungen Goethes gesammelt worden sind, bewirkt, daß man zuviel Gewicht auf die Bemerkungen legt, die ganz einfach nur Paradoxe oder Ausbrüche des Unmuts sind. Goethe hat niemals den Patriotismus in seiner Eigenschaft als Liebe zum Vaterland angegriffen, sondern nur in der absurden und ungerechtfertigten Form des blinden Hasses gegen das Ausland. Als ganz Deutschland vor Haß raste, hat er seine Sympathie für Frankreich bewahrt, in einer Zeit, in der diese Einstellung als Verbrechen galt.

Er hatte seine Vorlieben und er vertrat sie mit einer Unabhängigkeit, die nicht ganz ungefährlich war wegen der Publizität, die man aus Böswilligkeit dem geringsten seiner Worte gab und wegen der Umstände, unter denen er sich zu ihnen bekannte. Das genügte schon, um als schlechter Deutscher und als Feind des Volkes diffamiert zu werden. Das soll nicht heißen, daß er blindlings Frankreich liebte und bewunderte; er kannte dessen Fehler und Schwächen. Er beurteilte streng die Rolle, die dort der Parteigeist spielte: »Es ist in Frankreich alles durch Bestechungen zu erreichen, ja die ganze Französische Revolution ist durch Bestechungen geleitet worden.«[11]

Aber andererseits, wenn man ihn zum Haß aufstacheln wollte, wies er dies energisch von sich: »Wie hätte auch ich, dem nur Kultur und Barbarei Dinge von Bedeutung sind, eine Nation hassen können, die zu den kultiviertesten der Erde gehört und der ich einen so großen Teil meiner eigenen Bildung verdankte!«[12]

Er fürchtete schließlich den Chauvinismus, weil er genau den »Gefühlen der Masse« entspringt, denen er klugerweise mißtraut, weil er um ihre Blindheit und ihren Jähzorn weiß. Er bekennt aufrichtig, daß er noch nie, obwohl er den Abzug der Franzosen während der Besetzung herbeigesehnt hat, ein Gefühl des Hasses ihnen gegenüber empfunden hat. Ebenso bleibt seine Bewunderung für Napoleon durch alle Wechselfälle der Politik hindurch unerschütterlich. Er hat heftige Empörung heraufbeschworen, als er voller Verachtung alle Schmähschriften gegen den *korsischen Menschenfresser* entfernen ließ, und bei allen Gelegenheiten mit Bestimmtheit und Edelmut seine Loyalität für diese kraftvolle »dämonische« Persönlichkeit manifestierte. Das einzige was er an ihm mißbilligte, war sein *Unmaß.* Zeit seines Lebens verehrte er menschliche Größe, und so hatte er bis zu seinem Tod eine kleine Figur des Kaisers auf seinem Tisch stehen und bot dem Hohn der deutschen Karikaturisten die Stirn, die ihn den Sturz seines Idols beweinend darstellten. »Laßt mir meinen Kaiser in Ruh«[13], antwortete er Varnhagen eines Tages ziemlich barsch, und bei den Körners, deren Sohn sich gerade in die Befreiungsarmee verpflichtet hatte, sagt er ganz unverblümt im Jahre 1830, als die nationalistische Erhebung ihren Höhepunkt erreichte: »Schüttelt nur an Euren Ketten, der Mann ist euch zu groß, ihr werdet sie nicht zerbrechen.« Er täuschte sich nicht in der Hinsicht, daß Napoleon ein außerordentlich fesselndes Phänomen darstellte, dem es vielleicht nur an der Goetheschen Mäßigung fehlte, um sein Ziel zu erreichen. Es war der *große Mann*, unbestreitbar der größte seines Jahrhunderts, der den Dichter fasziniert hatte. Goethe hat Napoleon nicht blind bewundert, sondern mit einer wunderbaren Hellsichtigkeit den Charakter seines Heros analysiert, besonders seinen gesunden Menschenverstand, wie er in einem Gespräch mit Falk betont. Seine Bemerkung, daß Napoleon bei der Regierung der Welt die gleichen Grundsätze anwende wie bei der Leitung eines Theaters, mutet seltsam an; ebenso der Vergleich des Kaisers mit einem alten Juden, der wie mit einem Probierstein durch die Welt geht, alle Menschen anstreicht, denen er begegnet, um zu sehen, ob sie aus Gold, Silber oder Kupfer sind.[14]

Die Mittelmäßigkeit der Feinde Napoleons, die Niedrigkeit ihrer Angriffe empören ihn ebenso, wie ihn die Größe seiner Heldentaten begeistert. Am 8. August 1807 sagte er zu Riemer: »Es sind zwei Formeln, in denen sich sämtliche Opposition gegen Napoleon befassen und aussprechen läßt, nämlich Afterredung (aus Besserwissenwollen) und Hypochondrie.« Und nach der Unterredung in Erfurt schreibt er an Cotta: »Ich will gerne gestehen, daß mir in meinem Leben nichts Höheres und Erfreulicheres begegnen konnte, als vor dem französischen Kaiser und zwar auf eine solche Weise zu stehen.«[15]

Seine Bewunderung für Napoleon war also eins mit seiner Bewunderung für Frankreich; ein Jahr zuvor, am 3. Januar 1807, schrieb er an Knebel: »Wenn man in der Welt etwas voraussähe, so hätte man voraussehen müssen, daß die höchste Erscheinung, die in der Geschichte möglich war, auf dem Gipfel dieser so hoch, ja überkultivierten Natur hervortreten mußte.«

Napoleon hat die Wertschätzung des deutschen Dichters erwidert; die Begegnung in Erfurt ist zu oft erzählt worden, als daß man sie hier wiederholen müßte. Goethe hat sie dem Kanzler Müller berichtet, der sie in seinem Tagebuch am 2. Oktober 1808 festhält und Talleyrand seinerseits hat sie ausführlich in seinen Memoiren geschildert. Bei dieser Gelegenheit, wie man weiß, sagt Napoleon, nachdem sich Goethe zurückgezogen hat, in bedeutungsvollem Ton zu Berthier und Daru den berühmten Satz, »Voilà, un homme«, den Müller auf Französisch in sein Tagebuch einträgt.

Es ist also nicht sicher, sagt Goethe zu Luden, ob die Niederlage Napoleons unvermeidbar, nicht einmal ob sie wünschenswert ist. Für ihn ist Napoleon »der Schicksalsmensch«, und das Schicksal scheint wohl dieses Mal seinen »Menschen« mit allen Gaben ausgestattet zu haben. Nehmen wir an, Napoleon sei besiegt. Wer würde dann kommen, fragt er seinen Gesprächspartner. »Sie sprechen von dem Erwachen, von der Erhebung des deutschen Volks und meinen, dieses Volk werde sich nicht wieder entreißen lassen, was es errungen und mit Gut und Blut teuer erkauft hat, nämlich die Freiheit. Ist denn wirklich das Volk erwacht? Weiß es, was es will?«[16]

Dann erzählte Goethe Luden die Anekdote von dem Jenaer Bürger, der nach dem Abzug der Franzosen voller Freude die Stube scheuerte, die einer der französischen Soldaten bewohnt hatte, damit ein Russe, wenn er wollte, sich darin einrichten könnte. »Und was ist denn errungen oder gewonnen worden? Sie sagen: Die Freiheit; vielleicht würden wir es aber Befreiung nennen; nämlich Befreiung nicht vom Joche der Fremden, sondern von einem fremden Joche. Es ist wahr: Franzosen sehe ich nicht mehr und nicht mehr Italiener, dafür aber sehe ich Kosaken, Baschkiren, Kroaten, Magyaren, Kassuben, Samländer, braune und andere Husaren ...«

Luden geht enttäuscht von dieser Unterredung weg, denn nicht nur hat Goethe ihm gesagt, daß er nicht an seiner Nemesis mitarbeiten würde, sondern er hat ihn auch weise vor den Gefahren gewarnt, denen er sich aussetzt, wenn er eine politische Zeitschrift gründet. Das Ziel der Zeitung sei heute nur der Kampf gegen Napoleon, aber danach würde sie aufgerufen werden, die deutschen Herrscher anzugreifen, und das könnte sie in eine Bahn lenken, die sie gar nicht einschlagen wollte. Alles in allem hat sich Goethe nicht als ein so schlechter Patriot gezeigt, wie man ihm nachsagt, und der gute Luden erteilt ihm sogar das Zeugnis für seinen Bürgersinn. »Nur das eine will ich bemerken, daß ich in dieser Stunde auf das innigste überzeugt worden bin, daß diejenigen im ärgsten Irrtum sind, welche Goethe beschuldigen, er habe keine Vaterlandsliebe gehabt, keine deutsche Gesinnung, keinen Glauben an unser Volk, kein Gefühl für Deutschlands Ehre oder Schande, Glück oder Unglück. Sein Schweigen bei den großen Ereignissen und den wirren Verhandlungen dieser Zeit war lediglich eine schmerzvolle Resignation, zu welcher er sich in seiner Stellung und bei seiner genauen Kenntnis von den Menschen und von den Dingen wohl entschließen mußte.«

Luden hatte sehr gut begriffen, wie ungenau es war, zu behaupten, daß Goethe sich nicht für Politik interessierte, da ihm doch alle Tätigkeiten des Menschen ein so dringliches Anliegen waren. In Wirklichkeit interessierte er sich dafür nur viel weniger als für die Kunst, die Botanik oder die Osteologie. Er hatte eine natürliche Abneigung vor fruchtloser Kritik oder wirkungsloser Opposition und andererseits Ehrerbietung gegenüber den Herrschern und Staatsmännern, deren Beruf und Aufgabe es war zu regieren. In seinem Werk gibt es mehr als ein ernstes Wort gegen die Monarchen, die sich ihrer Pflichten nicht bewußt sind, und gegen die Adligen, die ihre Privilegien und Prärogativen mißbrauchen, gegen die gewissenlosen Demagogen und die blinden Volksmassen. Seine vollkommene Hellsichtigkeit und seine vollkommene Unabhängigkeit distanzierte ihn gleichermaßen von allen »Parteien«; um eine ideale Regierung zu schaffen, hätte es der Elemente aus allen politischen Doktrinen bedurft, hätte man von jeder das übernehmen müssen, was gut an ihr war, aber er wußte, daß das ein unmögliches Unterfangen war; denn eine Doktrin ist etwas, das man als Ganzes empfängt und anwendet, ihre guten Seiten wie ihre schlechten.

Schließlich, durch eine sehr richtige Einschätzung der Rolle, die dem Dichter oder Gelehrten in der Gesellschaft zufällt – er war vor allem ein Dichter und ein Gelehrter, ein Staatsmann nur gelegentlich, und nach seiner Rückkehr aus Italien hatte er auf seine administrativen Aufgaben verzichtet –, vertrat er die Auffassung, daß jedwede Teilnahme am politischen Leben für ihn schädlich und von geringem Nutzen für die Gesellschaft wäre. Wenige Tage vor seinem Tod, im März 1832, hat er Eckermann die überaus bezeichnenden Worte diesbezüglich gesagt, die im großen und ganzen die Auffassung und die Lehre seines ganzen Lebens zusammenfassen: »Sowie ein Dichter politisch wirken will, muß er sich einer Partei hingeben, und sowie er dieses tut, ist er als Poet verloren; er muß seinem freien Geiste, seinem unbefangenen Überblick Lebewohl sagen und dagegen die Kappe der Borniertheit und des blinden Hasses über die Ohren ziehen. Der Dichter wird als Mensch und Bürger sein Vaterland lieben, aber das Vaterland seiner poetischen Kräfte und seines poetischen Wirkens ist das Gute, Edle und Schöne, das an keine besondere Provinz und an kein besonderes Land gebunden ist, und das er ergreift und bildet, wo er es findet. Er ist darin dem Adler gleich, der mit freiem Blick über Ländern schwebt und dem es gleichviel ist, ob der Hase, auf den er hinabschießt, in Preußen oder in Sachsen läuft. Und was heißt denn: sein Vaterland lieben, und was heißt denn: patriotisch wirken? Wenn ein Dichter lebenslänglich bemüht war, schädliche Vorurteile zu bekämpfen, engherzige Ansichten zu beseitigen, den Geist seines Volkes aufzuklären, dessen Geschmack zu reinigen und dessen Gesinnungs- und Denkweise zu veredeln, was soll er denn da Besseres tun? und wie soll er denn da patriotischer wirken? – An einen Dichter so ungehörige und undankbare Anforderungen zu machen, wäre ebenso, als wenn man von einem Regimentschef verlangen wolle: er müsse, um ein rechter Patriot zu sein, sich in politische Neuerungen verflechten und darüber seinen nächsten Beruf vernachlässigen. Das Vaterland eines Regimentschefs aber ist sein Regiment, und er wird ein ganz vortrefflicher Patriot sein, wenn er sich um politische Dinge gar nicht bemüht, als soweit sie ihn angehen, und wenn er dagegen seinen ganzen Sinn und seine ganze Sorge auf die ihm untergebenen Bataillons richtet und sie so gut einzuexerzieren und sie in so guter Zucht und Ordnung zu erhalten sucht, daß sie, wenn das Vaterland einst in Gefahr kommt, als tüchtige Leute ihren Mann stehen.«

Was Goethe schließlich sehr erzürnte, war, daß er jetzt schon feststellen mußte, wie Politik das Jagdgebiet vieler Abenteurer oder, noch einfacher, vieler Männer wurde, die es verachteten, einen ehrenwerten Beruf auszuüben und sich in die Agitation warfen, aus Freude an der Unordnung, aus Ehrgeiz, aus Machtgelüsten. Wie viele besaßen die intellektuellen und was noch wichtiger war, die moralischen Qualitäten, die einen Menschen zu dieser Aufgabe befähigten? Die Politik als Ausweg für Anwälte ohne Fall, Ärzte ohne Patienten, für Schwindler und gewissenlose Schönredner, schien ihm ein Revier, in dem er, der Dichter, nichts verloren hatte. »Ich hasse alle Pfuscherei wie die Sünde«, sagte er am selben Tag zu Eckermann, »besonders aber die Pfuscherei in Staatsangelegenheiten, woraus für Tausende und Millionen nichts als Unheil hervorgeht.«

Er weist es, wie man sieht, ebenso sehr aus Bescheidenheit wie aus Respekt vor den wirklichen Staatsmännern und aus Verachtung für die anderen zurück, sich in das Getümmel mithineinziehen zu lassen. Um diese Haltung zu bewahren, bedurfte es großen Mutes, großer Entschiedenheit. Viele Leute gestanden seinem Werk überhaupt keinen Wert mehr zu, da er in der Politik nicht die Stellung bezogen hatte, die sie gerne gesehen hätten. »Um diesen Leuten recht zu sein, hätte ich müssen Mitglied eines Jakobinerklubs werden und Mord und Blutvergießen predigen.« Denen, die ihm grollten, weil er keine patriotischen Gedichte geschrieben hatte, entgegnete er, daß Körner sich darauf besser verstünde als er, und bedauerte sogar, daß ein Dichter wie Uhland sich beinahe von seinem Werk durch die Politik ablenken hatte lassen oder zumindest jener erlaubt hatte, sein Werk zu beeinflussen. »Geben Sie acht, der Politiker wird den Poeten aufzehren.«

Zu der Zeit, als er dies schrieb, hatten sich die Gemüter beruhigt. Man fand nichts Anstößiges mehr daran, daß er, wenn er Zeitschriften aus Frankreich erhielt, zuerst mit Eifer die Neuigkeiten über die wissenschaftliche Debatte las, die zwischen Cuvier und Geoffrey Saint-Hilaire entbrannt war, und dann erst die Nachrichten über die Revolution von 1830, aber noch 1806 oder 1813 wurde eine solche Haltung als überaus verwerflich verurteilt. Seine Bewunderung für Napoleon, seine Freundschaft für Frankreich, das Wohlwollen, das ihm der Kaiser entgegengebracht hatte, die Einladung, die er an ihn gerichtet hatte, in Paris zu wohnen, und die Neigung des Dichters, diese anzunehmen, all das brandmarkte ihn damals als einen »schlechten Patrioten«. Die fortschrittlichen Kreise fanden ihn reaktionär, während sich gleichzeitig die Konservativen über seine liberalen Tendenzen beunruhigten. Zu einem Zeitpunkt schließlich, wo sich fast ganz Deutschland in einem Anfall von Wut und Rache gegen die Franzosen erhob, machte er sich durch das mutige Bekenntnis seines Kosmopolitismus die Chauvinisten zum Feind. Wenn er erklärte, daß sein Vaterland die Welt gebildeter, kultivierter Menschen sei, die die gleichen Interessen verfolgten, die die gleiche Sprache sprächen, so klang das wie eine unerträgliche Anmaßung in den Ohren dieser wild überzeugten Patrioten, die sich erst spät auf die Gefahr besannen, die die napoleonische Herrschaft für Deutschland darstellte. Goethe bildete den Gegenpol zu Arndt, dessen ganzes Denken und Handeln die Befreiung Deutschlands und die Vernichtung Frankreichs zum Ziel haben. Arndt sieht keinen anderen Ausweg als den Krieg, und dafür möchte er die Herzen, den Verstand und die Seelen ebenso mobilisieren wie die Armee.

Goethe war niemals bereit, an diesem Skalp-Tanz teilzunehmen; sowohl aus Achtung vor der Politik, würde ich sagen, wie aus Selbstachtung, und um nichts zu vermischen, was getrennt bleiben muß. Er wiederholte gerne das Wort Napoleons, das so tiefe und geheimnisvolle Anklänge hat: »Die Politik ist das Schicksal.« Das bedeutete, daß, nach welcher Seite auch immer, die Menschen das Rad der Geschichte bewegen, nur das passiert, was die Gestirne schon seit jeher bestimmt haben. Dieser Glaube Napoleons an seinen »Stern«, der ihn dazu veranlaßte, Generäle nicht zu mögen, die ohne Glück kämpften, zeigte den Anteil, den er im Geschick der Völker dem Unbekannten, dem Irrationalen, dem *Fatum* zugestand. Wie sehr man sich auch bemüht, die Sterne behalten doch recht. Auch Goethe wußte das. Er, der schon in seiner Kindheit davon überzeugt war, daß die Sterne »ihn nicht vergessen würden«. Alle menschlichen Konstruktionen, die durch die Intelligenz und den Verstand errichtet worden sind, hängen am Ende von diesem geheimnisvollen Faktor ab; alles, was man im »Sinne« dieses höchsten Willens tut, ist gut und fruchtbar; wenn man dagegen handelt, wird man unabwendbar scheitern.

In jener Zeit seiner Jugend, in der er sich unter dem Einfluß Herders für die alten germanischen Epen interessierte, war Goethe gewiß von dem Gesang beeindruckt worden, wo Siegfried seinen Onkel Grippir befragt, bevor er nach Abenteuern auszog. Grippir, der ein Seher ist, kündigt ihm alles an, was sich ereignen wird: den Kampf mit dem Drachen, den Sieg, die Eroberung Brunhildes auf der Feuerinsel, die Heirat mit Kriemhild, die Ermordung durch Hagen von Tronje; und Grippir beschließt diesen erschreckenden Bericht, indem er einfach sagt: »Ich bedaure, dir nichts Besseres verkünden zu können.« Als Siegfried aufbricht, da weiß er genau, und wenn man so sagen will, stündlich, was ihn erwartet, doch das hält ihn nicht davon ab, zu handeln. Bei Napoleon war es ebenso; wenn die Politik letztlich auch vom Schicksal regiert ist, so muß sich der Mensch dennoch bis zum äußersten anstrengen, nicht aus eitlem Ehrgeiz, das Schicksal bezwingen zu wollen, denn das ist unmöglich, sondern um sich zu verwirklichen und sich im Handeln zu vollenden. Für Goethe war es nicht anders. Das Schicksal erwartet den Menschen am Ende der Straße, führt ihn, unsichtbar und gegenwärtig, den ganzen Weg, doch »ein Mensch sein heißt ein Kämpfer sein«, und man muß sich bis zum Ende kämpfend voranwagen.

Goethe lehnt die Politik also nicht aus Gleichgültigkeit ab, sondern im Gegenteil um das Individuum nicht mit einer Beschäftigung zu belasten, für die es nicht geschaffen ist, und ihm so zu erlauben, sich ganz der Mission zu widmen, für die er vom

Schicksal vorgesehen ist. Während die Franzosen Weimar besetzten, ist er unbeirrt seinen wissenschaftlichen Arbeiten nachgegangen und hat sie auch nicht unterbrochen, als die Russen auf den Platz der Franzosen nachrückten. Er sah zwischen dem Baron Denon, mit dem er sich gern unterhielt, und dem baschkirischen Anführer, der ihm einen Degen geschenkt hatte, zur großen Freude von Eckermann, der ein Meister in der Handhabung dieser Waffe war, keinen grundlegenden Unterschied. Daß der eine sein Feind, der andere sein Verbündeter sein sollte, war Zufall, ein Spiel des Schicksals, nichts weiter. Das berührte sein Innerstes nicht. So war die chauvinistische Begeisterung, die soviele Männer dieser Epoche verdorben, blindgemacht und von ihrer wahren Aufgabe abgelenkt hat, ihm erspart geblieben, und er konnte sich mit freiem Herzen und Geist der Wissenschaft und der Dichtung widmen.

Wir wissen schließlich auch, wie sehr er allen Verallgemeinerungen mißtraute, wie sehr er sie als willkürlich, oberflächlich und folglich als wertlos betrachtete. So verpflichtete ihn die Tatsache, daß die Wechselfälle der Politik Frankreich und Deutschland zu Gegnern machte und daß die französischen Soldaten einige Keller geleert und die Weimarer Bürger aufgeschreckt hatten, nicht, alles was französisch war, mit Haß zu verfolgen. Ähnlich verlief es auf sozialer Ebene: Anstatt Theorien über das zukünftige Glück der Menschheit zu entwickeln, errichtete er in *Wilhelm Meisters Wanderjahre* eine Idealstadt, die realisierbar wäre, wenn sich nur die Menschen von ihrer Selbstsucht trennen und die Zukunft so akzeptieren wollten wie die Helden dieses Buches der »Entsagenden«. Der Patriotismus ist für ihn eine praktische Sache, in dem Sinn, daß er im Augenblick der französischen Invasion auflebt, um denen beizustehen, deren Häuser geplündert oder zerstört worden sind. Er schickt ihnen Lebensmittel und Kleidung, er unterstützt sie, wo er kann. Aber wenn er denen, die kommen, um ihm von dem Schaden zu berichten, den sie erlitten haben, mitfühlend Gehör schenkt und seine Hilfe anbietet, so verschließt er sein Ohr und sein Herz vor dem Gejammer derjenigen, die sich fruchtlos über das Unglück dieser Zeit beklagen. Denn ihn interessiert nur, was zu einem wirklichen Ergebnis führt. So ist also die materielle und moralische Hilfe, die er den Flüchtlingen gewährt, wirklich; wirklich ist auch der Fortschritt, den die Menschheit durch die Vervollkommnung ihrer idealen Gesellschaft erreicht, deren Bestrebungen nicht übertrieben und deren Wohltaten unmittelbar sind. Diese Vervollkommnung hat nichts Utopisches oder Chimärenhaftes an sich, denn sie ist völlig realisierbar. Das soziale Problem stellt sich ihm als ein ethisches Problem und nicht als ein politisches. Den Menschen zu ändern ist wirkungsvoller als Institutionen abzuschaffen und Regierungen zu stürzen. Das war das Ideal des Freimaurertums im 18. Jahrhundert; wenn Goethe ihm beigetreten war, so wahrscheinlich, um seinen Hang für das Esoterische zu befriedigen, und wer weiß, mit der Hoffnung, sich gewissen Erkenntnissen anzunähern, nach denen er strebte. Die »Turmloge« im *Wilhelm Meister* unterscheidet sich nicht von den vielen anderen Geheimbünden, die sich zu jener Zeit in Deutschland stark vermehrten, auch nicht von der Loge Amalia, in die er im Jahr 1782 aufgenommen worden war, die zwei Jahre später einschlief und unter dem Antrieb Goethes 1808 wieder erwachte. Am 16. Februar 1813 hielt er dort die Lobrede auf Wieland, der am 20. Januar gestorben und auch einer der *Brüder* gewesen war. Er verfaßte mehrere vom Freimaurertum beseelte Gedichte oder »Gelegenheitsverse«, wie jenes, das er für den Jahrestag der Loge, den 13. September 1825 schrieb. 1830 schließlich beging man in feierlichem *Gewand* Goethes fünfzigsten Jahrestag als Freimaurer.

Obwohl er viel von Etikette und Ritualen hielt, fand er am Ende das Geheimnisvolle, mit dem sich diese Versammlungen umgaben, dennoch lächerlich und schrieb eines Tages ziemlich gereizt, daß es, wenn es sich nur darum handelte, Gutes zu tun, nicht nötig wäre, sich deshalb mit Flitterkram zu behängen.

Gutes zu tun. »Edel sei der Mensch, hilfreich und gut ...« Wir haben in einem bedeutenden Gedicht diese große und klare Lektion vernommen. Es gibt zu viele Beispiele seiner Wohltaten, als daß man der Legende von seinem Egoismus und seiner Hartherzigkeit noch irgendeinen Glauben schenken könnte. Aber er sagte auch, daß derjenige, der gut vor seiner Tür kehrt, der Menschheit mehr nützt, als der, welcher Theorien über die Glückseligkeit eben dieser Menschheit aufstellt. Wenn jeder gut vor seiner eigenen Tür kehrte, würde die Welt eine weise, harmonische, und folglich eine glückliche Welt werden.

Wenn man behauptet, daß die politischen Ideen Goethes kurzsichtig sind, daß sie sich von einem engen Pragmatismus, einem verdammenswerten *Paternalismus* leiten lassen, dann darf man nicht vergessen, daß er dem Wohl des Staates unter Aufopferung seines Werkes zehn außerordentlich fruchtbare Jahre gewidmet hat. Aber nach all dem beanspruchte er das Recht, sich seinem wissenschaftlichen und dichterischen Werk zu widmen, anstatt nationalistische Propaganda-Stücke zu schreiben oder Theorien und Doktrinen einer politischen Philosophie zu entwickeln. *Die Politik ist das Schicksal.* Sein eigenes Schicksal lenkte ihn von der Politik weg und behielt ihn sich für größere und schönere Verwirklichungen vor. So haben auch die Stücke, die er zwar nicht so sehr unter dem Einfluß, aber doch in der Atmosphäre der politischen Ereignisse verfaßte, nicht viel mehr als einen dokumentarischen Wert. Die *Unterhaltungen deutscher Ausgewanderter* interessieren uns nur wegen der darin enthaltenen Märchen, und die komischen Situationen des *Bürgergenerals* können uns nicht zum Lachen bringen. Da ist wohl *Die natürliche Tochter*, aber hierin kann man einen Entwurf der Gedanken sehen, die sich später im letzten *Meister* entfalten und das »soziale Testament« Goethes sein werden.

Einige bedeutungsvolle Sätze aus seinem Briefwechsel und seinen Äußerungen werden uns helfen, den Gehalt dieses »Testaments« genau zu bestimmen. Nichts gibt uns mehr Aufklärung über den Liberalismus jenes »Liberalen in der Abstraktion«, wie Soret sagt, als dieses Zitat aus einem Gespräch mit Eckermann vom 3. Februar 1830: »Dumont ist eben ein gemäßigter Liberaler, wie es alle vernünftigen Leute sind und sein sollen, und wie ich es selber bin und in welchem Sinne zu wirken ich während eines langen Lebens mich bemüht habe.

Der wahre Liberale sucht mit den Mitteln, die ihm zu Gebote stehen, so viel Gutes zu bewirken, als er nur immer kann; aber er hütet sich, die oft unvermeidlichen Mängel mit Feuer und Schwert vertilgen zu wollen ... Er begnügt sich in dieser stets unvollkommenen Welt so lange mit dem Guten, bis ihn, das Bessere zu erreichen, Zeit und Umstände begünstigen.«

Sein Liberalismus brachte ihm die Haßgefühle der Klassen wie der Nationen ein. Wenn er hinsichtlich der Politik nicht einen durch Mißtrauen geschärften Skeptizismus gehabt hätte, so hätte er Abscheu über die Dummheiten empfunden, die die Leute, wenn sie über Politik daherredeten, um ihn herum verbreiteten. Doch an politisches Gezänk war er von Kindesbeinen an gewöhnt durch die Streitgespräche, denen er am Familientisch beigewohnt hatte, und die nicht zu schlichtenden Zwiste, die bei seinen Eltern zwischen den Parteigängern und den Gegnern Friedrichs ausgetragen wurden.

Man könnte schließlich seine »Position« gegenüber den politischen und sozialen Problemen zusammenfassen, indem man unterstreicht, daß er sich als Weltbürger betrachtete. Er fühlte sich nicht verpflichtet, nur seine Landsleute zu lieben, er dehnt diesen Wunsch zu *dienen*, den er in seinem Gedicht über das Göttliche zum Ausdruck bringt, auf die ganze Menschheit aus. Er ist ein Reisender auf den Straßen des Lebens und seine Aufgabe ist es, allen anderen Reisenden, denen er begegnet, zu helfen; er beklagte sich eines Tages bei seinem Sohn darüber, daß man allzuoft seine Bereitwilligkeit, denen zu helfen, von denen er glaubte, daß sie seiner bedürften, ausgenützt hätte. Gibt es einen schöneren Patriotismus als den, der einen Menschen sagen läßt: »Wo ich nütze ist mein Vaterland.«?[17]

Wenn man über diesen Satz nachdenkt, dann versteht man die Bedeutung dieses berühmten an Cotta gerichteten Briefes besser, den er am Weihnachtstag 1806 geschrieben, den er aber nach einiger Überlegung nicht abgeschickt hat. Er begnügte sich damit, Cotta zu sagen, daß er ihn nicht abgesandt habe, »weil es nicht gut ist, sich über unangenehme Dinge zu verbreiten«. Dieser Brief, der für ein besseres Verständnis Goethes sehr wertvoll ist, befaßt sich hauptsächlich mit zwei Punkten.

Zum einen mit dem Klatsch über seine Heirat in einer von Cotta publizierten Zeitschrift, der *Allgemeinen Zeitung*: Goethe verbittet es sich, daß man sich öffentlich in seine Privatangelegenheiten einmischt. »Ich bin nicht vornehm genug, daß meine häuslichen Verhältnisse einen Zeitungsartikel verdienten; soll aber was davon erwähnt werden, so glaube ich, daß mein Vaterland mir schuldig ist, die Schritte die ich tue, ernsthaft zu nehmen: denn ich habe ein ernstes Leben geführt und führ' es noch ...« Er verteidigt dann seine Haltung gegenüber dem jungen Vulpius, Christianes Bruder, dem Autor des Abenteuerromans *Rinaldo Rinaldini*, und gegenüber seinem Freund Falk, den man beschuldigte, während der Besetzung mit den Franzosen kollaboriert zu haben. Als er sich bereit erklärte, als Dolmetscher zwischen den Besatzern und der Weimarer Regierung zu dienen, sagt Goethe, hätte Falk der Bevölkerung, für die es ihm gelungen war, Erleichterungen zu erwirken, große Dienste erwiesen.

Und schließlich bedauert Goethe, indem er sich wie gewöhnlich vom besonderen Fall zu einer allgemeinen Stellungnahme aufschwingt, daß ähnliche Beschuldigungen erhoben werden – nicht nur weil sie ihn persönlich betreffen – sondern vor allem, weil sie ein Zeichen sind, »daß Deutschland von einer inneren Fäulnis weit schlimmer angegriffen ist als von einer äußeren Gewalt, von der man doch wenigstens einsieht, was sie will und was sie kann.«[18]

Diesem Weltbürger ist nichts verhaßter als das, was die Rachsucht, das Mißtrauen, das Unwissen, das Unverständnis zwischen den Nationen und Klassen unterstützt. Wie er zwei Monate zuvor an Knebel geschrieben hatte: »Jeder muß sich nur in diesen ersten Augenblicken zusammennehmen und möglichst wiederherstellen, so wird auch dem Ganzen geholfen. Man kann nun schon wieder anfangen, um sich her und für andere zu wirken ... Lebe wohl und laß uns von Augenblick zu Augenblick das Nötigste tun.«[19]

13
Zur Idealgesellschaft

Goethe näherte sich dem Ende seines Lebens, als er die letzten Seiten des *Wilhelm Meister* schrieb, der ihn seit 1777 beschäftigte und an den er während eines halben Jahrhunderts unaufhörlich dachte. Die Gedanken, die er dort darlegt, oder besser, die er dort in Handlungen aufzeigt, da das Buch ein Roman ist, stellen also den letzten Stand seines gesellschaftspolitischen Denkens dar. Am Ende des Buches erreicht der Greis gleichzeitig mit seinen Helden diese »pädagogische Provinz«, die sein »utopisches Königreich« ist, eine imaginäre Konstruktion, die nach den Prinzipien angelegt ist, die der geborene Pädagoge als richtig und fruchtbar im Laufe seines langen und reichen Daseins erkannt hatte.

Eine imaginäre Konstruktion, aber keine unmögliche. Im Gegensatz zu den meisten Utopien, die von Philosophen oder doktrinären Reformatoren entworfen wurden, fordert die Realisierung der »pädagogischen Provinz« von den Menschen keine übermäßige Anstrengung. Die chimärenhafte Seite der meisten Idealgesellschaften, die die Menschen, die guten Willens sind, erfunden haben, baute auf abstrakte und starre Systematisierung auf. Sie gingen in der Tat von Prinzipien aus, um danach ihre Konstruktionen auszurichten. Bei Goethe dagegen existiert kein einziges Prinzip, das nicht die Frucht der Erfahrung ist; die Reflexion selbst genügt ihm nicht, wenn sie sich nicht am praktischen Beispiel nährt und sofort in die Tat umgesetzt werden kann. Darin steht Goethe zum Beispiel dem

Schweizer Pestalozzi viel näher, dessen Ideen er große Aufmerksamkeit geschenkt hat, als einem Fellenberg, der versucht hatte, in Hoffwyll eine der »pädagogischen Provinz« ähnliche Kolonie aufzubauen. Die Lebhaftigkeit der Beschreibung erweckt sogar den Eindruck, daß die »pädagogische Provinz« in Goethes Einbildung schon vollständig mit allen Einzelheiten existierte, daß es ihm gefiel, darin in Gedanken herumzuspazieren, daß sie für ihn bereits Wirklichkeit war, bevor auch nur irgend jemand auf die Idee kam, sie urbar zu machen, oder die Pläne für ihre Gebäude zu entwerfen.

Sein Vergnügen daran ist offensichtlich. Ich kenne nichts, was so viel Klarheit, so viel Ausgewogenheit besitzt, wie der Ausgang des *Meister*. Der junge Reisende hat den Hafen erreicht. Im Laufe seiner Lehr- und Wanderjahre hat er sich von allen Irrtümern, die seinen Geist behinderten, befreit. Die Erfahrungen haben sich in ihm summiert wie geologische Erdschichten, von dem theatervernarrten Jüngling bis zu dem Chirurgen, den die Prüfungen des Lebens gelehrt haben, daß es der wahre Auftrag des Individuums ist, einen für das Gemeinwesen nützlichen Beruf auszuüben.

Entsagen und Dienen: So könnte die Formel lauten, die das Ideal seiner Helden auf einen Nenner bringt. Beide Begriffe bedingen sich gegenseitig; keiner dient wirklich, wenn er nicht vorher dem in der Natur des Individuums begründeten Egoismus abschwört; dagegen wäre das Entsagen fruchtlos, wenn es nicht bedeuten würde, Verzicht um einer anderen Sache willen. Der *Meister* kann als reiner, egoistischer, anarchistischer Individualist angesehen werden, als er sich ins Leben stürzt und seine Erfüllung in der Welt des falschen Scheins zu finden glaubt. Die ganze Kurve seines Daseins verläuft zwischen diesen beiden entgegengesetzten Polen der Verehrung des Scheinhaften und der Vervollkommnung der praktischen Wirklichkeit. Das Leben Goethes ist einer ähnlichen Kurve gefolgt. Nicht ohne Grund ähnelt Wilhelm dem Dichter so sehr, daß beide uns stellenweise identisch erscheinen, ohne daß der Roman auch nur in irgendeiner Weise eine Autobiographie oder, wie die *Wahlverwandtschaften*, ein Schlüsselroman wäre. Aber zweifellos bedurfte es, um ihn zu beenden, ebenso wie bei *Faust*, dieser ungeheuren Summe von Erfahrungen, die nur im Verlauf eines langen und abwechslungsreichen Lebens erreicht werden kann. Die beiden Ebenen dieses Lebens haben ihren Ausdruck in diesen beiden Hauptwerken gefunden. Aber wie verschieden sind ihre Schlußfolgerungen: Während Faust uns zeigt, daß der Mensch sein Heil nur im Übernatürlichen, im Ewigen und Transzendenten finden kann, gibt uns Wilhelm Meister eine kraftvolle Lektion des Optimismus, indem er uns lehrt, daß der Mensch hier unten sein Leben so einrichten kann, daß es für die meisten schöner, edler, fruchtbarer und glücklicher ist. Faust stirbt in der Illusion, einen Kanal gegraben zu haben, der eine ganze Provinz fruchtbar machen wird, während in Wirklichkeit der Lärm, den er hört, von den Spitzhacken der Lemuren herrührt, die das Grab des Blinden ausheben. Er wird nicht aufwachen, er wird erst auf der anderen Seite erkennen, »alles Vergängliche ist nur ein Gleichnis«.[1]

Der *Meister* dagegen entwickelt in einer in hohem Maße religiösen Atmosphäre einen pragmatischen Schluß: streng utilitaristisch, würden diejenigen sagen, die die Allegorie der Kassette, die man nicht zu öffnen braucht, des zerbrochenen Schlüssels, dessen Stücke sich selbst wieder zusammenfügen, nicht verstehen werden. Dennoch, Goethe hat nicht mit Hinweisen gespart und in den ganzen *Meister* sind ähnliche »Schlüssel« eingestreut, die zur Erkennung der Symbole oder der Geheimnisse des Werkes verhelfen. »Denken und Tun, Tun und Denken, das ist die Summe aller Weisheit, von jeher anerkannt, von jeher geübt, nicht eingesehen von einem jeden. Beides muß wie Aus- und Einatmen sich im Leben ewig fort hin und wider bewegen; wie Frage und Antwort sollte eins ohne das andere nicht stattfinden. Wer sich zum Gesetz macht, was einem jeden Neugeborenen der Genius des Menschenverstandes heimlich ins Ohr flüstert, das Tun am Denken, das Denken am Tun zu prüfen, der kann nicht irren, und irrt er, so wird er sich bald auf den rechten Weg zurückfinden.«[2]

Wie der *Faust* ist der *Meister* eng mit dem Leben des Dichters verwoben; seine Episoden entsprechen den Etappen seines Daseins. Er hat das Werk schon in der Jugend begonnen, in dem Traum, den der junge Goethe hat, Stücke zu verfassen, mit den Schauspielern zu leben, das deutsche Theater zu erneuern. Diese Träume sind so stark in den Roman eingeflossen, daß man manchmal versucht ist, gewisse Stellen von *Wilhelm Meisters Theatralischer Sendung* mit Seiten aus *Dichtung und Wahrheit*, die wirkliche Erinnerungen, gelebte Erfahrung sind, zu verwechseln. Von einem achtzigjährigen Greis schließlich wurde er beendet und angereichert mit all dem, was Goethe gesehen, getan und gedacht hatte. Jede Seite des *Meister*, von seiner ursprünglichen Fassung, die man den *Urmeister* nennt, bis zu dem letzten Kapitel, das von den heißen Strahlen einer südlichen Sonne erhellt ist, und nicht etwa, wie man meinen könnte, im »Dämmerlicht« des Lebensabends ausklingt, trägt das Bild des Dichters im Wasserzeichen. Zuerst der Jüngling mit wehendem Haar, den Kragen geöffnet, der das Laientheater bei den Schönemanns besucht, dann der Leiter der Schauspiele am Hof, ernster, reifer, der gebieterische Regisseur, der die Handlung mit soviel Ungestüm festsetzt, daß die Schauspielerinnen manchmal vor Schreck in Ohnmacht fallen; schließlich der enttäuschte Greis, der verbittert feststellt, daß die Weimarer Öffentlichkeit Operetten oder dressierte Hunde den Dramen Schillers oder griechischen Tragödien vorzieht, und als er von den Träumen seiner Jugend Abschied nimmt, das Theater aus seiner Idealgesellschaft verbannt, ebenso wie Plato die Dichter aus der seinen verjagte.

Der ganze *Meister* ist vom Leben Goethes gestaltet, und gerade das macht ihn so faszinierend, viel mehr als die Gedanken, die er ausdrückt. Dieses ungeheure Werk ist tatsächlich eine gewaltige Erfahrung; der Mensch ist darin stets gegenwärtig, das Denken wird niemals dogmatisch oder abstrakt. Alles ist Geste, Handlung, Bewegung. Es ist die dramatischste Schöpfung, die man sich vorstellen kann, mit ihren zahlreichen Peripetien, ihren Umkehrungen, ihren Überraschungen. In diesem Buch ist in höchster Poesie alles enthalten, sogar ein Fortsetzungsroman. Es ist im perfekten Sinn des Wortes ein Einführungswerk. In seiner Entwicklung stellt es die lange Wanderschaft des Geistes dar, der durch die Etappen einer Einweihung geht, die von Mal zu Mal dichter, fordernder und erhellender wird. Sie spielt sich gleichzeitig auf drei Ebenen ab: Die erste ist realistisch, anekdotenhaft, vordergründig und auf Tatsachen beschränkt; auf der zweiten Ebene erhalten die Ereignisse einen Symbolcharakter, wodurch sie Allgemeingültigkeit erlangen. Die dritte Ebene schließlich, bei weitem am schwierigsten zu entdecken, ist die der esoterischen Bedeutung, der mystischen Interpretation, die das Schicksal des Individuums seiner übernatürlichen, heiligen, magischen Vollendung zuführt, wie zum Beispiel in den *Lehrlingen zu Sais* von Novalis. Es gibt mehrere Allegorien im *Meister*, aber über ihnen spannt sich der erleuchtete Himmel des Transzendenten. Nicht daß wir dort direkt eindringen werden wie im *Faust*; der *Meister* läßt ihn uns nur durch Anspielungen kennenlernen, denn es gibt unaussprechliche, unbeschreibliche Wahrheiten, die der Profane nicht wissen darf; der Eingeweihte wird sie erkennen und sie im Vorübergehen begrüßen, durch untrügliche Zeichen aufmerksam gemacht, durch Führer geleitet, von denen Makarie der rätselhafteste und verwirrendste ist. Sie stellt in der Tat, wie die Bäuerin, die die Quellen entdeckt, von denen in den *Wanderjahren* die Rede ist, die Verbindung zwischen der Erde und der unsichtbaren Welt dar. Goethe sagt über sie, daß sie vom Leben des Sonnensystems lebte, daß sie in sich selbst die Bewegungen der Sterne verspürte – ein mikroskopischer Spiegel des Kosmos, dessen Besonderheiten alle in ihr enthalten waren.

»Makarie befindet sich zu unserem Sonnensystem in einem Verhältnis, welches man auszusprechen kaum wagen darf. Im Geiste, der Seele, der Einbildungskraft hegt sie, schaut sie es nicht nur, sondern sie macht gleichsam einen Teil desselben; sie sieht sich in jenen himmlischen Kreisen mit fortgezogen, aber auf eine ganz eigene Art; sie wandelt seit ihrer Kindheit um die Sonne, und zwar, wie nun entdeckt ist, in einer Spirale, sich immer mehr vom Mittelpunkt entfernend und nach den äußern Regionen hinkreisend.«[3]

Diese Angaben sind trotz ihrer Genauigkeit ziemlich verwirrend. Wir haben schon die Fähigkeit Goethes erwähnt, aus der Entfernung Erdbeben wahrzunehmen. In welchem Maß stimmt diese Eigenschaft mit der Gabe Makaries überein? Sicherlich bildet das Erleben die Grundlage dieser Schöpfung, aber inwieweit ist Goethe Makarie? Die Geheimnisse von Goethes Persönlichkeit sind nicht alle gelüftet, trotz der Arbeiten unzähliger Biographen und Kritiker. Viele seiner Züge bleiben rätselhaft: Zum Beispiel seine Angst, im Traum zu sprechen. Man weiß aus dem Brief von Heinrich Voss an Solger von der Beunruhigung, mit der er sich beim Aufwachen nach einer Nacht, in der er krank gewesen war, bei dem jungen Voss, der bei ihm gewacht hatte, nach dem erkundigte, was er im Schlaf gesagt haben könnte. »Als er um zwölf Uhr zum ersten Mal aufwachte, fragte er mit ängstlicher Stimme: Hab ich auch wieder im Schlaf gesprochen?«[4] Voss gibt zu, daß er, selbst wenn Goethe wirklich gesprochen hätte – er hatte nicht – es geleugnet hätte, nur um ihn nicht zu beunruhigen.

Mit Mignon und dem Harfner stellt Makarie in dem Roman die »Einführenden« des Übernatürlichen dar, die in vielen Zügen Goethe ähneln, dem Goethe, der die Bücher der Alchimisten gelesen und ihre Erfahrungen nachvollzogen hatte, der sich sehr weit in das Übernatürliche vorgewagt und den es sicherlich große Anstrengung gekostet hatte, seine Dämonen auszutreiben. Daher rührt das Mißtrauen, das er später hinsichtlich der Kontakte mit der unsichtbaren Welt an den Tag legt. Aber es ist zulässig anzunehmen, daß nicht alles in der Figur Makaries nur der Vorstellung entsprang. Die Visionen, die sie als Kind hatte, oder die Berichtigungen, die sie an den Irrtümern der Astrologen vornahm, entsprachen vielleicht auch einer Intuition, deren Nutznießer dieser Freund der Sterne gewesen sein könnte, ebenso wie die Gabe, die eine andere Figur besitzt, den Unterschied der Bodenbeschaffenheit des Geländes, auf dem sie steht, zu erspüren. Im *Meister* gibt es viele Dinge, die Goethe sonst niemals verlauten ließ; der Zustand Makaries entspricht sicher einer wirklichen Erfahrung, und außerdem gibt es viele Arten zu *experimentieren*: Der Traum ist eine davon. Die Tatsache, daß sie wohltätig und immer bereit bleibt, den Kleinen und den Großen einen Dienst zu erweisen, während »ihr geistiges Ganzes sich zwar um die Weltsonne, aber nach dem Überweltlichen in stetig zunehmenden Kreisen bewegte«, zeigt, daß sie menschlich blieb, während sie gleichzeitig am Lauf der Planeten teilnahm. Sie verschleiert im übrigen diesen Zustand, der als »eine schwere Aufgabe für sie« beschrieben wird. Sie gesteht ihn nur dem Astronomen, der ihr Vertrauen und ihre Freundschaft gewonnen hat, dem sie aber trotzdem immer noch viel verschweigt.

Dieser Astronom beschließt letztlich: »Nun, warum sollte Gott und die Natur nicht auch eine lebendige Armillarsphäre, ein geistiges Räderwerk erschaffen und einrichten, daß es, wie ja die Uhren uns täglich und stündlich leisten, dem Gang der Gestirne von selbst auf eine Weise zu folgen imstande wäre?« So lautete die Interpretation des Wissenschaftlers. Goethe gibt umfassendere Ausführungen zu der außerordentlichen Gabe Makaries; er sieht darin eine Art göttlichen oder halbgöttlichen Charakter, und er hofft, daß Makarie nach ihrem Tod »sich wieder zurücksehnen werde, um zu Gunsten unserer Urenkel in das irdische Leben und Wohltun wieder einzuwirken«. Die »Turmloge«, die Gesellschaft der »Entsagenden« wären dann also nur das irdische Abbild einer anderen »Ordnung«, die auf übernatürlicher Ebene existierte. Sie wären dann die irdischen Vermittler der himmlischen Mächte, die in das Leben des Menschen eingreifen, um dieses seinem Ziel zuzuführen. Die Erziehung des Individuums, die das Thema des ganzen Buches ist, hört in der Tat nicht auf dieser Erde auf; sie ist vielleicht nur die Vorbereitung auf ein überirdisches Leben, von dem Makarie schon Vorahnungen hat durch ihre Fähigkeit, durch die interplanetaren Räume zu wandern, die sie zum Beispiel den Mond von allen Seiten sehen läßt, während die Bewohner der Erde von ihm immer nur eine einzige Seite betrachten können.

Das ist die höhere, esoterische Ebene des *Meister.* Wie es in der »Smaragdtafel« geschrieben steht, die Goethe von den Alchimisten kannte: »Und das Oben wie das Unten bringt dem edlen Geist Gewinn.«[5]

Eine menschlich vollkommene gesellschaftliche Staatsform

hier unten zu verwirklichen, ist vielleicht für ihn nicht ein Ideal an sich; es ist nur ein Mittel, um uns auf die Vervollkommnung der göttlichen Ordnung und ihre Erfüllung auf dieser Welt vorzubereiten. Die pädagogische Gesellschaft ist nicht das Ziel, sondern das Sprungbrett, der Ausgangspunkt: Die Vorbereitung, der sich der Mensch auf dieser Erde durch sein Leben unterzieht, die ihn befähigt, die höchsten Wahrheiten zu empfangen; ebenso wie die Stufen der Einführung den Lehrling nach und nach bis zum Meistergrad führen. Es ist noch dazu bezeichnend, daß der Held des Buches den Namen »Meister« trägt, der nicht zufällig gewählt worden ist – ein wahrer Romanschriftsteller wählt die Namen seiner Personen niemals aus, er empfängt sie. Dieser Name soll symbolisieren, daß der kleine Wilhelm schon seit seiner Kindheit dazu bestimmt war, ein »Meister« zu werden, aber daß der Aufstieg zur Meisterschaft nur durch zahlreiche und schwierige Prüfungen zu bewerkstelligen ist. Diese Tradition hatten alle Religionen der Mysterien, von Eleusis bis zum Illuminismus bewahrt.

Ebenso stellen alle Personen des Romans, Montan, Serlo, Nathalie, Therese, Marianne, sogar Philine und noch mehr die Abgesandten der Welt der Dämonen, Mignon und der Harfner, die Hüter der Schwellen dar, auf die Meister während seiner Wanderschaft trifft; jeder öffnet ihm eine Tür, erlaubt ihm den Zutritt zu einer bestimmten Welt, jeder erteilt ihm eine »Lektion«, eine Belehrung, verrät ihm ein Lösungswort; jeder drückt ihm seinen Stempel auf und führt ihn dann zum Hüter der nächsten Tür. Der Eintritt Meisters in die »Turmloge«, seine Aufnahme bei den Entsagenden sind bis jetzt nur Etappen für ihn; das Leben hält noch andere für ihn bereit, und die Erfahrung der Vaterschaft, die das Ende der Lehrzeit bedeutet und den Eintritt in ein anderes Universum bezeichnet, das Meister an der Seite seines Sohnes durchlaufen wird, ist nicht die unwichtigste. Desgleichen zeigt die Enthüllung einer übernatürlichen, geistigen und väterlichen Qualität in dem Moment, als Meister den Jungen vor dem Ertrinken rettet, die letzte Seite der *Wanderjahre* an, das Ende des *Meisters*, zumindest soweit Goethe ihn geschrieben hat. Betrachtete er seinen

Meister als vollendet? Sicher nicht. Konnte er noch mehr darüber sagen? Wahrscheinlich nicht, denn jenseits der Wanderjahre betritt man das Gebiet des Unaussprechlichen, das nicht aufgedeckt werden sollte und nicht aufgedeckt werden konnte. Die gewollte Zurückhaltung, die in der letzten Phase des Buches spürbar ist, scheint Meister Schweigen zu gebieten, der gerade ausgerufen hatte: »Wirst du doch immer aufs neue hervorgebracht, herrlich Ebenbild Gottes! und wirst sogleich wieder beschädigt, verletzt von innen oder von außen.« Die letzten Worte dieses ungeheuren Bekenntnisses sollen uns schlicht sagen, daß die Fährleute die Kleider des Jünglings trocknen ließen, »um ihn beim Erwachen sogleich wieder in den gesellig anständigsten Zustand zu versetzen«. Niemals hat das Denken Goethes einen so vollständigen und vollkommenen Ausdruck gefunden wie im *Meister.* Sein ganzes Leben ist darin enthalten, seine Ängste, seine Freuden, seine Wünsche und seine Opfer sind darin eingraviert. Es ist eine Welt in sich, eine Welt der Ideen, der Formen, der Bilder, der Wesen, der Ereignisse. *Die Wanderjahre* durchbrechen manchmal das Raster für Ereignisse, die dem ersten Augenschein nach nichts mit der Handlung gemein haben, aber wenn man sie aufmerksam untersucht, so haben sogar diese »Hors d'œuvre« ihre Rechtfertigung, obwohl man manchmal etwas irritiert ist darüber, wie sie die Handlung *auseinanderschneiden.* In Wirklichkeit sind sie die Treppenabsätze: Weder ihr Thema noch ihr Ton oder der Moment, wo sie in die Erzählung eingeflochten sind, sind zufällig. Alles ist auf ein Maximum an Belehrung hin berechnet. Das Unzusammenhängende in den *Wanderjahren* erscheint also nur dem so, der nicht begreift, wie die Fäden auf der Rückseite des Teppichs miteinander verknüpft sind. Ebenso gebührt es dem *Meister*, ihn mit zwei Werken, die auf eine gewisse Art seine Vorläufer sind, in Verbindung zu bringen. Es ist das Stück *Die natürliche Tochter*, das zum »Zyklus der Revolutionen« gehört, und das Gedicht *Die Geheimnisse*, von dem nur noch ein kurzer Entwurf vorhanden ist; beide bereiten auf das Verständnis des *Meisters* vor, das eine, weil es einige politische und gesellschaftliche Gedanken Goethes darlegt, das andere, weil es den Ehrgeiz streift, wie es der Titel ankündigt, die »Geheimnisse« eines geistlichen Ritterordens zu entdecken, in dem die verschiedenen Glaubensrichtungen zu einer Humanitätsreligion vereinigt werden, und der viele Züge der »Turmloge« und der Gesellschaft der »Entsagenden« trägt. Dieser Ehrgeiz verdammt das Gedicht von vornherein dazu, nie geschrieben werden zu können; der Autor rührte da an das Geheimnis, das niemals aufgedeckt werden durfte, und lief so Gefahr, zuviel oder nicht genug darüber zu sagen. Goethe war seit vier Jahren Freimaurer, als er 1784 die *Geheimnisse* begann; im vorhergehenden Jahre war er in den Orden der Rosenkreutzer aufgenommen worden, dessen Abbild die Gesellschaft der *Geheimnisse* ist. Der *Meister* wird später unter dem Schleier der Allegorie all das offenbaren, was Goethe nicht *klar* schreiben konnte, weshalb er verzichtet hat, es in den *Geheimnissen* auszudrücken.

Ebenso enthält der »Lehrbrief«, den der Abbé Wilhelm aushändigt, neben pragmatischen Sentenzen besonders frappierende Thesen: »Derjenige, an dem viel zu entwickeln ist, wird später über sich und die Welt aufgeklärt. Es sind nur wenige, die den Sinn haben und zugleich zur Tat fähig sind. Der Sinn erweitert, aber lähmt; die Tat belebt, aber beschränkt.«[6]

Die Figuren, die Wilhelm im Verlauf dieser Einführungszeremonie erscheinen, sprechen ebenfalls Sätze aus, die in ihrer Kürze Rätsel aufgeben oder alle unverständlichen Ereignisse erklären, denen er auf dem Weg begegnet ist; die Behauptung zum Beispiel, »der Irrtum könne nur durch das Irren geheilt werden«. Jede dieser Personen, die seinen Weg gekreuzt haben, sagt ihm nun ganz ausführlich die Botschaft, die sie ihm einst nur angedeutet hatte. Wie das Orakel von Delphi hatten sie sich damit begnügt, ein *Zeichen zu geben*; es war an dem Neuling, dieses Zeichen zu deuten und daraus die wesentliche Lehre zu ziehen. So übermittelt ihm ein Landpfarrer, mit dem er eine fröhliche Kahnfahrt unternommen hatte und von dem er nicht wußte, daß auch er ein Bote der Entsagenden war, diese eigenartige Lehre: »Nicht vor Irrtum zu bewahren, ist die

Pflicht des Menschenerziehers, sondern den Irrenden zu leiten, ja ihn seinen Irrtum aus vollen Bechern ausschlürfen zu lassen, das ist Weisheit der Lehrer. Wer seinen Irrtum nur kostet, hält lange damit haus, er freuet sich dessen als eines seltenen Glücks, aber wer ihn ganz erschöpft, der muß ihn kennen lernen, wenn er nicht wahnsinnig ist.«[7]

Man erkennt hier Goethes Treue zur natürlichen Reife – zur biologischen – der Gefühle, der Ideen, der Ereignisse. Die Natur bleibt der große Meister. Am Ende der Einweihungszeremonie verabschiedet der Abbé Wilhelm, indem er ihm sagt: »Deine Lehrjahre sind vorüber, die Natur hat dich losgesprochen.« Denn für Goethe ist die Natur allmächtig, sie ist göttlich. Von Ilmenau, wo er von der Welt der Minerale fasziniert ist, schreibt er an Jakobi, »daß er das Göttliche in herbis et lapidibus sucht«, und fügt, wie er das oft tat, eine Kritik an Spinoza hinzu: »Du erkennst die höchste Realität an, welche der Grund des ganzen Spinozismus ist, worauf alles übrige ruht, woraus alles übrige fliest. Er beweist nicht das Daseyn Gottes, das Daseyn ist Gott. Und wenn ihn andre deshalb Atheum schelten, so möge ich ihn theissimum ja christianissimum nennen und preisen.«[8]

Andererseits, ungefähr zur gleichen Zeit, hat er sein »Fragment über die Natur« verfaßt, das seine ganze Philosophie erklärt und den Satz des Abbé wieder aufnimmt: Die Natur spricht uns los. Niemals hat der Pantheismus einen so wunderbaren und überzeugenden Ausdruck gefunden wie in dieser Hymne, mit der ein Deutscher aus dem ausgehenden 18. Jahrhundert ausdrückt, was ein Grieche denken konnte:

> »Natur! Wir sind von ihr umgeben und umschlungen – unvermögend, aus ihr herauszutreten, und unvermögend, tiefer in sie hineinzukommen. Ungebeten und ungewarnt nimmt sie uns in den Kreislauf ihres Tanzes auf und treibt sich mit uns fort, bis wir ermüdet sind und ihrem Arme entfallen. Sie schafft ewig neue Gestalten; was da ist, war noch nie, was war, kommt nicht wieder – alles ist neu, und doch das Alte. Wir leben mitten in ihr

> und sind ihr fremde. Sie spricht unaufhörlich mit uns und verrät uns ihr Geheimnis nicht. Wir wirken beständig auf sie und haben doch keine Gewalt über sie. Sie scheint alles auf Individualität angelegt zu haben und macht sich nichts aus den Individuen. Sie baut immer und zerstört immer, und ihre Werkstätte ist unzugänglich ... Sie ist alles. Sie belohnt sich selbst und bestraft sich selbst, erfreut und quält sich selbst. Sie ist rauh und gelinde, lieblich und schrecklich, kraftlos und allgewaltig. Alles ist immer da in ihr. Vergangenheit und Zukunft kennt sie nicht. Gegenwart ist ihr Ewigkeit. Sie ist gütig. Ich preise sie mit allen ihren Werken. Sie ist weise und still. Man reißt ihr keine Erklärung vom Leibe, trutzt ihr kein Geschenk ab, das sie nicht freiwillig gibt. Sie ist listig, aber zu gutem Ziele, und am besten ist's ihre List nicht zu merken. Sie ist ganz, und doch immer unvollendet: So wie sie's treibt, kann sie's immer treiben. Jedem erscheint sie in einer eigenen Gestalt. Sie verbirgt sich in tausend Namen und Termen und ist immer dieselbe. Sie hat mich hereingestellt, sie wird mich auch herausführen. Ich vertreue mich ihr. Sie mag mit mir schalten. Sie wird ihr Werk nicht hassen. Ich sprach nicht von ihr. Nein, was wahr ist und was falsch ist, alles hat sie gesprochen. Alles ist ihre Schuld, alles ihr Verdienst.«[9]

Die Natur ist die große Erzieherin. Die Disziplin, die die »pädagogische Provinz« beherrscht, ist trotz ihrer Härten, ihrer Seltsamkeiten immer in Einklang mit der Natur; einer vernünftigen Natur, deren Licht die Einsicht ist, so wie Goethe sie will und nicht wie die wilde Natur der Romantiker. Die Reise nach Italien und die *Hellenisierung* Goethes liegen dieser Auffassung einer klassischen Natur à la Poussin zugrunde, die sehr verschieden ist von der, die er in seiner Titanenzeit liebte und fürchtete. Der Einfluß Poussins auf den Dichter ist unverkennbar; der Name dieses Malers taucht jedesmal wieder auf, wenn er eine harmonische, mächtige und ruhige Landschaft heraufbeschwören will, die ganz vom Göttlichen durchdrungen und gleichzeitig dem Menschen gemäß ist, wie das im *Faust* der Fall sein wird. Die Übereinstimmung des Menschlichen, des Göttlichen und der Natur stellt für ihn das Ideal dar, auf das alle Kräfte des Erziehers gerichtet sind. Die Schüler der »pädagogischen Provinz« bestellen den Boden, aber sie haben ständig große Zyklen von Wandgemälden vor Augen, die sie unterweisen und ihre Vorstellung anregen. Das Heil, das man diesen Kindern verspricht, liegt in der Verbindung dieser drei Elemente: Die Jüngsten kreuzen die Arme vor der Brust, während sie den Blick zum Himmel erheben, und das bedeutet, so erklären die Drei es Wilhelm, die Ehrfurcht vor dem, was über uns ist, »um Zeugnis abzulegen, daß ein Gott da droben sei, der sich in Eltern, Lehrern, Vorgesetzten abbildet und offenbart«. Die älteren Kinder verschränken die Arme hinter dem Rücken und lächeln dabei. So drücken sie aus, »daß man die Erde wohl und heiter zu betrachten habe; sie gibt Gelegenheit zur Nahrung; sie gewährt unsägliche Freuden; aber unverhältnismäßige Leiden bringt sie ...« Die Jünglinge schließlich bleiben aufrecht stehen, wahren einen stolzen Ausdruck und stellen sich in einer Reihe auf: »Dann aber heißen wir ihn sich ermannen, gegen Kameraden gewendet nach ihnen sich richten. Nun steht er starck und kühn, nicht etwa selbstisch vereinzelt; nur in Verbindung mit seinesgleichen macht er Fronte gegen die Welt.«[10]

Die Symbolik der Gebärde spielt eine bedeutende Rolle im *Meister.* Die Mimik Mignons im besonderen ist der Ausdruck einer ganzen Welt von Gedanken und Gefühlen, die Worte nicht vermitteln können. Vielleicht spielen bei Goethe seine Theatererlebnisse mit in diese Symbolik hinein und auch die Erinnerung an das Auftreten der Freimaurer und ihre rituelle Gestik. Das Wohl der Schüler der »pädagogischen Provinz« hat an beidem Anteil.

Ebenso wie die Schüler auf den Feldern arbeiten, müssen alle Mitglieder der Loge der Entsagenden einen Beruf, eine praktische Tätigkeit ausüben. Man kennt die Bedeutung, die Goethe der »Technik« in all ihren Erscheinungsformen von Kindesbeinen an beimaß, als er sich in den Werkstätten der Handwerker aufhielt oder den vom Grafen de Thoranc angestellten Künstlern beim Malen zuschaute. Die handwerkliche Seite einer Kunstart interessiert ihn am meisten. Er selbst ist ein *homo faber*, ob er nun modelliert oder Kokosnüsse zerlegt. Die Hand spielt für ihn eine ebenso große Rolle wie die Intelligenz, und er hat sich befleißigt, eine vollendete Technik in allen Künsten, die er praktizierte, zu erwerben; die plastische Kunst hat er nur deshalb aufgegeben, weil er die Überzeugung gewonnen hatte, daß er sich niemals darin auszeichnen würde. Denn sich auszuzeichnen war das einzig gültige Motiv, um eine Sache in Angriff zu nehmen.

Das Handwerk ist nicht nur für das Gemeinwesen eine nützliche Tätigkeit; es bildet überdies ein Gegengewicht zur geistigen Arbeit, es setzt die geistigen Bewegungen auf materielle Fundamente, es festigt den Menschen, weist seinen Platz in der Gesellschaft aus. Auch die Frauen üben einen Beruf aus, und die liebenswerte Philine, von der man glauben würde, daß sie nur zum Singen, zum Gefallen und Lieben gemacht ist, beugt sich der allgemeinen Ordnung und wird Schneiderin. Meister wählt die Chirurgie, und weite Strecken des Buches sind dem Anbau von Pflanzen, der Technik des Spinnens und Webens gewidmet. Das könnte dem Leser oft als sehr langatmig erscheinen, wenn er nicht wüßte, daß in einem Roman wie diesem der esoterischen Darstellung eine verborgene Bedeutung zukommt. Jarno spricht von den Felsen ebenso als Geologe wie als Dichter und Seher, so wie die Helden des *Heinrich von Ofterdingen.* Das Hauptziel schließlich, die Bildung, die den Kindern in der »pädagogischen Provinz« vermittelt wird, vereint den geistigen Menschen und den *homo faber*. Denn das Individuum ist nur vollständig, wenn sich in ihm die Natur und das Göttliche überlagern. Auf der höchsten Stufe der Einweihung lernt der Neuling wie in den griechischen Mysterien, daß er, gemäß der Formel der orphischen Hymne, ein Kind der Erde und des Himmels ist, daß aber seine Rasse vom Himmel kommt.

Man hätte also Unrecht, wenn man in den praktischen Prinzipien der Bildung, wie sie in den verschiedenen Episoden des *Meisters* ihren Ausdruck finden, nur Materialismus, Utilitarismus oder Pragmatismus sehen würde. In Wahrheit sind sie ein Spiegel des menschlichen Schicksals. Meister fängt im Theater an, das das Symbol für das Chaos, die Welt der Illusion ist. Er ist durch die Leidenschaft daran gefesselt wie Platos Mensch in der Höhle, über deren Wände Schatten huschen, die er für wirklich hält. Meister beginnt seine Bildung im Theater, durch und für das Theater. Sein Ideal besteht darin, Stücke zu spielen, sie zu schreiben und zu inszenieren; er erstrebt nichts anderes. Das Theater gleicht der Welt der Kindheit; es besitzt deren Naivität, die Begeisterung, die Fähigkeit, sich selbst und die anderen zu täuschen, die Unverantwortlichkeit, die Gleichgültigkeit gegenüber Begriffen wie Fehler und Sünde; in einem Wort *die Unschuld.* Das Theater zu verlassen bedeutet für Meister den Abschied von der Kindheit; er entdeckt, was das Theater ihm im wahrsten Sinne des Wortes hinter der Maske verborgen hatte: Das große Theater der wirklichen Welt, jenseits der Scheinwelt. Als *Kind* war Meister egoistisch, er dachte nur an sein Vergnügen und an seine individuelle Entwicklung; er bezog alles auf sich. Der Eintritt in das große Welttheater entdeckt ihm die Gesellschaft und lehrt ihn das Gesetz, das dem Individuum befiehlt, einen Platz in der Gesellschaft einzunehmen, sich harmonisch in sie einzugliedern, ihr ein nützliches Triebwerk zu werden. Die Figuren, denen er dort begegnet, sind ernster und tiefgründiger als die Schauspieler und Komädiantinnen, mit denen er bisher Umgang hatte, diese »Naturgeschöpfe«, wie sie Christiane Vulpius liebevoll nannte, Geschöpfe des Instinkts, der Laune, der Phantasie.

Die zweite Ebene ist die der *Reife.* Männer und Frauen sind sich ihrer schweren Aufgaben bewußt. Es sind edle Seelen von hoher Einsicht, großzügige und treue Herzen. Ob es nun eine reine »Geistige« wie die »Schöne Seele« oder eine ausgezeichnete Hausfrau wie Therese oder ein Wesen aus Kristall und Feuer wie Nathalie ist, alle verkörpern eine gewisse Form der Vorzüglichkeit und Vollkommenheit. Sie gehören der Welt der Wirklichkeit an, während die Schauspieler Gefangene der

Illusion bleiben. Die Welt, die Meister wahrnimmt, als er das Theater verläßt, erweitert sich durch die unüberschaubaren Perspektiven, die dem Wunsch nach Tun angeboten werden; das ist etwas Größeres, etwas Notwendigeres, als Darius oder Hamlet spielen. Die strengen Gesetze der Sekte der Entsagenden schließlich und die Verpflichtung, die sie den Adepten auferlegt, niemals länger als drei Tage unter dem gleichen Dach zu bleiben, zielen darauf ab, aus ihnen höhere Menschen zu machen, Menschen, die dazu berufen sind, eine große Rolle im Schicksal der Gemeinwesen zu spielen. Ob sie nun fortgehen, um eine Kolonie in Amerika zu gründen, wie Lothario, ob sie sich der Erziehung widmen, wie der Abbé, sie sind vor allem nützliche Menschen im Sinne des Ideals, das Goethe vor seiner Abreise nach Italien in jenem Gedicht formulierte: »Edel sei der Mensch, hilfreich und gut ...«

Von der Ebene der irdischen Nützlichkeit münden wir nun mit dem letzten Meister in die Ebene der Verbindung mit dem Göttlichen, mit der göttlichen Natur. Makarie ist der Typus dieser Verbindung, die im übrigen bereits eine außerordentlich hohe Stufe der Adhäsion (ich würde sogar sagen der Adhärenz) des Individuums an den Kosmos erreicht hat. Das Gesetz der Moral regierte die Figuren der zweiten Ebene; ein geistiges Gesetz wird nun wirksam, das alles erhöht, was auf einer niederen Stufe nur praktisch oder ethisch blieb. Diese Art von Gesellschaftsvertrag, den die Menschen untereinander abgeschlossen haben, erlangt seine ganze Bedeutung erst in dem Moment, in dem er die Bestätigung, die Gegenzeichnung des Göttlichen erhält; indem er sich von der Ebene der Natur auf die Ebene des Übernatürlichen hebt.

In diesem Universum spielen nicht nur die Menschen eine Rolle. Auch die Gegenstände haben »ein Wort mitzureden«. Sie sind gleichzeitig Gegenstände praktischer Nützlichkeit und Symbole, die wahrscheinlich ebenfalls mit einer gewissen geheimnisvollen Kraft, einer magischen »Bürde« versehen sind; die Kassette, die man nicht zu öffnen braucht, der zerbrochene Schlüssel, das ärztliche Besteck, so viele *Zeugen* der Welt der Materie, die mit den Abenteuern der Welt des Geistes verbunden sind. Es gäbe überdies noch viel zu sagen über die Verwandtschaftsbande, die die Personen der *Lehrjahre* und der *Wanderjahre* miteinander vereinen, Bande, die nicht nur durch die Notwendigkeit der romanesken Handlung bedingt sind, sondern die einen höheren und tieferen Sinn haben. Man müßte schließlich die Rolle Mignons unterstreichen, die alle Teile des riesigen Romans miteinander verflicht; Mignon, Schlüsselfigur, Botin der Welt der Dämonen, Repräsentantin und Symbol der Kräfte des Instinkts, ausgestattet mit mystischen Eigenschaften. Das Leben und der Tod Mignons, ihre rätselhaften Äußerungen, ihre unverständlichen Gesten enthüllen in ihr etwas anderes als ein einfaches Naturgeschöpf wie Philine – in Wirklichkeit Christiane: Mignon gehört den Elementen an, der Welt der Erdgeister. Sie ist gleichzeitig irdisch und übernatürlich, und ich frage mich, ob sie nicht in einem gewissen Maß die Schwester des weiblichen Dämons bei Cazotte ist, dem sie in vielen Zügen ähnelt. Cazotte hat auf die deutschen Romantiker einen starken Einfluß ausgeübt; es ist nicht ausgeschlossen, daß auch bei Goethe ein Abglanz dieses Einflusses vorhanden ist. Mignon bringt also in die verschiedenen Teile des *Meister* ein Leitmotiv ein, das uns hilft, ihn in seiner Gesamtheit besser zu verstehen; da ist die Feierlichkeit, mit der ihr Begräbnis begangen wird, die Gesänge des Chors: »Schaut mit den Augen des Geistes hinan! in euch lebe die bildende Kraft, die das Schönste, das Höchste hinauf, über die Sterne das Leben trägt.«[11]

Aber auch die Rede des Abbé gibt uns zu verstehen, daß Mignon ein Wesen einer anderen Welt war, näher der Erde und näher dem Himmel als gewöhnliche Menschen.

Der *Meister*, der 1777 begonnen und 1829 vollendet wurde, vollzieht alle »Augenblicke« im Leben Goethes nach, seine Konstanten und seine Veränderungen, die unzähligen Variationen seiner Themen bis hin zu den »Kadenzen« – um die Sprache der Musik zu gebrauchen. Die höchste Lehre seiner Weisheit, der Schatz seiner Erfahrungen ist darin enthalten. Der innere und der äußere Mensch zeigen sich darin wie in einem Spiegel unter den verschiedensten Aspekten. Ich glaube wohl, daß Goethe nicht nur Meister, sondern auch alle anderen Personen des Buches – die Frauen inbegriffen – ist.

Desgleichen bietet das Werk uns die unerschöpfliche Möglichkeit, neben den Grundsätzen Goethes, seinen Leitgedanken und »Gesetzen«, die zahlreichen Facetten seines Charakters, die Strahlenbrechungen des Lebens in diesem Charakter zu studieren. Allegorisch, symbolisch wie er ist, ähnelt dieser »Erziehungsroman« der Summe der menschlichen Schicksale. Unaufhörlich wiederaufgenommen, umgestaltet, entwickelt, vertieft, ist er ebenso von den Handlungen des Dichters wie von seinen Gedanken durchwoben. Er ist das Werk seiner Vorstellungskraft und gleichzeitig seiner eigenen Bildung und vollendet so das Modell einer ganzen Menschheit eines Humanismus, für den es, meiner Meinung nach, in der europäischen Literatur kein Äquivalent gibt. Und man kann sich leicht vorstellen, mit wieviel mehr Überzeugung Napoleon, der den *Werther* geliebt hatte, wenn er dieses Buch hätte lesen können, das berühmte Wort ausgesprochen hätte: »Voilà, un homme!«

14
Die Dioskuren

Keiner hat den *Wilhelm Meister* mit soviel Feinsinnigkeit und Tiefgründigkeit beurteilt wie Schiller. Die deutschen Kritiker führen es sogar auf seinen Einfluß zurück, daß Goethe, nachdem er das Vorhaben aufgegeben zu haben schien, auf das Buch zurückgekommen ist. Nach ihrer Meinung ist die *Theatralische Sendung* sowie ihre Umwandlung und Entwicklung zu den *Lehrjahren* stark vom Denken Schillers geprägt. Schiller hat Goethe geholfen, sich von dem Zauber des Theaters zu lösen. Durch seine Philosophie, seine Auslegung der Lehre Kants im besonderen – darin scheint er vielmehr Philosoph zu sein als Goethe – hat er den Geist des Dichterbruders in Regionen gelenkt, wo auch er, wie Virgil für Dante, als »Führer, Herr und Meister« in Erscheinung tritt.

Sie sind nicht immer brüderlich gewesen. Die Beziehungen Goethes und Schillers waren seltsamen Wechselfällen unterworfen, und beinahe wären diese beiden großen Dichter, in denen die Überlieferung die *Dioskuren* der deutschen Dichtung grüßt, einander unbekannt geblieben, wie es lange Zeit der Fall war. Sie wußten voneinander nur durch ihre Werke. Goethe hatte lobend über die Arbeiten Schillers berichtet, aber ihre Persönlichkeiten schienen zu gegensätzlich, als daß sich zwischen ihnen jemals eine echte Zuneigung, ja noch viel weniger eine Freundschaft hätte einstellen können.

Auch im Aussehen unterschieden sie sich gänzlich voneinander. Als Anton Graff den Autor der *Räuber* malt, ist Schiller fünfunddreißig Jahre alt. Sein Gesicht ist fein, mit schönen, durchdringenden und brennenden Augen. Sein weit geöffneter Kragen legt Zeugnis von seiner romantisch freien Haltung ab; seine Haare fallen in langen Locken frei auf die Schultern. Ein starker poetischer Hauch umweht dieses Gesicht.

Welch ein Gegensatz zu dem schwerfälligen und behäbigen Bürger mit dem mißtrauischen Blick, dem verkniffenen Mund, dem streng gekämmten Haar, der seine Krawatte eng geknotet und seinen Gehrock wie ein »Biedermann« zugeknöpft trägt, wie ihn uns das Aquarell von Meyer zeigt, das aus der selben Zeit stammt. Ist dieser Mann mit dem erloschenen Blick, der eher bereit zu sein scheint, ein Buch achtlos beiseite zu legen als es durchzublättern, und der einer italienischen Landschaft, die wir durch das geöffnete Fenster erkennen, den Rücken zukehrt, wirklich Goethe? Es ist die Zeit, in der Frau von Stein ihn ein wenig mit der Bitterkeit einer verlassenen Geliebten als »entsetzlich dick« beschreibt, mit kurzen Armen, »die er ganz gestreckt in beyde Hosentaschen hielt ...« und bemerkt, »er ist recht zur Erde geworden von der wir genommen sind«.[1]

Veit findet ihn in seinem Brief an die charmante und geistvolle Rahel Levin, die Frau Varnhagen von Enses, sehr gealtert. Seine Freundin Friedericke Brun schreibt in ihr Tagebuch: »Sein Gesicht ist edel gebildet, ohne gleich einen innern Adel entgegen zu strahlen, eine bittre Apathie ruht wie eine Wolke auf seiner Stirn.«[2]

Falk seinerseits gesteht seinem Bruder, daß man ihn eher für einen braven Beamten halten könnte, als »für den großen Schriftsteller, auf den unser Vaterland nicht ohne Grund stolz ist«.[3]

An ihm ist etwas Verbittertes und Scharfes, das sicher von seiner schwierigen Stellung herrührt, in die ihn seine Heirat gegenüber dem Hof und der Weimarer Gesellschaft gebracht hat; Grund ist wohl auch die literarische Einsamkeit, in einem Deutschland, das andere Götter als die seinen anbetet, denn es hätte gewollt, daß er einen weiteren *Werther* anstatt der *Iphigenie* schreibt, die kalt wie Marmor ist. Seine Metamorphose vom Romantiker zum Klassiker, die Langsamkeit, mit der die

Öffentlichkeit die Entwicklung eines Künstlers und seiner notwendigen Wandlungen begreift, haben sich in der Scheidung des Dichters und seiner Leser bestätigt. Im übrigen ist ein neuer Stern aufgegangen, dem sich nun alle Begeisterung zuwendet. Er ist der Neuankömmling, der *il grido* hat, wie die Italiener sagen, zweifellos, weil er genau, spontan, ohne Zugeständnisse von seiner Seite dem entspricht, was der Zeitgeist fordert.

Die Rivalität auf literarischem Gebiet, ebenso wie die grundlegenden Kontraste ihrer Persönlichkeiten, erklärt, daß Goethe und Schiller anfangs wenig Interesse füreinander aufbrachten. Ihre erste Begegnung geht auf das Jahr 1779 zurück.

In diesem Jahr hatte Goethe, der mit Herzog Karl August reiste, an eben dem Tag in Stuttgart Halt gemacht, als die Militärakademie die Auszeichnungen an ihre Schüler verlieh. Natürlich hatte man den Fürsten und den berühmten Autor des *Werther* gebeten, bei dieser Zeremonie den Vorsitz zu führen. Schiller, der damals zwanzig war, befand sich in der anonymen Menge der Kadetten. Einige Jahre später hatte er den Sprung zum Ruhm geschafft. Als er sich dem Herzog bei einem seiner Aufenthalte in Darmstadt vorstellt, erhält er von ihm einen ehrenvollen Titel und eine Pension. Das Theater Bellomo, das in Weimar vor der Gründung des Staatstheaters Furore machte, hatte dem Autor des *Don Carlos* und der *Räuber* einen so großen Beifall eingebracht, daß in dieser Stadt Schiller vielleicht sogar bekannter war als Goethe, zumindest als Dichter, da viele Leute in Goethe nur den hohen Beamten, den Hofmann und den Staatsmann sahen. Die Abwesenheit Goethes während seiner italienischen Reise hatte zur Folge, daß sich die Begeisterung der Bevölkerung auf Schiller übertrug, als dieser 1787 nach Weimar kam. Es war nur menschlich, daß Goethe darüber etwas verbittert war, um so mehr als er keinerlei Gefallen am Theater Schillers empfand. Es schien ihm voller *Lärm* und *Wildheit* und zudem noch ein Beispiel für den verachtenswertesten *Sturm und Drang*-Geist.

Schiller seinerseits hegte keinerlei Sympathie für Goethe, dem er vorwarf, die Romantik verraten zu haben. Gefällige

Freunde, die wohlmeinend waren und es auch bedauerten, daß zwei so große Männer sich nicht kennenlernen wollten, arrangierten eine Begegnung auf ihrem Besitz in Rudolstadt; außerdem verfolgten sie den Hintergedanken, von Goethe, dem einflußreichen Mann, eine Stelle als Professor für den unvermögenden Dramenautor zu erwirken, der sich gerade mit der Tochter des Hauses verlobt hatte. Der gegenseitige Eindruck war nicht gerade günstig. Schiller leidet unter der Verschiedenheit, die zwischen ihnen besteht. Es verdrießt ihn, daß er einen so harten, steinigen Weg zum Erfolg hatte zurücklegen müssen, während das Leben Goethes einem Lauf von einem Sieg zum anderen gleicht. Trotz seiner Anerkennung am Theater hat Schiller einen gewissen Minderwertigkeitskomplex, nicht als Genie, aber auf gesellschaftlicher Ebene. »Seine Welt ist nicht die meine, wir interessieren uns nicht für dieselben Dinge, wir werden uns nie einander annähern« – so schreibt er an Körner, der ihn um Nachricht über diese Begegnung gebeten hat. Es handelt sich auch um mehr als einen Mangel an Ähnlichkeit: Eifersucht ist im Spiel; es stört ihn, auf seinem Weg nach oben diesen Rivalen vorzufinden, von dem er gehofft hatte, er würde in Italien bleiben; er rügt ihn, ein Egoist zu sein, ein Genießer von höchster Eigenliebe, der keine Vertraulichkeit mit seinen Freunden hat, der die Sympathien und die Ergebenheit seiner Umwelt ausnutzt, ohne selbst etwas von sich zu geben. Der Anblick Goethes verursacht ihm wirkliches Leiden, denn sein Haß ist mit Liebe vermengt, und der Widerstreit dieser Gefühle ist für ihn unendlich qualvoll. Er verübelt ihm sein geebnetes und leichtes Dasein, seine glänzenden Debuts und nicht zuletzt, daß er vom Herzog unterhalten wird – jedoch nicht sehr freigiebig, nach den Bitten um Geld, die Goethe an seinen Vater richtet, zu urteilen und den Geldschwierigkeiten, mit denen er sich sein ganzes Leben herumschlägt. In der Philosophie verurteilt er ihn wegen seines Subjektivismus, er bezichtigt ihn, alles aus dem Sinnlichen abzuleiten; für Schiller, der eher puritanisch denkt, ist die Seele alles. Es besteht wenig Aussicht, daß sie sich jemals näherkommen; dennoch veranlaßt Goethe, als fairer Spieler, daß seinem Rivalen der Lehrstuhl für

Geschichte an der Jenaer Universität verliehen wird, der Schillers Existenz sichern wird. Eines Tages jedoch wird diese Mauer der Verständnislosigkeit und der Feindseligkeit dahinschmelzen, und wie so oft im Leben, war es der Zufall, der die Aufgabe übernahm, das Hindernis umzustoßen.

Als sie eines Abends im Mai 1794 aus einem Vortrag am naturgeschichtlichen Kolleg kamen, stießen sie vor der Tür zufällig aufeinander und begannen über das Thema des Vortrags zu diskutieren, den sie gerade gehört hatten. Unweigerlich kam die Unterhaltung auf die Botanik, da Goethe ganz erfüllt von seinen Theorien über die Metamorphose der Pflanzen war. Er breitete seine Gedanken vor seinem Zuhörer aus, der ziemlich schroff antwortete, daß ihm diese Theorie wenig begründet erschien. Sie sei in Wirklichkeit nur eine »Idee«. Für Goethe, der all seine Wissenschaften auf die Erfahrung gründete und der tatsächlich keine Versuche gemacht hatte, die die Metamorphose der Pflanzen bewiesen hätte, war diese unschuldige Bemerkung eine Offenbarung. Sie zeigte ihm zunächst die Redlichkeit Schillers, der offen seine Meinung gesagt hatte, ohne sich darum zu kümmern, ihm gefällig zu sein; im Laufe des Gesprächs schließlich bestätigte Schiller diesen Eindruck von seiner Persönlichkeit und die Tatsache, daß sie von der seinen so verschieden war, konnte sich vielleicht sogar als nützlich erweisen.

Goethe hatte in der Weimarer Gesellschaft niemanden, der ihm ebenbürtig war; es wimmelte von gelehrigen Bewunderern und stummen Schmeichlern, doch es gab keinerlei *Prüfstein*, an dem er die Zuverlässigkeit und den Wert seiner Ideen erproben konnte. Nur Schiller konnte diese Rolle übernehmen; er war nicht diese massive Mauer, die die Bälle zurückprallen läßt, wie man sie hinwirft. Sie haben sich einander genähert, weil Goethe in Schiller einen Gegner gespürt hat, der seiner würdig war – vielmehr als er in ihm einen zukünftigen Freund erahnt hatte –, weil sie im Verlauf dieser Unterhaltung aneinandergeraten waren und sich gezankt hatten. Schiller dagegen schätzte es, daß Goethe, den man ihm als einen Mann geschildert hatte, der nicht den leisesten Widerspruch dulden konnte, so bereitwillig seine Kritik annahm und sie sorgfältig abwog. Wenn sie schon nicht zwei Verbündete werden konnten, so zumindest zwei gleich starke Duellanten, was einen Zweikampf immer zu einer Freude macht. In Wirklichkeit sind sie alle beide glühende Verehrer der Dichtung, treue Diener der Kultur; es gibt kein stärkeres Band. Deshalb lassen sich auch die Mißklänge ertragen, die Verschiedenheit des Geschmacks und der Charaktere, das bürgerliche Gehabe des einen und das Boheme-Gebaren des anderen, das romantisch wilde Temperament auf der einen und die klassische Weisheit auf der anderen Seite.

Das Eis war gebrochen. Goethe hatte an diesem Abend Schiller bis nach Hause begleitet, und sie hatten noch bis spät in die Nacht hinein geredet. Schiller schreibt darauf an Goethe und bittet ihn, an seiner Zeitschrift die *Horen* mitzuarbeiten. Goethe nimmt an und schickt als Dank den *Wilhelm Meister*, der gerade erschienen ist. Nachdem er dieses Buch gelesen hatte, schreibt Schiller seinem neuen Freund – denn er könnte ihn jetzt als nichts anderes mehr betrachten – einen außergewöhnlichen, sechsseitigen Brief, der das profundeste Urteil über dieses Werk und seinen Autor, die genaueste Analyse von Goethes Charakter und der Tragweite des Romans zum Inhalt hat. Dieser am 23. August 1794 geschriebene Brief erreicht Goethe genau an seinem Geburtstag. Man weiß, welche Bedeutung er diesem Tag beimaß, mit welcher beinahe religiösen, ein wenig abergläubischen Feierlichkeit er dieses Fest beging. Jede Wiederkehr des 28. August war für ihn von Jahr zu Jahr ein *Fixpunkt* in der Zeit von gleichsam prophetischem Gehalt.

Die Tatsache, daß Schillers Brief gerade an diesem Tag ankam, verleiht ihm in den Augen Goethes einen übernatürlichen Wert. Das ging weit über das bloße Vergnügen hinaus, das man empfindet, wenn man eine lobende Beurteilung über sein Werk und seine Persönlichkeit von einem überragenden, brillanten Geist vorgelegt bekommt. Das Schicksal hatte wieder die Hand im Spiel; genau zu der Stunde, als Goethe einen Freund, einen Verbündeten, einen intellektuellen Gegenpart brauchte – mit Christiane verband ihn nur die Sinnlichkeit –, erschien Schiller auf der Bildfläche. Schnell bahnt sich eine Korrespondenz an, die Briefe folgen aufeinander, werden immer vertraulicher, immer inniger. Diese bewundernswerte schriftliche Unterhaltung, die erst von Schillers Tod unterbrochen wird und in deren Verlauf die beiden ohne Zurückhaltung, ohne Masken, ohne etwas zu verschweigen miteinander reden werden, bietet sich nun wie eine Gabe des Schicksals, ein Geburtstagsgeschenk dar: sicher das schönste und kostbarste, das er jemals erhalten hat.

Wieder einmal hat das *Fatum*, das sein Leben lenkt, eingegriffen. Die Sterne haben ihm Schillers Freundschaft geschenkt. Wie sie ihn vor einer verfrühten und damit fruchtlosen Reise nach Italien bewahrt und seine Abreise von Rom an dem Tag angeordnet haben, als sein Aufenthalt den angenehmsten und sinnvollsten Höhepunkt erreicht hatte, haben sie dafür gesorgt, daß diese Freundschaft unter dem Anschein der Gleichgültigkeit und sogar Feindseligkeit bis zu dem Augenblick gereift ist, wo die beiden Dichter aufeinander zugehen, wo keinerlei Hindernis sie aufhalten konnte. Zuviel trennte sie vorher. Der *Wilhelm Meister* war die Brücke, die sie zueinander führte; von nun an werden sie ihren Weg Seite an Seite fortsetzen.

Man hat die Geschichte dieser Freundschaft schon sehr oft geschrieben und definiert, welchen Nutzen sie beiden brachte. Wie alle wichtigen Ereignisse in Goethes Leben, blüht sie in einer schicksalhaften Stunde auf. Es hat den Anschein, als wetteiferten alle Kräfte der Natur darin, die Geschöpfe und die Ereignisse, die Goethes Lebensweg kreuzen, zu seinem größten Vorteil zu gestalten, damit jede Stunde mit einer neuen und wohltuenden Fügung bereichert werde. Eigentlich möchte man glauben, daß das Schicksal, das sich der Begegnung der beiden Freunde entgegenstellt oder die Trennung von einer geliebten Frau befiehlt oder die Verwirklichung eines liebevoll gehegten Planes vereitelt, dem Wohl des Individuums feindlich gesinnt ist. Doch im Leben Goethes gibt es nichts, was nicht am Ende auf eine Bereicherung, eine Veredlung, einen Aufstieg, eine Vertiefung, auf einen Fortschritt hinauslaufen würde. Später wird Goethe das Mißverständnis leid tun, das die

Entfaltung der Freundschaft zwischen den »Dioskuren« um mehrere Jahre verzögert hat. Grüner erzählt, daß er im Jahre 1822, als sie zusammen nach Böhmen reisten, bemerkte, wie Goethe Tränen über die Wangen liefen, während er *Die Geschichte des dreißigjährigen Krieges* las. »Ich fragte erstaunt: Exzellenz, was ist Ihnen geschehen? -Nichts, Freundchen, erwiderte er, ich bedaure nur, daß ich mit einem solchen Manne, der so etwas schreiben konnte, einige Zeit im Mißverständnisse leben konnte. Schiller wohnte drei Häuser von mir, und wir besuchten uns nicht, weil ich, von Italien zurückkommend, vorwärtsgedrungen war und die durch Schiller veranlaßten Räubergeschichten nicht ertragen konnte ...«[4]

Wie bewegend sind diese Tränen eines dreiundsiebzigjährigen Greises, den beim Andenken an den toten Freund der Kummer übermannt, dessen Gegenwart zu wenig genossen zu haben. In Wirklichkeit glaube ich, daß die Begegnung der »Dioskuren« sich nicht zum Guten gewandt hätte, wenn sie sich getroffen hätten, bevor der eine wie der andere die Unebenheiten seines Charakters geglättet hatte. Erst nachdem sie ihre gegenseitigen Vorurteile abgelegt hatten und die Feindschaft zwischen ihnen von selbst erloschen war, konnte aus der Asche die Flamme der Freundschaft emporschlagen. Die vergeblichen Bemühungen der Lengefelds im Jahre 1788, sie einander näherzubringen, beweisen das. Sechs Jahre der Reife und der Vorbereitung waren noch notwendig, damit diese neue Leidenschaft – die Freundschaft zwischen ihnen hatte sehr wohl den Charakter einer Leidenschaft – entstehen konnte. In diesem, wie in allen anderen Bereichen ist gewolltes Antreiben müßig oder bewirkt das Gegenteil dessen, was man anstrebt. Die schöne, natürliche, organische Entfaltung einer solchen Freundschaft kann nur unter den wohlgefälligen Blicken der Sterne und unter den Strahlen ihres befruchtenden Lichtes gelingen. Sobald sie reif ist, wird diese Freundschaft zu einer Zusammenarbeit. Sie fühlten, daß sie gleichwertig waren und wurden sich des Nutzens bewußt, den sie beide aus einem Gedankenaustausch ziehen konnten. Das brachte sie einander nahe, weniger eine verwandtschaftliche Empfindung. Es stärkte sie gegenseitig, und sie machten Front gegen die schlechten Schriftsteller und das ungebildete Publikum. Sie haben ihr Bündnis zunächst in den *Horen* bekräftigt, wo Goethe auf Einladung des Freundes schrieb, dann in einer anderen Zeitschrift, die sie 1798 zusammen gründeten, die *Propyläen*, die ein kümmerliches Dasein fristete und niemals eine breite Leserschaft erreichte. Cotta ließ sich bald entmutigen und war nicht mehr umzustimmen, trotz der scharfen Verweise der beiden Dichter, die darüber verzweifelt waren, daß der Herausgeber die Einstellung einer Zeitschrift forderte, die sich nicht *bezahlt* machte. Sie starb nach ihrer siebten Nummer, ohne daß ihr Verschwinden von irgend jemandem betrauert wurde, außer natürlich von den Mitarbeitern, und obwohl die *Propyläen* ein außerordentlich wichtiges Datum in der Geschichte der deutschen Kunst markierten.

Die »Dioskuren« trafen nur auf Gleichgültige – außer vereinzelten Parteigängern – in ihrem Kampf um ein gemeinsames Ideal; sie hatten auch Feinde, viele Feinde, gegen die sie jenen Köcher mit Pfeilen geleert haben, der sich *Xenien* nennt. Voll von satirischer Bissigkeit, die für uns keine Schärfe mehr besitzt, sind die *Xenien* bei weitem nicht Goethes und Schillers bestes Werk. Es ist selten, daß die Satire die Prüfung der Zeit übersteht, es sei denn sie ist von Aristophanes oder Molière angewendet worden, die Goethe beide sehr bewunderte. Ansonsten mochte Goethe die Satire nicht; er sagte: »Wer Wein machen kann, soll keinen Essig machen.«[5]

Die *Xenien* sind manchmal pure Provokation, aber oft auch legitime Verteidigung, und so muß man sie auch verstehen, vorausgesetzt man will ihnen einen anderen als einen rein dokumentarischen Gehalt abgewinnen; ebenso wie bei den satirischen Passagen des *Faust*, die nur mehr gestützt durch lange gelehrte Kommentare weiterleben.

Im ganzen gesehen scheint Goethe gegenüber seinen großen Zeitgenossen ziemlich gleichgültig gewesen zu sein. Für den jungen Schopenhauer interessiert er sich nur, weil dieser auch an einer Farbtheorie arbeitet, aber er ist ungerecht mit Kleist, er verachtet Hölderlin, versteht Jean Paul nicht, und der junge

Heine verschließt sich für immer die Tür am Frauenplan, als er harmlos – wenn Heine überhaupt zur Harmlosigkeit fähig war – auf Goethes Frage, was er denn schriebe, antwortet: »Einen Faust, mein Herr.«[6]

Mit Ausnahme Schillers im Bereich der Literatur und Mendelssohns auf dem Gebiet der Musik, der ihm Bach entdeckt, hat keine wahre Freundschaft, keine aufrichtige Vertrautheit mit einem anderen Künstler seines Ranges bestanden. Er hat Annäherungsversuche Beethovens lässig ignoriert; vorsichtig hat er jeden Kontakt mit einer bedeutenden geistvollen Persönlichkeit vermieden, der seine eigene Größe hätte beschneiden können. Von Schiller unterschied er sich zu sehr, als daß der Einfluß, den sie aufeinander ausübten, nicht nutzbringend gewesen wäre. Und außerdem war Schiller der vom Schicksal geschenkte Freund ...

Am fruchtbarsten sollte die Zusammenarbeit auf dem Gebiet des Theaters sein. Ihre Auffassungen von Ästhetik waren zu gegensätzlich, als daß ihre Zeitschrift eine sehr klar umrissene Linie gehabt hätte; sogar in den Balladen, in denen sie sich zu rivalisieren schienen – Goethe hat die seinen unter dem Einfluß Schillers geschrieben –, zeigen sich mehr Unterschiede als Ähnlichkeiten. Als Leiter des Hoftheaters seit 1791 unterstützte Goethe wärmstens die Dramen seines Freundes. Er inszenierte sie mit noch mehr Sorgfalt als die übrigen Stücke, und der Schauspieler Genast, der an den Aufführungen von *Wallensteins Lager* teilgenommen hat, beschreibt die minutiöse Genauigkeit, mit der Goethe, bevor er die Kostüme und das Bühnenbild ausführen ließ, alle möglichen Dokumente sammelte, die die Uniformen und Ausrüstungen der Soldaten während des Dreißigjährigen Krieges zeigten, Stiche, Zeichnungen, Bilder bis zu einer Ofenkachel, die man bei einem Jenaer Wirt fand und die ein Kriegslager aus dem 17. Jahrhundert darstellte; so groß war sein Bemühen um Authentizität, sein im übrigen unrealistischer Wunsch, eine wirklichkeitsgetreue, »wahre« Inszenierung zu machen. Einem Schauspieler, der sich im letzten Moment weigerte, die ihm zugedachte Rolle zu spielen, erklärte Goethe, daß er sie selbst übernehmen würde, wenn er auf seiner Ablehnung bestünde. Er begnügte sich überdies nicht, die Dramen Schillers in Szene zu setzen, er half auch, sie zu schreiben, er gab ihm Ratschläge, äußerte Kritik und unterstützte ihn bei seiner Dokumentation.

Schiller arbeitet in einem eigenartig fieberhaften Zustand; man hat die vielleicht legendäre Anekdote von verfaulten Äpfeln überliefert, die seine Schreibtischschublade füllten und deren Geruch ihn stimulierte. Es konnte passieren, daß er sich acht Tage lang einschloß, ohne mit irgend jemandem zu sprechen, kaum das Essen anrührte, das man ihm stumm brachte. Seine Menschenfeindlichkeit war wohl bekannt und der Wirbel, den sie auslöste, erst recht.

Diese Art zu leben und zu arbeiten war so abartig, so weit entfernt von der Methode und dem Maß, das Goethe empfahl, daß Conta ihr Schillers Krankheiten und seinen frühen Tod zuschreibt. Goethe vertrat immer die Ansicht, »der Dichter dürfe nicht eher ans Werk gehen, als bis er einen unwiderstehlichen Drang zum Dichten fühle … Sie sehen hier«, fuhr er fort, »sechs verschiedene angefangene Arbeiten; ich gehe an keine, wenn sie mich nicht eben anzieht, und verweile bei keiner länger, als ich mich dazu aufgelegt fühle«. Schiller dagegen gönnte sich keine Ruhepause, bis er ein Werk vollendet hatte. Goethe, der ihn beim Verfassen des *Wilhelm Tell* erlebt hatte, erzählt, daß Schiller damit angefangen hatte, die Wände seines Zimmers mit allen Landkarten der Schweiz zu bekleben, die er hatte auftreiben können. Dann las er alle verfügbaren Reisebeschreibungen, schließlich die Bände über die Geschichte der Schweiz und erst danach begann er mit dem Schreiben. »Nachdem er alles Material zusammengebracht hatte, setzte er sich über die Arbeit und – hier erhob sich Goethe und schlug mit geballter Faust auf den Tisch –, buchstäblich genommen, stand er nicht eher vom Platze auf, bis der *Tell* fertig war. Überfiel ihn die Müdigkeit, so legte er den Kopf auf den Arm und schlief. Sobald er wieder erwachte, ließ er sich – nicht wie ihm fälschlich nachgesagt worden, Champagner – sondern starken schwarzen Kaffee bringen, um sich munter zu erhalten. So wurde der *Tell* in sechs Wochen fertig; er ist aber auch wie aus einem Guß!«[7]

Die Arbeitsweise Goethes war vollkommen anders. Einer der Sekretäre des Dichters, Schuchardt, erzählt, daß er mitten im Lärmen und Treiben seiner Bediensteten an seinen Werken arbeitete, während man seine Toilette machte; und das im Jahr 1825, also zu einer Zeit, als er bereits sechsundsiebzig war. Diener kamen herein und gingen hinaus, man kündigte fremde Besucher an, der Bibliothekar sprach über neue Bücher, »dazwischen kam der Barbier, der Friseur - Goethe ließ sich alle zwei Tage das Haar brennen, täglich frisieren« - und währenddessen diktierte Goethe unerschütterlich. »Er tat dies so sicher, fließend, wie es mancher nur aus einem gedruckten Buche zu tun imstande sein würde.« Von Schuchardt wissen wir auch, daß »Goethe auf einer langsamen Fahrt von Jena nach Weimar seinen Reisegefährten den ganzen Roman *Wahlverwandtschaften* erzählend vorgetragen habe, und zwar in einer Weise fließend, als habe er ein gedrucktes Exemplar vor sich; und doch sei damals noch kein Wort davon niedergeschrieben gewesen«.

»Während des Diktierens kam es auch nicht selten vor«, erzählt Schuchardt, »daß Goethe plötzlich stehen blieb, wie man etwa tut, wenn man eine Gruppe Menschen oder einen anderen Gegenstand unvermutet vor sich sieht, welche die augenblickliche Aufmerksamkeit auf sich ziehen. Diese schien er sofort künstlerisch zu gestalten und zu gruppieren. Mit ausgebreiteten Händen und unter Beugung des Körpers nach der einen oder anderen Seite brachte er den Gegenstand ins Gleichgewicht und in kunstgerechte Stellung. War ihm das gelungen, so rief er gewöhnlich: So recht! ganz recht!«[8]

Die Freundschaft Goethes war für Schiller unendlich bereichernd, vor allem dadurch, weil sie dem brennenden, überschäumenden Temperament des Autors von *Don Carlos* unerschöpfliche Nahrung bot. Während dieser bei Goethe den schöpferischen Fluß, der zu versiegen drohte, wieder anregte, sein Interesse für die im Entwurf vorhandenen großen Werke *Faust* und *Wilhelm Meister* neu belebte, ihm seine eigentliche dichterische Sendung wieder bewußt machte, mäßigte Goethe diese romantische Natur durch ein klassisches Element. Er führte ihn weg von einem Übermaß an Ideologie, die er für unfruchtbar hielt, gab ihm den Sinn für das Gegenständliche wieder und bereicherte seine Bildung. Es gab zwischen den »Dioskuren« einen so intensiven Austausch, daß man sich fragen könnte, ob der eine es ohne den Impuls des anderen so weit gebracht hätte. Der wahre Sinn ihrer Zusammenarbeit lag in viel größerem Maße in dieser gegenseitigen Befruchtung als in dem, was sie gemeinsam geschrieben haben. Streng genommen hat unter diesen Umständen der wechselseitige Einfluß nicht die Persönlichkeit verändert, er hat ihr vielmehr geholfen, sich ihrer selbst bewußt zu werden, sich noch getreuer ihrem Wesen nach zu verwirklichen. Das Aufeinanderprallen ihrer beiden Charaktere war gerade deshalb fruchtbar, weil jeder mehr er selbst wurde, je mehr er sich in der Berührung mit dem anderen »abschliff«. Schließlich war jeder für den anderen ein Kritiker von einer außerordentlichen Qualität, von einer intelligenten Schärfe, die nützlicher war als das immer zur Bewunderung bereite Wohlwollen, das sie bei ihren jeweiligen Anhängern fanden. Sie haben miteinander Fortschritte gemacht, da sie sich ihre Fehler aufgedeckt und mit wachsamem Auge auf ihre Irrtümer aufmerksam gemacht haben. Goethe hat oft wiederholt, was er dieser Freundschaft verdankte. »Ich weiß wirklich nicht, was ohne die Schillersche Anregung aus mir geworden wäre«[9], schreibt er am 10. Januar 1829 an den Staatskanzler Schultz.

Im gleichen Brief zählt er alle die Werke auf, die ihre Veröffentlichung oder zumindest ihre Vollendung Schiller verdanken. Schiller, so schließt er, hat aus ihm einen lyrischen Dichter gemacht und so die Formung vollendet, die Italien begonnen hatte.

Goethe, man erinnert sich daran, war nach Rom gefahren, um dort das Bewußtsein seiner Berufung als Dichter wiederzugewinnen. Er war aus Italien zurückgekehrt voller Pläne, voll schöpferischer Begeisterung, aber der frostige Empfang, den ihm seine Landsleute bereiteten, drohte diesen neuen Schwung im Keim zu ersticken. An der Seite Schillers nun schrieb er große Balladen, wie *Die Braut von Korinth*, *Paria*, *Der Gott und die Bajadere*, das »ländliche Epos« *Hermann und Dorothea.* Der Ausdruck »neuer Frühling«, den er gebraucht, um diese Verjüngung, die ihn in Verwunderung versetzt, zu bezeichnen, trifft genau die Atmosphäre der fruchtbaren Anregung, die auf die Phase der Entmutigung folgt.

Der miteinander gepaarte Einfluß Christianes und Schillers, die beide genau in dem Augenblick, wo ihr Erscheinen im Leben des Dichters *notwendig* war, vom Schicksal geschickt worden waren, hat Goethe davor gerettet, sich in sich selbst zurückzuziehen, was sicherlich die Folge der fehlenden Anerkennung und Freundschaft gewesen wäre. Sie beide haben Charlotte von Stein ersetzt, die vor der Italienreise diese Rollen spielte. Sie war gleichzeitig Geliebte, Freundin und Kritikerin gewesen, und wir haben schon darauf hingewiesen, wie sehr sie für das Werk und Leben Goethes richtungsgebend war. Aber Frau von Stein konnte diesen Part nicht mehr übernehmen, da sie an der Verwandlung, die Goethe in Italien durchmachte, nicht teilgehabt hatte. Das ist das Drama der Freundschaft und der Liebe, daß die Entwicklung zweier Wesen nicht immer im gleichen Rhythmus abläuft und auch nicht in die gleiche Richtung geht, daß sie sich möglicherweise eines Tages, anstatt weiterhin Seite an Seite ihren Weg zu nehmen, voneinander immer weiter entfernen, bis sie auf völlig verschiedene Ziele zugehen; Christiane, der kleine »erotische Edelstein«, der »Bettschatz« konnte ihm das auch nicht geben. Sie war eine entzückende Gefährtin des Vergnügens – die einzige Partnerin der Sinnenlust, die Goethe glücklich gemacht hat –, eine ausgezeichnete Hausfrau, eine findige Weinkennerin und eine geschickte Köchin. Aber Christiane war nicht mehr. Sie hatte einen ungeheuren Respekt vor den Werken des »Herrn Rats«, aber sie war unfähig, ein Urteil darüber abzugeben, was Frau von Stein vortrefflich getan hatte. Schiller kam nun also, um den durch den Bruch mit dieser Freundin leergewordenen Platz einzunehmen, und es ist nicht gewiß, ob Goethe nicht auch die Behutsamkeit, die Feinfühligkeit, die beinahe feminine Zärtlichkeit brauchte, die bei diesem sensiblen Dichter vorhanden war.

Der in der Originalausgabe sechs Bände umfassende Briefwechsel Schillers enthält das beredtste Zeugnis dieser Freundschaft. Zehn Jahre lang stand ihrer beider Dasein im Zeichen dieser Vertrautheit des Herzens und des Geistes, dieses gemeinsamen Kämpfens um die Dichtung und um die Kunst. Man stelle sich die Leere vor, die der Tod dieses Feuerwesens in dem von nun an einsamen Leben zurückgelassen hat. Schiller, der eine zarte Gesundheit besaß und sich noch durch sein übermäßiges Arbeiten und seine unnatürliche Lebensweise überforderte, wurde im August 1804 schwer krank. Bereits mehrere Male hatte ihn sein Leiden fast an die Schwelle des Todes gebracht, aber sein unerbittlicher Lebenswille hatte ihn dem Leben und seinem Schaffen sogar in den Augenblicken wiedergegeben, wo es schien, als hätte er nur noch wenige Tage zu leben. Doch diesmal gab es keine Hilfe mehr.

Durch ein seltsames Phänomen der Zuneigung erkrankte Goethe zur gleichen Zeit, und Schiller, mit seinem edelmütigen Herzen, sorgte sich mehr um das Befinden des Freundes als um seine eigene Gesundheit. Sie hatten sich das letzte Mal am 29. April 1805 gesehen; an diesem Tag fühlte sich Goethe zu unwohl, um seinen Freund ins Theater zu begleiten, wo man den *Wallenstein* gab. Die Krankheit Schillers verschlimmerte sich sehr schnell, und für ihre Vertrauten ergab sich nun das Problem: »Soll man Goethe davon berichten?« Ohne Zweifel wußte er es schon, denn Voss hat ihn weinend in seinem Garten vorgefunden, »aber es waren nur einzelne Tränen, die ihm in den Augen blinkten: sein Geist weinte, nicht seine Augen und in seinen Blicken las ich, daß er etwas Großes, Überirdisches, Unendliches fühlte«.[10]

Am 9. Mai 1805 starb Schiller. Obwohl niemand wagte, es Goethe zu sagen, hörte man ihn die ganze Nacht weinen. Am nächsten Morgen verrieten Christianes Trauer und ihre Tränen die Nachricht, die man ihm verschweigen wollte. »Er ist tot? fragte Goethe mit Festigkeit. Sie haben es selbst ausgesprochen, antwortete sie. Er ist tot, wiederholte Goethe noch einmal und bedeckte die Augen mit den Händen ...«

Sein Schmerz war so groß, daß Voss gesteht, er habe vier

Tage lang nicht gewagt, ihn anzusprechen; er wich ihm aus, wenn er ihn im Garten traf. Goethe hatte wahrhaftig, wie er sagte, »die Hälfte seines Daseins verloren«. Die Entmutigung drückt ihn nieder, eine selbstsüchtige Entmutigung, denn er denkt vor allem daran, was *er* erleidet, was *er* verliert. »Eigentlich sollte ich eine neue Lebensweise anfangen; aber dazu ist in meinen Jahren auch kein Weg mehr.«[11]

Er hat nicht die Kraft, den Trauerfeierlichkeiten für seinen Freund beizuwohnen. Wie jedesmal, wenn ihn eine zu starke Gefühlsbewegung zu Boden wirft, flüchtet er sich ins Bett und zieht alle Vorhänge zu. Das ist die beste Zufluchtstätte, wo er, weit weg von allen Menschen, ganz seinem Schmerz nachgeben kann.

Man soll sich jedoch nicht täuschen lassen: Goethe verfügte über eine lebensbejahende Reaktion, die ihn dazu trieb, sich gegen übermächtige Gefühle zur Wehr zu setzen, sich zu schonen. Man hat das seinen »Egoismus«, seine »Gefühlslosigkeit« genannt, und vielleicht ist es zutreffend, zumindest was den Egoismus betrifft. Diese Abwehrreaktion war ein Teil des außergewöhnlich sparsamen Prinzips, auf das er sein Dasein gebaut hatte. Er war haushälterisch mit seinen Gefühlen wie mit seinem Geld. Um seine äußerst empfindsame Natur unter Kontrolle zu haben, hat er sich abgehärtet, um sich nicht von Emotionen zermalmen zu lassen. Gerade weil er verwundbarer war als andere, brauchte er dringender einen Schutzpanzer, ein Schild. Von allen Seiten durch seine Gefühle belagert, setzte er diesen Abwehrmechanismus ein, den man manchmal so streng, so ungerecht ausgelegt hat. Wenn er sich schonte, so deshalb, weil er wußte, was er seiner großen Aufgabe schuldig war. Er hat sich die letzte Befriedigung verweigert, seinen Freund auf dem Totenbett wiederzusehen, ihm bis zum Friedhof Geleit zu geben, weil er, wenn nicht sich selbst, so doch zumindest sein Werk, seine schöpferische Kraft, sein Gleichgewicht, das so schwankend, so zerbrechlich war, schützen wollte. Wenn er sich nach dem Tod seines Freundes von den Unterhaltungen, bei denen man von ihm spricht, fortstiehlt, oder nur auf »die heiteren Seiten ihres schönen Zusammenlebens« anspielt, wie

Voss berichtet, dann um in den Tod jenes Element ruhigen Friedens einzubringen, das man von den griechischen Grabstelen kennt.

Anstatt in einer fruchtlosen Trauer zu versinken, macht er sich sogleich an das, was dem toten Dichter am besten zu Ruhm und Ehre gereichen kann. Er inszeniert seine Stücke. Er möchte, daß seine Dramen an allen Theatern Deutschlands gespielt werden, daß dieser Augusttag 1805 dem Gedächtnis geweiht würde. Für diese Zeremonie hatte er eine dramatische Bearbeitung des Gedichtes *»Die Glocke«* verfaßt. Es war eine Eloge auf den Dahingegangenen, und am Schluß formierte sich unter der Leitung der Muse ein langer Zug, in dem alle Altersgruppen und alle Stände vertreten waren, um die in der Mitte der Bühne aufgestellte Büste zu bekränzen.

Das war die höchste Ehrerbietung, die Goethe dem erwies, den er als »den letzten Edelmann unter den deutschen Schriftstellern«[12] grüßte, eine Huldigung, der er auf französisch noch hinzufügte: »Sans tache et sans reproche.«

15
Die Welt des Scheins

»Der Christabend nahte heran in seiner vollen Feierlichkeit. Die Kinder liefen den ganzen Tag herum und standen am Fenster, in ängstlicher Erwartung, daß es nicht Nacht werden wollte. Endlich rief man sie, und sie traten in die Stube, wo jedem sein wohlerleuchtetes Anteil zu höchstem Erstaunen angewiesen ward. Jeder hatte von dem Seinigen Besitz genommen und war nach einem zeitlang Angaffen im Begriff, es in eine Ecke und in seine Gewahrsam zu bringen, als ein unerwartetes Schauspiel sich vor ihren Augen auftat. Eine Tür, die aus einem Nebenzimmer hereinging, öffnete sich, allein nicht wie sonst zum Hin- und Widerlaufen; der Eingang war durch eine unerwartete Festlichkeit ausgefüllt, ein grüner Teppich, der über einen Tisch herabhing, bedeckte fest angeschlossen den untern Teil der Öffnung, von da auf baute sich ein Portal in die Höhe, das mit einem mystischen Vorhang verschlossen war, und was von da auf die Türe noch zu hoch sein mochte, bedeckte ein Stück dunkelgrünes Zeug und beschloß das Ganze. Erst standen sie alle von fern, und wie ihre Neugierde größer wurde, um zu sehen, was Blinkendes sich hinter dem Vorhang verbergen möchte, wies man jedem ein Stühlchen an und gebot ihnen freundlich, in Geduld zu warten. Wilhelm war der einzige, der in ehrerbietiger Entfernung stehenblieb und sich's zwei-, dreimal von seiner Großmutter sagen ließ, bis er auch sein Plätzchen einnahm. So saß nun alles und war still, und mit dem Pfiff rollte der Vorhang in die Höhe und zeigte eine hochrot gemalte Aussicht in den Tempel ...«[1]

Die Erinnerung an diese magische Faszination, die der kleine Wolfgang an dem Tag fühlte, wo sich vor ihm zum erstenmal der Vorhang eines Theaters öffnete, hat sich, dessen bin ich sicher, an diesem Maiabend im Jahre 1791 wiederholt, wo Goethe das erstemal in seinem Leben den großen Traum seiner Kindheit und seiner Jugend in Erfüllung gehen sah: Ein Theater zu leiten. Der Beginn dieser »theatralischen Sendung«, die für ihn jedoch nicht so ausschließlich war, wie für den jungen Meister, geht auf diesen Weihnachtsabend des Jahres 1753 zurück, an dem seine Großmutter Textor ihm ein Marionettentheater geschenkt hatte.

Von diesem Tag an war Goethe in die wunderbare Welt eingetreten, in der das Unmögliche möglich wird, wo der Mensch nicht mehr den Zwängen von Raum und Zeit unterliegt, wo die übernatürlichen Wunder jedem zuteil werden, wo sich jeder nach seinem Traum verwirklichen, seinen Traum leben kann.

Der kleine Goethe mit seiner blühenden Phantasie, der seine Kameraden mit Märchen in der Art des *Neuen Paris*, das in *Dichtung und Wahrheit* noch erhalten ist, blendet, entdeckte im Theater das Zaubermittel, mit dem er sein Dasein verfielfachen konnte: Er selbst seine und dann nacheinander alle Personen, die man zu werden wünscht – das Theater als Fluchtwerkzeug und auch als Instrument, um eine unbegrenzte Individualität zu verwirklichen. Nachdem die Freuden des Marionettentheaters ausgeschöpft waren, improvisierte er Stücke mit seinen Kameraden vor einem Publikum, das aus nachsichtigen und sogar durch die Unbeholfenheit der kleinen Darsteller amüsierten Eltern bestand. Dann, als die französischen Truppen Frankfurt besetzten und ihr »Armeetheater« mitbrachten, profitierte der junge Wolfgang davon, daß er der Enkel des Bürgermeisters war, indem er eine Dauerkarte für den Besuch der Vorstellungen ergattern konnte. Das komische und tragische Repertoire, dem er vom Saal aus zuhörte, dann einige schüchterne Schritte auf die Bühne, der Geruch der Bühnenbilder, der Kostüme, der Öllampen, schließlich im Kreis der hübschen Schauspielerinnen der Wandertruppen, die noch etwas von Zigeunern an sich hatten – all das hatte ihn in seinen Bann gezogen und ließ ihn nicht mehr los.

Das Liebhabertheater macht Furore in dieser Epoche; das Leben als Schauspiel, das ist die Lieblingsidee des Rokoko. Es scheint als hätten die Menschen nichts anderes im Sinn, als aus ihrem Leben ein angenehmes Bühnenstück zu machen, ein Ballett, in dem jeder seinen zugewiesenen Platz hat, wo die vollkommene Schönheit das Ergebnis der Bemühung ist, den anderen zu gefallen und von ihnen geliebt zu werden. Das Theater an sich ist also nur ein Beiwerk, um die auf dem großen Theater des täglichen Lebens gespielten Stücke zu vervollkommnen, das Spiel der Darsteller zu verbessern, sie noch mehr davon zu überzeugen, daß im Leben *alles Theater ist.*

Goethe hat in den Leipziger Salons und in dem Gasthaus der Schönkopfs Komödie gespielt, wobei ihm Annette das Stichwort gab, später auf der kleinen Bühne der Schönemanns. Es lag nahe, daß der Herzog den Neuankömmling, der bereits soviel Bühnenerfahrung besaß, mit der Organisation der Hofschauspiele und -feste betraute. An dem Tag schließlich, an dem die Truppe Bellomo, die die ersten Dramen Schillers aufgeführt hatte, Weimar verließ, da sie erneut Geschmack am Reisen und am Abenteuer gefunden hatte, stand eine neue Entscheidung an. Karl August gab den Rügen seines Freundes nach, der ihn schon seit langem bedrängte, ein Staatstheater zu gründen, von dem er sich die Renaissance der dramatischen Kunst in Deutschland versprach, und bot Goethe die Leitung an. Nun galt es, einer Kunstform, die in England und Frankreich glänzende Erfolge feierte und die in Deutschland bisher nur Hindernissen und Fehlschlägen ausgesetzt war, zu Blüte und Adel zu verhelfen. Goethe betonte die Notwendigkeit eines nationalen, von Anleihen an Corneille, Molière und Voltaire unabhängigen Theaters, so großartig diese Vorbilder auch sein mochten. Der einzige Meister, der der deutschen Bühne als Anreger dienen konnte, war Shakespeare, den er in seiner Jugend so verehrt, aber später mit Mißtrauen bedacht hatte. »Er ist gar zu reich und gewaltig. Eine produktive Natur darf alle Jahre nur ein Stück von ihm lesen, wenn sie nicht an ihm zugrunde gehen will.« Er glaubt, sich von diesem übermächtigen Genie losgelöst zu haben, und er lobt auch Byron, daß er seinen eigenen Weg gegangen ist. Goethe gibt zu, daß er den *Egmont* in der Absicht geschrieben hat, sich von der Shakespearischen Behexung zu befreien, aber er schließt mit den Worten: »Shakespeare gibt uns in silbernen Schalen goldene Äpfel. Wir bekommen nun wohl durch das Studium seiner Stücke die silberne Schale, allein wir haben nur Kartoffeln hineinzutun, das ist das Schlimme!«[2]

Es hatte zwar Lessing, Kleist, Schiller, Goethe selbst und dann die Schar der »Stürmer und Dränger« gegeben, von denen er jedoch nichts wissen wollte, aber die Geringschätzung, die Goethe dem deutschen Theater seiner Zeit gegenüber an den Tag legt, ist vielleicht nur die Verbitterung eines enttäuschten Liebhabers. Goethe hat tatsächlich die Reform des Theaters herbeigewünscht, er versuchte sogar, eine deutsche Oper ins Leben zu rufen. Mit dieser Idee ging er schon seit seiner Italienreise um. Er setzte alles daran, während einer langen Laufbahn als Theaterdirektor, als Regisseur, wo er sich ganz einbrachte, diese Pläne durchzuführen. Aber alle Mühe war vergebens. Daher rührt der grollende Ton, der in den Äußerungen seines Alters durchbricht, und vielleicht auch der Ausschluß des Theaters aus der »Idealgesellschaft«.

Es ist unmöglich, genau zu bestimmen, wann Goethe mit dem Theater zum erstenmal in Berührung kam: zweifellos im Alter von vier Jahren, als er den Drang verspürte, die Marionetten seines kleinen Theaters Bewegungen machen und sprechen zu lassen. Später dann, als sie ihren Vater erschreckten, indem sie wilde Verwünschungen ausstießen, war das für seine Schwester und ihn nur ein Mittel, ihre Vorliebe fürs Drama und den grenzenlosen Überschwang ihres romantischen Temperaments auszuleben. Goethe war eine echte Schauspielernatur – sogar im normalen Leben. Er besaß ein schauspielerisches Talent, von dem alle, die ihm nahestanden, überrascht und entzückt waren, das der kleinsten seiner Erzählungen eine unvergeßliche Lebendigkeit verlieh. Er war unnachahmlich auf der Bühne. Als er die kleine Schauspielerin

Christine Neumann, die mit neunzehn Jahren stirbt und die er in seiner Elegie *Euphrosyne* verewigt, den *König Johann* einstudieren läßt, geht er, um ihr eine Szene zu zeigen, die ihr noch nicht gelungen war, mit dem Dolch in der Hand in der Rolle des Arthur so lebensecht auf sie zu, daß die Arme vor Schreck in Ohnmacht fällt. Seine Hamlet-Interpretation, die im *Wilhelm Meister* einen so großen Platz einnimmt, war ein Wunder an Perfektion; der Schauspieler Heinrich Schmidt, der diese Rolle unter seiner Regie verkörperte, berichtet über die haargenauen Anweisungen, die er ihm gab. So nahm er zum Beispiel die Hand des Darstellers und brachte dessen Finger in die Stellung, die ihm am ausdrucksvollsten erschien. Und er sagt von sich selbst, in einem Brief an Annette Schönkopf, daß er in der Rolle des Don Sassafras unersetzlich sei. Im Weimarer Liebhabertheater wurde er 1775 als Orest bejubelt. Drei Jahre später spielte er am Ettersburger Theater einen Sganarelle im *Arzt wider Willen* und wurde von dem eleganten und würdevollen Publikum so überschwenglich gefeiert, daß Frau von Göchhausen Frau Aja in der Weimarer Chronik darüber berichtet, die sie regelmäßig an seine Mutter schickt, die so begierig ist zu erfahren, was ihr Sohn treibt.

Da die Umstände es ihm nicht erlaubten, Schauspieler zu sein, außer gelegentlich auf Liebhaberbühnen, gab er sich damit zufrieden, der Spielleiter, der Regisseur, mit einem Wort, die Seele des Theaters zu sein, was eine vollkommenere Kunstbeherrschung erfordert und Fähigkeiten voraussetzt, die der Schauspieler nicht unbedingt besitzen muß. Um das Theater so zu reformieren, wie es ihm vorschwebte, mußte er nicht nur Autoren und Schauspieler erziehen, sondern auch das Publikum. Seinen Lieblingsautor fand er in Schiller, aber er war tolerant genug, trotz seiner persönlichen Abneigung gegenüber Kleist, dessen *Penthesilea* und *Der zerbrochene Krug* am Staatstheater in Szene zu setzen. Er hätte gerne Autoren herangezüchtet, wie er Schauspieler und Zuschauer heranzüchtete oder es zumindest versuchte; doch das war nicht leicht. Er traf auf eine starrköpfige Opposition bei Kotzebues Witwe, als er sich unterstand, in einem seiner Stücke einige Änderungen vorzunehmen; der Theaterdirektor und die Frau des Dramaturgen wechselten bei dieser Gelegenheit bitterböse Briefe. Er diente Schiller als Ratgeber, aber außer ihm hatte er eigentlich keinen Schüler, und auch Schiller gehorchte nur seinem eigenen Genie. Goethe verwandte enorme Ausdauer darauf, neue Talente zu entdecken, unterrichtete geduldig die, deren Begabung er für vielversprechend hielt. Das Publikum jedoch war nicht formbar. Es verweigerte sich ihm. Schon 1790 schrieb Goethe an Reichardt, den Berliner Komponisten, mit dem er ein Theater zu gründen beabsichtigte: »Die Deutschen sind im Durchschnitt rechtliche, biedere Menschen, aber von Originalität, Erfindung, Charakter, Einheit, und Ausführung eines Kunstwerks haben sie nicht den mindesten Begriff. Das heißt mit einem Worte, sie haben keinen Geschmack.« Die Schaffung eines deutschen Theaters war ein Vorhaben, das sich nur über mehrere Generationen verwirklichen ließ. Als Goethe dies eingesehen hatte, gab er auf. Nach seinem Abschied vom Staatstheater kehrte das Publikum auch sogleich voller Freude und Erleichterung zu seinen bevorzugten Unterhaltungsstücken zurück, dem Beispiel seines Fürsten folgend, der auch die Operette der Tragödie vorzog.

Nachdem er mit der Leitung des Theaters, das seit der Abreise Bellomos leerstand, betraut worden war, nahm Goethe diese Aufgabe sehr ernst und setzte sich von Anfang an für eine gründliche Reform ein, die er für absolut notwendig hielt. »Ich gehe sehr piano zu Werke, vielleicht kommt doch fürs Publikum und für mich etwas heraus«[3], schreibt er an Jakobi.

Zwei Monate später beglückwünscht er sich zu dem Erfolg der sieben ersten Vorstellungen und kann dem Herzog berichten, er habe »die besten Hoffnungen«, daß in einem Jahr alles noch viel besser laufen wird. Um die ausgelassene und undisziplinierte Welt der Schauspieler in Schach zu halten, legt er, wenn es sein muß, eine Strenge an den Tag, die uns heutzutage unvorstellbar ist, die aber in jener Zeit nicht ungewöhnlich war. Er droht denen, die ihren Vertrag brechen oder sich weigern, ihm zu gehorchen, mit Gefängnis. Diese Auseinandersetzungen mit den Spielern sind Gegenstand unzähliger Briefe, in denen wir Goethe die Blitze des Jupiter schleudern sehen, um die unfolgsamen Schüler das Fürchten zu lehren. Er verlangt, daß das Theater sowohl vom Publikum als auch von den Darstellern respektiert wird; ein Schauspieler erhielt einen strengen Verweis, weil er sich in der Öffentlichkeit über das Stück, an dem er mitwirkte, lächerlich gemacht hatte. Von allen erwartet Goethe die Hingabe und den Fleiß, den er selbst ohne Einschränkung erbringt. Damit Ruhe im Saal herrscht, gibt er dem Hofmarschall strikte Anweisungen; das beste Mittel, um die von den Studenten verursachten Ruhestörungen zu vermeiden, ist, ihnen weniger Plätze zu bewilligen, die Störenfriede beim ersten Anzeichen von »Unfug« hinauszuwerfen und im Wiederholungsfalle die Universität davon zu unterrichten.

Goethe will, daß man das Theater ernst nimmt. Das ist nun eine völlig neue Auffassung, die sich nur schwer durchsetzen läßt, in einer Zeit, wo das Theater vor allem Liebhaberei war, wo die Berufsschauspieler im allgemeinen arme Teufel und ausgehungerte Vagabunden waren. Alle Versuche, ein ständiges Theater einzurichten, waren fehlgeschlagen, sogar in Hamburg und trotz der Bemühungen Lessings. Es handelte sich also darum, die herumziehenden Truppen an einer Bühne zu halten, ihr Repertoire zu sondieren, den *Gracioso*, den Nachfolger des Hanswurst hinauszuwerfen, die Schauspieler daran zu gewöhnen, ihren Text richtig zu lernen, sie vom Improvisieren abzubringen, schließlich sie zu überzeugen, daß ihr Beruf eine Technik und eine Kunst war.

Aber wenn die Schauspieler ihren Beruf ernst nahmen, dann mußten es auch die Mäzene, die Herrscher und sogar das breite Publikum tun und einem erneuerten Theater einen erneuerten Geist entgegenbringen. Leider verfügte der Direktor dem Publikum gegenüber nicht über die gleichen Mittel, seinen Willen durchzusetzen wie bei seinen Spielern. Es ist schwieriger, ein Publikum zu erziehen als eine Theatertruppe auszubilden oder ein Repertoire zusammenzustellen. So war ihm trotz der offiziellen Unterstützung des Herrschers nach einem Vierteljahrhundert redlicher Anstrengung wenig Erfolg beschieden.

Um sein Vorhaben durchführen zu können, hatte sich Goethe absolute Autorität ausbedungen. In der Tat war es wichtig, daß er sowohl vom Publikum als auch vom Landesherrn unabhängig war. Mehr als einmal war er gezwungen, dem ersteren den Kampf anzusagen, was die Anstellungen der Schauspieler betraf; das Publikum erhob Anspruch darauf, daß es seine Stimme geltend machen konnte, um Schauspieler abzulehnen, die ihm nicht gefielen, und gleichzeitig seine Lieblinge durchzusetzen. Die Favoriten des Herzogs, vor allem seine Favoritinnen waren noch schwieriger zu behandeln, und Goethe schuf sich in der Geliebten Karl Augusts, Frau Jagemann, die von ihm einen Sohn hatte, eine hartnäckige und letztlich siegreiche Feindin.

Die von Goethe aufgestellten Regeln berücksichtigen zwar das Talent, lassen aber weder der Nachlässigkeit noch der Phantasie Raum.[4] Der Schauspieler muß vor allem gefügig und gelehrig sein; ein Werkzeug in den Händen des Regisseurs, eine Marionette. Die Zeiten der *Commedia dell'arte*, wo jeder improvisierte und spielte, wie es ihm gefiel, sind vorbei. Das Liebhabertheater, an dem echte Talente so rar sind, hatte Goethe von der Wichtigkeit des *Berufes*, von der Überlegenheit des Könnens überzeugt: Deshalb sieht er eine Gefahr darin, die Schauspieler, auch die begabtesten, nach eigener Interpretation spielen zu lassen. Man könnte Goethe den Vorwurf machen, daß er seine Anweisungen zu weit getrieben hat, daß er Geschöpfe aus Fleisch und Blut in Maschinen verwandeln wollte; aber man muß sich ins Gedächtnis rufen, daß in Deutschland zu jener Zeit noch keine Schauspielkunst existierte; es genügt, die Figuren des *Ur-Meisters* agieren zu sehen, um zu wissen, daß auf diesem Gebiet noch vieles brach lag. Wenn Goethe im übrigen für seine Idee des Theaters so unermüdliche Aufbauarbeit leistete, dann aus dem Grunde, weil er damals noch von der Wichtigkeit seiner »Sendung« durchdrungen war. Das Theater war für ihn nicht, wie für die meisten Herrscher und Mäzene der Zeit, ein angenehmer Zeitvertreib. Wenn Wilhelm davon träumt, sich der dramatischen Kunst zu verschreiben, dann ebensosehr aus dem Wunsch heraus zu *die-*

nen – der Sache der deutschen Kunst zu dienen, das Publikum zu lehren und zu bilden – wie aus dem Verlangen, einen eigenen sehr individuellen Drang zu befriedigen.

Die unterschiedlichen Standpunkte, die der neue Dichter auf der einen Seite, der Landesherr selbst und die Schauspieler auf der anderen Seite in die Debatte einbrachten, verurteilte diesen Versuch von vornherein zum Scheitern; es ist deshalb erstaunlich, daß dieses Unterfangen dennoch vierundzwanzig Jahre fortdauerte. Der Streit um den Hund des Aubry war nicht der Grund des Bruches; er diente lediglich als Vorwand, die Kluft zwischen Goethe und seinem Publikum offenkundig zu machen. Unter den Schauspielern selbst waren viele ihrem Direktor für die Fortschritte dankbar, die sie unter seiner Anleitung machten. Mit ihm wurde die Arbeit des Einstudierens spannend. Von dem Moment ab, wo Goethe sich in seinen großen Sessel setzte, den man noch heute im Weimarer Theater aufbewahrt, und anfing, aufmerksam zuzuhören, spürte man, wie die Atmosphäre im Theater sich veränderte. Bald verließ er dann seinen Sessel, verbesserte eine Gebärde, probierte eine andere Haltung, markierte einen Textabschnitt. Die Erinnerungen Gotthardis, Genasts, Laubes und Wolffs, die seinem Ensemble angehörten, geben mit einer außergewöhnlichen Lebendigkeit das wunderbare Wissen und die Begabung dieses Dichters wieder, der ein großer Schauspieler gewesen wäre, wenn er eingewilligt hätte, nur Schauspieler zu sein. Man kannte seine Eigenheiten; er rieb die Handflächen an den Knien, wenn er sehr konzentriert war, und man wußte, daß er mit einem Schauspieler unzufrieden war, wenn er aufhörte, ihn mit seinem Namen anzurufen. Er studierte mit Eifer die geringsten Details der Bühnenausstattung – wohin sollte man im *Titus* den Thron stellen? –, die Authentizität der Kostüme und Requisiten.

Gute Schauspieler waren von dieser Arbeitsweise angetan; andere jedoch, die noch den alten Schlendrian in sich hatten, der nur allzu häufig in den Liebhabertheatern und den Wandertruppen an der Tagesordnung war, muckten auf. Welch eine Beharrlichkeit mußte Goethe daransetzen, um mit den

Nörglern, den Dickköpfen fertigzuwerden, die auftrumpften, weil sie das Publikum oder den Herrscher auf ihrer Seite hatten. Diese Opposition, an der er sich während seiner ganzen Laufbahn als *Schauspieldirektor* stieß, besonders von seiten der älteren oder berühmten Schauspieler, die zu stolz oder zu starr waren, um sich seiner Disziplin unterzuordnen, veranlaßte ihn dazu, eine Art Schauspielschule zu gründen, in die man die Kinder der Darsteller schickte. Es war ein »Konservatorium«, in dem sie ihren Beruf technisch und nicht mehr wie in den Wandertheatern empirisch lernten. Er entdeckte neue Talente. Das konnte ein bescheidener Komparse sein, der plötzlich ungeahnte Fähigkeiten zeigte, ein junger Bursche oder ein Mädchen, in dem Goethe an einer einzigen Gebärde, am Timbre der Stimme den geborenen Schauspieler erkannte. Er ließ manchmal die Schauspieler, die sich bis dahin ihres Talentes und ihrer Möglichkeiten nicht bewußt geworden waren, sich selbst entdecken; da war der junge Wolff, zum Beispiel, ein Kaufmann, den der Zufall eines geschäftlichen Besuches bei Goethe sogleich von seinem Laden auf die Bühne verpflanzte. Er war stets voller Freundlichkeit gegenüber den Anfängern und den Kindern. So fing er mit dem kleinen Gotthardi, der an diesem Abend eine winzige Rolle in *Tarare* spielte, eine lange Unterhaltung an und teilte schließlich mit dem verdutzten Knaben das Abendessen - einige Kuchenstücke, kalter Braten und Wein -, das man Goethe in seiner Loge bereitete. Gegenüber den großen Künstlern wie Schröder oder Iffland zeigte er sich immer respektvoll und freundschaftlich; er bat eines seiner langjährigen Ensemblemitglieder mit ausgesuchtem Takt, sein Abschiedsgesuch zurückzuziehen. Nur gegen die »schlechten Priester« übte er unbarmherzige Strenge. Er fühlte sich als ein Oberhaupt und war nicht weit davon entfernt, das Theater als ein Priesteramt zu betrachten.

Wenn man sich fragt, warum Goethe mit soviel Hartnäckigkeit um ein letztlich ziemlich enttäuschendes Ergebnis gerungen hat, dann glaube ich, ist die Antwort, weil das Theater all den vielfältigen Bestrebungen seiner Persönlichkeit entgegenkam. In seiner Jugend hatte er nur dessen magische Seite gespürt, die Möglichkeit, Illusionen bis ins Unendliche wachsen zu lassen, in einer imaginären Welt zu leben, seine Träume zu verwirklichen, seinen Traumgebilden eine greifbare Form zu geben. Er sah auch die Freiheit der Schauspieler, ihr Leben am Rande der Gesellschaft, ihre Unbekümmertheit; sie wußten nichts von Vorurteilen und Zwängen der engen Moral, die die bürgerliche Gesellschaft gängelte, in der er aufgewachsen war und unter der er gelitten hatte. Für Goethe ebenso wie für Meister, ist das Theater eine *Flucht*; die Flucht aus dem starren, in Konventionen eingeschnürten Bürgertum, aus der grauen und entmutigenden Wirklichkeit des Alltags. Freiheit des Verhaltens, Freiheit des Denkens, Freiheit des Gefühls, Freiheit des Ausdrucks, all das verkörperte das Theater und vor allem die Möglichkeit, den engen Grenzen des Ichs zu entkommen, heute die und morgen eine andere Person zu sein. Die Vorliebe, die Goethe immer für Masken und Verkleidungen gehabt hat, die ihn dazu veranlaßte, auf Reisen eine andere Identität anzunehmen und sich hinter Pseudonymen zu verbergen, war hier nicht mehr eine etwas anrüchige Eigenart, sondern wurde zur Qualität des Charakters. Dieser phantasiebegabte Mensch, der die traumhaften Erzählungen vom Neuen Paris, von der neuen Melusine, von der Grünen Schlange erfand, diese Märchen, die mit den schönsten Werken Hoffmanns, Arnims, Tiecks oder Contessas vergleichbar sind, blühte in diesem Königreich der reinen Phantasie auf. Schließlich stellte es für ihn, zu der Zeit, als er die Aufgabe des *Dienens* als höchste Berufung des Individuums anerkannte, das Mittel dar, die Menschen und die Gesellschaft zu verändern. Nicht nach pädagogischen Maßstäben, denn die dramatische Kunst muß Kunst bleiben, sondern auf der Ebene der Kunst selbst, indem er eine Art *Ethik des Theaters* ausarbeitete, die das einfache Vergnügen zur Bildung erhob.

Seine Sympathie für Napoleon wurde noch stärker, als er bei der Erfurter Begegnung den »Ernst« bemerkte, mit dem sich der Kaiser den Angelegenheiten des Theaters widmete; er führte bei dieser Gelegenheit lange Gespräche mit Talma, der den *Werther* für die Bühne bearbeiten wollte. Nach dem Zeugnis von Caroline Sartorius bedrängte Talma Goethe, nach Paris zu kommen, und lud ihn ein, bei ihm zu wohnen; Napoleon seinerseits hatte ihm eine Wohnung angeboten. Goethe begnügte sich damit, darauf zu antworten, »das Glück, in Paris eine solche Sensation bei seinen jetzigen Jahren zu machen, wäre für seine Schultern zu schwer«. Aber später liebäugelte er noch mehrmals mit dem Plan, sich in Frankreich niederzulassen, wo er, vor allem in den wissenschaftlichen Kreisen, zahlreiche Freunde und Bewunderer hatte.

In den Stunden der Niedergeschlagenheit, wenn ihn die Mittelmäßigkeit der kleinen Stadt und die Eitelkeit des kleinen Hofes zu ersticken drohte, träumte er davon, erneut zu entfliehen, aber das Theater war nun kein Ausweg mehr. Der Kampf, den er vierundzwanzig Jahre lang gegen das Publikum und die Schauspieler geführt hatte, lähmte schließlich seinen Elan. Im Jahre 1809 beklagt er sich bei Witzel, der der Kommission des Theaters angehört: »Denn bei unserem Theater kommt es mir oft wie bei der hiesigen Akademie vor: Es ist als wenn die Welt nur für die Groben und Impertinenten da wäre, und die Ruhigen und Vernünftigen sich nur ein Plätzchen um Gotteswillen erbitten müßten.«[5]

Als man 1791 die Statuten des neuen Theaters verfaßt hatte, hatte Goethe auf einer Klausel bestanden, die ihm völlige Unabhängigkeit und Entscheidungsbefugnis garantierte. Doch diese Unabhängigkeit wurde nicht immer respektiert. Karl August, der von leichtem Charakter war und gerne Liebschaften mit den Schauspielerinnen seines Theaters unterhielt, ließ sich von diesen beeinflussen, was mehr als einmal zu schweren Auseinandersetzungen zwischen dem Fürsten und dem Direktor führte. Goethe wurde schließlich dieses Kleinkriegs müde, in den er sich ständig hineingezogen sah, und selbst wenn der Zwischenfall mit dem dressierten Hund sich nicht ereignet hätte, hätte ein anderer Vorwand den zündenden Funken abgegeben.

Betroffen über die Sinnlosigkeit seiner Anstrengungen, dachte der Dichter schon seit langem daran, die Leitung der Bühne aufzugeben, auf der er nicht absoluter Herr war. Er bemerkte Riemer gegenüber ziemlich verbittert, daß beim Publikum und bei den Schauspielern dieselbe Verwirrung des Geschmacks herrsche und daß die Vorliebe für das Mittelmäßige überall Einlaß gefunden hätte. Er verglich das Theater mit einem Fuhrwerk, das den Abhang eines Berges hinunterstürzt, und erklärte, daß er bereit sei, aus dem Wagen zu springen. »Es ist ein weibisch Volk«[6], sagte er über die Schauspieler.

Eine dieser Degenerationserscheinungen war die aus Frankreich stammende Mode, dressierte Tiere auf der Bühne auftreten zu lassen. Paris war ganz versessen auf ein ansonsten recht belangloses Theaterstück, nur weil man einen Elefanten auf der Bühne zeigte. *Der Hund von Montargis*, ein ziemlich gewöhnliches Melodrama, machte den Hund des Aubry innerhalb weniger Wochen in ganz Frankreich berühmt, und die deutschen Theaterbesucher wollten sich dieses Spektakel auf keinen Fall entgehen lassen.

Goethe lehnte es ab, das Stück in seinen Spielplan aufzunehmen, und antwortete, der Platz für dressierte Tiere sei im Zirkus und nicht auf der Bühne eines seriösen Theaters wie dem Weimarer. Der Großherzog Karl August bestand darauf: Der Hund mußte her. Der Dichter seinerseits war indigniert und stellte Bedingungen: entweder Goethe oder der Hund des Aubry. Hof und Stadt zögerten nicht; man gab dem Hund den Vorzug. Goethe reichte seinen Abschied ein, dem man gerne stattgab; alle waren der Schauspiele voller Schönheit, Adel und Würde, die er seit vierundzwanzig Jahren inszenierte, überdrüssig; man sehnte sich nach den leichten Freuden.

Goethe war nach diesem Eklat nach Jena gereist, um den Niedergang seines Theaters nicht mitansehen zu müssen.

Dieses Scheitern nach dem gerade erlittenen Kummer über Christianes Tod erschütterte ihn einige Zeit. In seinen wissenschaftlichen Forschungen suchte er Zuflucht. Sie waren das beste Heilmittel gegen Schmerz und Niedergeschlagenheit. Die Natur hielt für diesen Menschen, der sie verstand und sie liebte, den wirksamsten Balsam bereit, der die Wunden, die dem verletzlichsten aller Herzen zugefügt worden waren, zu heilen vermochte.

16
Hatem und Suleika

Auf seiner Reise in den Süden Deutschlands traf der junge Hermann Grimm 1849 in Frankfurt eine alte Dame, die man familiär »Großmütterchen« nannte und die Grimm in seiner Goethebegeisterung unbedingt begrüßen wollte, da der Dichter mehrmals einige Zeit bei ihr verbracht und mit ihr und ihrem Mann in lebhaftem Briefwechsel gestanden hatte. Grimm staunte, als er die mit goldenen Arabesken umrahmten Manuskripte des Dichters betrachtete, die sie ihm zeigte. Als er eines Abends an der Seite des *Großmütterchens* im Garten spazierenging und sie zusammen einen wunderbaren und bewegten Sonnenuntergang erlebten, kam ganz natürlich ein Gedicht auf die Lippen des Besuchers:

Ach, um deine feuchten Schwingen,
West, wie sehr ich dich beneide:
Denn du kannst ihm Kunde bringen,
Was ich in der Trennung leide!

Die Bewegung deiner Flügel
Weckt im Busen stilles Sehnen;
Blumen, Augen, Wald und Hügel
Stehn bei deinem Hauch in Tränen

Doch dein mildes, sanftes Wehen
Kühlt die wunden Augenlider;
Ach, für Leid müßt' ich vergehen,
Hofft' ich nicht zu sehn ihn wieder ...[1]

Das Großmütterchen hielt plötzlich inne, dann, gerührt durch die Verehrung, die dieser Jüngling Goethe entgegenbrachte, enthüllte sie ihm mit leiser Stimme ein Geheimnis, von dem zu dieser Zeit niemand etwas wußte: »Du darfst es niemand wiedersagen, ja, ich habe diese Verse gemacht.«[2]

Viele Jahre später, lange nach dem Tod des Großmütterchens, erzählte Hermann Grimm, der sich diese Jugenderinnerung ins Gedächtnis rief, die Geschichte der Liebe zwischen Goethe und Marianne von Willemer und der Entstehung des *West-Östlichen Divans.*[3]

So erfuhr die staunende Welt von der großen Leidenschaft des Dichters für die Frau des Frankfurter Bankiers und vom bewundernswerten Talent dieser Frau, deren Gedichte im *Divan* unter Goethes Namen erschienen waren.

Sie war eine Frau mit rundem, vollem Gesicht, das von braunen Locken, den »geliebten braunen Schlangen« umrahmt war, von denen Hatem schwärmt. Ihr Gesichtsausdruck ist wohlwollend, zärtlich, ein wenig traurig. Grimm beschreibt das Aussehen dieser Frau als eine Mischung von Anmut und Zartheit, Akkuratesse und Entschlossenheit. Er erinnert daran, daß Goethe sie einmal scherzhaft »den kleinen Blücher« genannt hat. An dem Tag, als sie der Dichter Clemens Brentano, der Bruder der bekannten Bettina, sah und sich in sie verliebte, hatte sie gewiß wenig Ähnlichkeit mit dem Sieger von Waterloo. Brentano, der mit Frau Aja, Goethes Mutter, ins Theater gegangen war, hatte einem reizvollen Schauspiel beigewohnt: Man hatte ein dickes Ei auf die Bühne gezogen, aus dem plötzlich ein winziger Harlekin herauskam, der anfing zu tanzen und Luftsprünge zu machen. »Nicht wahr, sprach Frau Rat, das tut seinen Effekt?«[4] Brentano antwortete mit einem schüchternen »ja«, aber sobald er nach Hause zurückgekehrt war, ergoß sich seine Verliebtheit in den hübschen Harlekin, die gerade, wie wenn ihn ein Blitz getroffen hätte, von seinem Herzen Besitz ergriffen hatte, in charmanten und leidenschaftlichen Versen.

Der Harlekin war eine kleine Tänzerin, die 1784 in Linz, wie man annimmt, oder in Wien geboren wurde. Sie war fünfzehn

Jahre alt, als sie das erstemal auftrat und den zarten Brentano restlos entflammte. Ihre Mutter hatte sie in die Truppe des Ballettmeisters Traub geschickt, und der Zufall wollte es, daß sie auf einer der Tourneen 1798 nach Frankfurt kam. An dem Abend, als sie so hübsch ihre Rolle als Harlekin tanzte, saß nicht weit von Brentano und Goethes Mutter einer ihrer Freunde, der Bankier Johann Jakob Willemer: er wurde erst 1819 »von Willemer«, als ihn der österreichische Kaiser in den Adelsstand erhob. Er war ein großer Liebhaber des Theaters und der Frauen und zum zweitenmal verwitwet, als er die kleine Tänzerin ihrer Mutter und dem Ballettmeister *abkaufte.* Diese teilten sich die zweitausend Gulden, während er den Harlekin mitnahm, und ihn in sein Haus, neben seiner Tochter Rosine und seinem Sohn Abraham als *Mündel*, so sagte er, aufnahm. Ganz Frankfurt zerriß sich natürlich die Mäuler darüber, aber der reiche Willemer konnte sich alles erlauben, die kleine Tänzerin blieb in seinem Hause, nahm am Unterricht Rosines und Abrahams teil und wurde, wie es den Anschein hatte, wie eine Tochter Willemers behandelt.

Goethe kannte den Bankier Willemer gut: Gut genug, um ihn zu bitten, mit seinem Rat Christiane und August zur Seite zu stehen, die er nach Frankfurt geschickt hatte, um den Nachlaß seiner Mutter zu ordnen. Die Frau Rat war am 13. September 1808 gestorben unter Hinterlassung ziemlich ungeregelter Angelegenheiten. Der Dichter hatte sich selbst nicht darum kümmern können, da er um diese Zeit nach Erfurt reisen mußte, um dort mit Napoleon zusammenzutreffen. Für diesen Dienst dankte Goethe dem Geschäftsmann aufs herzlichste, aber trotz der Versuche, sich ihm zu nähern, die die Willemers als große Bewunderer seines Genies unternahmen, blieb es dabei. Der Bankier, sein »Mündel« und seine Kinder verbrachten einige Jahre in Italien, und es scheint, daß Goethe erst 1814 neugierig wurde, die Tänzerin kennenzulernen, und in dem Landhaus der Willemers, in Gerbermühle, Halt machte. Er kam von dem Besitz der Brentanos, wo er sich den Sommer über aufgehalten und vielleicht Clemens von der unvergeßlichen Erscheinung des Harlekin hatte erzählen hören.

Der Bankier war nicht da; nur Rosine, seine Tochter und Marianne. Beide waren sehr bewegt. Seit ihrer Kindheit bewunderte die junge Frau das Fragment von der Reise nach Italien, das Goethe unter dem Titel *Römischer Karneval* veröffentlicht hatte; Rosine verschlang ihn mit den Augen und staunte, daß dieser Mann, den sie sich als einen hoffärtigen und unnahbaren *Tyrannen* vorgestellt hatte, so natürlich und liebenswürdig war. »Erst den Mann gesehen, den ich mir als einen schroffen, unzugänglichen Tyrannen gedacht, und in ihm ein liebenswürdiges, jedem Eindruck offenes Gemüt gefunden.«[5]

Goethe kam einen Monat später, im Oktober, wieder. In der Zwischenzeit hatte der Bankier Willemer seine familiären Verhältnisse in Ordnung gebracht und die Verbindung mit seinem »Mündel« von dem Pfarrer der Heilig-Geist-Kirche segnen lassen.

Marianne empfand für ihren Ehemann nicht mehr Liebe als für ihren Adoptivvater. Das Erscheinen Goethes verhalf allen Kräften, die in ihr schlummerten, zum Durchbruch und weckte gleichzeitig ihre Liebesfähigkeit und ihr poetisches Genie. Goethe war damals schon über sechzig Jahre alt, und die charmante Natürlichkeit, die die kleine Rosine so sehr verblüfft hatte, gesellte sich zu der majestätischen Ausstrahlung, die alle in sprachloses Erstaunen versetzte, die in seine Nähe kamen. Der Graf Baudissin, der ihm zu jener Zeit begegnet war, erzählt, daß er noch nie einen schöneren Mann gesehen hätte. »Stirn, Nase und Augen sind wie vom olympischen Jupiter, und letztere ganz unmalbar und unvergleichbar.« Seine schönen Züge, seine herrlich braune Gesichtsfarbe beeindruckten den Besucher sehr, aber als Goethe anfing zu sprechen und zu gestikulieren, »wurden die beiden schwarzen Sonnen noch einmal so groß, und glänzten und leuchteten so göttlich, daß, wenn er zürnt, ich nicht begreife, wie ihre Blitze nur zu ertragen sind.« Und Baudissin schließt in höchster Begeisterung: »Er ist ein geborener König der Welt!«[6]

Ein anderer Besucher, Martin Hieronymus Hudtwalcker, berichtet von einem ähnlichen Eindruck. Wie alle sensiblen Geschöpfe hatte auch Goethe, wie man sagt, *nahe am Wasser gebaut*, und das scheint den jungen Mann am meisten beeindruckt zu haben. »Sein Blick ist hinreißend und wenn vollends eine Träne sein Auge füllt, was ihm im Feuer seiner Begeisterung und bei seiner sittlichen Reizbarkeit nicht selten begegnet, so möchte gewiß jeder Jüngling ihm um den Hals fallen und jedes Mädchen an seine Brust.«[7]

Alle, die sich ihm genähert haben, können nicht genug seine majestätische, stattliche Erscheinung loben. Georg Kieser geht sogar soweit und vergleicht ihn mit den goldenen Drachen des chinesischen Kaisers. Seine Zornausbrüche, die Kieser beschreibt[8], waren wirklich jupiterhaft, aber er konnte auch ebenso einfach und aufgeschlossen sein wie ein Mann aus dem Volke; er war diese Mischung aus Größe und Freundlichkeit, die ihn für alle, die ihm begegneten, unwiderstehlich machte.

Marianne von Willemer brachte ihm keinen Widerstand entgegen, und anfangs betrachtete Willemer das Wachsen ihrer verliebten Freundschaft ohne Beunruhigung. Vielleicht war auch seine Leidenschaft für eine Frau von dreißig Jahren, die er zu seiner legitimen Gattin gemacht hatte, nicht mehr die, die ihn einst für den köstlichen kleinen Harlekin entflammt hatte. Goethe jedoch nannte sie gerne, durch den Altersunterschied fühlte er sich dazu berechtigt, »die Kleine«, und der wohlwollende Ehemann schrieb darüber an Goethe: »Meine Frau ... will, seitdem sie von Ihnen die Kleine genannt worden, durchaus nicht mehr wachsen, es wäre denn in Ihrem Herzen.«[9]

Sie tauschten auch in aller Unschuld Gedichte aus, in denen sie beide vorkamen, er unter der Maske des Hatem, desjenigen der *gibt*, sie unter dem Namen Suleika, die die von Goethe bevorzugten Orientalisten als »Flamme der Liebe«, »Offenbarung Gottes in der Liebe« interpretierten. An der Identität von Hatem und Goethe zweifelt niemand, der den *Divan* gelesen hat und die Hintergründe dieser Gedichte kennt. Der Dichter wollte aber, indem er eine besondere List anwandte, diese Identität sogar ausdrücklich hervorheben. An einer Stelle in den berühmten Versen, wo er so tat, als ließe er einen Reim auf *öte* fallen und man ganz selbstverständlich Goethe erwartet, fügte er den Namen Hatem ein.

Seit ungefähr zehn Jahren, in denen ihn die asiatische Literatur fesselt, hat Goethe in dieser so neuen Poesie, die von der ihm gewohnten so verschieden ist, eine Art Verjüngungskur gefunden. Er hat alle Bücher gelesen, die man über dieses Thema geschrieben hat; er hat Persisch und Arabisch gelernt, zumindest genug, um die Übersetzungen überprüfen zu können oder sogar ohne sie auszukommen, und als die Russen nach dem Abzug der Franzosen Weimar besetzen, interessiert er sich für das Aussehen der mohammedanischen Soldaten. Ihr Anführer stattet Goethe einen Besuch ab, um ihm mit einem kostbaren Bogen seine Ehre zu erweisen. Er wird sogar zu ihren religiösen Zeremonien geladen, die sie gläubig in einem zu diesem Zweck geweihten Haus begehen. Der Orient ist gerade modern; in den Salons hofiert man die exotischen Verbündeten, man ist bezaubert von ihren barbarischen Eigenheiten, in der öffentlichen Bibliothek reißt man sich den Koran aus den Händen, um nicht gar zu unwissend zu erscheinen, wenn von Mohammed die Rede ist, und die Gastgeberinnen bestürmen aufgeregt Goethe mit ihren Fragen, der der einzige in ganz Weimar ist, der die Bräuche der Orientalen, ihre Denkweise und ihre Dichtung kennt.

Für Goethe selbst hatte diese *Entdeckung des Orients* einen doppelten Vorteil. Sie bot ihm zu einer Zeit ein Derivativ, eine Zerstreuung, in der er, betrübt über das Unglück der Zeiten, über den Krieg, das Elend, das er verursachte, und die Unordnung, die er in den Köpfen hervorrief, Trost in dem Studium einer Wissenschaft suchte, die für ihn den kostbaren Reiz der Neuheit besaß. Er hat sich so in die Wesensart der Orientalen vertieft, daß er sich bemüßigt fühlt, seinerseits einen *Divan* zu schreiben. Nicht als Nachahmung Hafis und anderer persischer oder arabischer Dichter, die er studiert hatte, sondern in einer geistigen, der ihren vergleichbaren Atmosphäre, in der er durch eine völlige Entfremdung von seiner Kultur das, was sie empfunden haben, nachvollziehen kann. Die Gedichtsammlung, die er den *West-Östlichen Divan* nennen wird, wird doch niemals wie eine Nachahmung aussehen, obwohl sie das gründliche, methodische Studium der orientalischen Literatur als

Unterbau hat; sie wird völlig ursprünglich bleiben, weil die äußere Form des Gedichts so neu geschaffen ist, daß keine Ähnlichkeit mit dem Vorbild mehr vorhanden ist. Die Gedanken und Gefühle, die sich darin ausdrücken, sind universell, und gehören dem gemeinsamen Erde der Menschheit an. Es ist also eigentlich nichts Orientalisches darin enthalten außer den Namen der Personen und ihrem Umfeld; so wird daraus nie eine »Türkenszene«, weil der »Zustand der Gnade«, in dem die Gedichte geschrieben sind, die Kostüme und Masken erhöht, weil sie von einer tiefen und aufrichtigen Leidenschaft beseelt sind, die in ihrer Glut alles verzehrt, was es an trockener Gelehrsamkeit bei einem solchen Versuch geben könnte.

Niemals hat ein Dichter je seiner Liebe ein solches Denkmal gesetzt. Es ist auch ein geheimnisvolles Andenken, da die Gedichte der Geliebten neben denen des Liebhabers abgedruckt sind, ohne daß sie voneinander zu unterscheiden wären. Es trennt sie weder Stil noch Ton. Es scheint, daß für die beiden in Liebe verbundenen Wesen alles gemeinsam geworden ist; der Rhythmus, die Bilder, die Musik. Keines der Gedichte, von dem wir heute mit Sicherheit wissen, daß es von Marianne ist, wäre Goethe nicht würdig. Die schönsten, die bewegendsten, vielleicht weil die Leidenschaft Mariannes viel stärker loderte als die Goethes, mit mehr Hingabe, mehr Glanz, mehr Bedingungslosigkeit – das sind *Hochbeglückt in deiner Liebe, Wie mit innigstem Behagen, Ach, um deine feuchten Schwingen ...*, es sind die schönsten Liebesbriefe überhaupt, die eine Geliebte jemals dem Dichter geschrieben hat.

Gewiß, es gibt Seiten im *Divan,* in denen man die »Prägung« Goethes spürt, Seiten, die Marianne nicht hätte schreiben können, denn aus ihnen spricht die ganze Erfahrung, die ganze Goethesche Weisheit und seine tiefgründige Philosophie. So die Verse mit dem Titel *Selige Sehnsucht*, die vielleicht den erhellendsten Text in Goethes Werk darstellen, in denen der Dichter, nachdem er den »Flammentod« gepriesen hat, der Menschheit dieses bewunderungswürdige »Stirb und werde« zuwirft, das der Schlüssel zu seiner ganzen Metaphysik ist. Bei den übrigen ist die Zusammenarbeit so eng und verschmolzen, daß die Gelehrten sich heute noch nicht einig sind, wer von den beiden Liebenden welchen Teil des *Divan* geschrieben hat.

Was kümmert's uns? Die Tatsache, daß es ein gemeinsames Werk ist, macht gerade das wunderbare Element dieser Gedichte aus. Sie sind entstanden aus einer gegenseitigen Inspiration, entsprungen aus diesen beiden Herzen, die nur noch eins waren, wo jedes abwechselnd Inspirateur und Inspirierter war, wo die Verse von einem zum anderen auf den *Flügeln des Gesangs* schweben und untereinander die ständige *Gegenwart* aufrechterhalten, wo die Dichter, obwohl sie voneinander getrennt sind, durch diese geheimnisvollen Antworten von Seele zu Seele miteinander verbunden bleiben.

Die Aufenthalte Goethes in der ländlichen Einsamkeit der Gerbermühle, die Abende, die man auf der Terrasse verbringt, um dem Mond zuzusehen, wie er zwischen den Ästen der Bäume aufsteigt – er ist ihr Freund, der sie all die Nächte in Gedanken vereint –, rufen eine Mischung aus brennender Sinnlichkeit und vergeistigter Zärtlichkeit hervor. Sommernächte, vom Gezwitscher der Vögel erfüllt, wo Marianne, die ihren Gesang dem der Nachtigall anpaßt, mit ihrer brillanten Stimme singt, die einst Pestalozzi in Entzücken versetzt hatte, als sie auf einer Reise in die Schweiz für ihn gesungen hatte. Die Musik, die in ihren Versen erklang, legte sie auch mit dem Feuer leidenschaftlicher Improvisation in die *Balladen* Goethes, die sie auf bewegende Weise vortrug. Sulpiz Boisserée hat diese Erinnerung in seinem Tagebuch[10] festgehalten. Er war der Zeuge und auch ein wenig der Vertraute dieser Liebe gewesen, da er Goethe oft bei seinen Besuchen in der Gerbermühle und im Willemerschen Haus in Frankfurt begleitet hatte.

Das Geheimnis der Anziehung, die Marianne von Willemer auf Goethe ausübte, lag darin, daß er wieder einmal – und das einzige Mal vorher war seine Verbindung mit Charlotte von Stein gewesen – eine Muse gefunden hatte, die ihn inspirierte. Fast alle Frauen, die er geliebt hatte, seit seiner Jugend bis zu Ulrike von Levetzow, die das Licht und das Drama seines Alters sein wird, sind stille Musen. Ihre Liebe schafft um ihn herum eine Atmosphäre, die seine poetische Schöpfung beflügelt, aber sie vermögen nicht mehr, als ihn unbewußt anzuregen. Sogar diejenigen, die am engsten mit bestimmten Werken verbunden sind, wie zum Beispiel Minna Herzlieb mit den *Wahlverwandtschaften* oder Charlotte Buff mit dem *Werther*, stellen nur einen Augenblick im Leben des Dichters dar. Er hat sich von ihnen losgelöst, oder sie haben sich von ihm in dem Moment losgesagt, wo ihre Wirksamkeit verlosch. Sie sind sogar eher ein Anreiz, als eigentliche Beseelung gewesen, und jedes andere hübsche Mädchen, egal welches, hätte sie in dieser Rolle ersetzen können. Man kann sich sehr gut die für Annette, Friederike und Lili geschriebenen Zyklen für andere, ihnen ähnliche Mädchen vorstellen, und es gab genug davon. Bettina Brentano hat sich die für Minna Herzlieb verfaßten Sonette angeeignet, und es ist gar nicht so sicher, ob diese Usurpation betrügerisch war. Die *Marienbader Elegie* ist noch mehr als ein Adieu an Ulrike, der Abschied an eine Liebe. Aber keine andere Frau als Charlotte von Stein hätte Goethe zur *Iphigenie* und zum *Torquato Tasso* veranlassen können; keine andere als Marianne von Willemer konnte ihn zum *Divan* inspirieren.

Alle Liebschaften Goethes sind formend und aufbauend gewesen, alle haben ihre Spuren hinterlassen, aber immer war es eher die Liebe, die zählte, als die geliebte Frau. Die beiden einzigen *unersetzlichen* Geliebten waren diese beiden Frauen, trotz der Stürme, die ihn von Frau von Stein weggetrieben haben, trotz der heute noch rätselhaften Beweggründe, die zu der Trennung von Marianne geführt haben oder zu der Wandlung ihrer Beziehung nach dem letzten Zusammentreffen in Heidelberg. Mit ihnen war der Dichter ebensosehr durch eine echte Seelenhochzeit wie durch die intellektuelle Verständigung verbunden; es waren jene, die er in literarischer und menschlicher Hinsicht nicht beherrschte.

Er korrespondiert mit Marianne, mit ihrem Gatten oder schreibt an ihre Stieftochter Rosine, die eine ungeklärte Rolle in dieser Geschichte spielt und der er die Sorge anzuvertrauen scheint, Marianne das zu sagen oder zu verstehen zu geben, was er ihr nicht direkt schreiben will. Es ist auch nicht ausgeschlossen, daß Goethe gleichzeitig von der Tochter angezogen war, während er die Mutter liebte. In diesen Briefen bemerken wir, besonders in den Gedichten des *Divans*, die wahre Natur dieser Liebe, die Freuden, die sie weckte, die Zerrissenheit, die sie auslöste.

Deinem Blick mich zu bequemen,
Deinem Munde, deiner Brust,
Deine Stimme zu vernehmen,
War die letzt' und erste Lust.

Gestern, ach, war sie die letzte,
Dann verlosch mir Leucht' und Feuer;
Jeder Scherz, der mich ergötzte,
Wird nun schuldenschwer und teuer.

Es ist nicht der Altersunterschied, der Goethe verjagt; sein Gedicht über weißes Haar drückt zur Genüge aus, wie jung er sich fühlte und wußte. Es plagten ihn auch keine Gewissensbisse wegen des Ehebruchs, über den er sich nie Gedanken machte, da seine Moralauffassung derjenigen Nietzsches glich, insofern als er meinte, daß an außerordentliche Menschen keine gewöhnlichen Maßstäbe anzulegen seien. Wenn er eine so vollständige Übereinstimmung der Sinne, des Herzens und des Geistes mit einer Frau empfindet, die ihm vielleicht sogar ebenbürtig ist, warum also verläßt er dann eine so einzigartige Gefährtin, die wahre *Gattin*, noch dazu eine Frau, die ihm, wie es scheint, der Ehemann nicht streitig macht, da der gute Willemer eine bemerkenswerte Zurückhaltung an den Tag legt?

Wie jedesmal, wenn die Leidenschaft von ihm wirklich Besitz ergriffen hat, hat seine Abwendung den Charakter einer Flucht. Er bleibt im Briefwechsel mit den Willemers, aber er wird sie niemals wiedersehen. Er vermeidet es, über Frankfurt zu fahren, um ihnen nicht zu begegnen. Als sie ihn bitten, sie in Weimar zu empfangen, weicht er ihrem Ersuchen aus. Seine Verweigerung hat alle Anzeichen eines wilden Ausbrechens, hinter dem sich ein nicht zu entschlüsselndes Gefühl verbirgt, über das man endlos diskutieren könnte. Seine Liebe für Minna

Herzlieb hatte ebenfalls einen unglücklichen Stern. Als er an einem Oktobertag mit Boisserée reist, läßt er sich dazu hinreißen, von ihr zu sprechen. Er gesteht ein, daß sie ihm viel Leid angetan hat. Aber er hat die Figur dieses jungen Mädchens in die Ottilie der *Wahlverwandtschaften* transponiert, und sie nimmt auch einen bedeutenden Platz in der Pandora ein. Das zeigt zur Genüge, was sie für ihn war.

Daß die *Wahlverwandtschaften* einen gut Teil des »Bekenntnisses« enthalten, hat Goethe selbst zugegeben. In den Weimarer Salons amüsierte man sich damit, den *Schlüssel* zu diesem Roman zu entdecken, und Varnhagen von Ense berichtet über einige der Persönlichkeiten, die man unter der Maske Charlottes, des Majors und Lucianes zu erkennen glaubte. All das war nur ein Gesellschaftsspiel; die Wahrheit ist, nach dem was Goethe selbst Eckermann anvertraut hat, »daß in seinen Wahlverwandtschaften kein Strich enthalten, der nicht erlebt, aber kein Strich so, wie er erlebt worden«.[11]

Zuerst als eine der Episoden des Wilhelm Meister verfaßt, hat der Roman der *Wahlverwandtschaften* ein Eigenleben und eine selbständige Entwicklung angenommen infolge der Liebe des Dichters zu dem Mündel seines Freundes Fromann, eines Jenaer Buchhändlers und Buchdruckers. Als Bekannter des Hauses entdeckt er Minna, die er seit ihrer Kindheit kennt, plötzlich im Jahre 1807. Die »Chrysalide« hat einem entzükkenden Schmetterling Platz gemacht. Minna wird achtzehn Jahre alt, sie ist schön, geistvoll und verdreht allen Männern den Kopf. Goethe ist vierzig Jahre älter als sie, aber das ist kein Hinderungsgrund, denn ungefähr sechzig Jahre werden ihn von Ulrike von Levetzow trennen, und das wird ihn nicht davon abhalten, sie durch den Großherzog Karl August um ihre Hand zu bitten, den er mit dieser delikaten Mission und der unangenehmen Aufgabe, eine Ablehnung entgegenzunehmen, beauftragt. Da ist auch Christiane, die er 1806 geheiratet hat, vielleicht eher aus Dankbarkeit als aus Liebe, Christiane, deren Körper sich zwischen ihn und Minna stellt, deren Schatten ihn von Marianne entfernen wird. »Niemand verkennt an diesem Roman«, sagt er, noch von den *Wahlverwandtschaften* sprechend, »eine tief leidenschaftliche Wunde, die im Heilen sich zu schließen scheut, ein Herz, das zu genesen fürchtet.«[12]

All das ist ausführlich genug. Christiane dürfte mehr oder weniger gewußt haben, was sich abgespielt hatte, denn vier Jahre später, als er ihr von Jena aus schreibt, erwähnt Goethe, daß er »Minchen« wiedergesehen habe, daß sie immer noch genauso hübsch und »artig« sei wie zuvor, und er gesteht seiner Frau, »sie einmal mehr als billig geliebt zu haben«.[13]

Die hübsche Minna, der er ein Gedicht widmete, das bezeichnenderweise den Titel »Sie kann nicht enden« hat, liebte ihrerseits einen jungen Adligen aus Livland; da sie ihn nicht heiraten konnte, nahm sie mit einem Professor der Jenaer Universität, Walch, einem Freund und Kunden ihres Vaters, vorlieb. Sie starb nach einem langen obskuren Dasein, wie manche sagen, im Wahnsinn. Dennoch scheint es, daß Goethe aus der Ottilie der *Wahlverwandtschaften* durch eine eigenwillige Umkehrung der Situation eine »Entsagende« gemacht hat: In dieser Eigenschaft sollte sie in den *Meister* eingehen. In Wirklichkeit ist es Goethe, der entsagt hat und von dieser Liebe schwer genesen wird. Er hat dabei erfahren, daß die Wunde einer verlorenen Liebe wie ein Dorn ist, der einen zu einer neuen Liebe treibt. Dieses Gefühl der Freiheit, der Verfügbarkeit, das er jedesmal verspürt, wenn er gerade mit einer Liebe gebrochen hat, bereitet ihn auf eine neue Leidenschaft vor. Als ob die Leere – diese »Leere«, die er abergläubisch fürchtete – niemals in seinem hungrigen Herzen bestehen dürfte, als ob eine neue Liebe für ihn eine Lebensnotwendigkeit wäre, die unerläßlich war, damit die dichterischen und schöpferischen Kräfte nicht versiegten. Nachdem er sich unter Qualen von Minna Herzlieb gelöst hatte, war Goethe »frei«. Das Gesetz der Abwechslung verlangte andererseits, daß auf diese entsagende Liebe eine besitznehmende folgen sollte und daß diese neue Liebe die Färbung orientalischer Liebesverhältnisse besäße, ihre Mischung aus Zärtlichkeit und Sinnlichkeit, aus Mystizismus und Erotik. Der Dichter konnte das nur in einer Frau vereint finden, die Talent und Größe besaß, die gleichzeitig Künstlerin und Geliebte war, die den Sommerabenden auf der Terrasse der Gerbermühle diese unvergeßliche Schönheit zu geben verstand, die in sich Poesie, Musik, sinnliche und geistige Harmonie vereinte. In dieser Hinsicht war Marianne von Willemer die vollkommenste Geliebte, der er je begegnet war. Die Liebe, die er für Frau von Stein empfunden hatte, kam aus dem Kopf und aus dem Herzen, die, die ihn an Christiane band, aus dem Herzen und den Sinnen. Suleika ist die einzige Frau, mit der er sich einer völligen Vertrautheit erfreut hat, in einer vollkommenen Übereinstimmung des Geschmacks; sie war die einzige Frau, die ganz und gar seiner würdig war. Nach den Gründen zu forschen, die den Dichter dazu veranlaßt haben, dieser Geliebten, bei der er zum erstenmal alles fand, zu entsagen, würde uns sehr weit in das Dunkel des menschlichen Herzens führen. Vielleicht hat Goethe auf der Terrasse der Gerbermühle die übergroße Versuchung gespürt, die Faust bedroht, zum vollkommenen Augenblick zu sagen: »Verweile doch! du bist so schön!«, diese Verlockung stillzustehen, wenn die Zeit stehenbleibt. Die Furcht vor dem vollkommenen Glück oder im Gegenteil, die Vorahnung des Moments, in dem diese Liebe aufhören wird, vollkommen zu sein, in dem eine falsche Note die Harmonie zerstören wird, läßt ihn zurückschrecken. Er flieht vor der Enttäuschung, vor der Entzauberung, vor dem Überdruß. Er weiß, daß das Glück nur die Vollkommenheit eines Augenblicks ist. Um eben diese Vollkommenheit zu bewahren, entsagt er dem Glück in dem Moment, wo es seinen Höhepunkt erreicht.

Marianne von Willemer hat die vorausschauende Klugheit und Größe dieses Verzichts nicht verstanden. Anstatt schweigend zu leiden wie er, hat sie ihren Schmerz in herzzerreißenden Briefen hinausgeschrien, und der Bankier, der seinerseits beunruhigt war, seine Frau krank vor Kummer zu sehen, schreibt an den Dichter, um sein Mitleid, seine Fürsorge zu erbitten. Einige Zeitlang haben die Liebenden chiffrierte Briefe ausgetauscht, die sich auf das Buch Hafis bezogen, dann wurden die Briefe weniger vertraulich, weniger häufig und Marianne hat den Riß der Trennung gespürt. Eines Tages schließlich bricht sie buchstäblich zusammen, sie musiziert nicht mehr, sie hat keine Kraft mehr zum Leben; alles, was noch an Leben in ihr ist, strömt in ihre Gedichte. Wiederholt versuchen die Willemers, ihren Freund in Weimar zu treffen, aber als ob er sogar die Gefahr eines Besuches fürchtete, weist Goethe ihr Gesuch ziemlich barsch ab, der bewegende Brief des Bankiers, der das Herz eines Liebenden erweichen müßte, bleibt ohne Antwort.

In Wirklichkeit antwortet Hatem, aber er hat Suleikas Welt verlassen. Bei Goethe war die Verwandlung vollkommen, *er ist Hatem geworden,* es handelt sich nicht um eine literarische Doppelung, sondern um eine echte und vollständige Identifikation. Man könnte sogar sagen, daß die Liebe Hatems für Suleika der Liebe Goethes zu Marianne geschadet hat. Von seiten der Frau ist die Umwandlung nur scheinbar. Es ist Marianne, die liebt und leidet unter dem dünnen Kleid Suleikas. Die Liebe Goethes erfüllt sich in der Liebe Hatems, so wie sie sich einst in der Liebe Werthers erfüllte. Aber Marianne hatte ihm, genauso wenig wie Charlotte, in dieser Metamorphose folgen können. Die Frau bleibt immer sie selbst, während der Geliebte sich verändert, sich verwandelt, sich umformt, sie kann die Schranken ihres Körpers und ihres Herzens nicht überwinden, diese Metamorphose vollzieht sich aber im Geist, und so *hemmen* Herz und Körper den Geist.

Marianne wollte Goethe, aber Hatem braucht Suleika, die noch etwas viel Vollkommeneres ist als Marianne. Das unterscheidet sie beide, doch diese geistige Entfernung wird zweifellos durch die räumliche abgemildert. Schließlich darf man nicht vergessen, daß Goethe siebenundsechzig Jahre alt ist. Obwohl er sich jung fühlt und das Altwerden, vor dem ihm graut, weit von sich weist, es sogar aus seinen Gedanken verbannt, damit es keine Macht über ihn gewinnen kann, obwohl er sich eine unveränderte Frische des Geistes und ein jünglinghaftes Feuer bewahrt hat, ist er dennoch ein alter Herr. Er kann sich selbst über sein Alter hinwegtäuschen, aber Minna Herzlieb wird ihm einen schönen livländischen Kavalier vorziehen; Ulrike von Levetzow wird sich weigern, in ihm etwas anderes zu sehen als einen guten großväterlichen Freund; und sogar Christiane trinkt gerne mit den Studenten und Offizieren. Marianne ist vierzig. Wäre sie für Goethe schon zu alt oder für sich selbst noch zu jung?

Marianne nimmt die Trennung deshalb so schwer, weil sie weiß, daß diese Liebe für sie die letzte sein wird. Sicher hat es dieser feurigen und leidenschaftlichen Natur seit der Zeit, als der fünfzehnjährige Harlekin aus dem Ei hüpfte, nicht an Liebe gefehlt. Aber nach Goethe wird keiner mehr ihr Herz bewegen. Für den Dichter dagegen war es nur eine Episode. In der Tat kann sich Goethe nicht dagegen wehren, für alle hübschen jungen Mädchen oder Frauen, denen er begegnet, so etwas wie verliebte Zuneigung zu empfinden, und das Gefühl seiner unveränderbaren Jugend hindert ihn daran, die Art ihrer Bewunderung zu unterscheiden, die immer häufiger mehr dem großen Dichter als dem Mann gilt. Angezogen von seinem Ruhm, flattern diese funkelnden Geschöpfe um ihn herum, voller Stolz darüber, ausgewählt worden zu sein, durch den Glanz seiner Freundschaft an seinem Ruhm teilzuhaben, fasziniert auch von der außergewöhnlichen Anziehungskraft, die von ihm ausgeht und die alle seine Zeitgenossen gespürt haben. Gewiß, Marianne ist sehr viel jünger als Goethe, aber ihr Liebesleben ist vorbei; das des Dichters kennt keine Grenzen. Man versteht also, daß sie weniger leicht in die Entsagung eingewilligt hat, die er, indem er sie sich selbst auferlegte, auch ihr abverlangt hat.

Der Tod Christianes im Juni 1816 hätte den Dichter *befreien* können; es scheint ganz im Gegenteil, daß er ihm eine Pflicht zur Treue aufbürdet, die ihn zu ihren Lebzeiten nie sehr gekümmert hat. Schließlich gab Goethes Aberglaube den Ausschlag, oder vielmehr seine Überzeugung, daß das Schicksal alle Mittel anwendet, um den Menschen mitzuteilen, was es zu ihren Gunsten beschlossen hat. Am 20. Juli bestieg Goethe mit seinem Freund Meyer den Wagen; nach seiner Gewohnheit wollte er den Sommer im Bad verbringen. Die Reise sah auch einen Halt in der Gerbermühle, einen Aufenthalt bei den Willemers, vor. Hätte dieser Besuch nach dem Tod Christianes eine entscheidende Wendung gebracht? Wenn er in den vorhergegangenen Jahren unter der Trennung von Suleika gelitten hatte, so hinderte sie nun nichts mehr daran, für immer vereint zu sein. Marianne hatte wahrscheinlich ihren Ehemann nie geliebt, da sie sich dessen bewußt war, daß er sie *gekauft* hatte; sie hatte keine Kinder und die ihres Mannes waren beinahe in ihrem Alter. Nichts hielt sie zurück.

Was konnte Goethe zurückhalten? Die Treue zu einem Schatten? Kaum hatte man die Stadt verlassen, als der Wagen brach. Da Meyer bei diesem Unfall verletzt worden war, mußte man ihn nach Weimar zurückbringen. Die Verletzung war nicht gefährlich, man hätte einige Tage später erneut aufbrechen können. Doch da Goethe seiner Gewohnheit nach die Fingerzeige des Schicksals deutete, sah er in dieser gebrochenen Wagenachse die Hand des *Fatums*, die Warnung der Sterne, die »ihn nicht vergaßen«. Er verzichtete auf die Kur und verbrachte den Sommer in seinem Gartenhaus.

Zwei Jahre später erschien der *Divan*; Goethe schickte Marianne sogleich ein Exemplar des Buches, in dem auch ihre eigenen Gedichte abgedruckt waren. Zweifellos empfand sie es schmerzlich, daß jetzt Hatem und Suleika den Platz Goethes und Mariannes eingenommen hatten, daß diese imaginären Gestalten – wirklicher als die Lebenden – all die Liebe an sich gezogen hatten, die einst jene vereint hatte, die sie immer noch vereinte, denn Goethe und Marianne haben niemals aufgehört, sich zu lieben. Sie tauschten Liebesbriefe aus, er schickt ihr eingemachte Mirabellen mit handgeschriebenen Versen auf dem Deckel der Schachtel, und zwischen diese Galanterien mischt sich unvermutet ein sehnsüchtiges Gedicht, das das Zwiegespräch Hatems und Suleikas fortsetzt. Ein Dialog von Phantomen, vergleichbar den Dialogen der Schatten in der Hölle des Glücks, ein Dialog von schemenhaften Figuren, die sich tastend in der Finsternis suchen.

Ihre Briefe verschweigen mehr als sie sagen. Der Bankier und seine Frau laden Goethe immer wieder ein, sie zu besuchen, sie schlagen ihm sogar vor, Weimar zu verlassen und zu ihnen nach Frankfurt zu übersiedeln, entweder in ihr Haus »Zum roten Männchen« oder in die Wohnung, die sie für ihn aussuchen und einrichten werden. Willemer, der wenig diskret ist, besteht darauf, wird sogar ein wenig lästig. Höflich verspricht Goethe einen Besuch in der Gerbermühle, den er nie wahrmacht. Er verbringt seine Sommer in Karlsbad, dessen Quellen ausgezeichnet für seine Gesundheit sind, der Winter wird durch tausend Beschäftigungen ausgefüllt, durch seine wissenschaftlichen Arbeiten in Jena, wo er wie ein Student in einem alten Turm ohne Komfort lebt. Aber er hat niemals Komfort benötigt, denn in dieser ungewöhnlichen Bleibe, die die Brücke beherrschte, von wo aus man eine herrliche Landschaft sah, »kann aller Komfort nur aus der Seele des Bewohners entspringen«[14], wie er an Sulpiz Boisserée schreibt.

Aber alle Sommer verordnen ihm die Ärzte eine Kur in Böhmen. Er wird dieses Jahr 1821 nach Marienbad gehen, wo das Schicksal für ihn die Überraschung einer Entdeckung bereithält; ein siebzehnjähriges Mädelchen, mit der er in aller Unschuld Kinderspiele spielen wird, das im darauffolgenden Jahr sein Herz in große Bedrängnis bringen wird. Dieser ein wenig steife, dünne Backfisch erblühte zu einem entzückenden jungen Mädchen, um dessen Hand er 1823 anhält, weil er völlig den Kopf verloren hat. Die Liebe Mariannes, die zu Festen und Geburtstagen ihren treuen Ausdruck findet, tröstet ihn nicht über die neue Liebe hinweg, die diesmal nicht erwidert wird. Die leichtfertige Ulrike zeigt keinerlei Bereitwilligkeit, Frau von Goethe zu werden. Währenddessen haben die Jahre, die vergangen sind, die Leidenschaft Mariannes und ihre dichterische Anmut unberührt gelassen. Jedesmal, wenn sie nach Heidelberg kommt, empfindet sie den stechenden Schmerz, der sie an dem Tag ergriffen hat, als sie sich vor neun Jahren zum letzten Mal beim Alten Schloß gesehen hatten. Jedesmal findet sie dieses »goldene Netz an einem verzauberten Ort« wieder, wo »die Vergangenheit Gegenwart wird«, wie sie es in dem schönen Gedicht ausdrückt, das sie 1829 an Goethe schickt.

Durch den Schmerz gereift, findet das Genie Suleikas noch schönere und edlere Klänge als die, die wir in ihren Gedichten des *Divan* hörten.

Berauscht mich, nehmt mich hin, ihr Blumendüfte,
Gebannt in euren Kreis, wer möchte fort?
Schließt euch um mich, ihr unsichtbaren Schranken;
Im Zauberkreis, der magisch mich umgibt,
Versenkt euch willig, Sinne und Gedanken;
Hier war ich glücklich, liebend und geliebt.[15]
(Zu Heidelberg)

Goethe bewahrt seinerseits auch eine gewisse Treue: Immer bei Vollmond wird er an sie denken, wie sie es sich einst versprochen haben. Wenn man die Gedichte liest, die er ihr schreibt, fragt man sich, ob die Entsagung nicht für ihn verdienstvoller ist als für sie, ob er nicht letztlich noch mehr unter der Trennung gelitten hat. Die Leidensfähigkeit dieses Mannes ist ungeheuer groß; wenn nicht eine unerschöpfliche Lebenskraft als Gegengewicht dagewesen wäre, hätte sie ihn zerstört. Man hält ihn für vergeßlich, gleichgültig, geheilt, und plötzlich enthüllt ein einziges Wort die Wunde, die sich niemals geschlossen hat. »Schlägt mein Herz auch schmerzlich schneller, überselig ist die Nacht.« *(Dem aufgehenden Vollmonde)*

Dieses Gedicht, das am 25. August 1828 in Dornburg verfaßt wurde, wohin sich der Dichter geflüchtet hatte, um in der Einsamkeit den Schmerz ausreifen zu lassen, den ihm der Tod des Großherzogs Karl August verursacht, das Scheiden des Gefährten eines ganzen Lebens, hat den gleichen Klang wie die Gedichte des *Divan*, die fünfzehn Jahre früher geschrieben wurden.

Bald wird sich der Schatten um ihn herum verdichten. Sein Sohn August wird sterben, und die Toten werden immer mehr werden, da die Zeugen seines Daseins einer nach dem anderen dahingehen und ihn in seinem langen Leben allein lassen. An einem Tag des Jahres 1832 findet er schließlich, als er Ordnung in seinen Archiven macht, »alte Papiere« wieder. Er schnürt sie zu einem Paket zusammen und schreibt die Adresse Marianne von Willemers darauf. Am 23. März findet der treue Eckermann dieses Paket, das völlig versandbereit ist, so wie Goethe es den Monat zuvor hergerichtet hat; er übergibt es dem Boten mit einem Billett, in dem er die Empfängerin von dem Hinscheiden »des hohen Mannes, den wir alle beweinen« unterrichtet. Goethe ist am Vorabend gestorben.

Hier ist der Brief, den Marianne zwischen den vergilbten Blättern entdeckt:

»Indem ich die mir gegönnte Zeit ernstlich anwende, die grenzenlosen Papiere, die sich um mich versammelt haben, um sie zu sichten und darüber zu bestimmen, so leuchten mir besonders gewisse Blätter entgegen, die auf die schönsten Tage meines Lebens hindeuten ... Nur würde ich mir das einzige Versprechen ausbitten, daß sie es uneröffnet bei sich, bis zu unbestimmter Stunde, liegen lassen. Dergleichen Blätter geben uns das frohe Gefühl, daß wir gelebt haben; dies sind die schönsten Dokumente, auf denen man ruhen darf ... Auch die Erfahrung ist wichtig: daß, wenn wir eine gewisse Freiheit zu setzen gedenken, sich gleich wieder ein neues Hindernis hervortut; ich könnte schmerzlich-lächerliche Beispiele hiervon erzählen. Da Sie es übrigens halten wie ich: den Tag zu sichern und zu schmücken wie möglich und dem Dulden sogleich eine Tätigkeit entgegenzusetzen, so bleiben Sie auch wie ich unwandelbar in freundlicher Neigung ...«[16]

Dieser Brief war am 10. Februar 1832 geschrieben worden. Am 3. März, neunzehn Tage vor seinem Tod, öffnete Goethe das Paket noch einmal und legte noch ein Gedicht dazu, das eine Antwort auf all jene war, die Suleika ihm geschickt hatte.

Vor die Augen meiner Lieben
Zu den Fingern die's geschrieben –
Einst, mit heißestem Verlangen
So erwartet, wie empfangen –
Zu der Brust der sie entquollen
Diese Blätter wandern sollen;
Immer liebevoll bereit,
Zeugen allerschönster Zeit.

Der *West-Östliche Divan* fand hier sein Ende und die Liebe zwischen Goethe und Marianne ihre erhabene Krönung.

17
»Der Böhmische Zauberkreis«

Nach seiner Krankheit im Jahre 1805 hatte es sich Goethe zur Gewohnheit gemacht, jeden Sommer in den böhmischen Bädern zu verbringen, hauptsächlich in Karlsbad, dessen Quellen ihn stets verjüngt hatten. Das Gesetz des Wechsels, das sein Leben beherrschte, ebensosehr in den kleinen Dingen des Lebens wie in den wichtigen Ereignissen seines Daseins, forderte diese jährliche Flucht weit weg von dem Haus am Frauenplan. Es glich inzwischen zu sehr einem Museum mit seinen Sammlungen von Gipsformen, Kupferstichen und Gesteinsproben und wurde durch diese Anhäufung erstickend, wenn erst einmal die heiße Jahreszeit gekommen war. Die Abreise nach dem Badeort im Juni oder Juli brachte eine fröhliche Belebung mit sich, die Atmosphäre einer beinahe heimlichen Flucht, eines *Ausbruchs.* Goethe ließ die Verwaltungssorgen, die Hofformalitäten, den Ärger mit dem Theater, all die Routine des Alltags hinter sich, der im Laufe der Jahre immer zermürbender wurde.

Da war zuerst die Reise mit ihren neuen Landschaften, den Rastaufenthalten in den Gasthäusern, die Scherze mit den hübschen Schankmädchen, dann das Niederlassen in einer Stadt, die sich von Weimar sehr unterschied, die leichtfertig, leger und luxuriös war. Nur während drei oder vier Monaten jedes Jahres erwachte sie zum Leben, wenn sich berühmte Persönlichkeiten, Herrscher, schöne Frauen und geistvolle Männer dort einfanden. Nichts war besser geeignet, um

»manche Rostflecken, die eine zu hartnäckige Einsamkeit über uns bringt«[1], abzuschleifen.

Die Kur tat ihm gut, aber auch der Umstand, unentwegt mit anderen Menschen zusammen zu sein als denen, die er jeden Tag in Weimar oder Jena um sich hatte. Diese Badesaisons waren für ihn so unentbehrlich geworden, daß seine Gesundheit darunter litt, wenn er aus irgendeinem Grund den Sommer vorübergehen ließ, ohne in die böhmischen Bäder zu reisen. Als ihn die politischen Ereignisse der Jahre 1808 und 1809 von Karlsbad fernhielten, hatte er einen sehr schlechten Winter und erlitt einen schweren Rückfall seiner früheren Krankheit.

Das »Nichtstun«, wie er es nennt – das heißt, jener Müßiggang, bei dem jeder Augenblick mit oberflächlichen Dingen ausgefüllt ist, die Entdeckung neuer unvorhergesehener, immer interessanter Persönlichkeiten, ein völlig anderer Lebensrhythmus, der auf Muße, Vergnügung und Entfernen von allen ernsten Dingen gegründet war –, ließ um ihn herum wieder dieses Klima der *Leichtlebigkeit* aufkommen, dessen er bedurfte. Er berichtet wohlgefällig seinen Brieffreunden über die Anzahl der Badegäste, deren Namen in offiziellen Listen bekanntgegeben wurden, er informiert die Daheimgebliebenen über neue Gesichter, denen man in Karlsbad begegnet, über Quellen, die dieses Jahr in Mode sind – 1806 ist es zum Beispiel der »Neubrunn« –, er freut sich darüber, dort Freundschaften wiederzufinden, die er während der vorhergehenden Jahre geknüpft hatte, und neue Bekanntschaften zu machen. Das Städtchen ist immer reizvoll geschmückt, seine Wege sind gut instandgehalten, man kann mühelos angenehme Spaziergänge auf bequemen Wegen unternehmen. Das dortige Theater ist nicht besonders gut, die Schauspieler »zeigen sich fratzenhaft, affektiert und komödiantisch«[2], aber das amüsante Schauspiel bleibt letztlich jenes, welches sich die Badegäste gegenseitig geben, mit der immer neuen Überraschung der mit großem Getöse eintreffenden Equipagen, die die Könige und Fürsten begleiten, welche das böhmische Städtchen mit ihrer Anwesenheit beehren.

In eben diesem Jahre 1806, in dem Goethe zu seiner Freude

die Bekanntschaft der Fürstin Solms, der schönen Narischkin, gemacht hat, die beweist, wie er maliziös sagt, daß der Kaiser Alexander I. guten Geschmack besitzt, und als er den Landgrafen Karl von Hessen kennenlernt, trifft er auch unerwartet die alte Frau von Brösigke wieder. Er kannte sie von früher, doch dieses Jahr wurde sie von ihrer Tochter Amalie von Levetzow begleitet. Die beiden hatten Egerbrunn verlassen, wo sie ihre »Saison« begonnen hatten, weil sich in der dortigen Gesellschaft zwei Parteien gebildet hatten, die der Österreicher und die der Polen, die sich eine erbitterte Fehde lieferten, dann aber doch zusammenhielten, um aus ihren Salons alles auszuschließen, was nicht österreichisch oder polnisch war. Besonders den Sachsen und Preußen zeigte man die kalte Schulter, und die beiden charmanten Damen waren nach Karlsbad abgereist, um hier eine herzlichere und tolerantere Aufnahme zu finden.

»Frau von Levetzow ist reizender und angenehmer als jemals«, schreibt Goethe verwundert an Christiane. »Ich bin eine Stunde mit ihr spazieren gegangen und konnte mich kaum von ihr losmachen, so artig war sie und soviel wußte sie zu schwatzen und zu erzählen.«[3]

Der Zauber Frau von Levetzows wirkte zweifellos so stark auf den Dichter, daß er, wovon er aber seiner Frau keine ausführlicheren Geständnisse gemacht hatte, in sein Tagebuch am 27. Juli 1806 schrieb: »Pandora. Flucht vor der Pandora.« Mit diesem Namen Pandora bezeichnet Goethe seltsamerweise mehrere Frauen, die er geliebt hat; besonders Minna Herzlieb und Ulrike von Levetzow, die unter dieser Maske in den letzten Versen der *Marienbader Elegie* erwähnt werden wird. Daß Frau von Levetzow ihrerseits Pandora geworden ist, läßt vermuten, daß Goethe in die hübsche Tochter der Gräfin Brösigke verliebt gewesen war, verliebt genug jedenfalls, um vier Jahre später im Stimmengewirr eines Salons ihre Stimme wiederzuerkennen und auszurufen: »Es ist die Stimme meiner lieben kleinen Levetzow.« Sich in eine neue Frau zu verlieben, ist schließlich auch Teil der Kur, die ebenso in einer Verjüngung des Herzens wie des Körpers und der Sinne besteht. »Man darf niemals zur Kur fahren, wenn man keine Vorkehrung trifft, sich dort zu verlieben. Ohne das kommt man vor Langeweile um.«[4]

Fünfzehn Jahre sind seit dieser Begegnung vergangen. Goethe und Frau von Levetzow hatten nie mehr Gelegenheit gehabt, zusammen zur Kur zu sein, da sich die Gräfin Brösigke in dem mit Karlsbad rivalisierenden Marienbad niedergelassen hatte; sie bewohnte dort ein großzügiges Haus, von dem sie gerne einige Zimmer an bedeutende Persönlichkeiten abgab. Der Winter 1820 auf 21 war für den Dichter sehr qualvoll gewesen. Er hatte die kalten Monate in einer beinahe vollkommenen Abgeschlossenheit verbracht, sein Haus nicht mehr verlassen, und unter dieser »entschiedensten Einsamkeit«[5], diesem bitteren Alleinsein sehr gelitten. Er entschuldigte sich bei dem Grafen Brühl, der ihn zu der Einweihung des Berliner Theaters eingeladen hatte, mit den Worten: »Ich bin diesen Winter nicht aus dem Hause und dieses Frühjahr nicht weiter als in meinen Hausgarten gekommen ...«[6]

Er interessierte sich im übrigen viel weniger fürs Theater, seit er die Leitung der Weimarer Bühne aufgegeben hatte. Er gehorchte auch hier seiner Gewohnheit, sich niemals an eine Sache zu hängen, um die er sich nicht aktiv kümmern konnte. Seine letzten Karlsbader Kuraufenthalte hatten ihn enttäuscht: Der Sprudel zeigte keine Wirkung mehr, und er kannte die Stadt und ihre Stammgäste zu gut, als daß ihm die Kur noch etwas Neues hätte bieten können. Er entschloß sich also, in diesem Frühjahr Marienbad auszuprobieren, von dem die Ärzte nur das Beste zu sagen wußten. Da er erfahren hatte, daß Frau von Brösigke in ihrem großen Haus eine Art Familienpension führte, beschloß er, dort zu logieren, und war ganz froh, auf diese Weise »seine liebe kleine Levetzow« wiederzusehen.

Dieses Jahr jedoch war es nicht mehr Amalie, die die liebe kleine Levetzow sein sollte. 1806 hatte Goethe den drei Kindern, die ihre Mutter begleiteten, noch wenig Aufmerksamkeit geschenkt; die drei Töchter, Amalie, Ulrike und Bertha waren da noch in einem zarten Alter. Aber als er 1821 bat, die Kinder zu sehen, betraten drei entzückende junge Mädchen den Salon. Sie waren nicht allzu schüchtern, jedoch befangen in der Gegenwart des berühmten Dichters, dessen olympische Majestät, obwohl sie sich in der Gesellschaft von jungen Damen stets in Huld und Charme verwandelte, ihren Eindruck auf sie nicht verfehlte. Es war die Zeit, als der russische Großherzog Nikolaus nach seinem Besuch bei Goethe hingerissen sagte, er hat »den Kopf eines Jupiter Stator«. Der Kaiser vertraute Smirnow, der davon in seinen Erinnerungen berichtet, an: »Er hat durch seine göttliche Ruhe und durch sein ernstes, gehaltenes Wesen einen ganz gewaltigen Eindruck auf mich gemacht.«[7]

Platen, gegen den sich Goethe sehr streng zeigte (er sagte eines Tages zu Eckermann: »Er besitzt manche glänzende Eigenschaften: allein ihm fehlt die Liebe. Er liebt so wenig seine Leser und seine Mitpoeten als sich selber ... Man wird ihn fürchten, und er wird der Gott derer sein, die gern wie er negativ wären, aber nicht wie er das Talent haben.«[8]), Platen im Gegensatz wird seine Güte bewundern, vor allem aber seine Augen, die, wenn er will, »blitzend von Liebe und Gutmütigkeit«[9] sein können.

Victor Cousin schließlich, der die Wallfahrt nach Weimar unternahm, um den »Gott« zu begrüßen, lobt ihn in den höchsten Tönen: »Es ist mir unmöglich, eine Vorstellung von dem Zauber zu vermitteln, der von Goethes Worten ausgeht. Alles an ihm ist individuell und dennoch von der Magie des Unendlichen; Genauigkeit und Weite, Klarheit und Kraft, Fülle und Einfachheit und eine unerklärliche Anmut zeichnen seine Sprache aus. Er hat mich schließlich bezwungen und ich lauschte ihm mit Wonne. Er ging mühelos von einem Gedanken zum anderen über, und verbreitete über jeden ein weites sanftes Licht, das mich erleuchtete und erfreute.«[10]

Der größte Zauber dieses außergewöhnlichen Menschen bestand vor allem in seinem Talent, sich zu verwandeln und sich auf jeden – der ihm gefiel, natürlich – einzustellen, ihm liebenswürdig und aufgeschlossen entgegenzukommen. Er hatte den Wunsch zu gefallen und auch die Kunst zu gefallen, die »l'art de plaire«, die ihn, wenn er sie der Mühe wert hielt, unwiderstehlich machte. Alle Vorurteile schmolzen dahin, wenn man ihm gegenüberstand und er seinen Charme entfaltete. Der distanzierte, eisige Olympier, dessen Hochmut und Zornesausbrüche berühmt waren, wurde dann charmant wie die jungen Damen, die nur ihre Anmut und Schönheit besaßen, um ihn zu reizen. Die Verehrung der Schönheit beherrschte bei ihm jedes andere Gefühl. Alles Häßliche war ihm dagegen widerwärtig. In seiner Kindheit hatte er die Schule verlassen, weil sich dort ein dunkelhäutiges Kind befand, das ihm mißfiel: »Das schwarze Kind kann ich nicht leiden«, schrie er, »das soll hinaus!«[11]

Schönheit war der beste Garant, um ihn wohlwollend zu stimmen. Dieser Mann, der sich manchmal zu berühmten Leuten oder Künstlern so streng, so herablassend, so unangenehm verhielt, kapitulierte sogleich vor der Grazie eines jungen Mädchens oder einer jungen Frau.

Wenn die »liebe kleine Levetzow« inzwischen auch um fünfzehn Jahre älter geworden war, so belebten als Ausgleich jetzt drei junge Mädchen mit ihrem Lachen, ihrem Singen und ihren Spielen das Haus der Frau Brösigke, und die Aufmerksamkeit Goethes wandte sich sogleich ihnen zu. Eine neue Pandora war geboren, die Tochter der Pandora von einst, die älteste Tochter Frau von Levetzows. Sie hieß Ulrike und zählte siebzehn Jahre.

»Großmutter ließ mich zu sich rufen, und das Mädchen sagte mir, es sei ein alter Herr bei ihr, welcher mich sehen wolle, was mir gar nicht angenehm, da es mich in einer eben begonnenen Handarbeit störte. Als ich ins Zimmer trat, wo meine Mutter auch war, sagte diese: Das ist meine älteste Tochter Ulrike. Goethe nahm mich bei der Hand und sah mich freundlich an und frug mich, wie mir Marienbad gefalle. Da ich die letzten Jahre in Straßburg in einer französischen Pension zugebracht, auch erst siebzehn Jahre alt war, wußte ich gar nichts von Goethe, welch berühmter Mann und Dichter er sei, war daher auch ohne alle Verlegenheit einem so freundlichen alten Herrn gegenüber, ohne alle Schüchternheit, welche mich sonst meist bei neuen Bekanntschaften ergriff. Goethe forderte mich gleich den anderen Morgen auf, mit ihm einen Spaziergang zu machen.«[12]

Diesem Spaziergang folgten viele andere. Sie gingen jeden Tag zusammen aus, und dieser unverbesserliche Pädagoge benützte die Gelegenheit, um seine kleine Gefährtin, die seinen Abhandlungen über die Besonderheiten der Pflanzen und die Geheimnisse der Mineralien zerstreut zuhörte, zu unterrichten. Goethe wollte ihr einige Male Gedichte vortragen, und es gab bald auch welche, die für sie verfaßt waren, aber sie unterbrach ihn und wünschte sich lieber eine Geschichte. Diese Unterhaltungen setzten sich oft noch bis spät in den Abend hinein fort. »Auch gegen Abend«, erzählt Ulrike, »saß er oft stundenlang auf einer Bank vor der Türe, wo er mir von sehr verschiedenen Gegenständen erzählte.«[13] Man trennte sich erst zu der Stunde, wo man schicklicherweise nicht mehr zusammenbleiben konnte, und erwartete voller Ungeduld den nächsten Tag, der diese zarten Freuden wiederbringen würde.

Goethe ist trotz des Regens, der hartnäckig ihre Pläne für das Spazierengehen durchkreuzt, entzückt. Ist er schon verliebt? Offensichtlich. Er liebt Ulrike wegen ihres persönlichen Liebreizes und auch deshalb, weil sie die Tochter einer Frau ist, die er einst geliebt hat: ein ziemlich dubioses Band. Aber er bleibt immer in der Rolle des gütigen Großvaters, die er angenommen hat und die es ihm erlaubt, sich an dieser kostbaren Vertrautheit ohne Gewissensbisse zu erfreuen. Ulrike ihrerseits, geschmeichelt durch die Aufmerksamkeiten des berühmten Dichters, läßt sich gerne umschwärmen, ohne darüber nachzudenken, wohin sie das führen wird. Im übrigen geht der Sommer zur Neige. Bald besteigen die Badegäste wieder die Kutschen und reisen ab. Kein einziges Wort über Liebe ist gefallen und Ulrike meint selbst: »Es fiel auch später niemandem und auch meiner Mutter nicht ein, in dem vielen Zusammensein etwas anderes als ein Wohlgefallen eines alten Mannes, welcher mein Großvater hätte sein können nach den Jahren, zu einem Kind, welches ich ja noch war, zu finden.«[14]

Welch ein Gefühl empfand Goethe damals? Er hat nichts darüber gesagt. Man kann jedoch annehmen, daß er es nicht versäumt hat, sich diese für den Erfolg einer Kur unerläßliche Zutat zu gönnen: eine neue Leidenschaft. Man weiß außerdem, daß seine Gefühle schönen Mädchen gegenüber niemals die eines Großvaters waren. Der Winter jedenfalls reifte, entwickelte und kristallisierte diese Liebe, die gerade entstanden war; sobald der Frühling gekommen ist, geht Goethe daran, seine »Saison« vorzubereiten. Er beeilt sich, an Frau Brösigke zu schreiben und bittet sie, daß man ihm die Wohnung, die er im Jahr zuvor hatte, den kleinen Salon, das große Eckzimmer mit dem Balkon, reservieren möge, auf dem er so schöne Stunden damit verbracht hat, den Himmel zu beobachten.

Als er in den ersten Julitagen eintrifft, findet er alles so vor, wie er es im Sommer verlassen hat. Ulrike ist noch schöner geworden, und die Vertrautheit, die sich sogleich wieder einstellt, könnte gefährlich werden, wenn die Wachsamkeit seines Unterbewußtseins die neuen Gefühle des Dichters nicht in eine ziemlich seltsame Richtung lenken würde. Goethe findet, daß Ulrike eine perfekte Schwiegertochter abgeben würde, was natürlich absurd ist, da er nur den einen Sohn hat, August, und dieser schon mit Ottilie von Pogwisch verheiratet ist. Es ist also eine Art Tagtraum, der sich ankündigt und dessen Hauptperson Ulrike ist. »Oft sagte er zu meiner Großmutter, wie sehr er sich wünschte, noch einen Sohn zu haben, denn er müßte dann mein Mann werden, mich würde er ganz nach seinem Sinn ausbilden, er habe eine große väterliche Liebe für mich.«[15]

Aber Goethe liebt die Mädchen genausowenig väterlich, wie das Jahr vorher. In Wahrheit vollzieht sich in seinem Herzen eine eigenartige Verkehrung der Tatsachen. Sein bewußtes Ich weiß, daß er Ulrike nicht heiraten kann, aber da er sie liebt und da er diese Liebe genießen will – die Liebe, die er für sie hat –, bietet ihm sein Unbewußtes diese Lösung an: Er wird sie von nun an als seine »erträumte Schwiegertochter« betrachten, und in dieser Eigenschaft wird er das Recht haben, sie zu lieben, sie sich in seinem Haus wohnend immer an seiner Seite vorzustellen.

Das kann nichts anderes als ein Traum sein, ein märchenhaftes Abenteuer als Ersatz für das nicht zu verwirklichende Wunschdenken. Er liebt Ulrike so sehr, daß er sich keinen einzigen Augenblick von ihr trennen kann. Diese Liebe, die er vielleicht sich selbst nicht einmal einzugestehen wagt – geschweige denn ihr – drückt er in dem Dialoggedicht *Äolsharfen* aus.

Warum ein Zwiegespräch? Um zu hören, daß Ulrike seine Liebe erwidert. Das ist nur möglich in einem Gedicht, in dem die beiden Personen einfach Sie und Er heißen. Die Transponierung in Hatem und Suleika, die sich ganz natürlich ergab, als es sich um Marianne handelte, ist hier ausgeschlossen. Denn Ulrike vermag ihm nicht anders zu antworten, als durch die Stimme, die ihr der Dichter in diesen Versen leiht. Die Äolsharfen werden Goethes Ohren, der nur danach verlangt, sich selbst zu täuschen, die Musik einer gegenseitigen Liebe vernehmen lassen. Hier treten Unbewußtes und Bewußtes miteinander in Konflikt: die objektive Einsicht der Wirklichkeit und eine unbegrenzte Kraft der Phantasie, die alles so zusammenfügt, daß Goethe bald geliebt wird, wie in den *Äolsharfen*, bald als Schwiegervater die Zutraulichkeit einer jungen Frau genießt, die die Gattin seines Sohnes ist.

Der folgende Winter kam ihn schwer an. Goethe blieb lange Monate zu Hause; kaum daß er sein Zimmer verlassen hat, wo er »gar manches in seiner einsamen Schmiede durchhämmert«.[16]

Er wurde so schwer krank, daß die Ärzte ihn schon zehn Tage lang verloren glaubten. Gerade in dieser Zeit hat ihm aus einer eigenartigen Vorahnung heraus die alte Freundin seiner Jugendzeit, die Vertraute seiner Liebe zu Lili, Auguste von Stolberg, nach vierzig Jahren des Schweigens, einen erschütternden Brief geschrieben. Sie spürte wohl, daß er sie in dieser Leidenszeit brauchte, daß er verlassen und unglücklich war, und sie bittet ihn dringend, zurück zu Gott zu kommen. »O ich bitte, ich flehe Sie lieber Goethe! abzulassen, von allem, was die Welt, Kleines, Eitles, Irdisches, und nichts Gutes hat – Ihren Blick, und Ihr Herz zum Ewigen zu wenden ...«[17]

Man könnte glauben, sie hätte die Schmerzen geahnt, die ihn

erwarten, wenn er diese neue Leidenschaft in sich wachsen läßt; sie warnt ihn deshalb vor der Liebe und bemüht sich, ihn auf den religiösen Weg zurückzuführen. Goethe, der bewegt und dankbar ist, aber unerschütterlich an dem festhält, wovon er weiß, daß es seine Vorsehung ist, schickt ihr erst sechs Monate später eine Antwort. Es ist vielleicht der schönste Brief, den er jemals geschrieben hat, in dem man der Spuren, die die Krallen des Schicksals hinterlassen haben, gewahr wird, aber auch seiner tiefen Liebe zum Leben:

»Lange leben heißt gar vieles überleben, geliebte, gehaßte, gleichgültige Menschen, Königreiche, Hauptstädte, ja Wälder und Bäume, die wir jugendlich gesäet und gepflanzt. Wir überleben uns selbst und erkennen durchaus noch dankbar, wenn uns auch nur einige Gaben des Leibes und Geistes übrig bleiben. Alles dieses Vorübergehende lassen wir uns gefallen; bleibt uns nur das Ewige jeden Augenblick gegenwärtig, so leiden wir nicht an der vergänglichen Zeit. Redlich habe ich es mein Lebelang mit mir und anderen gemeint und bei allem irdischen Treiben immer aufs Höchste hingeblickt; sie und die Ihrigen haben es auch getan. Wirken wir also immerfort, so lang es Tag für uns ist, für andere wird auch eine Sonne scheinen, sie werden sich an ihr hervortun und uns indessen ein helleres Licht erleuchten. Und so bleiben wir wegen der Zukunft unbekümmert. In unseres Vaters Reiche sind viel Provinzen, und da er uns hier zu Lande ein so fröhliches Ansiedeln bereitete, so wird drüben gewiß auch für beide gesorgt sein; vielleicht gelingt alsdann, was uns bis jetzo abging, uns angesichtlich kennen zu lernen und uns desto gründlicher zu lieben. Gedenken Sie mein in beruhigter Treue.«[18]

Der Frühling hält schließlich seinen Einzug. Goethe, der den Winter haßt, in dessen Verlauf sich sein Wesen zusammenkrümmt und verlöscht, reist sobald wie möglich nach Marienbad ab. Er beeilt sich, um sich wieder in den »böhmischen Zauberkreis«[19] einzufinden. Als Genesender kehrt er ins Leben zurück. Im »Bad« trifft er Ulrike wieder, die schöner ist als je zuvor. Seine Liebe erfährt bei dieser dritten Begegnung eine ganz neue Färbung. Von jeglicher Vernunft im Stich gelassen, verliert er buchstäblich den Kopf. Er versucht noch, die Haltung des Großvaters zu bewahren, die er zwei Jahre zuvor angenommen hat und die er schon im letzten Sommer Mühe hatte aufrechtzuerhalten. Der Einfluß Byrons, der immer stärker wird, löst in ihm einen romantischen Überschwang der Gefühle aus, die noch heftiger sind als jene, die er in seiner Jugend erlebt hat. Byron bedeutet die Freiheit zur hemmungslosen Leidenschaft, zur Entfesselung der Instinkte, weit von jedem Maß, von jeder Realität entfernt. Mit Verwunderung kann man in seinen Briefen und seinen Gesprächen den tiefen Eindruck wiederfinden, den der junge englische Dichter im Herzen und im Geist dieses Greises hinterlassen hat, die pathetischen Sturzbäche, die er freisetzt. Goethe kümmert sich nicht darum, ob dieser Einfluß wohltuend oder schädlich sein wird. Er entledigt sich seines gewohnten Vorbedachts Menschen, Dingen und Ereignissen gegenüber. Dieser Mann, der soviel Wachsamkeit darauf verwandte, sich zu schützen, zu bewahren, liefert sich jetzt mit einer fatalen Bedingungslosigkeit seinen Dämonen aus. Er ist gleichgültig gegenüber den Folgen dieser Unterwerfung, blind gegenüber dem drohenden Zugriff der Zerstörung, die auf sein Herz und seinen Körper abzielt.

Abgesehen davon ist ein neues Element ins Spiel gekommen. Bis dahin hat sich Goethe der Musik verschlossen. Nicht daß er dieser Ausdrucksform gleichgültig gegenüber gestanden hätte, in seiner Jugend spielte er Violoncello und Cembalo, und manchmal kommt es noch vor, daß er sich an ein modernes Instrument namens Pianoforte setzt, aber im allgemeinen hat die Musik in seinem Leben keinen bedeutenden Platz eingenommen. Er fürchtete, hier in das Universum blinder Instinkte, unkontrollierter Gefühle, ungezügelter Leidenschaften zu geraten und hielt sich abseits von dieser dionysischen, orgiastischen Welt, in der die deutschen Romantiker gerne ihre korybantischen Tänze aufführten. Die Musik ist für Goethe, auch in seiner Jugend, niemals das gewesen, was sie für Hoffmann oder Jean Paul war. Im musikalischen Taumel bemächtigt sich ein fremdes Wesen des Menschen, nimmt ihn ein, führt ihn zu einer sozusagen göttlichen Ekstase, zu einer tierischen oder engelhaften Metamorphose. Für die Romantiker ist die Musik ebenso ein Mittel zu entfliehen wie sich selbst zu finden, sich zu vollenden, wie sich zu verlieren. Im ganzen Werk Goethes wird man über Musik nicht eine Seite finden, die mit denen des *Kater Murr* oder der *Flegeljahre* zu vergleichen wäre. Wenn man den minimalen Anteil sieht, den er ihr in seinem Leben und in seinen Vorlieben einräumt, möchte man meinen, daß Goethe die außerordentliche Revolution, die in der Musik seiner Zeit stattgefunden hat, völlig unberührt gelassen hat. Er bevorzugte die klassische Musik, er hörte gerne zu, wenn der junge Mendelssohn ihm Bach vorspielte, der damals fast vergessen und unbekannt war. Während seiner Aufenthalte in Berka verfaßte der Organist Schuch für ihn eine Art Musikanthologie, in der er in chronologischer Reihenfolge die schönsten Stücke der deutschen Musiker aufführte, vom *Wohltemperierten Klavier* bis zur Fünften Symphonie Beethovens, von der Goethe sagte, »das ist grandios«[20], der er aber dennoch mit einem gewissen Vorbehalt lauschte. Der Gesang lag ihm eher. »Eine gute Stimme ist eine große Gabe des Himmels.«[21] Seine Vorlieben ähnelten denen Nietzsches: Er mochte die »deprimierende« Musik nicht; er zog ihr »kräftige und frische Töne«[22] vor. Eines Tages schreibt er in seine Hefte: »Die profane (Musik) sollte durchaus heiter sein.«[23]

Er findet sich in Mozart, Haydn, Händel, während ihm seine Zeitgenossen fremd sind. Berlioz, der ihm im Mai 1829 seine Partitur *Acht Szenen des Faust* verehrt hat, erhält nicht eine Zeile des Dankes. Für Beethoven empfindet er Bewunderung, jedoch keinerlei Sympathie. Er tadelt »die ungebändigte Persönlichkeit« dieses Komponisten und läßt die Zusendung seiner *Missa Solemnis* im Februar 1823 unbeantwortet. Die Geschichte seiner Beziehung zu Beethoven zeigt auf, in welchem Maß er unfähig war, zu den Musikern und der Musik der Romantik Zugang zu bekommen, mit welcher Hartnäckigkeit er sich weigerte, sie zu verstehen. Er empfand direkt Widerwillen – das Wort ist nicht zu stark – vor einer Kunstform, die das Individuum sich selbst entriß und es in die Verwirrung eines panischen Schauspiels trieb. In seiner zweckorientierten Auffassung wollte er, daß die Musik den Zuhörer stärkte, daß sie für ihn eine Quelle der Energie sei, daß sie ihn dazu führte, klarer zu sehen und höher zu denken. Anstatt also sich an der Musik zu berauschen wie seine Zeitgenossen, in sie einzutauchen wie Jean Paul und Hoffmann, gesteht er ihr nur eine zweitrangige, zweckgebundene Rolle zu. Er fordert von ihr Unterweisung und keine Emotionen, denn diese öffnen die dunklen Kellergewölbe des Instinkts, und seit langem schon hat er die Falltür verriegelt und versiegelt, unter der seine Dämonen eingeschlossen sind.

Und nun führt dieses Jahr in Marienbad der Zufall in der Umgebung Goethes Pianisten und Sänger zusammen. Die Musik, der er sich gesperrt hat, sogar in Zeiten, wo sie ihm ungefährlich war, holt ihn nun ein in dieser entscheidenden Stunde, in der er schwankt und taumelt. Unfähig zu widerstehen, da die Liebe und die Musik sich jetzt vermischen und untrennbar werden in dem Rausch, in den sie ihn versetzen, gibt er nach, läßt sich treiben, sich mit fortreißen. »Die Musik hebt, wie alle höheren Genüsse den Menschen aus und über sich selbst, zugleich auch aus der Welt und über sie hinaus ... Sie ist eine der schönsten Offenbarungen Gottes«[24], schreibt er in diesem Sommer an Zelter.

Zweifellos mußte Goethe unsinnig verliebt sein, um das zugeben zu können und die Musik über sich diese außergewöhnliche Macht ergreifen zu lassen. Den ganzen Sommer wird er sich ihr nicht entziehen, und dieses Erlebnis wird sich im übrigen noch fortsetzen, da die Musiker, die diese Augustabende verzaubern, ihn im Herbst in Weimar besuchen werden. Diese Augenblicke werden dann in seiner ganzen packenden und zerreißenden Intensität das Gefühl wachrufen, das er verspürte, als er sich neben Ulrike niederließ, um ihnen zu lauschen und, auf den Flügeln des Gesangs eingewiegt, sich in diese glückliche Bewußtlosigkeit, diese trügerische, himmlische Glückseligkeit fallen ließ, ohne das grausame Erwachen vorherzusehen.

»Laß uns träumen, träumen Seele,
Noch einmal! Doch mit Bedacht
Und mit Vorsicht soll's geschehen;
Denn man wird uns vom Genuß
Einst zur besten Zeit erwecken.«
(Übersetzung von A. W. Schlegel und J. D. Gries)

Obwohl er ein großer Bewunderer Calderons war, erinnerte Goethe sich jetzt nicht mehr dieser Verse aus *La Vida es Sueño.* Es schien, als ob dieser Schlaf, wie der des Faust, ewig dauern sollte.

Da ihr dies Haupt umschwebt im luft'gen Kreise,
Erzeigt euch hier nach edler Elfen Weise,
Besänftiget des Herzens grimmen Strauß ...[25]

Es war ein wohliger Schlaf, den »conciliante Träume« begleiteten, Melodien mit der schönen Stimme Madame Milders, dem Piano der beiden Polinnen, Madame Szymanowska und Madame Wolowska, umflossen und das Lächeln Ulrikes erleuchtete.

Weshalb sollte dieses Glück nicht Wirklichkeit werden? Der alte Faust, der, von einer riesigen Woge der Leidenschaft überrollt, durch die Musik entwaffnet wurde, stellt sich diese Frage überhaupt nicht. Im »Zauberkreis« erscheint nichts unverwirklichbar zu sein. Der Badeort wird also zu einem verzauberten Park, zu einem »Garten der Armida« (verführerische Schöne aus Tassos »Befreitem Jerusalem«, Anm. d. Übers.), der Ort der Behexungen und der Verzauberungen. Wenn dieser vierundsiebzigjährige Greis fähig ist, wie ein Jüngling zu lieben, warum sollte er nicht wiedergeliebt werden?

In Weimar, im Haus am Frauenplan, beunruhigen sich August und Ottilie über gewisse doppelsinnige Sätze in seinen Briefen. Verwirrende Briefe, die voller unausgesprochener Geständnisse sind. Man weiß nicht, ob das Unbewußte diese halben Bekenntnisse diktiert, oder ob, ganz im Gegenteil, Goethe seine Kinder geschickt auf die verblüffende Neuigkeit vorbereiten will, die er ihnen ankündigen wird. »Die ungeheure Gewalt der Musik«[26] muß seinen Verstand gelähmt haben, denn er scheint sich nicht klarzumachen, welche Bestürzung diese ungeschickten oder allzu geschickten Anspielungen auf eine »Veränderung des Lebens« bei seinem Sohn und der Schwiegertochter auslösen wird, die überhaupt keine Lust haben, ihn eine neue Gattin aus dem »Zauberkreis« heimführen zu sehen. Man weiß, daß sie Ulrike heißt, denn er erzählt dauernd von ihr unter dem Vorwand, daß sie ihn an die Schwester Ottiliens, Ulrike von Pogwisch erinnere. Auch in Marienbad greift der Klatsch schnell um sich. Goethe ist zu berühmt, als daß nicht ganz Deutschland über all seine Schritte unterrichtet wäre. Die Hofburg andererseits weiß durch ihre Polizeibeamten von der Verbindung des Dichters mit Fräulein von Levetzow. Man sieht sie immer zusammen, und dieser sonst so vorsichtige, so vernünftige Mann denkt nicht daran, die Liebesglut, die in seinen Augen glänzt, zu verbergen. Als er schließlich gegen Mitte August seine Schwiegertochter an die schönen, im Familienkreis verbrachten Abende erinnert und zu verstehen gibt, daß noch eine vierte Person fehlt, um diese Runde vollständig zu machen, gerät die Familie in Panik und noch mehr, als der Greis einen Aufschrei des Schmerzens losläßt: »Alles andere, was mich leben machte, ist geschieden, die Hoffnung eines nahen Wiedersehens zweifelhaft ...«[27] Man spürt, daß er zu ganz gleich welcher Tollheit bereit ist, reif ist für den »unüberlegten Streich«, dem er, als er jung war, niemals zugestimmt hat.

Den *unüberlegten Streich* hat er tatsächlich begangen; Frau von Levetzow ist mit ihren Töchtern nach Karlsbad abgereist, und Goethe wird sich dort mit ihnen treffen. In der Zwischenzeit hat er seinen alten Freund, den Großherzog Karl August – da der Kaiser das Herzogtum Sachsen-Weimar in die Würde eines Großherzogtums erhoben hat – mit einem verblüffenden Schritt beauftragt, den er selbst nicht zu tun wagt und von dem er hofft, daß der Herrscher ihn erfolgreich ausführen wird: Frau von Levetzow um die Hand ihrer Tochter Ulrike zu bitten.

Durch die Erinnerungen, die Ulrike im Alter schreibt – sie lebte bis ins hohe Alter von 95 Jahren und starb, ohne sich jemals verheiratet zu haben – haben wir von dieser Unterhaltung erfahren: »Und es war der Großherzog, welcher meinen Eltern und auch mir sagte, daß ich Goethe heiraten möchte; erst nahmen wir es für Scherz und meinten, daß Goethe sicher nicht daran denke, was er widersprach, und oft wiederholte, ja selbst mir es von der lockendsten Seite schilderte, wie ich die erste Dame am Hof und in Weimar sein würde, wie sehr er, der Fürst, mich auszeichnen wolle, er würde meinen Eltern gleich ein Haus in Weimar errichten und übergeben, damit sie nicht von mir getrennt lebten, für meine Zukunft wolle er in jeder Weise sorgen; meiner Mutter redete er sehr zu, und später hörte ich, daß er ihr versprochen, daß, da nach aller Wahrscheinlichkeit ich Goethe überleben würde, er mir nach dessen Tod eine jährliche Pension, zehntausend Taler aussetzen wolle. Meine Mutter hatte sich aber fest vorgenommen, keine ihrer Töchter zu einer Heirat zu überreden und zu bestimmen, doch sprach sie darüber mit mir und frug mich, ob ich mich wohl dazu geneigt fühle, worauf ich ihr erwiderte: ob sie es wünsche, daß ich es tue.«

Diese Antwort zeigt wenig Begeisterung. Schön, jung, verliebt in die Jugend, wollte Ulrike ihr Leben nicht an das eines fast achtzigjährigen Greises binden, so schmeichelhaft und vorteilhaft diese Heirat auch sein mochte. Ob sie nun überrascht worden ist oder ob sie, im Gegenteil, im Gebaren ihres Bewunderers den Antrag, den er ihr machen wollte, schon erraten hat, sie zögert nicht, sie bittet nicht um Bedenkzeit; Frau von Levetzow ist diejenige, die, um die Absage abzumildern, oder – wer weiß? – um für die Zukunft zu sorgen, hin und her laviert, weder ja noch nein sagt, um Aufschub bittet ... Ulrike wird Goethe nicht heiraten. Obgleich sie wahrscheinlich von diesem Heiratsantrag sehr bewegt ist, weiß sie genau, was sie will, und sie zögert nicht, danach zu handeln.

»Ich meinte, ich brauche keine Zeit zu überlegen, ich hätte Goethe sehr lieb, so wie einen Vater, und wenn er ganz allein stünde, ich daher glauben dürfte, ihm nützlich zu sein, da wollte ich ihn nehmen; er habe ja aber durch seinen Sohn, welcher verheiratet sei und welcher bei ihm im Hause lebt, eine Familie, welche ich ja verdrängte, wenn ich mich an ihre Stelle setzte; er brauche mich nicht, und die Trennung von Mutter, Schwestern und Großeltern würde mir gar zu schwer; ich hätte noch gar keine Lust zu heiraten.«

Man erkennt sehr gut »das vernünftige, brave, folgsame, gut-erzogene und daher undurchschaubare kleine Mädchen«, das Charles du Bos beschreibt. Es scheint, daß sie eine gelernte Lektion aufsagt, man spürt, daß es die Rücksicht auf Anstand ist, die ihre Wahl leitet. Sie zeigt weder Zuneigung oder Mitleid noch Widerwillen: nur Gleichgültigkeit, die vielleicht noch schrecklicher ist als Entsetzen. Goethe hat diese Frau wahrscheinlich mehr als jede andere geliebt. Sie hat ihn zu dieser großartigen und zugleich lächerlichen Geste verleitet und diesem zu Ende gehenden Dasein das tiefgreifendste und bitterste Leid angetan. Als sie diese dramatische Stunde, die für den großen Dichter so schicksalhaft war, wieder in ihrer Erinnerung lebendig werden ließ, schrieb sie kühl: »So war es abgemacht. Goethe selbst sprach nie darüber, weder mit meiner Mutter noch mit mir, wenn er mich auch seinen Liebling nannte, doch meist sein liebes Töchterchen.«

So war Goethe dem Anschein nach wieder zu dem Ausgangspunkt dieser Beziehung im Jahre 1821 zurückgekehrt; er nimmt die Rolle des Großvaters wieder auf, da man ihm die Rolle des Liebenden verweigert. Die Antwort Ulrikes, die von Karl August und der Mutter des Mädchens diplomatisch verbrämt wurde, läßt ihm dennoch keinerlei Hoffnung; er ist noch hellsichtig genug, um sich keinen falschen Illusionen hinzugeben. Zweifellos ist er aus seinem Traum erwacht, er sieht sich der erbarmungslosen Wirklichkeit gegenüber. Nun spielen sie alle, unter Berufung auf die vage Antwort, die es ihm erlaubt, noch einige Tage in der Nähe der geliebten Frau zu bleiben, die tragische Komödie von Leuten, *die keine Ahnung haben.* Sie tun alle so, als ob nichts gewesen wäre, als ob es diesen Heiratsantrag und die Ablehnung nie gegeben hätte.

Diese Komödie dauert zehn Tage, vom 25. August bis zum 5. September. Sein Geburtstag wird im Kreise seiner jungen Freundinnen feierlich begangen, sie schenken ihm zu diesem Anlaß ein Kristallglas, in das ihre Namen eingraviert sind. Er wird dieses Glas bis zu seinem Tod vor sich auf dem Schreibtisch stehen haben. Es gibt natürlich Musik, diese Musik, von der Stendhal sagt, »daß sie im Innersten unseres Herzens den geheimsten Kummer, der uns verzehrt, sucht«, Lichter, Blumen, ein Feuerwerk ... Goethe läßt sich mit viel Fröhlichkeit die Mogelei »der Überraschung« gefallen, die man für ihn vorbereitet hat, die Lorbeerkränze, den Geburtstagskuchen und die Flaschen mit seinem Lieblingswein, die mit Efeu, dem Symbol treuer Freundschaft, geschmückte Porzellantasse, die freundlich gemeinten Worte Frau von Levetzows, die unter diesen Umständen zur tragischen Ironie geraten: »Wir wollen über allem nicht vergessen sein, und Sie sollen sich unser und auch des heutigen schönen Beisammenseins erinnern und immer daran denken.« Ulrike fügt unschuldig hinzu, als ob sie sich der Tragödie, die sich neben ihr im Herzen dieses Mannes abspielt, der sie liebt, nicht bewußt gewesen wäre: »Goethe lächelte, dankte und blieb fort heiter.«

Das Drama hat seinen Höhepunkt erreicht; es erhält hier eine viel größere pathetische Intensität als die, die einige Tage später in die Elegie, diese *Marienbader Elegie*, verströmt. Es ist das schönste Gedicht Goethes und vielleicht sogar das schönste der Welt. Sein Rhythmus hat etwas vom Galopp der Pferde, vom Dahinrollen des Wagens an sich, der den Dichter aus »dem Zauberkreis« fortführt. Dieser Kreis ist seit einigen Tagen zerborsten, um diesen vom Leben geprüften Mann herrscht nur noch graue und düstere Wirklichkeit.

Der Kuß, der letzte, grausam süß, zerschneidend
Ein herrliches Geflecht verschlungener Minnen;
Nun eilt, nun stockt der Fluß, die Schwelle meidend,
Als trieb ein Cherub flammend sie von hinnen;
Das Auge starrt auf düsterem Pfad verdrossen,
Es blickt zurück, die Pforte steht verschlossen.

Und nun verschlossen in sich selbst, als hätte
Dies Herz sich nie geöffnet, selige Stunden

Mit jedem Stern des Himmels um die Wette
An ihrer Seite leuchtend nicht empfunden;
Und Mißmut, Reue, Vorwurf, Sorgenschwere
Belasten's nun zu schwüler Atmosphäre.
(Marienbader Elegie)

Als ob er diese Mischung aus Glück und Bitterkeit, die ihm nun die Gegenwart Ulrikes einflößt, bis zum letzten Tropfen auskosten wollte, täuscht er Fröhlichkeit vor. Nichts in seinem Verhalten verrät etwas von dem Schmerz, der ihn zerreißt. Er lacht, er scherzt, er liest mit lauter Stimme vor, er neckt die jungen Mädchen. Und erst in dem Augenblick, als er allein in seiner Kutsche ist, bricht er zusammen. Kein Publikum ist mehr da, vor dem er eine Rolle spielen muß. Er ist nun mit sich und seinem Schicksal allein. Er ist in das Alter hineingestürzt, dessen er sich vielleicht zum ersten Mal bewußt wird, und weiß, daß er nicht von einer Liebe und einer Frau Abschied nimmt, sondern von der Liebe überhaupt und von allen Frauen. Er fällt von dem reißenden Strudel der Leidenschaft in den des Genies, wird von einem zum anderen mitgerissen. Mit seiner gewohnten Geschwindigkeit verfaßt er diese Elegie, der er zwei seiner eigenen Verse voranstellt, einen aus dem *Torquato Tasso*, in dem er einst mit einer heiteren Ruhe die Verwirrungen der Leidenschaft beschrieb, in die er verfallen war und die, durch eine seltsame Ironie, auf seinen jetzigen Zustand zutreffen. Gleichzeitig geben sie zu verstehen, daß der Ausdruck des Leidens das Werkzeug des Heils ist, daß die erlösende Poesie die durch die Leidenschaft zugefügten Wunden, wenn sie sie nicht heilen kann, so doch erhöhen wird. »Und wenn der Mensch in seiner Qual verstummt / Gab mir ein Gott zu sagen, was ich leide.«[28]

Er wird nicht weniger leiden, weil er es ausgesprochen hat, aber er wird auf andere Weise leiden. Der schöpferische Antrieb wird ihn daran hindern, völlig seinem Schmerz zu erliegen. Er wird dem Schmerz nur jeden Teil seiner selbst überlassen, den er ihm nicht verweigern kann, die poetische Kraft wird den Rest retten.

Das Leiden ist in dem Augenblick schon transponiert, in

dem es zu Dichtung wird, und aus der Dichtung selbst steigt eine Sanftheit, die die ewige Trennung mildert. Denn er weiß wohl, daß er nie mehr nach Marienbad zurückkehren, daß er Ulrike nie wiedersehen wird, daß er gleichzeitig diese Freuden und die Illusion verliert, jung zu sein, und die Hoffnung aufgeben muß, geliebt werden zu können. Doch in seiner Seele leuchtet die Erinnerung an das empfundene Glück. In seinen ersten Versen beschwört er das Paradies herauf, das er verläßt, und nicht die Hölle, der er entgegengeht. In ihrer kristallhaften Vollkommenheit hält er diese unvergeßlichen Augenblicke fest, verewigt sie in einer Poesie, in der die vernommene Musik widerhallt und sich das Lächeln, das ihm gegoltene Lächeln, spiegelt:

So warst du denn im Paradies empfangen,
Als wärst du wert des ewig schönen Lebens;
Dir blieb kein Wunsch, kein Hoffen, kein Verlangen,
Hier war das Ziel des innigsten Bestrebens,
Und in dem Anschaun dieses einzig Schönen
Versiegte gleich der Quell sehnsüchtiger Tränen.

Wie regte nicht der Tag die raschen Flügel,
Schien die Minuten vor sich her zu treiben!
Der Abendkuß, ein treu verbindlich Siegel:
So wird es auch der nächsten Sonne bleiben.
Die Stunden glichen sich in zartem Wandern
Wie Schwestern zwar, doch keine ganz den andern.
(Marienbader Elegie)

Mit einer grausamen Klarheit erkennt Goethe, daß er, als er Ulrike verlor, alles verloren hat. Von nun ab gibt es keine Zukunft mehr für ihn, und sie hat auch die Gegenwart ausgelöscht. Er weiß, daß es für ihn niemals wieder eine Verjüngung geben wird, daß das Wunder, daß so oft geschehen war, sich nicht mehr wiederholen kann, daß er sich durch den Abschied von Ulrike endgültig von allem, was Liebe, Hoffnung, Vergnügen, Jugend bedeutet, trennen muß.

Mir ist das All, ich bin mir selbst verloren,
Der ich noch erst den Göttern Liebling war;
Sie prüften mich, verliehen mir Pandoren,
So reich an Gütern, reicher an Gefahr.
Sie drängten mich zum grabseligen Munde,
Sie trennen mich und richten mich zu Grunde.

Der Schmerz, den er empfindet, geht über die Grenzen des Individuums hinaus; er wird zu einem kosmischen Schmerz, er umfaßt das Unendliche des Alls. Für ihn sind von nun ab die Götter in Dunkel gehüllt, und er findet nicht mehr die Kraft, sich selbst zu heilen, diese Energie, die ihm einst geholfen hatte, die tragischsten Trennungen zu überwinden.

Dieses Leiden ist so übermächtig, daß es die Schranken der Zeit durchbricht. Es wird in der Hölle der längst vergessenen Qualen ein seit einem halben Jahrhundert schlafendes Gespenst suchen. Es erweckt diesen Schatten wieder zu neuem Leben, der Zeugnis über die ungeheure Verzweiflung abgelegt hatte, den Selbstmörder, der mit einem Pistolenschuß die Jugend des jungen Goethe zerstört hatte. Der neue Schmerz ruft die Erinnerung an alle vergangenen Qualen wach. Aber nicht nur die Erinnerung, sondern das lebhafte Brennen öffnet die Wunden, die man vernarbt wähnte, und bildet eine riesige Leidensfackel. Das Gegenwärtige und das Wiederaufgewühlte sind wie eine riesige Glut, in der sich das Wesen verzehrt. Zu dieser Stunde, in der die Kümmernisse von einst wiederaufleben und der jetzigen Verzweiflung Nahrung geben, wird Werther wieder lebendig. Im gleichen Maß wie Meister und Faust ist Werther einer der Konstanten in Goethes Leben. Er ist der unzertrennliche, unsichtbare Gefährte, der immer an seiner Seite ist, der ausgetrieben wurde, der jedoch jederzeit zurückkehren kann und bei jeder neuen Wunde seine eigene öffnet und bluten läßt.

In der »Trilogie der Leidenschaft«, die die *Marienbader Elegie* einrahmt, nimmt Werther seinen Platz ein. Goethe vertraut ihm sein Elend an, als ob allein Werther ihn verstehen und mit ihm leiden könnte, als ob allein er eine Antwort geben könnte –

er, der an der Trennung gestorben war – auf diesen so demütigen und herzzerreißenden Schrei des alten Goethe: »Sie trennen mich, und richten mich zu Grunde.«

18
Das Alphabet des Weltgeistes

Goethe kam dennoch darüber hinweg. Die Herbststürme schließen ihn in sein großes Haus am Frauenplan ein. Er wendet sich wieder seinen Pflanzenbeschreibungen, seinen Gesteinssammlungen, seiner Münzsammlung, den toten Dingen zu: den Gipsformen, den Büchern und Archiven. Er gleicht jetzt einem Toten, der inmitten all dieser Dinge herumgeht, die einst lebendig waren. Der Regen verwüstet die Rasenflächen und die Alleen des Gartens. Bald werden Kälte und Schnee ihren schweren Mantel über die Schultern des frierenden Greises werfen, und das wird von neuem monatelange Klausur in der Mönchszelle seines Zimmers bedeuten, in der von so vielen Besuchern angefüllten Einsamkeit, die ihn stören und die er aber braucht, weil sie ihm die Illusion des Lebens aufrechterhalten.

Der Empfang, den ihm die Seinen bereiten, ist so frostig, daß der Eindruck, »alles verloren zu haben«, nur bestätigt wird. In den Gesichtern seines Sohnes und seiner Schwiegertochter ist noch die Furcht zu lesen, ihn eine junge Frau ins Haus bringen zu sehen. Sie ziehen eine saure Miene über den »verlorenen Vater« und beschließen, ein wachsames Auge auf diesen unberechenbaren Greis zu haben. Den Freunden und Verwandten mangelt es an Scharfblick, um hinter diesem Abenteuer, das sie als eine senile Leidenschaft abtun, den brennenden Glanz einer jugendlichen Liebe zu entdecken, die einen Siebzigjährigen noch entflammen kann: sie sehen nur das Groteske daran, nicht die entwaffnende Naivität. Ist seine Gleichgültigkeit gegenüber dem Gerede der Leute nicht der überzeugendste Beweis von der wahren Größe Goethes? Denn wenn er sich schon dadurch lächerlich gemacht hat, daß er von einem kleinen, unbedeutenden Mädchen abgewiesen wurde, um wieviel mehr hätte er sich dann der Lächerlichkeit preisgegeben, wenn er sie geheiratet hätte?

Doch die Sache ist nun ausgestanden. Nun ist nichts mehr zu befürchten. August und Ottilie und die vertrauten Freunde der Abendrunden können sich beruhigen, aber auch die anderen, die voller Unbehagen die dummen und spöttischen Bemerkungen der Gleichgültigen mitanhören mußten, die sich am Liebeskummer eines alten Herrn ergötzten. Er war bereit – aber es wird kein Morgen geben. Etwas ist in Goethe zerbrochen: Der Geist der Jugend wird nicht mehr erwachen. Keiner kann ihn trösten. Ottilie hat sich ins Bett gelegt, vielleicht um der schwierigen Rückkehr des Schwiegervaters in den Schoß der Familie aus dem Wege zu gehen. August fehlt es an Zartgefühl und außerdem ist er schon der Trunksucht ergeben. Das Schauspiel der Qual dieses Mannes schließlich schüchtert jeden ein, und man weiß nicht, was man sagen soll, um sie zu lindern; jedes Wort wäre ungeschickt, jede Geste verletzend. Es bleibt nur das Schweigen ... Und der Kanzler Müller, der für Goethe eine glühende und verständnisvolle Zuneigung empfindet, bemerkt mit Trauer, daß der Mann, dessen Nerven bloßliegen und der, zerrissen wie er ist, einer »Muskelfigur« gleicht, in der Gegenwart der *»Seinen«* nur noch mehr leidet. »Die rohe und lieblose Sinnesweise seines Sohnes und Ulrikens (von Pogwisch) schroffe Einseitigkeit und gehaltlose Naivität sind freilich nicht gemacht, eine solche Krisis sanft und schonend vorüberzuführen, und die arme Ottilie ist seit seiner Ankunft beständig krank und für ihn so gut wie unsichtbar.«[1]

Marienbad und Weimar scheinen Welten zu trennen. Dort gab es Feste, eine liebliche Natur, geistreiche Freunde, Musik, hübsche Frauen, die Unbekümmertheit des Herzens und des Geistes im Urlaub, Freiheit, Herumschlendern. Hier, in diesem Haus, das vollgestopft ist wie ein Museum oder ein

Friedhof, herrscht die Monotonie des Alltags, die Wiederkehr der nur allzu bekannten Gesichter, die eingefahrenen Gleise der Gewohnheiten, die zur vorgegebenen Stunde wiederholten Gebärden, die immer gleichen Worte. Keine Musik mehr, außer während des kurzen Besuchs von Madame Szymanowska, und es ist fraglich, ob die Freude darüber, sie wiederzusehen und sie unter so veränderten Bedingungen zu hören, weit entfernt von der geliebten Frau, die alle Glückseligkeit und Verzweiflung der Musik erst zum Schwingen brachte, nicht am Ende seinen Kummer nur verschlimmerte.

Man könnte sogar fast behaupten, daß Goethe alles sucht, was seine Qual neu aufleben lassen könnte. Oft bittet er Müller, Zelter, Eckermann, ihm die *Elegie* vorzulesen, die wunderschön kalligraphiert und in eine Mappe aus rotem Maroquin gebunden ist. Als ob er keinen anderen Trost und keine andere Linderung als in der Erinnerung an die glücklichen Tage finden könnte, von der Dante gesagt hat, daß es keinen größeren Schmerz gäbe, als sie sich in den Stunden der Verzweiflung wieder ins Gedächtnis zu rufen, spricht er dauernd von Marienbad, von den Freunden, die er dort getroffen hat. Er schreibt an Ulrike und ihre Mutter amüsante Briefchen, aber er weiß gut, daß es kein Wiedersehen geben wird. Als sich, nach dem langen und harten Winter, die Knospen öffnen, die Blumen zu blühen beginnen, ergreift ihn beim Anblick des Frühlings, des Sommers, die nur die traurige und trübe Fortsetzung des Winters werden, ein noch stechenderer Schmerz.

Und was für einen Winter er durchlebt hat! Sterbenskrank hat er Ärzten und Freunden, die während fünfzehn Tagen seinen letzten Atemzug erwarten, alle Hoffnung genommen. Es scheint, als ob alle Widerstandskraft diesen Körper verlassen hat, seit sein Lebenswille dahingeschwunden ist. Der Brand des Theaters, das einen Teil seines Lebens darstellte, hat dieses so zerbrechlich gewordene Herz erschüttert. Manuskripte wurden vernichtet, ebenso seine Regiebücher; ein Meer aus Flammen und Asche löscht diese Periode seines Schaffens aus. Als ob alles, dem er von seinem Herzen, von seinem Geist am meisten gegeben hat, ins Nichts stürzen würde. Der Musiker

Zelter, einer der ältesten Freunde, erschrickt, als er ihn so sieht. »Was finde ich vor? Einen, der aussieht, als hätte er Liebe, die ganze Liebe mit der Qual der Jugend im Leibe.«[2] Goethe schreibt zarte und melancholische Briefe an Marianne von Willemer – eine weitere verlorene Liebe, eine, vor der er geflohen ist. Und je mehr er sich in diese bedrückende Sehnsucht vergräbt, um so mehr verlieren seine Freunde die Hoffnung, daß er wieder Gefallen am Leben finden würde. »Wir werden ... die Letzten sein einer Epoche, die sobald nicht wiederkehrt.«[3]

Dieses Gefühl des Unwiederbringlichen lastet schwer auf diesem Herzen, das einst nur die reine Gegenwart ausleben wollte. Heute würde er gerne die Vergangenheit zurückrufen, sie bewahren, die verflossenen Tage festhalten. Nichts zeigt besser die Verirrung seiner Gefühle, als diese außerordentliche, blinde Verehrung der Vergangenheit, die an ihm so neu, so unerwartet ist, gegen die er sich immer gewehrt hatte, und die ihn nun zu den toten Gewässern des Bedauerns und der Verzweiflung treibt.

Endlich, eines Tages, als der Kummer und die Krankheit bereits über ihn zu siegen scheinen, richtet er sich plötzlich wieder auf, er bietet ihnen die Stirn, er siegt. Was ist vorgegangen, was erklärt diese Wiederauferstehung? Sicher nicht die Hoffnung darauf, Ulrike wiederzusehen, da er die Einladung Frau von Levetzows, die ihn bat, sie in Dresden zu besuchen, abgelehnt hatte, auch nicht der Gedanke, daß das leichtsinnige Mädchen seine Entscheidung widerrufen könnte. Er hat wieder zu sich selbst gefunden, er ist von seiner »Verrücktheit« geheilt und kehrt zur Achse seines Daseins zurück: zur Arbeit, zur Erkenntnis. Während der Kanzler Müller im Herbst 1823 voller Verzweiflung feststellte: »Wie schmerzlich ist es doch, solch eines Mannes innere Zerrissenheit zu gewahren, zu sehen, wie das verlorene Gleichgewicht seiner Seele sich durch keine Wissenschaft, keine Kunst wiederherstellen läßt ...«[4], so hat Goethe, kaum zwei Jahre später, den wahren und fruchtbaren Sinn des Lebens wiedergefunden. Er erreicht diese Heiterkeit des Handelns, die ihn an Humboldt schreiben läßt: »Ein Schiff, das nicht mehr die hohe See hält, ist zu einem Küstenfahrer vielleicht immer noch nütze.« Er hat die großen unvollständigen Werke, *Wilhelm Meister* und *Faust* wiederaufgenommen, er tröstet sich mit Helena, der Schönsten aller Frauen, über die Abwesenheit von Frauen um ihn herum hinweg, er unterhält einen regen Briefwechsel mit den großen ausländischen Schriftstellern, allen voran Carlyle, er empfängt unzählige Besucher, die als fromme Pilger zum Haus am Frauenplan kommen, um die faszinierende und furchteinflößende Gestalt des Olympiers zu sehen. Heine, den seine Ironie vor heftigen Emotionen bewahrt, gesteht sogar: »Über Goethes Aussehen erschrak ich bis in tiefster Seele ...« Er zeichnet von ihm ein erschreckendes Portrait: »Das Gesicht ist gelb und mumienhaft, der zahnlose Mund in ängstlicher Bewegung, die ganze Gestalt ein Bild menschlicher Hinfälligkeit. Vielleicht Folge seiner letzten Krankheit. Nur sein Auge war klar und glänzend. Dieses Auge ist die einzige Merkwürdigkeit, die Weimar jetzt besitzt.«[5]

Grillparzer, der große österreichische Dichter, ist von dem Wohlwollen, das ihm der Greis bezeigt, zu Tränen gerührt, und findet ihn zutiefst bewegend mit seinem Schlafrock aus weißem Flanell und der kleinen Kappe, die sein weißes Haar bedeckt. Obwohl er ziemlich mühsam geht und sehr gebrechlich ist, wenn man mit ihm im Garten spaziert, »sieht er halb wie ein König aus und halb wie ein Vater«.[6] Und da Grillparzer, wahrscheinlich in seiner Verwirrung, während des Essens sein Brot zerkrümelt, sammelt Goethe, immer seiner Ordnungsliebe gehorchend, die Brösel und legt sie zu einem Häufchen zusammen neben den Teller seines jungen Tischgenossen. Franz Kugler sieht in ihm König Lear, oder besser gesagt, den Schauspieler Devrient in der Rolle des König Lear oder auch des Königs von Thule, der in einer berühmten Ballade gefeiert wird. Der Russe Roschalin, der seinen Blick »unerträglich« findet, analysiert den Grund dieses Eindrucks und entdeckt, daß »seine dunklen Augen von sonderbaren hellgrauen Ringen umgeben sind und wie Vogelaugen erscheinen«.[7]

Wieder einmal hat die Entsagung diesen Menschen vor der Verzweiflung gerettet, in der er unterzugehen drohte. Denn die Entsagung ist bei Goethe eine aktive, schöpferische Kraft, die wirksamste Art, Schicksalsschläge zu parieren, sie zumindest abzufangen, wenn er sie schon nicht von seiner Brust abwenden kann. Der Verlust einer geliebten Frau hatte ihn an der Jugend seines Herzens und seines Geistes verzweifeln lassen, auf die sein Selbstvertrauen gegründet war, aus der er seine Lebenskraft schöpfte. Als sich die reizenden Züge Ulrikes verwischt hatten, blickte ihn an ihrer Stelle das unerbittliche Gesicht seines eigenen Alters an. Er war sich dieses Ereignisses bewußt geworden, das viel schwerwiegender war, als das Alter selbst: des Altwerdens. Diese Entdeckung hatte einen heftigen Schock hervorgerufen, unter dem er beinahe Schiffbruch erlitten hätte. Um weiterzuleben, mußte er die Jugend auf andere Weise als durch das teuflische Mittel des mephistophelischen Zaubertranks wiedergewinnen. Und endlich vernehmen wir wieder feste, unerschütterliche, zuversichtliche Worte eines Menschen, der von neuem seiner selbst sicher und gegen alle Gefahren von außen gewappnet ist, der die Freude am Leben und Schaffen wiedergefunden hat. »Er ist gerettet!« Ja, aber er hat sich selbst gerettet; durch ein großartiges Aufbieten aller Kräfte erhebt er seinen gesenkten Kopf und bietet dem Schicksal ein heiteres, wenn auch nicht glückliches Gesicht dar. »Da mich Gott und seine Natur so viele Jahre mir selbst überlassen haben, so weiß ich nicht Besseres zu tun, als meine dankbare Anerkennung durch jugendliche Tätigkeit auszudrücken. Ich will des mir gegönnten Glücks, solange es mir auch gewährt sein mag, mich würdig erzeigen und ich verwende Tag und Nacht auf Denken und Tun, wie und damit es möglich sei. Tag und Nacht ist keine Phrase, denn gar manche nächtliche Stunden, die dem Schicksal meines Alters gemäß ich schlaflos zubringe, widme ich nicht vagen und allgemeinen Gedanken, sondern ich betrachte genau, was den nächsten Tag zu tun? das ich denn auch redlich am Morgen beginne und so weit es möglich durchführe ...«[8]

Dadurch, daß er weiterhin, wie es der alte Faust sein Leben lang getan hat, das »Alphabet des Weltgeistes« buchstabiert, überwindet Goethe diese Krise und siegt über die Verzweiflung. Wie könnte sich auch der Mensch, vor dem sich die großartige und geheimnisvolle Welt des Wissens auftut, durch die Enttäuschung einer Liebe entmutigen lassen?

Anstatt weiterhin eine Quelle des Leidens zu sein, wird die Erinnerung an die zauberhaften Tage in Marienbad ein stärkendes, belebendes Element.

»Ich statuiere keine Erinnerung in eurem Sinne, das ist nur eine unbeholfene Art sich auszudrücken. Was uns irgend Großes, Schönes, Bedeutendes begegnet, muß nicht erst von außen her wieder erinnert, gleichsam erjagt werden, es muß sich vielmehr gleich von Anfang her in unser Inneres verweben, mit ihm eins werden, ein neueres besseres Ich zu uns erzeugen und so ewig bildend zu uns fortleben und schaffen. Es gibt kein Vergangenes, das man zurücksehnen dürfte, es gibt nur ein wenig Neues, das sich aus den erweiterten Elementen der Vergangenheit gestaltet, und die echte Sehnsucht muß stets produktiv sein, ein neues Besseres erschaffen.«[9]

Ich weiß sehr gut, daß der Verlust Ulrikes nicht nur ein »Liebeskummer« ist. Dieses Ereignis hat eine viel größere Tragweite, eine viel dramatischere Bedeutung. In Wahrheit ist ein Teil Goethes an diesem Abenteuer gestorben, der niemals wieder erscheinen wird. Aber ein anderer Teil seiner Persönlichkeit überlebt, und die Worte, die wir soeben gelesen haben, zeigen, daß er sehr wach ist, und über eine wunderbare Aktivität, eine großartige Schaffenskraft verfügt. Die aufbauenden Kräfte, die sich ans Werk machen, den Geschwächten wiederherzustellen, findet Goethe in einer anderen *Konstante* seines Daseins; in der wissenschaftlichen Forschung. Doch vorher stehen praktische Aufgaben an; er muß sich juristisch in allen deutschen Staaten das Urheberrecht an seinen literarischen Werken sichern. (Das ist der Auftakt zu einem endlosen Briefwechsel, denn er muß persönlich jeden Herrscher ersuchen, und es gibt deren mehrere Hundert.) Dann erteilt er dem Verleger Cotta die Genehmigung zur Veröffentlichung seines Gesamtwerkes und des Briefwechsels mit Schiller. Als er endlich alles unter Dach und Fach hat, macht er sich wieder an das Studium der Wissenschaften, getrieben von jener jugendlichen Neugierde, die ihn niemals verlassen hat. Er wird in seinen Forschungen durch die Ehrung bestätigt, die ihm die Jenaer Universität am 7. November 1825 zuteil werden ließ, indem sie ihn zum Doktor all ihrer Fakultäten ernannte. Wie er schon dreißig Jahre zuvor an Meyer schrieb: »Der Zweck des Lebens ist das Leben selbst ...«[10] und in den *Zahmen Xenien*:

> Was ist denn die Wissenschaft?
> Sie ist nur des Lebens Kraft.
> Ihr erzeuget nicht das Leben.
> Leben erst muß Leben geben.

oder in den *Tabulae votivae* (36):

> Bilden wohl kann der Verstand, doch der tote kann nicht beseelen,
> Aus dem Lebendigen quillt alles Lebendige nur.

Das Bedürfnis, der Gegenwart zu leben, immer nach vorne zu schauen, wird in der wissenschaftlichen Arbeit, von der Goethe die Erkenntnis der Wahrheit erwartet, befriedigt werden.

Die Verehrung der Wahrheit ist einer der edelsten und bewegendsten Züge seines Charakters. »Ich will nichts als die Wahrheit um ihrer selbst willen«[11], schrieb er einst an Charlotte von Stein; und auch: »Es ist nichts groß als das wahre und das kleinste Wahre ist groß.« Er fügt noch hinzu: »Auch eine schädliche Wahrheit ist nützlich, weil sie nur Augenblicke schädlich sein kann und alsdann zu anderen Wahrheiten führt, die immer nützlich und sehr nützlich werden müssen und umgekehrt ist ein nützlicher Irrtum schädlich, weil er es nur augenblicklich sein kann und in andre Irrtümer verleitet die immer schädlicher werden.«[12]

Auch er weiß sehr gut, »Beauty is Truth, Truth Beauty«, aber er verfolgt diese Idee von der Wahrheit eher in dem Bereich der Wissenschaft als der Ästhetik oder Philosophie. In der Tat hat er seine Auffassungen bezüglich der plastischen Künste oft geändert, und die Geschichte dieser Schwankungen ist an sich schon bezeichnend. In der Philosophie wie in der Politik mangelt es ihm nicht an Überzeugungen und Gewißheiten. Doch im Innersten der Wissenschaft, die er als ein Ganzes betrachtet, scheint ihm, so wie im Innern einer in sich geschlossenen Blume, die Wahrheit verborgen zu sein; und der Suche nach dieser einzigen, lebendigen grundlegenden Wahrheit hat er den größten Teil seines Lebens und seines Schaffens gewidmet.

Nichts hat jemals seine wissenschaftlichen Studien unterbrochen, weder der Krieg, noch die Verwaltungsaufgaben, noch die Reisen; im Gegenteil, Verwaltung und Reisen kamen noch den wissenschaftlichen Interessen zugute, jede angewandte Erfahrung führte ihn zur Ausarbeitung einer Theorie der reinen Wissenschaft, der Wissenschaft als Metaphysik. Er hat neben dem Leben eines Hofmannes, Theatermannes, Dichters, Beamten – Liebhabers! – das Leben eines Gelehrten geführt. Sein Drang zu lernen geht fast immer mit dem Drang zu lehren einher – eine andere Form des Lernens – und sogar auf seinen Spaziergängen mit den jungen Mädchen vergessen der Botaniker und der Geologe in ihm nicht ihre *erzieherische* Aufgabe. Er ist überzeugt, daß »man nichts kennen lernt, als was man liebt, und je tiefer und vollständiger die Kenntnis werden soll, desto stärker, kräftiger und lebendiger muß Liebe, ja Leidenschaft sein«.[13]

Deshalb bemüht er sich bei all denen, die ihm nahestehen, eine echte Leidenschaft für die Wissenschaft zu wecken. Manchmal artet das zur Manie aus; es gibt eine Zeit, in der jeder in seiner Umgebung sich im Studium der Farbentheorie übt, in der der gute Eckermann Experimentierapparate erfindet, der Diener Stadelmann seine Bedienung bei Tisch unterbricht, um seinen Herrn auf die Veränderungen der Farben in den Schatten, die die Weingläser auf das Tischtuch projizieren, hinzuweisen.

Diese Verehrung der Wissenschaft hat jedoch nichts mit der Huldigung der Positivisten gemein, die sich einbilden, alles wissenschaftlich erklären und beweisen zu können. Goethe zeichnet hier die Demut des wahren Gelehrten aus. Seiner Auffassung nach gibt es für den Menschen keine größere Glückseligkeit, als das Erkennbare zu erforschen und das Unbegreifliche zu verehren, ohne es durchdringen zu wollen. »Der Mensch ist nicht geboren, die Probleme der Welt zu lösen, wohl aber zu suchen, wo das Problem angeht, und sich sodann an der Grenze des Begreiflichen zu halten«[14], sagt er zu Eckermann. Mit solchen Definitionen grenzt er den Bereich der Wissenschaft und die Spannweite ihrer Möglichkeiten genau ab. Er war nicht so einfältig zu glauben, daß das Problem des Göttlichen wissenschaftlich gelöst werden könnte, und wenn er eines Tages in *Gott, Gemüt und die Welt* gesagt hat, daß man in den Bereich des Unendlichen vordringt, indem man das Endliche in allen Richtungen durchläuft, dann meinte er damit nur die Ebene der Wissenschaft, wo er in der Tat das Ganze nur dann ergründen konnte, wenn er es in seinen allerkleinsten Kundgebungen erforscht hatte.

Überzeugt davon, daß man die Einheit nur durch die Vielfalt erreicht und daß er das Geheimnis der Blume nur erfahren wird, wenn er jedes Blütenblatt auseinanderfaltet, durchquert er das weite Feld der Wissenschaften. Man kann sagen, daß es zu seiner Zeit keine Wissenschaft gab, mit der er sich nicht beschäftigt hätte, und zwar ernsthaft beschäftigt, als Techniker, als Fachmann – er verachtet das Dilettantische in der Wissenschaft wie in der Kunst – ja, ich würde sogar sagen wollen, als Spezialist. Bei ihm ist nichts oberflächlich. Nichts bleibt bei ihm im Zustand der Neugierde oder im Ansatz stecken, und allein schon das Wort *gemeinverständlich machen* ist im Vokabular Goethes nicht vorgesehen. Entweder kann er seine Neugierde befriedigen, und dann geht er seiner Forschung bis auf den Grund, so weit, wie man nur gehen kann, oder aber das gelingt ihm nicht, und dann läßt er die Finger davon. So ist der Katalog der Wissenschaften, denen er als Suchender nachgegangen ist, von einem überraschenden Ausmaß, einer unglaublichen Vielfalt.

Da sind zuerst diejenigen, die ich die Grundwissenschaften nennen würde, denen er sich sein ganzes Leben lang ohne Unterbrechung gewidmet hat; die Geologie, die Optik, die Anatomie, die Botanik. Parallel daneben hat er die Naturwissenschaften studiert, die Akustik, den Magnetismus, den Galvanismus, die Phrenologie, die Astronomie, die Geographie ... Er interessiert sich für die Form und Bewegung der Wolken, die Wiederkehr der Kometen, die Meteore und Polarlichter, die Schwefelquellen, die Schmetterlinge, die Metamorphosen der Insekten, die Luftschiffahrt. Er konstruiert Ballonmodelle, er tastet Schädel ab und mißt sie aus, er verfolgt mit Leidenschaft den Bau der ersten Eisenbahnen und untersucht die Modelle der Lokomotiven, die man ihm bringt. Die Idee, einen Kanal in Panama zu graben, findet bei ihm begeisterten Anklang. Das Besondere im Kleinen zu erkennen ist das einzige Mittel, die Kenntnis des Allgemeinen zu erlangen.

Wissenschaft ist für ihn zunächst das Glück der verstandesmäßigen Betrachtung, der erkennenden Betrachtung. Aber wie man weiß, kann Goethe sich nicht mit der bloßen Betrachtung begnügen. Die Dinge sind für ihn nur interessant, wenn sich daraus eine praktische Tätigkeit ergibt. So betreibt er nur Künste und Wissenschaften, die er praktizieren kann. Man könnte sagen, daß er jede Betrachtung ablehnt, die nicht zweckgebunden ist. Bei dieser ungeheuren Aufgabe, die der Aufbau eines menschlichen Lebens darstellt, muß alles seinen Stein zu diesem Gebäude beitragen. Auch setzt er seinen Verstand nur dann ein, wenn er sich ein lohnendes Ergebnis verspricht, da er die Ansicht vertritt, daß eine Halb-Bildung schlimmer ist als völliges Unwissen.

Auf dem Gebiet der Wissenschaft, wie auf dem der Kunst, folgt sein Geist also einem zweifachen Antrieb; dem Antrieb des »praktischen Menschen« und dem des »mystischen Menschen«. Das Handeln verrät den praktischen Menschen, er macht sich die ganze theoretische Wissenschaft zunutze, er entdeckt sogleich eine nutzbringende Anwendung. Daher rührt die Leidenschaft, mit der Goethe alle *nützlichen* Entdeckungen seiner Zeit studiert. Darin ähnelt er sehr Leonardo da Vinci, der Flugmaschinen, Musikinstrumente, Kriegswagen, Kanonen erfand, während er dabei tiefer in die Geheimnisse der Naturwissenschaften und der Esoterik eindrang. Die Eisenbahnen, die Ballons, die Kanäle erregen Goethes Neugierde und fesseln seine Aufmerksamkeit, als Direktor der Ilmenauer Bergwerke übt er die Geologie in der Praxis aus, und das Interesse, das er der Situation der Weber entgegengebracht hat, spiegelt sich in den langen Passagen wieder, die er im *Meister* der Technik des Webens und Spinnens widmet. Für ihn ist die Wissenschaft zu allererst ein Element der Bereicherung der menschlichen Möglichkeiten innerhalb der praktischen Tätigkeit. Deshalb beschränkte er sich gerne auf den Aktionskreis, dessen Abmessung die Reichweite der Hand oder des Auges des Menschen ist. In manchen Augenblicken sieht man ihn fast vor der Astronomie zurückschrecken, weil sie den Einsatz von Apparaten erfordert, die die Ohnmacht der menschlichen Organe aufzeigen, vor allem des Sehvermögens. Er sagte eines Tages zum Kanzler Müller: »Wenn ich meine Augen ordentlich auftue, dann sehe ich wohl auch, was irgend zu sehen ist.«[15]

Er selbst besaß einen Adlerblick und jeder, der eine Brille trug, war ihm unsympathisch. Um seinen Stolz, ein Mensch zu sein, zu befriedigen, müßten die menschlichen Sinne dazu fähig sein, alles zu erfassen, um so mehr als er nicht an die Wirksamkeit dessen glaubte, was man als Mensch nicht zu tun vermochte. Obwohl die Instrumente, die der Schwäche seiner Sehkraft abhalfen, ihm verhaßt waren, benützte er eifrig das Teleskop wie das Mikroskop und gab zu, daß er aus ihnen große Freude schöpfte, wie aus allem, was das Feld seines Wissens vergrößern, erweitern und vertiefen konnte.

Der echte Bereich der Wissenschaft jedoch ging über den Bereich der praktischen Anwendung hinaus. Der mystische Mensch, zusammen mit dem Homo faber, erhoffte weiterführende Nachforschungen auf allen Gebieten des Wissens, die Entdeckung dieser einzigen, wesentlichen Wahrheit, die alles in allem der Schlüssel des Lebens war, das ursprüngliche Element, das die riesige Maschine beseelt, das Herz, das alle Pulsschläge des Universums auslöst. Seine Theorien über die Ur-Pflanze, die mythische ursprüngliche Pflanze, über den Wirbelansatz beim Schädel, die Ur-Form der Knochenbildung, über den Kieferzwischenknochen, ein Bindeglied zwischen Mensch und Tier, sind nur einige Aspekte eines mystischen Glaubens in eine immanente, höhere Einheit, die das *Ur-Gesetz*, das Grundschema ist.

Hierin stimmte er mit den Alchimisten überein, die ihn in seiner Jugend fasziniert hatten und näherte sich in gewisser Weise auch den deutschen Romantikern an, die alle auf eine esoterische Doktrin eingeschworen waren, deren Aufdeckung in einem Augenblick alle Rätsel des Universums erklären würde. Was er im Grunde suchte, war die »Chiffrenschrift«, die Novalis in seinen *Lehrlingen zu Sais* anspricht. »Mannigfache Wege gehen die Menschen. Wer sie verfolgt und vergleicht, wird wunderliche Figuren entstehen sehn; Figuren, die zu jener großen Chiffrenschrift zu gehören scheinen, die man überall, auf Flügeln, Eierschalen, in Wolken, im Schnee, in Kristallen und in Steinbildungen, auf gefrierenden Wassern, im Innern und Äußern der Gebirge, der Pflanzen, der Tiere, der Menschen, in den Lichtern des Himmels, auf berührten und gestrichenen Scheiben von Pech und Glas, in den Feilspänen um den Magnet her und sonderbaren Konjunkturen des Zufalls erblickt.«[16]

Erst nachdem man lange jeden Buchstaben dieses »Alphabets des Weltgeistes« studiert hat, kann man es wagen, die geheimnisvollen, von der Natur dargebotenen Texte zu entziffern. Das Beispiel Makaries, die das Sonnensystem durch Einfühlung kennt, weil sie selbst ein Teil davon ist, ist einer der wichtigen Anhaltspunkte für die wissenschaftliche Mystik Goethes. Gibt es also noch ein anderes Mittel als die dialektische Erkenntnis, um selbst an den Kern der am schwierigsten zu entziffernden Probleme zu gelangen? Es ist das intuitive Wissen, das erkennt, weil der Mensch in diesem Moment eins wird mit dem Objekt seiner Erkenntnis.

Die Genauigkeit, mit der er seine Forschungen betreibt, seine tastenden Versuche eines gewissenhaften und geduldigen Experimentierens, sein unersättlicher Drang nach Vertiefung, die Bedeutung, die er den praktischen Arbeiten beimißt, die Apparate, die er erfindet, all das ist nur das Fundament der wahren Wissenschaft. Er würde sich vor einem Wissen hüten, das nur Intuition oder Offenbarung wäre, aber nachdem er einmal die vorbereitende, praktische Arbeit geleistet hat, nachdem er mit seinen Händen gearbeitet, mit seinem Auge geprüft hat, muß sich der Mensch höher erheben, muß das durch die Erfahrung und die Vernunft katastierte Gebiet überfliegen, und einen höheren Sinn anrufen – der eigentlich der des Magiers oder des Mystikers ist. Allein dieser Sinn kann die Erwerbungen der praktischen Sinne und der Intelligenz einander zuordnen. Die Erfahrung erreicht keine Allgemeingültigkeit, wenn ihre Schlußfolgerungen nicht durch eine übermenschliche, »dämonische« Fähigkeit erhellt werden, die man Inspirationen nennen kann, die an Intuition und Offenbarung grenzt und auf die Zeichen der Natur das »Raster« legt, das ihren tiefen Sinn zum Vorschein bringt. In einem Brief an den Herausgeber des »Taschenbuchs für die gesamte Mineralogie«, Leonhard, legt er seine Methodik dar und erklärt, daß er vom Allgemeinen auf das Besondere übergeht, vom Gesamteindruck zur Prüfung des Details, so daß er, von einer allgemeinen Idee ausgehend, nach dem Studium aller Teile, von neuem auf das Allgemeine trifft, von dem er nun ein ausführliches, umfassendes Wissen besitzt, das von der Kenntnis der kleinsten Einzelheiten angereichert ist. Er schließt, so könnte man sagen, vom Allgemeinen auf das Allgemeine, indem er den Weg über das Besondere nimmt.[17]

Für uns ist es viel interessanter, seine Wissenschaftsauffassung und seine Forschungsmethoden zu untersuchen, als über den Wert seiner Entdeckungen zu diskutieren. Dieser Wert ist von den Gelehrten seiner Zeit heftig bestritten worden. Heute dagegen zeigen sich manche geneigt, ihnen eine große Bedeutung beizumessen, und sogar, wie Rudolf Steiner, auf die Prinzipien Goethes eine neue Geisteswissenschaft zu gründen; denn diese Idee von der Einheit, die so viele seiner Zeitgenossen verwarfen, wird inzwischen durch die allerneuesten Theorien bestätigt. Er selbst war von der Relevanz seiner Erkenntnistheorie überzeugt, und jede Anfechtung kränkte ihn zutiefst. Soret, der sich zwar über seine unermüdliche Neugier verwunderte, jedoch wenig Begeisterung für seine Entdeckungen empfand und auch seine »neptunischen« Überzeugungen nicht teilte, hat in seinem Tagebuch beschrieben, wie empfindlich Goethe auf solche Angriffe reagierte. »Er nimmt gelassen die kritischen Bemerkungen bezüglich seiner literarischen Arbeiten hin, während er wütend wird, wenn man an seine wissenschaftlichen Auffassungen rührt. Im letzteren Fall fängt das Pulver Feuer, und man muß immer irgendeine furchtbare Explosion befürchten. Ich habe es mit Gründen, die Eckermann gebilligt zu haben scheint, zu erklären versucht. Ein Angriff auf seine wissenschaftlichen Grundsätze zielt auf nichts weniger ab, als das gesamte Gebäude seiner Arbeiten ins Wanken zu bringen oder sogar zu vernichten. Er nimmt einen völlig konträren Standpunkt zu den Theorien ein, die im allgemeinen anerkannt sind. Zwanzig Jahre Forschung können also auf einen Schlag zunichte gemacht werden oder müssen alles auslöschen, was Gegner als das Fundament der Wissenschaft betrachten. Wie könnte man bei der Beweglichkeit und Energie Goethes glauben, daß er nicht dem Knallpuder gleichen würde, wenn man ihn an diesem Punkt trifft?«[18]

Dieser Achtzigjährige ist noch von einem außergewöhnlichen Kampfgeist und zieht gerne in den Krieg, vor allem gegen die »Vulkanisten«, die für ihn die schwarzen Schafe sind; er beschimpft sie im *Faust*, er geißelt sie bei jeder Gelegenheit, sei es durch das gesprochene Wort oder in seinen Schriften. Aber auch die Gleichgültigen, die keine Partei ergriffen haben in der wissenschaftlichen Debatte, in der Goethe gegen die breite Opposition seiner Zeitgenossen antritt, und die sich auch nicht den glühenden Verehrern aus dem Weimarer Kreis angeschlossen haben, in dessen Mitte er waltet, können sich nicht enthalten zu bekennen, daß er »der interessanteste und liebenswürdigste Mensch ist«, wie Ampère an Madame Recamier schreibt, nachdem er ihn scherzhaft in seinem langen Schlafrock beschrieben hat, der ihn einem »dicken weißen Widder«[19] ähnlich macht.

Victor Cousin seinerseits berichtet von der Lebhaftigkeit, mit der Goethe im Jahre 1817 ihm gegenüber die Atomtheorie beschimpft hat. Das Gespräch hatte jedoch ungünstig angefangen an diesem Tag. Die beiden großen Geister waren sich in die

Haare geraten, als Goethe seinem Besucher gegenüber gleich zu Beginn behauptet hatte, daß man sich in Frankreich nicht ernsthaft mit Philosophie befassen würde. Doch nach einer ebenso langen wie heftigen Debatte trennten sie sich als gute Freunde. Cousin nahm von seinem Gastgeber einen Eindruck mit, der »ihn wegen seiner Reinheit, seiner Begabung, der maßvollen Kraft und der vielfältigen Energie Homer gleichstellte«.[20]

Im Verlauf seines langen Daseins, das sich über beinahe ein Jahrhundert – und was für ein Jahrhundert! – erstreckt, das vom Rationalismus des Rokoko bis zum Ausklang der Romantik reicht, das die großen Entdeckungen des Denkens und der Wissenschaft erlebt, das die alte und die neue Welt mit der Sturmflut der Revolution und der napoleonischen Kriege umspannt, war Goethe mit allen großen Gelehrten seiner Zeit in Verbindung gestanden. Wenn ihn mehrere unter ihnen bekämpft oder, was noch schmerzlicher war, verachtet haben, so konnte er doch stolz darauf sein, daß ein neu entdecktes Mineral *Goethit* genannt wurde. In den verschiedenen Phasen seiner wissenschaftlichen Forschungen, die, solange er lebte, angedauert haben, begegnet man allen berühmten Namen. Derjenige, der die größte Rolle bei Goethes wissenschaftlicher Bildung gespielt hat, der seinem Geist die Richtung gewiesen hat, obwohl oder weil sie so verschiedene Meinungen vertraten, war der Schwede Linné. Goethe schreibt einmal an Zelter, daß er, als er Linné noch einmal liest, über diesen außergewöhnlichen Mann »erschrocken« ist. »Ich habe unendlich viel von ihm gelernt, nur nicht Botanik. Außer Shakespeare und Spinoza wüßt ich nicht, daß irgend ein Abgeschiedener eine solche Wirkung auf mich getan.«[21]

Er hat alle Naturalisten, alle Physiker, alle Geologen in den Tagen befragt, als sein Ruhm den unaufhörlichen Strom berühmter Pilger nach Weimar zog. Um seine Lernbegierde zu befriedigen, verlangt er zum Beispiel von Mickiewicz einen Vortrag über die polnische Literatur, von Parthey, der vom Orient zurückkam, ein vollständiges geographisches, politisches und wirtschaftliches Bild der bereisten Länder.

Wenn man es nur bei den Gelehrten bewenden läßt, so ist die Liste seiner Zuhörer und Korrespondenten schon unendlich lang. Wie hat er so viele Besuche empfangen und auf so viele Briefe antworten können, wo doch seine Tage schon mit schöpferischer Arbeit und gesellschaftlichen Verpflichtungen ausgefüllt waren? Es ist ein Wunder an Organisation und überdies ein Beweis für seine Disziplin, die jeden Zeitverlust ausschloß. Goethe empfing nur Menschen, die ihm nützen konnten oder denen er nützen konnte. Er umgab sich mit Schutzwällen, und die Zugbrücken senkten sich nur für Besucher, die von seinem Sohn, seinem Kammerdiener oder seinem Sekretär vorgelassen wurden. Jede banale Unterhaltung abzulehnen, immer nur das Beste zu akzeptieren und auch zu geben, das war sein Gebot. Was ihn aber nicht daran hinderte – weit davon entfernt, der *»Egoist in ungewöhnlichem Grade«*[22] zu sein, den Schiller in ihm sah – sich in Liebenswürdigkeiten und Hilfeleistungen für einen Schulfreund zu verausgaben, den er seit über sechzig Jahren nicht mehr gesehen hatte, wie es das Tagebuch Sulpiz Boisserées von 1815 berichtet. Im gleichen Jahr schrieb er an Boisserée, daß er seine Zeit nicht damit vergeuden wollte, mit Leuten Umgang zu haben, die ihm nichts zu geben hätten, selbst wenn es sich um Hoheiten handelte. Dafür hatte jeder, so niedrig sein Rang auch sein mochte, bei ihm Zutritt, wenn er ihm ein wichtiges Anliegen vorzutragen hatte. Was die Briefe angeht, so bedauerte Goethe es, daß er sich nicht die Gewohnheit des Engländers Oldenbourg zu eigen gemacht hatte, der niemals einen Brief öffnete, ohne ein Blatt Papier oder eine Feder bei der Hand zu haben, um sofort zu antworten.

Wenn er über tausend Unannehmlichkeiten gesiegt hat, vor allem über die, die ihm seine schwache Gesundheit bereitete, so nur durch die gewissenhafte Sparsamkeit im Einsatz seiner Kräfte, die nicht Geiz war – auch wenn man in seinem Alltagsverhalten mehr als einen Zug von Knauserei festgestellt hat; er schikaniert seine Bediensteten wegen Kerzenstummeln, aber er ist niemals geizig mit seinem Herzen und seinem Geist; er gibt ebenso großzügig wie er nimmt. So schickt er seine Besucher, wenn er alles sorgfältig eingeheimst hat, was ihm diese bringen, bezaubert, überglücklich und mit einem Schatz beladen fort, der keinen Preis hat. Der schwedische Chemiker Berzelius hat von seinen Spaziergängen mit Goethe berichtet, daß diesem immer ein Diener gefolgt ist, der eine Hacke und einen Geologenhammer trug; unterwegs hielten sie häufig an, um eine Gesteinsprobe abzuklopfen, die man bei der Rückkehr sorgfältig in die Mineraliensammlung einreihte. Jeder Gelehrte vermittelt ihm etwas von seinem Spezialgebiet. Loder über die vergleichende Anatomie, Blumenbach und Sömmerring über die Naturwissenschaften, Abraham Werner über die Mineralogie, Ritter über die Physik, Gall über die Phrenologie, Carus über seine Naturphilosophie, Seebeck über die Farben ... man kann sie gar nicht alle aufzählen.

Aus diesen Beiträgen zieht Goethe die Lehre, daß die wissenschaftliche Erkenntnis nur die Offenbarung oder die Bestätigung einer hohen geistigen Wahrheit ist. Durch die wissenschaftliche Erfahrung erlangt man die erhabenen Wahrheiten, das Göttliche. Die Farbentheorie zum Beispiel basiert nicht auf einem exakten Faktum, sondern auf einer esoterischen Lehre über den mystischen Ursprung von Licht und Dunkel. Ebenso sollen die Metamorphose der Pflanzen und die tierische Morphologie der offiziellen Wissenschaft bis dahin unbekannte und früher von den Alchimisten verkündete Wahrheiten aufzeigen.

Auch sehen wir ihn stets zu den wissenschaftlichen Studien zurückkehren, sobald die äußeren Einflüsse ungünstig sind, sei es auf gesellschaftlichem Gebiet oder durch eine Erschütterung seiner eigenen Sensibilität. Sie sind für ihn ein Trost, die Zuflucht in die schöpferische Tätigkeit, ein Mittel, um das innere Gleichgewicht zu stabilisieren, den Frieden des Herzens, der Sinne, des Geistes wiederzufinden.

Diese wissenschaftliche Forschung entwickelte sich oftmals zum gefährlichen Unternehmen, doch Goethe bewies eine bewundernswerte Furchtlosigkeit, wenn es sich um das Lernen und Erfahren handelte. Der Bergwerksingenieur von Trebra, mit dem Goethe mehrere Studienreisen unternommen hatte, berichtet, daß sein Gefährte eines Tages unbedingt eine Felswand erreichen wollte, von der sich Blöcke von dunkelblauem, fast schwarzem Granit gelöst hatten, in dem er eine Jaspisart zu erkennen glaubte. Trotz der Mahnungen des besorgten Trebra sprang er von Felsen zu Felsen und rief dabei: »Nur fort! Nur fort! wir müssen noch zu großen Ehren kommen, ehe wir die Hälse brechen!«[23]

Mit diesem Wort: »Nur fort! Nur fort!«, Ausdruck seiner unbezähmbaren Energie, seiner unstillbaren Lebenslust, seiner wahrhaft faustischen Aktivität enden die meisten seiner an Vertraute geschriebenen Briefe während der letzten Jahre. Als ob er, um sich selbst zu ermutigen, seine Augen immer nach vorn zu richten, seine Korrespondenten dazu antrieb, jugendliche und fröhliche Aktivität zu bewahren, selbst die und vor allem die, die alt waren wie er, zum Beispiel Charlotte von Stein, der er am 29. August 1826 ein Gedicht schickt als Dank für die Glückwünsche, die sie an ihn gerichtet hat. Sie ist über vierundachtzig, sie wird in vier Monaten sterben, aber Goethe spornt sie noch an, so wie er es einst getan hatte, als sie zusammen Spinoza auf Lateinisch lasen.

Goethe hat diese unerschöpfliche Jugendlichkeit, die ihn beinahe bis zum Grab begleitet hat, aus der Wissenschaft geschöpft. Dank einer ständigen Erneuerung, die aus seinen persönlichen Arbeiten und den von außen an ihn herangetragenen Beiträgen rührte, obwohl auch der *Wilhelm Meister* und *Faust* eine Rolle als belebende Elemente der letzten Jahre gespielt haben, ist Goethe niemals alt gewesen. Mit zweiundachtzig geht er völlig in der Untersuchung eines Polarlichtes auf, und noch einige Wochen vor seinem Tod vertiefte sich dieser unermüdlich Suchende in die Pläne der Eisenbahn von Liverpool nach Manchester und zerlegte das Modell der ersten Lokomotive, das ihm ein Engländer gebracht hatte, bevor er sie seinen Enkeln schenkte.

Er maß der Wissenschaft, vielleicht zu Unrecht, einen größeren schöpferischen Wert bei als der Dichtung. Diejenigen, die heute sein wissenschaftliches Werk für nichtig halten, verkennen die Kühnheit, die von der Zukunft die notwendige Bestätigung erwartet. Er selbst wußte es wohl, als er zu dem jungen Theologen Ortlepp sagte: »Jedes Gedicht ist gewissermaßen ein Kuß, den man der Welt gibt; aber aus bloßen Küssen werden keine Kinder.«[24]

Zweifellos trachtete er unbewußt nach der Umschlingung der Göttin-Mutter, nach dieser kosmischen Liebesumarmung mit der entschleierten Iris, deren Züge er in allen Gesichtern der Welt suchte, vielleicht sogar im Gesicht Helenas, der letzten Liebe des alten Faust.

19
»Der alte Merlin kehrt zu den Elementen zurück«

Seit dem schicksalhaften August 1823 hatte Goethe Weimar im Sommer nicht mehr verlassen. Er verbrachte die heißesten Wochen im Gartenhaus, die Bäume, die er einst gepflanzt hatte, spendeten ausreichend Schatten, und wie früher fuchtelte er vergnügt mit seinem Stock, wenn Kinder kamen, um Obst zu stibitzen. Gegen Ende August 1831 – und das sollte sein letzter Sommer sein – verspürte er den Wunsch, Ilmenau wiederzusehen, wo er so viele aktive und frohe Stunden verbracht hatte. Dieses Mal begleiteten ihn seine beiden Enkel. Im Gasthaus »Löwen« stiegen sie ab.

Die sechs Tage, die sie dort verlebten, waren, wie Goethe an Zelter schrieb, die heitersten des ganzen Sommers. Am 28. August beging man feierlich, wie das bei diesen Familienfesten üblich war, den zweiundachtzigsten Geburtstag des Dichters. Am Vortag war er mit seinen Enkeln zum Kickelhahn, dem schönsten Gipfel der Tannenwaldkette aufgestiegen; der Weg war bequem, und man konnte ziemlich weit fahren, bevor man den Wagen verlassen mußte. Plötzlich, an einer Wegkurve, befahl Goethe dem Kutscher, anzuhalten. »Das kleine Waldhaus muß hier in der Nähe sein? Ich kann zu Fuß dahin gehen, und die Chaise soll hier so lange warten, bis wir zurückkommen.« Er begann munter, den Berg hinan zu steigen, gefolgt von seinen Enkeln, seinen Dienern und dem Bergwerksinspektor Mahr, der diese Geschichte berichtet hat. Der Weg führte zu einem kleinen Jagdhaus, das aus Zimmerholz gebaut war und einsam mitten im Wald stand. Goethe trat ein, kletterte die steile Treppe bis in das Zimmer hinauf und lehnte dabei die Hilfe Mahrs ab. »Glauben Sie ja nicht, daß ich die Treppe nicht steigen könnte; das geht mit mir noch recht sehr gut.« Es war ein ganz kleiner Raum, Goethe sah sich prüfend um, untersuchte die Wände aus Tannenholz, hielt dann plötzlich inne, und Mahr sah Tränen in seine Augen steigen, als er mit erstickter Stimme diese Verse zitierte:

Über allen Gipfeln ist Ruh,
In allen Wipfeln spürest du
Kaum einen Hauch.
Es schweigen die Vöglein im Walde;
Warte nur, balde
Ruhest du auch.

Goethe hatte diese Verse mit Bleistift an die Wand geschrieben, links vom Fenster, das Datum war noch sichtbar: D. 7. September 1783. »Ganz langsam zog er sein schneeweißes Taschentuch aus seinem dunkelbraunen Tuchrock, trocknete sich die Tränen und sprach in sanftem, wehmühtigem Ton: Ja, warte nur, balde ruhest du auch!, schwieg eine halbe Minute, sah nochmals durch das Fenster in den düsteren Fichtenwald, wendete sich darauf zu mir mit den Worten: Nun wollen wir wieder gehen.« Auf dem Rückweg zur Kutsche wurde einige Male angehalten, um ein paar Steine abzuhämmern, Quarzglanz und Porphyr abzulösen. Die Kinder warteten geduldig auf ihren lieben Opapa, wie sie ihn zu nennen pflegten. Wieder im Gasthaus angekommen, begab man sich zu Tisch und Goethe »hatte eine herzliche Freude darüber«, erzählt Mahr.[1]

Das war der letzte Aufstieg, den Goethe unternahm, jedenfalls im wörtlichen Sinne, da ja sein Leben ein fortwährender Aufstieg bis zu seinem letzten Augenblick, seinem letzten Atemzug war: Die »Pyramide« blieb noch unvollendet; die höchste Spitze, die den krönenden Abschluß bilden sollte, war gerade dieser so edle, so heitere, fast göttliche Tod, der trotz der vielen Jahrhunderte, die dazwischenliegen, an den Tod von

Sokrates denken läßt. »Balde ruhest du auch.« Diese vor fast fünf Dekaden ins Holz gekritzelten Verse klangen wie eine feierliche Mahnung. Es war kein Zufall, daß Goethe am Vorabend seines letzten Geburtstages langsam den Pfad hinaufstieg, der zu dem einsamen Jagdhaus in den Bergen führte. 1780! Das waren die Jahre der großen faustischen Aktivität, der Vervielfältigung ins Unendliche, des Ausschöpfens aller menschlichen Möglichkeiten in alle Richtungen; das waren die Jahre der großen Liebe zu »Lida«, zu dieser schönen, reinen, edlen und klugen Frau, die gleichzeitig Iphigenie und die von Torquato Tasso geliebte Prinzessin d'Este war. Im Jahre 1780 hatte man mit einem großartigen Fest das neue Theater von Weimar eingeweiht; die Loge Amalia hatte Goethe in den Kreis ihrer Freimaurerbrüder aufgenommen. In dieser Atmosphäre kristallklarer Weisheit und fruchtbarer Entsagung, die Frau von Stein um ihn herum schuf, hatte er den *Tasso* begonnen; der Frau, die ihn dazu inspiriert hatte, hatte er die erste Fassung des *Urfaust* vorgelesen. Das war nun schon fünfzig Jahre her ... Fast alle seine Freunde waren tot und er selbst, trotz seines unbezähmbaren Tatendrangs, fühlte oft das Bedürfnis, sich auszuruhen.

Er hat mit all seiner Willenskraft, mit seiner ganzen physischen und seelischen Energie gegen das Alter, das er haßt und fürchtet, angekämpft. Wenige Erinnerungen von Goethes Freunden haben mich so bewegt, wie die folgende Szene vom 24. Februar 1831, deren Zeuge Soret war. »Ich habe heute eine qualvolle Viertelstunde bei Goethe zugebracht. Es schien ihm nicht gut zu gehen; er hat mir etwas zum Anschauen gegeben und hat sich in sein Schlafzimmer zurückgezogen. Nach einer Weile kam er in einem sehr aufgeregten Zustand, den er zu verbergen suchte, zurück. Er war ganz rot im Gesicht und sprach mit leiser Stimme unter Seufzern. Ich tat so, als ob ich meine Aufmerksamkeit ganz der Lektüre widmen würde, um ihm Zeit zu geben, sich wieder zu fassen, aber ich habe ihn zweimal ausrufen hören: »Oh, das Alter! Oh, das Alter!« Es klang, als ob er seinem Alter irgendwelche Gebrechen vorwerfen würde. Dann hat er sich mit ziemlich großer Mühe hingesetzt. Wolf ist gekommen, um ihn zu liebkosen (Wolf war sein Lieblingsenkel, er war viel zärtlicher als sein Bruder Walter), und Goethe hat seine Liebkosungen mit mehr Zärtlichkeit als gewöhnlich erwidert, war aber immer noch erregt. Er erhob sich von neuem und hat in die Richtung seines Fensters unverständliche Worte geflüstert. Ich sah, daß es besser war, zu gehen und verabschiedete mich. Friedrich versicherte mir, daß sein Herr keinerlei Unpäßlichkeit hätte und daß es ihm besser als gewöhnlich ginge. Man könnte sein Verhalten auch mit mangelnder Zurückhaltung erklären, vor allem bei einer Person, die daran gewöhnt ist, laut mit sich selbst zu sprechen und viel Lärm um nichts zu machen, aber dennoch überkam mich ein tiefes Gefühl der Trauer, als ich Goethe qualvolle Worte über sein Alter ausstoßen hörte.«[2]

Er hatte keinerlei Gebrechen. Mit Anstrengung hält sich der Greis bewundernswert aufrecht, er sinkt nur dann etwas in sich zusammen, wenn er allein ist und nicht auf sich achtet. 1830 – er war achtzig – bemerkt Soret, daß er anfängt, in kleine Schlummer von zwei oder drei Minuten zu fallen, was er bisher nicht getan hatte, und einen Mittagsschlaf hält. Seine Arbeitskraft hat nachgelassen, er schreibt nur noch am Morgen, aber er fährt fort, den Inhalt von zwei Folianten pro Tag zu verschlingen und seine körperliche Kraft bleibt weiterhin erstaunlich. Am Tag seines vierundsechzigsten Geburtstags verbrachte er noch sechs Stunden zu Pferde, ohne abzusatteln, wie er ziemlich stolz an Christiane schreibt, und es gelingt ihm noch, seine Sekretäre und seine Gefährten beim Spaziergang zu ermüden.

Er verabscheut das Alter, so wie er den Winter verabscheut, weil es die Tätigkeit des Menschen einschränkt. Jeder Winter bringt ihm schwere Krankheiten, beunruhigende und deprimierende Erfahrungen. Am 16. November 1823, frierend in seinen langen Schlafrock gehüllt, die Füße und Beine mit einer Wolldecke zugedeckt, die Brust, mit einem Kataplasma umwickelt, stöhnt er: »Der Winter geht nun so hin, ich kann nichts tun, ich kann nichts zusammenbringen, der Geist hat gar keine Kraft ...«[3]

Aber als man ihm einen interessanten Besucher ankündigt,

geht es ihm gleich besser, findet er wieder Schlaf für eine Nacht, da ist Goethe erquickt und getröstet. Und als der Frühling den Garten verwandelt, verwandelt sich auch der Mensch. Er spürt wieder jugendliche Frische und neue Kraft in seinen Adern.

Das Alter hat keine seiner Fähigkeiten vermindert. Er interessiert sich für alles, er verfolgt aufmerksam das wissenschaftliche, künstlerische und literarische Treiben auf der ganzen Welt. Er hat immer noch Augen wie ein Adler, und seine Stimme verblüfft alle, die ihn hören. Gustav Parthey macht auf der Rückkehr von seiner Orientreise in Weimar Station, um Goethe seine Aufwartung zu machen und die begierigen Fragen des Daheimgebliebenen, der in der Phantasie erstaunliche Reisen unternommen hat, zu beantworten. Er berichtet von dem Aufschwung Ägyptens unter Mehmed Ali, über die besten Schiffe, die zwischen Ägypten und Malta verkehren, über die Vorteile der dalmatinischen Schiffe, über die geologischen Beschaffenheiten Maltas ... Goethe läßt den Besucher nicht fort, bevor er nicht alles über die Insel bis in die kleinsten Einzelheiten weiß ... Parthey schreibt: »Der sonore Baß seiner Stimme hatte noch mit achtundsiebzig Jahren eine ungemeine Weichheit und war der feinsten Modulation fähig.«[4]

Sein Gedächtnis bleibt, dank der strengen ständigen Übung, der er sich sein ganzes Leben lang unterzogen hat, intakt. Es ist bei ihm das Ergebnis penibelster Beobachtung; er kann, nachdem er mit Grüner in den Straßen Karlsbads herumspaziert ist, alle Aushängeschilder der Stadt der Reihe nach aufsagen.[5]

Um sein visuelles Aufnahmevermögen zu schulen, beklebte er die Wände seines Zimmers mit Geschichtstafeln, eine alte Gewohnheit, die er seit seiner Kindheit pflegte, und bis zu seinem Tod nicht ablegte. Dieses so sorgfältig geübte Gedächtnis wies keinerlei Lücken auf. Wenn es dennoch passierte, daß ihm eine Sache entfiel, zum Beispiel in einem Vortrag, dann ließ Goethe sich nicht aus der Ruhe bringen, sondern wartete geduldig, bis die Erinnerung zurückkam. Soret erzählt von einer solchen Begebenheit, die sich ereignete, als Goethe die Notablen von Ilmenau versammelt hatte, um die Eröffnung einer neuen Mine zu feiern. Plötzlich hatte er den Faden seiner

Rede verloren. Er setzte aber seinen ganzen Stolz darein, nicht auf den geschriebenen Text, den er in der Tasche hatte, zurückzugreifen. Also schaut er seine Zuhörer ungefähr zwanzig Minuten lang an; seine würdevolle Miene gebietet Ruhe, und schließlich kehrt er zu dem Gedankengang zurück, den er verloren hatte, und fährt in seiner Rede fort, als ob nichts geschehen wäre.

Niemals unbeweglich zu werden oder stillzustehen, die Jugendlichkeit des Herzens und des Geistes durch eine sachkundige Gymnastik zu pflegen, den Stillstand zu vermeiden, der Altern, Gebrechlichkeit und Tod bedeutet, das war der Lebensgrundsatz dieses Weisen, der sein Dasein auf soviel Vernunft, soviel Sparsamkeit, im edlen Sinn des Wortes, gründete, daß man hätte meinen können, Alter und Tod würden niemals Macht über ihn gewinnen.

Der Tod, der ihn verschonte, raffte alle Liebe von ihm hinweg. Charlotte von Stein war mit fünfundachtzig gestorben, eine alte, faltige, verwelkte Dame mit einem noch sehr edlen Gesicht, das aber all die Schönheit verloren hatte, die »Lida« einst schmückte, 1828, im Jahr darauf, war es der Großherzog Karl August, der von ihm ging nach einer Freundschaft, die, von seltenen Stürmen unterbrochen, ein halbes Jahrhundert gedauert hatte. So wie schon beim Tode Schillers wagte keiner, Goethe die traurige Botschaft zu überbringen; die Vertrauten verschwanden still einer nach dem anderen, und erst als August mit seinem Vater allein war, sprach er. An diesem Abend hörte ihn Eckermann, der lange zögerte, bevor er sein Zimmer betrat, seufzend und laut vor sich hinreden. Kein Trost vermochte seinen Schmerz zu lindern. »Ich hatte gedacht, sagte er, ich wollte vor ihm hingehen; aber Gott fügt es, wie er es für gut findet!«[6]

Die Großherzogin Luise, die ihm soviel ehrerbietige Zuneigung und vielleicht sogar auch ein wenig verliebte Zärtlichkeit entgegengebracht hatte, verschied am 14. Februar 1830, und das war für Goethe, als ob sich die Wolken, die immer drückender wurden, zusammenzögen, als ob sich die Nacht verdichtete, die Nacht, in der niemand mehr tätig sein kann. Denn das war es, was er am Tod fürchtete: das Aufhören der Tätigkeit, den Stillstand; das Handeln allein ist die Schranke zwischen dem Menschen und dem Nichts. Zur Logenfeier am 3. September 1825 hatte Goethe ein Gedicht verfaßt, das im Grunde sein eigenes Testament enthielt:

> Laßt fahren hin das Allzuflüchtige!
> Ihr sucht bei ihm vergebens Rat;
> In dem Vergangnen lebt das Tüchtige,
> Verewigt sich in schöner Tat.
>
> Und so gewinnt sich das Lebendige
> Durch Folg' aus Folge neue Kraft;
> Denn die Gesinnung, die beständige,
> Sie macht allein den Menschen dauerhaft ...

Der schmerzlichste Verlust schließlich war der Tod seines Sohnes. August war ein sonderbarer Mann, von Komplexen beladen, die wahrscheinlich von seiner unehelichen Geburt herrührten und der belastenden Aufgabe, der »Sohn Goethes« zu sein. Sein Gesicht ähnelte dem des Vaters, vor allem der Glanz der Augen, und wenn er keinerlei schöpferisches Talent bewies, so vielleicht deshalb, weil er sich bescheiden damit begnügte, die väterlichen Sammlungen zu ordnen. Er hatte gewissermaßen die Rolle des Konservators des Museums am Frauenplan übernommen, dessen Führer er für besondere Besucher spielte. Er hatte sich ziemlich früh das Trinken angewöhnt, ohne auf die Ratschläge zu achten, die ihm sein Vater wiederholt gegeben hatte. »Nimm dich vor dem Wein in acht«, schreibt er ihm, als er verreist. Trotz seiner wirklichen Qualitäten und seiner nicht mittelmäßigen Begabung ist August dennoch nicht aus dem Schatten des Vaters herausgetreten, wie es oft das Schicksal von Söhnen genialer Männer ist; Titus Rembrandt zum Beispiel erging es ebenso. August hatte sich mit rührendem Eifer seiner Aufgabe als Konservator gewidmet. Sorgfältig sammelte er alle Gelegenheitsgedichte, die sein Vater gerne vernachlässigt hätte, er klassifizierte sie und manchmal nahm er ein Dossier heraus und las dem Dichter manches vergessene Blatt vor.[7]

Da er an den wissenschaftlichen Forschungen seines Vaters mitarbeitete, hatte er darin eine gewisse Kompetenz erworben. Er experimentierte selbst auch, verglich das Ergebnis seiner Arbeiten mit dem des Vaters, stellte seine eigenen mineralogischen Sammlungen zusammen, die Berzelius für umfassend, aber mit vielen unbedeutenden Steinen angefüllt hielt. Er diente bei jeder Gelegenheit als Sekretär, als Faktotum, als Puffer zwischen der äußeren Welt und der Abgeschiedenheit des Olympiers. Er ist es, der die Ungeladenen fortschickt, der die Fremden sondiert, der die Unbekannten befragt, bevor er ihnen eine Audienz gewährt.

Goethe liebt ihn um so mehr, als er der einzige Überlebende der fünf Kinder ist, die Christiane zur Welt gebracht hatte. Er fand in ihm viele Züge des Charakters seines geliebten *Erotikons* wieder, in seinen Qualitäten wie in seinen Fehlern. Immerzu im Kielwasser des großen Mannes, von dem Genie in den Schatten gestellt, dazu verurteilt, immer nur den Untergebenen zu spielen, entwickelt sich August zu einem ziemlich charakterschwachen Wesen. Aber seine Persönlichkeit ist deshalb nicht zu gering einzuschätzen. Mit neun Jahren entdeckt sein Vater an ihm vielversprechende Begabungen und ließ ihm die beste Erziehung und Bildung angedeihen. Er war, nach Veit, der von seinem goldenen Haar, seinen kohlschwarzen Augen angetan ist, ein »göttliches Kind«.

Dieser göttliche Funke verlischt bald. August wird ein unbedeutender Mann, der sich sein Leben lang damit begnügt, dem Hauptdarsteller das Stichwort zu geben. Er hatte Ottilie von Pogwisch geheiratet, von der er drei Kinder hatte. 1830 war August nach Italien gefahren, aber nach wenigen Wochen wurde er krank und starb am 26. Oktober in Rom. Erst einen Monat später brachte ein Reisender, der durch Weimar kam, Goethe die tragische Nachricht, und teilte ihm mit, daß der Verstorbene auf dem kleinen Ausländerfriedhof am Fuße der Cestius-Pyramide beerdigt worden war. Das Schicksal, das oft eigenartige Kombinationen von Menschen und Ereignissen zusammenfügt, hatte als Boten einen Mann ausersehen, der der Sohn Charlotte Buffs und Kestners war ... der, wenn die Dinge anders verlaufen wären, der Sohn Goethes hätte sein können. »Hier nun allein kann der große Begriff der Pflicht uns aufrecht erhalten«, schreibt Goethe in seinem Schmerz. »Ich habe keine Sorge, als mich physisch im Gleichgewicht zu bewegen; alles andere gibt sich von selbst. Der Körper muß, der Geist will, und wer seinem Wollen die notwendige Bahn vorgeschrieben sieht, der braucht sich nicht viel zu besinnen.«[8]

Es war dennoch der Körper, der schwach wurde. Der seelische Schmerz zieht bei Goethe immer einen körperlichen Zusammenbruch nach sich. Vier Tage darauf erlitt er einen Blutsturz, und man glaubte eine Zeitlang, daß er sich nicht wieder erholen würde, aber wie er es mit diesen goldenen Worten ausgedrückt hat, »der Körper muß, der Geist will ...« – wieder einmal gehorchte der Körper, und der Geist siegte. Aber es wurde von Mal zu Mal ein Sieg, der ihn mehr Kraft kostete. Die Exhumation der Leiche Schillers im Jahre 1826, den er so sehr geliebt hatte, rührte ebenfalls an sein Innerstes. Damals faßte Goethe den Entschluß für ein gemeinsames Grabmal, das in der Fürstengruft seine sterblichen Überreste und die seines Freundes aufnehmen sollte. Als man das Skelett Schillers bis zur Überführung in das endgültige Grab in ein Beinhaus verlegte, brachte man Goethe den Schädel des Dichters.

Welches Zwiegespräch entwickelte sich damals zwischen dem Toten und dem Greis, der sich langsam der Schwelle des Todes näherte? In diese Zeit fiel auch die Feier des fünfzigsten Jahrestages seiner Ankunft in Weimar, und zu diesem Anlaß gab es pompöse Feierlichkeiten, Reden, Theatervorstellungen. All das stieß an dieses Herz, das trotz der Mäßigung, die er sich auferlegte, während so vieler Jahre so heftig geschlagen hatte. Diese Jahre hatten kaum Spuren auf seinem Körper hinterlassen. Als man die Totenwaschungen vornahm, »erstaunte ich über die göttliche Pracht dieser Glieder«, schreibt Eckermann. »Die Brust überaus mächtig, breit und gewölbt, Arme und Schenkel voll und sanft muskulös; die Füße zierlich ...«[9]

Dafür zeugte das Gesicht von den Verwüstungen des Alters und der Gefühlsbewegungen, die dieser Mensch durchlebt und durchlitten hatte.

Es ist von Falten zerfurcht, die sich in die Wangen und den abgezehrten Hals eingraben; nur die Augen bewahren bis zu seinem Tode eine außergewöhnliche Lebhaftigkeit. Die lange Nase bleibt sein hervorstechendstes Merkmal. H. F. Brandt verleiht Goethe in seiner Kreidezeichnung ein fast romantisches Aussehen, das man sonst auf keinem Portrait findet. Die meisten Künstler, die ihn portraitiert haben, schienen einer Art Kanon zu folgen, zumindest diejenigen, die nicht nur die Anekdote oder das pittoreske Detail festhalten. Die Bildhauer vor allem, die mehr noch als die Maler zum Stilisieren neigten, folgen in den Jugendjahren einem apollonisch-dionysischen Typus, später, in dem Maße wie ihr Modell altert, legen sie sich auf diesen »olympischen« Ausdruck fest, den er gewiß oft besitzt, den man aber allzu gerne verallgemeinert hat. Dadurch erhalten die unkonventionellen Bilder, wie das von Meyer, das ich schon erwähnt habe, oder die köstliche Karikatur, die Thackeray während seines Besuches in Weimar angefertigt hat, oder die Zeichnung Brandts, eine besondere Bedeutung, da sie sich von dem gleichsam religiösen Konformismus abwenden, der die Goethesche Ikonographie beherrschte und oft auf eine ziemlich enttäuschende Stilisierung hinauslief. Nur die Gesamtheit der Goethe-Portraits kann über die unzähligen Schattierungen seines Charakters, die Gegensätze, aus denen er geformt ist, Rechenschaft ablegen.

In der Tat gab es selten vor ihm einen so komplexen Menschen, der fähig war, die verschiedenen Temperamente zu vereinen und die Widersprüche, die in ihm waren, so harmonisch in Einklang zu bringen. Eine Freundin seiner Jugend schrieb einst: »Er hat zu viele Mischungen in sich, die wirren, und da kann er die Seite, wo eigentlich Liebe ruht, nicht blank und eben lassen. Goethe ist nicht glücklich und kann schwerlich glücklich werden.«[10]

Das Glück zu verwirklichen, indem er eine Übereinstimmung oder zumindest einen Kompromiß zwischen diesen Gegnern herstellt, die alle er selbst waren und von denen er keinen zurückstoßen wollte, schien von vornherein ein unmögliches Unterfangen. Die Entsagungen, die die Etappen seines Daseins bezeichnen, finden niemals auf Kosten eines dieser zahlreichen *Ichs* statt. Er wollte nie bestimmte Aspekte seiner Persönlichkeit ausschalten, so wie man aus einem Orchester ein mißtönendes Instrument ausschließen würde; im Gegenteil, er bemüht sich, dieses Instrument in Gleichklang mit den anderen zu bringen, da er sehr wohl weiß, daß auch sein Mitwirken im Orchester unentbehrlich ist. Er strebt danach, in sich Himmel und Erde zu vereinen, da er überzeugt ist, daß der Mensch weder ganz Himmel noch ganz Hölle sein kann oder darf, daß sich die Größe des Individuums auf versöhnte Gegensätze gründet. So ist es also nicht erstaunlich, daß sein Gesicht die Spuren mächtiger Kämpfe trägt, die sein Leben erschüttert haben. Es genügt schon, den tragischen Ausdruck dieser Züge zu sehen, um zu wissen, daß eine Weisheit wie die, welche die Entwicklung Goethes leitet, nicht leicht zu erwerben ist und einen hohen Tribut fordert. Das Dasein Goethes war ein gefährlicher Ritt seit dem Tag, als er sich an den Schwager Kronos wandte, den phantastischen Kutscher jenes Wagens, der durch den Sturm die steilen Hänge auf von Gräben durchzogenen, von Schnee und Regen verwüsteten Straßen bis zum klaffenden Höllentor hinunterrast. Der Wunsch nach Harmonie, nach Frieden und Heiterkeit verdeckt nicht die Dramen, die die Jahre mit sich bringen, diese lange qualvolle Wanderschaft von der Geburt bis zum Tod. Man begreift nun, daß dieser Mensch, der bei oberflächlicher Betrachtung mit allen Glückseligkeiten überhäuft worden ist, mit Bitterkeit bekennt, daß er nur wenige glückliche Tage gehabt hat. Zweifellos meinte er damit das leichte Glück, das von selbst kommt, das man nur empfangen und genießen muß; eine Art von quietistischem und passivem Glück, das der Mensch, der vor allem ein »Kämpfer« ist, voller Verachtung zurückweist.

Die Portraits des alten Goethe erinnern an einen Soldaten, dessen Gesicht und dessen Seele die Narben unzähliger Schlachten tragen, der jedoch immer noch mit ungebrochenem

Willen dem Schicksal trotzt. Dieser dreiundachtzigjährige Mann schaut ohne zu blinzeln in die helle Sonne; sein Auge, wie er selbst sagt, »will Licht sein«, er unterwirft seinen Körper, der gegen das Alter gefeit zu sein scheint, asketischer Zucht. Obwohl sein ganzes Leben eine Folge von Verlusten, von herzzerreißenden Abschieden, von Entsagungen war, die ihm auferlegt worden sind oder die er auf sich genommen hat, sagt er ja zum Leben mit einem unbezwingbaren Optimismus, in dem sicher nicht wenig Verzweiflung mitschwingt. Dieser Mann ähnelt in den Stunden der Ermüdung und der Entmutigung einem zerschmetterten Titanen.

Dennoch erscheint ihm das Leben süß. Er macht fast jeden Winter eine schwere Krankheit durch, doch die Genesung besitzt jedesmal die Wirkung einer Erneuerung, einer Verjüngung. Seine letzten Jahre sind, wie übrigens sein ganzes Leben, von Geldsorgen getrübt. Als er sich in Weimar niederließ, mußte ihm seine Mutter heimlich einige Goldstücke schicken, ohne daß der Vater etwas davon wissen durfte, der das kostspielige Leben des jungen Mannes nicht billigte. Das Gehalt, das ihm der Herzog bewilligte, reichte bei weitem nicht aus, um die Unkosten zu decken, die ein Leben in der Gesellschaft mit sich brachte. Als Meyer 1799 nach Weimar zog, bietet Goethe ihm an, bei ihm zu wohnen, nicht nur des Vergnügens wegen, einen Freund bei sich zu haben – den er im übrigen »sein lebendiges Lexikon« nannte –, sondern auch um sein Budget aufzubessern. »Es ist Ihnen kein Geheimnis, daß ich nicht reich bin, sondern nur durch Ordnung und Tätigkeit meine freilich etwas breite Existenz soutenieren kann.«[11]

Da er ein wenig das Leben eines Herrscher führte, der in dem Haus am Frauenplan Hof hielt, in dem ununterbrochen Vertraute, Besucher, Bittsteller und Eindringlinge ein und aus gingen, hätte er eine königliche Schatulle benötigt. Trotz seiner Vorkehrungen, seinen Werken einen finanziellen Erfolg zu sichern, kommt es häufig vor, daß er seine Kasse leer findet. Ein Jahr vor seinem Tod ist dieser Mann, der weltweite Berühmtheit erlangt hat wie kaum einer seiner Zeitgenossen, außer vielleicht Byron, dazu gezwungen, eine Anleihe von dreihundert Talern zu erbitten. Selbst im hohen Alter bleibt er nicht von derlei Unbill verschont. Sie sucht seinen »Gleichmut« heim, aber er überwindet auch das und bewahrt, nicht ohne Mühe, den Anschein von heiterer Gelassenheit, der so viele seiner Zeitgenossen täuscht und der seiner Nachwelt ein so falsches Bild von ihm vermittelt hat. Wenn er sein Leben beurteilt, so kann er sagen: »Ich bin dieses Mal sehr glücklich durch die Welt gekommen, indem ich von niemand etwas weiter verlangte, als was er geben konnte und wollte, ihm weiter nichts anbot als was ihm gemäß war, und mit großer Heiterkeit nahm und gab, was Tag und Umstände brachten.«[12]

Das hindert ihn aber nicht daran, sich mit Sisyphus zu vergleichen und einzugestehen, daß dieses vom Glück so begünstigte Dasein »nichts als Mühe und Arbeit gewesen ... Es war das ewige Wälzen eines Steines, der immer von neuem gehoben sein wollte.«[13]

In den Phasen der Depression geht er sogar so weit, bei besonders vertrauten Freunden, wie dem Kanzler Müller, echte Verzweiflung zuzugeben. Es scheint sich jedoch bei diesen »Stimmungen«, denen er sich überläßt, eher um die Folge einer physischen Erkrankung, um ein momentanes Nachlassen der Energie, ein Dämpfen dieser nie verlöschenden Flamme zu handeln, als um eine moralische Zerrüttung.

Mit Ausnahme der unvermeidlichen Schmerzen, die einem Greis seine Langlebigkeit zumutet, der die Freunde seiner Jugend einen nach dem anderen dahinsterben sieht, erlangt Goethe nach dem Marienbader Drama seinen Herzensfrieden. Seine drei kleinen Enkel, Walter, Wolfgang und Alma, das zarte kleine Mädchen, das ihm so sehr ähnelt – alle Besucher sagen, daß es seine Augen hat –, erfüllen das Haus mit Freude und Leben. Er spielt gern die Rolle des Patriarchen, der zuschaut, wie um ihn herum die Söhne seiner Söhne fröhlich umherspringen. Goethe liebte Kinder und ließ es sogar gerne zu, daß sie ihm auf der Nase herumtanzten. Die Söhne Körners zerzausten ihm jedesmal das Haar, wenn er ihren Vater besuchte. Den Kindern seiner Freunde stand sein Haus und sein Garten stets offen: er beklagt sich nie über den Lärm, den sie um ihn herum verursachen, und als einmal einer dieser Buben aus dem Gartenhäuschen, dessen Tür verriegelt war, etwas holen wollte, ging er selbst, um dem Kleinen zu helfen.

Dieses Wohlwollen rührte daher, daß er in den Kindern die Zukunft, die schöpferische Jugend, die Unschuld, die Freimütigkeit, die Spontaneität erkannte, alles Eigenschaften, die zu bewahren er sich sein ganzes Leben lang bemüht hat und die er gerne bei anderen wiederfindet. Darum hat er sich immer mit Kindern umgeben und, bevor er selbst Vater wurde, die Kinder seiner Freunde, die Charlotte von Steins, Herders, Wielands wie seine eigenen verhätschelt. Die Spiele Werthers mit der lärmenden Hausgemeinschaft des *Teutschen Hauses* von Wetzlar, geben uns ein ziemlich getreues Bild von der Liebenswürdigkeit, mit der Goethe während seines ganzen Lebens bei den Belustigungen der Kleinen mitgemacht hat. Bis zum Tod des Sohnes hatte die Teilung des Hauses am Frauenplan mit Kind und Kindeskindern immer ein Element der Fröhlichkeit und jugendlichen Lebhaftigkeit in sein Dasein gebracht, das sonst vielleicht Gefahr gelaufen wäre, in der Einsamkeit zu erstarren.

Als August stirbt, ist Goethe gezwungen, die Führung des Hauses in seine Hände zu nehmen und sich um alle materiellen Angelegenheiten zu kümmern, die er auf seinen Sohn abzuwälzen pflegte. Unglücklicherweise mangelt es seiner Schwiegertochter Ottilie an den für eine Hausfrau notwendigen praktischen Fähigkeiten. Das Wort, das sie am treffendsten beschreibt, ist der Titel der literarischen Zeitschrift, die sie ins Leben gerufen hatte und leitete: *Chaos.* Dabei ist sie hübsch, von einer ziemlich rührenden Anmut, jedoch verschwenderisch, leichtsinnig und unordentlich. Die materiellen Sorgen, die Augusts Fürsorge und Bescheidenheit seinem Vater erspart hatten, fielen nun wieder auf ihn und bedrückten ihn die letzten beiden Jahre seines Lebens. Trotz all dieser Kümmernisse und Scherereien sind diese Jahre dennoch von einer außergewöhnlichen Heiterkeit erfüllt. Wenn die Dämmerung hereinbrach, kam es vor, daß ihn der treue Eckermann dabei überrraschte, wie er unbeweglich »vor seinem Arbeitstisch in seinem kleinen hölzernen Lehnstuhl saß in einer wunderbar sanften Stimmung, wie einer, der vom himmlischen Frieden ganz erfüllt ist«.[14]

Nun, da er die beiden Hauptwerke zu Ende gebracht hat, die ihn bis an die Schwelle des Todes beschäftigt haben, kann er sein »nunc dimittis« aussprechen und den Gesang des Simeon singen. Er hat letzte Hand an *Wilhelm Meisters Wanderjahre* gelegt und an dem Tag, wo er das Paket mit dem endgültigen Faust-Manuskript versiegelt, drückt er seine Befriedigung darüber mit den Worten aus: »Es ist keine Kleinigkeit, das was man im zwanzigsten Jahre konzipiert hat, im 82. außer sich darzustellen und ein solches inneres lebendiges Knochengeripp mit Sehnen, Fleisch und Oberhaut zu bekleiden, auch wohl dem fertig Hingestellten noch einige Mantelfalten umzuschlagen, damit alles zusammen ein offenbares Rätsel bleibe, die Menschen fort und fort ergetze und ihnen zu schaffen mache.«[15]

Man weiß, was dieser *Faust* für ihn bedeutet; die Konstante seines Lebens, der unaufhörliche Drang, aus diesem Schauspiel einen Schatz menschlicher Erfahrungen zu machen, auf mystischer wie auf magischer Ebene, wie der *Wilhelm Meister* ein Schatz der Erfahrung auf irdischem und praktischem Gebiet ist. Er hat in dieser aus alten Repertoires der Marionetten und Volkstheater entnommenen Figur sein eigenes, wirkliches und gleichzeitig erhöhtes Bild entworfen.

Als Ausdruck des kosmischen Abenteuers des Menschen Goethe enthält der *Faust* alle Seiten seiner Persönlichkeit, alle Regungen seines Herzens und seines Geistes, sein ganzes geträumtes Leben bis hin zur Verwandlung in Euphorion, von der man zu Unrecht glaubt, daß sie von Byrons Schicksal angeregt sein könnte. Euphorion ist vielmehr eine Projektion des Goetheschen Ideals, das seine vergrößerten Konturen auf die Weiten des Himmels zeichnet, um dort das Geheimste und wahrscheinlich das Wahrste seines Ichs zu erkennen. Goethe ist also nicht nur der Schöpfer dieser Faust-Figur; er wird, wie im Stück, der Sohn Fausts. Nichts ist geheimnisvoller und verwirrender als diese Verdoppelung der Persönlichkeit, wo

Goethe sich, ohne dabei aufzuhören, Faust zu sein, in ein Wesen verwandelt, das gleichzeitig Vater und Sohn, der Liebhaber und der Sohn der geliebten Frau ist. Über Euphorion, dem Opfer der Schwerkraft, gibt es sogar noch den Homunculus, diesen seltsamen kleinen künstlichen Kerl, diese Mandragora aus dem Laboratorium, diesen Golem aus der Retorte, der munter zwischen den düsteren Figuren des Hexen-Sabbats herumflattert; er ist das erste Stadium einer Umwandlung, die der vergleichbar ist, die aus der Raupe den Schmetterling werden läßt, die Euphorion Flügel verleiht.

Man begreift, daß Goethe sich bis zu dem Augenblick, wo er fühlte, daß sein Leben zu Ende ging, nicht von diesen Bildern seiner selbst hat lösen können. Die Frage bleibt, ob Goethe den Faust beendet hat, weil er fühlte, daß sich sein Leben vollendete, oder ob er sich im Gegenteil in den Tod gefügt hat, weil Fausts Ende ihm hier unten nichts mehr zu tun übrig ließ. Es wäre vielleicht angebracht, jetzt auch zu sagen, »mein Ende ist mein Anfang«, da das himmlische Abenteuer Fausts in dem Moment beginnt, wo die Lemuren den Körper, der keinen Sinn mehr erfüllen kann, in das Grab gelegt haben. Es genügt in der Tat nicht, die »Übereinstimmungen« zwischen Faust und seinem Schöpfer festzustellen; man muß vielmehr eingestehen, daß niemals ein Dichter je so viel von sich selbst in seine Schöpfung eingebracht hat.

Ich habe die Ebenen erwähnt, die im *Wilhelm Meister* übereinander lagen und die die Grundideen dessen, was man zu Unrecht nur für einen *Erziehungsroman* halten würde, weiterführen. Im *Faust* sind die Ebenen nicht so streng begrenzt und voneinander abgesetzt; sie überkreuzen sich, sie bilden eine Art Gewebe, in dem Faden und Kette ständig die Höhe wechseln, je nachdem wie das Schiffchen springt. Der *Faust* läßt sich nicht in horizontale Scheiben schneiden: Es gibt Brunnen, die vom Sternenhimmel bis in das Innerste der Erde reichen. Im Gewirr der Symbole findet man Ethik, Mystik, Ästhetik ineinander verschmolzen. Der ganze Konflikt zwischen der klassischen und der mittelalterlichen Kunst, der so lange den Geist Goethes beherrschte, nimmt nun in der Helena-Episode Gestalt an; aber wer würde glauben, daß diese Episode auf eine einfache Kunstgeschichtsdebatte zurückgeht? Es wäre auch nicht ausreichend, das Leben Goethes und sein Schaffen vergleichend im Licht des *Faust* zu interpretieren, denn Faust ist darüber hinaus eine Form der Sublimierung. Ich glaube, daß dieses so oft verlassene und immerfort wieder aufgenommene Werk bis zum letzten Federstrich, den man wie vom prophetischen Finger des Todes gesetzt glaubt, für den Dichter ein Mittel war, sich vor sich selbst zu enthüllen. Auf diese Weise konnte er sich selbst besser kennenlernen, als wenn er nur Goethe beobachtet hätte. Faust ist er selbst, weil er gleichzeitig alles Mögliche in sich birgt. Er ist ebenso der Verwahrer der Wirkungsmöglichkeiten wie der Treuhänder der Verwirklichungen. Er ist keine Maske, ganz im Gegenteil; ich würde sagen, daß Faust uns das wahrhafteste und vollständigste Gesicht Goethes zeigt. Die Sorgfalt, die er darauf verwendet hat, die Züge dieses Gesichts zu bezeichnen, offenbart sein Bestreben, sich selbst zu erforschen und sein Wesen in seiner Gänze zu erfassen, in dem Augenblick, da er das vollständige Bild zu Ende gemalt hätte.

Alle Begegnungen Goethes mit den Geistern der Erde und den Geistern des Himmels sind hier in wahrheitsgetreuen Bildern wiedergegeben. Er hat alle Leidenschaften Fausts erfahren, von der Liebe zu einem naiven und reinen Mädchen bis zum Abstieg zu den Müttern, bis zum wilden Ritt auf der Kruppe des Zentaurs Chiron, bis zur Umarmung Helenas. Die Schöpfung und Ausarbeitung des Faust registriert alle Kurven seines Lebens wie auf der Walze eines Seismographen. Liegengelassen, wiederaufgenommen, wieder im Stich gelassen, aus einem noch kindlichen Plan entsprungen - nämlich ein Stück für die *Pupazzi* zu verfassen - wurde dieses Werk zum dramatischen Ausdruck des intellektuellen und pathetischen Abenteuers des Menschen ausgeweitet. Es wurde bis zur geistigen Erkenntnis der hermetisch abgeschlossenen Mysterien erhöht und geht an seinem Ende so weit, dem Unsichtbaren Form, dem Unaussprechlichen Stimme zu verleihen. So betrachtet wird der Faust, der von der Substanz seines Schöpfers genährt ist, ein Symbol des menschlichen Schicksals mit allem, was es an Sonderbarem und zugleich Gemeingültigem besitzt. Trotz der im nachhinein vorgenommenen Glättungen sind die einzelnen Schritte dieses Werkes bis zum letzten Sprung ins Unendliche, bis zum Aufstieg zum Ewigen und Transzendenten noch erkennbar. Ein langes menschliches Dasein zeichnet sich darin ab. Dieses Opus bestätigt das Leben des Menschen, der es geschrieben hat. Er durfte gehen, da er auf der Erde diese beiden wunderbaren »Menschen-Spiegelbilder« zurückließ, die Faust und Meister jeweils sind. Ihre Wege trennen sich nun. Aus dem Schatten ans Licht gebracht, werden Faust und Meister ewig leben, während ihr Schöpfer zu den Schatten hinabsteigt.

Dennoch erwartet Goethe den Tod nicht ohne Angst. Nichts war ihm verhaßter als allein schon der Begriff des Todes: Sein ganzes Sein lehnt sich gegen den Gedanken auf, daß ein tätiges Individuum von der Erde, dem Ort seines Tuns getilgt wird. Von Jugend an widerstrebt ihm alles, was mit dem Tod zusammenhing. Er vermeidet, wann immer er kann, dieses Wort auszusprechen und ersetzt es durch ein anderes. Der Schauspieler Holtei, der ihn einige Monate nach dem Tod von August besuchte, erinnert sich, daß man dessen Namen nicht nennen, ja nicht einmal von seinem Hinscheiden sprechen durfte.[16]

Dieses instinktive Grauen vor dem unwiederbringlichen Ende, dieses Bedürfnis, alles auszuschalten, was an die natürliche Bestimmung des Menschen erinnern konnte, entspricht dem unerschütterlichen Lebenswillen, der ihn beseelt, dieser Verehrung des Lebens, die nur das Leben anerkennen und den Tod negieren will. Dieser Grieche betrachtet voller Abscheu die Vorliebe, die das Mittelalter für Beerdigungsfeierlichkeiten besaß. Er würde gerne den Anblick eines Leichnams aus seinem Blickfeld verbannen; er entrüstet sich darüber, daß die Leichenwagen zu der Stunde, da er bei Tisch ist, an seinem Haus vorbeifahren. Nicht etwa, daß er glaubte, daß das irdische Leben das einzige sei, daß es auf der anderen Seite der Todespforte nur das Nichts gäbe. Er hat sich darüber wiederholt geäußert. Sein Glauben an die Unsterblichkeit ist offensichtlich; er kann den Gedanken nicht zulassen, daß das, was ist, völlig vernichtet werden sollte, daß das Lebende ins Nichts übergehen sollte, daß das Tätigsein – Daseinsberechtigung und Prinzip jedes Wesens – dieses Wesen nicht mehr beseelen könnte. Dieser Glaube an die Unsterblichkeit ist eigentlich nicht metaphysisch. Bei Goethe wurde nichts zum System, zur verstandesmäßigen, abstrakten Theorie. Als Lebender braucht er das ewige Leben; was bedeutet schon die Form, unter der es sich darbietet, vorausgesetzt, daß es aktiv, voller Energie, schöpferisch ist. Der Halbschlaf der Schatten im Hades würde ihn wie Achilles sagen lassen, daß es besser ist, ein Sklave auf der Erde als ein König bei den Gespenstern zu sein. An einem Frühlingsabend, als er mit Eckermann den Sonnenuntergang auf der Straße von Weimar nach Tierfurt beobachtete, sagte er zu seinem Gefährten: »Wenn einer fünfundsiebzig Jahre alt ist, kann es nicht fehlen, daß er mitunter an den Tod denke. Mich läßt dieser Gedanke in völliger Ruhe, denn ich habe die feste Überzeugung, daß unser Geist ein Wesen ist ganz unzerstörbarer Natur; es ist ein fortwirkendes von Ewigkeit zu Ewigkeit. Es ist der Sonne ähnlich, die bloß unsern irdischen Augen unterzugehen scheint, die aber eigentlich nie untergeht, sondern unaufhörlich fortleuchtet.«[17]

Fünf Jahre später, als er auf dieses Thema, das ihn so sehr beschäftigte, wieder zurückkam, umreißt er seine Gedanken noch genauer und unterstreicht, was ihn von der rein orthodoxen Doktrin trennt. Indem er die verschiedenen Beweise der Unsterblichkeit kritisiert, auf die sich die Religionen berufen, erklärt er seinem Vertrauten, worauf sich sein persönlicher Glauben gründet: »Die Überzeugung unserer Fortdauer entspringt mir aus dem Begriff der Tätigkeit; denn wenn ich bis an mein Ende rastlos wirke, so ist die Natur verpflichtet, mir eine andere Form des Daseins anzuweisen, wenn die jetzige meinen Geist nicht ferner auszuhalten vermag.«[18]

Es handelt sich im Grunde darum, seine Unsterblichkeit mittels der Kontinuität seiner Tätigkeit zu erlangen. Das Göttliche Erbarmen rettet Faust, obgleich er sich der Versuchung hingegeben hat, nicht mehr tätig zu sein, obwohl er das

»verweile« ausgesprochen hat, das die Zeit anhält, das *tötet.* Solange der Mensch nicht in den Tod einwilligt und ihn durch Tätigsein von sich fernhält, kann dieser nicht von ihm Besitz ergreifen. Faust ist in den Genuß einer besonderen Gnade gekommen, die ihm durch die Fürsprache des Ewig-Weiblichen zuteil wurde; jeder Mensch muß sich seine eigene Unsterblichkeit mit Hilfe einer fortdauernden, unermüdlichen Tätigkeit sichern. Goethe hat ein Beispiel, dieses ewige Überleben zu verdienen, gegeben. Man kann sich fragen, ob er das Tun als Bedingung für die Unsterblichkeit gesehen hat, weil er von einem unstillbaren Tatendrang besessen war, oder ob er im Gegenteil deshalb so rastlos tätig war, weil er glaubte, daß er den Tod so lange von sich weisen konnte, solange er sich nicht zur Ruhe setzte. Kamen die Tränen, die ihm an dem Tag über die Wangen liefen, als er in dem kleinen Holzhaus auf dem Kickelhahn die Verse seiner Jugend wieder las, also daher, daß er in seinem Körper das Bedürfnis nach Ruhe verspürte, oder ist ihm in dieser Stunde bewußt geworden, daß der Tag, an dem er sich ausruhen würde, für ihn auch der Tag des Todes sein würde?

20
»Stirb und Werde«

Im Grenzenlosen sich zu finden,
Wird gern der einzelne verschwinden ...

Es soll sich regen, schaffend handeln,
Erst sich gestalten, dann verwandeln,
Nur scheinbar steht's Momente still
Das Ew'ge regt sich fort in allen;
Denn alles muß ins Nichts zerfallen,
Wenn es im Sein beharren will.
(Eins und Alles)

Diese Verse antworten auf das berühmte »Stirb und werde« aus dem *Divan.* Die wissenschaftliche Erfahrung hat Goethe gelehrt, daß der Übergang von einer Form in eine andere nur durch die Zerstörung der vorhergehenden möglich ist, daß der Tod sogar die Voraussetzung der Wiedergeburt ist. Aber die Metamorphose an sich erfordert, daß ein fortdauerndes Element erhalten bleibt, damit dieser Tod kein blinder Sturz in das Nichts ist. Wenn also das *Stirb* die Bedingung des *Werde* ist, so muß auch das gleiche Individuum in das »Werden« übergeführt werden.

So schön und bewegend diese Verse auch sein mögen, sie entsprechen dennoch nicht ganz dem Denken Goethes. Er hat selbst seine Antwort auf die *Hymne an die Nacht* formuliert, in der der Ruf des Nichts erklingt. Sechs Jahre sind vergangen. Da antwortet das Genie dem Genie, indem es den vorletzten Vers des Gedichtes wiederaufnimmt und energisch ableugnet, daß der Sturz ins Nichts unvermeidlich sei. Er beginnt mit einer Behauptung, die keinerlei Widerspruch zuläßt: »Kein Wesen kann zu nichts zerfallen.« Das ist der wahre Ton der Überzeugung, des Glaubens. Früher sprach Goethe als Botaniker, und die Naturwissenschaftler hatten natürlich diesem Glaubensbekenntnis, das die Unsterblichkeit bestritt, zugestimmt. Jetzt ist es das Wesen der Vernunft, das die Unsterblichkeit fordert, an die zu glauben es sich damals weigerte: Es darf nicht sein, daß die wunderbare Welt, auf der wir leben, vernichtet werden kann. Ein lauter Aufschrei des Vertrauens und der Hoffnung antwortet also auf die vor sechs Jahren ausgesprochene Herausforderung:

> Kein Wesen kann zu nichts zerfallen!
> Das Ewge regt sich fort in allen,
> Am Sein erhalte dich beglückt!
> Das Sein ist ewig: denn Gesetze
> Bewahren die lebendgen Schätze,
> Aus welchen sich das All geschmückt.
>
> (Vermächtnis)

Es handelt sich also darum, ewig an der Unsterblichkeit des Universums teilzunehmen, zu *sein*, im eigentlichen Wortsinn, ein tätiges Element des wohlklingenden Chores der Sphären zu bleiben, wahrscheinlich in einer viel umfassenderen Form als es die einfache menschliche Persönlichkeit ist. Es ist von geringerer Bedeutung, eine bestimmte Individualität, diese Individualität namens Goethe zu behalten, als fortwährend dieser unbestimmten Energiemasse anzugehören, die die Weltseele ist. Die pantheistische und panhafte Seite in Goethes Denken akzeptiert bedenkenlos eine unpersönliche Unsterblichkeit, in welcher das Ich zerfließt und so zu den Elementen zurückkehrt. Wenn es auch vorgekommen ist, daß er die Elemente als Gegner, die es zu besiegen und zu unterwerfen galt, betrachtete, so hat er doch meistens zwischen sich und dem All diesen Zustand der Harmonie, der wahrhafte *Übereinstimmung* ist, bewahrt. Der Dialog Fausts mit dem Geist der Erde macht das Streben deutlich, das belebende Prinzip des Universums in seiner Flammenwiege wiederzutreffen:

In Lebensfluten, im Tatensturm
Wall ich auf und ab,
Webe hin und her!
Geburt und Grab,
Ein ewiges Meer,
Ein wechselnd Weben,
Ein glühend Leben:
So schaff ich am sausenden Webstuhl der Zeit
Und wirke der Gottheit lebendiges Kleid.
(Faust I)

Faust also eine Bruderseele; er versucht, diese Erscheinung in seine Arme zu schließen, während der er sagt: »Der du die weite Welt umschweifst, Geschäftiger Geist, wie nah fühl ich mich dir!« Unter den Zeichnungen, die Goethe entworfen hat, um den *Faust* zu illustrieren und die weitaus die schönsten von den unzähligen Versuchen der Illustratoren sind, um diesem von Licht knisternden Text plastische Form zu geben, gibt es eine, die den Geist der Erde in einer kolossalen, aber noch anthropomorphischen Form in der Gestalt eines riesenhaften von Flammen umgebenen Dionysos darstellt.

Also dem Menschen ähnlich, aber trotzdem so verschieden, daß ihre Begegnung nur ein kurzer Augenblick sein kann, denn der Geist entwischt sofort den Händen, die nach ihm greifen. Kaum hat Faust dieses: *wie nah fühl ich mich dir*, was beinahe heißen will: *ich bin du*, ausgerufen, da stiehlt sich der Geist davon und verschwindet, während er die geheimnisvollen Worte ausspricht: »Du gleichst dem Geist, den du begreifst, / Nicht mir!« Um diesen ungreifbaren Geist wiederzufinden, der sich außerhalb von Raum und Zeit bewegt, muß der Mensch also den Sprung wagen über seine Grenzen hinaus. Als er mit Eckermann über Byron spricht, meinte Goethe: »Der Mensch muß wieder ruiniert werden!«[1]

Er muß ruiniert werden, um seine Freiheit wiederzuerlangen, um der Form zu entkommen, die ihn einschließt und beschränkt. Goethes Auffassung nach hat jeder außergewöhnliche Mensch eine Aufgabe, die zu erfüllen er aufgerufen ist. Sie begründet die Entfaltung seiner Verantwortlichkeit, legt ihm aber gleichzeitig Beschränkungen auf. Erst wenn er diese Aufgabe erfüllt hat, ist der Mensch *befreit*, erst dann kann er zu der Freiheit der Elemente zurückkehren.

Diese Vorstellung von einer kosmischen Unsterblichkeit begründete also einen wahren Glauben, eine Gewißheit, die eher aus dem elementaren Bedürfnis des Menschen, als aus einer Dialektik entstanden war. Er hatte also keinen Grund, den Tod zu fürchten, da er wußte, daß er auch im Jenseits noch am Sein und Wirken teilnehmen würde, daß er immer ein Teilchen dieses »Ewigen« sein würde, *das sich in allen fortregt.*

Goethe hatte sich also auf den Tod vorbereitet, mit der Sorgfalt, die er bei allem anwandte. Seit der letzten Saison in Marienbad sperrte ihn fast jedes Jahr eine schwere Krankheit den ganzen Winter über ein und ließ ihn die Nähe des Todes ahnen; doch sobald der Frühling gekommen war, begann er von neuem zu leben bis zum nächsten Winter, wo ihn wiederum die Krankheit einholte und seine Kinder und seinen Arzt Vogel erschreckte. Der jahreszeitlich bedingte Zyklus des Lebens des alten Goethe brachte so abwechselnd ein Zurückziehen auf sich selbst und, sobald die schöne Jahreszeit anbrach, frohes Wirken nach außen hin. Jedes Jahr schlug einmal die Stunde, wo man glaubte, den Tod mit seinen dürren Fingern an der Tür kratzen zu hören. Und der enttäuschte Tod entfernte sich wieder, um im nächsten Jahr zurückzukommen.

Goethe hatte sein Werk vollendet. Seine großen Gedichte ruhten im versiegelten Umschlag. Seine wissenschaftlichen Entdeckungen waren zum Teil veröffentlicht worden und im großen und ganzen hatte er erreicht, was er sich vorgenommen hatte. Auch er konnte das Gefühl haben, daß seine Aufgabe erfüllt war, daß demzufolge die Elemente, aus denen sein Wesen bestand, für neue Kombinationen verfügbar wurden, die nun nicht mehr Goethe heißen würden, die aber trotzdem noch

Goethe sein würden. Er hatte seine Papiere geordnet, seine Archive aufgeräumt, alte Briefe sortiert, Manuskripte eingereiht. Kurz nach Augusts Tod, der ihm auf so tragische Weise den Gedanken an seinen eigenen Tod aufgedrängt hatte, setzte er mit Hilfe des Kanzlers Müller sein Testament auf. Das war keine Kleinigkeit. »Meine Nachlassenschaft ist so kompliziert, so mannigfaltig, so bedeutsam, nicht bloß für meine Nachkommen, sondern auch für das ganze geistige Weimar, ja für ganz Deutschland, daß ich nicht Vorsicht und Umsicht genug anwenden kann ...«, schrieb er an den Anfang dieses Dokuments, in dem er methodisch, Absatz für Absatz, bestimmte, wie diese Güter verteilt werden sollten, deren Treuhänder, dessen war er sich bewußt, er im Namen und zum Wohl der Allgemeinheit war. Am Schluß des Testaments heißt es: »Die übrigen Sammlungen soll man wenigstens zwanzig bis fünfundzwanzig Jahre lang nicht zerstreuen, noch veräußern, damit meine Enkel sich an ihnen heraufbilden und erst in spätern, reifern Jahren weitere Beschlüsse darüber fassen.«[2]

Nachdem er diese Vorkehrungen getroffen hatte, war er frei. Schon seit langem war seine Seele bereit für den Übergang von der Welt der Lebenden in die der Toten – auch wenn sich der Körper noch dagegen auflehnte. Er wußte sehr gut, daß es *keinen Tod* gab, daß ihn nur eine weitere Metamorphose erwartete; aber wie die Häutungen vollziehen sich die Übergänge von einer Form in die andere nicht ohne Schmerz und ohne Zerreißen. Er sammelte alle Kraft seines Geistes, die ganze Stärke seiner Seele, um in das Reich der Schatten ein ruhiges Herz mitzubringen.

Karl Vogel, der ihn seit einigen Jahren jeden Morgen um neun Uhr besuchte, war überrascht, als er am 16. März 1832 in den frühen Morgenstunden gerufen wurde. Am Vorabend noch hatte er Goethe in gutem Zustand und fröhlich nach einem langen Gespräch verlassen. Als der Arzt das Zimmer betrat, schlief Goethe, erwachte aber sogleich und klagte darüber, daß er sich am vorhergehenden Tag während seines Nachmittagsspaziergangs erkältet hätte. Er hatte eine schlechte Nacht gehabt, keinen Appetit und abwechselnd plagte ihn Schüttelfrost und Fieber. Vogel beunruhigte sich nicht übermäßig: Der Kranke hatte sich eine Erkältung zugezogen, als er von seinem überheizten Zimmer in die anderen Räume des Hauses, die ziemlich kalt waren, gegangen war; bei der richtigen Pflege würde das bald vorübergehen. Tatsächlich, drei Tage später schien Goethe genesen zu sein. »Am Morgen traf ich den Kranken neben dem Bett sitzend, sehr aufgeräumt und nur noch körperlich etwas schwach. Er hatte in einem französischen Heft gelesen; fragte gewohntermaßen nach mancherlei Vorfällen und zeigte großes Begehren nach dem zum Frühstück seit einigen Jahren herkömmlichen Glas Madeira ...«

Nachdem er mit gutem Appetit gegessen und getrunken hatte, blätterte er in seiner Kupferstichsammlung. Der Tag verlief friedlich und der Arzt machte sich keine Sorgen mehr, als »sich Goethe vorzüglich darüber sehr vergnügt äußerte, daß er am folgenden Morgen imstande sein würde, sein gewohntes Tagewerk wieder vorzunehmen«.[3]

Gegen Mitternacht wachte er vor Fieber glühend auf mit einem starken Druck auf der Brust, kurzem Atem, vor Unruhe und Angst zitternd. Trotzdem meinte er, daß es nichts Ernstes sei und es unnötig wäre, um diese nächtliche Stunde den Arzt zu holen. Man schickte erst am nächsten Morgen um halb neun nach Vogel. »Ein jammervoller Anblick erwartete mich! Fürchterliche Angst und Unruhe trieben den seit lange nur in gemessenster Haltung sich zu bewegen gewohnten, hochbejahrten Greis mit jagender Hast bald ins Bett, wo er durch jeden Augenblick veränderte Lage Linderung zu erlangen vergeblich suchte, bald auf den neben dem Bette stehenden Lehnstuhl. Die Zähne klapperten ihm vor Frost. Der Schmerz, welcher sich mehr und mehr auf der Brust festsetzte, preßte dem Gefolterten bald Stöhnen, bald lautes Geschrei aus. Die Gesichtszüge waren verzerrt, das Antlitz aschgrau, die Augen tief in ihre lividen Höhlen gesunken, matt, trübe; der Blick drückte die gräßlichste Todesangst aus.«

Nicht ohne düstere Ahnung betrachtet der Mensch den Geist der Erde von Angesicht zu Angesicht. Goethe jedoch überwand dieses furchtbare Entsetzen. Nach und nach gewann er seine Heiterkeit wieder, und in einem sanften Frieden des Körpers und der Seele verschied er. »Er starb den seligsten Tod«, schrieb der Kanzler Müller in dem kurzen Billett, das er am gleichen Tag an Bettina Brentano schickte, »selbstbewußt, heiter, ohne Todesahnung bis zum letzten Hauch, ganz schmerzlos. Es war ein allmählich sanftes Sinken und Verlöschen der Lebensflamme ohne Kampf. Licht war seine letzte Forderung, eine halbe Stunde vor dem Ende befahl er: Die Fensterladen auf, damit mehr Licht eindringe.«[4]

Man hat über diese Worte, »Mehr Licht«, die die vorletzten Worte Goethes waren, viel diskutiert. Ganz sicher bedeuteten sie nicht nur, mehr Helligkeit ins Zimmer zu lassen, wie Müller annahm. Der gute Kanzler scheint sich des furchtbaren Kampfes nicht bewußt gewesen zu sein, der den Todkranken geschüttelt hat bis zu dem Augenblick, wo die Ruhe in ihn eingekehrt ist. Dieser Friede, der die letzten Stunden seines Lebens krönt, ist, ganz entgegen der Meinung Müllers, nicht ohne Kampf erobert worden. Um ihn zu erringen, mußte er den Lebenswillen seiner unbezwingbaren Energie überwinden, den physischen Schrecken vor dem Sterben, gegen den sich der Körper aufbäumte. Für die Zeugen seiner letzten Augenblicke jedoch ist er in einer vollkommenen Ruhe entschlummert: »Er ist in Ottiliens Armen gestorben, und zwar hat der Atem so ruhig und sanft aufgehört, daß sie den Moment des Todes nicht genau weiß, und noch in dem Glauben gewesen ist, daß er ruhe, als er schon gestorben war.«[5]

Der Ausruf »Mehr Licht« drückte sehr gut das höchste Bestreben dieses Menschen aus, der gleichermaßen die Sonne und Gott verehrt hatte und der zehn Tage vor seinem Tod Eckermann erklärte: »Fragt man mich, ob es in meiner Natur sei, die Sonne zu verehren, so sage ich abermals: durchaus! Denn sie ist gleichfalls eine Offenbarung des Höchsten, und zwar die mächtigste, die uns Erdenkindern wahrzunehmen vergönnt ist. Ich anbete in ihr das Licht und die zeugende Kraft Gottes, wodurch allein wir leben, weben und sind, und alle Pflanzen und Tiere mit uns.«[6]

Heute wünscht er dieses »Flammengespenst« herbei, vor

dem Faust, nachdem er furchtlos den Geist der Erde gerufen hatte, voller Schrecken zurückschauderte. Mehr Licht, das kann auch die Offenbarung der Welt sein, in die das von seinem irdischen Gefängnis erlöste Wesen eintrat.

Es ist schön, daß Goethe, bevor er starb, diese geheimnisvollen Worte aussprach, die wie das endgültige Siegel sind, das auf die Botschaft aufgedrückt ist, die er der Welt entgegenschleudert; es sind diejenigen, die die Nachwelt als Goethes »letzte Worte« bewahrt hat und ehrt; man erwartet von großen Menschen, daß ihr letzter Seufzer die endgültige Offenbarung enthüllt, den Schlüssel gibt zu ihrem Handeln oder ihren Werken. Wie sind sie in der Tat »goethisch« diese Worte, welchen Klang haben sie für die Ewigkeit!

Die Wirklichkeit war anders. Aber ich persönlich finde seine wirklich letzten Worte, die nicht die eines Weisen, eines Magiers sind, viel ergreifender; es sind einfach die eines Menschen. Zugegeben, sie sind nicht sehr würdig, von der Nachwelt als das letzte Wort Goethes an die Menschheit betrachtet zu werden, dafür aber um vieles menschlicher und rührender. Während er in die Bewußtlosigkeit glitt, die ihn friedlich in den Tod geleitete, preßte er die Hand seiner Schwiegertochter Ottilie zwischen seinen Händen. Man wußte nicht, ob er noch atmete, so wenig war sein Atem wahrzunehmen; vielleicht war er schon tot. Vorsichtig wollte Ottilie ihre Finger aus dieser Umklammerung, die vielleicht schon die eines Leichnams war, lösen, aber Goethe hielt sie fest, drückte sie und murmelte ganz leise: »Nun, Frauenzimmerchen, gib mir dein gutes Pfötchen!«[7]

Und nachdem er das gesagt hatte, schwieg er für immer.

ANHANG

Zeittafel

mit Werk-Übersicht

1749 13. Januar: Friedrich Müller (»Maler Müller«) geboren.
9. März: Honoré Gabriel de Riqueti, Graf von Mirabeau, geboren.
13. August: Tod Johann Elias Schlegels.
28. August: Johann Wolfgang Goethe als Sohn des Kaiserlichen Rats Johann Caspar Goethe und seiner Frau Katharina Elisabeth Goethe, geb. Textor, in Frankfurt am Main geboren.
29. August: Goethe protestantisch getauft.
Georg Friedrich Händel: »Feuerwerksmusik«.
Henry Fielding: »Tom Jones«.

1749–1804 George-Louis Leclerc, Comte de Buffon: »Histoire naturelle« (»Naturgeschichte«).

1750–1753 Voltaire am Hof Friedrichs II. von Preußen.

1750 3. Dezember: Johann Martin Miller geboren.
28. Juli: Johann Sebastian Bach in Leipzig gestorben.
7. November: Friedrich Leopold Graf zu Stolberg geboren.
7. Dezember: Geburt von Goethes Schwester Cornelia Friederike Christiane.
Jean-Jacques Rousseau: »Discours sur les sciences et les arts« (»Abhandlung über die Wissenschaften und Künste«).

1751–1780	Denis Diderot und (bis 1758) Jean-Baptiste le Rond, genannt d'Alembert, geben die französische »Encyclopédie« heraus.
1751	12. Januar: Jakob Michael Reinhold Lenz geboren. 20. Februar: Johann Heinrich Voß geboren. Voltaire: »Le Siècle de Louis XIV« (»Das Zeitalter Ludwigs XIV.«).
1752–1755	*Goethe besucht die Spielschule der Maria Magdalena Hoff und erhält ersten Unterricht im Lesen.*
1752	17. Februar: Friedrich Maximilian Klinger geboren. 9. Mai: Johann Anton Leisewitz geboren. Benjamin Franklin erfindet den Blitzableiter.
1753	*Weihnachten: Goethe erhält von seiner Großmutter Cornelia Goethe ein Puppentheater geschenkt.*
1754	2. Februar: Talleyrand (Charles-Maurice de Talleyrand-Périgord) geboren. 9. April: Christian Freiherr von Wolff, einer der führenden Aufklärungsphilosophen, in Halle gestorben.
1755/56	*Umbau des Elternhauses am Großen Hirschgraben. Goethe besucht die öffentliche Schule des Lehrers Schellhaffer.*
1755	10. Februar: Montesquieu (Charles-Louis de Secondat, Baron de La Brède et de Montesquieu) gestorben. 2. März: Louis de Rouvroy, Herzog von Saint-Simon, französischer Schriftsteller, gestorben. 1. November: Lissabon wird durch ein Erdbeben zerstört. Gründung der ersten russischen Universität in Moskau. Johann Joachim Winckelmann: »Gedanken über die Nachahmung der griechischen Werke in der Malerei und Bildhauerkunst«. Jean-Jacques Rousseau: »Discours sur l'origine et les fondements de l'inégalité parmi les hommes«

(»Abhandlung über den Ursprung und die Grundlagen der Ungleichheit unter den Menschen«).
Voltaire: »L'Orphelin de la Chine« (»Der Waise von China«).
Gotthold Ephraim Lessing: »Miss Sara Sampson«.

1756–1763 Siebenjähriger Krieg.

1756–1760 *Goethe erhält Privatunterricht in Latein und Griechisch bei Rektor Scherbius.*

1756/57 William Pitt d. Ä. Leitender Minister in England (bis 1761).

1756 16. Januar: »Westminster-Konvention« zwischen Preußen und England.
27. Januar: Wolfgang Amadeus Mozart in Salzburg geboren.
1. Mai: »Erster Versailler Vertrag«. Französisch-österreichisches Verteidigungsbündnis.
29. August: Friedrich II. fällt in Kursachsen ein.
15. September: Karl Philipp Moritz geboren.
Voltaire: »Essay sur l'histoire générale et sur les mœurs et l'esprit des nations« (»Versuch über die allgemeine Geschichte und über die Sitten und den Geist der Nationen«).
Salomon Geßner: »Idyllen«.

1757–1759 *»Labores juveniles« (Schularbeitenheft).*

1757 *Neujahrsgedicht an die Großeltern Johann Wolfgang und Anna Margarethe Textor.*
2. Februar: Allianz von Sankt Petersburg. Österreichisch-russisches Bündnis gegen Preußen.
Frühjahr: Eroberung Sachsens durch Friedrich II.
1. Mai: »Zweiter Versailler Vertrag«. Bündnis zwischen Frankreich und Österreich.
Frankreich tritt in den Siebenjährigen Krieg ein.
Große Koalition (Österreich, Frankreich, Rußland, Schweden) gegen Preußen.
6. September: Marie Joseph de Motier, Marquis de Lafayette, geboren.

	5. November: Sieg Friedrichs II. bei Roßbach.
	5. Dezember: Preußen kann die Schlacht bei Leuthen für sich entscheiden.
	Joseph Black entdeckt das Kohlendioxid.
	Christian Fürchtegott Gellert: »Geistliche Oden und Lieder«.
1758–1761	*Unterricht im Zeichnen beim Kupferstecher Johann Michael Eben.*
1758	*Februar: Beginn des Französischunterrichts bei Maria Madelaine Gachet.*
	6. Mai: Maximilien de Robespierre geboren.
	28. Mai: Karl August wird Herzog von Sachsen-Weimar-Eisenach. Bis 1775 führt Anna Amalia die Regentschaft.
	29. September: Horatio Nelson geboren.
	François Quesnay, Leibarzt Ludwigs XV., begründet mit seiner Schrift »Tableaux économiques« die physiokratische Wirtschaftstheorie.
	Claude-Adrien Helvétius: »De l'Esprit« (»Über den Geist«).
	Johann Wilhelm Ludwig Gleim: »Kriegs- und Siegeslieder von einem preußischen Grenadier«.

1759 (Jahresanfang)–1761 (Frühjahr): *Frankfurt am Main von den Franzosen besetzt. Der französische Stadtkommandant François de Thoranc wohnt im Hause Goethes. Der junge Goethe besucht häufig das französische Theater im Junghof.*

1759	März: »Dritter Versailler Vertrag« zwischen Frankreich und Österreich.
	13. April: Preußische Niederlage in der Schlacht bei Bergen.
	14. April: Georg Friedrich Händel in London gestorben.
	21. Mai: Joseph Fouché geboren.
	12. August: Friedrich II. von Preußen unterliegt bei Kunersdorf den französischen und russischen Truppen.

13. September: Englischer Sieg über die Franzosen in Kanada.
18. Oktober: Kapitulation von Quebec.
24. Oktober: Ewald von Kleist erliegt den Verletzungen, die er sich in der Schlacht bei Kunersdorf zugezogen hat.
28. Oktober: Geburt von Georges Danton.
10. November: Friedrich Schiller in Marbach geboren.
Voltaire: »Candide«.
Johann Georg Hamann: »Sokratische Denkwürdigkeiten«.
Gotthold Ephraim Lessing: »Philotas«.

1760–1762 *Goethe erhält Italienischunterricht von Domenico Giovinazzi.*

1760 *Unterricht im Schönschreiben bei Johann Henrich Thym.*
10. Mai: Johann Peter Hebel geboren.
17. Oktober: Claude Henri de Rouvroy, Herzog von Saint-Simon, französischer Gesellschaftskritiker, geboren.
25. Oktober: Georg II. von England gestorben. Sein Enkel Georg III. wird englischer König und Kurfürst von Hannover.
3. November: Friedrich II. von Preußen besiegt bei Torgau ein österreichisches Heer.
Voltaire: »Tancrède«.

seit 1760/70 Industrielle Revolution in England.

1761–1767 Friedrich Nicolai: »Briefe, die neueste Literatur betreffend«, 24 Bände.

1761 3. Mai: August Kotzebue geboren.
15. August: Dritter bourbonischer Familienvertrag. Französisch-spanisches Bündnis (»Lateinische Union«).
Oktober: Sturz William Pitts d. Ä. in England.
Denis Diderot: »Le Neveu de Rameau, satire se-

conde« (»Rameaus Neffe, zweite Satire«; 1761/62 entstanden, 1821 erschienen).

1762/63 *Englischunterricht bei Johann Schade.*

1762 *Erste handschriftliche Gedichtsammlung.*
»Joseph«, Prosadichtung (nicht erhalten).
Beginn des Hebräischunterrichts bei Rektor Johann Georg Albrecht.
5. Januar: Zarin Elisabeth von Rußland gestorben. Peter III. wird ihr Nachfolger.
5. Mai: Zar Peter schließt Frieden mit Preußen.
19. Mai: Johann Gottlieb Fichte geboren.
Juli: Staatsstreich Katharinas. Peter III. ermordet. Katharina II. wird Zarin von Rußland.
Christoph Willibald Gluck: »Orfeo ed Euridice«, Oper.
Jean-Jacques Rousseau: »Du Contrat social« (»Über den Gesellschaftsvertrag«); »Émile«.

1763 *Vermutlich erste Jugendliebe (Gretchen).*
10. Februar: Friede von Paris zwischen England/Portugal einerseits und Frankreich/Spanien andererseits. Frankreich verliert den größten Teil seines nordamerikanischen Gebiets. England wird führende Kolonialmacht.
15. Februar: Friede von Hubertusburg zwischen Österreich, Preußen und Sachsen. Ende des Siebenjährigen Krieges. Schlesien bleibt in preußischem Besitz.
21. März: Jean Paul (Johann Paul Friedrich Richter) geboren.
Ostern: Konfirmation.
Kantor Johann Andreas Bismann unterrichtet Goethe im Klavierspiel. Juristische Studien.
25. August: Goethe besucht ein Konzert des siebenjährigen Mozart.
5. Oktober: Kurfürst Friedrich August II. von Sachsen, als August III. König von Polen, gestorben.

	17. Dezember: Friedrich Augusts II. Nachfolger Friedrich Christian gestorben. Unter der Regentschaft Xavers wird Friedrich August III. Kurfürst von Sachsen.
	Voltaire: »Traité sur la tolérance« (»Abhandlung über die Toleranz«).
1764–1767	Johann Joachim Winckelmann: »Geschichte der Kunst des Altertums«.
1764	*Goethe erhält einen Hofmeister.*
	3. April: Joseph II. in Frankfurt zum römischen König gekrönt. Goethe bei den Feiern anwesend.
	11. April: Preußisch-russisches Verteidigungsbündnis.
	23. Mai: Frühester erhaltener Brief Goethes.
	Ausflüge in die Umgebung Frankfurts. Zeichenübungen.
	Goethe befreundet sich mit Charitas Meixner.
	6. September: Stanislaus II. Poniatowski zum König von Polen gewählt.
	12. September: Jean-Philippe Rameau gestorben.
	Voltaire: »Dictionnaire philosophique portatif« (»Philosophisches Taschenwörterbuch«).
1765–1768	*Studium in Leipzig.*
um 1765	*»Die königliche Einsiedlerin«, Schäferdrama (Fragment).*
	»Poetische Gedanken über die Höllenfahrt Jesu Christi«.
1765	*Fecht- und Reitunterricht.*
	18. August: Kaiser Franz I. gestorben. Sein Sohn Joseph II. wird römisch-deutscher Kaiser und in den österreichischen Erblanden Mitregent Maria Theresias.
	30. September: Abreise nach Leipzig zusammen mit dem Buchhändler Johann Georg Fleischer.
	3. Oktober: Goethe trifft in Leipzig ein.
	19. Oktober: Beginn des Jurastudiums.
	Bekanntschaft mit der Familie Breitkopf.

Jahresende: Beginn des Zeichenunterrichts bei Adam Friedrich Oeser.
James Watt baut die erste Dampfmaschine.
James Macpherson: »The Works of Ossian«.

1766/67 Christoph Martin Wieland: »Die Geschichte des Agathon«.

1766 *Goethe verliebt sich in Anna Katharina (Käthchen) Schönkopf, die Tochter des Zinngießers Christian Gottlob Schönkopf.*
Besuch bei Johann Christoph Gottsched.
23. Februar: Mit dem Tod des einstigen Polenkönigs Stanislaus Leczinski fällt das Herzogtum Lothringen an Frankreich.
Juli: William Pitt d. Ä. wird erneut englischer Premierminister (bis 1768).
Herbst: Goethe freundet sich mit Friederike Oeser an.
Bekanntschaft mit Ernst Wolfgang Behrisch und Justus Friedrich Wilhelm Zachariae.
12. Dezember: Johann Christoph Gottsched in Leipzig gestorben.
Henry Cavendish weist das Wasserstoffgas nach.
Oliver Goldsmith: »The Vicar of Wakefield«.
Gotthold Ephraim Lessing: »Laokoon«.

1767/68 Johann Gottfried Herder: »Fragmente über die neuere deutsche Literatur«.

1767 *Gedichte an Annette (= Käthchen Schönkopf).*
»Oden an meinen Freund« (Behrisch).
»An den Kuchenbäcker Haendel«, Ode (Parodie auf die Schreibart Christian August Clodius').
»Belsazar«, Drama (Fragment).
»Der Tugendspiegel«, Lustspiel (Fragment).
4. Mai: Russisch-preußische Geheimkonvention von Moskau.
22. Juni: Wilhelm von Humboldt geboren.
8. September: August Wilhelm Schlegel geboren.

	Herbst: Goethe vernichtet einen Großteil seiner Jugenddichtungen. Reitunfall.
	Laurence Sterne: »Tristram Shandy«.
	Gotthold Ephraim Lessing: »Minna von Barnhelm«.
1768–1774	Russisch-türkischer Krieg.
1768/69	Gotthold Ephraim Lessing: »Briefe antiquarischen Inhalts«; »Wie die Alten den Tod gebildet«.
um 1768	*»An Luna«, »Der Abschied«, »Die Nacht«, Gedichte.*
1768	*»Lieder mit Melodien Mademoiselle Friederiken Oeser gewidmet von Goethen« (»Leipziger Liederbuch«).*
	»Die Laune des Verliebten«, Schäferspiel (1767/68).
	Goethe lernt in Leipzig Karl Wilhelm Jerusalem und den Dichter Christian Felix Weiße kennen.
	Ende Februar/Anfang März: Reise nach Dresden.
	18. März: Laurence Sterne, englischer Schriftsteller, gestorben.
	8. Juni: Johann Joachim Winckelmann in Triest ermordet.
	Juli: Goethe erkrankt schwer (Blutsturz).
	28. August: Abreise von Leipzig.
	1. September: Ankunft in Frankfurt.
	Wiederholte Begegnungen mit Susanna Katharina von Klettenberg. Auseinandersetzung mit der pietistischen Gedankenwelt.
	Oktober: Die Türkei erklärt Rußland den Krieg.
	18. November: Zacharias Werner geboren.
	21. November: Friedrich Schleiermacher geboren.
	Dezember 1768/Januar 1769: Neuer Höhepunkt der Krankheit.
	Heinrich Wilhelm von Gerstenberg: »Ugolino«.
	Christoph Martin Wieland: »Musarion oder die Philosophie der Grazien«.
1769	*»Neue Lieder in Melodien gesetzt von Bernhard Theodor Breitkopf« (darunter sieben Gedichte Goethes).*

»Die Mitschuldigen«, Lustspiel (1768/69), zwei Fassungen.
Briefwechsel mit Ernst Theodor Langer (bis 1774).
15. August: Napoleon Bonaparte in Ajaccio/Korsika geboren.
25. August: Friedrich II. von Preußen trifft mit Kaiser Joseph II. in Neiße zusammen.
Oktober/Dezember: Fahrten nach Mannheim und Worms.
13. Dezember: Christian Fürchtegott Gellert in Leipzig gestorben.
26. Dezember: Ernst Moritz Arndt geboren.
Richard Arkwright konstruiert eine Baumwoll-Spinnmaschine und gründet später in Nottingham die erste moderne Fabrik.
Voltaire: »La Princesse de Babylone«.
Johann Gottfried Herder: »Kritische Wälder«.
Gotthold Ephraim Lessing: »Hamburgische Dramaturgie«.

1770/71 *Studium in Straßburg.*

1770 *»Ephemerides«, Tagebuch (Aphorismen, Zitatensammlung).*
20. März: Friedrich Hölderlin geboren.
Ende März/Anfang April: Reise nach Straßburg.
18./22. April: Immatrikulation an der Straßburger Universität.
Bekanntschaft mit Johann Heinrich Jung (»Jung-Stilling«) und Heinrich Leopold Wagner, später auch mit Johann Gottfried Herder.
19. April/16. Mai: Der französische Thronfolger Ludwig heiratet Marie Antoinette von Österreich. Hochzeitsfeiern in Wien und Versailles.
7. Mai: Marie Antoinette in Straßburg.
22. Juni–4. Juli: Reise nach Zabern, Buchsweiler, Saarbrücken und Hagenau.
3.–7. September: Treffen zwischen Kaiser Joseph II.

und König Friedrich II. von Preußen in Mährisch-Neustadt.
25./27. September: Juristisches Vorexamen.
Anfang Oktober: Goethe besucht zum ersten Mal Sesenheim und lernt dort Friederike Brion kennen. Weitere Besuche folgen.
17. Dezember: Ludwig van Beethoven geboren.
James Cook entdeckt die australische Ostküste und nimmt sie für England in Besitz.
Immanuel Kant wird Professor in Königsberg.

1771–1775 Matthias Claudius gibt den »Wandsbecker Boten« heraus.

1771/74 Joseph Priestley und Karl Wilhelm Scheele entdekken unabhängig voneinander den Sauerstoff.

1771/72 Sophie von La Roche: »Geschichte des Fräuleins von Sternheim«.

1771 *»Willkommen und Abschied«, »Mailied«, Gedichte an Friederike Brion (»Sesenheimer Lieder«).*
»Geschichte Gottfriedens von Berlichingen dramatisirt« (1. Fassung).
»Cäsar«, Drama (Fragment).
»Zum Schäkespears Tag«.
18. Mai–23. Juni: Aufenthalt in Sesenheim.
Goethe lernt Jakob Michael Reinhold Lenz kennen.
Goethes Dissertation »De legislatoribus« wird abgelehnt.
Frühjahr/Sommer: Fahrten ins Oberelsaß.
6. August: Goethe zum Lizentiaten der Rechte promoviert.
August: Letzter Besuch in Sesenheim.
Rückkehr nach Frankfurt: Goethe wird dort als Rechtsanwalt zugelassen.
Jahresende: Bekanntschaft mit Johann Heinrich Merck.
Die »Encyclopaedia Britannica« erscheint.
Friedrich Gottlieb Klopstock: »Oden«.

Johann Gottfried Herder: »Abhandlung über den Ursprung der Sprache«.

1772 *»Wanderers Sturmlied«, »Der Wandrer«, »Felsweihe-Gesang an Psyche« (= Caroline Flachsland, Herders Braut), »Elysium. An Uranien« (= Henriette von Roussillon), »Morgenlied. An Lila.« (= Luise von Ziegler), »Mahomets Gesang«, Gedichte.*

»Von deutscher Baukunst«.

Mitarbeit an den »Frankfurter Gelehrten Anzeigen«.

14. Januar: Die Kindsmörderin Susanna Margarete Brandt (Vorbild des Gretchens in Goethes »Faust«) wird hingerichtet.

Ende Februar: Goethe besucht Merck in Darmstadt. Kontakte zur »Gemeinschaft der Heiligen«, einem Zirkel der Empfindsamen um Merck.

10. März: Friedrich Schlegel geboren.

Anfang April: Weiterer Aufenthalt in Darmstadt. Goethe lernt die Dichterin Sophie von La Roche kennen.

2. Mai: Novalis (Friedrich von Hardenberg) geboren.

Mai–September: Goethe hält sich in Wetzlar auf. Bekanntschaft mit Johann Christian Kestner und dessen Braut Charlotte Buff.

5. August: Erste Teilung Polens zwischen Österreich, Preußen und Rußland.

12. September: Gründung des »Göttinger Hains«.

Auf der Rückreise nach Frankfurt besucht Goethe Sophie von La Roche und deren Tochter Maximiliane, später verh. Brentano.

19. September: Ankunft in Frankfurt.

Wiederholtes Zusammentreffen mit Johanna Katharina Sibylle Fahlmer.

30. Oktober: Karl Wilhelm Jerusalem begeht in Wetzlar Selbstmord.

November: Goethe in Wetzlar und Darmstadt.

Christoph Martin Wieland wird nach Weimar berufen.
Gotthold Ephraim Lessing: »Emilia Galotti«.

1773–1781 Lessing: »Zur Geschichte und Literatur«.

1773 *»Sah ein Knab ein Röslein stehn« (1771/73), »Adler und Taube«, »Das Veilchen«, Gedichte.*
»Ein Fastnachtsspiel, auch wohl zu tragieren nach Ostern vom Pater Brey dem falschen Propheten«.
»Jahrmarktsfest zu Plundersweilern. Ein Schönbartspiel«.
»Mahomet«, Drama (Fragment).
»Prometheus«, Drama (Fragment).
»Götz von Berlichingen mit der eisernen Hand. Ein Schauspiel« (2. Fassung).
»Satyros oder der vergötterte Waldteufel«, Drama.
»Götter, Helden und Wieland«, Farce.
»Concerto dramatico«.
*»Brief des Pastors zu*** an den neuen Pastor zu***«.*
»Zwo wichtige bisher unerörterte biblische Fragen«.
Goethe/Herder: »Von deutscher Art und Kunst«.
4. April: Johann Christian Kestner heiratet Charlotte Buff.
Mitte April–Anfang Mai: Goethe in Darmstadt.
2. Mai: Heirat Johann Gottfried Herders in Darmstadt. Goethe nimmt an der Feier teil.
15. Mai: Clemens von Metternich in Konstanz geboren.
31. Mai: Geburt Ludwig Tiecks.
13. Juni: Wilhelm Heinrich Wackenroder geboren.
Sommer: Beginn der Arbeit am »Faust«.
21. Juli: Aufhebung des Jesuitenordens durch Papst Clemens XIV.
August: Sophie und Maximiliane von La Roche bei Goethe.
1. November: Johann Georg Schlosser heiratet Goethes Schwester Cornelia.

	Gottfried August Bürger: »Lenore«.
1774–1786	Justus Möser: »Patriotische Phantasien«.
1774	*»Ganymed«, »Der König in Thule«, »An Schwager Kronos«, »Prometheus«, »Künstlers Morgenlied«, »Künstlers Abendlied«, »Anekdote unserer Tage«, »Kenner und Künstler«, »Der neue Amadis«, Gedichte.*
	»Des Künstlers Erdewallen«.
	»Des Künstlers Vergötterung«.
	»Neueröffnetes moralisch-politisches Puppenspiel«.
	»Clavigo. Ein Trauerspiel«.
	»Der ewige Jude«, Epos (Fragment).
	»Prolog zu den neuesten Offenbarungen Gottes«, Satire.
	»Die Leiden des jungen Werthers«, Roman.
	9. Januar: Peter Anton Brentano heiratet Maximiliane von La Roche.
	Frühjahr: Nähere Bekanntschaft mit Friedrich Maximilian Klinger.
	10. Mai: Ludwig XV. gestorben. Sein Enkel Ludwig XVI. wird König von Frankreich.
	29. Juni: Goethe besucht in Nassau Henriette Caroline Freifrau vom Stein.
	Juli/August: Reise an Lahn und Rhein mit Johann Caspar Lavater, Georg Friedrich Schmoll und Johann Bernhard Basedow. Treffen mit Jung-Stilling, Friedrich Heinrich Jacobi, Johann Georg Jacobi und Wilhelm Heinse.
	21. Juli: Friedensschluß zwischen Rußland und der Türkei.
	Oktober: Begegnung mit Friedrich Gottlieb Klopstock und Heinrich Christian Boie.
	13. Dezember: Susanna Katharina von Klettenberg gestorben.
	Mitte Dezember: Besuch in Mainz bei den Prinzen Karl August und Konstantin von Sachsen-Weimar-Eisenach.

Johann Gottfried Herder: »Auch eine Philosophie der Geschichte zur Bildung der Menschheit«.
Friedrich Gottlieb Klopstock: »Die deutsche Gelehrtenrepublik«.
Jakob Michael Reinhold Lenz: »Der Hofmeister«.
Christoph Martin Wieland: »Die Abderiten, eine sehr wahrscheinliche Geschichte«, 1. Teil (2. Teil 1779/80).

1775–1783 Nordamerikanischer Unabhängigkeitskrieg.

1775–1778 *Johann Caspar Lavater: »Physiognomische Fragmente«. Mitarbeit Goethes.*

1775 *»Neue Liebe neues Leben«, »An Belinden«, »Auf dem See«, »Bundeslied«, »Wonne der Wehmut«, »Herbstgefühl«, »Lilis Park«, »Angedenken du verklungner Tage«, »Jägers Abendlied«, »Im Herbst 1775«, Gedichte.*
»Claudine von Villa Bella. Ein Schauspiel mit Gesang«.
»Erwin und Elmire. Ein Schauspiel mit Gesang«.
»Stella. Ein Schauspiel für Liebende«.
»Hanswursts Hochzeit oder der Lauf der Welt. Ein mikrokosmisches Drama«.
»Urfaust«.
»Dritte Wallfahrt nach Erwins Grabe im Juli 1775«.
Januar: Goethe lernt Anna Elisabeth Schönemann (Lili) kennen.
27. Januar: Friedrich Wilhelm Schelling geboren.
Besuche Friedrich Heinrich Jacobis und Jung-Stillings bei Goethe. Bekanntschaft mit Friedrich Müller (»Maler Müller«).
30. März: Weiteres Treffen mit Klopstock.
um Ostern: Goethe verlobt sich mit Lili Schönemann.
19. April: Beginn des nordamerikanischen Freiheitskrieges gegen England.
Mai: Christian Graf zu Stolberg, Friedrich Leopold Graf zu Stolberg und Christian August Heinrich

Kurt Graf von Haugwitz bei Goethe. Sie bezeichnen sich als die »vier Haimonskinder« und nennen Goethes Mutter »Frau Aja«.
Mitte Mai–Mitte Juli: Erste Schweizer Reise mit den beiden Grafen Stolberg und Graf Haugwitz.
In Emmendingen zusammen mit Jakob Michael Reinhold Lenz Besuch bei der Schwester Cornelia.
Bekanntschaft mit Johann Jakob Bodmer.
Goethe sieht auf der Rückreise in Darmstadt Johann Heinrich Merck und Johann Gottfried Herder wieder.
22. *Juli: Ankunft in Frankfurt.*
August: Jung-Stilling und Johann Georg Sulzer bei Goethe.
3. September: Regierungsantritt Karl Augusts von Sachsen-Weimar-Eisenach.
Herbst: Goethe löst die Verlobung mit Lili Schönemann.
3. Oktober: Karl August von Sachsen-Weimar-Eisenach heiratet Luise von Hessen-Darmstadt.
Goethe wird nach Weimar eingeladen.
7. November: Ankunft in Weimar.
Bekanntschaft mit Charlotte von Stein, Johann Karl August Musäus und Christoph Martin Wieland.
Dezember: Fahrt nach Jena, Gotha und Erfurt.

1776 *»Wanderers Nachtlied«, »Warum gabst du uns die tiefen Blicke«, »Rastlose Liebe«, »Seefahrt«, »Erklärung eines alten Holzschnittes, vorstellend Hans Sachsens poetische Sendung«, »An den Geist des Johannes Secundus«, Gedichte.*
»Proserpina. Ein Monodrama«.
»Die Geschwister. Ein Schauspiel in einem Akt«.
2. Januar: Abschaffung der Folter in Österreich.
24. Januar: E. T. A. Hoffmann geboren.
Februar: Johann Gottfried Herder wird als Generalsuperintendent nach Weimar berufen.
März/April: Fahrt nach Naumburg und Leipzig.

Anfang Mai/Mitte Juli–Mitte August/Anfang September: Goethe in Ilmenau.
11. Juni: Ernennung zum Geheimen Legationsrat in herzoglichen Diensten.
Juni–September: Friedrich Maximilian Klinger in Weimar.
4. Juli: Unabhängigkeitserklärung der dreizehn nordamerikanischen Kolonien (»Vereinigte Staaten von Amerika«).
1. September: Ludwig Heinrich Christoph Hölty gestorben.
1. Oktober: Herder trifft in Weimar ein.
Oktober–Dezember: Aufenthalt in Erfurt, Dornburg, Naumburg, Leipzig und Wörlitz.
14. November: Goethe wird die Zuständigkeit für alle Bergbauangelegenheiten übertragen.
15. Dezember: Johann Jakob Breitinger gestorben.
Adam Smith: »Inquiry into the Nature and Causes of the Wealth of Nations« (»Untersuchungen über das Wesen und die Ursachen des Volkswohlstandes«).
Friedrich Maximilian Klinger: »Sturm und Drang«, »Die Zwillinge«.
Johann Anton Leisewitz: »Julius von Tarent«.
Jakob Michael Reinhold Lenz: »Die Soldaten«.
Heinrich Leopold Wagner: »Die Kindermörderin«.

1777 *»An den Mond«, »Erinnerung«, »Harzreise im Winter«, Gedichte.*
»Der Triumph der Empfindsamkeit«, Satire (1. Fassung).
»Lila«, Singspiel.
13. März: Johann Georg Jacobi bei Goethe.
8. Juni: Goethes Schwester Cornelia verh. Schlosser gestorben.
12. August: Peter im Baumgarten, Goethes Mündel, kommt nach Weimar.
Ende August/Anfang September: Aufenthalt in Il-

menau. In den kommenden Jahren fährt Goethe wiederholt dorthin.

September/Oktober: Fahrt über Wilhelmsthal und Eisenach zur Wartburg.

7. Oktober: Im Nordamerikanischen Unabhängigkeitskrieg Niederlage der englischen Truppen bei Saratoga/New York.

18. Oktober: Heinrich von Kleist in Frankfurt an der Oder geboren.

29. November–19. Dezember: Erste Harzreise.

30. Dezember: Kurfürst Maximilian III. Joseph von Bayern gestorben. Karl Theodor, Kurfürst von der Pfalz, wird Herrscher in Bayern.

Antoine Laurent Lavoisier erklärt die Verbrennung als chemische Verbindung eines Elements mit Sauerstoff (Oxidation).

Johann Heinrich Jung (Jung-Stilling): »Heinrich Stillings Jugend«.

1778/79 Bayerischer Erbfolgekrieg.

1778 *»Der Fischer«, »Grenzen der Menschheit«, Gedichte.*

16. Januar: Das Hoffräulein Christel von Laßberg ertränkt sich nahe Goethes Gartenhaus in der Ilm.

6. Februar: Handels- und Bündnisverträge zwischen Frankreich und den Vereinigten Staaten. Frankreich tritt in den Krieg gegen England ein.

Mai: Reise mit Herzog Karl August und Fürst Leopold von Dessau nach Berlin und Potsdam.

11. Mai: William Pitt d. Ä., englischer Staatsmann, gestorben.

30. Mai: Tod Voltaires (François-Marie Arouets) in Paris.

2. Juli: Jean-Jacques Rousseau gestorben.

25. August: Heirat Lili Schönemanns.

8. September: Clemens Brentano geboren.

James Cook entdeckt die Hawaii-Inseln.

Gottfried August Bürger: »Gedichte«.

Gotthold Ephraim Lessing: »Anti-Goeze«.

1779 *»Gesang der Geister über den Wassern«, Gedicht.*
»Iphigenie auf Tauris« (1. Fassung).
»Jery und Bätely. Ein Singspiel«.
Januar: Goethe wird Leiter der Kriegs- und der Wegebaukommission. In der Folge zahlreiche Dienstreisen durch das Herzogtum Sachsen-Weimar.
13. Mai: Mit dem Frieden von Teschen endet der Bayerische Erbfolgekrieg. Österreich erhält das Innviertel von Bayern.
Juni/Juli: Johann Heinrich Merck in Weimar.
5. September: Ernennung Goethes zum Geheimen Rat.
12. September–13. Januar 1780: Zweite Schweizer Reise mit Herzog Karl August.
18.–22. September: Aufenthalt in Frankfurt.
25. September: Besuch bei der Familie Brion in Sesenheim.
26. September: In Straßburg bei Anna Elisabeth von Türckheim geb. Schönemann (Lili).
27./28. September: Goethe besucht die Familie Schlosser. Am Grab der Schwester Cornelia.
Mitte November–Anfang Dezember: Goethe wohnt in Zürich bei Johann Caspar Lavater. Besuch bei Johann Jakob Bodmer.
Spanien tritt in den Nordamerikanischen Unabhängigkeitskrieg ein.
Wolfgang Amadeus Mozart: »Krönungsmesse«.
Gotthold Ephraim Lessing: »Nathan der Weise«.

1780 *»Über allen Gipfeln ist Ruh«, »Meine Göttin«, Gedichte.*
Erste naturwissenschaftliche Studien. Beginn der Arbeit an »Torquato Tasso«.
7. Januar: Eröffnung des neuen Theaters in Weimar.
23. Juni: Goethe wird in die Freimaurer-Loge »Amalia« aufgenommen.
August: Johann Anton Leisewitz besucht Goethe.

29. November: Kaiserin Maria Theresia gestorben.
Friedrich der Große: »De la Littérature allemande«. Eine kritische Entgegnung Goethes auf Friedrichs Schrift ist verloren.
Gotthold Ephraim Lessing: »Ernst und Falk, Gespräche für Freymäurer« (1777–1780), »Die Erziehung des Menschengeschlechts«.
Christoph Martin Wieland: »Oberon«.

1781–1787 Johann Heinrich Pestalozzi: »Lienhard und Gertrud«.

1781 *»Nachtgedanken«, »Der Becher«, »An Lida«, »Epiphanias«, »Grenzen der Menschheit«, Gedichte.*
»Iphigenie auf Tauris« (2. Prosa-Fassung).
»Ein Zug Lappländer«, Maskenzug.
Entwurf des »Elpenor«. Arbeit an »Egmont«.
Die »Freie Zeichen-Schule« in Weimar wird gegründet. Goethe gehört im Jahr 1782 der Institutsleitung an.
26. Januar: Achim von Arnim geboren.
30. Januar: Adelbert von Chamisso geboren.
15. Februar: Gotthold Ephraim Lessing in Braunschweig gestorben.
Mai–November: Georg Christoph Tobler, schweizerischer Theologe, in Weimar. Gespräche und Lesungen bei Goethe.
Juli: Goethe begleitet – wie auch in den folgenden Jahren – die herzogliche Familie zu ihrem Sommeraufenthalt nach Tiefurt.
19. Oktober: George Washington siegt bei Yorktown. Kapitulation der englischen Armee.
November–Januar 1782: Goethe hält Vorträge über Anatomie an der »Freien Zeichen-Schule«.
Beginn der Josephinischen Reformen in Österreich.
Friedrich Wilhelm Herschel entdeckt den Planeten Uranus.
Wolfgang Amadeus Mozart: »Idomeneo«.

Immanuel Kant: »Kritik der reinen Vernunft«.
Johann Heinrich Voß überträgt Homers »Odyssee« ins Deutsche (Übersetzung der »Ilias« 1793).

1782–1787 Johann Karl August Musäus: »Volksmärchen der Deutschen«.

1782 *»Auf Miedings Tod«, »Wer sich der Einsamkeit ergibt«, »Erlkönig«, Gedichte.*
»Die Fischerin. Ein Singspiel«.
Arbeit an »Wilhelm Meister« (2. und 3. Buch beendet).
Reisen durch Thüringen in politischer Mission.
13. Januar: Friedrich Schillers »Räuber« in Mannheim uraufgeführt.
10. April: Kaiser Joseph II. erhebt Goethe in den Adelsstand.
25. Mai: Goethes Vater gestorben.
2. Juni: Einzug in das Haus am Frauenplan.
11. Juni: Goethe wird zum Leiter der Kammer (Finanzminister) berufen.
Sommer: Beginnende Entfremdung zwischen Goethe und Herder.
Jean-Jacques Rousseau: »Les Confessions« (posthum).

1783/84 Johann Heinrich Voß: »Luise«.

1783 *»Das Göttliche« (»Edel sei der Mensch ...«), »Ilmenau am 3. September 1783« (»Anmutig Tal...«), »Der Sänger«, »Wer nie sein Brot mit Tränen aß«, »Mignon« (»Kennst du das Land ...«), Gedichte.*
2. Januar: Johann Jakob Bodmer gestorben.
23. Januar: Stendhal (Henri Beyle) geboren.
Februar: Erdbeben in Messina.
11. Februar: Goethe wird in den Illuminaten-Orden aufgenommen.
Mai: Neufassung des »Werther« vorläufig abgeschlossen.
25. Mai: Fritz von Stein zieht zu Goethe.
5. Juni/21. Oktober: Erster Aufstieg eines Heiß-

luftballons der Brüder Jacques und Joseph Montgolfier (»Montgolfière«).
Jacques Charles startet einen Wasserstoffballon (»Charlière«).
3. September: Friede von Versailles. England erkennt die Unabhängigkeit der Vereinigten Staaten an.
6. September–6. Oktober: Zweite Harzreise. Fritz von Stein begleitet Goethe.
14. September: In Halberstadt Besuch bei Johann Wilhelm Ludwig Gleim.
Goethe auf dem Brocken, in Göttingen und Kassel.
12. November: Viertes Buch des »Wilhelm Meister« beendet.
19. Dezember: William Pitt d. J. wird englischer Premierminister (bis 1801).
Friedrich Schiller: »Die Verschwörung des Fiesco zu Genua«, »Kabale und Liebe« (Uraufführung 1784).

1784–1791 Johann Gottfried Herder: »Ideen zur Philosophie der Geschichte der Menschheit«.

1784 *»Zueignung« (»Der Morgen kam ...«), Gedicht.*
»Scherz, List und Rache«, Singspiel.
»Über den Granit«, Abhandlung.
24. Februar: Rede Goethes zur Wiedereröffnung des Bergbaus in Ilmenau.
27. März: Goethe entdeckt den Zwischenkieferknochen des Menschen.
20. Mai: Friede von Paris. Ende des englisch-niederländischen Seekriegs.
Ende Mai/Anfang Juni: Christian Graf zu Stolberg und Friedrich Leopold Graf zu Stolberg in Weimar.
31. Juli: Denis Diderot gestorben.
August/September: Aufenthalt in Braunschweig und dritte Harzreise.
September: Zusammentreffen mit Friedrich Hein-

rich Jacobi, Matthias Claudius und Johann Gottfried Herder.
Fünftes Buch des »Wilhelm Meister« fertiggestellt.
Uraufführung von Friedrich Schillers »Fiesco« (2. Fassung) in Mannheim.

1785–1790 Karl Philipp Moritz: »Anton Reiser«.

1785 *»Nur wer die Sehnsucht kennt«, Gedicht.*
»Die Geheimnisse«, Epos (Fragment).
»Wilhelm Meisters theatralische Sendung«.
Goethe beginnt seine botanischen Studien.
4. Januar: Jacob Grimm geboren.
4. April: Bettina Brentano geboren.
Juli/August: Badekur in Karlsbad. Goethe trifft mit Frau von Stein und Herder zusammen.
23. Juli: Gründung des »Deutschen Fürstenbundes«.
Ballonfahrt Blanchards in Frankfurt.
Erste Überquerung des Ärmelkanals im Freiballon.
»Halsbandaffäre« um die französische Königin Marie Antoinette.
In Preußen wird die erste deutsche Dampfmaschine gebaut.

1786–1788 Italienische Reise.

1786 *»Woher sind wir geboren«, Gedicht.*
»Der Triumph der Empfindsamkeit« (2. Fassung).
»Die ungleichen Hausgenossen«, Operette (Fragment).
»Iphigenie auf Tauris. Ein Schauspiel« (endgültige Fassung).
24. Februar: Wilhelm Grimm geboren.
18.–20. Juli: Johann Caspar Lavater bei Goethe.
Juli/August: Kur in Karlsbad. Erneut Begegnung mit Frau von Stein und Herder.
17. August: Friedrich II., der Große, in Sanssouci gestorben. Sein Neffe Friedrich Wilhelm II. wird König von Preußen.

3. September: Heimliche Abreise Goethes von Karlsbad. Aufbruch nach Italien.
4.–28. September: Reise über Regensburg, München, Innsbruck, Bozen, Verona nach Venedig.
14.–29. Oktober: Weiterfahrt von Venedig nach Rom.
Goethe wohnt in Rom bei Johann Heinrich Wilhelm Tischbein.
Bekanntschaft mit der Malerin Angelika Kauffmann, dem Maler Johann Heinrich Meyer und dem Schriftsteller Karl Philipp Moritz.
Edmund Cartwright erfindet den mechanischen Webstuhl.
Wolfgang Amadeus Mozart: »Figaros Hochzeit«.
Gottfried August Bürger: »Wunderbare Reisen zu Wasser und zu Lande, Feldzüge und lustige Abenteuer des Freiherrn von Münchhausen«.
Friedrich Schiller: »An die Freude«.

1787–1792 Letzter Krieg Rußlands und Österreichs (1788 bis 1791) gegen die Türken.

1787/88 Adelsrevolution in Frankreich. Wirtschaftskrise.

1787 *»Amor als Landschaftsmaler«, »Cupido, loser, eigensinniger Knabe«, »Kophtisches Lied« (»Lasset Gelehrte sich zanken und streiten ...«), »Ein Andres« (»Geh, gehorche meinen Winken ...«), Gedichte.*
»Egmont. Ein Trauerspiel in fünf Aufzügen«.
»Nausikaa«, Drama (Fragment).
»Erwin und Elmire« (2. Fassung).
Arbeit an »Torquato Tasso« und »Faust«.
22. Februar–25. Mai: Französische Notabelnversammlung in Versailles (erstmals seit 1626).
Ende Februar–Ende März: Aufenthalt in Neapel. Mehrmalige Besteigung des Vesuvs.
11./18. März: Goethe in Pompeji und Herkulaneum.
23. März/16. Mai: Besuch in Paestum.
29. März: Schiffsüberfahrt nach Sizilien.

3.–18. April: In Palermo. Goethe erkennt das Prinzip der »Urpflanze« bei einem Besuch im Botanischen Garten.
Reise durch Sizilien.
24. April: Ludwig Uhland geboren.
11. Mai: Rückreise von Sizilien nach Neapel mit dem Schiff.
14. Mai–3. Juni: Weiterer Aufenthalt in Neapel.
6. Juni: Ankunft in Rom.
21. Juli: Friedrich Schiller kommt nach Weimar.
17. September: Die Verfassung der Vereinigten Staaten wird vom amerikanischen Konvent verabschiedet.
15. November: Christoph Willibald von Gluck gestorben.
Wolfgang Amadeus Mozart: »Don Giovanni«.
Johann Jakob Wilhelm Heinse: »Ardinghello und die glückseligen Inseln«.
Friedrich Schiller: »Don Carlos«.

1788 *»Morgenklagen«, »Der Besuch«, »Frech und froh«, Gedichte.*
»Künstlers Apotheose«.
»Claudine von Villa Bella« (2., endgültige Fassung).
»Das Römische Karneval«.
»Einfache Nachahmung der Natur, Manier, Stil«.
Arbeit an den »Römischen Elegien«, an »Torquato Tasso« und »Faust«.
22. Februar: Arthur Schopenhauer in Danzig geboren.
23. April: Abreise Goethes von Rom.
Ende April–Mitte Mai: Florenz-Aufenthalt.
18. Juni: Ankunft in Weimar.
Goethe tritt von den Regierungsgeschäften zurück, bleibt aber Leiter der Ilmenauer Bergbauangelegenheiten und erhält die Oberaufsicht über die »Freie Zeichen-Schule«.
21. Juni: Johann Georg Hamann gestorben.

Juli: Bekanntschaft mit Christiane Vulpius. Goethe löst sich zunehmend von Charlotte von Stein.
Anfang September: Charlotte von Kalb kommt nach Weimar.
7. September: Erste Begegnung mit Schiller in Rudolstadt.
Anfang Dezember–1. Februar 1789: Karl Philipp Moritz in Weimar.
Agrarkrise in Frankreich. Mißernte. Teuerung.
Immanuel Kant: »Kritik der praktischen Vernunft«.
Friedrich Schiller: »Die Götter Griechenlands«, »Die Künstler« (1788/89).

1789 *»Das Wiedersehen«, »Klein ist unter den Fürsten Germaniens ...«, Gedichte.*
»Torquato Tasso. Ein Schauspiel«.
März: Goethe wird zum Mitglied der Schloßbaukommission ernannt.
30. April: George Washington zum Präsidenten der Vereinigten Staaten gewählt.
5. Mai: In Versailles treten die französischen Generalstände zusammen (erstmals seit 1614).
26. Mai: Antrittsvorlesung Friedrich Schillers in Jena zum Thema »Was heißt und zu welchem Ende studiert man Universalgeschichte?«
15./17. Juni: Der Dritte Stand konstituiert sich in Versailles als Nationalversammlung.
14. Juli: Sturm auf die Pariser Bastille. Beginn der Französischen Revolution.
4. August: Die französische Nationalversammlung schafft die Standesprivilegien ab.
26./27. August: Erklärung der Menschen- und Bürgerrechte in Frankreich.
September/Oktober: Reise nach Aschersleben und in den Harz.
8. Oktober: Marschall Laudon erobert mit seinen Truppen Belgrad.

24. Oktober: Goethe wird beauftragt, in Jena eine »Botanische Anstalt« zu errichten.
November: Umzug ins Jägerhaus beim Frauentor.
Dezember: Bekanntschaft mit Wilhelm von Humboldt.
25. Dezember: Goethes Sohn August geboren.
Abbé Sieyès veröffentlicht seine Schrift »Was ist der Dritte Stand«.
Luigi Galvani entdeckt das Phänomen der Berührungselektrizität.

1790 *»Römische Elegien«.*
»Venezianische Epigramme«.
»Faust. Ein Fragment«.
»Versuch, die Metamorphose der Pflanzen zu erklären«.
»Versuch über die Gestalt der Tiere«.
Naturwissenschaftliche Studien.
Jahresanfang: Unabhängigkeitserklärung der Österreichischen Niederlande (»Vereinigte Belgische Staaten«).
20. Februar: Kaiser Joseph II. gestorben. Sein Bruder Leopold II. wird Nachfolger auf dem Thron.
22. Februar: Friedrich Schiller heiratet Charlotte von Lengefeld.
13. März–18. Juni: Zweite Italienische Reise.
31. März–22. Mai: Aufenthalt in Venedig.
Theorie zur Entstehung der Schädelknochen von Wirbeltieren.
17. April: Benjamin Franklin gestorben.
1. Juni: Ferdinand Raimund in Wien geboren.
17. Juli: Adam Smith, Volkswirtschaftler und Philosoph, gestorben.
26. Juli–6. Oktober: Goethe in Schlesien bei Herzog Karl August (»Schlesisches Feldlager«).
27. Juli: »Reichenbacher Konvention« zwischen Preußen und Österreich.

Ende Juli: Goethe in Dresden. Begegnung mit Christian Gottfried Körner.
August/September: Fahrten nach Breslau, Krakau, Czenstochau, ins Riesengebirge und nach Dresden.
20. September: Leopold II. zum römisch-deutschen Kaiser gewählt.
9. Oktober: Kaiserkrönung in Frankfurt.
21. Oktober: Goethe wird Leiter der Wasserbaukommission.
31. Oktober: Besuch bei Schiller in Jena.
2. Dezember: Besetzung Brüssels durch österreichische Truppen.
Wolfgang Amadeus Mozart: »Cosi fan tutte«.
Edmund Burke verfaßt »Reflections on the Revolution in France«.
Immanuel Kant: »Kritik der Urteilskraft«.

1791 *»Sakontala« (»Will ich die Blumen ...«), Gedicht.*
»Der Groß-Kophta«, Lustspiel.
»Beiträge zur Optik. Erstes Stück«.
Arbeit an »Wilhelm Meister«.
15. Januar: Franz Grillparzer in Wien geboren.
17. Januar: Goethe wird Leiter des Hoftheaters.
31. März: »Egmont« in Weimar uraufgeführt.
2. April: Graf Mirabeau gestorben.
7. Mai: Eröffnung des Hoftheaters in Weimar.
20.–25. Juni: Die französische Königsfamilie flieht aus Paris und wird in Varennes zur Rückkehr in die Tuilerien gezwungen.
27. Juni: Johann Heinrich Merck begeht Selbstmord.
4. August: Friedensschluß zwischen Österreich und der Türkei.
27. August: »Pillnitzer Deklaration«. König Friedrich Wilhelm II. von Preußen und Kaiser Leopold II. kommen überein, die französische Monarchie zu unterstützen.
9. September: Eröffnung der »Freitagsgesellschaft«,

einer auf Goethes Initiative hin entstandenen Vereinigung von Gelehrten.

30. September: Auflösung der französischen Nationalversammlung.

1. Oktober: Einberufung der Legislative (Gesetzgebenden Versammlung) in Frankreich.

14. Oktober: Geburt eines toten Sohnes.

Wolfgang Amadeus Mozart: »Die Zauberflöte«, »Requiem«.

5. Dezember: Mozart in Wien gestorben.

Thomas Paines Werk »The Rights of Man« erscheint.

Friedrich Maximilian Klinger: »Fausts Leben, Taten und Höllenfahrt«.

1792–1797 Krieg Frankreichs gegen Österreich und Preußen (Erster Koalitionskrieg).

1792 *»Der neue Amor« (»Amor, nicht aber das Kind ...«), »Künstlers Fug und Recht«, Gedichte.*

»Reise der Söhne Megaprazons«, Roman (Fragment).

»Beiträge zur Optik. Zweites Stück«.

»Der Versuch als Vermittler von Objekt und Subjekt«.

9. Januar: Friedensschluß zwischen Rußland und der Türkei.

7. Februar: Bündnis Preußen – Österreich.

1. März: Tod Leopolds II. Sein Sohn Franz I. wird Kaiser des Reiches.

April: Christian Graf zu Stolberg besucht Goethe.

20. April: Frankreich erklärt Österreich den Krieg.

24. Mai: Jakob Michael Reinhold Lenz in Moskau gestorben.

Juni: Goethe zieht wieder in das Anwesen am Frauenplan, das ihm Herzog Karl August zum Geschenk macht.

14. Juli: Franz I. wird in Frankfurt zum Kaiser gekrönt.

August–Oktober: Kampagne in Frankreich. Goethe im Feldlager Herzog Karl Augusts.

10. August: Erstürmung der Pariser Tuilerien.

12.–20. August: Goethe besucht seine Mutter in Frankfurt.

13. August: König Ludwig XVI. von Frankreich und seine Familie werden im Temple inhaftiert.

Ende August–Anfang November: Goethe in Verdun, Luxemburg, Trier, Koblenz.

2.–6. September: Massaker in den französischen Gefängnissen (»Septembermorde«).

20. September: Kanonade von Valmy. Rückzug der preußischen Truppen. Das Revolutionsheer besetzt Speyer, Worms, Mainz und (am 21. Oktober) Frankfurt.

21. September: In Frankreich wird das Königtum durch den Nationalkonvent abgeschafft. Das Jahr I der Französischen Republik beginnt.

6. November: Französischer Sieg bei Jemappes. Besetzung der Österreichischen Niederlande (Belgien).

November/Dezember: Besuch bei Friedrich Heinrich Jacobi in Düsseldorf und bei Amalia Fürstin von Gallitzin in Münster.

2. Dezember: Rückeroberung Frankfurts.

24. Dezember: Goethe lehnt die Übernahme einer Ratsherrnstelle in Frankfurt ab.

Claude Chappe konstruiert einen optischen Telegraphen.

1793–1797 Johann Gottfried Herder: »Briefe zur Beförderung der Humanität«.

1793 *»Das Wiedersehn«, Gedicht.*

»Der Bürgergeneral«, Lustspiel.

»Die Aufgeregten. Politisches Drama« (Fragment).

»Reineke Fuchs«.

»Beiträge zur Optik. Viertes Stück«.

Arbeit an der »Farbenlehre«.

4./23. Januar: Rußland und Preußen verständigen sich über die zweite Teilung Polens.
21. Januar: Ludwig XVI. von Frankreich hingerichtet. England, Holland, Spanien, Portugal und mehrere italienische Staaten schließen sich daraufhin der antifranzösischen Koalition an.
31. Januar/1. Februar: Kriegserklärung Frankreichs an England und Holland.
Februar: Beginn des Vendée-Aufstandes in Frankreich.
22. März: Das Reich erklärt Frankreich den Krieg.
12. Mai: Abreise Goethes von Weimar. Teilnahme an der Belagerung von Mainz.
17.–26. Mai: Goethe in Frankfurt.
31. Mai–2. Juni: Unruhen in Paris. Sturz der Girondisten.
26. Juni: Karl Philipp Moritz gestorben.
13. Juli: Jean Paul Marat ermordet.
23. Juli: Rückeroberung von Mainz. Abzug der französischen Truppen.
26. Juli: Goethe in Mainz.
28. Juli–22. August: Goethe reist über Schwalbach, Wiesbaden, Mannheim, Heidelberg und Frankfurt wieder nach Weimar.
23. August: Dekret über die allgemeine Wehrpflicht in Frankreich. Der Nationalkonvent beschließt die »Levée en masse«.
September: Beginn der »Schreckensherrschaft« in Frankreich.
16. Oktober: Königin Marie Antoinette von Frankreich hingerichtet.
21. November: Goethes Tochter Caroline geboren (gestorben am 4. Dezember).
Friedrich Hölderlin: »Hymnen«, »Elegien«.
Friedrich Schiller: »Über Anmut und Würde«, »Vom Erhabenen«.

1794 *»Frühlingsorakel« (»Du prophetscher Vogel du ...«),*

»Episteln« (»Jetzt, da jeglicher liest ...«, »Würdiger Freund, du runzelst die Stirn ...«), Gedichte.
Goethe arbeitet »Wilhelm Meister« um.
Naturwissenschaftliche Studien.
20. Februar: Gründung des Herzoglichen Botanischen Gartens in Jena.
24. März/5. April: In Frankreich werden Hébert, Danton und Desmoulins hingerichtet.
24. März: Aufstand in Warschau.
18. Mai: Johann Gottlieb Fichte tritt seine Professur in Jena an.
18. Mai/26. Juni: Österreichische Niederlagen bei Tourcoing und Fleurus.
1. Juni: Verkündung des Allgemeinen Landrechts in Preußen.
Anfang Juni: Johann Heinrich Voß besucht Goethe.
8. Juni: Gottfried August Bürger gestorben.
15. Juni: Krakau von Preußen besetzt.
Juli: Treffen mit Friedrich Schiller in Jena. Beginn der Freundschaft. Gespräch über die Urpflanze.
In den folgenden Jahren hält sich Goethe wiederholt in Jena auf.
27. Juli: Sturz Robespierres.
28. Juli: Robespierre und Saint-Just werden hingerichtet.
Ende August: Goethe mit Christian Gottfried Körner in Weißenfels.
September: Schiller bei Goethe in Weimar zu Gast, zugleich auch mehrmals Wilhelm von Humboldt.
6. November: Russische Truppen nehmen Warschau ein.
November/Dezember: Begegnungen mit Friedrich Hölderlin.
Hungerwinter in Deutschland (1794/95).
Johann Gottlieb Fichte: »Grundlage der gesamten Wissenschaftslehre«.

1795–1799 Regierung des Direktoriums in Frankreich.

1795 *»Nähe des Geliebten« (»Ich denke dein ...«), »Meeres Stille«, »Glückliche Fahrt«, »Mignon« (»Heiß mich nicht reden ...«), »An die Türen will ich schleichen«, »Philine« (»Singet nicht in Trauertönen ...«), Gedichte.*

»Das Mädchen von Oberkirch. Trauerspiel« (Fragment).

»Unterhaltungen deutscher Ausgewanderten« (1794/95), darin »Das Märchen«.

»Literarischer Sansculottismus«.

Mitarbeit an Schillers »Horen«; erste »Xenien«.

3. Januar/24. Oktober: Dritte Teilung Polens zwischen Österreich, Preußen und Rußland.

Frühjahr: Bekanntschaft mit Alexander von Humboldt in Jena.

5. April: Friede von Basel zwischen Frankreich und Preußen.

Mai: Verkauf des Vaterhauses in Frankfurt.

8. Juni: König Ludwig XVII. von Frankreich im Temple gestorben. Der Graf von Provence nimmt den Titel Ludwig XVIII. an.

Juli–Anfang August: Aufenthalt in Karlsbad.

Ende Oktober: Erneut Entfremdung zwischen Goethe und Herder.

1. November: Geburt des Sohnes Karl (gestorben am 18. November).

25. November: Der polnische König Stanislaus II. Poniatowski muß abdanken.

21. Dezember: Leopold von Ranke geboren.

Jean Paul: »Hesperus«.

Friedrich Schiller: »Briefe über die ästhetische Erziehung des Menschen«, »Über naive und sentimentalische Dichtung« (1795/96).

Ludwig Tieck: »Geschichte des Herrn William Lovell« (1795/96).

1796 *»Alexis und Dora« (»Ach! unaufhaltsam strebet das Schiff ...«), »Musen und Grazien in der Mark« (»O*

wie ist die Stadt so wenig ...«), »So laßt mich scheinen«, »Hermann und Dorothea« (»Also das wäre Verbrechen ...«), »Der Chinese in Rom«, Gedichte.
»Xenien«.
»Wilhelm Meisters Lehrjahre«.
Arbeit am Epos »Hermann und Dorothea«. Übersetzung der Lebensbeschreibung Benvenuto Cellinis.
9. März: Napoleon Bonaparte heiratet Joséphine Beauharnais.
26. März: Beginn des französischen Italienfeldzugs.
ab April: Mehrere Begegnungen mit Franz Lerse.
24. April: Karl Leberecht Immermann geboren.
Mai: Bekanntschaft mit August Wilhelm Schlegel.
10. Mai/5. August/8. September/15.–17. September: Napoleon siegt bei Lodi, Castiglione, Bassano und Arcole über die österreichischen Truppen.
Mitte–Ende Juni: Jean Paul in Weimar.
22./23. Oktober: Stollenbruch im Bergwerk von Ilmenau. Einstellung des Bergbaus.
17. November: Katharina II., die Große, gestorben. Paul I. wird russischer Zar.
Ende Dezember: Reise nach Leipzig. Treffen mit Adam Friedrich Oeser und Christian Felix Weiße.
Jean Paul: »Quintus Fixlein«, »Siebenkäs« (1796/97).

1797–1799 Kongreß von Rastatt.

1797–1799 Friedrich Hölderlin: »Hyperion oder der Eremit in Griechenland«.

1797 *»Der Schatzgräber«, »Der neue Pausias«, »Legende vom Hufeisen«, »Die Braut von Korinth«, »Der Gott und die Bajadere«, »Der Zauberlehrling«, »Der Edelknabe und die Müllerin«, »Der Junggesell und der Mühlbach«, »Der Müllerin Verrat«, »Der Müllerin Reue«, »Amyntas«, »Euphrosyne«, Gedichte.*
»Hermann und Dorothea«, Epos.

»Über epische und dramatische Dichtung«.
»Reise in die Schweiz 1797« (von Johann Peter Eckermann 1833 aus dem Nachlaß herausgegeben).
10. Januar: Annette von Droste-Hülshoff geboren.
14./15. Januar: Sieg Napoleons bei Rivoli.
31. Januar: Franz Schubert geboren.
Februar: Kapitulation von Mantua.
18. April: Vorfriede von Leoben.
Anfang Juli: Goethe vernichtet die Briefe aus den Jahren vor 1792.
30. Juli–20. November: Dritte Schweizer Reise. Goethe besucht in Offenbach Sophie von La Roche. In Frankfurt letzte Begegnung mit der Mutter und mit Friedrich Hölderlin.
4. Oktober: Jeremias Gotthelf (Albert Bitzius) geboren.
17. Oktober: Friede von Campoformio zwischen Frankreich und Österreich. Belgien (Österreichische Niederlande), die Lombardei und das linke Rheinufer gehen an Frankreich; Österreich erhält Venedig. Ende des Ersten Koalitionskrieges.
16. November: Friedrich Wilhelm II. von Preußen gestorben. Sein Sohn Friedrich Wilhelm III. wird preußischer König.
9. Dezember: Goethe erhält die Oberaufsicht über Bibliothek und Münzkabinett in Weimar.
13. Dezember: Heinrich (Harry) Heine in Düsseldorf geboren.
Friedrich Wilhelm Schelling: »Ideen zu einer Philosophie der Natur«.
Wilhelm Heinrich Wackenroder: »Herzensergießungen eines kunstliebenden Klosterbruders« (1796/97).

1798–1800 *Goethe gibt zusammen mit Johann Heinrich Meyer die Kunstzeitschrift »Propyläen« heraus.*

1798–1800 Unter der Leitung der Brüder Schlegel erscheint die Zeitschrift »Athenäum«.

1798/99 Ägypten-Feldzug Napoleons.

1798 *»Deutscher Parnaß«, »Das Blümlein Wunderschön«, »Die Musageten«, »Die Metamorphose der Pflanzen«, »Soldatenlied zu Wallensteins Lager«, »Phöbos und Hermes«, Gedichte.*

12. Februar: Stanislaus II. Poniatowski, ehemaliger König von Polen, gestorben.

13. Februar: Wilhelm Heinrich Wackenroder gestorben.

8. März: Kauf eines Gutes bei Oberroßla/Apolda (bis 1803 in Goethes Besitz).

29. März: Treffen mit Novalis.

Im Laufe des Jahres wiederholte Begegnungen mit Fichte und Jean Paul.

4. Juni: Giacomo Casanova in Dux/Böhmen gestorben.

1. August: Nelson siegt bei Abukir über die französische Flotte.

12. Oktober: Eröffnung des umgestalteten Hoftheaters in Weimar.

Friedrich Schiller: »Wallenstein« (1798/99).

Ludwig Tieck: »Franz Sternbalds Wanderungen«.

1799–1804 Forschungsreise Alexander von Humboldts nach Lateinamerika.

1799–1802 Zweiter Koalitionskrieg gegen Frankreich.

1799 *»Der Musensohn«, »Die erste Walpurgisnacht«, »An die Günstigen«, Gedichte.*

»Achilleis«, Epos (Fragment).

Goethe überträgt Voltaires »Mahomet« ins Deutsche.

Syrien-Feldzug Napoleons.

Januar–April: Jean Paul zu Besuch.

30. Januar/20. April: Uraufführung von Schillers »Piccolomini« und »Wallensteins Tod«.

16. Februar: Karl Theodor von Bayern gestorben. Maximilian IV. Joseph wird bayerischer Kurfürst.

24. Februar: Georg Christoph Lichtenberg gestorben.
12. März: Beginn des Zweiten Koalitionskrieges.
20. Mai: Honoré Balzac geboren.
Ende Juni/Anfang Juli: König Friedrich Wilhelm III. von Preußen in Weimar.
Juli: Bekanntschaft mit Ludwig Tieck.
25. Juli: Sophie von La Roche besucht Goethe.
August: Beginn des Briefwechsels mit Friedrich Zelter.
3. September: Die erste Kunstausstellung der Weimarer Kunstfreunde wird eröffnet.
9. Oktober: Napoleon kehrt nach Frankreich zurück. Landung in Fréjus.
17. Oktober: Johann Georg Schlosser, Goethes Schwager, gestorben.
9. November: Staatsstreich Napoleon Bonapartes.
3. Dezember: Schiller zieht von Jena nach Weimar.
4. Dezember: Napoleon wird Erster Konsul auf zehn Jahre.
Ende Dezember: Bekanntschaft mit dem Medizinstudenten Nikolaus Meyer.
Friedrich Schleiermacher: »Über die Religion. Reden an die Gebildeten unter ihren Verächtern«.
Friedrich Hölderlin: »Gedichte«.
Novalis: »Die Christenheit oder Europa«.
Friedrich Schlegel: »Lucinde«.

1800 *»Das Sonett«, »Weissagungen des Bakis«, »Natur und Kunst, sie scheinen sich zu fliehen«, Gedichte.*
Zusammenstellung des Gedichtzyklus »Vier Jahreszeiten«.
»Paläophron und Neoterpe«, Festspiel.
»Die guten Weiber«, Erzählung.
Übersetzung von Voltaires Drama »Tancrède«. Arbeit an der Helena-Tragödie (»Faust II«).
Ende April/Anfang Mai: Goethe zur Messe in Leipzig.

5. Mai: Napoleon beginnt seinen zweiten Italienfeldzug.
1. Juni: Friedrich Graf zu Stolberg konvertiert zum Katholizismus.
14. Juni: Schlacht bei Marengo. Sieg Napoleons über die Österreicher.
3. Dezember: Österreichische Niederlage bei Hohenlinden.
31. Dezember: Gespräche mit Friedrich Schiller und Friedrich Wilhelm Schelling.
Novalis: »Hymnen an die Nacht«.
Friedrich Schiller: »Maria Stuart«, »Das Lied von der Glocke«.

1801 *»Frühzeitiger Frühling« (»Tage der Wonne ...«), »Dauer im Wechsel«, »Stiftungslied« (»Was gehst du, schöne Nachbarin ...«), »Zum neuen Jahr« (»Zwischen dem Alten ...«), Gedichte.*
Weiterarbeit am »Faust«.
Januar: Schwere Erkrankung.
9. Februar: Friede von Lunéville zwischen Frankreich und Österreich. Bestätigung der Vertragsbedingungen von Campoformio (1797). Frankreich behält das linke Rheinufer.
23. März: Zar Paul I. ermordet. Alexander I. folgt auf den russischen Thron.
25. März: Novalis (Friedrich Leopold Freiherr von Hardenberg) gestorben.
2. April: Seeschlacht bei Kopenhagen. Sieg des britischen Admirals Nelson über die dänische Flotte.
Anfang Juni: Goethe reist nach Göttingen. Er trifft dort die Familie Kestner und Achim von Arnim.
Mitte Juni–Mitte Juli: Kuraufenthalt in Bad Pyrmont.
Mitte Juli–Mitte August: Goethe erneut in Göttingen.
Herbst/Winter: August Wilhelm Schlegel, Ludwig

Tieck, Jean Paul und Friedrich Wilhelm Schelling bei Goethe in Weimar.
Oktober: Goethe begründet den Mittwochs-Zirkel »Cour d'amour«.
21. Oktober: Georg Wilhelm Friedrich Hegel besucht Goethe.
7. Dezember: Johann Nestroy geboren.
11. Dezember: Christian Dietrich Grabbe geboren.
Carl Friedrich Gauß schafft die Grundlage der modernen Zahlentheorie.
Clemens Brentano: »Godwi«.
Friedrich Schiller: »Die Jungfrau von Orleans«.

1802 *»Tischlied« (»Mich ergreift, ich weiß nicht wie ...«), »Generalbeichte«, »Schäfers Klagelied«, »Weltseele«, »Bergschloß«, »Nachtgesang«, »Natur und Kunst«, »Selbstbetrug«, »Die glücklichen Gatten«, »Ritter Kurts Brautfahrt«, »Der Rattenfänger«, »Hochzeitlied«, »Wandrer und Pächterin«, Gedichte.*
»Was wir bringen. Vorspiel bei Eröffnung des neuen Schauspielhauses zu Lauchstädt«.
28. Januar: Friedrich de la Motte Fouqué besucht Goethe.
26. Februar: Victor Hugo geboren.
Ende Februar: Karl Friedrich Zelter erstmals in Weimar.
25./27. März: Friede von Amiens zwischen England und Frankreich. Ende des Zweiten Koalitionskrieges.
13. Juni: Georg Wilhelm Friedrich Hegel konfirmiert Goethes Sohn August.
21. Juni–25 Juli: Goethe in Bad Lauchstädt zur Eröffnung des neuen Theaters und in Halle.
2. August: Napoleon wird Konsul auf Lebenszeit.
13. August: Nikolaus Lenau geboren.
Oktober: Beginn der Freundschaft zwischen Goethe und Johann Heinrich Voß.

29. November: Wilhelm Hauff geboren.
16. Dezember: Goethes Tochter Kathinka geboren (gestorben am 19. Dezember).
Friedrich Schiller wird in den Adelsstand erhoben.
Novalis: »Heinrich von Ofterdingen«, »Fragmente« (posthum).

1803 *»Trost in Tränen«, »Magisches Netz«, Gedichte.*
»Die natürliche Tochter«, Tragödie.
Übersetzung und Bearbeitung der Lebensbeschreibung Benvenuto Cellinis abgeschlossen (»Leben des Benvenuto Cellini, florentinischen Goldschmieds und Bildhauers, von ihm selbst geschrieben«).
In Jena wiederholte Begegnung mit Karl Friedrich Frommann und dessen Mündel Wilhelmine Herzlieb (»Minchen«).
18. Februar: Johann Wilhelm Ludwig Gleim in Halberstadt gestorben.
25. Februar: Der »Reichsdeputationshauptschluß« zu Regensburg bringt das Ende des alten deutschen Reiches. Säkularisation und Mediatisierung. Gebietsneuordnung in Deutschland.
14. März: Friedrich Gottlieb Klopstock gestorben.
Mai: Goethe trifft Herder in Jena.
Sommer: Schelling und weitere Professoren verlassen die Universität Jena.
1. August: Die herzogliche Familie bezieht das neue Schloß.
Herbst: Goethe gibt zusammen mit Wieland das »Taschenbuch auf das Jahr 1804« heraus.
September: Goethe gründet die »Jenaische Allgemeine Literatur-Zeitung« (Erscheinen 1804–1832).
September: Friedrich Wilhelm Riemer kommt nach Weimar. Er wird Goethes Sekretär und Hauslehrer des Sohnes August.
13. September: Arnold Ruge geboren.
Oktober: Freundschaftsvertrag zwischen Frankreich und Spanien.

11. November: Goethe und Christian Gottlob von Voigt werden als Leiter der Naturwissenschaftlichen Sammlungen in Jena berufen.
17./18. November: Philipp Otto Runge und Ludwig Tieck bei Goethe.
21. November: Johann Wilhelm Bückler, genannt »Schinderhannes«, in Mainz hingerichtet.
26. November: Besuch Hegels.
18. Dezember: Johann Gottfried Herder in Weimar gestorben.
24. Dezember–29. Februar 1804: Madame de Staël und Benjamin Constant in Weimar. Wiederholte Begegnung mit Goethe.
Die USA kaufen einen Teil Louisianas von Frankreich.
Johann Peter Hebel: »Alemannische Gedichte«.
Jean Paul: »Titan«.
Friedrich von Schiller: »Die Braut von Messina«.

1804 *»Der Narr epilogiert« (»Manch gutes Werk hab ich verricht ...«), Gedicht.*
12. Februar: Immanuel Kant gestorben.
9. März: Franzosen dringen in Baden ein und verhaften widerrechtlich den Herzog von Enghien.
21. März: Hinrichtung des Herzogs.
April: Hardenberg wird Minister des Äußeren in Preußen (bis 1806).
10. Mai: William Pitt d. J. wird erneut britischer Premierminister.
18. Mai: Napoleon ernennt sich zum »Kaiser der französischen Republik«.
August/September: Goethe mit Christiane in Lauchstädt und Halle.
8. September: Eduard Mörike geboren.
13. September: Ernennung Goethes zum Wirklichen Geheimen Rat.
22. September: »Götz von Berlichingen« in der neuen

Bühnenfassung erstaufgeführt (eine nochmals überarbeitete Fassung hat am 8. Dezember Premiere).
22. Oktober: Goethe wird Präsident der Jenaer »Mineralogischen Societät«.
27. Oktober: Freiherr vom Stein zum Wirklichen Geheimen Staats-, Kriegs- und dirigierenden Minister in Preußen berufen.
6. November: Geheimabkommen zwischen Österreich und Rußland.
2. Dezember: Kaiserkrönung Napoleons.
Ludwig van Beethoven: 3. Sinfonie (»Eroica«).
Friedrich Wilhelm Schelling: »Philosophie und Religion«.
Jean Paul: »Flegeljahre« (1804/05), »Vorschule der Ästhetik«.
Ernst August Friedrich Klingemann: »Nachtwachen des Bonaventura«.
Friedrich von Schiller: »Wilhelm Tell«, »Demetrius« (1804/05).

1805 *»Wär nicht das Auge sonnenhaft«, »Epilog zu Schillers Glocke«, Gedichte.*
»Winckelmann und sein Jahrhundert«.
»Rameaus Neffe. Ein Dialog von Diderot«, von Goethe übersetzt und mit Anmerkungen versehen.
Dritter Krieg der Koalition (England-Österreich-Rußland) gegen Frankreich.
Januar/Februar: Goethe schwer erkrankt, ebenso Schiller.
11. April: Englisch-russische Allianz (am 9. August Beitritt Österreichs).
29. April: Letzter Besuch Goethes bei Schiller.
9. Mai: Friedrich von Schiller in Weimar gestorben.
Juli–Anfang September: Kur in Bad Lauchstädt. Goethe fährt von dort nach Halle, Magdeburg und Halberstadt.
8. September: Österreichische Truppen marschie-

ren nach Bayern ein. Beginn des Dritten Koalitionskrieges.
21. Oktober: Admiral Nelson siegt bei Trafalgar über die französisch-spanischen Seestreitkräfte und fällt im Gefecht.
23. Oktober: Adalbert Stifter geboren.
3. November: Allianz zu Potsdam. Preußisch-russisches Freundschaftsbündnis.
November: In Goethes Haus wird die »Mittwochsgesellschaft« gegründet.
6. November: Zar Alexander I. in Weimar.
13. November: Französische Truppen ziehen in Wien ein.
2. Dezember: »Dreikaiserschlacht« bei Austerlitz. Sieg Napoleons über die russischen und österreichischen Heere.
15. Dezember: Vertrag von Schönbrunn. Schutzbündnis zwischen Preußen und Frankreich.
26. Dezember: Friede von Preßburg zwischen Österreich und Frankreich. Gebietsverluste für Österreich. Italien bleibt als Königreich unter französischer Herrschaft. Bayern und Württemberg werden Königreiche.
Blücher: »Gedanken über die Bildung einer preußischen Nationalarmee«.

1806–1810 *Goethes Werke in dreizehn Bänden erscheinen bei Cotta.*

1806–1808 Achim von Arnim/Clemens Brentano: »Des Knaben Wunderhorn«.

1806/07 Vierter Koalitionskrieg gegen Frankreich.

1806 *»Vanitas! vanitatum vanitas!« (»Ich hab mein Sach auf Nichts gestellt ...«), »Metamorphose der Tiere« (»Wagt ihr, also bereitet, die letzte Stufe zu steigen ...«), Gedichte.*
»Faust. Erster Teil«.
»Stella« (2. Fassung).

»Reise-, Zerstreuungs- und Trost-Büchlein«.
Intensive Arbeit an der »Farbenlehre«.
15. Januar: Erstaufführung von »Stella« (Neufassung).
23. Januar: William Pitt d. J., englischer Staatsmann, gestorben.
15. Februar: »Pariser Traktat«. Vertrag zwischen Frankreich und Preußen.
Sommer: Goethe in Karlsbad.
1./24. Juli: Bündnis Preußen – Rußland.
12./16. Juli: »Rheinbund-Akte«. Sechzehn deutsche Reichsstände schließen sich unter dem Protektorat Frankreichs zum Rheinbund zusammen und lösen sich vom Reichsverband.
31. Juli: Aufnahme Goethes in die Berliner Akademie.
6. August: Franz II. dankt als römisch-deutscher Kaiser ab; er ist seit 1804 als Franz I. Kaiser von Österreich.
Mitte August–Anfang September: Aufenthalt in Jena. Goethe trifft mehrmals Hegel und Frommann.
Herbst: Kontakte zu Johanna Schopenhauer und ihrer Tochter Adele.
18. September: Heinrich Laube geboren.
9. Oktober: Preußisches Kriegsmanifest. Beginn des Vierten Koalitionskrieges.
10. Oktober: Prinz Louis Ferdinand von Preußen fällt bei Saalfeld.
14. Oktober: Schlacht bei Jena und Auerstedt. Frankreich siegt über die preußischen und russischen Truppen. Französische Einheiten besetzen Weimar.
15. Oktober: Napoleon in Weimar.
Einquartierung französischer Heerführer im Hause Goethes.
19. Oktober: Goethe heiratet Christiane Vulpius.
27. Oktober: Napoleon zieht in Berlin ein.

7./16. November: Kapitulation Preußens. Waffenstillstand mit Frankreich.
21. November: Napoleon verfügt die »Kontinentalsperre« (bis 1813).
Napoleons Bruder Joseph Bonaparte wird König von Neapel (bis 1808).

1807 *Sonette.*
»Vorspiel zur Eröffnung des Weimarischen Theaters am 19. September 1807 nach glücklicher Wiederversammlung der Herzoglichen Familie«.
Erste Arbeit an »Wilhelm Meisters Wanderjahren«.
Goethe stellt den didaktischen Teil der »Farbenlehre« fertig.
4. Januar: Entlassung des Freiherrn vom Stein. Hardenberg wird Leitender Minister in Preußen.
28. Januar: Friede von Memel zwischen Preußen und England.
31. Januar: Besuch Hegels.
7./8. Februar: Schlacht von Preußisch-Eylau. Knapper französischer Sieg.
16. Februar: Aufführung des »Torquato Tasso« in Weimar.
Frühjahr: Nassauer Denkschrift des Freiherrn vom Stein (»Über die zweckmäßige Bildung der obersten und der Provinzial- und Polizeibehörden in der preußischen Monarchie«).
10. April: Tod der Herzogin Anna Amalia.
23. April: Bettina Brentano zum erstenmal bei Goethe.
26. April: Schutz- und Trutzbündnis zwischen Preußen und Rußland erneuert.
29. April: Beginn der neunwöchigen Schlacht um Kolberg. Gneisenau hält die Festung gemeinsam mit Nettelbeck bis zum Waffenstillstand.
Mai–September: Goethe in Karlsbad.
26. Mai: Kapitulation von Danzig.

14. Juni: Französische Truppen schlagen ein russisches Heer bei Friedland.
21./25. Juni: Waffenstillstand.
7./9. Juli: Friede von Tilsit zwischen Frankreich einerseits, Preußen und Rußland andererseits. Bildung des Königreichs Westfalen (unter der Herrschaft Jérôme Bonapartes) und des Großherzogtums Warschau. Danzig wird Freie Stadt, Rußland erhält ostpreußische Gebiete.
25. Juli: Einrichtung einer militärischen Reorganisationskommission in Preußen. Beginn der Heeresreform.
15./17. September: Begegnung Goethes mit Freiherr vom Stein.
3. Oktober: Stein zurückberufen; er wird Leitender Minister in Preußen.
9. Oktober: Erstes preußisches Reformgesetz zur Bauernbefreiung.
Anfang November: Bettina Brentano, Clemens Brentano und Achim von Arnim besuchen Goethe.
November/Dezember: Goethe bei Frommann in Jena. Leidenschaft für Minchen Herzlieb.
Goethe lernt Zacharias Werner kennen, der bis März 1808 in Weimar bleibt.
Winter 1807/08: Johann Gottlieb Fichte hält in Berlin seine »Reden an die deutsche Nation«.
Georg Wilhelm Friedrich Hegel: »Phänomenologie des Geistes«.
Madame de Staël: »Corinne ou l'Italie«.
Jean Paul: »Levana, ein Erziehungsbuch«.
Heinrich von Kleist: »Amphitryon«.

1808–1814 Krieg Napoleons gegen Spanien und Portugal.

1808 *»Nicht am Susquehanna, der durch die Wüsten fließt«, »Der Goldschmiedsgesell« (»Es ist doch meine Nachbarin …«), »Kläffer« (»Wir reiten in die Kreuz und Quer' …«), Gedichte.*

»Pandora. Ein Festspiel« (auch: »Pandorens Wiederkunft«).
Arbeit an den »Wahlverwandtschaften«.
»Faust. Erster Teil« erscheint im Druck.
27. Januar: David Friedrich Strauß geboren.
31. März: Friedrich von Müller beginnt mit der Aufzeichnung von Gesprächen (»Unterhaltungen mit Goethe«).
5. Mai: Friedrich Schlegel bei Goethe.
15. Mai–12. September: Goethe in Karlsbad und Franzensbad.
6. Juni: Joseph Bonaparte wird als König von Spanien eingesetzt.
September: Goethes Sohn August beginnt sein Studium in Heidelberg (ab Oktober 1809 in Jena).
13. September: Goethes Mutter gestorben.
19. September: Theodor Mundt geboren.
26. September: Begegnung mit Zar Alexander in Weimar.
27. September–14. Oktober: Fürstentag zu Erfurt.
29. September: Goethe reist zum Erfurter Fürstentag.
2. Oktober: Erste Audienz bei Napoleon.
6./10. Oktober: Erneute Unterredungen zwischen Napoleon und Goethe.
12. Oktober: Napoleon und Zar Alexander I. schließen auf dem Erfurter Fürstentag einen französisch-russischen Allianzvertrag.
November/Dezember: Mehrere Besuche Wilhelm von Humboldts.
19. November: In Preußen wird die Städteordnung verkündet.
24. November: Entlassung des Freiherrn vom Stein aus dem Amt.
Dezember: Achim von Arnim, Frau von Stein und Zacharias Werner bei Goethe.
Alexander von Humboldt: »Ansichten der Natur«.

Freiherr vom Stein: »Verordnung die veränderte Verfassung der obersten Verwaltungsbehörden in der Preußischen Monarchie betreffend«.
Ludwig van Beethoven: 5. und 6. Sinfonie.
Friedrich Arnold Brockhaus begründet sein Konversationslexikon.
Heinrich von Kleist: »Der zerbrochene Krug«, »Das Käthchen von Heilbronn«, »Penthesilea«, »Die Marquise von O ...«.

1809/10 Wilhelm von Humboldt leitet das Kultus- und Unterrichtsressort im preußischen Innenministerium. Reform des Schulwesens.

1809 *»Johanna Sebus« (»Der Damm zerreißt, das Feld erbraust ...«), »Schweizerlied« (»Uf'm Bergli ...«), Gedichte.*
»Die Wahlverwandtschaften. Ein Roman« (1807 bis 1809).
Goethe beschäftigt sich intensiv mit der Geschichte der Farbenlehre.
»Dichtung und Wahrheit« begonnen (»Schema zu einer Biographie«).
Neubearbeitung des »Götz von Berlichingen«.
Krieg Österreichs gegen Frankreich (Fünfter Koalitionskrieg).
Tiroler Aufstand unter Andreas Hofer.
1.–17. Januar: Wilhelm von Humboldt bei Goethe.
3. Februar: Felix Mendelssohn-Bartholdy geboren.
18.–23. April: Französische Siege bei Hausen, Abensberg, Landshut und Eggmühl.
Ende April: Einquartierung des Obersten Gautier im Haus Goethes.
13. Mai: Napoleon in Wien.
21./22. Mai: Schlacht von Aspern (Eßling). Niederlage Napoleons.
31. Mai: Joseph Haydn gestorben.
Mai–Juli: Frankreich annektiert den Kirchenstaat.

5./6. Juli: Schlacht bei Wagram. Napoleon besiegt die österreichischen Truppen.
8. August: Letzte Begegnung mit Clemens Brentano.
16. August: Gründung der Friedrich-Wilhelms-Universität in Berlin.
Oktober: Metternich wird österreichischer Außenminister.
14. Oktober: Friede von Schönbrunn zwischen Frankreich und Österreich.
Dezember: Wilhelm Grimm in Weimar. Besuche bei Goethe.
16. Dezember: Napoleon wird von Joséphine Beauharnais geschieden.
Goethe erhält zusammen mit Voigt die Leitung der Anstalten für Wissenschaft und Kunst übertragen.
Rußland erobert das schwedische Finnland.
Ludwig van Beethoven: Klavierkonzert Nr. 5.
Friedrich Wilhelm von Schelling: »Philosophische Untersuchungen über das Wesen der menschlichen Freiheit«.

1810 *»Blumengruß«, »Rechenschaft« (»Frisch! der Wein soll reichlich fließen!«), »Ergo bibamus«, »Das Tagebuch«, »Mailied« (»Zwischen Weizen und Korn...«), Gedichte.*
Vier Gedichte für Kaiserin Maria Ludovica von Österreich.
»Die romantische Poesie«, Maskenzug.
»Zur Farbenlehre«,
»Materialien zur Geschichte der Farbenlehre«.
Arbeit an »Wilhelm Meisters Wanderjahren«.
Januar: Wiederholte Besuche Wilhelm von Humboldts.
20. Februar: Andreas Hofer in Mantua erschossen.
1. März: Frédéric Chopin geboren.
2. April: Napoleon heiratet Erzherzogin Marie-Louise, die Tochter des österreichischen Kaisers Franz I.

19. Mai–21. September: Goethe in Karlsbad, Teplitz und Dresden.
Juni: Hardenberg wird preußischer Staatskanzler.
8. Juni: Robert Schumann in Zwickau geboren.
17. Juni: Ferdinand Freiligrath in Detmold geboren.
19. Juli: Königin Luise von Preußen gestorben.
9.–12. August: Bettina Brentano und Friedrich Karl von Savigny bei Goethe.
2. Dezember: Philipp Otto Runge in Hamburg gestorben.
Madame de Staël: »De l'Allemagne«.
Zacharias Werner: »Der vierundzwanzigste Februar«.

1811 *»Rinaldo« (»Zu dem Strande! zu der Barke!«), Gedicht.*
»Dichtung und Wahrheit. Erster Teil«.
»Philipp Hackert. Biographische Skizze«.
17. März: Karl Ferdinand Gutzkow in Berlin geboren.
20. März: Der »König von Rom« (seit 1818 Herzog von Reichstadt), Sohn Napoleons und Marie-Louises, geboren.
Mai: Beginn der persönlichen Bekanntschaft mit Sulpiz Boisserée.
17. Mai–28. Juni: Goethe in Karlsbad.
September: Nach einer Auseinandersetzung zwischen Bettina Brentano und Goethes Frau Christiane bricht Goethe mit Bettina.
17. Oktober: Petersburger Vertrag. Preußisch-russische Militärkonvention.
22. Oktober: Franz Liszt geboren.
21. November: Heinrich von Kleist nimmt sich das Leben.
Johann Peter Hebel: »Schatzkästlein des rheinischen Hausfreundes«.
Friedrich de la Motte Fouqué: »Undine«.

1812–1816 Ludwig Tieck: »Phantasus«.
1812–1815/22 Jacob und Wilhelm Grimm: »Kinder- und Hausmärchen«.

1812 *»Gegenwart« (»Alles kündet dich an!«), »Groß ist die Diana der Epheser«, »Was wär ein Gott, der nur von außen stieße«, »Im Innern ist ein Universum auch«, Gedichte.*
»Die Wette«, Lustspiel.
»Die schöne Melusine«, Märchen (später in »Wilhelm Meisters Wanderjahre« aufgenommen).
»Dichtung und Wahrheit. Zweiter Teil«.
»Myrons Kuh«, Aufsatz.
23. Januar: Erste Aufführung des »Egmont« mit der Musik Ludwig van Beethovens.
29. Januar: Goethe lernt Carl Maria von Weber kennen.
24. Februar: Militärbündnis Frankreich-Preußen.
März: Friedrich Wilhelm Riemer gibt seine Tätigkeit als Sekretär Goethes auf.
14. März: Französisch-österreichische Allianz.
21. April: Goethe und Voigt werden Leiter der Sternwarte in Jena.
3. Mai–12. September: Goethe in Karlsbad und Teplitz.
24. Juni: Napoleons Rußlandfeldzug beginnt.
Juli: Begegnung zwischen Ludwig van Beethoven und Goethe in Teplitz.
15.–20. September: Brand von Moskau.
Oktober/November: Rückzug der »Großen Armee«.
30. Dezember: Der preußische General Yorck schließt Waffenstillstand mit Rußland (»Konvention von Tauroggen«).
Ludwig van Beethoven: 7. und 8. Sinfonie.
Achim von Arnim: »Isabella von Ägypten«.

1813–1814/15 Deutsche Befreiungskriege.

1813 *»Die Lustigen von Weimar«, »Idylle« (»Dem festli-*

chen Tage ...«), »Der getreue Eckart«, »Der Totentanz«, »Gewohnt, getan« (»Ich habe geliebet, nun lieb ich erst recht ...«), »Die wandelnde Glocke«, »Gefunden« (»Ich ging im Walde so für mich hin ...«), »Offene Tafel«, »Parabel«, Gedichte.
»Epilog zum Trauerspiel Essex«.
»Zu brüderlichem Andenken Wielands«.
»Dichtung und Wahrheit. Dritter Teil«.
Niederschrift der »Italienischen Reise« begonnen.
20. Januar: Christoph Martin Wieland gestorben.
27./28. Februar: Verteidigungsbündnis zwischen Rußland und Preußen in Breslau und Kalisch geschlossen.
18. März: Friedrich Hebbel geboren.
27. März: Preußen erklärt Frankreich den Krieg.
17.–26. April: Reise über Naumburg, Leipzig und Dresden nach Teplitz. In Dresden macht Goethe die Bekanntschaft von Ernst Moritz Arndt.
26. April–10. August: Goethe in Teplitz.
5. Mai: Geburt von Sören Kierkegaard.
22. Mai: Richard Wagner geboren.
14./27. Juni: Vertrag von Reichenbach zwischen England, Österreich und Preußen.
21. Juni: Wellington siegt bei Vitoria.
28. Juni: Scharnhorst erliegt den Verletzungen, die er sich in der Schlacht bei Groß-Görschen (2. Mai) zugezogen hat.
11. August: Österreich schließt sich der Allianz Preußen-Rußland-England an und erklärt Frankreich den Krieg.
13. August: Zusammentreffen mit dem Kaiser.
9. September/3. Oktober: Österreichisch-preußisch-russischer Allianzvertrag von Teplitz.
Oktober: Verschiedene Einquartierungen bei Goethe. – Begegnungen mit Zar Alexander, Metternich, Wilhelm von Humboldt und Hardenberg.

8. Oktober: Vertrag von Ried. Bayern tritt der antifranzösischen Koalition bei.
16.–19. Oktober: Völkerschlacht von Leipzig. Napoleon unterliegt den Alliierten.
17. Oktober: Georg Büchner geboren.
31. Oktober/4. November: Auflösung des Rheinbundes.
November: Nähere Bekanntschaft mit Arthur Schopenhauer.
Dezember: Friedrich de la Motte Fouqué wiederholt bei Goethe.
Arthur Schopenhauer: »Über die vierfache Wurzel des Satzes vom zureichenden Grunde«.

1814/15 Wiener Kongreß.

1814 *Erste Arbeit am »West-östlichen Divan«. Es entstehen u. a. die Gedichte »Hegire« (»Nord und West und Süd zersplittern ...«), »Elemente«, »All-Leben« und »Selige Sehnsucht« (»Sagt es niemand, nur den Weisen ...«).*
»Des Epimenides Erwachen. Ein Festspiel«.
29. Januar: Johann Gottlieb Fichte in Berlin gestorben.
1./9. März: Vertrag von Chaumont. Quadrupelallianz England-Österreich-Preußen-Rußland.
30./31. März: Die französische Hauptstadt kapituliert. Einzug der Alliierten in Paris.
2. April: Friedrich Kräuter wird Goethes Sekretär.
6./10. April: Napoleon dankt ab und geht nach Elba in die Verbannung. Rückkehr der Bourbonen. Ludwig XVIII. wird König von Frankreich.
Mitte Mai–Ende Juni: Kur in Bad Berka.
30. Mai: Erster Friede von Paris. Frankreichs Territorialbestand nach den Grenzen von 1792 wird garantiert.
25. Juli–27. Oktober: Reise an Rhein, Main und Neckar.

4. August: Goethe lernt in Wiesbaden Johann Jakob von Willemer und Marianne Jung kennen.
14. August: Treffen mit Freiherr vom Stein.
26. August: Karl Theodor Körner fällt in der Schlacht bei Gadebusch.
September/Oktober: Mehrfache Begegnung mit Sulpiz Boisserée.
18. September/1. November: Eröffnung des Wiener Kongresses.
27. September: Willemer heiratet Marianne Jung.
Beginn eine leidenschaftlichen Beziehung Goethes zu Marianne von Willemer.
Hannover wird Königreich. Georg III. von England in Personalunion König von Hannover.
George Stephenson baut die erste Dampflokomotive.
Ludwig van Beethoven: »Fidelio«.
Adelbert von Chamisso: »Peter Schlemihls wundersame Geschichte«.

1815–1819 *Bei Cotta erscheint eine zwanzigbändige Ausgabe von Goethes Werken.*

1815 *Gedichte zum »West-östlichen Divan«, vor allem zum »Buch Suleika« und zum »Schenkenbuch« (darunter »Hochbeglückt in deiner Liebe«, »Gingo biloba«).*
»Frühling übers Jahr«, »Symbolum« (»Des Maurers Wandeln ...«), Gedichte.
»Zahme Xenien« I.
»Über das deutsche Theater«, »Kunst und Altertum an Rhein, Main und Neckar«, Aufsätze.
21. Januar: Matthias Claudius gestorben.
Februar/März: Schwere Erkrankung Christianes.
11. Februar: Sachsen-Weimar-Eisenach wird nach Beschluß des Wiener Kongresses Großherzogtum.
1. März: Napoleon landet in Frankreich. Die »Herrschaft der hundert Tage« beginnt.

25./27. März: England, Österreich, Preußen und Rußland verbünden sich gegen Napoleon.
1. April: Otto von Bismarck geboren.
24. Mai–11. Oktober: Zweite Reise an Rhein, Main und Neckar. Begegnungen mit Freiherr vom Stein, Ernst Moritz Arndt, Joseph Görres, Sulpiz Boisserée, Rahel Varnhagen, Johann Peter Hebel, Jung-Stilling, mit der Familie Brentano, den Brüdern Grimm und dem Ehepaar Willemer.
8. Juni: Bundesakte. Gründung des Deutschen Bundes.
9. Juni: Mit der Wiener Kongreßakte wird das Gleichgewicht der fünf europäischen Mächte wieder hergestellt. Neugestaltung Europas.
18. Juni: Schlacht von Waterloo. Blücher und Wellington siegen über Napoleon.
22. Juni/28. Juli: Napoleon dankt zum zweitenmal ab. Verbannung nach Sankt Helena.
7./8. Juli: Zweite Einnahme von Paris durch die Alliierten. Ludwig XVIII. kehrt zurück.
23.–26. September: Goethe sieht Marianne von Willemer zum letztenmal.
26. September: »Heilige Allianz« zwischen Zar Alexander I., Kaiser Franz I. von Österreich und König Friedrich Wilhelm III. von Preußen.
Teilung Polens (»Kongreß-Polen«).
Oktober: Goethe und Voigt erhalten die »Oberaufsicht über die unmittelbaren Anstalten für Wissenschaft und Kunst«.
20. November: Zweiter Friede von Paris zwischen Frankreich und den Alliierten. Erneuerung der Quadrupelallianz England-Österreich-Preußen-Rußland (»Vierbund«).
12. Dezember: Goethe wird zum Staatsminister ernannt.
Joseph von Eichendorff: »Ahnung und Gegenwart«.

E. T. A. Hoffmann: »Die Elixiere des Teufels« (1814/15).
Ludwig Uhland: »Gedichte«.

1816–1832 *Goethe gibt die Zeitschrift »Über Kunst und Altertum« heraus.*

1816–1818 Jacob und Wilhelm Grimm: »Deutsche Sagen«.

1816/17 Mißernten. Hungersnot im westlichen Europa und in Amerika.

1816 *Gedichte zum »West-östlichen Divan«.*
»Prooemion« (»Im Namen dessen, der sich selbst erschuf ...«), Gedicht.
»Italienische Reise. Erster Teil«.
»Shakespeare und kein Ende«, »Das Sankt-Rochus-Fest zu Bingen«, Aufsätze.
Arbeit an der »Italienischen Reise« und an »Faust II«.
6. Juni: Goethes Frau Christiane gestorben.
Ende Juli: Wegen eines Unfalls Abbruch einer Reise nach Baden-Baden.
Ende Juli–Anfang September: Goethe in Bad Tennstedt.
September/Oktober: Wiedersehen mit Charlotte Kestner geb. Buff.
5. November: Eröffnung der Bundesversammlung in Frankfurt.
Großherzog Karl August gibt Sachsen-Weimar eine Verfassung.

1817–1824 *In unregelmäßiger Folge erscheinen Goethes Hefte »Zur Naturwissenschaft überhaupt, besonders zur Morphologie«.*

1817 *»Ballade« (»Herein, o du Guter ...«, begonnen 1813), »Dem 31. Oktober 1817«, »März« (»Es ist ein Schnee gefallen ...«), »Entoptische Farben« (»Laß dir von den Spiegeleien ...«), »Weite Welt und breites Leben«, »Urworte. Orphisch«, Gedichte.*
»Italienische Reise. Zweiter Teil« (beide Teile zu-

nächst unter dem Titel »Aus meinem Leben. Zweiter Abteilung Erster und Zweiter Teil«).
Januar/September/November: Begegnungen mit Wilhelm von Humboldt, Ludwig Tieck und Karl August Varnhagen von Ense.
13. April: Goethe gibt die Leitung des Hoftheaters ab.
31. Mai: Georg Herwegh in Stuttgart geboren.
17. Juni: Goethes Sohn August heiratet Ottilie von Pogwisch.
14. Juli: Madame de Staël gestorben.
14. September: Theodor Storm in Husum geboren.
18. Oktober: Wartburgfest der deutschen Burschenschafter.
14. November: Karl Ludwig Sand besucht Goethe.
Der badische Forstmeister Karl Freiherr von Drais erfindet eine Laufmaschine.
Georg Wilhelm Friedrich Hegel: »Enzyklopädie der philosophischen Wissenschaften«.
Lord Byron: »Manfred«.
Achim von Arnim: »Die Kronenwächter«.
Clemens Brentano: »Die Geschichte vom braven Kasperl und dem schönen Annerl«.
Franz Grillparzer: »Die Ahnfrau«.
E. T. A. Hoffmann: »Nachtstücke«.

1818 *»Um Mitternacht ging ich, nicht eben gerne«, »Wiegenlied dem jungen Mineralogen Walter von Goethe«, Gedichte.*
»Maskenzug. Bei allerhöchster Anwesenheit Ihro Majestät der Kaiserin Mutter Maria Feodorowna in Weimar 1818«.
»Antik und modern«, Aufsatz.
Weiterarbeit am »West-östlichen Divan«.
9. April: Goethes Enkel Walther Wolfgang geboren.
26. April: Franz Nicolovius, Großneffe Goethes, kommt zum Jurastudium nach Jena.

5. Mai: Karl Marx in Trier geboren.
26. Juli–13. September: Aufenthalt in Karlsbad. Begegnung mit Metternich, Blücher, Friedrich von Gentz und Adam Müller.
26. August: Goethe als Mitglied in die Kaiserlich-Leopoldinisch-Carolinische Deutsche Akademie der Naturforscher aufgenommen.
23. September: Hegel bei Goethe.
29. September–21. November: Kongreß von Aachen.
18. Oktober: Gründung der »Allgemeinen deutschen Burschenschaft« in Jena.
Arthur Schopenhauer: »Die Welt als Wille und Vorstellung«.
Achim von Arnim: »Der tolle Invalide auf Fort Ratonneau«.
Clemens Brentano: »Aus der Chronika eines fahrenden Schülers«.
Franz Grillparzer: »Sappho«.

1819–1821 E. T. A. Hoffmann: »Die Serapionsbrüder«.

1819 *»West-östlicher Divan«.*
»Epirrhema« (»Müsset im Naturbetrachten ...«), »Antiepirrhema« (»So schauet mit bescheidnem Blick ...«), »Howards Ehrengedächtnis« (»Wenn Gottheit Camarupa, hoch und hehr ...«), Gedichte.
Goethe arbeitet an den »Tag- und Jahresheften« und der »Campagne in Frankreich«.
22. März: Staatsminister Christian Gottlob von Voigt gestorben.
23. März: Der Student Karl Ludwig Sand ermordet in Mannheim August von Kotzebue.
Frühjahr/Sommer: Besuche Zelters, Wilhelm von Humboldts. Goethe sieht Arthur Schopenhauer zum letztenmal.
19. Juli: Gottfried Keller in Zürich geboren.
1. August: »Teplitzer Punktation«. Begründung des Restaurationssystems in Deutschland.

Es folgen die »Karlsbader Beschlüsse« (20. September): Zensur, Überwachung der Universitäten, Verbot der Burschenschaften. Turnvater Jahn wird verhaftet, Arndt von seinem Lehrstuhl in Bonn suspendiert.
12. September: Blücher in Krieblowitz gestorben.
September: Aufenthalt in Karlsbad.
30. Dezember: Theodor Fontane in Neuruppin geboren.
Erste Fahrt eines Raddampfers über den Atlantik.
Frankreich schafft den Sklavenhandel ab.
Sir Walter Scott: »Ivanhoe«.
Joseph von Eichendorff: »Das Marmorbild«.

1821/21 Revolution in Spanien, Portugal, Sardinien-Piemont und Neapel-Sizilien.

1820 *»Sankt Nepomuks Vorabend« (»Lichtlein schwimmen auf dem Strome ...«), »Allerdings« (»Ins Innre der Natur ...«), »Parabase« (»Freudig war, vor vielen Jahren ...«), »Blick um Blick«, »Zwischen beiden Welten«, »Immer und überall«, Gedichte.*
»Zahme Xenien«.
Weiterarbeit an »Wilhelm Meisters Wanderjahren«.
Januar: Ausbruch der Revolution in Spanien.
29. Januar: Georg III. von England gestorben. Sein Sohn Georg IV. wird englischer König.
29. April–28. Mai: Goethe in Karlsbad.
15. Mai: »Wiener Schlußakte« (am 8. Juni von der Bundesversammlung in Frankfurt als Grundgesetz des Deutschen Bundes bestätigt).
18. September: Goethes zweiter Enkel Wolfgang Maximilian geboren.
20. Oktober–20. Dezember: Europäischer Kongreß in Troppau.
28. November: Friedrich Engels geboren.
4. Dezember: Letzter Besuch Achim von Arnims bei Goethe.
Achim von Arnim: »Die Majoratsherren«.

E. T. A. Hoffmann: »Lebensansichten des Katers Murr« (1820/22).

1821–1829 Griechischer Unabhängigkeitskrieg.

1821 *»Wanderlied« (»Von dem Berge zu den Hügeln ...«), »Zu meinen Handzeichnungen«, »Eins und alles« (»Im Grenzenlosen sich zu finden ...«), »Legende« (aus der Trilogie »Paria«), »Atmosphäre«, »Wohl zu merken«, »Wandersegen«, Gedichte.*

Weitere »Zahme Xenien«.

»Wilhelm Meisters Wanderjahre« (1. Fassung).

26. Januar–12. Mai: Europäischer Kongreß in Laibach.

März: Revolution in Piemont-Sardinien.

7. April: Charles Baudelaire geboren.

5. Mai: Napoleon auf Sankt Helena gestorben.

21. Juli: Carl Gustav Carus bei Goethe.

29. Juli–25. August: Aufenthalt in Marienbad. Begegnung mit Amalie von Levetzow und ihren Töchtern. Kontakte auch in den folgenden Jahren, besonders zu Ulrike von Levetzow.

17. Oktober: August Graf von Platen besucht Goethe.

November: Goethe lernt den zwölfjährigen Felix Mendelssohn-Bartholdy kennen.

11. November: Feodor M. Dostojewski geboren.

12. Dezember: Gustave Flaubert geboren.

Metternich wird österreichischer Staatskanzler.

Carl Maria von Weber: »Der Freischütz«.

Georg Wilhelm Friedrich Hegel: »Grundlinien der Philosophie des Rechts«.

Heinrich von Kleist: »Prinz Friedrich von Homburg« (posthum veröffentlicht).

1822 *»Neugriechisch-epirotische Heldenlieder«, »Des Paria Gebet« (aus der Trilogie »Paria«), »Weihnachten« (»Bäume leuchtend, Bäume blendend ...«), »Äolsharfen«, »An zwei Gebrüder, eifrige junge Naturfreunde«, Gedichte.*

»Campagne in Frankreich«.
»Belagerung von Mainz«.
Im Lauf des Jahres und auch in der Folgezeit mehrere Besuche der Großneffen Ferdinand und Alfred Nicolovius.
6. Januar: Heinrich Schliemann geboren.
März: Augenerkrankung.
19. Juni–29. August: Goethe in Marienbad und Eger.
26. Juni: E. T. A. Hoffmann in Berlin gestorben.
7./8. Oktober: Erneute Begegnung mit Mendelssohn-Bartholdy.
20. Oktober–14. Dezember: Europäischer Kongreß in Verona.
20. Oktober: Johann Heinrich Voß d. J. gestorben.
26. November: Karl August Freiherr von Hardenberg in Genua gestorben.
Wilhelm von Humboldt: »Über die Aufgaben des Geschichtsschreibers«.
Franz Schubert: 8. Sinfonie (»Die Unvollendete«).

1823 *»An Lord Byron« (»Ein freundlich Wort kommt eines nach dem andern ...«), »Aussöhnung« (»Die Leidenschaft bringt Leiden ...«), »Marienbader Elegie« (»Was soll ich nun vom Wiedersehen hoffen ...«), »Dank des Paria« (aus der Trilogie »Paria«), Gedichte.*
Neue »Zahme Xenien«.
»Von deutscher Baukunst«, Aufsatz.
17. Januar: Zacharias Werner gestorben.
Februar/März: Goethe an Herzbeutelentzündung erkrankt.
April/Mai: Freiherr vom Stein und König Maximilian I. Joseph von Bayern zu Besuch.
10. Juni: Johann Peter Eckermann erstmals bei Goethe.
2. Juli–20. August: Letzter Kuraufenthalt in Ma-

rienbad. Leidenschaftliche Neigung für Ulrike von Levetzow.
25. August–5. September: Goethe letztmals in Karlsbad.
November: Erkrankung an Krampfhusten.
2. Dezember: Die »Monroe-Doktrin« (Nichteinmischung europäischer Mächte in Angelegenheiten der USA) wird verkündigt.
Französische Intervention in Spanien. Hinrichtung der spanischen Revolutionsführer.
Ludwig van Beethoven: 9 Sinfonie, »Missa solemnis« (1822/23).

1824 *»An Werther« (»Noch einmal wagst du, vielbeweinter Schatten ...«), »Der Bräutigam« (»Um Mitternacht, ich schlief, im Busen wachte ...«), Gedichte.*
Bettina von Arnim, William Emerson und Heinrich Heine besuchen Goethe.
19. April: George Gorden Noel, Lord Byron, in Griechenland gestorben.
4. September: Anton Bruckner geboren.
16. September: Ludwig XVIII. gestorben. Sein Bruder Karl X. wird König von Frankreich.
Niepce erfindet die Photographie (»Asphaltverfahren«).

1825 *»An Lord Byron« II (»Stark von Faust, gewandt im Rat ...«), »Zur Logenfeier des dritten Septembers 1825« (»Einmal nur in unserm Leben ...«/»Laßt fahren hin das allzu Flüchtige ...«/»Nun auf und laßt verlauten ...«), Gedichte.*
»Versuch einer Witterungslehre«, Aufsatz.
Goethe arbeitet an »Wilhelm Meisters Wanderjahren«, an »Faust II«, an den »Tag- und Jahresheften« und »Dichtung und Wahrheit«.
Besuche Felix Mendelssohn-Bartholdys, Carl Maria von Webers und des Ehepaars Varnhagen von Ense.
21./22. März: Brand des Theaters in Weimar.
11. April: Ferdinand Lassalle geboren.

19. Mai: Claude Henri de Rouvroy, Herzog von Saint-Simon, gestorben.
11. Oktober: Conrad Ferdinand Meyer in Zürich geboren.
7. November: Fünfzigjähriges Dienstjubiläum Goethes.
Die Universität Jena ernennt Goethe zum Dr. iur. h. c.
14. November: Jean Paul in Bayreuth gestorben.
1. Dezember: Zar Alexander I. gestorben. Sein Bruder Nikolaus I. wird Nachfolger auf dem russischen Thron.
26. Dezember: Dekabristenaufstand in Sankt Petersburg.
In England fährt die erste Eisenbahn von Stockton nach Darlington.
Franz Grillparzer: »König Ottokars Glück und Ende«.

1826–1831 Heinrich Heine: »Reisebilder«.

1826 *»Schillers Reliquien« (»Im ernsten Beinhaus war's, wo ich bekannte ...«), Gedicht.*
Weitere »Zahme Xenien«.
Abschluß des Helena-Aktes (»Faust II«). Arbeit an der »Novelle«.
Sulpiz Boisserée, Bettina von Arnim, Franz Grillparzer und die Brüder Humboldt besuchen Goethe.
29. März: Wilhelm Liebknecht geboren. – Johann Heinrich Voß in Heidelberg gestorben.
5. Juni: Tod Carl Maria von Webers in London.
22. September: Johann Peter Hebel in Schwetzingen gestorben.
Ludwig Uhland und Gustav Schwab geben Hölderlins Gedichte heraus.
Joseph von Eichendorff: »Aus dem Leben eines Taugenichts«.
Ferdinand Raimund: »Das Mädchen aus der Feenwelt oder Der Bauer als Millionär«.

1827–1830 *Goethes Werke (Vollständige Ausgabe letzter Hand) erscheinen in 40 Bänden bei Cotta.*

1827 *»Dem Schauspieler Krüger mit einem Exemplar der Iphigenie« (»Was der Dichter diesem Bande …«), »Chinesisch-deutsche Jahres- und Tageszeiten«, »Den Vereinigten Staaten« (»Amerika, du hast es besser …«), Gedichte.*
Weitere »Zahme Xenien«.
Weiterarbeit an »Faust« und »Wilhelm Meisters Wanderjahren«.
August Wilhelm Schlegel, Freiherr vom Stein, König Ludwig I. von Bayern, Varnhagen von Ense und Hegel bei Goethe.
6. Januar: Charlotte von Stein gestorben.
17. Februar: Tod Johann Heinrich Pestalozzis.
26. März: Ludwig van Beethoven in Wien gestorben.
6. Juli: »Londoner Vertrag«. England, Frankreich und Rußland befürworten eine Autonomie Griechenlands innerhalb des türkischen Machtbereichs.
20. Oktober: Englisch-französisch-russischer Seesieg von Navarino über die türkische Flotte.
29. Oktober: Goethes Enkelin Alma geboren.
18. November: Wilhelm Hauff in Stuttgart gestorben.
Victor Hugo: »Cromwell«.
Christian Dietrich Grabbe: »Scherz, Satire, Ironie und tiefere Bedeutung«.
Heinrich Heine: »Buch der Lieder«.

1828/29 Russisch-türkischer Krieg.

1828 *»Dem aufgehenden Vollmonde« (»Willst du mich sogleich verlassen …«), »Früh, wenn Tal, Gebirg und Garten«, Gedichte.*
»Novelle«.
Veröffentlichung des Briefwechsels mit Schiller.
26. Mai: Kaspar Hauser, ein Findelkind rätselhafter Herkunft, taucht in Nürnberg auf.

14. Juni: Großherzog Karl August von Sachsen-Weimar gestorben. Karl Friedrich wird Nachfolger.
7. Juli–11. September: Goethe in Dornburg.
9. September: Leo Tolstoi geboren.
19. November: Franz Schubert in Wien gestorben.
Prinz und Prinzessin Wilhelm von Preußen, Prinz Karl von Preußen und Ludwig Tieck bei Goethe.
Franz Schubert: 7. (9.) Sinfonie.
Franz Grillparzer: »Ein treuer Diener seines Herrn«.
Ferdinand Raimund: »Der Alpenkönig und der Menschenfeind«.

1829 *»Vermächtnis« (»Kein Wesen kann zu Nichts zerfallen ...«), Gedicht.*
»Wilhelm Meisters Wanderjahre« (2. Fassung).
»Italienische Reise. Zweiter römischer Aufenthalt«.
Das Ehepaar Varnhagen von Ense, Willibald Alexis, Hegel und Niccolò Paganini zu Gast bei Goethe.
12. Januar: Friedrich von Schlegel in Dresden gestorben.
19. Januar: Erste »Faust I«-Aufführung in Braunschweig.
26. Juli: Johann Heinrich Wilhelm Tischbein gestorben.
29. August: Erste Aufführung des »Faust« in Weimar.
14. September: Friede von Adrianopel zwischen Rußland und der Türkei. Gebietsgewinne für Rußland.
Honoré Balzac beginnt die »Comédie humaine«.

1830/31 Polnische Revolution.

1830 *»Parabel« (»Ich trat in meine Gartentür ...«), Gedicht.*
Goethe nimmt die Arbeit an »Dichtung und Wahrheit« wieder auf.
3. Februar: Die Unabhängigkeit Griechenlands

wird auf der Londoner Konferenz von England, Frankreich und Rußland anerkannt.
14. Februar: Tod der Großherzogin Luise.
22. April: Goethes Sohn August fährt mit Eckermann nach Italien.
Ende Mai/Anfang Juni: Letzter Besuch Felix Mendelssohn-Bartholdys.
25. Juni: Georg IV. von England gestorben. Sein Bruder Wilhelm IV. wird König.
26. Juli: »Julirevolution« in Frankreich.
2. August: Der französische König Karl X. dankt ab und flieht nach England.
9. August: Louis Philippe, Herzog von Orléans, wird »König der Franzosen« (»Bürgerkönig«).
25. August: Revolution in Brüssel.
4. Oktober: Belgien erklärt seine Unabhängigkeit.
20. Oktober: William Thackeray bei Goethe.
26. Oktober: August von Goethe in Rom gestorben.
25./29. November: Blutsturz.
29. November: Erhebung in Warschau.
Berliner »Schneiderrevolution«.
Französische Truppen erobern Algerien.
Der erste Personenzug verkehrt von Liverpool nach Manchester.
Victor Hugo: »Notre-Dame de Paris«.
Stendhal: »Le Rouge et le noir« (»Rot und Schwarz«).
Karl Leberecht Immermann: »Tulifäntchen«.

1831 *»An Frau von Willemer« (»Vor die Augen meiner Lieben ...«), »An die fünfzehn Freunde in England« (»Worte, die der Dichter spricht ...«), Gedichte.*
»Faust. Zweiter Teil«.
»Dichtung und Wahrheit. Vierter Teil«.
Alexander von Humboldt und König Wilhelm I. von Württemberg besuchen Goethe.
21. Januar: Achim von Arnim gestorben.
9. März: Friedrich Maxim. von Klinger gestorben.

Mai: Heinrich Heine übersiedelt nach Paris.
29. Juni: Reichsfreiherr Karl vom und zum Stein in Cappenberg gestorben.
26. Juli/15. November: Auf der Konferenz von London wird Belgiens Unabhängigkeit und Neutralität garantiert.
25. August: August Graf Neidhardt von Gneisenau gestorben.
Ende August: Goethe mit den Enkeln in Ilmenau.
8. September: Wilhelm Raabe geboren. – Niederwerfung des Aufstandes in Polen durch russische Truppen.
14. November: Georg Wilhelm Friedrich Hegel in Berlin gestorben.
16. November: Carl von Clausewitz gestorben.
Adelbert von Chamisso: »Gedichte«.
Christian Dietrich Grabbe: »Napoleon oder Die hundert Tage«.
Franz Grillparzer: »Des Meeres und der Liebe Wellen«.

1832 *»Jüngling, merke dir, in Zeiten«, Gedicht.*
16. März: Erkrankung.
22. März: Johann Wolfgang von Goethe in Weimar gestorben.
26. März: Begräbnis in der Fürstengruft zu Weimar.
27.–30. Mai: Hambacher Fest.
22. Juli: Napoleons Sohn, Herzog von Reichstadt und »König von Rom«, in Schönbrunn gestorben.
21. September: Sir Walter Scott gestorben.
Otto von Wittelsbach wird König von Griechenland.
Karl Leberecht Immermann: »Merlin«.
Eduard Mörike: »Maler Nolten«.
Nikolaus Lenau: »Gedichte«.

1832–1842 *Riemer und Eckermann geben Goethes »Nachgelassene Werke« in 20 Bänden bei Cotta heraus.*

GOETHE

Hans Christian Goethe
*um 1633 †1694
⚭Sybilla Werner
*... †1689

Georg Walther
*1638 †1704
⚭Anna Margarethe Streng
*1638 †1709

Friedrich Georg G.
*1657 †1730

1./2.
⚭

Cornelia W.
*1668 †1754
⚭(1., verw.)... Schellhorn

Anna Sibylla G.
*u.†1706

Johann Friedrich G.
*1708 †1727

Johann Kaspar G.
*1710†1782
1738 Dr. jur.
1742 wirkl. Ksl. Rat

Johann Wolfgang G.
***1749 †1832**
1782 geadelt

⚭ Johanna Christiana
Sophia Vulpius
*1765 †1816

Cornelia Friederike Christiane G.
*1750 †1777
⚭Johann Georg Schlosser
*1739 †1799
⚭ (2.) Johanna Katharina Sibylle Fahlmer
*1744 †1821

Julius August Walther v. G.
*1789 †1830
⚭Ottilie Freiin v. Pogwisch
*1796 †1872

S.
†geb. 1791

Caroline
*u.†1793

Karl
*u.†1795

Kathinka
*u.†1802

Wolfgang
Maximilian v. G.
*1820 †1883
1850 Frh. v. G.

Walther
Wolfgang v. G.
*1818 †1885

Alma Sedina Henriette
Cornelia v. G.
*1827 †1844

Eduard N.
*1796 †1808

Franz N.
*1797 †1877
⚭Henriette Gossen
*1805 †1852

5 Ki.

Heinrich N.
*1798 †1868
⚭Constanza
Schaller
*1790 †...

2 Ki.

Ferdinand N.
*1799/1800
†1881
⚭Emilie Kieschke
*1817 †1865

5 Ki.

Cornelia N.
*1802 †1833
⚭Bernhard Jaco[...]
*1801 †1843
⚭(2.)...

TEXTOR

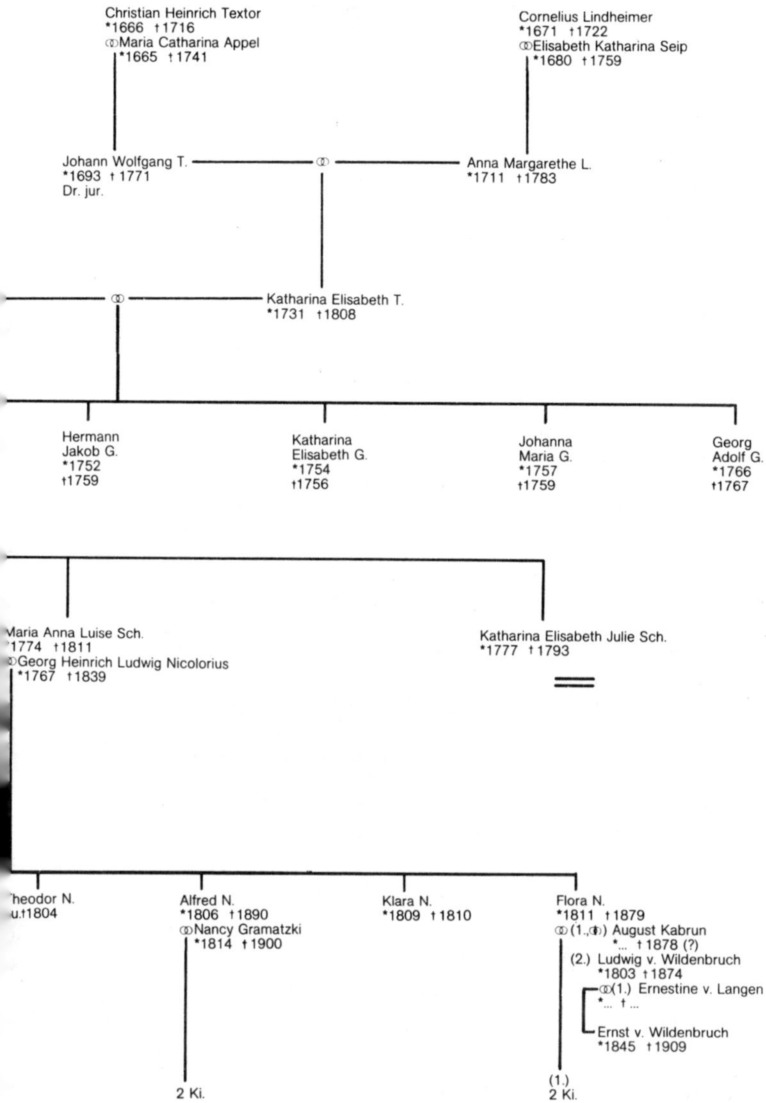
Christian Heinrich Textor
*1666 †1716
⚭Maria Catharina Appel
*1665 †1741
Cornelius Lindheimer
*1671 †1722
⚭Elisabeth Katharina Seip
*1680 †1759
Johann Wolfgang T.
*1693 †1771
Dr. jur.
⚭
Anna Margarethe L.
*1711 †1783
⚭
Katharina Elisabeth T.
*1731 †1808
Hermann
Jakob G.
*1752
†1759
Katharina
Elisabeth G.
*1754
†1756
Johanna
Maria G.
*1757
†1759
Georg
Adolf G.
*1766
†1767
Maria Anna Luise Sch.
1774 †1811
Georg Heinrich Ludwig Nicolorius
*1767 †1839
Katharina Elisabeth Julie Sch.
*1777 †1793
heodor N.
u.†1804
Alfred N.
*1806 †1890
⚭Nancy Gramatzki
*1814 †1900
2 Ki.
Klara N.
*1809 †1810
Flora N.
*1811 †1879
⚭ (1.,⚮) August Kabrun
*... †1878 (?)
(2.) Ludwig v. Wildenbruch
*1803 †1874
⚭(1.) Ernestine v. Langen
*... †...
Ernst v. Wildenbruch
*1845 †1909
(1.)
2 Ki.

Anmerkungen

Falls nicht anders vermerkt, ist der Autor J. W. v. Goethe

Zu Kapitel I:

1 Dichtung und Wahrheit, I. Teil, 1. Buch, Hamburg 1967, S. 39
2 ebd., S. 13
3 Brief an Zelter, 9. Jan. 1824
4 Dichtung und Wahrheit, a. a. O., II. Teil, 6. Buch, S. 229
5 ebd., I. Teil, 1. Buch, S. 10
6 Friedrich Gundolf, Goethe, Berlin 1930, S. 40
7 F. Bergemann, Bettinas Leben u. Briefwechsel mit Goethe, Leipzig 1927, S. 328
8 W. Oehlke, Hrsg., Bettina v. Arnim, Goethes Briefwechsel mit einem Kinde, Sämtliche Werke, Berlin 1920/22, Bd. III, S. 499
9 Dichtung und Wahrheit, a. a. O., I. Teil, 4. Buch, S. 151
10 ebd., S. 151 f.
11 J. P. Eckermann, Gespräche mit Goethe in den letzten Jahren, Wiesbaden, 1955, S. 64
12 West-östlicher Divan, Hamburg 1967, Bd. II, S. 18 f.
13 Eckermann, Gespräche, a. a. O., S. 64
14 Erklärung eines alten Holzschnittes, vorstellend Hans Sachsens poetische Sendung, Hamburg 1967, Bd. I, S. 135
15 Faust, Prolog im Himmel, Hamburg 1967, Bd. III, S. 16
16 Urworte, Orphisch, Hamburg 1967, S. 359

Zu Kapitel II:

1 Dichtung und Wahrheit, II. Teil, a. a. O., S. 243
2 ebd., S. 219
3 Gespräche, Zürich 1949, Bd. I, S. 17
4 Dichtung und Wahrheit, II. Teil, a. a. O., S. 247 f.
5 Dichtung und Wahrheit, II. Teil, 7. Buch, a. a. O., S. 297
6 F. Gundolf, Goethe, a. a. O., S. 58
7 Brief an Cornelia, 11. Mai 1766
8 Brief an Behrisch, 14. November 1767

9 Gespräche, a. a. O., Bd. I, S. 14 f.
10 Brief an Moors, 1. Oktober 1766
11 Brief an Behrisch, 26. April 1768
12 Brief an Käthchen Schönkopf, 1. Juni 1769
13 Brief an Behrisch, 26. April 1768
14 Dichtung und Wahrheit, a. a. O., II. Teil, 8. Buch, S. 330
15 ebd.
16 Brief an Katharina Fabricius, 27. Juni 1770
17 Maximen und Reflexionen, Nr. 1034, Bd. 20, in: Goethes Werke, Bd. 1 bis 20, Hrsg. K. Alt, o. J.
18 Tagebücher, 8. Februar 1778

Zu Kapitel III:

1 Brief an Langer, 17. Januar 1769
2 Dichtung und Wahrheit, II. Teil, 8. Buch, a. a. O., S. 335
3 Goethes Werke, Bd. 1, Hrsg. K. Alt, a. a. O., S. 163
4 Brief an Zelter, 9. Juni 1831
5 Brief an Käthchen Schönkopf, 30. Dez. 1768
6 Brief an Limprecht, 12. April 1770
7 Brief an Kätchen Schönkopf, 12. Dez. 1769
8 Brief an Käthchen Schönkopf, 30. Dez. 1768
9 Brief an Käthchen Schönkopf, 23. Jan. 1770
10 Brief an Käthchen Schönkopf, 1. Juni 1769
11 Brief an Käthchen Schönkopf, 23. Jan. 1770
12 Dichtung und Wahrheit, II. Teil, 8. Buch, a. a. O., S. 337
13 Wilhelm Meisters Lehrjahre, 6. Buch, Bekenntnisse einer schönen Seele
14 ebd.
15 ebd.
16 West-östlicher Divan, a. a. O., S. 110
17 Brief an Sophie von La Roche, 23. Dez. 1774
18 Dichtung und Wahrheit, a. a. O., S. 340 f.
19 ebd., S. 342 f.
20 ebd., S. 350
21 Brief an Riemer, 26. Juli 1810
22 Maximen und Reflexionen, Nr. 1195, a. a. O.
23 Versuch einer Witterungslehre, in: Goethes Werke, Bd. 17, Zürich 1948, S. 639
24 Brief an Betty Jacobi, Feb. 1774
25 Maximen und Reflexionen, Nr. 130, a. a. O.
26 E. und R. Grumach, Hrsg., Goethe, Begegnungen und Gespräche, Berlin 1965, S. 215
27 Brief an Langer, 17. Januar 1769
28 Dichtung u. Wahrheit, a. a. O., S. 351
29 ebd.
30 ebd., S. 351 f.
31 ebd., S. 353

Zu Kapitel IV:

1 Brief an Salzmann, 5. Juni 1771
2 Brief an Katharina Fabricius, 27. Juni 1770
3 Gespräche, Bd. I., a. a. O., S. 21
4 Brief an Hetzler, 24. August 1770
5 Dichtung und Wahrheit, II. Teil, 9. Buch, a. a. O., S. 356
6 ebd., S. 356 f.
7 Gundolf, Goethe, a. a. O., S. 88
8 ebd., S. 89
9 Grumach, E. u. R., Goethe, a. a. O., S. 171
10 Jean de Prange, Goethe en Alsace
11 Goethes Werke, Bd. XII, Hamburg 1967, S. 224 f.
12 ebd., S. 225
13 ebd.
14 Brief an Trapp, 28. Juli 1770
15 Siehe: Marcel Brion, Les Amantes, 5. Kap.
16 Dichtung und Wahrheit, a. a. O., III. Teil, 11. Buch, S. 449
17 Brief an Salzmann, 29. Mai 1771
18 Brief an Salzmann, 19. Juni 1771
19 Gespräche, a. a. O., S. 349
20 Goethes Werke, Bd. I., Hamburg 1967, S. 30
21 ebd.
22 Brief an Charlotte von Stein, 25. Sept. 1779

Zu Kapitel V:

1 Dichtung und Wahrheit, II. Teil, 15. Buch, a. a. O., S. 48
2 Goethes Werke, Bd. I., a. a. O., S. 33
3 Brief von Heinse an Gleim, 13. 9. 1774
4 Brief von Schönborn an Gerstenberg, 12. Okt. 1773
5 Dichtung und Wahrheit, II. Teil, 12. Buch, a. a. O., S. 521
6 W. Scherer, Von Goethe und seinen Trabanten, Berlin
7 Goethes Werke, Bd. I, a. a. O., S. 46
8 ebd., S. 44 f.
9 ebd.
10 ebd.
11 Brief an Jacobi, 13. 8. 1774
12 Goethes Werke, Bd. I, a. a. O., S. 47
13 ebd.
14 Brief an Auguste v. Stolberg, 18. 9. 1775
15 Brief an Zelter, 19. 3. 1827

Zu Kapitel VI:

1 Dichtung und Wahrheit, a. a. O., S. 531
2 ebd., S. 533
3 Die Leiden des jungen Werthers, 1. Buch

4 Gespräch vom Mai 1821, von Smirnow berichtet
5 Brief an Zelter, 3. 12. 1812
6 Gespräch vom 16. 2. 1804
7 Brief an Charlotte v. Stein, 25. 6. 1786
8 Eckermann, 2. 1. 1824
9 Tagebuch Lavaters, 21. 7. 1774
10 Gespräch mit Eckermann, 2. 1. 1824
11 Brief an Kestner, 25. 12. 1772
12 Werther, 2. Buch, op. cit.
13 Brief an Zelter, 3. 12. 1812
14 Brief an Herder, Juli 1772
15 Gespräch mit Robinson, 2. 8. 1829
16 Dichtung und Wahrheit, III. Teil, 11. Buch, a. a. O., S. 501
17 Brief an Herder, 10. 7. 1772
18 Brief von Kielmannsegg an Sophie von La Roche, 20. 11. 1772
19 Brief an Kestner, 21. 11. 1774
20 Brief an Kestner, Oktober 1774
21 Brief an Charlotte Buff, 26. 8. 1774
22 Maximen und Reflexionen, a. a. O., S. 728
23 F. v. Müllers Gespräche mit Goethe, 4. 11. 1823

Zu Kapitel VII:

1 Brief an Auguste von Stolberg, 13. 2. 1775
2 Gespräch mit Eckermann, 5. 3. 1830
3 Brief an Charlotte v. Stein, 25. 9. 1779
4 Brief an Lili v. Türckheim, 14. 12. 1807
5 Gespräch mit Eckermann, 11. 3. 1828
6 Dichtung und Wahrheit, IV. Teil, 20. Buch, a. a. O., S. 175 ff.
7 Erinnerungen des Comte Beugnot, Bd. I
8 Goethes Werke, Bd. I, a. a. O., S. 103
9 Egmont, 2. Aufzug

Zu Kapitel VIII:

1 Gespräch mit Eckermann, 23. 10. 1828
2 ebd.
3 Brief an Johanna Fahlmer, 22. 11. 1775
4 Brief an Lavater, 6. 3. 1776
5 Brief an Klopstock, 21. 5. 1776
6 Gleim, Tagebuch, Juni 1777, in: Goethe, Gespräche, a. a. O.
7 J. W. Schäfer, Goethes Leben, Bremen 1858, S. 255
8 Brief an Auguste von Stolberg, 17. 7. 1777
9 Brief Herders an Wieland, 1776
10 Brief an Charlotte von Stein, 9. 11. 1785
11 Brief an Charlotte von Stein, 21. 5. 1786
12 Brief an Charlotte von Stein, 15. 6. 1786
13 Brief an Knebel, 17. 11. 1784

14 Brief an seine Mutter, 11. 8. 1781
15 Brief an Charlotte v. Stein, 19. 5. 1776

Zu Kapitel IX:

1 Brief an die Marquise v. Branconi, 28. 8. 1780
2 Brief an Lavater, 31. 7. 1775
3 Brief Charlotte v. Steins an Zimmermann, 8. 5. 1776
4 Brief an Wieland, April 1776
5 Friederike Brun, Tagebuch, 7./9. 7. 1795
6 Brief an Charlotte v. Stein, 24. 5. 1776
7 Brief an Charlotte v. Stein, 22. 6. 1776
8 Brief an Charlotte v. Stein, 2. 7. 1776
9 Brief an Charlotte v. Stein, 9. 11. 1778
10 Goethes Werke, Bd. I, a. a. O., S. 127
11 ebd., S. 123
12 Brief vom 12. 3. 1781
13 Brief vom 7. 3. 1781
14 Brief an Charlotte von Stein, 6. 9. 1777
15 Brief an Charlotte von Stein, 12. 4. 1782
16 Brief an Charlotte von Stein, 4. 6. 1782
17 Brief an Charlotte von Stein, 5. 9. 1785
18 Brief an Charlotte von Stein, 17. 11. 1782
19 Brief an Charlotte von Stein, 3. 6. 1784
20 Brief an Charlotte von Stein, 28. 6. 1784
21 Brief an Charlotte von Stein, 30. 8. 1784 (orig. französisch)
22 Brief an Charlotte von Stein, 27. 3. 1784
23 Brief an Charlotte von Stein, 9. 11. 1785
24 Goethes Werke, Bd. I, a. a. O., S. 147
25 Iphigenie, Lied d. Parzen
26 Julius Bab, Goethes Leben in seinen Briefen, Bd. I, Berlin
27 Goethes Werke, Bd. VII, a. a. O., S. 145
28 Goethes Werke, Bd. 16, Zürich 1977, S. 36
29 Charles du Bos, Approximatione, Bd. VII, Corréa
30 Brief an Jacobi, 12. 7. 1786

Zu Kapitel X:

1 Italienische Reise, 3. 9. 1786, in: Werke, Bd. 11, S. 9
2 ebd., S. 29
3 Brief an Charlotte v. Stein, 18. 9. 1786
4 Brief an Charlotte v. Stein, 14. 10. 1786
5 Italienische Reise, 27. 10. 1786, a. a. O., S. 123
6 ebd., S. 124
7 ebd., S. 135
8 Brief von Tischbein an Lavater, 9. 12. 1786
9 ebd.
10 Gespräch mit Falk, 28. 12. 1794

11 Römische Elegien, V
12 Römische Elegien, XIII
13 Italienische Reise, 16. 3. 1787, a. a. O., S. 207
14 ebd., 27. 2. 1787, S. 186
15 Brief an Karl August, 27. 5. 1787
16 Gespräch mit Müller, 30. Mai 1814
17 Italienische Reise, a. a. O., S. 423
18 ebd., S. 427
19 ebd., S. 554
20 ebd.
21 Briefe an Nees v. Ebenbeck, 23. 7. 1820
22 Italienische Reise, a. a. O., S. 108

Zu Kapitel XI:

1 Gespräch mit Eckermann, 9. 10. 1828
2 Brief an Charlotte v. Stein, 6. 1. 1787
3 Brief an Charlotte v. Stein, 17. 1. 1787
4 Brief an Charlotte v. Stein, 21. 2. 1787
5 Brief an Charlotte v. Stein, 18. 4. 1787
6 Brief an Charlotte v. Stein, 20. 1. 1787
7 Brief an Charlotte v. Stein, 1. 6. 1789
8 Brief an Herder, 28. 5. 1790
9 Brief an die Herzogin Luise, 23. 12. 1786
10 Brief an Christiane, 17. 8. 1792
11 Brief an Christiane, 21. 8. 1792
12 Brief an Christiane, 25. 8. 1792
13 Brief an Christiane, 24. 8. 1797
14 Brief an Christiane, 30. 10. 1797
15 Brief von Goethes Mutter an Christiane, 20. 6. 1793
16 Brief an Christiane, 28. 8. 1792
17 Brief an Christiane, 10. 9. 1792
18 Brief an Christiane, 15. 10. 1792
19 Gundolf, a. a. O., S. 424
20 ebd., S. 426
21 Brief Christianes an Goethe, 6. 10. 1789

Zu Kapitel XII:

1 Brief an Jacobi, 1. 6. 1791
2 Gespräch mit Eckermann, 27. 4. 1825
3 Gespräch mit Eckermann, 4. 1. 1824
4 Maximen und Reflexionen, a. a. O., Nr. 495
5 ebd., Nr. 604
6 Gespräch mit Eckermann, 12. 2. 1829
7 Gespräch mit Luden, 13. 12. 1813
8 Brief an Trebra, 7. 1. 1814
9 Brief an Knebel, 24. 11. 1813

10 Brief an Riemer, 11. 3. 1809
11 Gespräch mit Eckermann, 29. 2. 1824
12 Gespräch mit Eckermann, 14. 3. 1830
13 Gespräche, Februar 1814
14 Gespräch mit Falk, 14. 10. 1808
15 Brief an Cotta, 2. 12. 1808
16 Gespräch mit Luden, 13. 12. 1813
17 Wanderjahre III, 9
18 Brief an Cotta, 25. 12. 1806
19 Brief an Knebel, 24. 10. 1806

Zu Kapitel XIII:

1 Faust, 2. Teil, Akt V
2 Wilhelm Meisters Wanderjahre, 2. Buch, 9. Kap.
3 ebd., 3. Buch, 15. Kap.
4 Brief von Heinrich Voss an Solger, 24. 2. 1805
5 Schriften zur Kunst, Schwebender Genius
6 Lehrjahre, 8. Buch, 5. Kap.
7 ebd., 7. Buch, 9. Kap.
8 Brief an Jacobi
9 Schriften zur Natur- und Wissenschaftslehre, in: Werke; Zürich 1977, Bd. 16, S. 921 ff.
10 Wilhelm Meisters Wanderjahre, 2. Buch, 1. Kap.
11 Lehrjahre, 8. Buch, 8. Kap.

Zu Kapitel XIV:

1 Brief von C. v. Stein an ihren Sohn Fritz, 25. 2. 1796, in: Goethe, Begegnungen u. Gespräche, a. a. O., S. 340
2 Tagebuch v. Friederike Brun, 9. 7. 1795, in: Goethe, Gespräche 1752–1817
3 Brief von Falk an seinen Bruder, 28. 12. 1794
4 Tagebuch von Grüner, 24. 8. 1822
5 Gespräch mit A. Oehlenschläger, 2./4. 11. 1809
6 Erinnerungen von Maximilian Heine, Oktober 1808
7 Gespräche mit v. Conta, Mai 1820
8 Erinnerungen Chr. Schuchardts, 1825–1828
9 Brief an Schultz, 10. 1. 1829
10 Brief von Voss an Lidermeyer, Mai 1805
11 Brief an Zelter, 1. 6. 1805
12 Tagebuch von Sulpiz Boisserée, 3. 8. 1815

Zu Kapitel XV:

1 W. Meisters Theatralische Sendung, 1. Buch, 2. Kapitel
2 Gespräch mit Eckermann, 25. 12. 1825
3 Brief an Jacobi, 20. 3. 1791
4 Siehe: Regeln für Schauspieler, 1803

5 Brief an Witzel, 11. 8. 1809
6 Brief Riemers an einen Unbekannten, 5. 5. 1817

Zu Kapitel XVI:

1 West-östlicher Divan, Suleika
2 Bernard von Brentano, Goethe und Marianne von Willemer, Kassel 1948, S. 11
3 Hermann Grimm, Aufsätze zur Literatur, Gütersloh 1916
4 Brentano, a. a. O., S. 7
5 ebd., S. 27
6 Brief Baudissins an seine Schwester, 23. 5. 1809
7 Brief Hudtwalckers an August v. Goethe, Mai 1809
8 Brief Kiesers an Luise Seidler, 12. 12. 1813
9 Brief Willemers an Goethe, 12. 12. 1814
10 Sulpiz Boisserée, Aus meinem Leben, Stuttgart 1862
11 Gespräch mit Eckermann, 17. 2. 1830
12 Tag- und Jahreshefte 1809
13 Brief an Christiane, 6. 11. 1812
14 Brief an Sulpiz Boisserée, 16. 1. 1818
15 Brentano, a. a. O., S. 80
16 Brief an Marianne v. Willemer, 10. 2. 1832

Zu Kapitel XVII:

1 Brief an Karl August, 15. 8. 1785
2 Brief an Christiane, 28. 7. 1806
3 ebd.
4 Gespräch mit Soret, 20. 7. 1831 (im Original französisch)
5 Brief an Humboldt, 16. 5. 1821
6 Brief an den Grafen Brühl, 12. 5. 1821
7 Erinnerungen Smirnows, Mai 1821, in: Goethes Gespräche, a. a. O.
8 Gespräch mit Eckermann, 25. 12. 1825
9 Erinnerungen Platens, 17. 10. 1821
10 Victor Cousin, Fragmente und Erinnerungen, 20. 10. 1817 (im Original französisch)
11 Erinnerungen der Elisabeth Goethe, 1752
12 Erinnerungen der Ulrike von Levetzow, 29. 7. / 25. 8. 1821, in: Goethes Gespräche, Bd. 3, Zürich 1971 (Biedermannsche Ausgabe), S. 300 f.
13 ebd.
14 ebd.
15 a. a. O., 20. 6. / 24. 7. 1822
16 Brief an Zelter, 18. 1. 1823
17 Brief der Baronin Stolberg an Goethe, 15. 10. 1822
18 Brief an Baronin Stolberg, 17. 4. 1823
19 Brief an Zelter, 24. 8. 1823
20 Brief Mendelssohns an seine Eltern, 25. 5. 1830
21 Brief an Karl August, 10. 8. 1805

22 Gespräch mit F. v. Müller, 24. 6. 1826
23 Maximen und Reflexionen, a. a. O., Nr. 487
24 Brief an Zelter, 24. 8. 1823
25 Faust II, 1
26 Brief an Zelter, 24. 8. 1823
27 Brief an Ottilie, 19. 8. 1823
28 Torquato Tasso, V, 5

Zu Kapitel XVIII:

1 Brief von Müller an Julie von Egloffstein, 25. 9. 1823
2 Tagebuch Zelters, Dezember 1824
3 Brief an Zelter, 6. 6. 1825
4 Tagebuch des Kanzlers Müller, 23. 9. 1826
5 Brief Heines an R. Christiani, 2. 10. 1824
6 Grillparzer, Autobiographie, 2. 10. 1826
7 Brief Roschalins an Eudoxia Jelagin, 12. 5. 1829
8 Brief an Sulpiz Boisserée, 22. 10. 1826
9 Gespräch mit F. von Müller, 4. 11. 1823
10 Brief an Meyer, 8. 2. 1796
11 Brief an Charlotte v. Stein, 15. 6. 1786
12 Brief an Charlotte v. Stein, 8. 6. 1787
13 Brief an Jacobi, 10. 5. 1812
14 Gespräch mit Eckermann, 15. 10. 1825
15 Gespräch mit F. v. Müller, 12. 6. 1815
16 Novalis, Gedichte, Romane, Zürich 1968
17 Brief an Leonhard, 12. 10. 1807
18 Tagebuch Sorets, 28. 1. 1830 (im Original französisch)
19 Brief Ampères an Madame Recamier, 9. 5. 1827
20 Victor Cousin, Fragments et Souvenirs, Gespräch vom 18. 10. 1817 (im Original französisch)
21 Brief an Zelter, 7. 11. 1816
22 Brief Schillers an Körner, 1. 2. 1789
23 Erinnerungen v. Trebras, September 1784
24 Gespräch mit Ortlepp, 29. 7. 1828

Zu Kapitel XIX:

1 Erinnerungen Mahrs, 27. 8. 1831
2 Erinnerungen Sorets, 24. 2. 1831 (Orig. franz.)
3 Gespräch mit Eckermann, 16. 11. 1823
4 Gespräch mit Parthey, 25. 8. 1827
5 Gespräch mit Grüner, 25. 7. 1822
6 Gespräch mit Eckermann, 15. 6. 1828
7 Erinnerungen Sulpiz Boisserées
8 Brief an Zelter, 21. 11. 1830
9 Tagebuch Eckermanns, Ende März 1832
10 Brief Johanna Schlossers an Jacobi, 27. 9. 1779

11 Brief an Meyer, 3. 5. 1799
12 Brief an Knebel, 9. 11. 1814
13 Gespräch mit Eckermann, 27. 1. 1824
14 Gespräch mit Eckermann, 25. 10. 1823
15 Brief an Zelter, 1. 6. 1831
16 Erinnerung Holteis, Mai 1831
17 Gespräch mit Eckermann, 2. 5. 1824
18 Gespräch mit Eckermann, 4. 2. 1829

Zu Kapitel XX:

1 Gespräch mit Eckermann, 11. 3. 1828
2 Müller, Aufzeichnungen vom 19. 11. 1830
3 Karl Vogel, Die letzte Krankheit Goethes, Berlin 1833
4 Brief Müllers an Bettina Brentano, 22. 3. 1832
5 Brief von Pauline Hase, 22. 3. 1832
6 Gespräch mit Eckermann, 11. 3. 1832
7 Brief von Pauline Hase, 22. 3. 1832

Bibliographie

1. Werkausgaben, Dokumente, Hilfsmittel

a) Gesamt- und Auswahlausgaben, Anthologien

Werke. Vollständige Ausgabe letzter Hand. 60 Bde. u. Registerbd. Stuttgart/Tübingen 1827–1842. – Faksimile-Nachdruck. Frankfurt a. M. 1981.
Werke. Hempelsche Ausgabe. 36 Teile in 23 Bdn. Berlin 1868–1879.
Werke. 36 Teile in 41 Bdn. (= Kürschners Deutsche National-Litteratur. Bde. 82–117). Stuttgart 1882–1897.
Werke. Weimarer Ausgabe. Hg. im Auftrage der Großherzogin Sophie von Sachsen. 133 Bde. in 143 Bdn. Weimar 1887–1919.
Werke. Hg. v. K. Heinemann. 30 Bde. Leipzig 1901–1908.
Sämtliche Werke. Jubiläums-Ausgabe. 40 Bde. und Registerbd. Hg. v. E. v. d. Hellen. Stuttgart/Berlin 1902–1912.
Sämtliche Werke. Großherzog Wilhelm Ernst Ausgabe. 16 Bde. Leipzig 1905–1917. Neuaufl. in 17 Bdn. 1925.
Werke. Bongsche Ausgabe. Vollständige Ausgabe in 40 Teilen. Hg. v. K. Alt. Berlin 1909–1926.
Sämtliche Werke. Propyläen Ausgabe. 45 Bde. u. 4 Ergänzungsbde. Hg. v. C. Höfer u. C. Noch. München/Berlin 1909–1932.
Werke. Festausgabe. 18 Bde. Hg. v. R. Petsch. Leipzig 1926/27.
Werke. Welt-Goethe-Ausgabe. 50 Bde. geplant. Unvollständig. Hg. v. A. Kippenberg, J. Petersen u. H. Wahl. Leipzig 1932–1940.
Gedenkausgabe der Werke, Briefe und Gespräche. 24 Bde., 2 Ergänzungsbde. u. 1 Registerbd. Hg. v. E. Beutler. Zürich 1948–1963. Taschenbuchausgaben (= Deutscher Taschenbuch Verlag). München 1961 bis 1963 (45 Bde.) u. 1977 (18 Bde.).
Werke. Hamburger Ausgabe in 14 Bdn. Hg. v. E. Trunz (1948–1960). Einzelbde. in 5.–11. Aufl. München 1975–1978. Taschenbuchausg. (= Deutscher Taschenbuch Verlag. 5986). München 1982. Auch erschienen als Dünndruckausg. München 1981.
Gesamtausgabe der Werke und Schriften. 22 Bde. u. Erg.-Bd. Stuttgart 1950 bis 1960.

Werke. Historisch-kritische Ausgabe. Hg. v. d. Deutschen Akademie der Wissenschaften zu Berlin. Berlin 1952 ff.
Werke. Berliner Ausgabe in 22 Bdn. (1961 ff.). Einzelbde. in 1.–4. Aufl. Berlin/Weimar 1970–1979.
Werke. Der Kleine Artemis Goethe. 10 Bde. München 1961/62.
Schriften. Faksimiledruck der Erstausgabe 1787–1790. 8 Bde. Zürich o. J.
Werke. 10 Bde. Neu bearb. v. G. Spiekerkötter. Zürich 1970.
Werke. Insel Goethe. 6 Bde. Frankfurt a. M. 1970.
Werke. 2 Bde. Hg. v. G. Stenzel. Salzburg/Stuttgart/Zürich 1972.
Werke. 6 Bde. Nach d. Text der Artemis-Gedenkausgabe. Hg. v. J.-M. Barth, V. Lange, E.-M. Lenz, S. Scheibe u. A. Viviani. München 1972/73.
Werke. Hg. im Auftrag der Großherzogin Sophie von Sachsen. 143 Bde. Nachdr. d. Ausg. Weimar 1887–1912. Tokyo/Tübingen 1975.
Werke. 4 Bde. Erw. Neuaufl. d. Jubiläums-Ausgabe 1932. Hg. v. R. Friedenthal. Herrsching 1978.
Jubiläumsausgabe in 6 Bdn. Aus Anlaß des 150. Todestages am 22. März 1982. Frankfurt a. M. 1981.
Werke in 2 Bdn. Hg. v. H. Reinöß unter Mitwirkung v. W. Rasch. München 1981.

Der junge Goethe. Neu bearb. Ausg. in 5 Bdn. u. Registerbd. Hg. v. H. Fischer-Lamberg. Berlin 1963–1974.
Der Rokoko-Goethe. Hg. v. H. Kindermann. Reprogr. Nachdr. d. Ausg. Leipzig 1932. Darmstadt 1970.
Poetische Werke. 2 Bde. Mit e. Einl. v. H.-J. Geerdts. Berlin/Weimar 1970.
Die Schriften zur Naturwissenschaft. Hg. im Auftrag der Deutschen Akademie der Naturforscher (Leopoldina) zu Halle v. K. L. Wolf, W. Troll u. a. Weimar 1947 ff.
Naturwissenschaftliche Schriften. 5 Bde. Nachdr. aus Kürschners Deutsche National-Litteratur, 1883–1897. Hg. v. R. Steiner. Dornach 1975.
Schriften zur Naturwissenschaft. Auswahl. Hg. v. M. Böhler. (= Reclams Universal-Bibliothek. 9866). Stuttgart 1977.
Amtliche Schriften. Veröffentlichung des Staatsarchivs Weimar. Weimar 1950 ff.

Goethe als Erzieher. Ein Brevier. Ausgew. u. eingel. v. O. Heuschele. Stuttgart 1970.
Goethe-Album. Ill. v. L. Richter. Nachdr. d. Ausg. Leipzig 1857. Dortmund 1978.
Goethe über die Deutschen. Hg. v. H.-J. Weitz. (= insel taschenbuch. 325). Frankfurt a. M. 1978
Goethe, Anschauendes Denken. Hg. v. H. Günther. (= insel taschenbuch. 550). Frankfurt a. M. 1981.
Goethe, Lektüre für Augenblicke. Hg. v. G. Baumann. Frankfurt a. M. 1981.

b) Lyrik

Gedichte. Nach d. Text d. Hamburger Ausgabe. Hg. v. E. Trunz. München [11]1978.
Gedichte. Ausw. u. Anm. v. H. Greiner-Mai u. H.-J. Kruse. Berlin/Weimar [2]1976.
Liebesgedichte. Hg. v. H. G. Gräf. Mit e. Nachw. v. E. Staiger. (= insel taschenbuch. 275). Frankfurt a. M. 1977.
Gedichte in zeitlicher Folge. Eine Lebensgeschichte Goethes in seinen Gedichten. Hg. v. H. Nicolai. 2 Bde. (= insel taschenbuch. 350). Frankfurt a. M. 1978.
Gedichte. Ein Lesebuch. Zusammengest. v. F. Kemp. München/Wien 1979. Taschenbuchausg. (= Deutscher Taschenbuch Verlag. 2088). München o. J.

West-östlicher Divan. Gesamtausgabe. Bes. v. H.-J. Weitz. Neu durchges. Ausg. Frankfurt a. M. 1972.
West-östlicher Diwan. Hg. v. H.-J. Weitz. Mit Essays von Hugo von Hofmannsthal, Oskar Loerke und Karl Krolow. (= insel taschenbuch. 75). Frankfurt a. M. [2]1977.

c) Dramen

Frühe Dramen. (Götz von Berlichingen/Clavigo). Nach d. Text der Hamburger Ausgabe. Hg. v. W. Kayser. (= Deutscher Taschenbuch Verlag. 6104). München 1979.
Götz von Berlichingen. (= Reclams Universal-Bibliothek. 71). Stuttgart 1971.
Götz von Berlichingen mit der eisernen Hand. Ein Schauspiel. (= Schöninghs Deutsche Texte). Paderborn 1979.

Die großen Weimarer Dramen. (Egmont, Iphigenie auf Tauris, Torquato Tasso). Textkrit. durchges. v. L. Blumenthal u. W. Kayser. Komm. v. St. Atkins, W. Kayser u. D. Lohmeier. (= Deutscher Taschenbuch Verlag. 6100). München 1979.
Egmont. Ein Trauerspiel in fünf Aufzügen. (= Schöninghs Deutsche Texte). Paderborn 1979.
Iphigenie auf Tauris. Ein Schauspiel. (= Schöninghs Deutsche Texte). Paderborn 1979.

Faust. Urfaust. Faust I. II. Paralipomena. Goethe über Faust. Nachw. v. W. Dietze. Berlin/Weimar [2]1973.
Faust. Der Tragödie erster und zweiter Teil. Urfaust. Nach d. Text d. Hamburger Ausgabe. Hg. v. E. Trunz. München 1974, weitere Aufl. 1979.
Die Faustdichtungen. Hg. v. E. Beutler. München 1977.
Faust. Eine Tragödie. Teil 1 u. 2. Mit e. Abriß z. Entstehungsgeschichte. Hg. v. G. Fetzer. (= Deutscher Taschenbuch Verlag. 2074). München [2]1979.
Faust. Eine Tragödie. 1. Teil. 2. Teil in Auswahl. (= Schöninghs Deutsche Texte). Paderborn 1979.

Der Urfaust. Goethes »Faust« in ursprünglicher Gestalt. Hg. v. R. Petsch. (= Reclams Universal-Bibliothek. 5273). Stuttgart 1972.
Faust I. Eine Tragödie. Faks.-Nachdr. d. Erstausg. v. 1808. Hg. v. J. Göres. Frankfurt a. M. 1970.
Faust. Eine Tragödie. Textrev. v. H. G. Gräf. Tübingen 1975.
Faust I. Hg. v. J. Göres. (= insel taschenbuch. 50). Frankfurt a. M. 1974.
Faust. Der Tragödie erster Teil. Ein. v. A. Kuhn. Eltville a. Rh. 1976.
Faust. Bearb. v. G. Erler. Nachdr. d. 8. Aufl. d. Berliner Ausgabe. Hg. v. G. Pickerodt. (= Goldmann Taschenbücher. 7517). München 1978.
Die Valentinszene und die Walpurgisnacht aus Faust I. Faksimile der Handschriften Ms. ger. qu. 475 u. 527 der Staatsbibliothek Preußischer Kulturbesitz in Berlin. Einf. v. I. Stolzenberg. Hagen 1975.
Faust II. Faks.-Nachdr. d. Erstausg. v. 1832. Hg. v. J. Göres. Frankfurt a. M. 1970.
Faust II. Hg. v. J. Göres. (= insel taschenbuch. 100). Frankfurt a. M. 1975.
Faust II. Frankfurt a. M. 1979

Singspiele. Hg. v. H.-A. Koch. (= Reclams Universal-Bibliothek. 9725). Stuttgart 1974.

d) Epen

Hermann und Dorothea. Mit Aufsätzen von August Wilhelm Schlegel, Wilhelm von Humboldt, Georg Wilhelm Friedrich Hegel und Hermann Hettner. (= insel taschenbuch. 225). Frankfurt a. M. 1976.
Hermann und Dorothea. Hg. v. K. Bartels. (= Athenäum Taschenbücher. 2147). Königstein, Ts. 1979.
Hermann und Dorothea. (= Schöninghs Deutsche Texte). Paderborn 1979.

Reineke Fuchs. Nachw. v. W. Handrick. Berlin/Weimar 1973.
Reineke Fuchs. (= insel taschenbuch. 125). Frankfurt a. M. 1975.
Reineke Fuchs. Nachdr. d. Ausg. Leipzig 1926. Wiesbaden 1978.
Reineke Fuchs. Nachdr. d. Ausg. Stuttgart 1867. Nachw. v. W. Scherf. (= Die bibliophilen Taschenbücher. 49). Dortmund 1978.
Reineke Fuchs. In 12 Gesängen. München/Wien 1979.

e) Romane und Erzählungen

Die Leiden des jungen Werthers. Mit e. Essay v. G. Lukács. Nachw. v. J. Göres. (= insel taschenbuch. 25). Frankfurt a. M. 1973.
Die Leiden des jungen Werthers. Mit e. Nachw. v. E. Beutler. (= Reclams Universal-Bibliothek. 67). Stuttgart 1975 u. ö.
Die Leiden des jungen Werthers. Tübingen 1976.
Die Leiden des jungen Werthers. Th. 1. Nachdr. d. Ausg. Leipzig 1774. F. Nicolai, Freuden des jungen Werthers. Leiden und Freuden Werthers des Mannes. Nachdr. d. Ausg. Berlin 1775. Kestners Nachrichten über den Tod Jerusalems. Hg. v. H. Höfener. (= Die bibliophilen Taschenbücher. 20). Dortmund 1978.

Die Leiden des jungen Werthers. (= Goldmann Taschenbücher. 7540). München ²1979.
Die Leiden des jungen Werthers. Th. 1/2. Nachdr. d. Ausg. Leipzig 1774. Frankfurt a. M. 1979.
Die Leiden des jungen Werther. Nach d. Text d. Hamburger Ausgabe. Hg. v. E. Trunz. (= Deutscher Taschenbuch Verlag. 2048). München ³1980.

Wilhelm Meisters Lehrjahre. Mit e. Nachw. v. H. Poschmann. Berlin/Weimar 1970.
Wilhelm Meisters Lehrjahre. Nach d. Text d. Hamburger Ausgabe. Hg. v. E. Trunz. Nachw. u. Anmerkungen v. G. Fetzer. (= Deutscher Taschenbuch Verlag. 2026). München ²1979.
Wilhelm Meisters Lehrjahre. (= Goldmann Taschenbücher. 7578). München 1979.
Wilhelm Meisters Wanderjahre oder die Entsagenden. (= insel taschenbuch. 575). Frankfurt a. M. 1981.

Die Wahlverwandtschaften. Ein Roman. Hg. v. H.-J. Weitz. Mit e. Essay v. W. Benjamin. (= insel taschenbuch. 1). Frankfurt a. M. 1972.
Die Wahlverwandtschaften. Roman. Mit e. Geleitwort v. Th. Mann u. e. Nachwort v. A. Klingenberg. Leipzig 1976.
Die Wahlverwandtschaften. (= Deutscher Taschenbuch Verlag. 2067). München 1979.
Die Wahlverwandtschaften. Frankfurt a. M. 1981.
Die Wahlverwandtschaften. (= Goldmann Taschenbücher. 7606). München 1982.

Das Märchen. Hg. v. K. Mommsen. (= insel taschenbuch. 450). Frankfurt a. M. 1979.
Novellen. Hg. v. K. Mommsen. (= insel taschenbuch. 425). Frankfurt a. M. 1979.

f) Sonstige Prosa

Aus Goethes Brieftasche. Die schönsten Aufsätze über Natur, Kunst, Volk. Hg. v. M. Böttcher. Mit e. Nachw. v. H. J. Geerdts. Berlin 1975.
Prosatexte. Eine Auswahl. Hg. v. R. Wolf. München 1976.
Wilhelm Tischbeins Idyllen. Hg. v. H. W. Keiser. München 1970.

Farbenlehre. Ausgew. u. erl. v. R. Matthaei. Ravensburg 1971.
Farbenlehre. Didaktischer Teil. Hg. v. J. Pawlik. Köln 1974.
Farbenlehre. Mit Einl. u. Erl. v. R. Steiner. Hg. v. G. Ott u. H. O. Proskauer. 3 Bde. Stuttgart 1979.
Zur Farbenlehre. Nachdr. d. Ausg. Tübingen 1810. (= Die bibliophilen Taschenbücher. 75). Dortmund 1979.
Die Metamorphose der Pflanzen. Mit Anm. u. Einl. v. R. Steiner. Stuttgart 1977.

Maximen und Reflexionen. Text der Ausg. 1907 mit d. Erläuterungen M. Heckers. Frankfurt a. M. 1976.
Maximen und Reflexionen. Hg. v. M. Hecker. Nachw. v. I. Kuhn. (= insel taschenbuch. 200). Frankfurt a. M. 1976.

Dichtung und Wahrheit. Ausgew. v. J. Göres. 3 Bde. (= insel taschenbuch. 149/50/51). Frankfurt a. M. 1975.
Dichtung und Wahrheit. (= Hamburger Lesehefte. 139). Hamburg 1975.
Aus meinem Leben. Dichtung und Wahrheit. Hg. v. S. Seidel. 2 Bde. Leipzig 1977.

Die Reisen. Zürich/München 1978.
Italienische Reise. Berlin ²1978.
Italienische Reise. Hg. v. H. v. Einem unter Mitarb. v. A. Horn. Nach d. Text d. Hamburger Ausg. München 1978.
Italienische Reise. Hg. v. Ch. Michel. 2 Bde. (= insel taschenbuch. 175). Frankfurt a. M. 1976.
Italienische Reise. Würzburg 1978.
Reise-Tagebuch von Karlsbad nach Rom, 1786. Hg. v. E. Haufe. Weimar 1971.
Tagebuch der Italienischen Reise 1786. Notizen und Briefe aus Italien. Hg. v. Ch. Michel. (= insel taschenb. 176). Frankfurt a. M. 1976.
Das römische Carneval. Nachdr. d. Ausg. v. 1789. Nachw. v. H. Keller. (= Die bibliophilen Taschenbücher. 60). Dortmund 1978.
Campagne in Frankreich. Belagerung von Mainz. (= Reclams Universal-Bibliothek. 5808). Stuttgart 1972.
Die Schweizer Reisen. 1775/1779/1797. Zürich/München 1979.
Tagebuch der ersten Schweizer Reise 1775. Hg. v. Ch. Michel. (= insel taschenbuch. 300). Frankfurt a. M. 1977.
Goethes Schweizerreise von 1797. Hg. v. B. Schnyder-Seidel. (= insel taschenbuch. 375). Frankfurt a. M. 1978.
Reise-, Zerstreuungs- und Trost-Büchlein, 1806–1807. Nach d. v. H. Wahl besorgten Faks.-Ausg. von 1927 neu hg. v. C. Michel. Frankfurt a. M. 1978. Taschenbuchausg. (= insel taschenbuch. 400). Frankfurt a. M. 1978.

Das Tagebuch. Berlin ⁸1978.
Das Tagebuch Goethes und Rilkes »Sieben Gedichte«. Hg. v. S. Unseld. (= Insel-Bücherei. 1000). Frankfurt a. M. 1978.

g) Briefe, Gespräche, Dokumente, Hilfsmittel (Lexika, Wörterbücher)

Briefe in 4 Bdn (Hamburger Ausgabe). Hg. v. K. R. Mandelkow unter Mitarb. v. B. Morawe. 2. Aufl. München 1969–1976.
Briefe. Ausgew. u. eingel. v. H. Holtzhauer. 3 Bde. Berlin/Weimar 1970.
Leben und Welt in Briefen. Zusammengestellt v. F. Kemp. (= Deutscher Taschenbuch Verlag. 2087). München 1978.

Der Briefwechsel zwischen Schiller und Goethe. Hg. v. E. Staiger. 2 Bde. Frankfurt a. M. 1977.
Der Briefwechsel zwischen Schiller und Goethe. Hg. v. P. Stapf. München 1978.
Goethe und Cotta. Briefwechsel 1797–1832. Textkrit. u. komm. Ausg. in 3 Bdn. Hg. v. D. Kuhn. Stuttgart 1979.
Briefwechsel des Herzogs-Großherzogs Carl August mit Goethe. Hg. v. H. Wahl. Nachdr. d. Ausg. Berlin 1915–1918. 3 Bde. Bern 1971.
Johann Wolfgang von Goethe und Georg Wilhelm Friedrich Hegel, Briefwechsel. Nachw. v. H. Bauer. Stuttgart 1970.
Der Briefwechsel zwischen Goethe und Zelter. Im Auftrag des Goethe- und Schiller-Archivs nach den Handschriften hg. v. M. Hecker. 3 Bde. Nachdr. d. Ausg. Leipzig 1913–1918. Bern 1970.
Goethes Briefwechsel mit Antonie Brentano, 1814–1821. Hg. v. R. Jung. Nachdr. d. Ausg. Weimar 1896. Bern 1970.
Geliebte Freundin. Goethes Briefe an Charlotte von Stein nach Großkochberg. Hg. v. L. Papendorf. Jena 1975.
Geliebte Freundin. Goethes Briefe an Charlotte von Stein nach Großkochberg. Nebst 17 noch unveröffentlichten Briefen der Amélie von Stein geb. Seebach. Hg. v. L. Papendorf. (= Heyne Ex libris. 45). München 1979.
Luke Howard. His Correspondence with Goethe and His Continental Journey of 1816. Hg. v. D. F. S. Scott. York 1976.
Brief vom 13./14. August 1814 an seine Frau Christiane. Hg. v. H. Holtzhauer. Faks.-Wiedergabe. Weimar ³1974.
Briefe an Goethe ... Hg. v. B. Hack. Frankfurt a. M. 1975.
Goethe und der Kreis von Münster. Zeitgenössische Briefe und Aufzeichnungen. In Zusammenarb. m. W. Loos hg. v. E. Trunz. Münster 1971.

Goethes Gespräche. Eine Sammlung zeitgenössischer Berichte aus seinem Umgang auf Grund der Ausgabe und des Nachlasses v. F. v. Biedermann. Erg. u. hg. v. W. Herwig. München 1965 ff.
Begegnungen und Gespräche. Begr. v. E. u. R. Grumach. Bd. 3. 1786–1792. Berlin/New York 1977.
Eckermann, J. P., Gespräche mit Goethe in den letzten Jahren seines Lebens. Hg. v. E. Beutler. (= Deutscher Taschenbuch Verlag. 6065). München 1976.
Eckermann, Gespräche mit Goethe in den letzten Jahren seines Lebens. Hg. v. F. Bergemann. 2 Bde. (= insel taschenbuch. 500). Frankfurt a. M. 1981.
Falk, J., Goethe aus näherm persönlichem Umgange dargestellt. Nachdr. d. Ausg. Leipzig 1832. Hildesheim 1977.

Corpus der Goethezeichnungen. 7 Bde. in 10 Teilbdn. Hg. v. d. Nationalen Forschungs- und Gedenkstätten der Klassischen Deutschen Literatur in Weimar. 1., teilw. 2. Aufl. Leipzig/München 1967–1979.
Kohnen, J., Goethes Luxemburger Zeichnungen. Luxemburg 1980.
Goethes Straßburger Promotion. Zum 200. Jahrestage der Disputation am 6. August 1971. Hg. v. E. Genton. Basel 1971.

Ruppert, H., Goethes Bibliothek. Katalog. Weimar 1958. Nachdr. Leipzig/München/London/New York/Paris 1978.
Femmel, G. / Heres, G., Die Gemmen aus Goethes Sammlung. München 1977.
Femmel, G. (Hg.), Goethes Graphiksammlung. Die Franzosen. Katalog und Zeugnisse. München 1980.

Nicolai, H., Zeittafel zu Goethes Leben und Werk. München 1977.
Goethe erzählt sein Leben. Eine Lebensbeschreibung aus Tagebüchern, Briefen und Dichtungen. Zusammengest. v. H. E. Gerlach u. O. Herrmann. München 1981.
Göres, J. (Hg.), Goethes Leben in Bilddokumenten. München 1981.
Michel, Ch. (Hg.), Goethe. Sein Leben in Bildern und Texten. Frankfurt a. M. 1981.
Ruetz, M., Auf Goethes Spuren. Stätten und Landschaften. Textauswahl und Kommentar von E. Klessmann. München/Zürich 1978.

Märkisch, A., Konkordanz zu Goethes Werken. Berlin 1973.
Musculus, C. T., Inhalts- und Namensverzeichnisse über sämmtliche Goethesche Werke. Nach d. Ausg. letzter Hand u. d. Nachlasse verfertigt. Unter Mitwirkung v. F. W. Riemer. Nachdr. d. Ausg. Stuttgart/Tübingen 1835. Leipzig 1977.
Goethe-Wörterbuch. Hg. v. d. Akademie der Wissenschaften der DDR, der Akademie der Wissenschaften in Göttingen und der Heidelberger Akademie der Wissenschaften. Bd. 1 A-azurn. Stuttgart 1978.
Fischer, P., Goethe-Wortschatz. Ein sprachgeschichtliches Wörterbuch zu Goethes sämtlichen Werken. Fotomechan. Nachdr. d. Ausg. Leipzig 1929. Leipzig 1971.
Dobel, R. (Hg.), dtv-Lexikon der Goethe-Zitate. München 1972.

2. Literatur

a) Allgemeines

Abbé, D. v., Goethe. New Perspectives on a Writer and His Time. London 1972.
Albrecht, M. v., Goethe und das Volkslied. Darmstadt 1972.
Bäte, L., Goethe und die Osnabrücker. Berlin 1970.
Bahle, J., Das schöpferische Entwicklungsgesetz im Leben Goethes. Eine gesetzeswissenschaftliche Psychographie. Hemmenhofen 1974.
Balzer, G., Goethe auf Reisen. München 1979.
Balzer, G., Goethe als Gartenfreund. München [2]1978. Taschenbuchausg. (= Heyne Ex libris. 11). München [4]1981.
Baumann, G., Goethe. Dauer im Wechsel. München 1977.
Binder, W., Das Ungeheure und das Geordnete. Die Schweiz in Goethes Werk. Zürich/München 1979.
Bleckwenn, H., Schiller und Goethe. Untersuchungen zur Begründung und Tradition einer Autorenzuordnung. Frankfurt a. M. 1977.

Bode, W., Goethes Liebesleben. Nachdr. d. Ausg. Berlin 1914. Bern 1970.
Boerner, P., Johann Wolfgang von Goethe in Selbstzeugnissen und Bilddokumenten. (= Rowohlts Monographien. 100). Reinbek 1965, 129.–135. Tsd. 1980 (mit Ergänzungsbibliographie).
Borchmeyer, D., Höfische Gesellschaft und französische Revolution bei Goethe. Adliges und bürgerliches Wertsystem im Urteil der Weimarer Klassik. Kronberg 1977.
Boucke, E. A., Wort und Bedeutung in Goethes Sprache. Nachdr. d. Ausg. Berlin 1901. Nendeln 1977.
Bräuning-Oktavio, H., Goethe und Johann Heinrich Merck. – Johann Heinrick Merck und die Französische Revolution. Darmstadt 1970.
Brednow, W., Spiegel, Doppelspiegel und Spiegelungen, eine »wunderliche Symbolik« Goethes. Berlin 1976.
Brown, P. H., Life of Goethe. With a Prefatory Note by Viscount Haldane. Erstausg. 1920. New York 1971.
Bubner, R., Hegel und Goethe. Heidelberg 1978.
Bürger, C., Der Ursprung der bürgerlichen Institution Kunst im höfischen Weimar. Literatursoziologische Untersuchungen zum klassischen Goethe. Frankfurt a. M. 1977.
Burkhardt, C. A. H., Das Repertoire des Weimarischen Theaters unter Goethes Leitung. Nachdr. d. Ausg. Hamburg/Leipzig 1891. Nendeln 1977.
Callot, E., La Philosophie biologique de Goethe. Preface de J. F. Angelloz. Paris 1971.
Cardaci, P. F., Demon, Daimon and Devil. A Study of the Demonic Element in Goethe, Dstoevsky, Gide and Mann. Diss. University of Maryland 1972.
Carlson, M., Goethe and the Weimar Theatre. Ithaca/London 1978.
Cassirer, E., Idee und Gestalt. Goethe, Schiller, Hölderlin, Kleist. Nachdr. d. 2. Aufl. Berlin 1924. Darmstadt 1973.
Chisholm, D., Goethe's Knittelvers. A. Prosodic Analysis. Bonn 1975.
Citati, P., Goethe. Milano 1970.
Collett, H., Hebbel und Goethe. Bewahrung oder Überwindung der deutschen Klassiker? Diss. Kingston, Canada 1977.
Dahlmann-Resing, G., Das Nebelmotiv in Goethes Werk. Diss. Wayne State University 1972.
Dieckmann, L., Johann Wolfgang von Goethe. New York 1974.
Diener, G. / Moreno, J. L., Goethe and Psychodrama. New York 1972.
Dürr, V. / Molnár, G. v. (Hg.), Versuche zu Goethe. Festschrift f. E. Heller. Heidelberg 1976.
Eberle, J., Hier irrt Goethe. Sprüche und Gegensprüche. Stuttgart 1973.
Eichhorn, P., Idee und Erfahrung im Spätwerk Goethes. Freiburg/München 1971.
Emmel, H., Weltklage und Bild der Welt in der Dichtung Goethes. Nachw. v. K. Mommsen. Bern/Frankfurt a. M. /Las Vegas [2]1979.
Fink, K. J., Goethe in the Historiography of Science. Diss. University of Illinois at Urbana-Champaign 1974.
Folkers, G., Besitz und Sicherheit. Über Entstehung und Zerfall einer bürgerlichen Illusion am Beispiel Goethes und Raabes. Kronberg 1976.

Friedenthal, R., Goethe. Sein Leben und seine Zeit. (1963). Neuausg. Frankfurt a. M./Berlin/Wien 1978. Taschenbuchausg. (= Deutscher Taschenbuch Verlag. 518/19). München ³1977.
Fuchs, A., Goethe und das Elsaß. Hamburg 1973.
Gaiser, K., Ein Leben mit Goethe. Ausgewählte Schriften. Hg. v. A. Mann. Ludwigsburg 1975.
Ganim, V. L., Limitation and Responsibility in the Fiction of Goethe and George Eliot. Diss. Emory University 1978.
Giessler, L., Studien zum Lebenskreis des späten Goethe. Riemer, Coudray, Soret und Vogel in Goethes mündlichen und schriftlichen Äußerungen. Diss. Kiel 1970.
Goldschmit-Jentner, R. K., Goethe. Eine Bildbiographie. Neuaufl. München 1981.
Graham, I., Goethe and Lessing. The Wellsprings of Creation. New York 1973.
Graham, I., Goethe. Portrait of the Artist. Berlin/New York 1977.
Greene, V. Y., The Artistic Value of Emotional Disorder for Goethe. Diss. University of Illinois at Urbana-Champaign 1976.
Groth, A., Goethe als Wissenschaftshistoriker. München 1972.
Günther, Th., Goethes Crailsheimer Vorfahren und ihre fränkisch-thüringische Verwandtschaft. Köln-Dünnwald 1970.
Günzler, C., Bildung und Erziehung im Denken Goethes. Köln 1981.
Guggenheim, K., Der labyrinthische Spazierweg. Goethes Reise nach Zürich, nach Stäfa und auf den Gotthard im Jahre 1797. Frauenfeld 1975.
Gupta, M. H., The Doppelgänger in Selected Works of Diderot and Goethe. Diss. Purdue University 1976.
Gutzkow, K., Ueber Goethe im Wendepunkt zweier Jahrhunderte. Faks. d. Ausg. Berlin 1836. Frankfurt a. M. 1973.
Härtl, H., Arnim und Goethe. Zum Goethe-Verhältnis der Romantik im ersten Jahrzehnt des 19. Jahrhunderts. Diss. Halle 1971.
Haile, H. G., Artist in Chrysalis. A Biographical Study of Goethe in Italy. Urbana/Chicago/London 1973.
Hamm, H., Die theoretischen Auffassungen des späten Goethe über Wirklichkeit und Kunst. Diss. Halle 1972.
Hamm, H., Der Theoretiker Goethe. Grundpositionen seiner Weltanschauung, Philosophie und Kunsttheorie. Berlin 1975/Kronberg 1976.
Hammer, C., Goethe and Rousseau. Resonances of the Mind. Lexington, Ky. 1973.
Hartmann, L., Goethe in Jena. Jena ²1976.
Hartmann-Werner, I., »Gemüt« bei Goethe. Eine Wortmonographie. München 1976.
Heller, E., Essays über Goethe. Frankfurt a. M. 1970.
Hensel, L., Zum Begriff einer darstellenden Beschreibung bei Goethe. Ein Beitrag zum Problem der Deskription in der Pädagogik, besonders der Unterrichtsforschung. Diss. Tübingen 1977.
Henze, W., Johann Wolfgang von Goethe. Bd. 1. Von den Anfängen bis zum Tasso. (= Deutscher Taschenbuch Verlag. 6850). München ²1974.

Hof, W., »Wo sich der Weg im Kreise schließt«. (1957). Bearb. Neuausg. u. d. T. Goethe und Charlotte von Stein. Frankfurt a. M. 1979.
Holtzhauer, H., Das Goethe-Museum in Weimar. Kurzer Wegweiser. Weimar [9]1978.
Ives, R. A., Perspektiven des Dämonischen mit besonderer Berücksichtigung von Goethe und Stifter. Diss. Syracuse University 1975.
Jaszi, A. / Mann, M., Entzweiung und Vereinigung. Goethes symbolische Weltanschauung. Heidelberg 1973.
Johann, E., Unziemliche Sachen. Aus dem »Geheimen Archiv« eines gewissen Herrn von Goethe. Zürich/Stuttgart 1974.
Junker, E. W., Zwischen Nahe und Rhein. Goethe und George. Texte und Deutungen. Düsseldorf 1972.
Kaiser, G. / Kittler, F. A., Dichtung als Sozialisationsspiel. Studien zu Goethe und Gottfried Keller. Göttingen 1978.
Kallienke, G. S., Das Verhältnis von Goethe und Runge im Zusammenhang mit Goethes Auseinandersetzung mit der Frühromantik. Hamburg 1973.
Keller, W., Goethes dichterische Bildlichkeit. München 1972.
Kelling, H.-W., The Idolatry of Poetic Genius in German Goethe Criticism. Bern 1970.
Kiefer, K. H., Laokoon, Bryophyllum, Cagliostro, Empirie und Geschichte. Ein didaktischer Versuch zu Goethe. Frankfurt a. M. 1979.
Knetsch, C., Goethes Ahnen. Fotomechan. Nachdr. d. Ausg. 1908. Bern 1971.
Körner, J., Romantiker und Klassiker. Die Brüder Schlegel in ihren Beziehungen zu Schiller und Goethe. Nachdr. d. Ausg. Berlin 1924. Bern 1974.
Kreis, R., Ästhetische Kommunikation als Wunschproduktion. Goethe – Kafka – Handke. Literaturanalyse am »Leitfaden des Leibes«. Bonn 1978.
Kreutzer, L., Mein Gott Goethe. Essays. (= das neue buch. 136). Reinbek 1980.
Kuhn, D., Goethe und Cotta in ihren Briefen. Stuttgart/Marbach 1979.
Lecke, B., Goethe unter den Deutschen. Materialien zur literarischen Wirkung in drei Jahrhunderten. Frankfurt a. M./München 1978.
Leistner, B., Unruhe um einen Klassiker. Zum Goethe-Bezug in der neueren DDR-Literatur. Leipzig 1978.
Loewen, H., Goethe's Response to Protestantism. Bern/Frankfurt a. M. 1972.
McKee Frakes, J. E., The Concept of »Poesie« in Goethe's Theory of Art and Literature and Basic Trends in His Criticism. Diss. Stanford University 1971.
Magnani, L., Goethe, Beethoven e il demonico. Torino 1976.
Mandelkow, K. R. (Hg.), Goethe im Urteil seiner Kritiker. Dokumente zur Wirkungsgeschichte Goethes in Deutschland. 2 Bde. München 1975/77.
Mannack, E., Raumdarstellung und Realitätsbezug in Goethes epischer Dichtung. Frankfurt a. M. 1972.
Marmier, X., Études sur Goethe. Nachdr. d. Ausg. Paris 1835. Genève 1973.
Mason, E. C., Hölderlin und Goethe. Bern/Frankfurt a. M. 1975.
Mayer, H., Goethe. Ein Versuch über den Erfolg. Frankfurt a. M. 1973.
Mehra, M. H., Die Bedeutung der Formel »Offenbares Geheimnis« in Goethes Spätwerk. Ann Arbor, Mich./London 1977.

Mignon, H., Goethe in Wetzlar. Kleine Chronik aus dem Sommer 1772. Wetzlar 1972.
Mommsen, K., Kleists Kampf mit Goethe. (1974). Erw. Neuausg. (= suhrkamp taschenbuch. 513). Frankfurt a. M. 1979.
Moore, R. L., The Theme of Solitude and Its Polar Manifestations in Goethe's Life and Works through 1790. Diss. Los Angeles, University of California 1972.
Nisbet, H. B., Goethe and the Scientific Tradition. London 1972.
Oeftering, W. E. / Richter, G., Mit Goethe am Oberrhein. Karlsruhe 1981.
Olzien, O. H., Wirken, Aktionsform und Verbalmetapher bei Goethe. Göppingen 1971.
Oppenheimer, E. M., Goethe's Poetry for Occasions. Toronto 1974.
Orlandi, E. (Hg.), Goethe und seine Zeit. Wiesbaden 1976.
Parth, W. W., Geschichten vom Herrn Goethe. München 1981.
Petersen, O. v., Goethe und der baltische Osten. Nachdr. d. Ausg. Reval 1930. Hannover-Döhren 1976.
Petersen, U., Goethe und Euripides. Untersuchungen zur Euripides-Rezeption in der Goethezeit. Heidelberg 1974.
Pickett, T. H., Goethe's Physical Appearance. Diss. Vanderbilt University 1970.
Pies, E., Goethe auf Reisen. Begegnungen mit Landschaften und Zeitgenossen. Wuppertal 1977.
Prado, L. A., Goethe. Madrid 1972.
Price, J. L., The Turn towards the Supernatural in Keats, Goethe, and Nerval. Diss. Yale University 1973.
Redslob, E., Goethes Leben. (= Reclams Universal-Bibliothek. 7855). Stuttgart [3]1971.
Reiss, H. (Hg.), Goethe und die Tradition. Frankfurt a. M. 1972.
Reitz, G., Die Gestalt des Mittlers in Goethes Dichtung. Nachdr. d. Ausg. Frankfurt a. M. 1932. Hildesheim 1973.
Richards, D. B., The Function of Translation for Goethe. 1795–1805. Diss. Santa Barbara, University of California 1973.
Richards, D. B., Goethe's Search for the Muse. Amsterdam 1979.
Röhl, H., Die ältere Romantik und die Kunst des jungen Goethe. (1909). Nachdr. Hildesheim 1978.
Ronell, A., The Figure of Poetry: Self-Reflection in Goethe, Hölderlin, and Kafka. Diss. Princeton University 1979.
Rubiner, R., Hegel und Goethe. Heidelberg 1978.
Ruetz, M. / Müller, M., Mit Goethe in der Schweiz. Zürich/München 1979.
Schaefer, A., Goethe in Wiesbaden und am Rhein, 1814 und 1815. Verjüngung und Wandlung. Frankfurt a. M. 1973.
Schaeffer, E., Goethe – seine äußere Erscheinung. Überprüft u. erg. v. J. Göres. Frankfurt a. M. 1980.
Schierling, Ch. A., Der Tanz in Goethes Leben und Werken. Widerhall und Weiterentwicklung seiner Gedanken in Wort, Bild und Ton. Dornach 1976.
Schmid, A., Goethe und seine musikalischen Freunde. St. Gallen 1975.

Schmid, E. E., Shakespeare und die schwarze Dame. Urphänomene und Metamorphose bei Shakespeare und Goethe. München 1972.
Schuler, R., Das Exemplarische bei Goethe. Die biographische Skizze zwischen 1803 und 1809. München 1973.
Schweitzer, A., Goethe. Vier Reden. München 1970.
Siefken, H., Thomas Mann. Goethe. »Ideal der Deutschheit«. Wiederholte Spiegelungen, 1893–1949. München 1981.
Sime, J., Life of Johann Wolfgang Goethe. Erstausg. 1888. Port Washington, N. Y. 1972.
Simpson, J., Matthew Arnold and Goethe. London 1979.
Staroste, W., Raum und Realität in dichterischer Gestaltung. Studien zu Goethe und Kafka. Hg. v. G. Wunberg. Heidelberg 1971.
Steffen, A., Goethes Geistgestalt. Dornach [2]1970.
Steig, R., Goethe und die Brüder Grimm. Erg. u. m. e. Vorw. v. L. Denecke. Nachdr. d. Ausg. Berlin 1892. Kassel 1972.
Stierschneider, F.-M., Das Strukturproblem der Ironie bei Goethe. Diss. Wien 1972.
Stöcklein, P., Wege zum späten Goethe. Nachdr. d. 2. Aufl. Hamburg 1960. Darmstadt 1977.
Sulger-Gebing, E., Goethe und Dante. Studien zur vergleichenden Literaturgeschichte. Nachdr. d. Ausg. Berlin 1907. Hildesheim 1978.
Tappolet, W., Begegnungen mit der Musik in Goethes Leben und Werk. Bern 1975.
Trunz, E. (Hg.), Studien zu Goethes Alterswerken. Frankfurt a. M. 1971.
Tümmler, H., Goethe, der Kollege. Sein Leben und Wirken mit Christian Gottlob von Voigt. Köln/Wien 1970.
Tümmler, H., Goethe als Staatsmann. Göttingen 1976.
Ullirsch, E., Goethe als Dadaist. (1919). Mit e. Nachw. v. K. Riha. Frankfurt a. M. 1977.
Vaget, H. R., Dilettantismus und Meisterschaft. Zum Problem des Dilettantismus bei Goethe. Praxis, Theorie, Zeitkritik. München 1971.
Vasco, G. M., Diderot and Goethe. A Study in Science and Humanism. Genève/Paris 1978.
Victor, W., Goethe in Berlin. Weimar [4]1978.
Virchow, R., Goethe als Naturforscher in besonderer Beziehung auf Schiller. Eine Rede nebst Erläuterungen. Unveränd. Neudr. d. Ausg. v. 1861. Niederwalluf b. Wiesbaden 1971.
Voigt, W. / Sucker, U., Johann Wolfgang von Goethe als Naturwissenschaftler. Leipzig 1979.
Weichberger, A., Goethe und das Komödienhaus in Weimar. 1779–1825. Ein Beitrag zur Theaterbaugeschichte. Nachdr. d. Ausg. Leipzig 1928. Nendeln 1977.
Weidhase, H., Die literarische Beglaubigung. Das Wunderbare und seine Rezeptionsplanung in Werken von Morungen, Goethe und Thomas Mann. Bebenhausen 1973.
Weinmann, S. B., Wieland und Goethe. Ihre persönlichen und literarischen Beziehungen. Diss. University of Illinois at Urbana-Champaign 1972.

Wells, G. A., Goethe and the Development of Science, 1750–1900. Aophen aan d. Rijn 1978.
Welz, D., Selbstsymbolik des alten Goethe. Meisenheim a. Glan 1972.
Wieder, J., Frankreich und Goethe. Das Goethebild der Franzosen. München 1976.
Willoughby, L. A., »Wine that maketh glad ...« The Interplay of Reality and Symbol in Goethe's Life and Work. London 1978.
Wipf, K. A., Betrachtungen zum Begriff der Hoffnung in Goethes Spätwerk. Bern/München 1974.
Wulf, B., Maximen des Christentums. Goethes religiöse Welterfahrung. Stuttgart 1975.
Zwilgmeyer, F., Stufen der Bewußtseinserweiterung bei Goethe. Unter besonderer Berücksichtigung des Märchens von der grünen Schlange. Freiburg i. Br. 1978.

b) Einzelne Gattungen und Werke

Bahr, E., Die Ironie im Spätwerk Goethes. Studien zum »West-östlichen Divan«, zu den »Wanderjahren« und zu »Faust II«. Berlin 1972.

aa) Lyrik

Horst, J. D., The Rhyme of Goethe's Lyric Verse up to 1775 Compared with a Numerically Identical Sample from Gottsched's Poems. Diss. Vanderbilt University 1974.
Jost, D., Deutsche Klassik: Goethes Römische Elegien. München [2]1978.
Lee, M. A., Studies in Goethe's Lyric Cycles. Diss. Yale University 1976.
Mittelberg, E., Methoden- und Rezeptionswandel in der Literaturwissenschaft am Beispiel der Sesenheimer Lyrik Goethes. Stuttgart 1976.
Segebrecht, W., Johann Wolfgang Goethes Gedicht »Über allen Gipfeln ist Ruh« und seine Folgen. Zum Gebrauchswert klassischer Lyrik. München/Wien 1978.
Wünsch, M., Der Strukturwandel in der Lyrik Goethes. Die systemimmanente Relation der Kategorien »Literatur« und »Realität«. Probleme und Lösungen. Stuttgart/Berlin/Köln/Mainz 1975.

Bürgel, J. Ch., Drei Hafis-Studien. Bern/Frankfurt a. M. 1975.
Henckmann, G., Gespräch und Geselligkeit in Goethes »West-östlichem Divan«. Berlin/Köln/Mainz 1975.
Ihekweazu, E., Goethes »West-östlicher Divan«. Untersuchungen zur Struktur des lyrischen Zyklus. Hamburg 1971.
Link, J., Biedermeier und Ästhetizismus. Fünf Gedichte des West-östlichen Divans. München 1979.
Lohner, E. (Hg.), Studien zum »West-östlichen Divan« Goethes. Darmstadt 1971.
Maher, M., Das Motiv der orientalischen Landschaft in der deutschen Dichtung von Klopstocks »Messias« bis zu Goethes »Diwan«. Stuttgart 1979.

Ohlendorf, H., Despot und Dichter. Eine Untersuchung zur Motivik und Struktur des »West-östlichen Divans«. Diss. Stanford University 1973.
Peters, G. F., »Wind«, »Atem« and »Geist« in Goethes »West-östlichem Divan«. Diss. Stanford University 1970.
Shareghi-Boroujeni, C., Herrscher und Dichter in Goethes und Hafis Divan. Hamburg 1979.
Solms, W., Interpretation als Textkritik. Zur Edition des West-östlichen Divans. Heidelberg 1974.
Solms, W., Goethes Vorarbeiten zum Divan. München 1977.

bb) Dramen

Bamberg, W., Die Verwendung des Monologs in Goethes Dramen. Unter Berücksichtigung der Technik bei Goethes unmittelbaren Vorgängern. Nachdr. d. Ausg. Leipzig/Hamburg 1914. Nendeln 1977.
Junk, V., Goethes Fortsetzung der Mozartschen Zauberflöte. Nachdr. d. Ausg. Berlin 1899. Hildesheim 1976.
Müller, J., »Verwirrung des Gefühls«. Der Begriff des »Pathologischen« im Drama Goethes und Kleists. Berlin 1974.
Pellaton-Müller, U., Goethes Singspiele von 1775–1786. Diss. Zürich 1973.
Prudhoe, J. E., The Theatre of Goethe and Schiller. London 1973.
Schifferdecker, H.-J., Das mimische Element in Goethes Dramen. Nachdr. d. Ausg. Berlin 1928. Nendeln 1978.
Seiffert, K., Entwicklung von Goethes Kunstauffassung an Hand der Festspiele und Maskenzüge von 1781–1818. Diss. Berlin 1973.
Spiess, O., Die dramatische Handlung in Goethes »Clavigo«, »Egmont« und »Iphigenie«. Ein Beitrag zur Technik des Dramas. Nachdr. d. Ausg. Halle 1918. Walluf b. Wiesbaden 1973.
Stewart, W. K., Time in Goethe's Sturm und Drang Dramas. Diss. Los Angeles, University of California 1975.
Stewart, W. K., Time Structure in Drama. Goethe's Sturm und Drang Plays. Amsterdam 1978.

Döll, A., Goethes »Die Mitschuldigen«. Reprogr. Nachdr. d. Aufl. Halle 1909. Walluf b. Wiesbaden 1973.

Hagenbring, P., Goethes »Götz von Berlichingen«. Bd. 1. Reprogr. Nachdr. d. Ausg. Halle 1911. Walluf b. Wiesbaden 1973.
Winter, F. / Kilian, E. (Bearb.), Zur Bühnengeschichte des Götz von Berlichingen. Nachdr. d. Ausg. Hamburg/Leipzig 1891. Nendeln 1977.

Holesovsky, H. W., Goethes Prometheus-Fragment. Eine Strukturanalyse. Diss. University of Massachusetts 1976.
Saran, F., Goethes »Mahomet« und »Prometheus«. Nachdr. d. Ausg. Halle 1914. Nendeln 1975.

Grempler, G., Goethes »Clavigo«. Reprogr. Nachdr. d. Aufl. Halle 1911. Walluf b. Wiesbaden 1973.

Amwald, A., Symbol und Metamorphose in Goethes »Stella«. Stuttgart 1971.

Diener, G., Goethes Lila. Heilung eines »Wahnsinns« durch »psychische Kur«. Vergleichende Interpretation der drei Fassungen. Frankfurt a. M. 1971.

Holst, G., Johann Wolfgang Goethe, Iphigenie auf Tauris. Neufassung. Frankfurt a. M. 1976.
Rasch, W., Goethes Iphigenie auf Tauris als Drama der Autonomie. München 1979.
Schmidt, P., Der Wortschatz von Goethes »Iphigenie«. Analyse der Werk- und Personensprache mit EDV-Hilfe. Frankfurt a. M./Bonn 1970.

Hartmann, H., Egmont. Geschichte und Dichtung. Berlin 1972.
Zimmermann, E., Goethes »Egmont«. Reprogr. Nachdr. d. Ausg. Halle 1909. Walluf b. Wiesbaden 1973.

Scholl, M. A., German »Bildungsdrama«: Schiller's »Don Carlos«, Goethe's »Torquato Tasso«, and Kleist's »Prinz Friedrich von Homburg«. Diss. Washington University 1973.

Wolff, U., Goethes Paradies in Rätseln. »Natürliche Tochter« im Spiegel der Wassermetaphorik. Stuttgart 1980.

Capel, E. D., Man's Development Foreseen in Goethe's »Faust«. Richmond Hill, Norfolk Lodge 1970.
Cottrell, A. P., Goethe's Faust. Seven Essays. With a Preface by E. Behler. Chapel Hill, University of North Carolina 1976.
Dabezies, A., Le Mythe de Faust. Paris 1972.
Dieckmann, L., Goethe's »Faust«. A Critical Reading. Englewood Cliffs, N. J. 1972.
Dunn, H.-L., The Language of the Magician as Limitation and Transcendence in the Wolfenbüttel Faustbuch, Greene's »Friar Bacon«, Marlowe's »Faustus«, Shakespeares »Tempest«, and Goethe's »Faust«. Diss. Austin, University of Texas 1974.
Durrani, O., Faust and the Bible. A Study of Goethe's Uses of Scriptural Allusions and Christian Religious Motifs in Faust I and II. Bern 1977.
Emrich, W., Die Symbolik von Faust II. Sinn und Vorformen. (= Athenäum Taschenbücher. 2173). Königstein, Ts. [5]1981.
Fuchs, A., Le Faust de Goethe. Mysthère, document humain, confession personelle. Paris 1973.
Griggs, E. H., Goethe's Faust. A Handbook of Ten Lectures. Nachdr. d. Ausg. New York 1906. Folcroft, Pa. 1976
Haile, H. G., Invitation to Goethe's Faust. University of Alabama 1978.
Hamm, H., Goethes Faust. Werkgeschichte und Textanalyse. Berlin 1978.
Heller, O., Faust and Faustus. A Study of Goethe's Relation to Marlowe. Erstausg. 1931. New York 1972.

Hendel, G., Von der deutschen Volkssage zu Goethes Faust. Weimar [3]1974.
Jantz, H., The Form of Faust. Baltimore/London 1978.
Keller, W. (Hg.), Aufsätze zu Faust I. Darmstadt 1974.
Kobligk, H., Johann Wolfgang Goethe. Faust I. 7. Aufl. Neufassung v. R. Ibel, Goethe. Faust I. Frankfurt a. M. 1976.
Lindken, H. U., Johann Wolfgang von Goethe: Faust I. Materialien, Wirkung, Deutung, Reflexionen. Hollfeld, Ofr. 1978.
Lohmeyer, D., Faust und die Welt. Der zweite Teil der Dichtung. Eine Anleitung zum Lesen des Textes. München 1975. Taschenbuchausg. (= Deutscher Taschenbuch Verlag. 4284). München 1977.
Mahal, G., Ansichten zu Faust. Festschrift f. K. Theens. Stuttgart/Berlin/Köln/Mainz 1973.
Meyer, H., Diese sehr ernsten Scherze. Eine Studie zu »Faust II«. Heidelberg 1970.
Müller, J., Zur Motivstruktur von Goethes »Faust«. Berlin 1972.
Quo, S. L., Goethes »Faust«. Eine Analyse. London 1973.
Requadt, P., Goethes »Faust I«. Leitmotivik und Architektur. München 1972.
Resenhöfft, W., Existenzerhellung des Hexentums in Goethes »Faust«. Mephistos Masken, Walpurgis. Grundlinien axiomatisch-psychologischer Deutung. Bern 1970.
Resenhöfft, W., Goethes Rätseldichtung im »Faust« (mit Hexenküche und Hexen-Einmaleins) in soziologischer Deutung. Bern/Frankfurt a. M. 1972.
Resenhöfft, W., Goethes Faust. Gleichnis schöpferischer Sinnerfassung. Bern/Frankfurt a. M. 1975.
Reske, H., Faust. Eine Einführung. Stuttgart/Berlin/Köln/Mainz 1971.
Richter, G., »Faust«. Ein christliches Mysterium. Stuttgart 1973.
Salm, P., The Poem as Plant. A Biological View of Goethe's »Faust«. Cleveland/London 1971.
Steiner, R., Die Rätsel in Goethes »Faust«. Exoterisch und esoterisch. Zwei öffentliche Vorträge. Hg. v. E. Weidmann. Dornach [3]1970.
Tietze, V., Grundlagen der Faust II-Interpretation und -Rezeption. Diss. Potsdam 1978.
Vincent, D. W. J., Time in Goethe's Faust. Diss. Toronto 1978.
White, A., Names and Nomenclature in Goethe's »Faust«. London 1980.

cc) Romane, Erzählungen

Blackall, E. A., Goethe and the Novel. Ithaca/London 1976.
Blessin, St., Die Romane Goethes. Königstein 1979.
Hinze, K.-P., Kommunikative Strukturen in Goethes Erzählungen. Köln/Wien 1975.
Reiss, H., Goethe's Novels. Coral Gables 1971.

Göres, J. u. a., Die Leiden des jungen Werther als Schule der Leidenschaften. Frankfurt a. M. 1972.
Gose, H., Goethes Werther. Nachdr. d. Ausg. Halle 1921. Walluf b. Wiesbaden 1973.

Hotz, K. (Hg.), Goethes Werther als Modell für kritisches Lesen. Materialien zur Rezeptionsgeschichte. Stuttgart 1976.
Scherpe, K. R., Werther und Wertherwirkung. Zum Syndrom der bürgerlichen Gesellschaftsordnung im 18. Jahrhundert. Wiesbaden ²1975.
Welz, D., Der Weimarer Werther. Studien zur Sinnstruktur der zweiten Fassung des Werther-Romans. Bonn 1973.

Berendt, H., Goethes Wilhelm Meister. Ein Beitrag zur Entstehungsgeschichte. Nachdr. d. Ausg. Dortmund 1911. Hildesheim 1978.
Brown, J. K., Goethe's Narrative Technique. The »Unterhaltungen deutscher Ausgewanderten« and »Wilhelm Meisters Wanderjahre«. Diss. Yale University 1971.
Brown, J. K., Goethe's Cyclical Narratives. Die »Unterhaltungen deutscher Ausgewanderten« and »Wilhelm Meisters Wanderjahre«. Chapel Hill 1975.
Cope, R. L. D., A Structural Analysis of Goethe's Novel Wilhelm Meisters Wanderjahre. Diss. University of New South Wales, Australia 1975.
Durr, V. O., The World and Its Protagonists. Goethe's »Wilhelm Meister« George Eliot's »Middlemarch«. Diss. Princeton University 1973.
Emmel, H., Was Goethe vom Roman der Zeitgenossen nahm. Zu »Wilhelm Meisters Lehrjahre«. Bern/München 1972.
Farrelly, D. J., Goethe and Inner Harmony. A Study of »schöne Seele« in the Apprenticeship of Wilhelm Meister. New York 1973.
Fullenwider, H. F., Prolegomena to an Interpretation of Goethe's »Wilhelm Meisters Wanderjahre«. Diss. Davis, University of California 1972.
Gille, K. F., »Wilhelm Meister« im Urteil der Zeitgenossen. Ein Beitrag zur Wirkungsgeschichte Goethes. Assen 1971.
Gille, K. F. (Hg.), Goethes Wilhelm Meister. Zur Rezeptionsgeschichte der Lehr- und Wanderjahre. Königstein 1979.
Haas, R., Die Turmgesellschaft in »Wilhelm Meisters Lehrjahren«. Zur Geschichte des Geheimbundromans und der Romantheorie im 18. Jahrhundert. Bern/Frankfurt a. M. 1975.
Hodgson, J. V., The Symbolic Function of Isolation in Goethe's »Wanderjahre«. Diss. Stanford University 1973.
Klingenberg, A., Goethes Roman »Wilhelm Meisters Wanderjahre oder die Entsagenden«. Quellen und Komposition. Berlin/Weimar 1972.
Kühl, H.-U., Goethes Wilhelm Meister als Beispiel einer klassischen Kunstkonzeption am Beginn der bürgerlichen Gesellschaft. Klassische Literatur im Wirkungsfeld der Französischen Revolution. 1.2. Diss. Berlin 1976.
Lienhard, J., Mignon und ihre Lieder, gespiegelt in den Wilhelm-Meister-Romanen. Zürich/München 1978.
Øhrgaard, P., Die Genesung des Narcissus. Eine Studie zu Goethe: Wilhelm Meisters Lehrjahre. Aus d. Dän. übers. v. M. Wesemann. København 1978.
Salisbury, I. V., Goethes poetische Geschwisterpaare. Ihre Entwicklung, Funktion und Symbolik von den frühen Dramen bis zu »Wilhelm Meisters Lehrjahren«. Diss. Ann Arbor, Mich. 1980.
Sarter, E., Zur Technik von »Wilhelm Meisters Wanderjahren«. Nachdr. d. Ausg. Berlin 1914. Hildesheim 1973.

Schneider, M., Etüden zum Lesen sprachlicher Formen in Goethes »Wilhelm Meister«. Zürich/Freiburg i. Br. 1970.

Shaffner, R. P., »Of Human Bondage«, »Wilhelm Meisters Lehrjahre« and »Der Zauberberg«. Three Steps in an Apprenticeship of Life and Death. Diss. University of North Carolina at Chapel Hill 1973.

Steer, A. G. jr., Goethe's Science in the Structure of the »Wanderjahre«. Athens 1979.

Wergin, U., Einzelnes und Allgemeines. Die ästhetische Virulenz eines geschichtsphilosophischen Problems. Untersucht am Sprachstil von Goethes Roman »Wilhelm Meisters Wanderjahre oder die Entsagenden«. Heidelberg 1980.

Blessin, St., Erzählstruktur und Leserhandlung. Zur Theorie der literarischen Kommunikation am Beispiel von Goethes Wahlverwandtschaften. Heidelberg 1974.

Bolz, N. W. (Hg.), Goethes »Wahlverwandtschaften«. Kritische Modelle und Diskursanalysen zum Mythos Literatur. Hildesheim 1981.

Geerdts, H. J., Goethes Roman »Die Wahlverwandtschaften«. Eine Analyse seiner künstlerischen Struktur, seiner historischen Bezogenheiten und seines Ideengehaltes. Berlin/Weimar [3]1974.

Gould, R. D., Elective Affinities. An Investigation of the Influence of Goethe's Scientific Thinking on »Die Wahlverwandtschaften«. Diss. Princeton University 1970.

Helbig, L. F., Der Einzelne und die Gesellschaft in Goethes »Wahlverwandtschaften«. Bonn 1972.

Meads, W. C., The Question of Form in Goethe's »Wahlverwandtschaften«. Diss. Stanford University 1970.

Nemec, F., Die Ökonomie der »Wahlverwandtschaften«. München 1973.

Rösch, E. (Hg.), Goethes Roman »Die Wahlverwandtschaften«. Darmstadt 1975.

Schelling-Schär, E., Die Gestalt der Ottilie. Zu Goethes »Wahlverwandtschaften«. Zürich/Freiburg i. Br. 1970.

Bartscht, W., Goethe's »Das Märchen«. Translation and Analysis. Lexington 1972.

Hildebrandt Schneider, I. M., Goethes »Märchen«. Forschungsbericht und typologische Untersuchung. Diss. University of Michigan 1973.

Steiner, R., Das Märchen. Goethes Geistesart in ihrer Offenbarung durch sein Märchen. Stuttgart 1977.

Thiess, F., Der Mops von Edelstein. Betrachtung über den Sinn des Goethe-Märchens von 1795. Mainz 1977.

Meyer, H., Natürlicher Enthusiasmus. Das Morgenländische in Goethes »Novelle«. Heidelberg 1973.

dd) Sonstige Prosa

Aichinger, I., Künstlerische Selbstdarstellung. Goethes Dichtung und Wahrheit und die Autobiographie der Folgezeit. Bern/Frankfurt a. M. 1977.

Alt, C., Studien zur Entstehungsgeschichte von Goethes Dichtung und Wahrheit. Nachdr. d. Ausg. München 1898. Hildesheim 1976.

Bowman, D., Life into Autobiography. A Study of Goethe's »Dichtung und Wahrheit«. Bern 1971.

Pohle, K.-R., »Aus meinem Leben. Dichtung und Wahrheit« oder Die Wiederholung des Lebens. Studien zur Altersperspektive der Geschichte der Jugend omnis vivam. Diss. Freiburg i. Br. 1972.

Kiefer, K. H., Wiedergeburt und Neues Leben. Aspekte des Strukturwandels in Goethes »Italienischer Reise«. Bonn 1978.

Müller, J., Goethes »Champagne in Frankreich«. Epochenkritik, Umweltanalyse und Kontraststruktur. Berlin 1974.

Gögelein, Ch., Zu Goethes Begriff von Wissenschaft auf dem Wege der Methodik seiner Farbstudien. München 1972.

Keller, H., Goethes Hymnus auf das Straßburger Münster und die Wiedererweckung der Gotik im 18. Jahrhundert. 1772/1972. München 1974.

Neumann, G., Ideenparadiese. Untersuchungen zur Aphoristik von Lessing, Novalis, F. Schlegel und Goethe. München 1976.

Petersen, J., Die Entstehung der Eckermannschen Gespräche und ihre Glaubwürdigkeit. Nachdr. d. 2. Ausg. Frankfurt a. M. 1925. Hildesheim 1973.

Schlösser, R., Rameaus Neffe. Studien und Untersuchungen zur Einführung in Goethes Übersetzung des Diderotschen Dialogs. Nachdr. d. Ausg. Berlin 1900. Hildesheim 1977, auch Genève 1971.

Schöne, A., »Regenbogen auf schwarzgrauem Grunde«. Goethes Dornburger Brief an Zelter zum Tod seines Großherzogs. Göttingen 1979.

Schubart-Fikentscher, G., Goethes amtliche Schriften. Eine rechtsgeschichtliche Untersuchung. Berlin 1977.

Wackerl, G., Goethes Tag- und Jahreshefte. Berlin 1970.

Anmerkungen zur Bibliographie

Die Bibliographie bringt eine Auswahl selbständiger Schriften, und zwar Gesamtausgaben generell, übrige Werkausgaben und Sekundärliteratur für den Zeitraum seit 1970. Erfaßt werden Neuerscheinungen, Neuauflagen und Nachdrucke älterer Werke.

Einen guten bibliographischen Überblick geben:
- Johann Wolfgang von Goethe, Werke (Hamburger Ausgabe), Bd. 14;
- Johann Wolfgang von Goethe, dtv-Gesamtausgabe (1963), Bd. 45;
- Boerner, P., Johann Wolfgang von Goethe in Selbstzeugnissen und Bilddokumenten (s. o.).

Grundlegend über das Schrifttum informieren:
- Goedeke, K., Grundriß zur Geschichte der deutschen Dichtung aus den Quellen. 3. Aufl. Bd. 4, Abt. 2–4. Dresden 1910–1913. Ergänzt durch Bd. 4, Abt. 5, Berlin 1960.
- Hagen, W., Die Gesamt- und Einzeldrucke von Goethes Werken. Berlin 1956.
- Pyritz, H., Goethe-Bibliographie. Heidelberg 1955 ff.
- Schmid, G., Goethe und die Naturwissenschaften. Eine Bibliographie. Hg. v. E. Abderhalden. Halle 1940.
- Nicolai, H., Goethe-Bibliographie (= Beilage zu Goethe. Neue Folge des Jahrbuchs der Goethe-Gesellschaft. 14/15 ff.) 1952/53 ff.
- Körner, J., Bibliographisches Handbuch des deutschen Schrifttums. 3. Aufl. Bern 1949, S. 241–292.
- Köttelwesch, C., Bibliographisches Handbuch der deutschen Literaturwissenschaft 1945–1969/72. Bd. 1. Frankfurt a. M. 1978, Sp. 1653–2030.
- Bahr, E. / Stewart, W. K., Internationales Verzeichnis der Goethe-Dissertationen, 1952–1976. Ann Arbor, Mich. 1978.

Die Goethe-Literatur seit 1970 verzeichnen:

- Henning, H., Goethe-Bibliographie 1970. In: Goethe-Jahrbuch (Weimar) 89 (1972), S. 333–381.

- Henning, H., Goethe-Bibliographie 1971/72. In: Goethe-Jahrbuch (Weimar) 90 (1973), S. 371–428.
- Henning, H., Goethe-Bibliographie 1972/73. In: Goethe-Jahrbuch (Weimar) 91 (1974), S. 227–270.
- Henning, H., Goethe-Bibliographie 1973/II. In: Goethe-Jahrbuch (Weimar) 92 (1975), S. 315–348.
- Henning, H., Goethe-Bibliographie 1974. In: Goethe-Jahrbuch (Weimar) 93 (1976), S. 275–317.
- Henning, H., Goethe-Bibliographie 1975. In: Goethe-Jahrbuch (Weimar) 94 (1977), S. 339–373.
- Henning, H., Goethe-Bibliographie 1976. In: Goethe-Jahrbuch (Weimar) 95 (1978), S. 293–326.
- Henning, H., Goethe-Bibliographie 1977. In: Goethe-Jahrbuch (Weimar) 96 (1979), S. 331–367.
- Hippe, R., Neuerscheinungen über Goethe. Forschungsbericht. In: Wirkendes Wort (Düsseldorf) 28 (1978), S. 138–146.
- Hochstätter, D., Eingesandte Goethe-Literatur. Forschungsbericht. In: Wirkendes Wort (Düsseldorf) 28 (1978), S. 134–138.
- Tobari, M., Goetheforschung nach 1945. In: Goethe-Jahrbuch. Goethe-Gesellschaft in Japan (Tokyo) 20 (1978), S. 17–28.

Über Neuerscheinungen unterrichtet fortlaufend:

- Eppelsheimer, H. W., Bibliographie der deutschen Literaturwissenschaft. Frankfurt a. M. 1957 ff.

Von besonderer Bedeutung für die Goethe-Forschung sind auch die folgenden Periodica:

- Goethe-Jahrbuch. Bd. 1–34 u. 3 Registerbde. Frankfurt a. M. 1880–1913.
- Jahrbuch der Goethe-Gesellschaft. Bd. 1–21 u. Registerbd. Weimar 1914 bis 1936.
- Goethe. Vierteljahresschrift der Goethe-Gesellschaft. (Ab Bd. 3 Viermonatsschrift; ab Bd. 9 Jahresbände). Weimar 1936 ff.
- Chronik des Wiener Goethe-Vereins. Bd. 1–63. Wien 1887–1959.
- Jahrbuch des Wiener Goethe-Vereins. Neue Folge der Chronik. Wien 1960 ff.
- Goethe-Jahrbuch. Goethe-Gesellschaft in Japan. Bd. 1–9. Tokyo 1932 bis 1940. Neue Folge. Tokyo 1950 ff.
- Publications of the English Goethe Society. Bd. 1–14. London 1886–1912. New Series. London 1924 ff.
- Jahrbuch des Freien Deutschen Hochstifts. Frankfurt 1902–1940, 1962 ff.

Liste der vom Übersetzer benutzten Werke

PRIMÄRLITERATUR:

Goethes Werke, Bd. 1–14, Hamburger Ausgabe, 1967
Goethes Werke, Bd. 1–20, Hrsg. Karl Alt, o. J.
Goethes Werke, Artemis Ausgabe, Zürich 1977

Briefe an Goethe, 2 Bde., Hrsg. K. R. Mandelkow, Hamburg 1965
Goethes Briefe, 4 Bde., Hrsg. K. H. Mandelkow, Hamburg 1967
Goethe Briefe, 3 Bde., Hrsg. Ernst Beutler, Zürich 1949
Goethes Gespräche, 4 Bde., Biedermannsche Ausgabe, Zürich o. J.
Goethes Gespräche, 2 Bde., Hrsg. Ernst Beutler, Artemis, Zürich 1949
Goethes Ehe in Briefen, Hrsg. Hans Gerhard Gräf, Leipzig 1956
Goethes Leben dokumentarisch, 2 Bde., Hrsg. Walter Hoyer, Leipzig 1960
J. W. Goethe, *Tagebücher,* Hrsg. Peter Boerner, Artemis-Verlag, 1949
Eckermann, J. P., *Gespräche mit Goethe in den letzten Jahren seines Lebens,* Insel-Verlag 1963
Briefe aus dem Elternhaus, Hrsg. Wolfgang Pfeiffer-Belli, Artemis, Zürich 1960
Goethe, Catharina Elisabeth, *Correspondenzen und Siegelungen,* Hrsg. Bertold Hack, Frankfurt 1973
Novalis, *Gedichte, Romane,* Zürich 1968

SEKUNDÄRLITERATUR:

Bode, Wilhelm, *Goethes Leben,* Berlin 1923
Dobel, Richard, *Lexikon der Goethe-Zitate,* Zürich 1968
Grumach, Ernst u. Renate, *Goethe, Begegnungen und Gespräche,* Bd. 1–4, Berlin 1965–1980
Friedenthal, F., *Goethe, sein Leben und seine Zeit,* München 1977[3]
Schäfer, J. W., *Goethe's Leben,* Bremen 1858

Personenregister

H

I

J

K

L

Werkregister